LA HABANA
PARA UN INFANTE DIFUNTO

G. CABRERA INFANTE

LA HABANA
PARA UN
INFANTE DIFUNTO

BIBLIOTECA BREVE
EDITORIAL SEIX BARRAL, S. A.
BARCELONA - CARACAS - MÉXICO

Diseño cubierta: G. Cabrera Infante,
sobre una fotografía de
Jesse Fernández

Primera edición: octubre de 1979
Segunda edición: diciembre de 1979
Tercera edición: febrero de 1980

© 1979 y 1980: Guillermo Cabrera Infante

Derechos exclusivos de edición
reservados para todos los países de habla española:
© 1979 y 1980: Editorial Seix Barral, S. A.
Tambor del Bruch, s/n - Sant Joan Despí (Barcelona)

ISBN: 84 322 0361 0
Depósito legal: B. 3.660 - 1980

Printed in Spain

A M, mi móvil

CARL DENHAM (after taking a good
look at the natives):
"Blondes seem to be pretty
scarce around here".

King Kong

LA CASA DE LAS TRANSFIGURACIONES

Subí, subimos, la que era para mí entonces suntuosa escalera. Era la primera vez que subía una escalera: en el pueblo había muy pocas casas que tuvieran más de un piso y las que lo tenían eran inaccesibles. Éste es mi recuerdo inaugural de La Habana: ir subiendo unas escaleras con escalones de mármol. Hay la memoria intermedia de la estación de ómnibus y el mercado del frente, la Plaza del Vapor, arcadas ambas, colmadas de columnas, pero en el pueblo también había portales. Están, además, un jardín elaborado y una casa de rocalla, al pasar, que luego se revelarían como otra estación, la estación de policía, lugar de cuidado, por lo que tiendo a olvidarlo. Así mi verdadero primer recuerdo habanero es esta escalera lujosa que se hace oscura en el primer piso (tanto que no registro el primer piso, sólo la escalera que tuerce una vez más después del descanso) para abrirse, luego de una voluta barroca, al segundo piso, a una luz diferente, filtrada, casi malva, y a un espectáculo inusitado. Enfrento (para este momento mi familia había desaparecido ante mi asombro) un pasillo largo, un túnel estrecho, un corredor como no había visto nunca antes, al que se abrían muchas puertas, perennemente abiertas, pero no se veían los cuartos, el interior oculto por unas cortinas que dejaban un espacio, largo, arriba y otro tramo, corto, abajo. El aire movía los telones de distintos colores que no dejaban ver las funciones domésticas: aunque era pleno verano, temprano en la mañana había fresco y una corriente venía del interno. El tiempo se detuvo ante aquella visión: con mi acceso a la casa marcada Zulueta 408 había dado un paso trascendental en mi vida: había dejado la niñez para entrar en la adolescencia. Muchas personas hablan de su adolescencia, sueñan con ella, escriben sobre ella, pero pocos pueden señalar el día que comenzó, la niñez extendiéndose mientras la adolescencia se contrae—o al revés. Pero yo puedo decir con exactitud que el 25 de julio de 1941 comenzó mi adolescencia. Por supuesto que seguiría siendo un niño mucho tiempo después, pero esencialmente aquel día, aquella mañana, aquel momento en que enfrenté el largo corredor de cortinas, contemplando la vista interior que luego asustaría hasta un veterano de la vida bohemia, el pintor primitivo Chema Bue, que visitó la casa mucho tiempo después y se negó de plano a quedarse en ella un momento siquiera, espantado por la arquitectura de colmena depravada que tenía el edificio, aquel a cuya formidable entrada había un anuncio arriba que decía: "Se Alquilan Habitaciones—Algunas con Días Gratis", ese día preciso terminó mi niñez. No sólo era mi acceso a esa institución de La Habana pobre, el solar (palabra que oí ahí por primera vez, que aprendería como tendría que aprender tantas otras: la ciudad hablaba otra lengua, la pobreza tenía otro lenguaje y bien podía haber entrado a otro país: tiempo después, cuando llegaron las etimologías, aprendí que solar era una mera degradación de casa solariega, la palabra cortada, el edificio transformado en falansterio) sino que supe que había comenzado lo que sería para mí una educación.

Avanzamos todos juntos ahora, intimidados, por el largo pasillo hasta la única puerta cerrada, que enfrentaba otro pasillo más largo (el interior del edificio estaba diseñado como una alta T con un rasgo al final y a la izquierda, una suerte de serife donde luego encontraríamos los baños y los inodoros colectivos, nociva novedad), esa puerta era la nuestra—por un tiempo. Mi madre había logrado que una familia del pueblo, que regresaban por el verano, nos prestaran el cuarto por un mes. Mi padre (aunque debía haber sido mi madre qûien lo hiciera) abrió la puerta y nos asaltó un olor que siempre asociamos con aquel cuarto, con aquella familia, que nunca habíamos sentido cuando visitábamos su gran casa en el pueblo, en reuniones comunistas. Mi madre descubrió que era producido por unos polvos misteriosos que usaban, aunque nunca supimos para qué. Ese olor, como el perfume que llevaba la primera prostituta con quien me acosté, era típicamente habanero y aunque el perfume de la puta tenía el aroma de lo prohibido, resultaba tentador y grato, este otro olor memorable que salía del cuarto podía ser llamado ofensivo, malvado, un hedor—el tufo del rechazo. Ambos olores son el olor de la iniciación, el incienso de la adolescencia, una etapa de mi vida que no desearía volver a vivir—y sin embargo hay tanto que recordar de ella.

Nos instalamos con nuestro equipaje (en realidad cajas de cartón amarradas con sogas) en el cuarto caótico dominado por el vaho exótico y mi madre, con su obsesión por la limpieza, comenzó a poner el caos en orden. Recuerdo la vida de entonces, del mes que vivimos allí, como una interminable sucesión de tranvías (yo estaba fascinado por los tranvías, vehículo para el que no conocía igual, con su paso rígido por sobre raíles cromados por el tránsito continuo, su aspecto de vagón de ferrocarril abandonado a su suerte, sus largas antenas dobles que al contacto con los cables arriba, paralelos a las vías, producían chispas como breves bengalas) por el día y por la noche la iluminación azul y rojo intermitente que originaba el letrero luminoso colgado afuera, ahí mismo junto a nuestro balcón, que decía alternativamente "DROGUERÍA SARRÁ—LA MAYOR", ese Sarrá que anunciaba en colores luminosos su ascenso de modesto boticario a tendero al por mayor, superdroguista y casateniente poderoso, dueño también del falansterio iniciático, entre muchos otros solares habaneros. Ese letrero en dos tonos y continuo coloreaba mis sueños, poblados de tranvías alternativamente azules y rojos —pero ésa era la infravida de medianoche. La gran aventura comenzada sucedía más temprano, en La Habana de noche, con sus cafés al aire libre, novedosos, y sus inusitadas orquestas de mujeres (no sé por qué las orquestas que amenizaban los cafés del Paseo del Prado, al doblar del edificio, eran todas femeninas, pero ver una mujer soplando un saxofón me producía una inquietante hilaridad) y la profusa iluminación: focos, faros, bombillas, reflectores, letreros luminosos: luces haciendo de la vida un día continuo. Yo venía de un pueblo pobre y aunque la casa de mis abuelos quedaba en la Calle Real no había más que un bombillo de pocas bujías en cada esquina que apenas alumbraba el área alrededor del poste, haciendo más espesa la oscuridad de esquina a esquina. Pero en La Habana había luces dondequiera, no sólo útiles sino de adorno, sobre todo en el Paseo del Prado y a lo largo del Malecón, el extendido paseo por el litoral, cruzado por raudos autos que iluminaban veloces la pista haciendo brillar el asfalto, mientras las luces de las aceras cruzaban la calle para bañar el muro, marea luminosa que contrastaban las olas invisibles al otro lado: luces dondequiera, en las calles y en las aceras, sobre los techos, dando un brillo satinado, una pátina luminosa a las cosas más nimias, haciéndolas relevantes, concediéndoles una importancia teatral o destacando un palacio que por el día se revelaría como un edificio feo y vulgar. De día las anchas avenidas ofrecían una perspectiva ilimitada, el sol menos intenso que en el pueblo: allá rebotaba su luz contra la arcilla blanca de las calles, haciéndolas implacables, aquí estaba el asfalto, el pavimento negro para absorber el mismo sol, el resplandor atenuado además por la sombra de los altos edificios y el aire que soplaba del mar, producido por la cercana corriente del Golfo, refrescaba el verano tropical y luego crearía una ilusión de invierno imposible en el pueblo: ese paisaje habanero libre solamente compensaba la estrechez de vivir en un cuarto, cuando en el pueblo, aun en los tiempos más pobres, vivimos siempre en una casa. Esa puerta siempre cerrada (mi madre no había aprendido todavía el arte de utilizar la cortina como partición) me, nos, forzaba hacia el balcón, la única abertura libre, aunque sirvió también de sitio de terror, pues mi madre había continuado su costumbre, tan vieja como yo podía recordar, de lograr el clímax de una discusión doméstica cualquiera (el que mi hermano hubiera tiznado accidentalmente sus pantalones blancos, por ejemplo) con la amenaza de suicidarse, esta vez concretada en una acción: "¡Me tiro por el balcón y acabo ya de una vez!". Pero no es de la vida negativa que quiero escribir (aunque introducirá su metafísica en mi felicidad más de una vez) sino de la poca vida positiva que contuvieron esos años de mi adolescencia, comenzada con el ascenso de una escalera de mármol impoluto, de arquitectura en voluta y baranda barroca.

La primera persona que conocí en La Habana fue singular: un hombre que mi padre nos llevó a conocer, y aun la forma de conocerlo fue desusada. Según mi padre era una criatura extraordinaria. "Es todo un personaje", explicó pero no nos preparó lo suficiente. Ocurrió a los pocos días de llegar a la ciudad y el lugar del encuentro fue típicamente habanero y por tanto inusitado. Caminamos todos hasta lo que luego conocería como la esquina de los Precios Fijos (Águila, Reina y Estrella) y allí nos detuvimos a esperar no a una persona sino a un vehículo, un ómnibus que se había convertido en las palabras de mi padre, evidentemente habanizado, en una guagua y como guagua conoceríamos al ómnibus en el futuro. (Esta palabra, a la que algunos filólogos del patio atribuyen un origen indio—¡imagínense a los sifilíticos siboneyes o a los tarados tainos viajando en sus vehículos precolombinos, ellos que ni siquiera conocían la rueda!—, viene seguramente de la ocupación americana al doblar del siglo, cuando se establecieron los primeros carruajes colectivos, tirados por mulas y llamados a la manera americana *wagons*. Los *wagons* se convirtieron en La Habana en guagons y de ahí no fue difícil asimilarlos a la voz indígena guagua y el género femenino estuvo determinado no sólo por la terminación sino porque todo vehículo en inglés es femenino. El hecho de que en Chile, Perú y Ecuador llamen guaguas a los bebés llegaría a producir para un cubano momentos de un surrealismo descacharrante, como la frase, leída en un libro chileno, "Sacó la guagua del río y la cargó en sus brazos"—¡se necesita otro Hércules, quizás a otro Atlas, para encontrar a alguien capaz no sólo de sacar un ómnibus de un río sino cargarlo en vilo en los brazos!) Esperamos la guagua pero no sería una guagua cualquiera sino una perteneciente a la ruta 23 y de ésta un número dado que mi padre sabía. Después de un rato llegó la guagua indicada, mi padre le hizo la señal de parada, que era un cruce entre un saludo y la temerosa seña nazi: siempre me recordaría a esa mano adelantada con que se comprueba si todavía llueve o ha dejado de llover. Ante el perentorio aviso de mi padre (temeroso, como nunca después, de que se le fuera la guagua: era *la* guagua) el compacto, coloreado vehículo se detuvo y montamos La Guagua. Resultó que la persona que mi padre nos llevaba a conocer era el conductor de la guagua, el cobrador, eso que se llamaba en La Habana un guagüero, un empleo no sólo humilde sino que conllevaba una particular psicología: una manera de ver la vida y de comportarse y de hablar, un oficio nada alto en la estratificada esfera social habanera. Pero por supuesto yo no conocía estas distinciones entonces y miré al amigo familiar como se mira a un héroe: de abajo arriba, casi con reverencia, y un héroe escandinavo parecía: era alto, rubio, de ojos zarcos, en marcado contraste con mi padre que nos presentaba a Eloy Santos, un nombre que le convenía. Eloy Santos nos recibió con gran alborozo a todos, pero sobre todo a mi madre. De más está decir que no pagamos el pasaje. (Esta generosidad con el dinero de la empresa le costaría el puesto a Eloy Santos años después: muchas veces no marcaba en el reloj los pasajes pagados y se embolsillaba los cinco centavos cada vez que podía, justificando el embolso con un verso evidentemente suyo: "Robar al capital / es justicia social", y como robaba al rico, la empresa, para dar al pobre, a sí mismo, se veía como un Robin Hood rodante.) Eloy Santos, como mis padres, había sido fundador del partido comunista clandestino, aunque lo había sido años antes en La Habana. Entonces Eloy Santos era sargento de la marina de guerra y había propuesto al partido organizar un motín en el barco en que (teóricamente) navegaba, uno de los pocos buques de guerra capaces de hacerse a la mar, aunque nunca la teoría naval se ponía en práctica marinera. Eloy Santos planeaba tomar el mando del barco, hacerlo salir del embarcadero en Casablanca, enfilar por la estrecha entrada del puerto, enderezar su rumbo unas cuadras (ni siquiera se podía hablar de nudos o millas náuticas), barloventear frente al Malecón, poner la nave al pairo, encañonar el Palacio Presidencial y bombar-

17

dear al tirano hasta hacerlo capitular o huir. Como se ve, su plan era una mezcla de mitos revolucionarios rusos que envolvía el motín del acorazado Potemkin y la rebelión del crucero Aurora, el dictador Machado compuesto por sesenta partes del zar Nicolás II con cuarenta porciones de Kerensky. Su teoría amotinada sin embargo nunca se convirtió en práctica de tiros. El partido (que planeaba en esos días llegar a un acuerdo político con Machado) prohibió expresamente cualquier "movimiento sedicioso" (palabras del partido—¿o palabras de Eloy Santos?) y Eloy Santos, que opuso argumentos contundentes en favor del motín, cayó en una especie de desgracia que lo mantuvo, una vez que huyó Machado, y él dejó la marina (por motivos que nunca explicó), en una suerte de limbo político. Todavía era comunista (lo seguiría siendo toda su vida: es más, era un rusófilo acérrimo que se empeñaba, años después, en que yo leyera las más ortodoxas producciones del realismo socialista: por su insistencia y para no decepcionarlo tuve que leerme la execrable novela soviética *Noches y días*, pero me negué resueltamente a celebrar la arquitectura stalinista, de la que mostraba fotos y que él exaltaba al tiempo que denostaba las casas coloniales cubanas, calificándolas de decadentes, y cuando, más cayentes que decadentes, el ciclón de 1944 derribó un hermoso palacio de La Habana Vieja, explicó: "Eso no pasa nunca en la Unión Soviética", y fue tan críptico que al no decir nada más jamás supe si refería a la arquitectura o a los huracanes) pero su actual categoría política era incierta: ciertamente nunca figuró en el panteón de los padres del partido, aunque los conocía a todos por sus nombres y sus alias políticos: para él, por ejemplo, el nombre formidable de Blas Roca, secretario general, siempre se reducía a un decaído Paco Calderío. Este Eloy Santos era el mejor amigo habanero (verdaderamente habanero: su acento me pareció enseguida la manera más cómica de hablar el español que había oído) de mi padre, y sus cuentos eran de la materia que está hecha la leyenda. Con él, en su vehículo temporal, viajamos todo el trayecto de la ruta 23, desde Águila y Reina y Estrella hasta El Vedado. No sé qué conversaron mi padre y mi madre con Eloy Santos, ya que todo el tiempo estuve ocupado en ver pasar a los lados el petrificado paisaje urbano. Recuerdo que no hicimos todo el viaje hasta el paradero de El Vedado sino que nos bajamos en el parque Maceo, dejando a Eloy Santos completar su ruta, erizada de dificultades internas, él trabado en lucha incierta en ver cómo marcaba lo menos posible el reloj, el metro del pasaje y evadiendo la contabilidad exacta de los inspectores que subían al vehículo en los sitios más inesperados. Esa tarde, más bien casi esa noche, se confunde con otro paseo con Eloy Santos, esta vez a pie, reducida su estatura pero no su leyenda, contando cuentos mientras paseábamos por el Malecón a la altura del parque Maceo. Ese día Eloy Santos contó a mi madre (pero sobre todo a mí, que lo estaba recogiendo en mi memoria) cómo regresó de entre los muertos. Tuvo una chiquita (era la primera vez que oía este diminutivo habanero para llamar a una muchacha) que era en realidad una prostituta (palabra de Eloy Santos que no comprendí muy bien y tal vez fuera una de las primeras veces que lo oyera referirse a temas escabrosos con el más cuidado lenguaje, empleando eufemismos cada vez que debía decir una vulgaridad, sí ocurrió que fue a él a quien le oí la novedosa palabra pederasta y la usó para humillar personalmente a la aristocracia: "Todos los aristócratas son unos depravados. Lord Byron, por ejemplo, era un pederasta", tuve que buscar en un diccionario qué quería decir pederasta, pero más tiempo me tomó identificar a Lord Byron, ya que Eloy Santos había dicho: "Lor Birion era un pederasta"). "Esa chiquita me quemó", añadió Eloy Santos. Años después vine a entender que quemar quería decir en argot habanero contagiar una enfermedad venérea. Pero lo memorable de esa narración no es el lenguaje sino el relato increíble que contó Eloy Santos. Se dio cuenta demasiado tarde de que estaba sifilítico y cuando fue al médico estaba muy enfermo. "Cuatro cruces", dijo él que fue el diagnóstico aunque para mí era un enigma. Trataron de curarlo pero ni el salvarsán podía salvarlo. "Me morí", dijo él sencillamente aunque eran palabras alarmantes para mí porque se veía que no estaba contando un cuento. Dado por muerto fue llevado al "cuarto de las papas" (léase morgue o necrocomio adjunto a la sala del hospital) y sólo su suerte hizo que pasara un interno, un médico haciendo su aprendizaje, y notara con ojo preciso un leve movimiento del dedo gordo del pie, la sola parte visible de Eloy Santos muerto, única porción viva de su cuerpo. El médico joven hizo que lo sacaran del necrocomio y lo llevaran a la sala de operaciones y comprobó que Eloy Santos estaba más muerto que vivo pero estaba algo vivo. Más como experimento que con experiencia el médico en cierne intentó resucitarlo, usando un método desesperado. Estaban haciendo reparaciones en el hospital o tal vez construyeran otra sala, pero de alguna manera había un soplete de acetileno cercano y el médico inmaduro hizo que se lo trajeran al quirófano que se iba a convertir en pirófano. Puso a funcionar el soplete y aplicó la llama directamente sobre el corazón de Eloy Santos, hasta producirle quemaduras de tercer grado. Contaba Eloy Santos que le contaban que la peste a carne quemada era insoportable. Después de una o dos aplicaciones (no muchas pues podía arder el mismo corazón) el mediquillo aplicó su estetoscopio (me imagino que el crujir de la carne hecha chicharrón

20

produciría interferencias) y pudo oír, latiendo, el corazón de Eloy Santos—que siguió latiendo hasta el día que nos contaba el cuento. "Nada", fue su corolario, "que volví del otro lado." Pero la sífilis había hecho más estragos que la llama del soplete (que había dejado una cicatriz a lo ancho del pecho que Eloy Santos enseñaba para probar que su cuento era cierto) y Eloy Santos había perdido la visión de un ojo, el otro ojo dañado parcialmente—eso explicaba los ojos glaucos, escandinavos de Eloy Santos, pero no disminuía su estatura de héroe.

Desde el Malecón se veían los anuncios luminosos que enfrentaban el parque Maceo por su flanco occidental y aunque no se podían comparar con los anuncios lumínicos del Parque Central (especialmente con la bañista de luces que se lanzaba desde el trampolín intermitente al agua radiante, todo luces, anunciando trusas, ingrávida de Jantzen) los otros anuncios que iluminaban la acera de enfrente le prestaban a la noche habanera un sortilegio único, inolvidable: todavía recuerdo ese primer baño de luces, ese bautizo, la radiación amarilla que nos envolvía, el halo luminoso de la vida nocturna, la fosforescencia fatal porque era tan promisoria: la vía con días gratis. Pero la fosforescencia de La Habana no era una luz ajena que venía del sol o reflejada como la luna: era una luz propia que surgía de la ciudad, creada por ella, para bañarse y purificarse de la oscuridad que quedaba al otro lado del muro. Desde esa curva del Malecón se veía toda la vía, la que da al paisaje de La Habana, de día y de noche, su calidad de única, la carrera que recorrería después tantas veces en mi vida sin pensar en ella como ámbito, sin reflexionar en su posible término, imaginándola infinita, creyéndola ilusoriamente eterna—aunque tal vez tenga su eternidad en el recuerdo. Caminamos desde el Parque Maceo hasta el encuentro de Malecón y Prado, junto al castillo de La Punta, donde la noche se hacía más luminosa en la vida pero no en el recuerdo y enfilamos Prado arriba, paseando más que caminando por debajo de los árboles que hacen una comba vegetal sobre el paseo central amurallado. Era la primera vez que advertía esta transformación del día volviéndose un largo crepúsculo eléctrico. En el pueblo no había más que el día y la noche, el dia cegador, la noche ciega. La Habana (haciendo cierto el aserto, el viejo adagio que era más bien un allegro: "La Habana, quien no la ve no la ama" y yo la veía tal vez demasiado, la ciudad entrándome no sólo por los ojos sino por los poros, que son los ojos del cuerpo) era fascinante— pero no me hacía perder el menos (nostalgia en la nostalgia, ese recuerdo entre estos recuerdos) al pueblo natal, a mi perro dejado detrás, a mi abuela que muchas veces fue mi madre, al mar que estaba mucho más presente en el pueblo que en este puerto tan poco marino, a pesar del Malecón donde el mismo muro era una muralla contra el mar, y finalmente o principalmente me faltaba el campo al que salía a menudo con mi abuela. Estaba además para acentuar la añoranza nuestra reclusión en el cuarto. Pronto tendríamos menos que eso.

A los pocos días de estar en La Habana se apareció la primera visita del pueblo. Mejor dicho, casi del pueblo porque era un campesino, un guajiro, de la zona de Potrerillo, en las inmediaciones del central azucarero cercano al pueblo. Como hombre de campo, era cetrino pero tenía unos ojos amarillos transparentes que lo veían—o al menos miraban—todo. Era uno de los guajiros que mi madre en su celo de ganar prosélitos había convertido al comunismo, pero yo me temía que estaba en La Habana no por cuestiones de partido sino detrás de mi madre, que era entonces una belleza comunista. Este guajiro encontró en la ciudad un nuevo deporte:

como nosotros, nunca había conocido la altura y ahora desde el balcón se ocupaba en tratar de escupir a los viandantes que pasaban abajo. Afortunadamente sus escupidas eran inexpertas pero a pesar de su mala puntería insistía en practicar cada vez que veía acercarse alguien por la acera. Mi madre no logró convencerlo nunca de que eso no se hacía (era un verdadero guajiro macho, frase que revela la naturaleza primitiva en su esplendor), que podía traernos problemas con alguien que resultara escupido. A lo que el guajiro macho respondió que él lo retaba, queriendo decir que lo desafiaría a un duelo a machete, tan frecuente en el campo cubano. Se había olvidado de que había dejado el machete en el bohío oriental pero igualmente lo hubiera retado a una pelea a trompadas— estaba hecho de la materia que están hechos los gauchos y los vaqueros y los rancheros mexicanos: machos a todo.

Sin embargo este guajiro resultó providencial, un enviado de los dioses, de Juno pero también de Eros. Mi padre trabajaba entonces en el recién creado periódico *Hoy* (él de nuevo fundador), órgano del partido comunista. Pero, contaminados, pagaban como si fueran canallas capitalistas: tres pesos a la semana, que aunque eran el equivalente de tres dólares entonces no dejaban de ser una miseria. El periódico *Hoy* significaba otro descenso para mi padre: de ser casi la cabeza del periódico del pueblo, de secretario de prensa del partido local, que escribía los discursos que pronunciaba la secretaria general, de redactor impecable con una gramática perfecta lo habían convertido en auxiliar de una periodista incapaz, asignado a tareas subalternas. Ni el descubrimiento de lo que luego sería mi hábitat diurno y nocturno, la redacción de un periódico, ni el conocimiento inmediato de esa maravilla mecánica—después de la prensa plana del pueblo—que es una rotativa, gallina autómata, los periódicos saliendo de debajo de ella como huevos ilustrados, me hizo olvidar la afrenta de la ignominia a que era sometido mi padre a diario, él preso político por la causa comunista, creyente en Marx y en Engels y en Lenin y hasta en Stalin, disciplinado hasta la obediencia ciega, devoto hasta parecer humilde y militante hasta ser indiscernible en las filas del partido—es esta calidad partidaria lo que hacía que no repararan en él: era tan buen comunista que había logrado hacerse invisible. Pero nosotros éramos visibles y ni siquiera con su familia en La Habana consiguió mi padre un aumento. Así llegó el día final en que debíamos dejar el cuarto, devolverlo a sus dueños que regresaban del pueblo y encontrar nuestra propia habitación. Pero mi padre no tenía un centavo. Fue mi madre a quien se le ocurrió pedir dinero prestado (mejor dicho, regalado: ¿cómo y cuándo se lo iba a devolver?) al guajiro que nos visitaba diariamente a probar la suerte de una escupida certera. Fue de esta manera, de noche (¿por qué de noche? nunca se me ocurrió preguntar por qué no pudimos dejar el cuarto de día: ¿por qué el dramatismo de una fuga de último minuto?) que salimos de aquella casa extraña—a la que fatalmente íbamos a volver un día: estábamos destinados a ella, como una condena que hay que cumplir.

Salimos a buscar donde pasar la noche, munido mi padre del dinero del guajiro (que desapareció en la noche y de nuestras vidas para siempre: más nunca lo volví a ver y no creo que mi padre le devolviera el dinero: durante muchos años por venir seríamos de los que siempre piden prestado (dinero, sal, azúcar) y de los que jamás pagan), tratando de encontrar un hotel por la vecindad. Nos dirigimos no hacia el Prado luminoso sino en dirección contraria, hacia Monserrate tenebrosa, donde abundaban los hoteles baratos, dejando detrás el café Castillo de Farnés (de A. Dumas e Hijo), bajando por

Obrapía, pasando por la esquina de Bernaza (donde un día, muchos días, haría guardia erótica debajo de un balcón, esperando a tener siquiera un atisbo de Gloria Graña, la extraña trigueña de ojos azules, ella tan desdeñosa que se convertiría en mi primer amor lejano en La Habana, mi ideal amoroso, hasta el día vengador en que la vi vulgar, Dulcinea llevando a Aldonza Lorenzo al dorso) y un poco más abajo en Obrapía encontramos el hotel cuyo precio nos convenía, adecuado a nuestras finanzas fijas. Subimos la escalera ornamentada de azulejos, tan lustrosos que me dieron ganas de pasar la mano por su superficie brillante, hasta que mi madre de un manotazo me aconsejó dulcemente que no lo hiciera. Pasamos a nuestra habitación, los cuatro acomodados en una cama, incómodos. Por lo menos en el cuarto del solar (estoy adelantándome lingüísticamente: en mi vocabulario todavía no existía la palabra solar: ya me he adelantado antes, pero era la introducción, mientras que ahora estamos in medias res) dormíamos en dos camas. Pero como ya no era un niño no había manera de quejarme. Así decidí dormirme. No bien lo intenté fui despertado (mejor dicho, no llegué a dormirme, no que padeciera de insomnio—ese mal es un hábito adquirido de adulto—sino que nos habíamos acostado demasiado temprano) por unos extraños ruidos, difíciles de definir. Eran humanos pero parecían animales, como de grandes gatos. Los maullidos se disolvían en improbables sollozos, luego volvían a surgir por otra parte: estábamos rodeados de gritos. Más bien de gritones, aunque tengo que decir que en un momento logré identificarlos específicamente como gritonas. Eran mujeres las que ululaban, pero a veces los maullidos de las mujeres eran acompañados por mugidos de hombres. También oía palabras sueltas, frases que no podía identificar, dichas tal vez en otro idioma. Los mugidos y los maullidos duraron la mayor parte de la noche que estuve despierto. Recordé la horrorosa película mexicana *La llorona*, en la que un alma en pena viene a perturbar a los vivos y aterrorizar a los espectadores. Pensé en el zoológico que había visto frente al parque Maceo, con sus animales exóticos. Pero ni recuerdo ni pensamiento pudieron explicarme la serie de sonidos oídos esa noche. ¿Sería el viento?

Al otro día abandonamos el hotel bien temprano. Mi padre estaba contrariado pero mi madre parecía divertida. Es más, se estaba riendo. Ambos sentimientos y reacciones de mis padres estaban dirigidos no uno al otro sino al edificio: mi madre se reía del hotel, mi padre estaba molesto con la fachada. Años después vine a enterarme de que habíamos pasado esa noche en lo que se llama en La Habana una posada: en un *hotel de passe*, un hotelito, una casa de citas. Mi padre estaba amoscado, contrariado por su elección: era evidente que la noche y la premura lo confundieron y lo hicieron elegir un hotelito como hotel para familias, confusión explicable no sólo porque los términos son cercanos y las arquitecturas similares sino porque mi padre no conoció nunca una posada: no era hombre de citas en casa de citas por razones marxistas, es decir económicas. Mi madre estaba divertida con la aventura de la posada porque ella era mucho más liberal que mi padre, que usaba una mala palabra cuando tenía necesidad y en su juventud consumía novelas entonces eróticas, como las escritas por José María Carretero, autor español que se hacía llamar por el escandaloso nombre de Caballero Audaz. Fue ella quien me contó el incidente del hotelito confundido con hotel. Es más, para contrariedad de mi padre, lo contó a todos los amigos habaneros, cuando los tuvimos, y a los amigos del pueblo, cuando vinieron a reunirse con nosotros, emigrados también a La Habana—que fue más pronto de lo que se pueda imaginar.

De la posada que sonaba como cueva eólica fuimos a dar, no sé cómo, al otro lado de La Habana, al barrio de Lawton, en los suburbios, en lo que yo no sabía que era una de las barriadas más pobres de la ciudad, a vivir—¿con quién si no?— con Eloy Santos. No era la suya la morada de un héroe: era otro cuarto, esta vez en los bajos y al fondo de una casa, en una pequeña cuartería cerca del paradero de la ruta 23. Allí tocamos fondo, aunque yo nunca lo supe ni siquiera lo sospeché, pero no podíamos ser más pobres. El proceso de deterioro social que había comenzado con la prisión de mis padres, por recibir propaganda comunista ilegal en 1936 (bajo el gobierno entonces por persona interpuesta de ese hombre petulante que mi madre aplaudió delirante una noche en el anfiteatro nacional: Fulgencio Batista y Zaldívar, aplausos aprobados ahora por el partido comunista, ambos en coalición gubernativa, el pasado al olvido histórico, el hacha de la guerra de clases enterrada al fumar la pipa de la paz política: no en balde ese mulato militar se hacía llamar Jefe Indio), fecha en que empezó el declinar económico de la familia, había llegado a su punto más bajo: de allí en adelante no podíamos hacer otra cosa que subir—teóricamente. Esa estancia en la casa de Lawton la recuerdo por haber emprendido una aventura nueva: entré a formar parte de una pandilla juvenil local. Yo había visto pandillas juveniles en el cine—en *Callejón sin salida*, por ejemplo, o en la misteriosa *El demonio es un pobre diablo*, intrigante porque falló la corriente eléctrica en el pueblo a mediados de la película y nunca supe cuál fue el final de aquellos muchachos audaces y románticos—pero no había pandillas en el pueblo: ésa fue otra institución habanera, como el barrio de las putas o la función continua en el cine. Así entré alborozado en las filas de la pandilla de Lawton. No puedo recordar qué fue de mi hermano en ese tiempo. Él que era tan ubicuo antes, tanto que se entrometía en mis asuntos, echaba a perder mis juegos de escondite y era un apéndice inseparable, de pronto se esfumó. Lo busco en el recuerdo y no lo encuentro: por lo menos no estaba cuando la pandilla me puso a prueba en una incursión iniciática. Juntos fuimos todos los muchachos a robar guayabas a una finca cercana, a la que se llegaba después de subir una loma empinada, que era para mí casi la Escarpa Mutia, junto a unos tanques de gasógeno, obviamente a punto de estallar y engolfarme en llamas, y de allí se bajaba a una suerte de precipicio—que yo por supuesto no bajé. Me las arreglé para que me dejaran de centinela en aquella cumbre peligrosa, que daba vértigos, pero mucho más vertiginoso era el descenso al abismo sembrado de guayabas. Desde mi atalaya vi a los otros muchachos ocupados cosechando guayabas ajenas. Lo que no vi fue al guardián de la finca, que de pronto estaba persiguiendo a los ladrones entre los árboles, ellos haciendo eses y zetas por el guayabal, luego corriendo a campo abierto hacia la loma, trepando por la cuesta ágilmente, alpinistas apresurados, llegando todos sanos y salvos pero sin una sola guayaba a donde yo estaba de espectador más que de guardia—para echarme la culpa del fracaso de la incursión. Allí mismo terminaron mis días de pandillero local, por mutuo consenso. El resto del tiempo que estuvimos en casa de Eloy Santos lo pasé en el cuarto en silencio o sentado silente en la acera, viendo cruzar un automóvil ocasional, viejo, ya que ni siquiera había tranvías electrizados que admirar en los predios de la ruta 23. Solamente de noche, ya tarde, podía oír, como un radio lejano, pitar un tren poco puntual.

Esos días no fueron memorables por tener que dormir en el suelo (mi padre y yo y Eloy Santos, camarada sin cama ya que en la suya única dormían mi hermano, mi madre y la mujer de Eloy Santos, recién casados o amancebados como él decía, pues no creía en el matrimonio legal y mucho menos religioso: olvidé decir que el nombre de guerra de Eloy Santos no era una copia cubana, como el de Blas Roca, de Lenin o Stalin: Eloy Santos se había bautizado Iconoclasta y eso era él exactamente: un hereje que negaba todas las imágenes, sagradas o profanas) sino porque Eloy Santos, que odiaba las imágenes, nos llevó a mi hermano y a mí al cine y fue una inauguración: fui al cine de día, asistí al acto maravilloso de pasar del sol vertical de la tarde, cegador, a entrar al teatro cegado para todo lo que no fuera la pantalla, el horizonte luminoso, mi mirada volando como polilla a la fuente fascinante de luz. Vimos un programa doble, esa otra novedad: en el pueblo siempre exhibían una sola película. Pero hubo una revelación que fue un misterio. En un momento la película se repetía, obsesiva, y Eloy Santos murmuró: "Aquí llegamos", y se levantó como si fuera el fin de la tanda. No entendíamos ni mi hermano ni yo. "Es una función continua", explicó Eloy Santos. "Hay que irse." "¿Por qué?", preguntó mi hermano casi fresco. "Porque la película se repite." "¿Y eso qué tiene de malo?", quiso saber mi hermano. "Son las reglas del juego", dijo Eloy Santos. "Hay que irse. ¡Vamos!", y como sonó como una orden, nos levantamos y nos fuimos.

Ese domingo de velaciones y revelaciones (tuvo que ser domingo y si no lo fue el recuerdo declara el día festivo) vimos, vi, *Sólo siete se salvaron*, historia de un naufragio, y, más importante, *The Whole Town's Talking*, de la que luego supe el nombre propio en inglés, olvidando el inadecuado título en español, y que entonces significó el encuentro doble con un actor que se convertiría en uno de mis favoritos, Edward G.

Robinson. Más que el inolvidable Paul Muni de *Caracortada*, Robinson vendría a personificar al gangster, tanto como a su revés: el hombre ingenuo: uno todo sabiduría del mal, el otro todo ignorancia en el bien—y aquí estaban los dos a un tiempo, el malvado y su doble que es su contrario. Fuimos, fui, al cine San Francisco, que fue el primer cine en que estuve en La Habana pero al que nunca volvería. Sin embargo, lo recordaré siempre con su arquitectura de pequeño palacio del placer, cine de barrio, cine amable y ruidoso, cine sin pretensiones dedicado a ofrecer su misa movie magnífica, pero cogido entre dos épocas, todavía sin ser el templo art deco que fueron los cines construidos en los finales de los años treinta que luego descubriría en el centro de La Habana, y sin la pretenciosa simplicidad de los cines de los finales de los años cincuenta, los últimos cines comerciales que se construyeron en Cuba. El San Francisco fue un lugar ideal para la iniciación. Podía haber sido mejor el cine Los Ángeles, que no estaba muy lejos, o todavía mejor el Hollywood, al que nunca fui. Pero el San Francisco, recordando en su nombre una de mis películas preferidas del pueblo, fue un regalo de Eloy Santos, quien a pesar de su pobreza y abrumado por la súbita visita que le cayó del cielo astronómico, no teológico, tuvo la delicadeza de invitarnos, de invitarme, de iniciarme al cine en La Habana ese domingo fausto de agosto del 41. Años más tarde Eloy Santos sería introductor de otra iniciación, tal vez más importante pero no más inolvidable.

Mis padres desaparecían durante el día. Mi padre a su trabajo y mi madre recorriendo incansable las calles de La Habana buscando desesperada donde mudarnos. Pronto sin embargo encontró lo que era para ella un lugar ideal: un cuarto en una accesoria frente al Mercado Único en Monte 822. Una accesoria, otra palabra nueva, era en La Habana una variante del solar. La accesoria estaba situada por lo regular en un pasaje. El pasaje era por supuesto un pasadizo que iba de una calle a otra pero con casas a ambos lados, mientras que el nombre de accesoria significaba que en vez de casas había cuartos a los lados del pasaje. Este cuarto nuestro (no sé de dónde sacó dinero mi padre para pagar el mes de alquiler adelantado y el mes en fondo que exigían) estaba situado a la entrada de la accesoria pero en una cuartería en el primer piso y se accedía a él por (otro descubrimiento en ascensos) una escalera de caracol de hierro mohoso. (Al principio me costó trabajo aprender a subir y bajar la estrecha espiral, pero pronto fui experto en ganarla corriendo, cogiendo sus volutas a gran velocidad.) El cuarto era interior pero tenía una ventana que daba a un cajón de aire, ¡sorpresa!, del cine Esmeralda. Tomó tiempo en que mi padre pudiera pagarme el cine pero muchos días me contenté con los ruidos que subían por el ventilador, órgano con arias de la nueva ópera: inigualables retazos de bandas sonoras, exóticos murmullos de actores americanos, música de película. No sé tampoco de dónde sacó mi padre una cama—se estaba convirtiendo en un mago del préstamo: en algún lugar de La Habana había una chistera dadivosa de la que extraía fondos. Sí sé de dónde salió la mesa de comer: Eloy Santos conocía a un negro carpintero, también comunista, que trajo unas tablas evidentemente partes de cajones de embalaje y otros maderos gruesos y ante nuestros ojos de espectadores, los de mi hermano y los míos, construyó una mesa en la que comimos mucho tiempo. Monte 822 tenía otras ventajas que estar frente a un mercado (nunca me molestó el olor, mezcla de frutas podridas, pescado pasado y aromas de especie—nunca me han molestado los olores animales o vegetales, es el hedor humano que me ofende—, y una diversión de sábado bohemio, muchos años más tarde, cuando trabajaba en Carteles y ganaba un sueldo que me habría parecido de muchacho no sólo fabuloso sino improbable, era ir al Mercado Único con varios amigos artistas a comer la deliciosa sopa del humilde restaurante chino, más bien fonda, que había en el primer piso) donde las compras eran más baratas sino que quedaba a pocas cuadras del periódico y al doblar, en la misma manzana, estaba el colegio que yo creí que se llamaba Rosa In pero en realidad era Rosaín, la escuela pública más famosa de La Habana por su nivel de educación. Aún sin llegar septiembre mi padre nos inscribió a mi hermano y a mí en ese colegio que para bendición, tentación y desespero era mixto. Pero para mí lo que hacía perfecta la ubicación de nuestra casa (nunca se me quitaría esa costumbre de llamar casa a los cuartos en que vivimos) era su vecindad, puerta con puerta, del Esmeralda, donde hice ese gran descubrimiento del sueño como peripecia: las series de episodios de los años cuarenta. Yo era viejo (es un decir) conocedor de las series de los años treinta, la más memorable de ella ya mencionada en otra parte. Pero pronto sería un fanático de *El avispón verde* (en que me enamoré, por primera vez, de un automóvil, la cuña que usaba el Avispón), *El arquero verde* (continuando la incomprensible adicción al color verde—en el cine en blanco y negro) y ya de despedida de las series, del Esmeralda y del barrio, *El capitán Maravilla*—¡Shazam! Todo eso sin embargo vendría después. Al principio de vivir en la cuartería lo único que me llegaba de la pantalla del Esmeralda eran los rumores, espectador del cine del ciego.

A mi padre, consideración comunista, le aumentaron por fin el sueldo en el periódico: cinco pesos a la semana ganaba ahora, un sueldo de miseria pero que nos permitió cambiar de cuarto, cuando se desocupó el primero, que era mucho más

TARJETA POSTAL

ARIEL/SEIX BARRAL

Morelos 98 Mezzanine

Apartado Postal 31418

MEXICO 1, D. F.

REMITENTE
1 2 3 4 5

Nombre _____

Profesión _____

Dirección _____

Población _____

Provincia _____

Amable lector:

Esta tarjeta que Ud. ha encontrado en SU LIBRO, LE DA DERECHO a recibir información completa y detallada sobre:

☐ Literatura española e Hispanoame-
ricana
☐ Novela Extranjera
☐ Ensayo y crítica
☐ Derecho
☐ Economía
☐ Economía de la Empresa y Seguros

☐ Historia
☐ Política
☐ Filosofía, Psicología, Pedagogía
☐ Sociología, Antropología
☐ Geografía
☐ Ciencias y Técnica

SOLICITELAS

☐ Y también a recibir información periódica de Novedades.

Su comunicación con nosotros será recompensada por el servicio de información Bibliográfica.

grande y en vez de la ventana de bartolina tenía una puerta al interior de la casa y otra que daba a una pequeña terraza amurallada: del otro lado del muro estaba la vasta azotea de la accesoria norte. Enfrente, cruzando el pasaje y haciendo *pendant* con nuestra cuartería, había una comunidad china. No eran chinos cubanos, que habrían hecho una familia, sino chinos de China, aislados y silenciosos. Apenas si conversaban y se les veía salir a su azotea, vestidos con túnicas y llevando sandalias, y por las ventanas era posible observarlos fumando unas cañas de bambú cortas y gordas de las que extraían un humo apenas visible. Para escándalo de mi padre, mi madre dijo que seguramente fumaban opio: "El humo que más que hacer dormir, hace soñar". Este conocimiento, la frase, debía de haberlos sacado mi madre de sus lecturas del Caballero Audaz. Pronto se reunieron con nosotros dos tíos, hermanos de mi madre, que hicieron el nuevo cuarto tan reducido como el anterior pero la vida se hizo más animada. Uno de mis tíos, Toñito, que era carpintero, tenía extrañas pesadillas ambulatorias: solía perseguir dormido imaginarios ladrones por el cuarto, la casa y la azotea a medianoche. Parecería que no había nada que robar en la casa, pero mientras menos se tiene más se hace su tenencia un tesoro y una tentación para los que los periódicos llamaban cómicamente cacos. Cuando vivíamos en el otro cuarto, mi madre recibió una caja de viandas de mi abuela del pueblo. Como estaban verdes puso a madurar un racimo en nuestra ventana y del piso de arriba, al lado, desde una ventana que daba al cajón de aire y a la escalera del edificio, nos robaron el racimo de plátanos limpiamente, para enojo perpetuo de mi madre y para asombro mío, intrigado con aquellos ladrones tan hábiles. Solía explicarle a mi hermano las más complejas teorías de cómo se llevó a cabo el robo, adelantándome a las lecturas de Poe: la mano robada. Mi otro tío, llamado para siempre el Niño por ser el menor hermano de mi madre, me descubrió el Zoológico, el verdadero no el simulacro del Parque Colón frente al Parque Maceo. Para ir al Zoológico había que caminar hasta el Bosque de La Habana, subiendo por la calle Monte hasta la Calzada del Cerro y bajar hasta su final en Ciénaga. Pero valía la pena la caminata pues ahí estaban casi al alcance de la mano los leones fieros entrevistos en el pueblo y no vistos de veras por falta de dinero para pagar la entrada al circo, la pantera, amenaza negra vista desde lejos, temida a pesar de la distancia y de las barras, pasando enjaulada en una parada publicitaria de otro circo por el pueblo, con los dromedarios (un álbum de postalitas de animales salvajes me había hecho familiares todas las bestias y me ayudó a distinguir los camellos de los dromedarios: una joroba, dos jorobas—o al revés), los elefantes nunca vistos y los cocodrilos inmóviles y por ello mismo más amenazantes que cuando perseguían tenaces a Tarzán en el agua. Había muchos animales fascinantes en el Zoológico, como el león de melena negra más imponente que el león de melena dorada, tal vez porque el otro, ya conocido, era una piel dorada uniformemente cubierta de moscas en el pueblo y aquí la melena oscura era un adorno real. Pero ningún animal más hermoso y terrible en esta arca en tierra que el leopardo, solitario y feroz en su jaula, prisionero renuente que se movía arriba y abajo de la celda incesante amarillo y moteado, y su solo movimiento era amenazador—bella bestia de ojos verdes que sólo ven la selva.

Regresábamos siempre a través del bosque a orillas del Almendares para salir a El Vedado con sus ricas mansiones (los rascacielos estaban confinados en La Habana propia y ya los había visto en el mes que viví allá: su verticalidad me dio vértigo invertido) y las avenidas interminables, rectas, abiertas, tan diferentes de las calles sinuosas de La Habana Vieja. También con mi tío el Niño exploré el litoral, que era un escaso arrecife del otro lado del muro del Malecón, al que había que bajarse con riesgos que me parecieron enormes y allí ocurrían aventuras marinas, entre pilones y bloques el mar profundo, muy diferente a ir a las suaves playas del pueblo.

Sin saber cómo ni cuándo (al menos no lo anotó mi memoria: debieron llegar de noche) aparecieron gentes del pueblo no sólo en La Habana (la ciudad no era mía) sino en la misma cuartería de Monte 822, con lo recóndita que era, situada dentro del pasaje de la accesoria, guardada bajo los portales de la calle que en el letrero se llamaba Máximo Gómez y no Monte, toda ella guarnecida de columnas, más toscas que toscanas. Llegaron mágicamente. Entre estos visitantes del mundo exterior, muchos vinieron no de visita sino para quedarse, entre ellos una familia de cierta distinción en el pueblo (vivían abajo junto al parque principal y eran diferentes a los que vivíamos en la loma—las alturas eran allí un descenso—, donde estaba la casa de mis abuelos, nuestro último refugio la alta loma: vivir abajo era como vivir en un barrio bien, el Vedado del pueblo) ocupó las mejores habitaciones que tenían un balcón que daba a la calle (no exactamente a la calle sino a los portales de Monte, que interponían el ancho corredor y las columnas), ocupación que me pareció una forma de destino. Componían esta familia María Montoya (cuyo nombre era fuente de chacotas y de rimas obscenas para los graciosos del pueblo), viuda y por tanto jefa de la casa, su hijo Marianín, invariablemente llamado Marianín Montoya aunque su apellido era otro, Otero, y su hija Socorrito. María y Marianín eran buenos amigos de mis padres y Socorrito, que era sólo un poco mayor que yo, era la primera muchacha que yo había visto que usaba espejuelos (los espejuelos entonces eran para los hombres y los viejos), los que apenas disimulaban su bizquera. También vino a vivir a la cuartería, en uno de los cuartos más pobres, Rubén Fornaris, un mulato carpintero que estaba en la tradición del negro decente, más allá de ella de bueno y de inocente que era. Su inocencia fue tal vez mermada (nunca podría ser eliminada del todo) por mi madre. Rubén vivía en su cuarto pero solamente dormía allí, ya que no sabía cocinar. De alguna manera logró un acuerdo con María Montoya (los Montoya todos eran bastante racistas) en que él comería con ellos pagando una cantidad que debió ser razonable (o tal vez escasa) para María Montoya pero excesiva para el salario de Rubén. María Montoya se las arregló para no tener a Rubén comiendo con su familia (tal vez fuera sugerido por el propio Rubén) y Rubén comería siempre más tarde. El arreglo funcionó a satisfacción de todos. Pero sucedió que un día otra vecina, llamada Victoria, habanera, una mulata clara, delgada, que padecía según ella misma decía de "debilidad pulmonar", sin admitir nunca la tuberculosis evidente en su tos y aspecto tísico, le dijo a mi madre que quería enseñarle algo y la llevó a la cocina—pero no fue para darle una lección de cómo cocinar. Allí le mostró a mi madre unos platos con restos de comida y le dijo: "Eso es lo que le sirve María a tu amigo Rubén, y todo porque es un pobre mulato". En realidad mi madre era más amiga de María Montoya que de Rubén y pensó que la acusación eran prejuicios raciales invertidos de Victoria. "¿Cómo lo sabes?", preguntó mi madre. "Porque los he estado vigilando desde hace días", respondió Victoria. "Ya tú verás. Quédate aquí conmigo y haz como que estamos cocinando juntas." Mi madre no tenía mucho tiempo que gastar pero tenía menos paciencia con las injusticias y decidió investigar la acusación terrible de Victoria. Al poco rato de estar las dos en la cocina entró María Montoya, les dijo algo trivial y comenzó a trajinar entre sus platos. Mi madre miró con disimulo y vio que efectivamente había vaciado los platos con restos de comida en una cazuela y estaba calentando este salcocho. Cuando había completado su confección salió de la cocina con un plato de comida aparentemente recién servida. Convencida, mi madre no tuvo otra alternativa que dar la razón a Victoria y llamar a Rubén y decirle que no podía seguir comiendo con los Montoya. "¿Pero por qué?", preguntó extrañado Rubén. "Ellos están de acuerdo en que yo coma con ellos." Mi madre no sabía qué decir y se quedó callada, pensando, y pensó tanto en qué decir con tacto que finalmente exclamó: "¡Te están dando sobras!" Por el tono de mi madre, porque conocía su honestidad y tal vez porque había aprendido así otras lecciones de la vida, Rubén se dio cuenta de que le decía la verdad y perdió la inocencia suficiente como para decirle a María Montoya que no comería más en su casa—pero por supuesto no estalló en furia ni se quejó ni siquiera le dijo la verdadera razón por que terminaba su acuerdo. La vergüenza del engaño, sin embargo, lo obligó a mudarse de Monte 822 y por un tiempo creímos que no lo volveríamos a ver. Pero nos equivocábamos y luego cuando vivimos otra vez en Zulueta 408 llegó a convertirse en una persona importante para mí, por un tiempo tal vez esencial.

En Monte 822 ocurrió otro incidente con María Montoya, pero no sería un delito secreto—al contrario, se propagaría y se haría legendario en la colonia del pueblo en La Habana (porque pronto, atraídos por las oportunidades de trabajo en la capital y rechazados por las dificultades económicas o compelidos por la curiosidad de conocer La Habana, se reunieron muchos emigrados internos que dejaron lo que ellos llamaban cariñosamente la Villa Blanca casi convertida en un pueblo fantasma), tanto que muchos creían el sucedido una invención ingeniosa. Sucedió que María Montoya envió a su hija Socorrito a un mandado, tal vez al mercado mismo. Pero doña María (así la conocía yo) olvidó encargar algo extra o tuvo una súbita inspiración y, como todavía Socorrito no iba lejos, se asomó al balcón y empezó a gritar a su hija: "Socorro, Socorro". Socorrito no la oyó pero sí los viandantes por el portal y tal vez la gente del cine: portero, empresario, habitués. Pronto hubo una alarma generalizada ante aquellos gritos de ayuda urgente emitidos por una matrona en apuros, la gente amontonada debajo del balcón de doña María, que no estaba muy alto, ella todavía gritando: "¡Socorro! ¡Socorro!", esta vez más fuerte porque Socorrito se alejaba calle arriba—pero eso no lo sabía la chusma diligente de debajo. Pronto apareció un policía (próximos siempre cuando no son necesarios) que se dirigió a doña María, con autoridad y respeto: "¿Qué le pasa, señora?" Doña María, ahora convertida en María Montoya, molesta por no haber podido alcanzar a Socorrito a pesar de sus gritos, perturbada por aquella interrupción, respondió: "¿A mí? ¿Qué me va a pasar? ¡Nada!" Al agente de la ley no le gustó la respuesta, que encontró un tanto destemplada: "¿Entonces por qué pide auxilio?" "Yo no he pedido auxilio, señor mío", dijo todavía más molesta María Montoya, acostumbrada como estaba a llamar a su hija Socorro sin conectar su nombre con una emergencia desesperada. "Sí, señora", dijo el policía picado porque de autoridad había sido rebajado a mero señor, "usted estaba gritando socorro, que yo la oí." "No señor", insistió María Montoya, "yo estaba llamando a mi hija que se llama Socorro." El policía no quiso aceptar lo que creyó una excusa absurda o una broma peligrosa o lo que es inaceptable para la policía, una tomadura de pelo. "Usted sabe señora que con la ley no se juega", dijo el policía. María Montoya, tal vez poseída de su preminencia en el pueblo, que era total anonimidad en La Habana, le respondió al vigilante: "Mire, déjeme tranquila y no se meta en lo que no le importa". El policía trató de encontrar la entrada a la casa del balcón de aquella mujer insolente que, además, como todos los orientales, cantaba al hablar. Pero afortunadamente en ese momento regresaba Socorrito y María Montoya la llamó por su nombre de Socorro y ella respondió "¿Sí, mamá?". El policía, que no había encontrado la entrada, pudo hallar una salida y quedó convencido de que todo había sido un malentendido. La gente aturbada más que perturbada volvió a caminar bajo los portales, Socorro se convirtió en Socorrito y el policía se fue a continuar su posta, que era como se llamaba en La Habana al recorrido de un agente de la ley uniformado y que en el pueblo, cosa de orientales, quería decir solamente un pedazo de carne de vaca de tamaño grande que usualmente se daba a los perros fatalmente envenenada, por lo regular en verano, tiempo de temor a la rabia.

Con los muy magníficos Montoya ocurrió otro incidente que fue una revelación. El protagonista esta vez no fue María sino su hijo Marianín. En el pueblo corrían raros rumores sobre Marianín, en conversaciones imprecisas y adultas pero que yo ya anotaba. María Montoya era viuda y ahora adoraba a Marianín, quien reciprocaba este amor con creces. Era decididamente un buen hijo y por ello alabado. Pero los rumores continuaban. Todos tenían como punto de partida el dato cierto de que Marianín, aunque ya era un hombre, no se interesaba en las mujeres—o mejor dicho, se interesaba de una manera extraña. Era por ejemplo capaz de describir un vestido de mujer con una precisión insólita en un hombre—a menos que sea un novelista. Marianín, además, solía usar palabras desusadas en un hombre, aun en un novelista. Por ejemplo, su frase favorita era "hay un detalle" y, al describir cualquier ocasión, siempre añadía: "Pero hay un detallito", y seguía su apreciación o su objeción. Parece que una vez logró reunir sus manías de modisto y de preciosista en un grado extremo y describió así una falda: "Preciosa. Pero hay un detalle en el dobladillo de ojo". Estas características de Marianín las oía en las conversaciones de mi madre con sus amigas. Marianín era por otra parte alto, fuerte, de abundante pelo negro (aunque ya mostraba amplias entradas que lo mortificaban mucho), ojos de pestañas desmesuradamente largas—para él eran aterciopeladas y añadía: "Ustedes saben, como las de Tyrone Power"—y un bigote fino, bien cuidado, copiado de Don Ameche, quien se convirtió en su ídolo desde que lo vio en *En el viejo Chicago*. ("Siento tener que traicionar a Tyrone", decía sonriente.) Un día, una tarde mejor, al regresar del trabajo (Marianín era barnizador—él se describía como ebanista—pero no se veía que tuviera tal oficio, ya que se lavaba las manos con tal escrupulosidad que siempre las traía blancas, sin trazas de barniz, orgulloso de ellas y sobre todo de las largas uñas de sus dedos meñiques: esta pulcritud llevada hasta el último, como diría él, detalle, era la admiración de mi madre, que lo contrastaba con el aspecto de mi tío Toñito que siempre volvía, de la misma carpintería que Marianín impoluto, cubierto de serrín hasta las pestañas, prematuramente encanecido por el polvo de cedro) Marianín le dijo a mi madre que tenía una sorpresa para ella, que se la daría más tarde. Mi madre no tenía idea de qué podía ser y se preguntaba cuál sería la sorpresa cuando tocaron a la puerta. Ella abrió y apareció ante nuestros ojos (los míos estaban allí para registrarlo todo) una muchacha montada en altos zapatos negros que realzaban sus piernas de amplias curvas, vestido violeta, boca pintada de rojo violento, ojos de grandes pestañas maquillados tal vez un poco exageradamente y un alto sombrero negro. La muchacha era Marianín, vestido—ataviado, especificaría él—con las ropas de su madre, tan bien transformado que pudo confundir a mi madre. Pero lo delataba un detalle: su bigote fino pero visible por debajo del maquillaje. Marianín estalló en una carcajada que fue coreada por María Montoya al aparecer detrás. Mi madre, pasada la sorpresa, también se rió con ganas. No recuerdo si estaba presente mi padre, tal vez para mostrar su desaprobación decidida ni si mis tíos acompañaron o no las risas de mi madre, de Marianín y de María Montoya. Recuerdo, sí, mi asombro inocente: acababa de ver mi primer travesti y no lo sabía. La ocasión no se volvería a repetir hasta un cuarto de siglo después.

El verano anterior—no, ese mismo verano del 41, antes de abandonar para siempre el pueblo—yo había realizado ciertas expediciones infantiles, una de ellas escaparme a las ruinas prohibidas del viejo Cuartelón y pasarme todo el día fuera, ahora que la autoridad paterna se había desvanecido. Sin embargo, yo que no era nada estúpido, debí saber bien quién era la autoridad en casa. Ignorarlo me costó una paliza cruel, dada por mi madre, impelida más por el miedo de no saber dónde había estado yo todo ese tiempo que por la ira. Pero también aproveché la ausencia de mi padre para otras aventuras sigilosas, explorando solitario las ruinas vivientes de sus libros. La mayor parte de ellos constituía la herencia que le tocó de las posesiones de su tío Matías, quien fue prácticamente su padre, que era uno de los pocos intelectuales del pueblo, tal vez el Intelectual, que escribía en el mejor de los diarios locales con el seudónimo de Sócrates, quien nunca se casó, su biblioteca su Jantipa y fue famoso en mi familia por un consejo que dio a mi padre sobre cómo debía educarnos:. "Críalos", dijo refiriéndose a mi hermano y a mí en tono sentencioso, "con el cerebro y no con el corazón". Mi padre trató de seguir aquel programa ético y criarnos con el intelecto—pero siempre se interpuso la pasión de mi madre. Ese verano sin padre pero sin amo hice un descubrimiento entre la biblioteca esparcida por el suelo. Había muchos libros pero recuerdo, por sus ilustraciones eróticas, una mitología que debía ser mi biblia, en que donosas damiselas desnudas eran acariciadas por cisnes, robadas por toros y asediadas por animales imposibles: medio hombres y medio caballos, mitad chivos y mitad hombres: supe entonces que existían los sátiros y los centauros y conocí la zoofilia exaltada. Había una edición que todavía era lujosa, a pesar del moho del muro, de *La vida nueva*, que apenas hojeé: me aburrió sólo pasar las hojas. Pero entre esos libros encontré un tomo pequeño, de aspecto humilde, en papel barato, con un nombre (para mí entonces eran nombres los de los libros, los títulos se referían siempre a películas) que parecía una referencia a los chivos y a los hombres-chivos: *El satiricón*. Comencé a hojearlo, intrigado por el título, la magia del nombre, buscando al chivo explicatorio y encontré de pronto lecturas extraordinarias, historias grotescas y cuentos que mi madre nunca me hizo: una pareja miraba a un muchachito y una muchachita hacer el amor (la frase pertenece al futuro, a La Habana y a la alta adolescencia: la palabra contemporánea era singar), una parejita singaba mientras otra pareja, adulta, la observaba oculta. Había más descripciones sexuales, muchas homosexuales (cundango era la palabra del pueblo para lo que en La Habana se llamaría maricón, cundanguería era la actividad, mera mariconería) y saltando las páginas aburridas, que eran pocas y estaban todas al principio, encontré escenas amorosas entre hombres y mujeres, muchos, en multitud, lo que luego supe que se llamaban orgías, palabra pronunciada por mí con el acento en la o, como en Borgias. Confieso que el libro me pareció inusitado que lo tuviera mi padre, tan serio, y escandaloso que estuviera entre los libros legados por mi tío Matías, que era verdaderamente adusto, el hombre más respetable del pueblo. Pero *El satiricón* me produjo una sensación inquietante, nueva, deliciosa y lo guardé donde pudiera encontrarlo cada vez que quisiera leerlo, releerlo en mi refugio, el sitio más privado, incluso alejado de la casa: el excusado, entre las heces y las zetas de las moscas verdes, olvidado de las miasmas, ensimismado leyendo, releyendo, anotando las anécdotas increíbles de la Roma imperial, que para mí era un lugar lejano pero posible, como La Habana vista desde el pueblo. La impresión que me produjo la lectura activa de *El satiricón* no sólo la recuerdo sino que la atesoro, como conservo todavía conmigo esa edición preciosa: mi primera literatura erótica.

Pero en Monte 822 me iba a encontrar con la verdadera literatura pornográfica, no escrita, como *El satiricón*, para sátira de una época, escarnio de un hombre y parodia de un libro, sino para pura pornografía, ese extraño mecanismo literario que entrando por los ojos (o por los oídos: más más tarde) actúa sobre la mente y pulsa el pubis, produciendo erecciones, titilando las tetas y estimulando el clítoris. No sé quién le prestó el libro a mi tío el Niño, que no conocía a casi nadie en La Habana y no tenía dinero para comprar nada. No podía haber sido Rubén Fornaris, tan inocente. No creo que mi tío el Niño habría admitido un préstamo semejante de Marianín marcado. Tal vez fuera Nila, una mujer (en realidad una muchacha: no tendría veinte años todavía pero yo seguía usando mis medidas infantiles y las hembras se dividían en niñas y mujeres) que se había mudado para nuestro antiguo cuarto interior pero parecía tener dinero (al menos tenía radio, que ni siquiera María Montoya poseía aparato tan precioso en la cuartería) y era atrevida. Nila tenía un marido llamado Reynaldo (en una conversación de mi madre le oí decir que parecía un chulo, lo que en los periódicos era siempre un proxeneta, pero esto no hacía de Nila una puta pues más que vivir con ella Reynaldo la visitaba: era un hombre alto que me impresionó por lo bien vestido que estaba siempre, con trajes blancos radiantes y un eterno sombrero claro: "Es un panamá", explicó mi madre, "el sombrero más caro que existe", y se decía que el panamá era virtualmente indestructible: esta cualidad del sombrero se contagió a su dueño) y ella había hecho amistad con nosotros, sobre todo con el Niño. En sus soledades Nila se entretenía en largas charlas con mi tío. A veces esas conversaciones se hacían muy íntimas y llegaron a preocupar a mi madre, que temía que Reynaldo los sorprendiera un día juntos. "Ese hombre es peligroso", solía advertir mi madre, y asocié su vestimenta al peligro: cada vez que veía a alguien con un traje blanco costoso y un panamá, invariablemente pensaba: "Ese hombre es peligroso", y más tarde aprendí: "He is dressed to kill". A veces el entretenimiento de Nila sólo era ir al cine, acompañada por supuesto por mí, que siempre me las he arreglado para ir al cine gratis. Recuerdo haber ido con ella al llamado escandalosamente Salón Rojo (su nombre tenía connotaciones aparentemente tan obscenas que, a petición de las familias decentes del barrio, fue cambiado al poco tiempo por el de Salón Regio), cine que tenía la arbitraria arquitectura de enfrentar los asientos a la entrada, la pantalla emplazada donde usualmente estaba la caseta de proyección y ésta donde queda siempre la pantalla. Nunca pude explicarme esa inversión caprichosa. Allí vimos más de una película inolvidable, yo embebido en el cine cuando debía haber puesto mis ojos en la belleza, roja o regia, que tenía al lado. Pero era todavía muy temprano: ya vendría mi tiempo del cine considerado como un coto de caza. Esta mujer, muchacha, Nila, debió prestarle el libro a mi tío el Niño, de seguro que se lo prestó, ahora no me cabe duda de que fue su préstamo pornográfico. Así llegó a las manos misteriosas de mi tío el Niño el libro que leía él con tanta tiniebla. No sé cómo me las arreglé para robarlo—robarlo, no: tomarlo prestado, no pedido, que fue lo que hice, devolviéndolo con tanto sigilo como cuando lo cogí: así aprendí a gozar enmascarado—y leí que se llamaba *Memorias de una princesa rusa*, desde el título un objeto de escándalo para mi padre. Ya en la primera página, sin preámbulos que serían una rémora, las descripciones sexuales, que se generaban, se degeneraban, se regeneraban, la princesa—llamada Vávara—gozando las aventuras más pornográficas, la singueta (ésa es otra excelente palabra, esta vez habanera, para describir el coito, los coitos repetidos, derivada del verbo singar, cúmulo sexual que vine a aprender unos años después) haciéndose cada vez más profusa, complicada y participaban un mayor número de personas en cada cuadro. Esta vez sí me excitó sexualmente el libro, libre de las complicaciones (tal vez fueran defectos de la traducción española o excesos de la literatura latina) de *El satiricón* y de haber sabido masturbarme (siempre fui un atrasado para el sexo aunque un adelantado para el amor) lo hubiera hecho, a pesar de que no tenía entonces un refugio equivalente del lejano excusado de la casa del pueblo y habría tenido que esconderme en el baño intercalado (frase que aprendí de mi madre en La Habana, que uso de manera irónica ahora, hagan el favor de notarlo: un baño intercalado, según la publicidad casera de la época, era

45

un baño de un apartamento, colocado entre dos cuartos: en la cuartería había una ducha y una taza para todos, el baño tan colectivo como la cocina, pero no es de esa incomodidad ómnibus que quiero hablar sino de la ausencia de un buen lugar para masturbarme—si hubiera sabido cómo), por lo que me limité a la mera lectura pasiva, lo que no ocurrió con *El satiricón*, a pesar de mis protestas, el verano siguiente en el pueblo.

Aunque Monte 822 fue un intermedio, un interregno, proseguí allí el aprendizaje del amor, que había empezado en el pueblo con una prima de ojos verdes legendarios en la familia—pero ésa es otra historia y pertenece a otro lugar. Aquí, en la cuartería momentánea, ocurrió una complicación amorosa que fue un regreso a la infancia que había perdido en Zulueta 408. Tomó la forma de un cuarteto, una complicación triple más bien, una ligazón con tres muchachas, una de ellas realmente una niña. Vivían en el cuarto de al lado, el que quedaba frente a la cocina y eran hijas de un chofer de taxi —máquina de alquiler entonces—, llamado Pablo Efesio, un mulato de bigote, calvo, de veras peligroso (no una estampa peligrosa como el marido de Nila, villano de postalitas), que había estado en la cárcel, según el mismo confesaba y que sin embargo no me inspiraba demasiado respeto porque yo conocía su punto débil: sus hijas, que singularmente no eran adefesios. La madre ya la conocen ustedes: era Victoria, la sigilosa vengadora de Rubén Fornaris, la que se moría lentamente de tuberculosis lánguida. Las muchachas eran tres hermanas a cual más diferente: Ester, la menor, que debía tener diez años, era tullida de una pierna, padecía un leve prognatismo y llevaba su pelo, más lacio que el de sus hermanas, en bucles. Luego venía Fela, que tenía unos ojos enormes y la boca negroide grande y el pelo menos lacio, con bastante de rizos negros y que era de una picardía absolutamente precoz para sus doce años. Finalmente estaba Emilia, alta y delgada, tal vez con un toque de la tuberculosis que mataría a su madre poco tiempo después, muy seria, con sus catorce años que a mí me parecían veinte. Fue de Ester de quien me enamoré, iniciando mi pasión por los amores imposibles, buscando la perfección en una mujer imperfecta. Mi amor anónimo tenía tanta necesidad de expresarse que tomé a la naturaleza por testigo: en un viaje que hicimos al pueblo vecino de Cuatro Caminos, a casa de unos parientes de mi padre, me las arreglé, siguiendo seguramente alguna película que vi con Nila, romántica y aburrida, para cortar las iniciales de Ester y mías en un árbol del patio al que seguramente dejé tullido por el gran corazón circundante. No sé cómo tatué aquel emblema pues mi padre me tenía prohibidas las cuchillas: debió de ser alguna clandestina. Cuando regresé a la cuartería iba a contarle a Ester esta hazaña amatoria, pero estaba su padre, de ogro ubicuo. Luego Fela no me dejó hacerlo. Fue después de la escuela, jugando parchís con Ester, con Fela y con Emilia que ocurrió el primer incidente perturbador, uno de una serie que hizo deleble mi impronta. El parchís estaba en una mesa pequeña (no había en el cuarto lugar para un mueble más grande y seguramente comían sobre ella) y el juego estaba en lo más intricado de fichas y de dados, con todas las casillas ocupadas, cuando sentí que me tocaban entre las piernas y no fue un toque casual porque el miembro buscaba mi miembro. Miré a Ester, que estaba a mi lado, luego a Emilia que estaba al otro lado: las dos muy metidas en el parchís para pensar en otro juego. Entonces miré a Fela: tenía que ser ella la del pie táctil, ya que no podía ser la madre sentada a la ventana cosiendo. Pero Fela tenía los ojos bajos, mirando al parchís. De pronto levantó la mirada y no me hizo un guiño sino que se rió sin mover los labios, sus ojos brillando audaces: era ella. No volvió a tocarme pero después me confesó que fue ella: se había quitado un zapato y con el pie desnudo me había tocado exactamente el sexo. Desde ese momento cambió mi rumbo erótico—pero no mi amor, fiel hasta la muerte o por lo menos hasta la mudada. Mi amor era de Ester, la que no entendía de juegos eróticos: ni siquiera me permitía tocar sus senos, tal vez fuera porque no existían pero estaba su pecho que no me dejaba alcanzar. Sin embargo se dejaba besar, dulcemente, con sus ojos de larguísimas pestañas cerrados, para parecer la vera imagen de la castidad. Con Fela hubo otros juegos cada vez más íntimos. No sé cómo yo encontraba lugar—y hablo no sólo de tiempo sino de espacio en la reducida cuartería, vigilada como estaba ella no sólo por su madre sino también por Emilia. Pero encontramos momento y lugar. Una de las ocasiones el juego se hizo más serio, cuando junto con Fela fui a buscar alcohol lejos de la casa, pues ya había empezado la guerra y el alcohol estaba racionado. Fela y yo avanzamos por calles lejanas, algunas cerca del Salón Regio, pero laterales a Monte, cerca de Cristina, calles oscuras, hostiles, yo temeroso de encontrarme alguna pandilla (¿pueden los sueños convertirse en pesadillas con el tiempo? En seis meses las pandillas, a una de las cuales había pertenecido, si bien brevemente, habían pasado a ser de una asociación amistosa a una amenaza. Todas parecían tener su hábitat—que era en realidad su territorio—en los suburbios y las más peligrosas eran, no sé por qué, las del barrio de Luyanó, terreno vedado para mí hasta el día que más por bravear que por necesidad, con todo el miedo del mundo, lo atravesé de parte a parte con un compañero de escuela: anticlimáticamente, no pasó absolutamente nada, sobreviviendo a la aventura no sólo sin un rasguño sino siquiera con un gesto amenazante) en las búsquedas afanosas de alcohol (que no era una poción para beber mi padre abstemio sino combustible para cocinar: alimentaba una invención habanera llamada reverbero, que no reflejaba luz sino que producía calor: era una cocinita en miniatura, sumamente peligrosa, que se nutría de alcohol y tenía tendencia a estallar, más cóctel Molotov que hornilla: en un reverbero estuvo cocinando mi madre hasta que mi padre compró un anafe, pronunciado anafre, alimentado al carbón) siempre me acompañó Fela y tenía la costumbre de meter una de sus manos (en realidad, manitas) en uno de mis bolsillos, no refugiándola del frío sino entrometiéndola en mi intimidad, y protegidos por la oscuridad (no sé por qué esta búsqueda continua de combustible se hacía por la noche o tarde en la tarde cuando ya era oscuro, cuando tan propicio era para nosotros partir hacia la tierra del alcohol y del amor) ella me tocaba a bulto, tratando de acariciar mi pequeño pene, que ya estaba erecto—solamente meter ella su mano en mi bolsillo me producía una erección. Creo que la sola salida de la casa juntos ya era objetivo erótico. Como los viajes en busca de alcohol eran repetidos (los reverberos son como los borrachos: no sólo peligrosos sino ávidos de alcohol) tuve la maña de abrir un hueco al fondo del bolsillo y así pudo Fela meter su manita y encontrar mi penecito. No recuerdo ninguna eyaculación pero sí recorrer las calles paralelas a Monte, desde Rastro donde estaba una de las fuentes de alcohol, hasta Cuatro Caminos (el crucero de calles no el pueblo del mismo nombre a muchos kilómetros de allí) que era una esquina no sólo peligrosa sino muy frecuentada y lo que es peor (nunca pensé antes que podía llegar a detestar la profusión de luces en la noche habanera) muy alumbrado, recorrido que hacía en un embeleso, completamente entregado al sexo todavía incipiente pero ya poderoso, embrujante, envolvente—un halo invisible pero no menos radiante que la fosforescencia de la ciudad. La culminación de la relación con Fela (que los dos nos arreglábamos muy bien para disimular con maña de adultos) ocurrió un día que me estaba bañando en el minúsculo cuarto de baño, que tenía una ventana lateral, siempre cerrada, y abierto por arriba, con la pared de la puerta terminando por encima de ella, a una altura como de dos metros. Me estaba duchando cuando oí una voz que me llamó. Todo lo que se me ocurrió fue buscar su fuente en la ventana tapiada. La voz dijo entonces: "Aquí encima", y miré para arriba y era Fela, mirándome, riendo, precariamente sostenida al borde de la pared. No supe qué decir, acostumbrado ya hacía años a bañarme solo, resuelto a no dejarme ver desnudo. Tal vez hasta tratara de cubrirme y cubrirme de ridículo. Fela, muy contenta de su acción audaz, se reía, se reía. Luego, como colofón, me propuso que yo hiciera lo mismo cuando ella se estuviera bañando. "No me voy a tapar", me animó, pero yo nunca me atreví a imitarla, tal vez aprensivo ante su feroz padre, tal vez temeroso del cuerpo desnudo.

Tengo que recordar que yo era el único muchacho en aquella cuartería. Así tal vez no resulte raro lo que ocurrió poco después, sin tener que posar de irresistible. Fela y Ester debían de estar en la escuela pero Emilia, que se ocupaba de su madre, estaba cocinando algo en la cocina. No sé por qué yo no estaba también en la escuela, pero sucedió que acerté a pasar por la cocina (no tenía nada que hacer en esa parte de la casa: nuestro cuarto quedaba lejos de la cocina: tal vez yo estuviera buscando, como tantas otras veces, el sonido del radio del cuarto de Nila, que quedaba frente a la cocina) y de pronto me encontré dentro de la cocina, hablando con Emilia. La conversación era trivial: no teníamos mucho que decirnos, hasta le tenía cierto respeto por ser una muchacha mayor, casi una mujer, cuando de pronto me dijo: "¿Por qué te gustan Ester y Fela?", pero ahí no terminaba la pregunta sino que hizo una pausa: "¿Y no te gusto yo?" Me quedé pasmado: no supe qué decirle, qué contestarle, cómo enfrentar aquella pregunta tan directa. "¿Es porque ellas son más prietas?" Me sorprendió pero no por mucho tiempo: la explicación estaba a la vista: Emilia, al contrario de sus hermanas, salida más a su madre que a su padre, era casi blanca, y el suyo era una clase de racismo inverso que me encontraría muchas veces en el futuro: ella resentía no ser tan oscura como sus hermanas. Es verdad que había en Cuba un culto a la mulata, sobre todo en su aspecto sexual, pero ésta era una actitud masculina. Aunque por otra parte una mujer trigueña, de piel morena y ojos negros (había una variedad: la prieta de ojos verdes que pertenecía a cierta mitología popular, cantada en muchas canciones, forma folklórica del poema) era muy admirada pero por lo regular se refería a la mujer blanca de raza y de piel oscura. Ahora me encontraba esa admiración masculina expresada por una mujer y lo hacía todo muy complicado. Emilia era una muchacha complicada, no con las complicaciones de Ester debidas a su cojera, más bien era una complejidad nutrida por la neurosis de su madre complicada por la tuberculosis, mal neurótico. Era demasiado complicado para mis doce años, aunque yo estuviera acostumbrado a las conversaciones adultas por la educación que me había dado mi madre (terminé, para horror póstumo de mi tío Matías, siendo educado por el corazón de mi madre no por el cerebro de mi padre), por las asociaciones políticas de mi padre, por los argumentos de mi tío Pepe, por las conversaciones oídas a las amigas de mi madre, reunidas en torno a ella mientras bordaba en su eterna máquina Singer. Pero era verdaderamente complicado. No supe decirle a Emilia que ella me gustaba mucho (en realidad no me gustaba: había algo de monja en ella, tan devota a su madre, tan seria) y no pude hacer nada. Emilia debió adivinarlo porque me dijo: "Pera", que es la forma habanera de decir espera, y salió rápida de la cocina y, antes de que me pudiera dar cuenta de que me abandonó, había regresado. Después pensé que ella fue a ver a su madre, pero no tuve tiempo de pensar mucho más. Emilia de vuelta a la cocina como había salido, disparada, su cuerpo largo y flaco escurriéndose por la puerta siempre abierta (la cocina no tenía puerta sino un mero marco de acceso) y vino a mí silente. Sin decir nada me cogió por el brazo y me llevó hasta la zona libre de la pared, donde terminaba el fogón (que era en realidad una barbacoa de cemento para poner los reverberos o los anafes encima, centro de la cocina ómnibus: curioso: la pobreza pueblerina era más bien individual o familiar, mientras que la pobreza urbana me había hecho conocer primero en Zulueta 408 los baños colectivos y los inodoros colectivos, y ahora en Monte 822, la cocina colectiva: puedo decir que el resto de mi adolescencia estuvo dominada por entre tantos deseos, por el anhelo de regresar a la individualidad pueblerina, no por volver al pueblo, que fue un ansia pasajera, más bien una querencia, sino por, entre otras cosas, recobrar la privacidad: puertas que cerraran excluyendo la intrusión vecina, un inodoro propio, un baño propio, una cocina propia, volver a ser particular, pero otra de las ansias, que ya formaba parte de mis deseos, me la iba a colmar Emilia ahora, siendo propicia:) y en el rincón se me encimó, arrinconándome contra la pared, pegando sus labios sobre los míos en el primer beso adulto que me daban en mi vida. No abrí la boca (no sabía cómo), tampoco la abrió ella, pero no era un beso adolescente: más que una muchacha Emilia era una mujer. Pero en vez de sentir alborozo lo que sentí fue confusión. No sabía por qué estaba haciendo ella lo que hacía: todo sucedió en silencio, sin preámbulo, sin motivo. Verdad que nos veíamos a menudo, que jugábamos (junto con sus hermanas, juegos domésticos, no todavía juegos de salón pero tampoco los juegos infantiles del pueblo), que conversábamos, que convivíamos en la cuartería, pero ella siempre se mantuvo distante y fría. No era como Ester que en su infantilismo podía jugar un juego más, el juego de los noviecitos. Ni como Fela, con sus ojos pícaros y sus grandes dientes blancos presentes en su sonrisa de labios gordos, sonriendo cómplice, insinuándose siempre. Emilia era muy reservada: hasta tenía los labios finos de los reservados, heredados de su madre que se callaba hasta su enfermedad, sin permitirse nunca ser delatada por la tos. Ester y Fela tenían las bocas gordas de su padre y habían heredado su temperamento, atenuados en Ester por la niñez pero a punto de desatarse en Fela que ya casi era lo que popularmente se conocía como una mulata caliente, criatura de la mitología sexual habanera. Emilia, delgada y pálida, era tan reservada como su madre, pero ahora me estaba besando como no lo había hecho ninguna de sus hermanas. En realidad, solamente Ester me había besado, besos de niña, mientras que Fela no estaba interesada más que en mi sexo: ponerlo en erección, tocarlo, verlo. Emilia me abrazaba pero sus manos no se dirigían nunca por debajo del pecho, mostrando una pasión (no voy a ser tan vanidoso que me crea que su pasión, tan súbita, era por mí: era una pasión antigua, universal, expresada en mi dirección porque yo era el único muchacho que vivía en la cuartería, ya que la otra persona joven era mi tío el Niño y ella debía sospechar que había algo entre el Niño y Nila o tal vez lo consideraba demasiado mayor) que años después yo podía calificar de romántica. Ahora apenas atendía a lo que ella me decía entre los besos o el largo beso sostenido, hablando ella ese Esperanto del amor, el idioma que siempre espera más que expresa, sordo yo porque estaba más interesado en el beso en sí que en su literatura—en otra época podría haber dicho que atendía más a su lengua que a su lenguaje. En realidad trataba de tocarle sus senos, de bajar mi mano entre sus piernas, de acariciar las nalgas—acciones todas que ella impedía, controlando mis brazos con su abrazo, besándome, susurrando entre los besos palabras que yo no entendía. Cuando noté que pasaban los segundos con esa calidad que tienen ciertos segundos decisivos de parecer minutos y ella no se separaba de mí, comencé a preocuparme de que alguien viniera a la cocina: tal vez su callada madre entrando silenciosa. O lo que era peor, que regresara a deshora, en mala hora ahora, ese atropellado chofer errático que era su padre, peligroso. Cuando más pensaba en estas acechanzas del enemigo, debí trasmitir mi temor a Emilia—el miedo mayor que el amor—porque dejó de besarme con idéntica acción súbita a la que comenzó: se separó de mí y salió del abrazo y de la cocina como una sola sombra sólida. Yo me quedé allí, sin aliento, incapaz de moverme, absolutamente sorprendido, atónito ante el ataque (sí, había sido un ataque, una violación de besos) de Emilia. Pero también aguardaba: yo deseaba que ella volviera, esperaba que volviera, anhelaba que volviera—pero no volvió. Al cabo del rato (minutos con carga de horas por la espera) dejé la cocina y traté de buscar a Emilia por la casa pero no la encontré. (Claro que no la busqué allí donde la habría encontrado: en su cuarto, contradicciones del que se mueve entre el amor y el miedo.) Ésa fue la primera y la última vez que tuve relaciones íntimas con Emilia. Después hasta llegó a mostrarse distante, aunque ella no estuvo nunca muy cercana pero era accesible si uno se dirigía a ella. Luego, más tarde, cuando nos mudamos a Zulueta 408 de nuevo y vinieron a visitarnos las hermanas.

sólo lo hicieron Ester y Fela. Ester era la misma, infantil y como enfadada por su leve prognatismo—tal vez resintiera su pierna lisiada—pero Fela había cambiado: al hacerse más mujer se había hecho consciente de una falta particular y parecía como acomplejada racial. Recuerdo que cuando nos reunimos en la azotea con algunos muchachos del edificio, me dio la impresión de que temía que yo hubiera contado nuestras escapadas en busca de alcohol aparentemente pero en realidad a practicar actos furtivos, pero antes esas aventuras sexuales no sólo no le importaban sino que le gustaba que se supiesen. Llegó, no me olvido, a preguntarme una vez, sonriente, dientes grandes, boca gorda: "¿No se lo dijiste a tu tío?", pero en realidad diciendo: "¿Por qué no se lo dijiste a tu tío?". En esa visita única (no volvieron más por la casa y luego supe que su madre había muerto) no vino Emilia y más nunca la volví a ver.

Dejábamos Monte 822 (significativamente en el mes de abril aunque la significación sea absolutamente personal) para volver al primer punto, la primera parada, que era como el lugar de origen: de alguna manera estábamos destinados a Zulueta 408. Desde que salimos de aquel falansterio mi padre estuvo tratando de regresar, entre otras cosas porque estaba frente al Instituto de La Habana, donde yo debía empezar mi bachillerato, razón que siempre me pareció una excusa. A mi madre también le gustaba vivir en el centro de La Habana, aunque fuera en aquel extraño edificio, con su arquitectura depravada. (Mi amigo Silvio Rigor, conocido ya estudiando bachillerato y una de mis primeras amistades en visitar mi cuarto, lugar de residencia que mantuve oculto todo lo que pude, escondido de mis condiscípulos el hecho de que yo habitaba el solar, Silvio lo llamó la Casa de las Transfiguraciones y nunca se refirió al lugar que yo habitaba por otro nombre: con el tiempo he llegado a comprender que no tuvo nombre más apto.) Pero antes de mudarnos de Monte 822 ocurrió una irrupción mía en una conversación que mantenía Pablo el chofer con mi madre, de noche ya, en la terraza de la cuartería, donde solían reunirse a conversar los vecinos. Ya la había entreoído antes pero ahora pude oírla claramente. Pablo le advertía a mi madre con su vozarrón en susurros inútiles que más que una educación yo lo que necesitaba era que me hicieran un hombre: él estaba verdaderamente preocupado porque me había visto mucho jugando con sus niñas, tal vez demasiado para un muchacho, decididamente nada bueno para un futuro hombre. "Un varón no debe jugar con hembras", sentenció con su chorro de voz. Recuerdo que aun entonces pude preguntarme qué pasaría si este hombre temible, ogro didáctico, supiera qué juegos realmente jugaba yo con sus queridas hijas.

Aunque había venido varias veces a esta parte de La Habana, a visitar con mi madre a una vieja amiga del pueblo y su hija (su madre se vio obligada a dejar el pueblo porque había tenido relaciones con un desconocido y resultó madre siendo soltera, a su vez su hija, una belleza antigua y pálida llamada Carola, murió misteriosamente en La Habana, de tuberculosis, según supimos), a visitar a mi padrino, que era dentista y tenía un consultorio en la calle Compostela (a mí entonces me pareció maravillosa su casa, con su balcón interior corrido bordeado de plantas, que era a la vez el pasadizo a que daban todas las habitaciones y hoy tiendo a ver esa casa palaciega como un apartamento de baja clase media característico de La Habana de los años veinte) y a acudir como una alevilla a la luz al cine Actualidades, a sus luces y sombras a veces acompañadas por la nueva música americana, ese *swing*, aunque una vez había estado presenciando de

pie desde el Parque Central la reproducción de los juegos de
pelota de las Grandes Ligas, hecha en lo que se llamaba críp-
ticamente un pizarra magnética erigida a un costado del teatro Payret, aunque había recorrido el Paseo del Prado varias
veces y asistido, a su final, en CMQ, a muchos programas de
radio con público, aunque había bojeado esa isla futura nunca
había vuelto por Zulueta 408, este solar, falansterio que sería
trascendental en mi vida, con el que sueño todavía sueños que
tienen la composición de pesadillas y al que había entrado
—más bien penetrado—niño y al que dejaría ya hombre,
creando a la vez que consumía mi adolescencia. Creo que
debo dar una idea del edificio ahora que estábamos instalados
allí más o menos definitivamente (en un principio pensé que
indefinidamente, luego creí que eternamente), cuando tuve
todo el tiempo del mundo para explorarlo. Tenía (o tiene todavía: su estructura perversa parecía estar hecha para durar
para siempre) tres pisos, sin planta baja (en la que había sólo
un cuartico para guardar utensilios de limpieza), con un primer piso que era tenebroso porque estaba sumido en una oscuridad constante, los cuartos cerrados (menos el cuarto doble de la encargada, concierge que hacía las veces de criada,
portera y cancerbera, su puerta una gran reja cancel que le
permitía observar con ojo ubicuo todos los movimientos del
pasillo interior, al que enfrentaba y el descanso del primer
tramo de escalera), el segundo piso era donde habíamos vivido, que veía ahora (no era un regreso: en realidad nunca lo
había dejado) bañado en una claridad ceniza que venía de los
cuartos abiertos, la luz filtrada por las cortinas que hacían de
puertas, y al fondo y arriba estaba el tercer piso, al que se subía por una escalera de madera milenaria que era también de
acceso a la azotea, donde todos los vecinos tendían su ropa al
sol. Los cuartos de la azotea eran solamente cinco y parecían

precarios, de techo de madera, pero en el segundo piso solamente había quince cuartos, en que vivían otras tantas familias. El cuarto que mi padre había alquilado (al que habíamos sido condenados: era una celda) no tenía ventana y daba al largo pasillo interior por una puerta y por la otra a una especie de terraza degenerada, de patio interior, de placita anterior a los baños, a los inodoros—y más importante, a la llamada pila (otro nombre nuevo para mí: la única pila que conocía entonces era la pila bautismal de la iglesia del pueblo), que era una llave de agua con un continente cuadrado debajo, rodeando a la pluma hasta un metro de altura por tres costados: por lo que el nombre de pila no era una mala metáfora. Detrás de la pila había un tragaluz de varios metros de largo y de ancho, cuadrilátero que daba escasa luz a la casa de los bajos. En vez de cristal el tragaluz estaba protegido de detritus por una amplia tela metálica y el borde era una baranda cuadrangular de metro y medio de alto. El tragaluz, por supuesto, pero también la pila y los techos de inodoros y baños daban al aire libre, flanqueados por una pared que era la del edificio anejo y detrás había una abertura en semicírculo por la que se podía ver la alta tapia del teatro Payret, y si uno se empeñaba mucho, el cielo. Por ese acantilado trepó memorable un chimpancé un día: el pobre animal, maltratado por su domador entrenándolo en el patio del teatro, escaló todo el muro vertical y luego accedió a la azotea para bajar por la escalera de madera y pasearse, entre bamboleante y majestuoso, triste versión humana pero simio suficiente para crear el pánico entre las mujeres del edificio, muchas de ellas, sin embargo, bellas incapaces de sentir miedo por su virginidad en aparente peligro ante la bestia peluda. Esto fue lo que hizo recordable ese retazo de pared. Aparte de la función de los baños, que era múltiple, estaba el tragaluz gigante, siempre atractivo por peligroso, donde un muchacho audaz (y de poco peso: yo también era de poco peso entonces y habría podido emular su acto, pero nunca me atreví) corrió un día sobre las maderas traviesas del marco de la tela metálica sobre el abismo urbano. Enfrentando el tragaluz había dos cuartos y al extremo izquierdo había otro cuarto. Pero nuestro cuarto dominaba la placita porque tenía una puerta grande (esta planta del edificio era de puntal muy alto), que solamente se cerraba en los pocos días que soplaba ese viento desconocido para mí en el pueblo: el norte que bajaba del Canadá y, aseguraban algunos, del polo, por el boquete de la Corriente del Golfo, ocasionando marejadas en el Malecón y frío en esa zona de una isla tan tropical. El resto del tiempo nuestra puerta estaba abierta y por las noches había una puerta secundaria, muy parecida a la puerta vaivén de un *saloon*, precaria, que cerrábamos con un tosco pestillo. La otra puerta, la que daba al pasillo, pronto ostentó una cortina, varias cortinas diferentes pero siempre con adornos florales. Mi madre se las arregló para pintar el cuarto de un tono lila que un día futuro, de visita Ricardo Vigón, que tenía tan buen ojo, al ver un ramo de flores artificiales (nunca supe por qué mi madre tenía tanta afición por las flores artificiales, me imagino que sería porque eran producto único de la ciudad: en el campo no crecen flores de papel), rosa contra el lila de la pared, se quedó extasiado, sus ojos abiertos a la contemplación, declarando a la combinación perfecta: "Es un Matisse", fue su veredicto.

Pero no he regresado al pasado para escribir unas memorias artísticas y así debo dejar fuera las tertulias literarias que llegaron a formarse con el tiempo en la zona de la placita que nos pertenecía por contigüidad con la puerta, nuestro espacio cultural, ocupado por sucesivas reuniones: primero las reuniones de los amigos artísticos del pueblo, como Colás que tarareaba óperas completas (la cultura del pasado), luego por compañeros de mi padre en el periódico, literariamente inclinados, que tanto influyeron en mí, y mis amigos del bachillerato más tarde, intelectuales en cierne (la cultura del futuro). Solamente quiero hablar del microcosmo de Zulueta 408, un mundo en sí, un orbe cerrado (la cultura del presente entonces). Tengo que mencionar de pasada cómo cambiamos el mobiliario ad hoc de Monte 822 por el juego de cuarto (ineludible frase comercial habanera que designaba una suerte de tresillo compuesto de armario—llamado escaparate en La Habana—, coqueta—otra palabra habanera para designar una suerte de consola tocador que mi madre acogió encantada, ya que como mujer política era muy emancipada y eso significaba en el pueblo la audacia de pintarse el pelo, untarse colorete y usar creyón de labios—y una cama camera). No recuerdo si el juego de cuarto fue adquirido (sí estoy seguro de que fue comprado a plazos) inmediatamente después de la mudada o a los pocos meses de haber regresado a lo que se definía como nuestra meta, fin que era un eterno comienzo. Sí recuerdo que la tosca mesa improvisada por el anónimo carpintero negro, hecha en silencio, desapareció en la mudada como un objeto perdido en la cuarta dimensión de la memoria—pero no iba a disiparse así nuestra pobreza, marcada ahora por la oscuridad donde antes siempre hubo luz. Como en una prisión el único bombillo de nuestra celda se apagaba a las diez de la noche: la corriente eléctrica era gratis en el solar que anunciaba mendazmente que era posible obtener allí cuartos gratis, pero las luces se encendían variables al anochecer y se apagaban incoerciblemente a las diez. Tardaron muchos años en que pudiéramos disfrutar la posesión de ese mágico difusor de cultura popular, llamado por un locutor "fuente de solaz y esparcimiento", que era un aparato de radio. Mientras tanto, como en el orden de esta narración, me iba a contentar con la cultura del medio: la frecuentación de los vecinos, el establecimiento de grados diversos de intimidad, superando mi timidez, el conocimiento de aquel laberinto habitado—Zulueta 408, hábitat y destino. Che Sarrá, Sarrá.

La primera persona que conocí fue inevitablemente el vecino más próximo, en este caso la vecina de al lado. Se llamaba Isabel Escribá, quien sin el acento cumplía en su apellido mi futura condena. Es muy probable que Isabel Escribá descendiera de catalanes (muchos cubanos llevan nombres catalanes) pero tenía las suficientes gotas de sangre negra en sus venas para que su piel tuviera ese color yodado que yo asocio con ciertas bellezas jóvenes que van mucho a la playa o tienen la misma mezcla negra y que no he visto en su plenitud más que en muchas muchachas cubanas entonces y décadas después en varias bellezas brasileñas. Para mí Isabel Escribá era casi una anciana (debía de tener unos 45 años) vista desde mis doce, casi trece, años, pero hoy sé que había en su compañía la promesa retrospectiva de una mujer que fue muy bella, que sin duda gozó su plenitud y, lo que es más importante, fue muy gozada. Ella dejaba saber, con el legítimo orgullo de una esposa, que había sido la querida (es decir la amante oficial) de Domingo Rosillo—y lo hacía con la seguridad de que todos sabíamos quién era Domingo Rosillo. Yo, por supuesto, no tenía ni idea. Debió de ser mi padre quién me adelantó la información de que Domingo Rosillo, entonces un hombre "ya mayor", era héroe y pionero de la aviación cubana: había atravesado, volando solo, el estrecho de la Florida en 1913. Luego supe que Rosillo había estudiado aviación en Francia, cuando nadie lo hacía en América, y que su vuelo de sólo 90 millas pero plagado de peligrosas corrientes de aire, había sido un acto heroico, una hazaña. Por la época en que conocí a Isabel Escribá, Rosillo era un antiguo amante, ella tal vez en su recuerdo (el de Rosillo) sólo una medalla más. Isabel Escribá (a quien comencé por llamar, siguiendo la costumbre del pueblo, doña Isabel, para su contrariedad: ella me prohibió tajante un día que la siguiera llamando doña) es importante para mí no sólo porque me sentía atraído por los restos de su belleza, algo similar a contemplar ruinas, sino porque conocía a una verdadera querida. Había oído hablar a mi madre de las queridas (que se diferenciaban de las mujeres del pueblo que tenían amantes en que eran meras mantenidas), recogiendo la información al vuelo indiscreto mientras hacía como que jugaba o más tarde pretendiendo estudiar, en sus conversaciones alrededor de la máquina de coser con sus amigas. También Isabel Escribá me proporcionó el acceso a una fuente de conocimiento: las revistas americanas. Ella tenía entonces (mejor debía decir todavía) un amigo que la visitaba, tal vez un amante, aunque a mí se me antojaba que era un eterno aspirante, un enamorado bobo, un novio perpetuo, que trabajaba de camarero en el hotel Plaza, entonces un obligado paradero de turistas americanos. Como regalo, el visitante de Isabel Escribá le traía las revistas que dejaban olvidadas los huéspedes en las habitaciones. Ya yo había conocido en el periódico *Hoy* la revista *Life*, que era como una película fija, pero a través de Isabel Escribá, que me regalaba las revistas después, conocí *Saturday Evening Post*, *Look*, *Collier's*, *Pageant* y *Coronet*. Entre estas revistas, años después, encontré mi primera bañista en bikini, asalto visual que se convirtió en motivo amoroso, en objeto erótico y estímulo de incontables masturbaciones. La beldad más extraña que la fricción: una muchacha morena (la fotografía no era en colores y para mis propósitos preferí que ella no tuviera los ojos azules), sentada en una suerte de barra, las dos piezas de baño dejando ver el ombligo surgiendo entre la separación como el botón prohibido que era, la pieza inferior haciendo los muslos más largos, incrustada la tela en el sexo al tiempo que lo desvelaba, la pieza superior aplastando un poco los senos para sobresalir las medias mamas visibles por sobre las breves tiras negras, ella sonriendo, satisfecha de mostrar su cuerpo espléndido, deleitada, deleitable, yo contento de poder escrutar toda esa carne detenida, de mirarla una y otra vez, de tenerla siempre al alcance de una mano. Hablé de bellezas y de frotes pero cuando Isabel Escribá comenzó a regalarme revistas que traían fotos de mujeres fáciles a la vista (olvidé mencionar la revista más reveladora: *Esquire* y sus mujeres dibujadas por Vargas, para vergas) yo no sabía nada de masturbaciones: lo iba a aprender todo ese verano en mi pueblo sin embargo. Fue la ida de vacaciones fuera de La Habana lo que me impidió continuar mi conocimiento de Zulueta 408. Emprendería ese estudio a mi regreso, ya de una manera aplicada. Me tomaría tiempo: el infierno y el paraíso no se conocen en un día.

No recuerdo cuál de mis amigos en el pueblo—no creo que fuera Nano—me instruyó en el arte de la masturbación, que es por lo demás simple en sus principios: las complicaciones vienen después, una suerte de maña barroca del estímulo sexual. No fue ninguno de mis condiscípulos pues al salir del pueblo había dejado detrás la escuela, los maestros siempre deferentes (nunca supe si tenía que ver esta deferencia con mi padre, con su tío, por el tío de mi madre o era una deferencia académica), los compañeros de clase. ¿Fue alguno de mis amigos del barrio el instructor torpe? Tal vez Langue, quien con su nombre exótico y su pelo rubio blanco era una encar-

nación del mal sexual en la barriada. Pero Langue me llevaba
dos años y era dudoso que condescendiera a reunirse conmigo siquiera. Creo significativa esta falla en mi memoria.
¿Por qué no recuerdo a mi iniciador en el placer solitario, que
debió ser importante por la importancia que adquirió en mi
vida la masturbación? No hubo—estoy seguro—masturbaciones colectivas, tampoco masturbaciones mutuas, mucho menos que me dejara masturbar por un tercero: no digo segundo
porque mi segundo es mi miembro: la masturbación fue siempre un asunto entre mi pene y yo—socio sucio—, bien privado, y alguien más sería un tercero en discordia. Fue años
después, muchos, que me masturbé acostado mientras ella a
mi lado se masturbaba también. Durante años la masturbación precedía, como un ritual, al baño—o la hacía en el baño
sin bañarme o en el inodoro o, al principio en el pueblo, en el
excusado mismo en que mi abuela me sorprendió con mi
prima de ojos verdes cinco años atrás, precoz, casi obsceno.
Pero ahora efectuaba mis primeros experimentos en la manipulación de mi pene. Mi iniciador me había dado instrucciones breves pero precisas: con una mano, se mueve así, adelante y atrás, varias veces y ya está: te vienes. No tardé en
comprobar por la experiencia cuánto tardaba en lograr la eyaculación, que debió ser exigua esas primeras veces. Ese verano revelador me encontré de nuevo con *El satiricón*, que
vino a ser mi primer auxiliar literario a la masturbación. Recuerdo cómo el libro me pareció cambiado ahora, más rico,
olvidados los pasajes retóricos en la búsqueda de literatura
erótica. El tomo tuvo que quedarse en el pueblo cuando regresé a La Habana, pero sería rescatado por mi padre nada
menos al año siguiente, junto con todos sus libros. Sin embargo no se volvieron a reunir la literatura erótica y la experiencia en *El satiricón*, al descubrir en La Habana otros esti-

mulantes escritos pero nada literarios que eran en extremo eficaces en el auxilio a la masturbación, aunque estaba también la masturbación por la masturbación, yo encerrado en mi pene de marfil, art for art's sake de masturbarme, y los estímulos vivos que encontré en Zulueta 408, que era una colmena sexual.

Al lado de Isabel Escribá, pegada al baño, vivía una familia compuesta por Gerardito—el barbero del barrio, que tenía la barbería en los bajos, justo al lado de la gran puerta de entrada—, Dominica, su mujer, su hermana Leonor (que uno o dos años después iba a morir súbitamente atropellada por un tranvía, pocas semanas antes de su boda: los elementos de un melodrama compondrían una verdadera tragedia familiar: ella además era una belleza andaluza y no se merecía morir), y la hija del matrimonio, Elsita, que era gorda y enana y a la que tuve que sacarle no recuerdo cuántos dientes de leche. El matrimonio, cuando se mudó Isabel Escribá (doña Isabel fue la primera persona que pudo abandonar el falansterio por un apartamento decente, haciéndome concebir la esperanza de que era posible salir de Zulueta 408, pero antes de mudarse no sólo me introdujo al mundo gráfico de las revistas americanas profusas, sino porque conocía al portero del paraíso del Radiocine—tal vez uno de sus viejos admiradores—me hizo entrar gratis al cine muchas veces: así lamenté doblemente su mudada), pasaron a ocupar su cuarto. El cuarto que ellos dejaron lo alquiló Rosendo Rey, un español muy serio, que llevaba siempre un sombrero blanco que mi madre me informó que no era de jipijapa legítima (lo que lo hizo un falso peligroso) y que un día iba a producir una revelación escandalosa—si algo, para esa fecha, podía escandalizarme de Zulueta 408.

Dominica, al revés de su hermana difunta, era una mujer

fea: tenía una cara dura, de grandes quijadas macizas, labios finos, ojos pelados y cejas que se juntaban y era bastante velluda. Parecía una gallega, nada andaluza como su hermana, pero tenía unas tetas enormes que no dejaban de impresionarme entonces. Después, con el tiempo y el conocimiento, me haría un experto en tetas y llegaría a apreciar mucho las tetas pequeñas, las teticas, los senos casi ausentes—como los de Elsita, aunque nunca me pasó por la cabeza la idea o por el cuerpo el menor deseo por aquella niña llena de dientes de leche flojos, siempre empeñada en que yo fuera quien se los sacara. "Debieras estudiar para dentista", me decía Dominica después de cada extracción sin dolor como si ésa fuera una perspectiva luminosa. Dominica solía hablar mucho conmigo, tal vez compelida por su soledad: Elsita en la escuela, Gerardito cortando pelo abajo, su hermana muerta. Creo que fue ella la primera persona en que advertí la soledad en el solar, donde la vida era tan promiscua, tan atiborrada, tan poco propicia a sentirse solo. Ella no me oía leer de corrido o conversaba como hacía Isabel Escribá, aun después del día en que le hablé de un artículo que leí en la revista Bohemia, donde decían que Hitler era antisemita porque era medio judío: "odio característico de todos los mestizos a su raza". Isabel me miró, suspiró y dijo: "Si tú supieras la verdad", y no dijo más, pero me indicó con su expresión, con su mirada, con su voz triste que yo acababa de herirla profundamente. Fue solamente años después que vine a darme cuenta de mi lamentable error racial. Dominica no tenía la piel color de yodo y solía conversar no de aviones y pilotos audaces sino de temas cotidianos que me aburrían hasta el bostezo, pero con Isabel Escribá, aviatriz (la primera vez que oí esta palabra creí que señalaba a la mujer de un aviador), había comenzado a interesarme en las mujeres mayores: era un interés decididamente sexual. Tenía, claro, mis ojos puestos en muchachas de mi edad, como la visión convertida en pasión distante y nunca, ay, correspondida por Gloria Graña, aliterativa y altanera, bajo cuyo balcón fui un Romeo diurno y remoto y jamás llamado por mi nombre en nombre del amor. Dominica, con su cabeza grande y sus grandes dientes, no podía ser una pasión pero sí era un interés. Comencé a sospechar que ella estaba algo más que entretenida en la conversación cuando un día interrumpió su charla, hasta entonces animada, porque llegó Elsita. Otro día (mi visita debió tener lugar por la mañana) se volvió muy agitada ante el regreso imprevisto de Gerardito. No fue hasta años más tarde que adopté la costumbre de imaginarme el acto sexual posible, imposible de matrimonios, de gente sola y hasta de solteros, de amigos y de conocidos y aun de completos desconocidos, y ahora pienso que el coito de Gerardito debió de ser espectacular: tan grande, tan gordo, respirando siempre por la boca—por un mal nasal que le acarrearía la muerte: murió repentinamente y cuando le hicieron la autopsia le encontraron una enorme bola peluda que le obstruía el estómago: los pelos los había absorbido de sus clientes, respirando por la boca mientras los pelaba—, colorado por hipertenso, debía soplar como una ballena y moverse con gran dificultad, arriba y abajo, aplastando casi a Dominica, este leviatán lúbrico.

Pasó el tiempo y mis visitas se hicieron espaciadas: yo no le dedicaba toda mi atención a Dominica: la constancia no está entre mis virtudes, al menos en lo que respecta al amor. Pero visitaba a Dominica de tarde en tarde y era mi costumbre (aprendida en Zulueta 408, esa universidad) entrar en su cuarto a cualquier hora—siempre que no estuviera Elsita con algún diente de leche flojo o Gerardito ocupando con su corpulencia todo el espacio del cuarto, extendiéndose hacia la terracita, expandiéndose por el solar que era como decir el universo. Esa vez levanté la cortina y entré y sorprendí a Dominica en refajo. Eran todavía los tiempos gloriosos de esa prenda nunca elogiada bastante por los cantores de la figura femenina medio vestida. Dominica no hizo ningún movimiento para completar su vestimenta con una blusa siquiera o por cubrirse con una toalla: simplemente se quedó allí sentada junto a la ventana, que haciendo pendant con la puerta también estaba cubierta por una cortina. No bien la vi mi turbación se convirtió en conversación: ésa ha sido una de las características de mi timidez y así, siendo por naturaleza parco, el ser tímido me ha transformado en gárrulo. No recuerdo de lo que hablé: sólo recuerdo que Dominica me contestaba, pero ni en ella ni en mí había lugar para la conversación: era sólo un retazo, como la cortina, con que enmascaraba la situación. Me había quedado en el mismo sitio que había ocupado de entrada: al ver a Dominica en refajo avancé hasta la mitad del cuarto, que no era muy grande pero cuyas mitades estaban en relación con sus proporciones: por mucho espacio que hubiera ocupado en mi primer avance, todavía me quedaba la mitad por alcanzar, como un Napoleón en una campaña de Rusia erótica, Dominica sentada junto a la ventana, evidentemente acabada de bañar, aún a medio vestir, esperando aparentemente. No me pasó por la mente que me esperaba a mí sino que esperaba a Elsita o a Gerardito, aunque yo sabía que a las tres de la tarde era dudoso que alguno de los dos pudiera regresar y aun si fuera así—¿por qué esperar hija o marido en refajo renuente, más cerca de desnudarse que vestirse? Pero, pregunta sin respuesta, ¿por qué esperarme a mí, visita ahora ocasional, una mujer madura esperando a un muchacho, un adolescente apenas, para una entrevista dudosa? Hablamos (es decir, empecé a hablar yo) y mientras hablaba veía cómo su bozo se cubría de sudor a pesar del baño reciente, siempre ella de perfil, contestando a mis preguntas y haciendo ocasionalmente preguntas que yo debía contestar a mi vez, preguntas y respuestas que no tenían nada que ver con lo que de veras iba a pasar. Yo imaginaba un brazo más largo que el mío—de hecho monstruosamente extendido—, con una mano audaz que llegara hasta el borde del refajo, rijoso, y acariciara sus senos suavemente. No me detenía su fealdad (aunque aun de perfil era posible notar la frente estrecha, los arcos superciliares botados, la nariz con punta de bola y la gran distancia que había entre ésta y el labio superior, que formaba junto con el inferior más belfo que boca: pero todo esto estaba borrado por la promesa de los senos y, lo que es más importante, del sexo) sino el respeto a mis mayores. ¿Y si yo la tocara y ella se escandalizara? ¿O no se aspavientara sino simplemente se lo dijera a mi madre y fuera mi madre la autora del escándalo? ¿O si me echara del cuarto y de su vida? Pero si esas consideraciones sociales detenían mi mano corta no disminuían mi pene que había estado creciendo por su parte todo este tiempo digresivo y ahora levantaba agresivo el pantalón, tanto que la entrada súbita de Gerardito, una rápida mirada suya (en mi imaginación culpable esa mirada sólo podría dirigirse a un sitio, localizado en mi anatomía vestida pero denunciando, anunciando la desnudez) revelaría lo que estaba pasando, o peor: lo que iba a pasar, aun si no notaba que su mujer se hallaba en refajo (yo soñaba despierto que tampoco tenía pantaloncitos debajo, que estaba desnuda excepto por esta pieza que hacía la desnudez parcial más excitante, que ella estaba vestida así a propósito y hasta llegaba en mi fantasía a pensar que ella me había convocado expresamente), que había entre los dos una tensión, una corriente indudablemente sexual. Dominica dejó de hablar y en

69

ese mismo momento yo me callé y, por supuesto, no quedó entre los dos más que un silencio más embarazado que embarazoso que por entre el que se podía oír el rumor licencioso de mi pene, compeliéndome, impeliéndome: no faltaba más que actuar. Creo que moví un pie. No estoy seguro. Me movía entre la imaginación del futuro mediato y el presente inmediato, tiempos que abolían el espacio. En ese momento Dominica dejó de estar de perfil, dominando su lugar, y se volvió hacia mí. Me miró y debió notar mi turgencia: yo suponía que era tan visible para todo el mundo (y todo el mundo era entonces Dominica) como para mí: yo lo sentía empujando la doble tela tropical del calzoncillo y del pantalón, mi pene pujante: para mí un apéndice enorme, tan evidente en ese momento como un obelisco en una plaza, mi monumento. Dominica me estaba mirando en silencio pero no puedo decir si me miraba a mí o a mi pene, aunque los dos éramos uno. Al cabo dijo, con voz que era asombrosamente dulce aunque poco cultivada: "Creo que es mejor que te vayas". Yo la oí pero no quería creer lo que acababa de oír: esta mujer que había estado conmigo encerrada (las cortinas eran telones que no dejaban ver la escena ni los actores: todo sucedía entretelones en el solar), semidesnuda, intimando, excitándome con su desnudez (o con la promesa de desnudez total que era estar parcialmente vestida), pero también con su conversación (el hecho de que hablara sobre nada, naderías, mientras permanecía impasible en refajo era una forma de excitación verbal), que había hecho crecer mi pene de la casi inexistencia—¿no hay un dicho que dice que lo que no se ve no existe?—hasta ser una presencia que podía conectarnos a los dos, asumía de pronto el papel de ama de casa decente, su cuarto un teatro, y me mandaba a salir, me despedía, me alejaba. No podía entenderlo. Luego llegué a decirme que ella debía sentirse halagada de que con su fealdad y con sus años (aunque realmente tendría alrededor de treinta) lograra no sólo interesarme sino excitarme hasta la indiscreción. Pero hoy tiendo a pensar que la decente Dominica (muchos años después descubrí un cuadro de un pintor desconocido para mí en Cuba, Quintín Matsys, absolutamente ignorado—por mí: yo ignorante, a pesar de haberme interesado por la pintura desde muchacho—, su retrato *La duquesa fea*, imagen de Margaretha Maultasch, que se supone fuera la mujer más fea de su tiempo y mientras mi mujer declaraba: "No he conocido a nadie tan feo", pensé automáticamente en Dominica, dudosa duquesa pero francamente fea y dando un doble salto vertiginoso de años y de lugar, de un rico museo belga al falansterio de La Habana Vieja, de 1963 a tal vez 1943, dije: "Pues yo sí") hizo lo correcto: desterrar mi obscena presencia entonces con voz dulce pero decisiva—después de todo yo pude haberme equivocado del todo y haber tomado por interés sexual lo que era un mero gesto social. Lo cierto es que confundido abandoné ciertamente el cuarto, no temiendo ya a la irrupción de Gerardito, imponente, corriendo, bufando, pujando para conservar el honor de su esposa, ni a la denuncia a mi madre ni a la llegada de Elsita a destiempo, a tiempo para ver mi tienda de campaña y preguntar: "¿Qué es esa cosa?", y descubrir el sexo justamente cuando le salían los dientes de hueso, su sacamuelas de leche también descubridor de la pubertad en su verdadero sentido: cuando se es capaz de concebir: impúber, púber a través de mi pudenda: muestra del miembro que alimentaría su futura envidia del pene: asta y pavés que se había desplegado ante Dominica con la presteza, si no con la destreza de un adulto adúltero. Me fui para no entrar más a aquel cuarto que me había despertado el deseo (recordado, imaginario) por dos mujeres entradas en años, una que podía

71

haber sido mi abuela, la otra que bien pudo ser mi madre. Pero si cuando con Isabel Escribá yo sentía una forma vicaria del deseo, pensando retroactivo en lo deseable que debía haber sido cuando joven (aun con su leve estrabismo que quiero descubrir más que revelar ahora, ya tarde), la otra, a pesar de su fealdad feroz, llegó a despertar un verdadero deseo actual. No volví a su cuarto aunque más de una vez ella me hiciera sentir bienvenido y tuviera que sacar otro diente de leche a la siempre repelente Elsita, que parecía producir dientes flojos a una velocidad superior a mi capacidad para extraerlos, Dominica interviniendo para coger el diente todavía sangrante y guardarlo, conservándolo como un tesoro, al tiempo que exclamaba, su frase favorita mis honorarios: "De veras que debieras estudiar para dentista".

, Mi atención se dirigió, como mis pasos, al tercer cuarto que daba a la placita, a la izquierda, hacia un lado. No recuerdo quién vivió en él antes de que se mudaran Zenaida y su familia fértil. Además de sus padres vivían varios hermanos y hermanas allí pero Zenaida era la mayor, la memorable. De una muchacha indiferente devino en días una mujer de rara belleza: blanca, con el pelo castaño rojizo y los ojos violeta, un color de ojos extraño en La Habana y precedió en sus rasgos a la popularización de la imagen de una estrella de cine europea captada por Hollywood y su máquina de mentiras maravillosas y rebautizada con su medio nombre italiano, Valli. Esta estrella en su declinar—de su fama de actriz, no como mujer: nunca la vi más bella que cuando la conocí—fue a caer en México. Allá, en un night-club de moda donde cantaba boleros roncos una cantante india, me la presentó un productor mexicano años después y yo, que nunca supe dar un paso de baile, impulsado por el alcohol y el entusiasmo, salí a bailar con la Valli y pude estrechar su carne deseable, aunque no tanto como cuando era sombras y nombre, y traté, the dancing fool, de levantarla, ignorante de que sentado en nuestra misma mesa a media luz estaba, silencioso espectador, su marido secreto, un anónimo fotógrafo americano: se habían casado a escondidas para preservar su status de estrella. Cuando supe que eran un matrimonio incógnito se dobló mi vergüenza, por el fiasco al haber intentado conquistar a la actriz y la presencia de su esposo escondido, pero me absuelve de la doble culpa el amor triple: a la estrella de cine, a la mujer verdadera y al recuerdo de Zenaida. Ella, mayor que yo, nunca me miró más que como un muchacho vecino y luego se casó con Bautista López, primo de mi padre, que la conoció al visitarnos y que era notable porque aunque era bastante joven estaba blanco en canas. Mi madre decía que Bautista era muy bien parecido, que las canas lo hacían interesante: "Parece platinado". Lo mismo debió pensar Zenaida pues se hicieron novios enseguida. Sin embargo, como a la Valli que era su doble, tuve a Zenaida en mis brazos una vez, aunque no gracias al alcohol y a las sombras sino resultado de una broma imbécil y peligrosa y, ¿hay que decirlo?, adolescente. Zenaida decía siempre que le tenía miedo mortal a los ratones y nadie quería creer el tamaño de su horror que era una convención cómica del eterno femenino. Un día juntamente con el Chino (uno de los muchachos que vivían en el solar) y otro muchacho más (no recuerdo quién: tal vez fuera Cuco) le preparamos una sorpresa culinaria a Zenaida. La invitamos a comer al cuarto del Chino, que daba a la calle (el mismo cuarto de olor exótico que vinimos a parar a nuestra llegada a La Habana, heredado ahora por la familia del Chino que eran parientes de los antiguos inquilinos), la hicimos salir al balcón antes de la comida y el Chino se apareció con un plato cubierto con otro y diciendo "Zenaida, mira—vivito y coleando" levantó el plato superior para descubrir en el otro plato un ratón muerto. Al verlo Zenaida dio un grito y por poco la broma termina mal, pues en su pánico ella intentó saltar del balcón a la calle. Fui yo quien tuvo la doble suerte de atraparla: a la vez evité su muerte y la tuve en mis brazos viva, un momento nada más pero el tiempo suficiente para sentir su cuerpo tembloroso, no por mi abrazo sino por el animal muerto, no por amor sino por horror incoercible a los ratones, su miedo no menos impulsivo que mi deseo. Zenaida me perdonó mi participación en la broma pero yo no olvidé mi parte. Después sólo me consolaba de la envidia por Bautista saber que yo también había estrechado las carnes de Zenaida, semejantes a las de la actriz italiana, pero más jóvenes, más tiernas aunque no menos renuentes las dos a mi abrazo, ambas un mismo mito.

Antes de recorrer recordándolo el largo pasillo central, que es más largo ahora en la memoria, y volver a entrar en los cuartos que frecuenté durante los ocho años adolescentes (en realidad mi adolescencia se extendería más allá de la adultez, durando duradera), quiero contar mi encuentro con el mal y el placer hechos una misma carne: el mal para otros, el placer también para otros, pero para mí un encuentro memorable. Ocurrió al regreso del verano en el pueblo, todavía era verano porque yo no estaba yendo a la escuela y ese septiembre fue que empecé de oyente en el Instituto. En mi ausencia mi madre había hecho amistad con una muchacha que nadie trataba en el piso porque era puta. Había otra puta en el solar pero ésta era lo que luego conocería como puta de postín, que tenía un cuarto alquilado pero no vivía en él, sólo lo visitaba. Pero Etelvina (éste era el nombre de la muchacha) era lo que se llamaba una fletera, una puta que hacía la calle, nombre y frase aprendidos en La Habana. Solamente mi madre, con su insólita tolerancia, rompió el cerco social a que tenían sometida a Etelvina. Cuando dije que Etelvina era una muchacha no era una aproximación y debía haber dicho su edad: Etelvina Marqués no tenía más de catorce años y le había confesado a mi madre que hacía dos años que era puta. Se había escapado a esa edad de casa de su madre en Camagüey y había venido a parar en La Habana. Ella era sobrina del senador Marqués, notorio años atrás por haber sido asesinado en condiciones misteriosas que no descartaban el crimen político. Etelvina había contado a mi madre quién era, qué edad tenía en realidad y cómo se había fugado de su casa. Al revés de muchas putas, Etelvina no tenía chulo y era en extremo independiente. Era una muchacha alta, rubia (teñida de rubio, con ese color rubio característico del pelo oscuro oxigenado, no rubio albino ni color miel sino un tono intermedio pero definido, como rubio quemado), bonita y bastante feliz, tanto que justificaba la frase mujer alegre. Era, además, asombrosamente adulta, tanto que nadie adivinaría que tenía catorce años si ella no lo declaraba—lo que sin duda le había permitido escapar a la ley de corrupción de menores. Mi madre, tal vez para demostrar que no temía a la lepra social de Etelvina, se había adjudicado la labor de cuco de despertarla por las mañanas: ella que se levantaba temprano (mejor dicho, que no dormía: toda su vida fue una insomne), se encargaba de que Etelvina no durmiera después de las once. A mi regreso del pueblo mi madre me confió esta tediosa tarea: yo debía despertar a Etelvina todos los días tocándole fuerte en la puerta hasta que ella declarara que estaba despierta. Pero de ninguna manera debía yo entrar en su cuarto: me advirtió que Etelvina, aunque una buena muchacha, podía tener enfermedades malas, que era el término general para todas las gonorreas, blenorragias y sífilis de la mujer mundana. Es más, la frase enfermedad de mujer mala fue la que empleó mi madre, a pesar de su liberalismo. También me dejó saber con palabras veladas que en el cuarto de Etelvina se concentraba todo el mal de La Habana. (En el pueblo, curiosamente, aunque era grande no había más que una puta, también escandalosamente rubia, Gloria Cupertino: tan contagiosa que la sola mención de su espléndido nombre era capaz de infectarte.) Desperté a Etelvina muchas veces, tocando a su puerta no como un cuco sino un pájaro carpintero. Pero un día fui a despertarla y toqué a la puerta, una, varias veces y nadie respondió. Volví a tocar una vez más y vi que la puerta, como en las películas de misterio, estaba entreabierta. Pensé que algo le había pasado a ella durante la noche que había dejado la puerta abierta. (Aunque a veces, en el verano, nosotros dormíamos con una puerta abierta, solamente protegidos por la cortina constante, pero Etelvina no tenía telón de boca.) Empujé la puerta y se abrió más, se abrió toda y desde allí, detenido por el marco, pude ver el cuarto completo, pero ni siquiera lo miré: sólo tuve ojos para Etelvina: estaba acostada en la cama, bocabajo, totalmente desnuda. No sé qué me conminó a entrar, si la curiosidad incierta o definidamente el deseo. Fui hasta la cama y toqué su cuerpo (por un hombro) porque entonces, mi mente morbosa, se me ocurrió que estaba muerta, tal vez aniquilada por el mal de mujer mala. Al tocarlo sentí su hombro tibio (cálido casi: estaba vivo: desde la muerte de mi hermanita, años antes, había aprendido que los cuerpos muertos, pecadores o inocentes, están todos fríos) y ahora la sacudí por el hombro. Etelvina se despertó, dándose vuelta lentamente: al verme me sonrió. "Vine a despertarte", le dije. Ella bostezó: al revés de los dientes míos, de los de mi familia, tenía una dentadura completa y sana: el mal no la había atacado por la boca. "Es que anoche", me explicó entre bostezos, acción que yo había aprendido que era de pésima educación y ella era sobrina de un senador, aunque difunto: tal vez la calle la había contagiado no sólo del mal sino de malas maneras, "me acosté muy tarde". Entonces reparé que todo este tiempo había permanecido desnuda, sin hacer el menor gesto para cubrirse, yo viendo vagina velluda: la primera que veía en mi vida. Enseñaba sus tetas que me parecieron enormes: las únicas que había visto desnudas hasta ahora, las de mi madre, ojeadas subrepticiamente, no eran la tercera parte de grandes que las tetas de Etelvina y no era una mujer sino una mera muchacha. "Siéntate", me dijo, haciendo un lado para mí en la cama y yo la obedecí más rápido que si lo hubiera hecho de intento, impelido como siempre por mi timidez. (Debo intercalar aquí que tuve cuidado, al ver a Etelvina desnuda en la cama, de cerrar la puerta a mis espaldas: tal vez lo hice para que no la vieran desnuda desde el pasillo, tal vez fue otra acción de la timidez, pero nunca tuve la intención de crear una intimidad: Etelvina era para mí el mal y además estaba muerta, ¿recuerdan?) Me olvido de qué habló y tal vez no habló de nada más que de lo que habló y habló, ¿de qué otra cosa?, de sexo: era una criatura sexual: selección natural. Recuerdo con los ojos pícaros que me miró al hablar (tenía los ojos maquillados con lo que todavía se llamaba maybelline: el rímmel actual, la máscara americana, pero no tenía los labios pintados: tal vez se los hubiera borrado el sueño—o alguien antes), su voz sugerente: "Qué", me dijo de pronto, "¿no te haces todavía tu pajita?" Yo pretendí que no entendía de lo que hablaba: no podía decirle que yo sí sabía lo que era la masturbación, un arte que había aprendido hacía poco, pero al revés de otras artes la había aprendido bien. Claro que hubiera preferido haberla estudiado con Etelvina que con mi anónimo informante: era mucho más agradable que toda aquella carne desnuda que veía desparramada por la cama hubiera sido mi instructora y no Nano, el muchacho del pueblo, pobre iniciador. Pero no le dije nada a ella: no hablé de si sabía o no sabía: me quedé callado. "¿No sabes cómo se hace?", me preguntó Etelvina y se sentó en la cama, sus senos que antes caían a los lados del cuerpo ahora se irguieron con ella y se veían como duros domos dorados. "Es muy fácil", continuó. "La sacas de ahí", señalando para mi portañuela que estaba lisa como fláccido seguía mi pene: atemorizado, replegado, reducido por el miedo a tanta carne próxima, "y te sacudes la pichita y te vienes." Por un momento temí—pero también deseé—que ella fuera a hacerme una demostración allí mismo. Pero no la llevó a cabo: se quedó sentada en la cama, las piernas recogidas entre sus brazos, el sexo casi abierto o tal vez abierto pero no bien visto con mis ojos tímidos. "Pero tienes que hacértela tú solo", advirtió, "si no, no es una paja." Ahora me atacó el temor de que se apareciera mi madre: yo llevaba demasiado tiempo en la tarea de despertar a Etelvina cuando bastaban tres toques, pero no tenía ninguna gana de dejar el cuarto, no por mi propio modo. Etelvina era la primera mujer que veía verdaderamente desnuda (cuando vi desnuda a mi prima ella era una niña y para colmo creo que sólo se subió la saya, y las tres mulaticas amorosas nunca se desnudaron para mí: una de ellas lo hizo en el baño pero no tuve valor para salvar la barrera de pudor que era la pared protectora y mirarla ducharse) y aunque había encontrado a Etelvina desnuda (no es lo mismo ver desnudarse a una mujer que verla ya desnuda) no dejaba de ser excitante, aun por encima de mi timidez, de mi miedo, de mi aprensión a la próxima llegada de mi madre que era entonces (con respecto a Etelvina) la policía del sexo, me emocionaba hasta alcanzar a oír los golpes de mi corazón delator ver aquella muchacha de tetas grandes (para mí grandiosas), con caderas de mujer ya, con su sonrisa tan pícara como su mirada, hablando impúdica de pichas, de pajas y de venidas como si hablara de flores desnuda en un jardín. No sé cómo salí del cuarto, cómo pude irme del recinto de aquella develación, cómo pude abandonar tanta delicia y dejar a Etelvina dorada desnuda, mirándome con sus ojos lúbricos, sonriendo con sus labios pudendos (aun sus grandes labios debieron sonreír entonces aunque yo no sabía localizarlos), alejarme de esta puta púber y alegre. No fue la única puta contenta que encontré en mi vida: años después, trabajando en Carteles, que estaba junto a uno de los barrios de burdeles de La Habana, en su mismo borde, dando fácil acceso—asexo, diría Silvio Rigor por esa época—a los bayús, conocí putas gayas. No sé por qué mi literatura no lo reconoció así: tal vez era derivada, dependía demasiado de la noción errónea, aprendida en los libros, Zola Vayas, de que todas las putas son infelices. No me tocó en suerte despertar más a Etelvina. Quizá mi madre notó mi demora ese día o vio en mi cara que me había tuteado con el mal. No lo sé, pero el hecho cierto es que no volví a ver toda esa espléndida carne joven, desnuda y fácil. Al poco tiempo ella se mudó del solar y cuando la vi fue siempre de lejos. Un día, una tarde, atravesó los jardines del Instituto, dorando al sol como Melisa sus cabellos y con los fragmentos desnudos que ofrecía al mirón—brazos, piernas, cuello—compuse su cuerpo corito. Otro día estaba ella en la calle comprando canisteles que copiaban su color en el puesto de frutas de la esquina de Teniente Rey. No creo que ella me vio tampoco esta vez: estaba tan linda como siempre aunque me asombró que estuviera levantada tan temprano: eran las once de la mañana. Pero Etelvina dejó su verdadera estela en Raúl de Cárdenas, un estudiante eterno que estuvo enamorado de ella (tal vez fue un cliente, tal vez ella le regalaba sus existencias, sus esencias) y que vino por casa de visita un día, como hacía a menudo. Mi madre lo encontró pálido, pobre, y Raúl confesó que Etelvina lo había infectado de una enfermedad incurable: la temida palabra sonó susurrada: sífilis, sibilante y secreta, y noté la alarma de mi madre y su compasión por Raúl víctima aunque nunca condenó a Etelvina culpable. (La sífilis era curable ya pero su cura era terrible, a veces con efectos alternos, catastróficos. Cuando se fue Raúl mi madre enseguida limpió con alcohol la silla en que había estado sentado él: no sabía mucho mi madre de enfermedades venéreas ni de bacilos o virus, pero yo entonces sabía menos que mi madre y si de algo me contagió Raúl, o Etelvina, fue de un terror incoercible—como Zenaida y sus ratones—a las putas, que resultaría más nocivo para mí que haberme realmente infectado de sífilis al sentarme en la cama peligrosa de Etelvina.)

Directamente enfrente a nuestro cuarto vivía una familia integrada por un hombre, su mujer y dos hijas, pero las hijas eran ya mujeres—o al menos me lo parecían. Era una familia curiosa. La madre debió ser hija de chinos porque era china, pero no solamente era china ella sino que la fuerza de su raza pujante había logrado que sus dos hijas salieran también chinas. Todas eran habaneras pero una de las hijas, llamada Gloria, era una furia oriental, un dragón en forma de mujer, una versión de la Dama del Dragón. Nunca la vi siquiera sonreír, mucho menos reír pero sí estallar en ira con todo y contra todos, y en especial su blanco era su padre blanco—que se llamaba, cosa curiosa, Amparo: era la primera vez que me encontraba con un hombre con nombre de mujer. Por supuesto yo había oído el nombre de José María y Jesús María, en que el nombre femenino de María era como un complemento, pero alguien llamado Amparo y que fuera un hombre era inusitado. Pero el pobre Amparo era apocado, como determinado por su nombre, superado numéricamente por las chinas de su casa, de su cuarto, comendadas por su mujer, que se llamaba Celeste: ese extremo oriental era el imperio de Celeste y sus hijas. La mayor, Gloria, era lo que se llamaba una solariega. Ya he explicado brevemente mi teoría de cómo llegaron a llamarse solares estas cuarterías (no falansterios como Zulueta 408, sino los verdaderos solares de La Habana Vieja, los primeros), en que casas solariegas, abandonadas por sus nobles o ennoblecidos dueños cuando la Independencia, fueron divididas interiormente, formando cuartos en que acoger la creciente población habanera, a la emigración interna de los primeros años de la República, a los mismos guerrilleros mambises, a su tropa, no a los oficiales, la soldadesca compuesta en su mayoría por blancos pobres y negros o mulatos, los oficiales blancos que tenían nombre heredando las casonas de La Habana que se expandía extramuros, precisamente en la continuación de Zulueta o de la calle Monserrate, ubicándose como nuevos aristócratas, caricaturas coloniales, en El Cerro, en La Víbora y hasta en el lejano Vedado. Así las casas solariegas de La Habana Vieja quedaron apocopadas en solar, solares. De solar hubo una nueva derivación hacia su origen y nació el adjetivo solariego, perteneciente o propio del solar y sin tener que ver con casa solariega ya. Este adjetivo era una manera despectiva de describir un carácter o señalar una manera: quería decir la forma extrema de lo vulgar, escandaloso y bajo. Gloria no heredó el carácter íntimo y reservado de los chinos: ella era bullanguera, chusma: Gloria era solariega. Ella era la primera persona en que me encontraba este carácter habanero plebeyo, ya que en la cuartería de Monte 822 se respiraba una atmósfera familiar y nunca vi ni oí una pelea—el único desacuerdo fue la conspiración de María Montoya para servir sobras a Rubén Fornaris y el descubrimiento y revelación de esta deleznable infamia realizado por Victoria y mi madre. En Zulueta 408, no bien habíamos regresado, cuando un día iba yo por el pasillo rumbo a nuestro cuarto y de pronto me salió al paso un hombre, mejor dicho un hombrecito, pues tenía más o menos mi estatura, y me retó sin ningún motivo, sin ninguna provocación de mi parte, yo yendo tranquilo: "Oye lo que te voy a decir", me dijo, "ándate con cuidado o te voy a romper la cara!". Lo dijo muy serio, casi feroz, de manera que no era una broma. "Una cosa", agregó, "se lo puedes decir a tu padre, que a él también le parto la cara! ¡Anda, díselo!" Y se quedó en el pasillo, junto a su puerta, como esperando que yo fuera a contarlo a mi padre. Por supuesto que no dije nada. Pero estuve un tiempo temeroso de que este personaje irracional atacara a mi padre. Afortunadamente se mudó a los pocos meses. Éste era un ejemplo de solariego físico, que hablaba bajo y amenazaba alto. Gloria era una solariega verbal. No sólo insultaba a su padre, insultaba también a los vecinos de al lado y una vez llegó a insultar a mi madre gratuitamente: era obvio que era capaz de insultar al universo. Después del insulto a mi madre todos dejamos de hablarle: mejor dicho, nunca le habíamos hablado realmente pues la comunicación con estos vecinos tan obvios (no había más que levantar la cortina y eran visibles) se hizo siempre a través de Delia, la hermana de Gloria. Ésta era una verdadera belleza, con un cuerpo menos curvilíneo (ésa es otra palabra que aprendí en La Habana, donde tuve que aprender tantas, tanto que el español se me hizo exótico) era más escultural (otra palabra nueva) y tenía una palidez que debía de haber heredado de su abuelo chino, ya que Amparo era blanco pero oscuro y su madre era de piel trigueña, como su hermana Gloria. Otro contraste: Delia era dulce y hablaba con una voz muy agradable, casi acariciante: una voz muy difícil de encontrar en el solar: no era nada estridente y al mismo tiempo era sensual. Gloria solía exhibirse yendo hasta el baño en ropa interior, pero yo no me atrevía a mirar por temor a ofender al dragón en refajo. Delia era por el contrario muy recatada. Las dos salían mucho juntas, sobre todo a bailes: les encantaba bailar y a veces llegaban muy tarde y las oíamos, en verano con la cortina nuestra única puerta nocturna, llegar conversando, Gloria resonando con su voz de gong, Delia susurrando como un abanico: parecían pertenecer a distintas dinastías. Por el día Delia casi desaparecía y era una fiesta para mis ojos cuando la veía surgir de entre la cortina, que se me antojaba chinesca aunque tal vez fuera tan indescriptiblemente habanera como nuestro telón de foro. Un día me llamó y me encantó cómo pronunció mi nombre detestable, destacando el inevitable diminutivo como una intimidad. Tal vez fue para que fuera a una mandado, una de las maldiciones de Zulueta 408, en que yo tenía que hacer mandados no sólo a mi madre sino para los vecinos también, sobre todo a la horrible América, hermana de la amiga de mi madre del pueblo, América que era tonta y a la vez hipocondríaca, con sus sucesivas cirrosis y colon caído y hernia del hiato, pero que nunca fue ciega: tenía un ojo certero para verme pasar rumbo a la calle frente a su puerta encortinada y llamarme en el momento preciso en que creía haber salvado aquel estrecho erizado de mandados, Caribdis un vecino, Escila América. Pero no me importó nunca hacerle un mandado a Delia: me encantaba sobre todo cuando depositaba el dinero en mi mano: ese breve contacto de sus uñas chinas con mi palma abierta duraba una delicia. Pero más que estos momentos fugaces recuerdo una ocasión inolvidable porque es eterna. Yo salía de nuestro cuarto y hubo un golpe de viento propicio que no abolía la oportunidad: el aire levantó la cortina de bambú y pude ver a Delia en refajo: sus brazos desnudos hasta la axila pálida, el comienzo de sus senos, sus piernas mucho más arriba de la rodilla, convertidas allí en muslos torneados (yo no sabía todavía que se llamaban así en La Habana pero veía que así eran), toda su belleza asiática, con la suficiente sangre cubana para hacerla más sensual, ésta descendiente de concubinas (eso es lo que pienso hoy, cuando vienen a mi mente los nombres de Shanghai y de Cantón, y de Sechuán, lo que recuerdo ayer es una Delicia innombrable), vista sólo un momento memorable. deseando yo que la ocasión de mi salida hubiera tenido lugar antes, antes el viento revelador, pues evidentemente se estaba arreglando para salir, y haberla podido ver en pantaloncitos y ajustadores o, quién sabe, haber coincidido con el precioso, preciso instante en que estuviera toda desnuda, en cueros, indeciblemente corita: la beldad china, la primera que habría visto en mi vida (en el pueblo había chinos pero no había una sola china, los podía ver en la fonda de La Marina, donde los visitaba a veces con mi padre, en que hablaban de Chiang Kai-shek debajo de un retrato, un cromo chino, de Chiang Kai-shek, todos chinos. Hasta nuestro vecino contiguo, Rafaelito Hidalgo era medio chino a pesar de su nombre que tomó de su madre cubana, y el chino Chan con su tienda en La Loma, a una cuadra de casa de mis abuelos, casado con cubana, era hijo de chino y cubana él mismo: todos ellos chinos pero no había una sola china visible en mi pueblo, lo que me hizo llegar a la conclusión temprana pero arraigada de que no existían las chinas) y aquí estaba Delia, en todo su esplendor asiático para desmentir mis teorías infantiles, provocando con su media desnudez (pero suficiente para mi memoria) mi deseo adolescente por la belleza china. La gloriosa Delia (ella debió llamarse Gloria y no su horrible hermana), la que rodeé con una muralla de miradas, acabó, destino chino, como concubina. Ella se fue pero no regresó a China. La familia toda se mudó del solar en grande y luego nos enteramos de que fue gracias a que Delia deliciosa se hizo amante por proximidad de un senador que llegaría a ser ministro para terminar en presidente. Aunque Delia no lo acompañó por todo su camino de éxito político: su suerte quedó oculta en un misterio impenetrable. La visión de Delia (una sola visión larga interrumpida por la cortina o muchas mínimas) se convirtió no en una fijeza sino en una fijación. ¿Dónde encontrar una china penetrable?

Justo al lado vivía Sonia, la polaca. Debía ser evidente que si esta mujer se llamaba Sonia, hablaba con acento ruso y además decía que venía de Rusia, era porque era rusa. Pero para todos los vecinos del solar ella era La Polaca, versión de una perversión. Hay que decir que si en el pueblo, en mi provincia natal, todos los libaneses y sirios eran llamados moros, en La Habana todo judío, fuera alemán, húngaro, búlgaro, ruso y hasta lituano era llamado polaco, sin que hubiera mayor razón para llamar a unos moros y a otros polacos. Lo que menos había entre los inmigrantes del mundo árabe o de Europa Oriental en Cuba eran marroquíes y poloneses. La Polaca, polaca esencial que nunca fue Sonia y de quien jamás supe su apellido, tenía fama de loca—y loca era. Un día, después de concluir una de sus interminables discusiones con interlocutores que eran solamente audibles (y visibles) para ella y que formaban muchedumbre a uno y otro lado de su cuerpo gordo, trató de pegar fuego a nuestra cortina, lo que impidió una vecina alerta que avisó a mi madre. Esa noche, cuando pudo haber aprovechado nuestra ausencia en el cine para incendiar todo el cuarto, se contentó con hacer de su propia cortina una pira, bailando alrededor de la llama viva. Era casi casi incongruente (por no decir perverso: la suya era una inocente locura) su obsesión con el fuego, pues su amante actual, quien le pagaba el cuarto y la mantenía, era bombero. Su edad avanzada y sus relaciones con una piromaníaca ponían en doble peligro su trabajo, pero el bombero era fiel a La Polaca—que ya no era joven ni tampoco bella ni limpia. Un día, sosegada momentáneamente su locura locuaz, nos trajo un álbum con fotos familiares. Había un militar de grandes bigotes, que ella dijo que era su padre, y una muchacha rubia y bella, que La Polaca identificó como ella misma: todavía era rubia, a pesar de sus años. Otro día de ausencia de sus fantasmas contó que su padre era capitán de cosacos cuando llegó la Revolución y tuvieron que emigrar: da vértigo imaginar cuántas estaciones intermedias debieron tocar como puertos de escala para llegar a Cuba, a La Habana, a Zulueta 408! La Polaca, según rumores del hormigón, había sido amante de gente importante cuando joven y de uno de ellos (nadie se atrevía a mencionar su nombre: así era de conocido y de peligroso su conocimiento) había cogido la sífilis, que la volvió loca. (De nuevo esa palabra relacionada con el sexo y la locura, nombre que cogí en La Habana: en el pueblo mi tío Pepe hablaba de enfermedades venéreas, que era un término misterioso para mí y cuando se refería a alguien que, según supe después, estaba loco de sífilis, contraída o heredada, siempre se refería a la tara, que era una palabra intrigante, que no dejaba de tener su encanto: "Táramo heredó una tara"—casi parecía la herencia de una enorme hacienda y el sonido de tara asociado con vastas posesiones lo confirmé con la visión de *Lo que el viento se llevó*, donde el nombre de la gran mansión sureña era Tara!) La Polaca regresó de sus lapsos nostálgicos a su locura para darnos un señor susto. Una noche se apareció con un policía, que ella fue a buscar no como sustituto de su bombero, sino como agente de la ley. "Esta señora dice", dijo el policía a mi padre, "que oye sonidos intermitentes", y me sorprendió la fraseología del policía (ésas no podían ser palabras de La Polaca), pero sólo momentáneamente porque fue mayor el miedo al oír que La Polaca decía y repetía: "¡Telegrafía! ¡Telegrafía!", y aseguraba en un español malévolamente fluido de repente que las emisiones dementes (aunque perfectamente sanas para el policía) surgían de nuestro cuarto. Ocurrió en plena guerra y había en La Habana una especie de histeria vigilante del espionaje enemigo, desde que los servicios de inteligencia habían atrapado in fraganti a un agente alemán, Heinz Emil Luning, quien fue juzgado, condenado a muerte y fusilado. Entonces esto fue un acto extremo y a pesar de la guerra en que el país estaba envuelto, aunque sólo nominalmente, hubo mucha gente a la que disgustó el fusilamiento de Luning, que tenía fama de buena persona. Con todo se buscaban espías por todas partes y justo en ese momento histérico venía La Polaca a acusarnos de producir sonidos de telégrafo en casa, donde uno de la familia era miembro de las fuerzas armadas, precisamente radiotelegrafista de la marina de guerra, destacado en la base de Casablanca, al otro lado de la bahía—y, colmo de la casualidad adversa o de la perversidad demente, mi tío el Niño, que era ese marinero telegrafista, estaba con licencia y de visita en casa! Mi madre, que no había tenido miedo a la vida política clandestina sólo unos años antes, ahora se aterró. Yo compartía su terror, mi pánico aumentado por el miedo que desde niño le tengo a la policía, a la ley, a los tribunales—todos para mí el enemigo malo. Afortunadamente vinieron otros vecinos, testigos de la defensa y mi padre le dijo al vigilante que registrara el cuarto, donde era evidente que no había mucho que encontrar oculto: todo estaba a la vista. En ese momento, La Polaca cayó en una especie de ecolalia demente, hablando con agentes enemigos invisibles, y el policía se convenció de que no estaba entre espías nazis, que no había trasmisor de Marconi en código Morse y que los sonidos en clave que la exótica y ahora delirante denunciante decía oír no existían más que en su cabeza enloquecida. Después de otros incidentes que no se confinaron al solar sino que tuvieron lugar en la calle, en el Parque Central, hasta en el Prado, La Polaca fue recluida en el manicomio de Mazorra—para congoja de su amante bombero, quien presuntamente no vivió mucho más. Como se ve, es una historia de amores trágicos y fue una lección de amor para mí: el amor, como la sífilis, también conduce a la locura y a la muerte.

En el cuarto frente a La Polaca vivía una de las tres Marías del solar: María la Mallorquina, como era conocida. María, una mujer muy mayor, había venido de España hacía muchos años aunque conservaba todavía un fuerte acento mallorquín. Vivía sola con su gloria y único amor, que era su nieta Barbarita. Ésta era una niña que debió tener unos ocho años cuando llegamos al edificio y ya su belleza era notable: rubia, de guedejas amarillas y enormes ojos azules, tenía una boca, no una boquita, formada como la de una mujer madura que contrastaba con sus ojos infantiles y la hacía inquietante al sonreír como una menina menstruosa. Más de una vez lamenté que Barbarita no fuera mayor y cuando creció, antes de ser completamente una muchacha, desapareció con su abuela y a menudo me pregunté qué fue de su suerte sexual, qué se hizo de su belleza, a dónde fue a dar que fuera más apreciada esa Barbarita que amenazaba siempre con hacerse Bárbara. El cuarto—antes de la lamentada desaparición de

Barbarita hacia otro circo en que exhibir su encanto de enana erótica—fue compartido por una parienta de la Mallorquina (no recuerdo si era hija suya o sobrina) con su marido y sus dos hijas, Lucy y Daisy, quienes, como dice el judío, Barbaritas no eran. Daisy era la menos fea de las dos, con el pelo teñido de rubio desde niña, la cara redonda, de cachetes gordos y ojos pequeños, su mejor facción era una sonrisa sana. Su hermana Lucy era idiota, quiero decir retrasada mental, de boca babosa, por la que salían siempre unos dientes sarrosos botados, de ojos hundidos, más bien bizcos, pelo escaso y lacio y la cara con menos forma que el cuerpo, que tendía a ser jiboso y contrahecho. Ella era mayor que Daisy o al menos más grande y tenía como muchos morones una sexualidad a flor de piel. A menudo la veía recluida en los rincones rascándose las entrepiernas, pero lo hacía tan concentrada, tan seguido, su mano metida entre las ingles que era una masturbación por sobre la ropa. Era tan repelente que parecería que nadie se le podría acercar con intenciones sexuales, pero ya sea por la promiscuidad o porque el individuo era en realidad un canalla que además lo parecía, con su pelo ondeado envaselinado, sus facciones de castigador y su bigotico a la moda, su padre (que no era realmente su padre sino su padrastro) la dejó en estado, lo que se vino a saber, ambas cosas, la preñez y el causante, cuando fue demasiado tarde. En este tiempo Daisy había crecido y no sé por qué mostró cierta parcialidad hacia mí, que mi renuencia por no decir mi negativa a corresponder (ella de adolescente tenía demasiados granos en la cara), la convirtió en insistente atención, mandándome recados a menudo, demostrándose dispuesta a ser mi noviecita, no mi novia aunque ya ella era una muchacha hecha y derecha (no había heredado la joroba de su hermana). (Si muestro cierta tendencia a telescopiar el tiempo aquí es porque esto ocurrió durante un largo período que estuvo mechado de otras circunstancias sexuales sucedidas en el solar.) El último mensaje de Daisy García lo recibí cuando todos ellos se habían mudado para una casa en el Paseo del Prado, casi llegando al Malecón, y fue, cosa curiosa, una cartica, llena de faltas de ortografía, citándome para verla en el Parque de los Mártires (ella le daba su otro nombre de Parque de los Enamorados) una noche a las ocho. Era domingo y en vez de atender a su llamada me fui a pasear por el Malecón con Silvino Rizo, compañero de bachillerato, a mirar pasar las muchachas maduras. Recuerdo sin embargo haber visto a Daisy de lejos, merodeando. Ésa fue la última vez que la vi en tres dimensiones. A la siguiente vez, años después, la vi en una fotografía de la farándula, debajo de un título que decía SENSACIONAL RUMBERA—DELICIOSA DAISY. Allí mostraba, por entre la bata de vuelos abierta, unas piernas que nadie hubiera adivinado años antes y una figura espléndida: ella más que bella embellecida por el maquillaje, sus granos desaparecidos bajo el *pancake*, los ojos pequeños antaño ahora crecidos por el *rimmel* y su sonrisa de siempre. El pie de grabado daguerrotípico decía en qué cabaret bailaba y de haber tenido dinero habría ido a verla bailar la rumba, ciertamente de salón, y a lamentarme de no haber sabido cómo un renacuajo puede llegar a convertirse en sirena.

Al lado de La Polaca vivió un tiempo el enano violento que pretendió desafiar a mi padre por mi persona interpuesta. Cuando se fue con ira vinieron a vivir allí una prima hermana de mi madre, Noelia, y su marido Manolito, que era tabaquero en el pueblo y tabaquero fue en la ciudad. Como Noelia y Manolito fueron novios por siete años (estos noviazgos largos eran cosa común en el pueblo: mi madre conocía una pareja que habían sido novios quince años antes de casarse!)

y como el compromiso consistió en las largas visitas que hacía Manolito cada noche, sentado en un balance junto a Noelia en otro, los asientos paralelos (los balances cruzados se habrían considerado una impropiedad), bajo el ojo avizor de mi tía Luisa—que no sé cómo no advirtió que su guardia nocturna era una condena, el carcelero tan condenado como el prisionero—o bien Manolito, venido a media tarde con su caja de lápices de colores a copiar meticulosamente no las facciones de Noelia sino imágenes religiosas: calcando santos piadosos, vírgenes impolutas y Cristos celestiales, no es extraño que Manolito y Noelia no tuvieran hijos y asimismo inferir que no hubo lugar a muchas transformaciones non sanctas en ese cuarto—tan borrado para mi memoria erótica primero por el enano eternamente enojado, luego por Noelia y Manolito, sedantes, sosegados, tanto que cuando ellos decidieron regresar al pueblo, incapaces de soportar la presión de la vida urbana, buenos, inocentes, sólo habría podido sustituirlos en aquella habitación el Espíritu Santo.

En el cuarto siguiente vivía Georgina, que era la única negra pura (con excepción de la minúscula Elsita en la azotea) que vivía en el solar. Era la mujer más alta del predio y de una belleza de rasgos regulares y perfectos que la hacían parecer nubia. Tenía varias hijas y la mayor, Marta, había sacado las facciones finas de su madre pero era aún más negra y bella. Siempre lamenté no haber podido ver a Marta convertida en muchacha y a menudo he imaginado que debió ser una espléndida belleza núbil. Su madre estaba casada con un marinero que era un negro grande, feo, ya mayor, con el exótico nombre de Tartabull: debió descender de esclavos de un colono catalán. Tartabull estaba poco en su casa, al principio por sus deberes náuticos (lo que era extraordinario pues la armada cubana era todavía tan exigua como en los tiempos cuasi heróicos de Eloy Santos y su motín a bordo abortado: la flota de guerra constaba de dos cruceros, el Cuba y el Patria, que estaban siempre anclados en el puerto, uno de ellos aparentemente en dique seco), pero luego se supo que el marinero en tierra, Tartabull, pobre y feo y viejo se permitía el lujo, la lujuria, de tener más de una familia y Georgina no era su mujer sino su mantenida. Georgina me tenía afecto y solía saludarme en los días en que me atacaba la melancolía y me sentaba en el patio, en la placita, en el espacio común a nuestro cuarto, negado al ser y al sexo, a mirar a la nada, con un "¿Qué, estás orate hoy?", sin saber que aludía a mi salud futura en su saludo. Yo también le cogí cariño a Georgina, pero siempre me separó de su belleza negra una segura barrera de seriedad profunda, de decencia innata: ella sería una mantenida, una mujer de segunda pero se comportaba como una primera dama. Además, a pesar de su bella cara, de sus largas piernas de nubia que podrían enredarse, según dijo Silvio Rigor de otra mujer, en otro tiempo, como culebras lúbricas, yo prefería el embrujo promisorio de su hija efigie. Una o dos veces, en sus doce años, tuve a Marta sentada en mis piernas, pero fueron momentos, puedo jurarlo, tan inocentes como las ocurrencias rubias en las piernas del reverendo inglés—¿o tal vez tan culpables?

Al lado y al frente del cuarto de Georgina había dos cuartos sin cortina, señal impúdica, pero que estaban casi siempre cerrados, a pesar de lo cual no eran cuartos inocentes. En uno, el de enfrente, vivió primero Macho Gener, que tenía extrañas conexiones políticas y, cuando se mudó para cuarteles de lujo, vino a vivir allí su hermano Serafín, entonces sargento de la marina. (La marina le ganaba al cuerpo de bomberos en el solar, aunque en el piso de abajo llegó a vivir un sargento de la policía que, años después, devino notorio torturador.) Serafín Gener, gran bailador—por lo que tenía asegurada mi admiración incondicional—, llegó a ser buen amigo de mi familia y era una persona considerada decente en el solar—lo que no le impedía traer muchas mujeres al cuarto o una sola mujer muchas veces, a la que introducía con precauciones que llegaban al misterio, pero pude verla más de una vez, con mis ojos ociosos, y admirar sus piernas que eran el epítome de la pierna femenina habanera, toda carne, toda curvas. Después de mucho tiempo de noviazgo escondido que no era como los noviazgos del pueblo, Serafín Gener se casó con la poseedora de las piernas—y con todo su cuerpo también. El cuarto interesante para mí era el de al lado de Georgina, donde vivía, cosas de la casualidad, ocurrencias de la onomástica, Serafina: una Serafina enfrente de un Serafín. Serafina era hija de otra de las Marías del solar, María la Asturiana, que vivía en uno de los cuartos con balcón a la calle. Serafina se rodeaba de un perfumado misterio, viviendo sola y visitando más que ocupando su cuarto. Era una mujer ya hecha (aunque hoy pienso que es probable que no tuviera treinta y cinco años pero entonces para mí treinta y cinco años era la edad de mi madre: respetable), muy blanca y con el pelo muy negro (evidentemente teñido), que usaba mucho maquillaje y tenía unas carnes nocturnas, como de pez abisal, tanto que Georgina a su lado la había bautizado La Cherna. El misterio de Serafina, que ella no parecía tener mucho empeño en guardar a juzgar por su estela de esencia, es que era prostituta: así es como la calificó mi madre: una puta de postín no una fletera de la calle como la alegre y didáctica Etelvina Marqués—supongo que tampoco contagiaba su contacto. Serafina, aunque lujosa, era puta y sin embargo tenía una buena relación con su madre, que era una vieja muy trabajadora, con otra hija, Severa, muy seria (sexualmente hablando) y otros hijos, todos decentes. Serafina ejercía su profesión con cierto decoro, casi con conciencia profesional y aunque sabía reírse y ser amable, mantenía las distancias, aun con sus vecinos inmediatos y nunca hubo con ella ninguna de la intimidad (por no decir el relajo, tan buena palabra cubana para describir lo que el diccionario llama disolución de las costumbres, que yo pienso ahora que mientras más disueltas estén, mejor, que la libertad empieza en el libertinaje, pero yo no pensaba así entonces: es evidente que nací puritano o me hicieron (mi padre, mi tío Pepe, mi tío Matías: amigos del seso, enemigos del sexo) y solamente la educación sexual, la que recibí en esa escuela de escándalos que fue Zulueta 408 me salvó de una suerte peor que la muerte: hacerme hombre de bien) y solía mirarla de lejos, aunque algunas veces me acercaba a su carne perfumada: a su boca siempre pintada de un rojo subido y húmedo, a sus escotes que mostraban las grandes tetas blancas en su comienzo y prometían revelaciones que nunca pude presenciar y a su cuerpo de anchas caderas y, como no era cubana, sin nalgas. Después la universidad urbana me enseñaría a apreciar las nalgas gordas, grandes, los culos, la estética de la esteatopigia—pero es evidente que fue un gusto adquirido: es más, lo perdí al poco tiempo. Tal vez la culpa de la pérdida del amor por los culos la tenga Hollywood, esa galería de figuras sin nalgas que era el cine, museo de dos dimensiones.

Al que conseguí otras maneras de ir gratis en Zulueta 408 que el favor de Isabel Escribá y su amor portero. Uno de esos accesos es curioso por la intervención del azar, diosa tutelar. Quiero hacer un paréntesis en la descripción topográfica del sexo en el solar para revelar esta ocasión propicia. Rubén Fornaris supo nuestra dirección (toda la gente del pueblo que se había desplazado a La Habana parecía saberla) y nos visitaba a menudo. Un día se apareció agitado, él que era calmo, casi frenético en vez de apacible, su timidez doblada acentuando la vacilación de sus oraciones, la pausa en sus períodos, el tartajeo habitual de sus frases hecho incoherencia. Por fin se explicó, sonriendo cortado: había venido al centro al cine pero antes, como hacía a menudo, almorzó en el restaurante, mera fonda, que había al costado del teatro Payret (ahí también había una quincalla, ese establecimiento típico, tienda diminuta en la que se podía comprar desde cigarrillos hasta condones, de ganchos a puros, billetes de lotería y lápices de colores, y al lado de este bazar barato había, revelación habanera de una fontana exótica: una fuente de soda que era un manantial de milagros: allí pude probar lo que era un sorbete de soda, cuyos ingredientes surgían, gracias a pistones y un sifón, desde dentro de recipientes de metal y mármol, destilando un líquido viscoso verde y rojo y naranja, según el sabor, luego brotando el agua de soda invertida, de arriba abajo, hasta el largo vaso coloreado: un Lourdes del goloso: una de las destrucciones de esa Habana memorable de los años cuarenta comenzó por la reforma, la reconstrucción que fue un derribo, del viejo edificio del teatro Payret, llevándose la piqueta demoledora a la fuente de soda y de gozo: hubo otras demoliciones de esa época pero ésa fue la primera que registré y la que más me importó) y Rubén había cometido un exceso gastronómico al pedir un nuevo plato (Ternera a la Chanfaina, que nunca supe qué era exactamente ese manjar, que ya nunca lo sabré: no he logrado encontrarlo en los numerosos libros de cocina, cubanos y europeos, que he consultado). "Muy sabroso", precisó Rubén pero cuando llegó la cuenta incurrió en el defecto de no poder pagarla. (Ahora sé que debían haber sido centavos lo que le faltaba para completar.) De alguna manera convenció al dueño o gerente para que lo dejaran salir a buscar dinero y vino a vernos a nosotros, a mi madre, para saber si le podíamos prestar lo necesario para pagar su pobre extravagancia, Rubén siempre cogido entre comidas de sobras y almuerzos en falta. En casa, como era habitual, no había un centavo: el poco dinero que teníamos lo traía mi padre encima: ésa era su costumbre, su única independencia que era una dependencia. No podíamos ayudar a Rubén. Pero a mi madre se le ocurrió una solución salvadora y atrapante: salvaría a Rubén mientras me atrapaba a mí. ¿Por qué no sustituía yo a Rubén en el restaurante durante el tiempo que él iba a su casa a buscar dinero? Su casa, infortunadamente para mí, la casa de Rubén, estaba ahora en Santos Suárez, por la Calzada de Jesús del Monte, lejísimo, y no sé cuánto tiempo pasé sentado en la fonda, ya vacía, ocupando una mesa compartida con varias moscas que tuvieron tiempo de pasar de conocidas a amigas, mi sustitución convertida en prisión, sin otra ocupación que desplazar mi mirada de las moscas movibles a las moscas inmóviles de las manchas del mantel, mirando al aire que comenzaba a hacerse sutil después que los espesos aromas del almuerzo se disipaban ante mis ojos, viendo algunos camareros ociosos echando un ojo avieso o travieso en mi dirección y luego ladeados sonreírse, ser centro de la atención directa del gerente o el dueño (evidentemente no un maître d'hotel), para finalmente ver incrédulo abrirse la puerta y entrar Rubén Fornaris con su sempiterna sonrisa tímida, bajo su bigote que se había hecho espeso desde los días de Monte 822, el mulato decente en extremo, salvado del embarazo pero condenado a la pobreza eterna a pesar de su oficio de carpintero de primera (o ebanista, como diría Marianín, agregando tal vez que a Rubén le faltaba un detalle) aun en los óptimos años cincuenta—pero en esos pésimos años cuarenta Rubén Fornaris era rico comparado con nosotros. Así, para pagar mi prisión por poder, lo hizo con una forma de escape: comenzó a invitarme al cine todos los domingos. No sé por qué razón Rubén había escogido el cine Fausto (que yo no conocía) como su cine favorito (había en La Habana un cine llamado Favorito: de haber escogido éste se habría convertido en mi cine fausto), que estaba en el Paseo del Prado, lejos de las rutas de guagua que pasaban por su casa, cuando tenía en su barrio tantos cines fácilmente asequibles. Pero las dificultades de Rubén eran mi facilidad, mi felicidad. El cine Fausto, fatal en el futuro, era entonces un cine que estrenaba solamente un tipo de películas que Rubén parecía preferir, muestras de lo que años después y en otra cultura se llamó el cine negro, que yo disfrutaba sin saber que el mismo tiempo alimentaba lo que luego sería mi nostalgia, enamorándome de las sombras de Gail Russell, con sus inolvidables ojos verdes (aprendí en el cine a distinguir los ojos verdes de los azules, el pelo rojo del castaño, la piel trigueña de la meramente morena), ojos adultos pero idénticos a los de mi prima niña que me descubrió el amor—y los celos. Todos los domingos estaba Rubén en casa a las dos, convenientemente almorzado y sin los inconvenientes de deudas, habiendo evitado el estrecho de la tentación, cruzando su alimentación entre platos con nombres exóticos y precios fuera del alcance de su bolsillo, ahora experto navegante gastronómico. Juntos nos íbamos rumbo al Fausto, a la función continua del domingo por la tarde, a encontrarnos con Alan Ladd y su amor—que fue también el mío—con larga cabellera rubia, de ojo tapado con una onda de pelo pasional, de voz grave salida de su boquita bien pintada, con sus ojos pequeños insolentes y su cuerpo tan menudo que yo mismo la hubiera podido manejar como Alan Ladd—sí, otro amor chico, Veronica Lake. Fuimos muchas veces los dos al cine Fausto, descubriendo otros fantasmas fáusticos, otros amores de sombras en la sombra, no otras actrices sino otras mujeres: Priscilla Lane, Anne Sheridan, Joan Leslie, Brenda Marshall, Ida Lupino y la falsa y fatal Mary Astor: un amor en cada parte. Fuimos al Fausto muchas veces, Rubén siempre invitándome aun cuando el rescate del restaurante no era siquiera un recuerdo. Debieron pasar años de estas excursiones cada domingo a los sueños del cine, cuando Rubén comenzó a hacerse raro. Solía sufrir de lo que se conocía todavía con el nombre de catarro malo y no de gripe, pero no era del catarro que padecía ahora: era un enfermo imaginario, según descubrí después, más hipocondríaco que yo que tengo una historia de hipocondría que llega hasta la primera niñez. Al principio, cuando sus ausencias no se debían al catarro ni a enfermedad alguna, creíamos que tenía novia pero Rubén no parecía encontrar novia en La Habana (luego la encontraría y su matrimonio sería estable) y cuando reaparecía por la casa contaba las más imposibles historias de extraños males. Pero siempre reanudábamos nuestras incursiones al Fausto y sus films noirs. Volvió a desaparecer, esta vez por más tiempo, y cuando reapareció hizo una revelación extraordinaria. Le dijo a mi madre, a quien siempre le enumeraba sus males: "Zoila, me estoy volviendo homosexual". Mi madre registró una sorpresa extrema, aunque le aseguró a Rubén que su conversión no era posible: nadie se vuelve homosexual: los homosexuales nacen, no se hacen. Pero era evidente que ella había creído a Rubén y su revelación y cuando se fue (no hubo esta vez fuga al Fausto), mi madre me dijo que inventara toda clase de excusas para no volver al cine con Rubén. Extraño que mi madre reaccionara con tal intolerancia cuando apenas unos años más tarde iba a ser anfitriona de tantos amigos homosexuales que nos visitaban y hasta nuestro cuarto llegó a ser conveniente camerino de una compañía teatral que actuaba en el Parque Central, cuyos actores eran, sin excepción, homosexuales y mi madre los recibía con afecto, tan verdadero como el que profesaba a Marianín. Es más, la última visita de Rubén Fornaris a Zulueta 408 (a la que volvía intermitentemente sin que saliéramos al cine) terminó con la intervención de mi madre frente a un desplante extrañamente machista de Rubén. Coincidieron en casa Rubén y un nuevo amigo mío, que era un emigrante español tímido y no parecía nada homosexual (aunque llegaría a serlo con el tiempo y con tal éxito sexual que yo lo declaré hombreriego) y sí era muy sensible. Rubén estuvo mirando a mi amigo mientras hablaba (Rubén no decía una sola palabra) y de pronto dijo, sin venir a cuento: "Pues a mí que me parece que usted es pájaro". Afortunadamente mi amigo no sabía todavía lo que quería decir pájaro (de no haber estado prohibido Lorca en España entonces lo habría sabido), pero debió darse cuenta por la incomodidad de mi madre, quien prácticamente conminó, no invitó, a Rubén que saliera de la casa, es decir del cuarto. Así terminaron lamentablemente los tiempos de ir gratis al cine, que no volvieron hasta que Germán Puig y Ricardo Vigón fundaron el Cine-Club de La Habana—exceptuando las veces que me invitó la hija de la encargada, Fina, que luego se casaría con mi tío el Niño, a ir al Payret remozado porque conocía al empresario y al cine América porque conseguía pases. La primera vez que visité este alto templo de la religión del cine (con estrellas luminosas en el cielorraso) oficiaba felizmente, vestal vestida, Ingrid Bergman, que había sido mi amor perverso desde que vi su espalda marcada mórbida en *El hombre y la bestia*, amada simiescamente por Mr. Hyde, contra quien concebí unos celos solamente desplazados por la envidia que sentí por Humphrey Bogart en *Casablanca*.

Las dos hermanas de Zulueta 408 no eran como las tres hermanas de Monte 822. Ellas vivían solas con su madre y mantenían una cierta distancia, ya sea porque no eran vecinas inmediatas o porque fueran reservadas, aunque finalmente se mostraron abiertas, cada una a su manera. La primera vez que tuve noción de la existencia de una de ellas (que luego resultó ser la menor de las dos hermanas, llamada Beba: cosa curiosa, creo que nunca supe su verdadero nombre) fue cuando siguiendo y discutiendo en público con su madre, como tenían por costumbre las dos, le dijo: "Lo que yo debía hacer es irme a vivir con Pipo". Ésos eran los días tempranos en que la luz del solar todavía era nueva, dando a todo un aire crepuscular, malva. Recuerdo mi reacción excesiva, con mi moral de pueblo, escandalizado porque esta muchacha, casi una niña, amenazaba a su madre con fugarse con su novio—al menos debía ser su novio por el cariño con que pronunció la palabra Pipo. Pasó un tiempo antes de que saliera de mi error con ira y descubriera que Pipo era el nombre que ella daba a su padre, forma muy corriente de decir papá en La Habana y que yo nunca había oído antes. Pero esto me hizo notar a Beba, iluminada por el falso crepúsculo y la falsa noción: era una verdadera belleza trigueña, de ojos castaños un poco rasgados y una boca carnosa que revelaba a menudo, sin que sonriera, unos dientes grandes y blancos y parejos que ella solía venirse a lavar en la pila. Era imposible no darse cuenta cuándo ella salía de su cuarto y venía hacia el fondo, porque siempre iba cantando lo que parecía la misma canción: eran en realidad boleros, habaneras viejas, hasta guarachas de moda que en su voz grave y desentonada adquirían todos, por muy alegres que fueran originalmente las melodías, un aire fúnebre, como de tango triste. Quizá reflejaban el temperamento esencial de Beba, quien durante un tiempo me mostró una magnífica indiferencia.

Diferente resultó su hermana Trini, obviamente llamada Trinidad, que aludía a las tres personas que vivían en el cuarto, pero no formaba con su hermana Beba un Binidad. Trini era más blanca que Beba y más baja, no tenía el pelo ondeado sino lacio, y si la nariz de Beba era grande pero graciosa, la de Trini era prominente y ganchuda, casi colgando sobre sus labios finos rodeados de un ligero vello que me imagino que con los años se hizo más bigote que bozo. Trini tenía un genio vivo, no pasivo como el de Beba, que demostraba en los altercados con su madre. Manuela, éste era el nombre de la madre, trabajaba en la calle (me imagino que de criada o cocinera pues no era de muchas luces) y estaba divorciada o separada de su marido—el Pipo de la amenaza perturbadora de Beba. Más que baja, Trini era chata, de anchas caderas y unos pequeños senos que no necesitaban el sostén de los ajustadores, aunque entonces, rezagos de los años treinta o producto de la pobreza, ninguna de las mujeres del solar que recuerdo solían llevar sostén. Luego cambiaría la moda (o sería fruto del trabajo extra de su padre, que se llamaba pintor—por un tiempo esperé ver un día sus cuadros—pero en realidad todo lo que pintaba eran los letreros de las carteleras del Majestic y el Verdún, cines de barrio) porque sí recuerdo a Beba portando ese ingenio enemigo de los senos visibles, ese aparato que borraba los pezones, esa máquina de ocultar uno de los atributos del sexo femenino. (Silvio Rigor solía decir que si los hombres tuvieran vagina y tetas, se hacía homosexual.) A Trini y a mí nos unía el amor por los muñequitos, esos comics que podían ser cómicos pero también sabían ser serios: melodrama, drama y, para mí, escondite erótico. Yo tenía gratis los muñequitos del periódico *Hoy* los domingos, que desplegaban las hazañas, entre otros héroes, de Rogelio el

101

Conquistador, el peripatético planetario Buck Rogers traducido. El lunes, en el periódico *Alerta* (que nunca supe cómo
podían comprarlo en casa) venía un folleto a colores que contenía otro de mis favoritos, El Spirit. Pero el sábado era el
día de gloria ilustrada: el periódico *El País* vendía, junto con
su edición de mentiras impresas, las verdaderas aventuras de
Dick Tracy, el primer héroe dibujado que recuerdo haber seguido, semana tras semana, desde que tenía cinco años. También traía, de extra necesario, Tarzán y El príncipe Valiente.
Esta Arcadia de tiras cómicas se la procuraba Trini cada
sábado y llegamos a un acuerdo en que yo le compraba el periódico y ella me dejaba leer los muñequitos. (Entonces no se
veía bien que una señorita hiciera mandados y, mucho menos, que comprara periódicos. Trini, aunque viviera en un solar, era una señorita.) Muchas veces le compré el periódico a
Trini—no recuerdo cuántas pero sí recuerdo un sábado particular. Había caído una lluvia de abril, un aguacero copioso
pero como ocurre en el trópico, tan abrupto en empezar como
en acabar, comienzo y fin sin relación con la intensidad de la
lluvia. Aunque el puesto de periódicos estaba justamente en
los bajos, protegido por el portal, si algo puede proteger de la
lluvia torrencial del trópico, esperé a que escampara para ir a
comprarle *El País* a Trini. Entré en su cuarto después del ritual "¿Se puede?", que me había enseñado mi madre como
una de las reglas sociales del solar y me encontré del otro
lado de la cortina que estaba sola, Beba de visita tal vez en
otro cuarto o ida de una vez a casa de su Pipo. No importaba
ahora dónde andaba Beba, lo que importaba era que Trini estaba sola y ya sea por la compartida pasión (en ella se degra-
daba a mero interés) por los muñequitos o porque Beba era
más inaccesible, yo me sentía atraído por Trini—pero nada
anunció lo que iba a ocurrir ese día, a no ser tal vez la lluvia.

102

Ella vestía una falda y una blusa, una especie de camisa con un bolsillito a un lado y cuando le pedí el dinero para el diario me dijo: "Lo tengo en el bolsillo". No entendí por qué ella no lo había sacado y entregado, pero no me dio tiempo a repetirle la petición. Me dijo: "Cógelo". Se me hizo evidente que el bolsillito (como todos los bolsillos en la ropa femenina un mero adorno, hecho para contener nada) era muy estrecho aun para mi mano adolescente y titubié un momento. Ella volvió a decirme: "Anda, cógelo". Todavía no había caído en cuenta de lo que ella quería aunque yo sabía que era imposible extraer la moneda sin rozarle el seno. Pero hice lo que ella me pedía y metí mi mano en su bolsillito. Sentí enseguida la tela transparente al tacto, el contacto casi desnudo con la copa de su seno, luego con el pezón, después con todo el seno—y es una de las sensaciones que he atesorado siempre: aquella cornucopia, redonda, suave y propicia era algo que no me habían ofrecido antes. Por supuesto que me demoré en extraer la moneda, que no la pesqué de momento sino que cogí demorado el seno que ella me regalaba. Traté entonces con la otra mano, empujado por la timidez pero también por la compulsión del sexo, ese impulso totalitario que obliga a no conformarse con las partes sino tenerlo todo, de cogerle el otro seno, de desabotonarle la blusa, más para ver que tocar las que serían ahora tetas al aire libre y tibio de la tarde húmeda. Pero Trini quitó sus senos, escabulló su pecho y me sacó la mano del bolsillo. Intenté besarla, sentir sus labios finos contra los míos, experimentar de nuevo aquella sensación que me había producido Emilia con su beso extraño, por inesperado y por súbito. Trini no tenía intención de dejarse besar pero tampoco me rechazaba del todo. Yo estaba consciente de mi turgencia y temeroso de que la cortina se levantara súbita para dejar entrar a Beba, tal vez, o lo que es peor, a la vieja

103

Manuela, y con un golpe de tela me descubrieran en el acto. Pero no duró mucho el temor, tampoco el éxtasis (sí, fue un momento extático aquél con el ofrecimiento de Trini, con el tacto de uno de los componentes de su sexo, con lo que era para mí entonces el sexo, con el único elemento del sexo que había tenido contacto, aunque fuera visual, si me olvido de la breve visión venérea de Etelvina desnuda, de su zona velluda que contrastaba negra con su pelo rubio) pues ella sacó del bolsillo propicio la moneda, meros cinco centavos, un níquel, el valor del diario, y me la entregó: "Mejor vas a buscar el periódico", me dijo. Así terminaron mis relaciones con Trini, breves y bruscas. Traté de encontrarla favorable de nuevo pero nunca estuvo dispuesta otra vez al truco de maga de la moneda escondida que se vuelve una entrada al misterio. Al contrario, estableció una relación sino íntima por lo menos cómplice con Pepito, uno de los muchachos del solar, que era más joven que yo, tanto que yo me preguntaba qué buscaba Trini en un niño a quien además no le interesaban los muñequitos. Sin embargo le seguí comprando *El País* de los sábados a ella: después de todo si no gozaba la ventura sexual por lo menos me quedaba el consuelo de disfrutar las aventuras coloreadas. Sufrí celos con Trini, por su preferencia por Pepito, pero nunca tuve tantos como los celos que me ocasionó su hermana Beba.

Beba y yo crecimos juntos pero separados: inevitablemente mientras ella se hacía mujer yo entraba más en la adolescencia. Era familiar su camino a lavarse los dientes deleitosos, cantando en su marcha fúnebre, con su voz que se hacía cada día más bronca, su paso lento, entre majestuoso y cansado, como al compás de su canto desmayado, en adagio eterno, las faldas cubriendo y revelando al mismo tiempo sus muslos combados adelante, dejando ver las piernas que eran rectas y llenas, su cuerpo de perfil mostrando sus senos escasos pero prominentes, ya soportados por ajustadores, los refajos idos con el tiempo y con la moda: ya estábamos en plenos años cuarenta, cuando me interesé en observar a esa sirena cuya canción no me había encantado—pero sí su cuerpo. No puedo decir cómo nos hicimos amigos Beba y yo—a pesar de la sorna sororal de Trini, que había desarrollado hacia mí una aversión ya abierta—cuando ni siquiera compartíamos el deleite dibujado de los comics que se habían hecho tragics entre Trini y yo. El expreso desprecio de Trini se mostraba en que apretaba su boca y levantaba las ventanas de la nariz, inflándolas más de lo que la naturaleza la dotaba, y dejando el cuarto cuando yo lo visitaba, salía silbando, súbita sierpe. Ahora yo me pasaba las tardes, después de regresar del Instituto, si las clases eran por la tarde o mucho más tiempo si las clases eran por la mañana y no tenía educación física en que ejecutar las estúpidas contorsiones de la gimnasia sueca, las horas vivas hasta que me reclamaban las clases de inglés en el cuarto de Beba, ya que se convertía efectivamente en su cuarto al abandonarlo Trini por completo ante mi llegada, y hablábamos de esas cosas escasas que le interesaban a ella (tanto Trini como Beba no habían hecho más que la enseñanza primaria primera, por lo que no había mucho que hablar con ellas, pero yo me había acostumbrado desde niño, siempre cerca de mi madre, a la cháchara de muchachas y hasta el día de hoy prefiero conversar con una mujer idiota que con un hombre inteligente: las mujeres oyen mejor y además siempre está presente por debajo de la conversación la corriente oculta del sexo, subrayando—y buscando Beba y yo encontramos un tema en común:) como las canciones.

Siempre me ha fascinado la música popular y puedo todavía cantar las canciones, los valses no vieneses, las canciones que estaban en boga cuando tenía cuatro o cinco años. De esa edad sólo puedo recordar con idéntica intensidad ciertas películas y los muñequitos diarios y la voz de la vida. Cuando niño me encantaban las serenatas que se solían dar en el pueblo, al son de tres, las guitarras criollas y las voces viriles o las retretas en el parque principal los domingos por la noche, y uno de los recuerdos más gratos que conservo (tendría entonces cinco años, calculando por la casa en que vivíamos) fue despertarme una mañana y oír una orquesta popular, tal vez un septeto de sones, que tocaba "Virgen del Cobre", que no es una canción particularmente bonita pero ese día me sonó celestial, música de esferas, son de sirena. Luego vino el radio (el del vecino de arriba de la casa de mis abuelos, que tenía el memorable nombre de Santos Quesada, que fue de los primeros en tener radio en el pueblo) trasmitiendo las melodías de moda. Había también las películas musicales. Entre las que recuerdo mejor están las de Carlos Gardel en que pululaban los tangos, muchos de ellos tan deprimentes que me producían una tristeza incoercible, sentimiento inolvidable. Por supuesto que veía muchos musicales americanos pero no guardo recuerdo de sus melodías, con excepción de la temprana tonada "La carioca", entre los pies parlantes de Fred Astaire y las piernas que cantan de Ginger Rogers.

Vine a descubrir la música americana ya adolescente en Zulueta 408 (hubo un avance de lo que vendría en una película vista en el cine Actualidades, *Sun Valley Serenade*, que caminé desde la muy alejada cuartería de Monte 822 para verla—y, sobre todo, oírla), no sólo en las películas sino en las victrolas automáticas, como la radiante, multicolor, cromada Wurlitzer, que era como una metáfora de la ciudad, centrada en el vestíbulo del teatro Martí, entre innumerables pinballs, con sus guiños eléctricos, sus figuras iluminadas y su combi-

106

nación de deporte y juego de azar, que debían haberme
atraído más, pero según entraba en aquella cápsula cautivante, otro trompo del tiempo como el cine, me pegaba, virtualmente me adhería a la gramola, fonógrafo robot cuyo sistema de selección y cambios de discos me hechizó, movimientos mecánicos que preludiaban más que precedían el sonido
sensual, cautivador pero antes debía esperar que alguien con
dinero (yo no tenía ninguno) seleccionara uno de mis discos
preferidos y si tenía suerte salía, como en un sorteo, mi favorito entre los favoritos, "At Last", al fin al principio. Me hice
un fanatico de la orquesta de Glenn Miller (la culpa inicial la
tuvo *Sun Valley Serenade*, pecadora originaria) y por un momento que dura más de un momento pareció que la música
cubana o sus imitadoras mexicanas o puertorriqueñas iban a
quedar definitivamente desplazadas en mi memoria (recor-
dándolas, que es el mejor almacén para los records, grabán-
dolas en mi mente, tarareándolas con voz silente para todos,
menos para mí) por el swing, nuevo sonido. Pero llegó triun-
fador por mucho tiempo el mambo. En la era de los primeros
mambos no teníamos radio en casa todavía, pero cuando se
convirtió en fiebre nacional primero y luego en moda internacional, mambomanía, ya los podía oír sincopando sus sones
en nuestro radio, aparato mágico alrededor del que vivíamos,
junto al cual me convertí definitivamente (ya había comenzado a serlo en el pueblo y después lo fui intermitentemente
en los radios vecinos al alcance de mi oído oportuno: el de
Nila en Monte 822, el de Isabel Escribá en Zulueta 408) en
oyente de los romances radiales, no sólo de las series de aventuras sino hasta de los novelones que prefería mi madre y,
uniendo dos formas de arte popular, fui asiduo escucha visual
del programa "Pantalla sonora" que trasmitía, radializados,
los argumentos de los últimos estrenos del cine!) en un me-

107

lómano y así la música marcó muchos momentos de mi vida, antes y entonces y también en el futuro mediato. Los mambos fueron sustituidos, justa justicia, por el bolero, de regreso triunfal en la voz arcaica de Panchito Riset, volviendo desde el extranjero y del pasado con sus alargados plañidos en falsete—uno de los cuales yo iba a utilizar, bolero barato, en un cuento sobre el amor adolescente y el fracaso, nada menos. Después vino el descubrimiento (que tuvo avanzadas inesperadas y rápidas en la música incidental de los episodios de la radio) de un nuevo mundo sonoro: la música clásica, es decir de la música sinfónica europea y más tarde de sus imitaciones americanas y limitaciones cubanas. Pero ya de esta música no pude hablar con Beba.

Beba y yo llegamos a gozar de una idílica intimidad, a pesar de las innúmeras interrupciones de Trini (que ya había dejado detrás los jugueteos juveniles con Pepito y se había hecho novia en serio de un hombre—que debe permanecer en el anónimo porque era insignificante—que trabajaba en el Palacio Presidencial, a lo que ella y su madre daban gran importancia aunque él no era más que una especie de camarero glorificado, un mozo en Palacio: "Pero ve al Presidente", era la excitante razón de ser de ese novio y de paso de Trini y de su madre, no de Beba: ella era diferente—pese al acto de doblez que cometió conmigo siguió siendo distinta a su familia), en su cuarto, primero, a veces en el nuestro jugando algún juego de salón, de cuarto, damas chinas, damasquina daga amorosa, pretextos para proximidades. Un día, una tarde (lo sé precisamente por la sombra que proyectaba el sol, implacable ahora vencido, sobre el borde de la alta tapia) estábamos en la azotea, que cubría todo el edificio: era tan extensa que podíamos jugar allí a la pelota, deporte que de hecho practicamos muchas veces los muchachos vecinos, pero donde también había estudiado solo textos difíciles y en ocasiones acompañado por Pepe Peña mi condiscípulo (que viene a cuento porque él siempre alardeaba de su vasta memoria, que era "mejor que la de nadie", aunque hacía una concesión a la precisión de la mía y para probar ambas citó el título de un libro por el que se proponía preguntarme años más tarde diciendo solamente "El libro": no llegó a someterme a esta prueba porque nos separaron los intereses comunes que eran diversos: a él le interesaba el estudio (de hecho era un excelente estudiante y llegó a ser un matemático notable), a mí me interesaba más la vida y después la literatura, pero ahora, treinta y cinco años después, puedo recordar su nombre nemotécnico: *A través de la naturaleza*: prueba ante la letra) y fue en ese rincón abierto donde establecimos nuestra intimidad Beba y yo muchas veces. Pero hay una ocasión particular en que paulatinamente dejamos de hablar y yo miraba su nariz, la única imperfección de su cara: era una de esas narices que parecen partidas por la naturaleza pero es que tienen el puente quebrado y ese defecto único le daba todo el carácter a su cara perfecta, con su óvalo largo, sus orejas pequeñas, su frente alta. Recuerdo que ella bajó la vista, mostrando sus párpados gruesos terminados en profusas pestañas (apenas si usaba maquillaje entonces) y arriba sus cejas sin depilar, curvadas naturalmente, y en ese momento, la contemplación pasiva se hizo acción activa y mi timidez, mi motor, me hizo acercar mi cara a la suya y rozar con mi boca sus largos labios carnosos—y ella no se movió: no devolvió mi beso pero se dejó besar y esto fue para mí un triunfo, la recompensa de años imaginando cómo besar su boca, viéndola desde pequeña hasta ahora que era una mujer, sus labios eternos porque no habían cambiado, y si antes eran enormes en su cara de niña, ahora completaban su belleza adulta. Yo no sabía besar, lo admito, pero pienso que aquél fue el beso perfecto, el que debía darle, el que tal vez ella estaba esperando (nunca lo supe exactamente) y no creo que lo sufrió pasivamente, que sólo lo toleró, sino que lo devolvió a su manera. A Beba no se le conocía novio ni interés por ningún hombre y que me prestara atención a mí, mero muchacho, más que una excepción era un acontecimiento. No la volví a besar más nunca porque a los pocos días vino una realidad extraña a interrumpir mi idilio.

A nuestra casa venían muchos comunistas, cosa natural, pero un día se apareció un comunista profesional: es decir, uno que trabajaba exclusivamente para el partido, cuyo empleo era el proselitismo. Se llamaba Carlos Franqui y resulta curioso que este visitante ocasional llegara a tener tanta importancia en mi vida, todavía más si se considera que nuestro conocimiento mutuo, cuando ocurrió, tuvo lugar bajo los peores auspicios. Franqui era un activista del Seccional de Tacón (misteriosa palabra seccional, casi tanto como accesoria), una de las divisiones habaneras del partido comunista. Zulueta 408 estaba comprendida en ese sector y era natural que Franqui viniera a visitar el solar y que escogiera como base nuestro cuarto, no sólo por ser mis padres viejos comunistas sino porque mi padre trabajaba en el periódico *Hoy*, sitio en que Franqui, escritor secreto, tenía puesta su mira. No me gustó Franqui la primera vez que lo vi, natural en mí que siempre he desconfiado de la amistad de extraños. O quizá fuera que presintiera ya que resultaría un intruso. En su segunda visita Franqui conoció a Beba y se interesó por conocer de cerca su belleza remota. Franqui (que nunca fue un tenorio típico sino lo contrario de un donjuán, que según creo no había tenido novia antes) se enamoró de Beba, se le declaró—y ella lo admitió. No sé si llegaron a darse algún beso (presumo que sí, naturalmente, y en aquel tiempo rabiaba ante la mera idea de que otro hombre rozara esos labios largos, peor todavía que lo hiciera este visitante histórico) y se hicieron novios formales. Yo que nunca he sido fácil a las lágrimas, ni siquiera cuando murió mi hermanita o mi bisabuelo o mi bisabuela, a quienes quería tanto, me encerré un día en uno de los baños a llorar de rabia y de celos, olvidándome en mi dolor de amor del hedor. Luego me atacó una fiebre que duró unos días y que no me cabe duda que tenía un origen viral. Pero tumbado en la cama, febril, casi delirando (siempre he sido víctima propicia al delirio y las fiebres solían entonces producirme extraños estados alucinantes que el Dr. De Quincey atribuyó al opio, el humo que hace soñar, alucinaciones en que las manos se me convertían en sólo hueso y la sangre se me hacía arena y sufría pesadillas paregóricas despierto) sentí que alguien se aproximaba lentamente, con cuidado y cuando esperaba a mi madre vi, invertida, la cara todavía amada de Beba. Se acercó más, bajando la cabeza y susurró a mi oído: "Sé por qué estás enfermo. Estás enfermo por mí. Pero quiero que sepas que yo no quiero a nadie más que a ti", dijo sólo eso y se fue. La furia me curó de la fiebre, me levanté y la busqué por todo el cuarto pero había desaparecido: se había ido ella pero no mi rabia: era una traidora que cometía una doble traición: me había traicionado a mí con Franqui y ahora traicionaba a Franqui conmigo. Antes podría haberle perdonado a Beba que me hubiera dejado por otro (después de todo ese otro era un hombre hecho y tenía trabajo: yo no era nadie y no tenía nada), pero ahora ella era imperdonable, una malvada. Felizmente su noviazgo con Franqui no duró mucho. Luego Franqui me contó que ella era distante y fría y sospechaba que fuera frígida. Todo terminó el día en que Franqui invitó al viejo Mauri—el remoto Pipo de años antes—y a Beba a un concierto de la Filarmónica. La pieza de resistencia del programa era *El pájaro de fuego* y, para asombro y embarazo de Franqui, el artista pintor Mauri, terminado ya el concierto, la gente dejando la sala, los músicos idos del escénario, seguía sentado en su butaca. Franqui le preguntó qué esperaba y el musical Mauri le dijo: "Falta que toquen *El pájaro de fuego*". Nunca me reí tanto, me reí con doble risa. No sé si esta gaffe la consideró Franqui una tara hereditaria o si ya estaba decepcionado de Beba, desilusión aumentada por su familia —Trini orgullosa de su novio palaciego, Manuela ignorante y vanidosa, Mauri pretencioso pintor de letreros—pero sí sé que fue por esos días que rompieron el compromiso. Nunca le pregunté a Franqui cuál fue la reacción de Beba, la de las canciones cansadas, a un concierto sinfónico. Pero puedo imaginarla: música clásica, música fúnebre.

Dé más está decir que nunca volví a tener ninguna intimidad con Beba. Seguimos siendo vecinos distantes hasta que su hermana Trini se casó con el camarero presidencial y se fueron a vivir todos a un apartamento de la calle Industria, no lejos de los cines Verdún y Majestic, predios de su padre. Por todo lo que sé Beba no se casó jamás. Franqui y yo nos hicimos amigos, luego, cuando dejó el seccional y empezó a trabajar en el periódico *Hoy*, muy amigos, después cuando se fue del periódico (destino literario que se hace político: dejó el trabajo por una disputa sobre una cuestión de estilo de prosa de partido que como corrector debía haber corregido) y por esta renuncia lo expulsaron del partido comunista, fuimos inseparables, los dos acusados de trotskistas y fundamos revistas literarias y cinematecas y organizaciones culturales, él convertido en un maestro y un condiscípulo conmigo en el mutuo aprendizaje del arte y la literatura. Pero ésa es otra historia, la del conocimiento, no la de la vida amorosa. Sí quiero revelar que nunca le dije a Franqui que yo estuve enamorado de Beba antes que él, que lo había precedido en besar aquella boca perfecta y pasiva y perversa. Tampoco le conté la historia de su visita incógnita a mi cama de enfermo: esa permaneció secreta entre Beba y yo—hasta ahora. Y después de todo, esa aparición bien pudo haber sido un sueño.

Aunque objeto el ir y venir de algunas memorias modernas tanto como detesto la estricta cronología, hay una ocurrencia que tuvo lugar antes. Debió de pasar previo a mi romance (o más bien ausencia de romance) con Beba, pero su ubicación está en la misma azotea, ese vasto espacio en que Beba y yo estuvimos un momento juntos en un beso. Como en mi niñez, en mi adolescencia no fui muy robusto y aunque era adicto a los deportes, como juego, no era un muchacho sano y estuve enfermo muchas veces, mi vida en virus. En una ocasión tuve un catarro particularmente malo. Debió ser alguna forma de gripe, cuando había dejado de llamarse trancazo pero no se conocía todavía como influenza, que me dejó con una gran debilidad, persistiendo el malestar insidioso, sin Dios dirá. Recuerdo que me pasaba los días sentado en un rincón, sin moverme, sin ganas de hacer nada. Tampoco probaba bocado y tenía muy preocupada a mi madre, que veía en mi figura encogida la imagen funesta de la muerte, atribulada por mi enfermedad, sin conocer lo mucho que vivimos los enfermos, que ella misma que no estuvo enferma un solo día de su vida me iba a preceder decenas de años a la tumba. Su congoja duró hasta que intervino Eloy Santos, que siempre confería una gran autoridad a sus palabras, tal vez porque hablaba y actuaba lentamente (era la persona que he visto demorarse más tiempo en tomarse un café negro, una tacita, y era quizás el único habanero que dejaba con su lentitud que el café se entibiara en la taza a pesar del calor ambiente y terminaba tomándolo ya frío, horas después de habérselo servido para eterna incomodidad de mi madre) y pronunciaba muy claramente a pesar de su acento sincopado habanero: virtudes de la enunciación y la parsimonia. Eloy Santos determinó que yo necesitaba tomar baños de sol—lo que parece una tautología física en el trópico. Pero en el tenebroso solar de Zulueta 408 no entraba el sol, sólo la luz ceniza, ubicua, y nuestro cuarto, que no tenía ventanas al exterior ni balcón a la calle, era particularmente oscuro. Mi madre decidió enseguida seguir el consejo sin duda sabio de Eloy Santos y escogió el lugar para mis baños de sol: la azotea por supuesto. Allá subí yo con paso indeciso, incrédulo, cargando una frazada vieja que extendía sobre los ladrillos cubiertos siempre de hollín y sobre ella me tumbaba. La extensa azotea lindaba por uno de sus extremos con el vacío, que era el pasaje que unía la calle Zulueta con el Paseo del Prado. Al otro lado del pasaje estaba el hotel llamado inevitablemente Pasaje y entre nuestra azotea y el presuntuoso pent-house del hotel se alzaba como las ruinas de un puente una estructura de hierro enmohecido que sostenía un techo de cristal, ahora completamente ruinoso, con grandes pedazos al aire libre y otros con fragmentos de vidrio todavía adheridos a la armazón metálica. Estas peligrosas estalactitas vítreas hechas por el hombre a veces se desprendían y se estrellaban contra el suelo del pasaje: sólo el azar habanero impidió que mataran o mutilaran a un viandante ignorante de los peligros que amenazaban el cruce del pasadizo. No veía esta construcción decididamente malvada porque tenía los ojos cerrados contra el sol cegador. Pero después de estar las que me parecieron horas staccato (sin embargo el beso de Beba duró una eternidad legata en un segundo y habría dado mi alma inmortal entonces por prolongarla) tumbado bocarriba y que sin duda no fueron más que unos pocos minutos, me di vuelta y me acerqué aburrido al borde de la azotea en busca de distracción visual en medio del monótono resplandor vibrátil. El sol ardía sobre mi espalda mientras miraba para el hotel Pasaje y sus habitaciones con las ventanas abiertas a los balcones colgando sobre la arcada. Cuando acostumbré mi vista a la luz de magnesio magnificado vi que los cuartos del frente estaban todos vacíos: era voz del vecindario que la decadencia del hotel Pasaje corría parejas con el deterioro del techo de vidrio del pasaje. Pero seguí recorriendo el hotel con la mirada: una hilera de cuartos abiertos deshabitados. De pronto, en la esquina del edificio, lejana y sin embargo bien visible, había, como en los otros cuartos, una cama central pero ésta era un lecho: sobre las sábanas estaba acostada una mujer—completamente desnuda. Yacía bocabajo, con uno de los brazos bajo su cabeza rubia, el otro extendido a lo largo de las piernas abiertas formando casi una Y. Su cuerpo era pequeño y prieto y perfecto. No supe si se hacía más oscuro por el contraste con las sábanas o por su cabeza incongruentemente blanca, pero ella se veía casi de color yodado. Sólo su pelo desentonaba—era rubia artificial sin duda—en chocante oposición del oxígeno con el yodo, una imposible combinación química hecha posible por la moda ahora. Esta mujer (quiero creer que era una mera muchacha, casi una niña por su desnudo en miniatura, aunque tal vez fuera una ilusión óptica creada por la distancia: los cuerpos, aun los femeninos, tienden a disminuir según se alejan del observador hasta alcanzar el punto de fuga) tenía unos muslos que no eran gordos sino llenos y una espalda lisa, breve, con una cintura fina que terminaba en unas caderas estrechas que hacían más notables sus nalgas, verdadera calipigia. La canal de la espalda, ligeramente más pálida, casi se unía con la raja del culo, oscura y, como la vagina de Etelvina, misteriosa y sombría. Todo su cuerpo brillaba como si estuviera untado de vaselina o mejor de mantequilla y las carnes se veían todas prietas y apretadas. Era la segunda mujer que veía desnuda—la tercera si incluía a mi madre—y si las dos primeras estaban alejadas por los tabúes del incesto y la infección, esta de ahora era lejana y permaneció envuelta en tercer tabú terrible: ¿y si se volvía y miraba y me veía? Podría desatar su furia y alarmar al hotel y hasta alertar los perros guardianes que custodiaban el pent-house. No me moví de mi posición, que repetía la suya como si ella estuviera debajo de mí bocabajo, postura sexual que no iba a completar sino veinticinco años después. Me hice inmóvil con la pretensión de hacerme invisible, siguiendo la regla natural del camuflaje del cazador y el cazado que declara que lo que no se mueve no se ve: sólo se ve el movimiento. Pero me hubiera gustado ver su cara, que nunca vi. La sola visión de aquel desnudo que todavía me parece ideal (color, carne, cuerpo) me curó de mi catarro y de mi acidia. La cura consistió en una masturbación casi pública (otros edificios más altos tenían vista a la azotea del solar, estaba el pent-house del hotel, había el riesgo de una vecina venida a tender su ropa), que empecé no bien volví a la frazada, bocarriba ahora, desafiando cara a cara a los posibles testigos, al sol y al cielo sempiterno. Por supuesto después de la eyaculación, que fue la culminación espasmódica de mi homenaje anónimo a esa diosa decúbito supina, no regresé al borde del miraje sino que bajé a casa, a limpiar el embarro: por eso detesto las masturbaciones yacentes. Subí a la azotea al día siguiente y al otro y al otro, supuestamente a continuar mi cura de sol pero en realidad a buscar la aparición—que no volví a ver nunca más. Busqué en vano con los ojos por toda la habitación, que continuaba abierta, pero solamente estaba la cama vacía, ya no más lecho. Esa visión única es sin embargo un tesoro: la guardé conmigo todos estos años y es solamente ahora, generoso súbito, que la comparto. Pero la ocasión tiene un final feliz, casi cómico, dado por mi madre, la pobre. Volvió Eloy Santos a la casa días más tarde a preguntar cómo me había ido con su cura—y respondió mi madre con un retruécano involuntario: "Remedio santo".

En el cuarto que hacía esquina a la izquierda de la T, vista desde nuestro cuarto, vivía un músico de la Filarmónica que tocaba el violín. Era alto, delgado y rubianco. Muy fino, ceceaba al hablar y se quejaba a mi madre a menudo de la poca hospitalidad del entorno, queriendo decir el solar. Era lo que se llamaba entonces pájaro, luego se llamó pato y finalmente, por los últimos años cincuenta, loca. En dos palabras, era maricón. Compartía su cuarto con un hombre más joven, también alto, también delgado, con aspecto de andaluz profesional—que tal vez lo fuera pues estaba aprendiendo baile flamenco y se pasaba las horas taconeando rítmico y haciendo sonar castañuelas. A pesar de que los habaneros son ruidosos y han sido bautizados los hablaneros, el solar de Zulueta 408 era relativamente callado, sobre todo temprano en la tarde, y el solo sonido que rompía la quietud de la poca gente que quedaba en el edificio, con los hombres ausentes, irrumpiendo en alguna siesta ocasional era el zapateado continuo y el repique de las castañuelas, las dos conchas de madera castañeteando penetrantes, insistentes—instrumento que hasta entonces era para mí feudo femenino, asociado siempre con los barrocos buscanovios y la intensa mirada de Imperio Argentina, falsa andaluza. Por supuesto el futuro flamenco era maricón. Ambos artistas vivían, practicaban sus respectivos instrumentos—a horas distintas—y presumiblemente hacían el amor tras puertas cerradas, discretos y distinguidos. Ellos eran los únicos maricones de nuestro piso pero no estaban solos en el falansterio.

En realidad el piso estaba emparedado entre dos pisos en que pululaban los pederastas. En los cuartos de la azotea vivía (aparte de Elsita una negrita menuda y flaca y fea) Eliseo, un maricón maduro, muy serio, más bien fúnebre, quien al hablar con mi madre solía decir: "Zoila, los que tenemos este defecto", aludiendo a su mariconería como Hamlet a su "falta particular". Eliseo solía rondar la ventana que quedaba encima y frente a nuestros baños, tratando de espiar a través de las telas metálicas que aireaban los baños a los bañantes no a las bañistas. Más de una vez lo vi mirando furtivamente al baño que yo ocupaba, su cara triste vuelta ávida para volver a ser lívida por el fracaso de no poder penetrar con su mirada de marica las telas metálicas hechas tapias por el óxido y el polvo acumulado. En contraste con el soturno Eliseo vivió allá arriba un tiempo un negrito flaco, huesudo, pequeño, que usaba espejuelos de aro de metal y era costurero de oficio. Parecía una versión venérea del venerable Gandhi y se llamaba Tatica pero se hacía llamar la costurera Tatica. Tatica era un delincuente habitual que había estado varias veces en la cárcel y contaba a mi madre (ella era muy buena para oír confesiones de mujeres y maricas) cómo se divertía en el Castillo del Príncipe. "Zoila", decía, "he pasado en el Príncipe los mejores años de mi vida", y se sonreía como si hablara del Hotel Nacional y no de una prisión horrible. "Me tratan como una verdadera dama." Tatica pasó poco tiempo en su cuarto de la azotea. Un día vinieron a buscarlo unos policías de paisano (nunca supe qué crimen había cometido esta vez) y mientras bajaba las escaleras como si fuera una escalinata de mármol se despedía de Eliseo, de Elsita, de mi madre diciendo: "Hasta luego, muchachas. Me voy de veraneo al Príncipe. ¡Cómo voy a gozar!", y parecía efectivamente feliz de volver a la cárcel. El otro inquilino de la azotea era Diego, un bugarrón profesional: se acostaba con maricones por dinero. Aunque por esa época compartía la superstición sexual popular en La Habana de que un bugarrón, al ser el miembro activo de la pareja, no era pederasta. Hoy sé que era tan homosexual como el culpable Eliseo y el inocente Tatica y que su profesión era una tapa, una coartada sexual.

En el piso de abajo, el primer piso, ese lugar oscuro y remoto al que no alcanzaba siquiera la luz ceniza, siempre en penumbras, estaba todo habitado por homosexuales. No tiene explicación racional esa congregación de cundangos. Con excepción de Venancia, la encargada, y sus hijas Fina y Chelo, y de Nersa y su madre y Emiliana (una mediotiempo rubia, de pelo largo y mucha pintura en la cara, solterona solitaria que sin embargo reunía a muchachas de la vecindad y del edificio, uniéndolas en un círculo del que era el centro, contándoles relatos románticos, tal vez leídos, tal vez inventados y de quien luego se llegó a rumorear que era invertida y tenía un cónclave de lesbianas jóvenes, zafia Safo de Zulueta: nunca se llegó a comprobar si era cierto pero entonces, puro puritano, me escandalizó, aunque ahora creo que el rumor era verdadero: Zulueta 408 era una colonia sexual) y la vieja Consuelo Monfor, que había sido cupletista y a quien yo respetaba por sus conocimientos musicales, que iban más allá de la zarzuela (un día fui a tararearle una melodía, oída por radio, que me acosaba y me dijo enseguida: "La Serenata de Schubert"), aparte de esas mujeres inquilinas el resto de los cuartos estaba habitado por hombres homosexuales, todos pasivos. Los maricones mantenían, como el matrimonio de músicos, un aspecto aceptable para el machismo cubano, aunque muchos eran de ese tipo de loca habanera que proclama a gritos con su voz, su caminado, sus maneras y aire exagerada-

119

mente afeminado su condición de loca irredimible, agresiva social en su pasividad sexual. Uno de los maricones que vivía allí era un mulato ya entrado en años, calvo, discreto—pero que rompió su voto de silencio una Nochebuena que se emborrachó y empezó a gritar por los pasillos: "¡Candela! ¡Que me den candela! ¡Mucha candela!", queriendo decir que necesitaba fuego y no fuego fatuo sino fuego sexual. Al otro día, contrito, se excusó ante cada puerta, en un acto de humillación que le era tan necesario como la explosión de la noche anterior.

El incidente que alteró, mejor dicho, acabó, con la discreción de las locas de Zulueta 408, hizo notorio al edificio no sólo en La Habana sino en todo el país. El protagonista era un maricón músico, organista de la iglesia de La Salud, un hombre muy serio, muy comedido y muy católico. Este organista, que vendría a ser conocido póstumamente como el organillero, rebajando su calidad de músico al tiempo que era difamado después de muerto, levantó un hombre joven en el Parque de los Enamorados (al que habría que dar su verdadero nombre de Parque de los Mártires—¿o tal vez sería mejor llamarlo Parque de los Mártires del Amor?). A juzgar por las fotografías era bastante feo, con cara casi carcelaria, que sería sin duda patibularia con los años, pero este aspecto tal vez fuera causado por esa invariable calidad criminal que tienen las fotos de la policía y aun las fotos de los periódicos que cubren el crimen, la llamada crónica roja—aunque este tenorio notorio llegó a estar en la primera plana de todos los periódicos.

Una mañana oímos por radio que habían aparecido en los portales del Centro Asturiano, a media cuadra de casa, dos muslos humanos burdamente envueltos en periódicos. Nos preguntamos si no sería un crimen político más, que abundaban entonces, las pandillas en que habían degenerado las organizaciones terroristas políticas de los años treinta matándose entre sí en las calles de La Habana. No era difícil imaginar que el muerto a que pertenecían aquellos despojos fuera un pandillero asesinado, aunque las armas usuales eran las pistolas y no el cuchillo. Después la radio anunció que habían sido encontrados dos brazos en otro portal no lejano. Por el mediodía llegó la noticia de que unos muchachos habían encontrado un torso humano (y, un detalle que hacía a la víctima difícilmente un hombre de acción, una zapatilla) en el jardín del Instituto. Cuando me iba con mi padre para el periódico (había conseguido un trabajo temporal traduciendo del inglés para el magazine de *Hoy*), vimos un grupo de gente en los jardines y nos acercamos a mirar nosotros también la curiosa cosa que era un torso humano cuarteado. Todavía la policía no había levantado el cadáver (o el trozo que quedaba de él) esperando por el forense, quien, como el marido engañado, es el último en llegar al lugar del crimen. Envuelto malamente en periódicos, rodeado de moscas y de gente, vi lo que bien podía ser un pecho de vaca: no quedaba nada de aspecto humano en aquellos restos. No me impresionó particularmente porque no relacioné aquel pedazo de carne con una persona. Por la noche nos enteramos de que la cabeza del descuartizado, ausente hasta ahora, había aparecido en la taza del inodoro del bar Payret, al doblar. Comentamos la noticia con el mismo interés que habíamos hablado en el pueblo, a principios de los años cuarenta, del descuartizamiento de Celia Margarita Mena por su amante el policía Hidalgo, que ocurrió en La Habana, en la misma calle Monte en que vivimos, unas cuadras más arriba hacia El Cerro. Todavía recuerdo como mi padre me señaló el lugar del crimen, un enorme y feo edificio de apartamentos o tal vez un falansterio como el nuestro. Hablamos del caso del trucidado (el habla contaminada por la prosa periodística) definitivamente identificado como un hombre ya mayor. Lo hicimos con la morbosidad que despierta un asesinato atroz pero sin sospechar lo cerca que nos tocaba. El domingo por la tarde (era verano y mi hermano ya estaba en el pueblo con mi abuela y mi bisabuela) fui al cine, como de costumbre, ahora con dinero para regalarme y ver un estreno. Vi *La feria de las canciones*, con uno de mis amores actrices, la pulcra pelirroja Jeanne Crain. Pero más que la película, más que la imagen coloreada de Jeanne Crain, recuerdo la salida, yendo ya por el Parque Central, y la sorpresa de encontrarme a mis padres, aparentemente de paseo, aunque sus caras revelaban preocupación y algo más: miedo. "Vinimos a buscarte", dijo mi madre, cosa que ya yo sabía al verlos de cerca. "Ha ocurrido una cosa terrible." Entonces no vivía más nadie con nosotros, por lo que pensé que algo le había ocurrido a mi hermano en el pueblo. Mi madre no dio tiempo a mi pregunta. "El descuartizador vive en casa", así llamaba ella, como yo, al cuarto, al edificio entero, al solar, al falansterio. "También el descuartizado. Es ese pobre hombre con que tuve la discusión por el agua." Ya comenzaba a escasear el agua en esta parte de La Habana, que apenas tenía fuerza para llegar al tercer piso, mucho menos a la azotea y los vecinos tenían que ir todos con cubos a la pila del segundo piso, donde a veces la cola no mantenía el orden necesario, los buscadores de agua, como nómadas del desierto ante el espejismo de un oasis, desesperados por no poder llegar a tiempo para llenar su vasija. Fue en una de estas colas malformadas que el organista intentó pasar antes que mi madre. Yo no estaba presente porque ocurrió muy temprano en la mañana pero según ella el hombre había sido bastante desagradable, casi odioso. Ahora fui hasta la casa es-

122

coltado por mis padres, uno a cada lado como para guardarme del cuchillo asesino. La enorme entrada estaba custodiada por un policía, el portón que no se cerraba hasta las diez, dejando una puertecita lateral en la que estaba la cerradura, aparecía ahora trancado. Había más policías y fotógrafos y otros hombres que debían ser policías secretas y periodistas esparcidos por el pasillo del segundo piso, el lugar del crimen. Subimos hasta nuestro piso donde había agitación y también miedo. Recuerdo que no me dejaron salir de noche en muchos días. Pero más alarma que en ninguna parte había en el cuarto de enfrente. Allí se había mudado, cuando se fueron las chinas devenidas suntuosas concubinas, una familia negra compuesta por el buen viejo Valentín (que no era tan viejo: el adjetivo se debe a la aliteración), su mujer Angelita, que era enorme: una negra grande y gorda y siempre sonriente, riente, a carcajadas, su hermana Fermina y los tres hijos del matrimonio: Eloy, constantemente dispuesto a cantar una guaracha o un guaguancó, eterno bailarín y adelantado fanático de la música de Chapottin, Nela que era una mulata por generación espontánea, alta y nada fea y que tenía uno de los culos más voluminosos que he visto, esteatopigia que la hacía muy popular en el barrio, y su hermanita, que de tan enanita y despierta que era la llamaban por el apodo de Cominito. Ésta era una familia feliz, pobre pero de una gran riqueza folklórica. El viejo Valentín se hizo famoso en el solar por su consejo en tiempo de huracanes. "Contra el ciclón", solía decir, "no hay más que tres elementos: clavos, velas y agua", lema que repitió ad nauseam durante uno de los tantos ciclones que amenazaron La Habana y cruzaron por otra parte de la isla en esa época. Fermina, con su cara llena de arrugas y verrugas, acostumbraba a cubanizar todos los nombres de los actores que le gustaban. Así Robert Taylor se llamaba en su voz Roberto Tailor, Gregory Peck era Gregorio Peca y Clark Gable, de más difícil domesticación, se convirtió en Clarco Gabla. Un día tuvieron una dilatada discusión (toda la familia, menos Cominito que no hablaba, era dada a discutir) técnica en la que el viejo Valentín afirmaba que se decía impulsión a chorro, Angelita decía que era expulsión a chorro, Fermina estaba por repulsión a chorro y Eloy por emulsión a chorro. Nela no participaba de la discusión, nunca interesada en las palabras a menos que fueran de amor—lo que me alegró pues ya hacía tiempo que le había echado el ojo y ella no era indiferente a mis miradas. Hubo una gran consternación y tristeza en la familia cuando el viejo Valentín me llamó para que terciara en la discusión, como experto en palabras, y dijera quién tenía la razón sobre la propulsión, al declarar yo que nadie, que el término técnico era propulsión a chorro—frase en la que ninguno había pensado remotamente.

No puedo hablar de esta familia sin mencionar mi experiencia erótica con Nela. Ella era bastante sata, palabra habanera que quería decir coqueta pero de una manera que lindaba con la putería, sin significar putaísmo ni oficio de meretriz, sino mera salacidad—es decir, satería. Nela era más sata que santa y no había otra cosa que hacer que saturarla, desatarla. Ya ella había tenido sus encuentros con mi tío el Niño antes de casarse él y yo sabía que ella había aceptado también atenciones de más de uno en el edificio y en la calle. Pero al mismo tiempo que sata, Nela era difícil y apenas se podía pasar de un apretón, tal vez un beso veloz. Pasó el tiempo, años acaso, ocurriendo ocasionales encuentros con ella, persiguiéndola yo cada vez que era posible pero fuera de la vigilancia del viejo Valentín, que era un negro muy serio, severo, como suelen serlo algunos negros, tanto que hay mucho respeto, aun por los blancos más racistas, por un negro decente y digno. También estaba su hermano Eloy, que aunque todo lo que le interesaba era el baile perpetuo y la música incesante, tarareando un ritmo bailable cuando no había un radio sonando, aparato de trasmisión que en el solar devenía instrumento musical, a pesar de su coreomanía sabía lo deseable que era su hermana y vigilaba a Nela. Tal vez supiera que ella era una mujer, una muchacha, una mulata dominada por su sexualidad. Hasta la monumental Angelita, angelical en su euforia, tenía un ojo en su hija, como un monóculo sobre su culo único, joya a la espera de una estereotomía, protuberancia preciosa, jiba donosa—mientras mantenía el otro ojo en sus innúmeros motivos de risa. Muchas veces, eluyendo experto la vigilancia familiar, cité furtivamente a Nela a la azotea, predio de todos mis juegos, pero aunque acudió a las citas no pasó de escarceos y toqueteos. Pero un día descubrí que ella estaba a solas, en la casa, completamente sola: hasta Cominito había desaparecido, tal vez reducida a su más ínfima expresión: un mínimo comino, la familia como fugada olvidando su más preciada posesión. No me detuve a desvelar ese misterio sino que entré en el cuarto, me acerqué a Nela, ansiosa ella, yo ya rijoso, y comenzamos a besarnos sin siquiera saludar, sin hablar: no había nada que hablar con Nela, aun intentar una conversación sobre sexo era inútil con ella: era un animal para el sexo práctico y solamente la estricta vigilancia había evitado que se expresara abiertamente—hasta ahora, creí yo. Con mucha lucha y hasta un poco de pancracio, forcejeos, insistencias, negativas hipócritas, logré que se quitara el vestido único y como no llevaba ajustadores (no los necesitaba) vi sus tetas que hacían contraste con sus enormes nalgas: eran pequeñas y puntudas y declaraban a qué pueblo pertenecían sus antepasados africanos, sus raíces raciales. La empujé hacia una de las camas (en estos cuartos siempre había cuatro camas: ¿número mágico o capacidad cúbica?) que estaba en la pared de la puerta, orientada en el mismo sentido que se abría, detrás de la hoja. Había besado sus gordos labios color de hígado y ahora besaba, más bien mamaba, sus teticas del tinte de su boca, con pezones prietos que continuaban la punta de la teta, diosa dahomeyana. Ella se revolcaba en la cama cuando yo traté de quitarle los pantaloncitos, apretando los masivos muslos, considerables pero menos carnosos que su culo, ahora debajo del cuerpo levantando su pubis esquivo. Ante tanta resistencia insinuante no quedaba más que la insistencia. Me saqué la polla, la picha, la pinga y los numerosos nombres que tiene el pene en Cuba, todos curiosamente femeninos, mientras la vagina se llama bollo, extracción experta de un solo golpe de mano. Intenté introducirle todos esos nombres que era una sola cosa, mi cosa, por un extremo del pantaloncito, tratando de pasar por una hendija lo que sólo cabía por una puerta, pero ella cerraba los muslos con tal tenacidad que desde entonces me hizo creer que no existe la violación si la comete una sola persona: es imposible penetrar a una mujer que realmente resiste. (En todo este tiempo sin tiempo la puerta estuvo abierta, nosotros solamente protegidos del pasillo y de un pasante curioso por la cortina que—propicia: era verano—colgaba inerte. Pero yo estaba consciente de que alguien de su familia podía entrar en cualquier momento, tal vez al instante siguiente.) Sus movimientos que eran opuestos y dispuestos al mismo tiempo y mi ardor adolescente me hicieron venirme sobre aquellos muslos inmensos color café, tabaco, yodo oscuro, y broté, fuente feliz, en torrentes espasmódicos, mojando su piel, los pantaloncitos invencibles, su vientre que era una barriguita que hacía un gracioso pendant púdico a su trasero total. La eyaculación, en uno de los movimientos periódicos del pene, había rociado su cara y ahora ella pasaba su lengua larga por las manchas blancas sobre su cutis oscuro y seguía moviéndose: los mismos movimientos mecánicos que me impidieron quitarle los pantaloncitos al principio y luego penetrarla, siendo tal vez el primero en gozar su salacidad, eran ahora giros de placer solitario. Pero no era caso de quedarse allí, ser sorprendido, difamado y tal vez obligado a casarme si no a punta de escopeta al menos por la fuerza moral del viejo Valentín, por lo que guardé mi pene presto, abotoné la portañuela, me levanté de la cama y salí calmo del cuarto— dejando a Nela todavía ondulante en la camita que nos sostuvo milagrosamente por lo precaria que parecía ahora, ella moviéndose, meneándose mejor y aprovechando que el cuarto seguía vacío, que el pasillo estaba desolado, que la cortina caída a plomo la protegería de cualquier ojo observador, se disfrutaba sola sobándose un seno. Eso fue lo más cerca que estuve de acostarme (figurativamente porque realmente habíamos estado acostados: quiero decir de desflorarla) con Nela, quien probablemente siguió siendo virgen, su renuencia jamás anuencia, hasta que se casó con alguien del solar, de los portales de abajo, de las casas vecinas—y de nuevo la familia fue feliz. Pero ahora eran individuos infelices. Estaban, como todos, más que todos, apoderados del miedo.

Todo estaba en los periódicos pero como siempre la verdad no estaba en los periódicos. Le costó a la policía solamente 48 horas resolver el caso, lo que no es asombroso dada la estupidez del descuartizador, que se las había arreglado para repartir los miembros en un radio de menos de cien metros. Pero hay que acreditar a la capacidad investigativa de la policía (ayudados por el cura de la iglesia de La Salud que reportó la ausencia de su trabajo por dos días del organista) que hubiera dado tan pronto con la casa del asesinado. Cuando

127

entraron en su cuarto (fueron siguiendo una deducción que era más una intuición) obtuvieron una llave extra de Venancia la encargada para hacerlo. No notaron nada anormal hasta que uno de los técnicos—"criminólogo" lo llamaron los periódicos—encontró huellas de sangre en la pared y cuando aplicó sus detectores químicos halló que prácticamente todo el cuarto había estado manchado de sangre, las manchas lavadas cuidadosamente con agua—una hazaña en sí misma, habida la escasez de agua que había en el edificio. Dejaron el cuarto como lo habían encontrado, cerraron la puerta y dos agentes se sentaron en el cuarto de la encargada, cuya reja permitía dominar todo el pasillo. Había otros policías de paisano apostados en la calle, todos esperando al presunto asesino. Por fin apareció, caminando tranquilo, un hombre común y corriente, sin cargos de conciencia ni apariencia truculenta. Cuando enfiló por el pasillo Venancia (que lo veía todo) dijo que ése era el compañero de cuarto del organista. Lo prendieron antes de entrar al cuarto, sin hacer él la menor resistencia. En la jefatura de la policía secreta (que era la encargada de las investigaciones y cuyos agentes lo habían detenido: no había otra policía investigativa entonces, tiempos tranquilos, la policía nacional dedicada a guardar el orden y cuidar el tránsito) confesó enseguida. Había conocido al organista (que devino en la lamentable pero popular prosa de un columnista de músico sacro en mero organillero: parte del relato que sigue está reconstruido de los periódicos de la época) en el Parque de los Enamorados y éste le había ofrecido su casa (su cuarto) y pagarle sus gastos. Le había prometido también (y aquí estaba el origen del crimen) darle dinero extra. Llevaron una relación más o menos estable por varios meses (el asesino cuidó mucho de establecer su identidad de bugarrón, de homosexual activo, el organista definido como

128

el maricón, el homosexual pasivo, definiciones muy importantes para la mentalidad machista popular y, más decisivo, para su status en la inexorable estancia en la cárcel), pero últimamente el organista parecía desinteresado en su futuro asesino. No sólo no le daba el dinero prometido sino que llegó incluso a negarse a sufragarle sus gastos. El día del crimen (mejor dicho, la tarde), el próximo asesino había tenido una discusión, verbal pero violenta, con el organista, quien se había mostrado particularmente desagradable. El asesino inminente le pidió dinero una vez más y el proyecto de asesinado le dijo que no, que de ninguna manera, que fuera a buscar trabajo al parque. Furioso con esta salida, el casi asesino cogió un cuchillo cercano (su víctima estaba sentada en su usual mecedora, vistiendo su acostumbrado piyama, todavía sonriendo sarcástico) y sin dudarlo se lo hundió en el pecho. (La puñalada fue tan feroz que atravesó a la víctima de parte a parte, muriendo instantáneamente, y el cuchillo se clavó en el espaldar del mueble: pero el victimario no supo la profundidad de la herida ni sus consecuencias hasta horas más tarde.) Al ver lo que había hecho, salió del cuarto, cogió una guagua en la esquina y se fue a la playa de Marianao, recorriendo allá los distintos centros de diversión y no regresó al solar hasta tarde en la noche. Al entrar en el cuarto se sorprendió no sólo de que su protector estuviera muerto sino de que siguiera allí, sentado en la misma mecedora, inmóvil, los ojos abiertos, su sonrisa en los labios y el cuchillo clavado en el pecho. Decidió hacer algo al respecto y lo que se le ocurrió, para ocultar el crimen y deshacerse del cadáver, fue descuartizarlo. (El cronista criminal calificó el descuartizamiento de "tarea macabra".) Empleó el mismo cuchillo con que lo había matado, que extrajo no sin esfuerzo. Para llevar a cabo el desmembramiento, que le tomó tiempo, se quitó primero toda la ropa. Cuando terminó de cuartear el cadáver descubrió que había una gran cantidad de sangre esparcida por el cuarto, el piso y las paredes. Se dio a la labor de lavarla, vistiéndose para ir a tirar el agua ensangrentada al vertedero. No encontró a nadie en el pasillo en los muchos viajes que dio al fondo del piso. Finalmente envolvió las extremidades descuartizadas en periódicos viejos y comenzó a repartirlas por los alrededores. No fue muy lejos pues los miembros tendían a salirse de su envoltura. (Nunca se dio cuenta de que una de las piernas llevaba todavía una zapatilla al pie.) Así tuvo que dejar los muslos en los portales del Centro Asturiano y el torso en los jardines más alejados del Instituto—que estaba a solamente 25 metros de la entrada al edificio. Lo que le dio más trabajo repartir, cosa curiosa, fue la cabeza, que trató de ocultar en los servicios sanitarios del bar Payret. Primero la lanzó hacia la cisterna pero rebotaba siempre. ("Una suerte de baloncesto macabro", añadió el columnista criminal a la descripción.) Cansado de pelotear la cabeza y aprensivo de que entrara alguien al baño, trató de forzarla por la taza, inodoro adentro—cosa evidentemente imposible, pero no lo disuadió de su empeño enloquecido la idea de imposibilidad sino el hecho de que los periódicos, húmedos, se desprendían y la cabeza desnuda tenía todavía los ojos abiertos: esa mirada fija lo aterró y huyó. Nadie lo vio deshacerse de sus paquetes (lo que el periodista llamó "carga macabra"), pero en los varios viajes que dio a la calle, llevando sus miembros, siempre se encontró parado en la puerta lateral un negrito que lo saludaba. Llegó a pensar que este testigo inocente sospechaba y se preguntó si no tendría que matarlo también. Este negrito era Eloy, cogiendo fresco en la puerta de la calle, como hacía a menudo en el ardoroso verano habanero. De ahí el miedo retrospectivo que padeció, por los periódicos, Eloy y que compartieron no sólo

130

su familia sino todos los inquilinos horrorizados por el crimen. Pero el horror dio lugar a la indignación. Uno de los periodistas más conocidos de La Habana, de Cuba, había escrito un editorial de primera plana en su periódico en que condenaba justamente el asesinato pero injustamente había llamado al solar el "cubil de Zulueta 408" (hubo, naturalmente, discusiones entre el viejo Valentín y su familia acerca del significado exacto de la palabra cubil), acusando al edificio—y a sus habitantes por implicación—como incubador del crimen, capaz de albergar a otros asesinos (¿y no a otros asesinados?), albergue pasado y futuro de lo que él llamaba la "hez de la sociedad". Aunque muchos no entendieron esta última frase, todos compartieron la furia contra la injusticia verbal de ser llamados delincuentes, de ser tildados de criminales, de ser condenados sin haber sido siquiera juzgados—sobre todo cuando la mayor parte de los habitantes de Zulueta 408 no tenían otra culpa que ser vecinos ocasionales de un asesino atroz. Tardó mucho tiempo en olvidarse no el crimen sino la calificación moral. Pero la vida continuó, más persistente que las palabras.

Sin embargo hay que admitir que había algo en el edificio, en el aire del falansterio, que esparcía la luz ceniza, quizás a causa de la promiscuidad forzosa, tal vez el carácter cubano o lo que la canción llamaba el embrujo del trópico que predisponía a la pasión púbica, al uso del sexo, a sus posibles variaciones (incluyendo el crimen) y lo hacían un plexo solar. Al cuarto en que vivían los músicos maricas, quienes dejaron de pronto su habitación poco tiempo después del caso del organista descuartizado, sin saberse sus razones, tal vez musicales, porque se habían mudado súbitos: desaparecieron silenciosos después de tanta melodía de violín y percusión de castañuelas, en esa esquina de pecado pederasta vino a vivir un hom-

bre ya mayor, muy serio, de aspecto respetable, callado, de
bigotito y con espejuelos de carey. Se llamaba Neyra a secas
pero se hacía llamar el Dr. Neyra, la de ere antes del apellido
confiriéndole mayor respetabilidad y su cuarto era su oficina
(también vivía allí pero aseguraba insistente que tenía su casa
propia en otra parte de la ciudad, indicando de paso que estaba en un barrio bueno) y fue el primer inquilino que instaló
ese lujo tecnológico que era para nosotros un teléfono en Zulueta 408. El Dr. Neyra se creía importante y para muchos
vecinos llegó a ser importante y le venían a consultar complicadas transacciones—cuyo carácter era un espeso misterio.
Pasó el tiempo transicional y un día de asueto el Dr. Neyra
invitó a los muchachos ya crecidos del piso a su oficina, que
ahora él llamaba despacho y vi el escritorio y el teléfono pero
también noté la cama estrecha adosada. Casi enseguida el Dr.
Neyra comenzó a hacer confesiones sobre su vida y milagros
telefónicos. Era la primera persona que yo conocía capaz de
hacer uso sexual del teléfono, Graham Bell reducido (o elevado) a alcahuete. Según el Dr. Neyra (y nosotros no lo du-
damos entonces) llamaba a un número cualquiera (a veces estaba en la guía pero la mayor parte de las veces hacía llamadas al azar) y si salía al teléfono una mujer, después de saludarla cortés, comenzaba a hablar con ella de cosas sin importancia para entablar conversación, pero poco a poco la iba in-
teresando en asuntos íntimos (aquí la voz del Dr. Neyra se
hacía baja, grave, pastosa, tan íntima la confesión como la
conversación) y terminaba teniendo un romance con ella,
todo por teléfono. No fallaba nunca. Ahora mismo tenía una
chiquita (no me explico cómo sabía su edad si su política, técnica y arte amatoria consistían en no conocer personalmente
a su pareja) que cuando hablaba con ella se ponía tan caliente
al teléfono que terminaba ella haciéndose la paja. (Fue la pri-

mera vez que yo oí decir que las mujeres podían hacerse la paja como los hombres y recuerdo que por un tiempo no creí una palabra de lo que dijo el Dr. Neyra, simplemente porque no me cabía en la cabeza la noción de la masturbación en la mujer, hembra sin miembro.) "Y yo tan tranquilo", añadía el Dr. Neyra. "Mi misión", ésa fue la frase que usó, "es hacer que ellas se vengan como locas." Nunca supe por cierto cómo resolvía sus necesidades sexuales el Dr. Neyra. Tal vez no tuviera ninguna: le bastaba con tener teléfono. Amor por control remoto.

De las otras personas que vivían en esa zona del piso, la T del pasillo, que tenían una vida sexual extraordinaria (aparte de la ordinaria vida sexual de la madre de Pepito, Joaquina, que aparentemente se entendía con el panadero que subía todas las mañanas a vender pan en el edificio) ninguna tan insólita como Nena la Chiquita. Ella era una mujer muy mayor, casi una vieja, sin un solo diente, que era la criada del viejo don Domingo. (Ése no era su nombre pero lo llamábamos don Domingo porque todos los domingos salía muy bien vestido a pasear por el Prado.) Parecía un senador (o la imagen ingenua que teníamos de un congresista entonces, como un padre de la patria, un patricio, legislador por todos y para todos), alto, caminando estable y erguido, con copioso pelo blanco, pálido de piel, entrado en carnes allí donde todos o casi todos éramos entecos. Pasaba todos los días frente a nuestro cuarto, rumbo al baño vestido con una bata a la que la felpa raída no menguaba su antigua elegancia, una toga, la toalla al cuello como una bufanda blanca. Regresaba del baño con idéntico atuendo y el mismo paso orgulloso y elegante. En ambos viajes lo precedía Nena la Chiquita cargando el cubo con agua y la vasija vacía. Hay que usar, abusar de la imaginación para concebir que alguien que vivía en Zulueta

133

408 tuviera un criado, mucho menos imaginable que un hombre solo mantuviera una criada. Pero en ese círculo lo inimaginable era lo cotidiano y Nena la Chiquita era efectivamente su doméstica. Es más, en una ocasión don Domingo se refirió a ella como "mi ama de llaves". Era un caso de desaforado delirio de grandeza porque nadie nunca tuvo imaginación tan desbocada como para pensar que hubiera entre ellos una relación que no fuera la de señor y sirvienta, que hubiera un nexo de sexo entre don Domingo, tan bien plantado, tan caballero, tan orgulloso y Nena la Chiquita, que era casi lo que describió el editorialista para llamar a todos los habitantes del falansterio: la hez de la sociedad. Nadie sabía cuánto pagaba don Domingo a Nena la Chiquita, como nadie conocía el exacto oficio o profesión de don Domingo, que dormía hasta tarde y salía todas las noches temprano y regresaba después de medianoche. Era imposible que fuera proxeneta (él no podía ser un mero chulo: la palabra le quedaba pequeña para sus ínfulas) y regresaba muy temprano para ser sereno y ese trabajo estaba por debajo de su aspecto. A veces pensé que podía ser un contrabandista constante y rápido que hacía incursiones audaces y raudas cada noche. Pero esas imaginaciones eran sueños inducidos por el opio dominical de mis lecturas de *Terry y los piratas* y el problema a resolver era cómo catalogar a Nena la Chiquita—¿sería ella una versión vieja y caribe de la osada Dama del Dragón que acosaba a los navegantes del mar de la China? Sabíamos que Nena la Chiquita ganaba dinero porque mantenía al Diego que vivía en la azotea, a donde ella subía sin misterio a menudo. Un día, atacada por uno de los accesos de confesión estentórea a que eran dados algunos inquilinos (inexplicablemente para mí ya que había sido testigo de muchos paroxismos públicos que afectaban a Gloria, la arisca asiática, por ejemplo, quien en

una ocasión gritó a todo pulmón en la placita: "¡A mí lo que me gusta es que me singuen bien!"), Nena la Chiquita vino de la azotea, saliendo del cuarto de Diego, a donde ya yo sabía a qué iba, exclamando a toda voz: "¡Yo soy la bien mamada! ¡A mí me maman muy bien!". Nadie vaya a creer que esto avergonzó lo más mínimo a Diego frente a los vecinos: al poco rato bajó la escalera de madera muy tranquilo, taconeando vigoroso contra los escalones como siempre, acentuando su masculinidad. Así no sólo don Domingo tenía un ama de llaves sino que ésta, una vieja nada menopáusica, tenía un gigoló—y no era la Riviera sino Zulueta 408.

Tuve un encuentro breve pero inolvidable con la sexualidad inaudita de Nena la Chiquita. Aunque yo no era muy estable, solía bajar las escaleras a gran velocidad, a pesar de que, al poco tiempo de vivir en el edificio, me caí en el tramo que iba del primer piso a la calle y me partí un dedo al tratar de agarrar la baranda. Allí mismo tuve una segunda caída, menos seria pero más aparatosa: me golpeé en la espalda, un escalón se me clavó en la espina dorsal y no sé por qué efecto particular, tal vez los nervios, me quedé paralizado, inmóvil sobre la escalera, en la posición que había caído. Estaba paralizado pero podía hablar y hasta gritar, aunque la secretividad del primer piso, colmado de maricones que preferían permanecer en el anónimo, hacía inútil cualquier llamada de auxilio—de manera que me quedé quieto, las piernas estiradas, los brazos en cruz. Al poco rato, por azar o por Eros, venía de la calle nadie menos que Nena la Chiquita, que me vio desde la vuelta de la escalera y subió hasta donde estaba yo tumbado. Me preguntó qué hacía yo en la escalera, acostado, en semejante posición. Le conté la caída. "Hay que buscar ayuda", dijo enseguida pero no se movió de su sitio. Al principio no hizo nada pero lo que hizo al momento siguiente fue sorprendente: como si fuera a auscultarme, doctora dudosa, comenzó a pasarme la mano por el bajo vientre, luego bajó hasta la portañuela y me frotó las partes, sobándome con sus dos manos. Ni aunque estuviera en estado normal habría yo respondido al asalto sexual de Nena la Chiquita, tan vieja, tan desdentada, tan repelente. El terror a que me abriera los pantalones, me sacara el pene y comenzara a actuar (no tenía la menor duda de que empezaría a chuparlo, succión blanda, con su boca sin dientes), era superior al miedo de estar paralizado, tal vez para siempre, reducido a una silla de ruedas. Pero un pavor mayor me atacó: Nena la Chiquita había declarado que era la bien mamada: a lo mejor era también una buena mamadora y a pesar de la parálisis ya yo sabía que el pene tiene vida propia—¿y si respondiera a la tentación toda tacto de Nena la Chiquita y se erigiera en su propio monumento? En ese momento de pánico ella levantó la cabeza y dijo, mirando por encima de mi cabeza: "Se cayó". No me hablaba a mí sino a Venancia (que lo oía todo: no había oído el estruendo mío al caer, pero oyó el frote de Nena la Chiquita tratando de levantarme el pene) que había salido de sus cuartos, de sus cuarteles. Venancia se alarmó y juntas las dos me alzaron en peso (siempre fui flaco de joven) y me llevaron hasta su cuarto y me acostaron en su cama y Nena la Chiquita anunció que iba a buscar a mi madre—para mi alivio, mental y físico. Cuando vino mi madre, aterrada, ante sus ojos doblemente incrédulos (yo herido, yo sano) pude levantarme y caminar y hasta decir: "No fue nada". Nunca tuve otro efecto de la caída que mi encuentro sexual con Nena la Chiquita—y su recuerdo repugnante.

Mi segundo amor en el edificio tuvo por objeto a uno de los raros habitantes femeninos del primer piso y que nunca formó parte de la escuela de lesbianas futuras de la vieja Emi-

liana. Fue, tenía que ser, un amor de un solo lado. Ella era
Chelo, la hermana de Fina, hija menor de Venancia, la que
veía todo y oía todo y estaba siempre vigilante. Alguna señal
de devolver mi amor tuvo que darme Chelo para venir a despedirnos a mi madre y a mí a la terminal una noche en que
cogíamos el tren para ir de temporada al pueblo, aunque
nuestra pobreza no nos permitía la elegancia de ir de veraneo
(el pueblo era famoso en toda la zona por sus balnearios) sino
solamente en viaje de visita al resto de la familia que quedaba
viva, apenas nadie. Recuerdo nítidamente esa noche por la
despedida de Chelo (que no tuvo nada de extraordinaria, en
absoluto tolstoyana, limitándose ella a decirnos, a gritar con
su voz adenoidal por encima de los bufidos de la vieja loco-
motora a vapor adiós que la pasen bien vuelvan pronto, sonriendo con su boca sensual, aumentada al morderse siempre
ella el labio inferior y sus grandes ojos negros, rodeados de
unas eternas ojeras malvas—que eran como el labio inferior de
su mirada—y el pelo lacio cayéndole sobre la cara larga) por
el sentimiento de amor que me embargó al momento del
arranque estrepitoso del tren, aumentado por el interminable
viaje que duraría toda la noche y todo el día entre paisajes
cambiantes excepto al atravesar la sabana que era casi como
cruzar Siberia en el Transiberiano de la literatura y que me
haría fanático del viajar en tren para toda mi vida, pensando
rítmicamente en Chelo Chelo Chelo, el ruido de las ruedas
haciendo eterno el viaje y mi amor. Pero también estaba el recuerdo de la cara de Chelo, de su brazo tan fino agitando la
mano blanca, ondeando brazo y mano hasta que nos perdi-
mos de vista, de su cuerpo delgado hecho frágil por el contraste con sus grandes tetas—que no recuerdo haber notado
entonces, ella delicada, sino en otra ocasión.

Chelo contrajo una rara enfermedad: estómago caído.

Yo había oído hablar del colon caído, que cuando oí el nombre la primera vez me pareció tan cómico mal, casi como el que aseguraban los libros de historia que acaeció al Descubridor en su último viaje en cadenas: Colón caído. A Chelo se le había hundido el estómago por culpa de lo que era para mí su encanto: su delgadez. (Años después me puse a analizar por qué me enamoré de Chelo y descubrí que tenía su origen en su parecido con Ann Dvorak, la impronunciable, casi caquéctica hermana de Paul Muni en *Caracortada*, que fue uno de mis amores de sombras en mis años infantiles.) Para curarse de su mal, Chelo debía reposar. Hacía su reposo en el segundo cuarto (ahora Venancia tenía tres cuartos como habitación, que era para el solar casi una suite: por una suerte de justicia doméstica la criada del falansterio vivía incomparablemente mejor que cualquiera de sus inquilinos) en una cama colocada frente a la puerta abierta para disipar su tedio: así podía ella mirar afuera y ver el tránsito de los inquilinos escalera arriba y abajo. A veces yo venía a aminorar su soledad y me sentaba a conversar con ella. Pero no lo hacía sólo por ser buen samaritano sino porque en su bata de reposar, una suerte de piyama o varios piyamas con el mismo diseño, un desmedido descote dejaba ver bastante de las desmesuradas tetas de Chelo. Yo me entretenía (olvidando de paso la historia que ella contaba o el cuento mío que debía hacer de contrapartida) mirando esos blancos globos gordos que colgaban hacia los lados, preguntándome a veces hasta dónde llegarían, viendo que desaparecían por el extremo último del escote. Pensaba que Chelo no era inocente a mis miradas, que ella sabía que yo estaba allí para mirar más que para oír, que más que sus ojos negros, con ojeras ahora más oscuras, su boca toda labios, lo que me interesaban eran sus ubres ubérrimas ubicuas: regadas por todo su pecho, lechosas, pálidas, palpitantes. Muchas veces estuve a punto de poner mi mano donde posaba mi mirada. Un día particularmente, en que Chelo me pidió que me sentara más cerca, en la cama, tentadoramente, peligrosamente, levanté el brazo audaz para hacer descender mi mano tímida dentro de ella y cuando estaba a punto de zambullir mis dedos náufragos entre aquella cantidad de carne blanca que ondulaba un mar erótico, oí detrás mío la voz de Venancia que decía: "Chelo, ¿no crees que hace demasiado calor?", con su fuerte acento gallego. Años después me iba a maravillar su discreción, su tacto, el hecho de que no me dijera que me levantara de la cama o que me fuera, sino que solamente lo implicara, acto tan ajeno a las costumbres contundentes del solar, en que nada se hacía por implicación sino por la expresión más directa, y el resultado de que tocara exactamente mi susceptibilidad, que era entonces descomunal, y me hiciera levantarme, despedirme de Chelo diciéndole que tenía que estudiar y saber que ella lo sentía, no sólo porque lo dijera sino porque era evidente en su expresión. Otras veces volví al cuarto en que Chelo reposaba en su cura, pero no volví a sentarme en su cama, nunca más estuve a punto de sobar sus senos, que se convirtieron en eso: senos: dejaron de ser tetas íntimas y se hicieron ajenos.

En el serife izquierdo de la T vivió una vez María Martí, otra de las Marías del solar, española, con un hijo gimnasta obsesivo, y ella poseedora de un temprano radio en que solía oír las atrocidades sonoras de El Monje Loco y su invariable introito: "Nadie supo, nadie sabe la maldad que engendra el corazón del Monje Loco—Jajajá". Nada más la hizo recordable porque se mudó pronto. El cuarto vino a ocuparlo un personaje más memorable que el Monje Loco por su carácter inofensivo dentro de un cuerpo malvado: era pequeño, de una fealdad sobrenatural: su calva, cabeza de domo, y sus ojos saltones más su minúscula barbilla lo hacían parecer un marciano de Wells. Ayudaban a esta impresión sus cortas piernas, su delgadez extrema y la característica de sus facciones borradas que hacían imposible saber su edad: lo mismo podía haber tenido cincuenta que cien años. Claro, no podía tener cien años cronológicos pero lo parecía. Era español, se llamaba Tomás y tenía una librería de viejo (vendía libros realmente viejos pero nunca valiosos) en los portales de Zulueta, en la misma cuadra nuestra. Se movía además con gran dificultad, caminando con un balanceo que pedía la cubierta de un barco, mientras sus brazos iban en otra dirección, cada uno por su parte pero ambos separados del cuerpo en ángulo recto que la doblez del codo hacían casi un triángulo. El torpe Tomás, como lo llamábamos, siempre dados a los apodos todos nosotros, comandados por mi sentido de la aliteración aguda, mudó a su cuarto un día de sorpresa a una de las mulatas más grandes que he visto: no sólo era alta sino que era corpulenta, pero empezando su corpulencia desde la cintura. Arriba apenas tenía tetas, mientras que abajo desplazaba unas caderas anchas (como una lancha, era la rima de risa nuestra), y grandes nalgas que formaban un culo enorme y muslos y piernas elefantiásicas que hacían juego al conjunto gigante. Los dos componían una pareja tan desigual que resultaba armoniosa: la masiva mulata prieta y el viejecito minúsculo y pálido. Los muchachos del piso siempre fantaseábamos sobre las palizas que propinaba Juana al torpe Tomás en la intimidad, a quien acostaba sobre su gran regazo para castigarlo, perdiéndose mínimo entre sus muslos máximos. Unos años más tarde y mis fantasías se habrían concentrado en la visión del acto sexual de la mulata monumental y el español enano encima: cópula con cachalote chocolate.

Si Juana es importante para mí es porque tenía una parienta que no parecía tener nada de negro, quien aparentemente había pasado años en Estados Unidos y hablaba con acento americano. Ella tenía dos hijos y, muy importante, uno de estos hijos era una hija. La madre, la parienta de Juana, tomando la partida por el súbdito, era conocida como la Americana, sufrió una tragedia que la marcó para siempre. Sucedió que en tiempos de Machado o tal vez después, ella mandó a su hijo mayor, que tenía entonces unos diez años de edad, a comprar a la esquina. No bien había salido el niño cuando hubo una explosión. Ella corrió a la calle entre el estruendo y la gente amontonada alrededor de un centro de expectación para encontrarse con lo que temía antes de abandonar la casa, peor que lo que temía: su hijo estaba muerto, despedazado por una bomba. Jamás se supo si éste tuvo la mala suerte de que la bomba estallara al pasar o si el niño la golpeó con el pie, la bomba parecida a una pelota. Lo que es cierto es que la madre nunca se recobró de esta pérdida y ahora que tenía dos hijos, cuidaba a su hijo con una atención enferma y apenas se ocupaba de su hija—que era digna de cuidado. Ella tal vez tuviera catorce años, tal vez dieciséis cuando la conocí, pero era de una única belleza adolescente. He visto muchas muchachas y mujeres después, gente profesionalmente bellas, como actrices y coristas y modelos, en todas partes y ninguna se aproximó a la belleza de Elena—Elenita para mí, lo que atenúa los paralelos homéricos y la hace más actual. Elenita era de un color canela claro en su cutis inmaculado, con una nariz fina y recta, grandes ojos negros que doblaban el negro de su pelo, que peinaba partido al medio, cayendo alrededor del óvalo exacto de su cara. Sin embargo lo que era más notable en su belleza era la perfección de sus labios, dibujados precisamente y al mismo tiempo llenos, yéndose por encima del dibujo en un borde plegado hacia su nariz, eran la-

141

bios sensuales pero con un toque inocente, casi infantil, en los pliegues de la boca, no comisuras cosméticas sino diseño divino. Verla y enamorarme de ella fue la misma acción. Ella venía muchas veces sola y solía conversar con Nela, de quien se hizo amiga—tal vez le pareciera una versión joven de su tía Juana. Estas conversaciones no tenían lugar en el cuarto de Nela sino en la placita frente a nuestro cuarto. Mi hermano, con su pasión de tuberculoso (no he hablado cómo se contagió mi hermano de tuberculosis, convirtiéndose la enfermedad en el centro morboso de la familia, porque mi vida era un caos concéntrico de estudios, aspiraciones literarias, relaciones familiares y su verdadero vórtice era el amor), también se enamoró de Elenita. Era claro que Elenita lo prefería a él, con su belleza y el vago aire romántico que le prestaba la tisis, y me retraje, dejando de oír la voz de ella, agradable y algo ronca y su risa libre, que desmentía la pesadumbre constante de su madre, que debía pesar sobre su adolescencia adorable. Por contraste todas las muchachas del solar, incluyendo a Beba, palidecían frente a Elenita. Un día, para mí sorpresa eterna, Nela me vino a hablar de Elenita. Nela debía saber que yo estaba perdidamente enamorado de ella: todo el mundo, creo, lo sabía, tanto lo proclamaban mis sentimientos. La sorpresa de la conversación con Nela es que casi pareció un recatado recado. Nunca olvidaré cuando ella me dijo que yo le gustaba a Elenita más que mi hermano: ella misma se lo había confesado. Debí dar saltos mortales, debí cantar canciones con palabras, debí componer un poema épico—pero sobre todo debía haberme acercado a Elenita con este nuevo conocimiento, tan inesperado, mi timidez vencida por la sabiduría, mi amor si no correspondido por lo menos alentado. Pero se interpuso un obstáculo que no fue la consideración a los sentimientos de mi hermano, que iban a ser heridos por la misma flecha de Cupido elenístico. Por alguna razón desconocida Elenita dejó entonces de venir por el solar y siempre pensé que su confidencia a Nela era el recordatorio de una coqueta, su tarjeta de despedida. Mi corazón se hizo evidente, tanto como mis nervios, cuando Elenita, poco tiempo después, subió en Galiano y Neptuno a la misma guagua que yo había cogido en el Parque Central, ómnibus predestinado, vehículo elegido por los dioses del amor: Eros, Ánteros. Cuando ella me vio vino a sentarse alegre a mi lado. Dichosos los ojos, estaba encantada de verme, cómo estaba yo. Me contó que la familia se había mudado para La Sierra, que era el Miramar del pobre, y olvidé a dónde iba para ir con ella hasta su casa. Claro que mi timidez me impidió acompañarla hasta su casa y no pude anotar su dirección, desprovisto de lápiz y papel, y la confié a la memoria, madre de las musas pero ahora traidora personal: olvidé por completo dónde vivía. Así me vi una y otra vez recorriendo las calles entonces para mí elegantes de La Sierra días más tarde, sucesivos días, días alternos, tratando de encontrarla, fingiendo tropezarme con ella, en una casualidad fabricada que mi capacidad de actor revelaría enseguida como un fraude. Pero el encuentro nunca ocurrió, Elenita perdida pero nunca olvidada. Años después la vi en una tienda de Cuban curios, en La Habana Vieja. Se había hecho una mujer pero la reconocí enseguida. No hubo reacción de mi corazón impaciente porque aunque era una belleza criolla, con un dominio del inglés casi autóctono, no era la Elenita de mi adolescencia, la muchacha de mis sueños y mis desvelos. Más tarde la vi por la calle del brazo de un militar de alto grado. Era todavía más mujer, ahora ancha, cambiada pero con restos de su antigua belleza en su cara. La primera vez que la encontré no tuvo tiempo de verme, ocupada vendiendo souvenirs a turistas pero sin saberlo también me vendió a mí un recuerdo. La última vez miró en mi dirección, sin dejar el brazo de su aparente marido, y no me conoció: no podía reconocerme—tanto habíamos cambiado los dos, sus ojos incapaces de brillar como en el pasado, imposibles de mirar al pasado, el pasado convertido en sabana de sal.

Al otro extremo de la T vivía otra María, María la Asturiana, madre de la puta de postín pero también de Severa, que no tenía nada de severa. O mejor, era Severa a su modo. María la Asturiana había sido convertida por mi madre al comunismo, tarea extraordinaria si se considera que María la Asturiana (siempre se la llamaba así, su nacionalidad española olvidada por la región en que nació, el nombre regional convertido en gentilicio) era analfabeta, incapaz siquiera de leer un letrero pero mostraba un entusiasmo por las actividades comunistas que aumentaba con los años. Severa tenía una belleza original en su familia: no tenía los ojos azules de su hermana o de su madre sino negros, como negro era su pelo que llevaba lacio y partido al medio, cayendo alrededor de su cara de óvalo largo, con una barbilla pronunciada pero partida, que era su mayor gracia pues sus labios eran finos y la nariz larga y recta, dándole un perfil, cosa curiosa, nada cantábrico y sí muy mediterráneo. Había algo antiguo en la cabeza de Severa. Tenía como su hermana las tetas grandes y el cuello largo pero era más bien alta. Su más definida característica era su carácter, que aprendí a respetar temprano y que es muy particular de muchas mujeres en Cuba. (Al revés de su hermana y de sus hermanos, que no vivían en el edificio, Severa era muy habanera.) Consiste en una agresividad casi masculina, al hablar y al moverse y al enfrentarse con cualquier otra persona que presente un reto, sobre todo con los hombres. Severa era muy liberal con las malas palabras y tenía un sentido del humor agudo pero vulgar, eso que se llamó relajo, sustantivo tan usado en La Habana, en tantos sentidos, todos bordeando el tema erótico, cuando no cayendo en la pornografía, al mismo tiempo que insinúa la falta de respeto a todo. Cosa curiosa que la palabra venga del verbo relajar y signifique lo contrario de rígido: así era Severa. No había nada sagrado para ella y, al mismo tiempo que invitaba a aproximarse, alejaba con una actitud de cuidado conmigo, juego no jodo. Eso y su edad (su edad, ¡cielos! ¿Cuántos años podía tener Severa? ¿Veintisiete, veintiocho? En todo caso no era una mujer de treinta años) me hizo cobrarle respeto: ella podía hacer trizas a cualquier pretencioso pretendiente con una de sus salidas, sin darle entrada, lo que la mantenía aparte de las otras mujeres del solar al mismo tiempo que participaba ella de su vida visitando, recibiendo visitas, organizando juegos sociales (por ejemplo, largas loterías que animaban las veladas, en las que todos los muchachos del piso tomábamos parte: recuerdo una noche particular en que sentado jugando frente a Severa sentí que me frotaban la pierna con un pie desnudo: fue sólo un toque y debió ser más que una alucinación una ilusión, una forma particularmente aguda del deseo, pues a los lados tenía muchachos entusiasmados con el juego y en el puesto opuesto estaba sólo ella y de seguro que no podía ser ella: mejor olvidarlo, que fue lo que hice), ella era en extremo sociable y sin embargo por su carácter se sabía que se quedaría soltera, sola, sería una solterona: una tía—y aquí llego por meandros al mar, por vía estrecha a la estrella, por digresión a la cuestión: no es de Severa de quien quiero hablar sino de su sobrina, Rosa, Rosita siempre, ella que fue mi último amor en Zulueta 408.

Rosita era hija de un hermano de Severa y no sé por qué razón incómoda vivía ella todo el tiempo en el cuarto de su abuela María la Asturiana. La conocí niña y prácticamente crecimos juntos pero nunca le presté la atención que entregué, por ejemplo, a Beba, hasta el día que vi que se había hecho una muchacha. Ella no era bella sino linda—mejor, mona. No era muy alta, lo que me venía muy bien: soy bajo, ya lo era aunque no lo supiera y todavía no sentía la atracción por las mujeres altas que iba a sufrir más tarde en mi vida. Rosita seguía siendo gordita de muchacha como lo había sido de niña, pero con una gran gracia ahora. Era muy tetona, lo que la hacía parecer más baja aún y tenía una cabeza redonda rodeada de rizos rubios naturales (nada de tintes ni de permanentes) con ojos azules y una sonrisa terminada en hoyuelos tan agradable como frecuente. Era una versión tamaño natural de Shirley Temple. No recuerdo cómo empecé a hablar con ella un día y me encontré con que tendíamos a hablar a solas, a pesar de la presencia casi constante de Severa, que parecía vigilar a su sobrina con más sospecha que solicitud. Rosita estudiaba comercio (que entonces quería decir taquigrafía y mecanografía y un poco de aritmética) en una academia al final del Prado, subiendo una cuadra por San Lázaro, a media cuadra del Malecón. Un día me dio permiso para que fuera con ella a aquella exótica Havana Business Academy. La acompañé, luego la escolté, más tarde le pregunté si podía esperarla a la salida de clases, me dijo que sí y así me vi matando el tiempo de espera sentado en el último banco del Paseo del Prado, allí donde los falsos laureles mueren verdaderos por el sol y el salitre, mirando hasta aprenderme cada detalle de la estatua al poeta Juan Clemente Zenea, más recordable por haber sido fusilado injustamente (¿pero hay alguien ajusticiado justamente?) durante la colonia que por sus poemas publicados —¿inolvidables los inéditos? El monumento no consistía solamente en su efigie: en la base había una musa desnuda (de intención Euterpe, de resultado Erato), alba, de impoluto mármol—a la que manos ocultas y expertas sombreaban a cada rato su monte de Venus, haciéndola una representación cruda del sexo femenino, añadido venéreo verista que borraban de continuo empleados municipales tal vez preparados especialmente para ello. Pero siempre volvían los anónimos artistas del carbón a hacerle un pubis negro a la estatua blanca. Allí estaba yo frente al grupo escultórico del poeta mártir y su musa ahora pulcra, luego procaz, capaz con mi presencia constante de ver a la indecencia y a la decencia en el ejercicio encontrado de sus labores de amor por la imagen del sexo explícito o esbozado. Luego, temeroso de que me acusaran de obscenidad (siempre tuve ese temor infundado que se hizo por fin fundado un día), ya que era evidente que no estaba entre los agentes detergentes de estatuas polutas y sintiendo oneroso el peso responsable de ser corresponsal privado de aquella guerra pública, cambié de sitio de espera, yéndome más hacia el paseo. Pero cansado de estarme allí viendo las horas danzar sin hacer nada (antes por lo menos tenía la musa y sus formas femeninas y la lucha incierta por el carácter de su pubis, que unos mantenían impúber, otros deseaban púber) le dije a Rosita que vendría solamente a buscarla y ella no objetó mi intención—tampoco puso reparo a que dijera buscarla en vez de esperarla, pasando de un verbo pasivo a uno activo, en semántica sexual.

Pero Rosita no era mi tipo. Aunque yo no tuviera un tipo de mujer definido todavía, prefería las flacas (Chelo, por ejemplo, fue una elección natural, mientras que Beba, con caderas amplias, que tendía a la robustez que creo que alcanzó en sus veinte, fue una selección histórica o social), delgadas si se quiere más delicadeza, y hacia las mujeres esbeltas se dirigirá mi preferencia decidida un día. Ahora sin embargo me contentaba con coger a Rosita por uno de sus brazos bruñidos (solamente, bien entendido, al cruzar la calle o al dejar un tramo del paseo: no me atrevía a otra impropia manifestación de propiedad), apretando su carne blanca, blanda. Apenas si hablábamos. Ya había comenzado mi interés que fue condena por la cultura y, siendo muy joven, era extremista: no soportaba una conversación menuda, hablar por hablar, la cháchara: en una palabra (que siempre quiere decir más de una frase), empezaba a encontrar que se podía conversar muy poco con las muchachas que conocía y aunque siempre he preferido la conversación con mujeres (no sólo suelen ser más bellas que los hombres sino menos veraces pero más verdaderas), no 'encontraba muchas afinidades electivas femeninas, excepto por una o dos compañeras del bachillerato—que eran desgraciadamente tan feas que tenía que hacer un esfuerzo grande para mirarlas al hablar, olvidando mi nariz la halitosis y así volverme literalmente todo oídos. Rosita, rubia, baja, tetona, gordita, tonta y casi imposiblemente decente, era sin embargo deliciosa en que componía en carne y cutis la imagen de un personaje que yo había tomado de una novela leída años atrás, lectura que empezó como pornografía pura y terminó por ser un libro mayor, al que volvía siempre para tomar nota. En esta historia el héroe (todavía las novelas que leía tenían héroes) pasaba de la desgracia de la extrema pobreza (como la mía) a la gracia y la gloria gracias a las mujeres y por medio del periodismo (al que yo aspiraba). Este héroe triunfal fue mi ideal durante un tiempo y aunque yo distaba mucho de ser buen mozo y por supuesto no era francés, me identificaba con él al punto de compartir sus gustos en el amor: arribista afortunado siempre conservó una amante menuda, charlatana, de poco seso y mucho sexo: así me imaginaba yo a Rosita: ella era para mí la encarnación de esta representación literaria, versión virgen de Madame de Marelle. Ma boule de Swift. My Stella Rosae. Rosita se convirtió en mi amor, tal vez de un solo lado, aunque yo llegué a pensar que ella compartía secreta mis sentimientos. Mi sorpresa fue naturalmente extrema cuando Rosita me dijo de pronto un día: "Mejor no me acompañas más a las clases". Lo que resultó un jarro de agua fría en mi cara caliente. Además, yo no la acompañaba a clases, sino que la traía de clases. Era por supuesto inútil señalarle la distinción gramatical: no habría notado la diferencia. Se dio cuenta sin embargo de que había sido bien brusca. "Tú sabes", me dijo, "en el edificio están comenzado a comentar." Ella, como yo, evitaba llamar a Zulueta 408 por su verdadero nombre de solar y así la escalera, el pasillo, los balcones, los cuartos, los baños, los inodoros, la pila, colectivos, hablaban como uno de nosotros dos. Le iba a decir lo poco que importaba que comentaran, que dejara que la gente dijera, que sólo valía la verdad—y la verdad era que yo no hacía otra cosa que ir a esperarla platónico a esa remota academia, de la que por otra parte yo bendecía su lejanía: así tenía más tiempo de acompañar a casa a aquel conjunto de carne perfumada. (Siempre olió bien Rosita: a todas horas parecía recién bañada, pero sobre todo a la hora de la escuela, oliendo a jabón Pompeya, a perfume, a talco. Tal vez por la obsesión de mi madre con el aseo personal—llegaba ella a bañarse dos veces al día—y su uso de jabones olorosos y del perfume, llamado esencia en mi pueblo, fragancia frecuente en mi casa aun en los días de mayor pobreza, tengo fijación con los olores humanos y no hay cosa que deteste más que una persona que hieda, sobre todo una mujer que no huela bien—aunque he llegado a pasar por alto esta obsesión odorífera con dos o tres mujeres que conocí, que no olían precisamente a rosas. Pero no Rosita, pero no Rosita.) Rosita, con sus hoyuelos, sus rizos rubios y sus ojos azules, era a su manera muy decisiva persona y su petición se hizo casi una orden: no pude volver a escoltarla. Lo más que llegué a hacer fue calcular la hora precisa en que debía atravesar el Parque Central y cruzarme en su paso. O visitar el cuarto de su abuela, a conversar con Severa, a oírle madurar sus cuentos verdes, en espera de la vuelta de Rosita. Un día en que el atardecer se había hecho noche subrepticiamente (debía ser invierno y, aunque apenas se nota la diferencia de temperatura en Cuba, soy muy sensible a los cambios de luz y en invierno los crepúsculos crecen cortos), estábamos conversando Severa y yo en su balcón, que enfrentaba no el pasaje sino el macizo edificio gris del Instituto de La Habana, plantel que yo estaba a punto de abandonar del todo, dejados detrás los estudios escolares por el aprendizaje de la literatura. No recuerdo qué nadería conversábamos. Severa haciendo chistes o satirizando sutil tal vez mi situación amorosa. Sólo recuerdo que Severa me dejó solo de pronto y entró al cuarto sin pretexto, donde no había nadie, su madre de visita en casa de sus hijos—o en un mitin comunista. Me entretuve mirando la calle, siguiendo el curso monótono de los tranvías hacia el infinito en que se encuentran, pensando, deseando tal vez la inminente entrada de mi Madame Marelle, cuando me sentí de súbito abrazado por detrás y dos tetas duras se me clavaron en la espalda. Me quedé paralizado, como la oportuna oruga víctima de una avispa ichneumón y al mismo tiempo estaba deleitado con lo que creía un repentino ataque amoroso, Rosita regresada, retractando su decisión, afirmando su amor apabullante. Mi sorpresa fue aún mayor cuando oí al oído la voz de Severa susurrando: "¿Qué dirían los periódicos si se cayera ahora mismo el balcón y los dos fuéramos a parar a la calle así abrazados?" No pude responder. O mejor dicho, la pregunta contenía en sí su respuesta y fue su acción lo que hizo mi sorpresa extraordinaria. Ya había olvidado el roce casi imperceptible en mi pierna que no podía venir más que de ella aquella noche en que jugábamos lotería, Severa convertida en mi mente en una mujer sexualmente inexpugnable por la fortaleza de su carácter, sus mismos chistes de doble sentido, su espíritu juguetón y distante a un tiempo, en un estereotipo de mujer masculina, transformada para mí en la tía eterna de Rosita. Me soltó enseguida, la picada paralizante completada y voló de nuevo al cuarto. En ese mismo momento, como en un melodrama malo, regresó Rosita de veras. Su entrada tuvo un efecto extraordinario. Nunca antes había acogido su presencia perfumada con indiferencia, pero ahora me resultaba inconveniente, entrometida, aborrecible—porque en un instante había llegado a desear a Severa como jamás había deseado a Rosita, si es que de veras la había deseado o había sido todo una visión vicaria, labor de amor literario. El incidente, el abrazo furtivo en el balcón, no se volvió a repetir y quedó como un secreto entre Severa y yo. Más que un secreto un enigma: nunca pude descifrar la actitud de Severa, pero con un solo gesto y una frase había borrado los múltiples intercambios, que creí significativos, que hubo entre su sobrina y yo: de golpe ella había dejado de existir—hasta no repetir su nombre ahora es consecuencia de aquel abrazo raro. Entonces no pude explicármelo. Con el tiempo llegué a la conclusión de que no fue más que una forma de parodia.

La historia de mi vida erótica en Zulueta 408, ese tramo del tránsito de mi vía crucis sexual, esa parte de mi pasión parece una larga iniciación al fracaso: hay demasiados encuentros con mujeres burlonas, falsas difíciles y difíciles fáciles. Pero hay que recordar que hablo de los años cuarenta, una época en que la sexualidad tropical no había sido asumida, al menos por las mujeres, como ocurriría en los cincuenta, años americanos. Todavía quedaban muchos rezagos de esa moralidad española que en mi niñez consideraba que una mujer que se teñía el pelo y se pintaba los labios y se untaba colorete era una puta. Eso ocurría en el pueblo pero también pasaba en La Habana y a pesar de la promiscuidad propicia de Zulueta 408, allí también imperaba una moral profundamente hipócrita, por debajo de la aparente facilidad social y todas mis amigas cultivaban la virginidad como un don precioso, una suerte de dote. Pero había también lo que luego conocería por el exótico y exacto nombre de calientapollas, palabra nada·cubana, que de hecho no existe en Cuba pero muy apta para describir a estas muchachas y mujeres que conocí de cerca pero no, ay, con la intimidad que yo deseaba. Una de estas mujeres era no por casualidad una muchacha venida del pueblo.

Una de estas calientapollas no tenía, cosa curiosa, virginidad que conservar. Era una mujer, no una muchacha, que estaría en sus veinte pasados, tal vez en los comienzos de sus treinta. Vivía, aparentemente sola, con una hija pequeña, frente a Beba y a Trini. Su cuarto era de puerta abierta con cortina y ella se ganaba la vida cosiendo. Como mi madre que bordaba, ella estaba la mayor parte del tiempo "pegada a la máquina", frase que parecía copiada de mi madre. Pero no se parecía a mi madre. Hoy diría que era bella, entonces me pareció exótica. Exótica en Cuba debía ser una sueca o alemana, pero mi vocabulario estaba sacado del cine y así Hedy Lamarr, embadurnada de maquillaje oscuro, era exótica en su imperecedera aparición como Tondelayo, la nativa de Malaya. Pero Elvira (ése era su nombre: nunca supe su apellido: en Zulueta 408, como en el partido comunista entonces y luego en Hollywood, todo el mundo se llamaba por su nombre) era a su manera exótica pero no se parecía a Hedy Lamarr, mi amor gigante y en dos dimensiones. El contacto con Elvira tuvo lugar muy temprano, mucho antes de mis aproximaciones a Beba y Rosita, y yo era entonces muy joven. No sé cuál fue el pretexto para entrar en su cuarto. Aunque no hacían falta pretextos en el solar para visitar a un vecino yo conservaba todavía mis costumbres del campo. Elvira era alta y delgada y llevaba el pelo por los hombros, ligeramente ondeado, al gusto de la época: Elvira imitaba a María Félix o tal vez la prefiguraba porque María Félix no era conocida en Cuba en esa época: quizá fuera que María Félix encarnaba el epítome de la belleza de los tiempos en América Latina. Pero María Félix fue celebrada como María Bonita mientras Elvira no era considerada bonita por los hombres del edificio y no creo que tampoco fuera bella con un criterio cubano. Ella, como mi madre, solía conversar mientras cosía y un día me preguntó de pronto si yo no tenía una noviecita. Le dije que no, lo que era la verdad. "Debieras tenerla: ya estás en edad. Además, que tú no eres mal parecido". (Esa declaración fue repetida, para mi asombro doble, por Beba, que le dijo a mi madre un día: "Zoila, ¿cómo tienes hijos tan lindos?", incluyendo a mi hermano en la pregunta que era una forma de elogio, pero aludiéndome directamente: fue esa observación lo que me hizo acercarme a Beba con intenciones, con algo de aliento pues yo me consideraba fatalmente feo, tanto que cuando la Niña, una de las muchachas del pueblo que vivían en el solar, declaró frente a nuestro cuarto, al reprocharle alguien que le gustara el hombre que después iba a ser su novio: "A mí me gustan los hombres feos", me dije que había entonces posibilidades para mí de tener novia, si no tan bella como la Niña, alguien que se le aproximara.) Y he aquí que Elvira, viviendo sola, sin hombre conocido más que el remoto padre de su hija, yendo más allá que la Niña, casi tanto como lo haría Beba en el futuro, me anunciaba que no era mal parecido. Ella y yo conversábamos un día, recuerdo, y me hizo trasladarme de donde yo estaba sentado hacia un lugar no más cerca de su máquina en movimiento perpetuo pero sí propicio a hacerme más íntimo a su persona, con el pretexto (ahora pienso que fue un pretexto, entonces era un motivo) de que le ocultaba la luz. Al levantarme y sentarme de nuevo vi su vestido abierto (tal vez fuera una blusa: entonces no se usaban las camisas para mujeres) que dejaba a la vista su pecho plano y el comienzo de sus senos. Ella no usaba nada encima de ellos, tal vez por pobreza, tal vez porque la pieza era tan rara, tan calurosa que hasta su nombre cubano es extraño: ajustadores. ¿Ajustar qué, cuentas o tetas? Siempre preferí, cuando la descubrí, la palabra venida de Estados Unidos *brassieres*, aunque la palabra sostén tiene una brevedad y un sonido que me gustan, pero vine a descubrirla más tarde y me es de uso ajeno. Más engorrosa es la palabra francesa, *soutien gorge*. Su corpiño, como todas esas palabras anteriores, estaba evidentemente ausente. Miré bien y vi más que el inicio de sus senos, vi una de sus teticas y ella se echó hacia adelante, atendiendo tal vez a su costura o acomodando mi visión, y vi su teta entera, hasta el pezón puntudo. Siempre me ha emocionado la vista de una teta (también la de dos tetas: doble emoción) y ese día comencé a sentir que mi ánimo se hacía físico y se localizaba en la entrepierna. No me había pasado antes con Elvira, con quien tenía cierta amistad pero por quien no sentía nada. Ella se inclinó más aún y yo miré ávido, olvidando a su hija que jugaba en el balcón y sabiendo que estábamos protegidos de los vecinos por esa cortina que era siempre otra puerta. Mirando, ya sin decir nada, sin hablar, la conversación interrumpida por la visión, pude observar que sin dejar de atender a su labor, Elvira me estaba observando, atenta a mi reacción, y puedo jurar que se estaba sonriendo. Elvira, que tenía según mi madre fama de cochina, que aparentemente sufría esa forma poética (al menos su nombre me es grato) del mal infame: flores blancas, se convirtió en una hembra en celo tan violento que la hubiera sacado de entre su máquina incesante y tirado sobre la cama—y acabado con mi virginidad. Aunque ella me llevaba por lo menos diez años: eso era una generación para mí entonces, casi una vida. Pero yo era el claro objeto del deseo porque Elvira se sonreía con su sonrisa arcaica en su cara contemporánea. Impulsado por el sexo, me volví impúdico y me puse de pie, frente a la máquina, que era como decir frente a ella, casi frente a su cara con mi bulto, mostrándole la evidente erección que ella había provocado con sus historias de noviecitas necesarias, sus apreciaciones estéticas y el desplazamiento de mi persona para propiciar la visión de sus senos. El resto lo había completado la intimidad indolente que ella creaba conmigo. Elvira dejó de coser por primera vez desde que visitaba su cuarto, lo que era un acontecimiento: ¿ocurrirían transfiguraciones? Ella me miró a la cara, miró para mis entrepiernas y volvió a mirarme a los ojos. "Ahora siéntate", me dijo finalmente, como si dijera: Bueno, ya veo lo que eres capaz de hacer, ¿y ahora qué?, pero añadió: "que no me dejas coser con tus distracciones". Su tono era de tan lejana indiferencia que me sentí insultado. Con su desdén Elvira me enfrió de un solo golpe de voz. Había sido un cubo de agua helada sobre mi calentura. La erección se desinfló instantáneamente, el bulto desapareció de entre mis piernas, pero no me senté. Di media vuelta, caminé unos pasos, levanté la cortina y salí del cuarto—nunca más volví a entrar en casa de Elvira. Así era yo de susceptible entonces.

Pero la peor—o tal vez la mejor—fue Lucinda, calienta-pollas extraordinaria. Ella era hermana de Balbina, cuñada de Carlitos, tía de Payeye y hermana menor de la Niña. Venían todos del pueblo. Balbina, Lucinda y la Niña, la que me hizo concebir esperanzas para nosotros los monstruos y que se había casado pronto con un hombre horrible, vivían en el cuarto que me reveló a Etelvina, la puta precoz, la fletera sifilítica, mi maja desnuda. El padre de las tres hermanas era español, tal vez asturiano, pero su madre era una mulata atrasada que había dejado una marca morena en sus hijas y, sobre todo, en sus hijos, que solamente logró disimular la Niña con su pelo teñido, falsa rubia temprana. Todos querían con locura a su padre que era una figura respetada en el pueblo, dueño de un café céntrico en que trabajaban los hijos. De cierta manera la venida de media familia a La Habana había sido un paso atrás social, condenados como estuvieron siempre a vivir en el solar (cuando nosotros nos mudamos todavía vivían allí) y por el pobre salario de Carlitos, afilador ambulante. Balbina era una mujer madura y atractiva, aunque tenía las nalgas más aplastadas que he visto nunca, seguramente herencia paterna. Desde los días juveniles, casi infantiles, en que Carlitos era objeto de bromas a sus espaldas ("Carlitos, amolador de cuchillitos"), Balbina fue el paradigma de la mujer desnalgada y nalgas a la Balbina se convirtió en una categoría del museo de medidas de mujeres. Lucinda no era tan alta como Balbina, era bastante baja y con caderas breves pero no tenía el culo achatado como Balbina sino más bien prominente: su figura era graciosa, aunque con una ausencia notable: no tenía una gota de senos: era tan planchada de tetas como Balbina de nalgas y no exagero si digo que nunca, antes o después, he visto una mujer con menos senos. La vi llevar toda clase de ropas: vestidos, blusas, hasta la vi en refajo

156

un día y no tenía más que las marcas de las costillas, estrías en
el raso. Su cara parecía polinesia, lo que no es extraño en muchas mulatas, con grandes labios carnosos y ojos rasgados.
Tenía el pelo ondeado natural y la nariz chata pero graciosa.
Solamente echaban a perder el agrado de su cara unos granos
que le salían continuamente. Había hecho de todo para eliminarlos, inclusive practicó por un tiempo un antídoto asqueroso: por las noches se ponía saliva en cada barro y se lavaba
cuidadosamente en la mañana. Nunca oí antes de un remedio
semejante y tengo que decir que no le sirvió de mucho el
unto. Con todo, babas y barros, Lucinda resultaba muy
atractiva, pero por alguna razón (¿culpa de su cutis?) nunca
tuvo novio y cuando lo consiguió finalmente el resultado de
la relación fue casi una catástrofe. Era este novio nocivo chofer de alquiler de la piquera de Puerta Tierra, también terminal de los ómnibus llamados contradictoriamente Flecha de
Oro: no podían ser más lentos y sucios. El pretendiente se
llamaba Prendes, de nombre Alberto y era joven, bastante
bien parecido, serio y tan callado que resultaba taciturno. Le
apodaban el Turco, tal vez, creía yo, porque se parecía a Tur-
han Bey, el eterno enamorado de María Montez. Pero Prendes llevaba una doble vida y cuando el robo notorio del
banco del Paseo del Prado, extraordinario porque era uno de
los primeros robos de banco que hubo en La Habana y porque los ladrones realizaron un robo récord al llevarse un mi-
llón de pesos, que equivalían entonces exactamente a la
misma cantidad en dólares, se descubrió que el chofer del carro de la fuga era conocido como el Turco Prendes, de oficio
taxista. De milagro no conectaron a Lucinda con el robo para
que Zulueta 408 volviera a estar en los periódicos, precisamente en la crónica roja—y tal vez en editorial insidioso señalando a ese centro de infamia donde aun las mujeres son

peligrosas.

Antes de que ocurriera el robo (que obligó a Lucinda avergonzada a irse por un tiempo al pueblo: el amor de un criminal incrimina), mucho antes de que conociera al Turco Prendes, fascinante y fatal, que la hizo a mis ojos María Montez por un día, yo solía tener una relación estrecha con ella, pero no todo lo estrecha que yo quería: me gustaba Lucinda, con cutis maltrecho y ausencia de senos y todo. A pesar de Balbina, de Carlitos y de Payeye, público presente, solíamos quedarnos solos los dos en su cuarto a menudo. Un día ella dijo que le gustaría leer una novelita y pensé en Maupassant, pensé en Chejov pero no pude pensar en Corín Tellado. "Tú sabes", especificó ella encantadora, "esas donde se hacen cosa." Antes de que ella precisara qué tipo de lectura le gustaría, yo sabía qué era lo que se conocía como novelita de relajo, definidas por sus autores anónimos como novelitas galantes. Me había encontrado un espécimen esotérico—titulado *La lujuria de la boba*—, cosa curiosa, debajo del colchón de la cama de mis padres. El hallazgo era inusitado por lo puritano que era mi padre y sospecho que su presencia pornográfica se debía a la curiosidad de mi madre, lectora ávida, pero estoy seguro de que ella no lo compró por las dificultades de adquisición que se hacían insalvables para una mujer. Nunca pude desvelar el máximo misterio de aquella aparición impresa que surgió sorpresiva de entre el bastidor cundido de chinches y la colchoneta inerte. Leí aquel librito con avidez y de nuevo subrepticiamente y me abrió una puerta erótica por la que entré a raudales. (*Las memorias de una princesa rusa* y mucho menos *El satiricón* estaban muy lejos de aquella literatura que podía considerar una experiencia nueva más que renovada.) A esta iniciación siguieron otras novelitas, esta vez compradas por mí aunque su venta estaba prohibida por la ley (siempre seca de sexo) y había que descubrir la exacta librería de viejo (una particularmente provista estaba en la calle de Neptuno, frente al cine Rialto, oponiendo dos tentaciones: la letra impresa turgente y las sombras animadas) en que se vendían más que por debajo del mostrador, detrás en la trastienda, donde había toda una biblioteca licenciosa sin licencia. Leía una y otra vez cada tomito y siempre resultaban materia esencial para la masturbación. Sus argumentos eran variados, pero la fórmula fornicatoria era la misma: invariablemente el narrador (o todavía mejor, la narradora, como en *La pepita de Pepita*) terminaba acostándose con todo el mundo, inocente o culpable, incluido el mayordomo. Hubo una muestra temprana que por alguna razón particular fue fuente fabulosa de fantasías eróticas para mí. En ella dos mujeres (de la vida o aventureras, como ellas se llamaban) iban a patinar al parque del Maine, Malecón arriba, llevando incongruentes abrigos largos pues era invierno (¡abrigos, invierno, en Cuba!) y al patinar, no sobre el hielo imposible de imaginar sino sobre ruedas, una de ellas mostraba por la abertura del abrigo que no llevaba absolutamente nada debajo. Este hallazgo precioso lo hacía un hombre (un cateador sin duda, en busca de pepitas no de oro sino de carne eréctil) que acertaba a pasar por el lugar y allí mismo, en el parque público, ¡se acostaba con las dos! Era muy temprano en la mañana y no había nadie más por los alrededores, por lo que el trío (tríbades y un semental) cometía toda clase de actos indecentes y algunos inclusive contra natura.

Ésta fue una de las novelitas que leí a Lucinda, tal vez la primera. De más está decir que yo me excitaba con el sexo oral—pero no como Lucinda. No era tanta mi excitación porque yo tenía que atender a la lectura, al mismo tiempo que debía vigilar la puerta, observar la cortina atento a si venía al-

159

guien de la familia, no Carlitos, que siempre regresaba a la misma hora, cinco en punto de la tarde, sino tal vez Balbina, y en una ocasión se apareció acucioso Payeye a destiempo de la escuela, por lo que tuve que realizar una maniobra de ocultamiento rápido del material de lectura que fue casi una prestidigitación, disfrazar mi excitación y al mismo tiempo iniciar una conversación que pareciera continuación y no inicio. Lucinda se excitaba enormemente con estas lecturas libidinosas, pero creo que más la excitaba mi excitación, que pese a la labor de lectura o por ella misma, al interpretar el papel del sempiterno semental que se fornica a todo lo que se mueve, estímulo iniciado por las aventuras eróticas en la novelita y aumentado por la presencia de Lucinda, por su semisonrisa mientras oía, sentada siempre en su silla, sin otra muestra de su estado que su apenas sonrisa. Sus tetas inexistentes no se podían erguir, sus pezones ausentes no se hacían turgentes, sus piernas eternas en la misma posición, cerradas, apretadas una contra la otra, sus ojos que brillaban de malicia todo el tiempo pero no eran reveladores y así era su boca gorda la que indicaba su grado de placer en sus grandes labios distendidos. A veces mi excitación se hacía insoportable porque me imaginaba que era el pornógrafo, el protagonista de estas aventuras amorosas y Lucinda me acompañaba en cada cuadro, en todas las posiciones y muchas veces de perfil. Pero lo que me devolvía a la realidad de la página impresa, de la literatura, era que Lucinda no me dejaba acercarme nunca a ella en este estado de sitio, mucho menos tocarla estando en celo perpetuo, al que me inducía la lectura que debía recomenzar cada vez que intentaba una aproximación más allá del límite del cerco de metro y medio aparentemente imaginado pero muy real para ella, que no sólo se controlaba sino se reservaba. Lo más lejos que llegué fue a escurrirme hasta esta línea iMaginot y extraer mi Bertha poroso y mostrar mi miembro formidable desde mi punto de vista a Lucinda, casi para su inspección: tumefacto, morado, de aspecto adolescente: mi cañón tan imaginario como su frontera. Ella lo miró con curiosidad medio médica, sin ningún interés erótico y no me permitió sacudírmelo, mucho menos tocarlo ella: el pene puede ser peligroso. Tan pronto como inicié la fricción, olvidado de Balbina vigilante, de Payeye parejero por púber y aun de Carlitos y sus cuchillos ahora amenazantes: ¡zas! abajo de un solo tajo, me dijo: "No, no, que vas a embarrarlo todo!" No se refería a nuestra relación de relajo sino al piso, al cuarto, a su universo doméstico, porque Lucinda—toda su familia, como mi madre: mal del pueblo—era pulcra, limpia aun en su libido.

Ésa fue la única vez que penetré su intimidad con mi pene, pero continuamos nuestro contacto sexual por las palabras, locutor libidinoso yo. Ahora me veía obligado, tiranía del sexo más que de las mujeres, a abandonar a mis amigos, a mis compañeros de juego, a mis condiscípulos con las excusas más desaforadas (la verdad era más extraña que mis ficciones) para ir a leerle a Lucinda—labores literarias, como quien dice. Debía además entrar en su cuarto sigilosamente—doble sigilo, el de la lectura, triple incluyendo la librería clandestina—, sin que me viera nadie. Tenía además que comprar con mi poco dinero, sacarlo del ahorro para el cine, invertirlo en las novelitas—pero valía la pena. Le agradezco a Lucinda estos trabajos de amor. Aunque ella gozaba con mi situación de impotente potencia, oyendo atenta, mirando curiosa pero siempre cuidadosa de permanecer fuera de la situación, sin siquiera darme la satisfacción de una muestra de su excitación, con su inmovilidad y su cara de Mona Licenciosa, yo me cobraba todos los gastos, aun la calentura vana pensando, imaginando

161

las cosas que ella hacía cuando se quedaba sola. Las lecturas libidas duraron un tiempo, hasta que apareció Alberto, alias el Turco, Prendes en su vida y su cerebro (que en el habla popular habanera significaba sexo) tuvo su cuerpo. Después, cuando el Turco Prendes desapareció en la cárcel, a la vuelta de ella del pueblo, mis intereses, aun sexuales, eran otros para volver a ser lector lúbrico de Lucinda.

Había empezado a escribir y dejar de leer, pero hubo un momento en que se unieron el amor y la literatura y aunque en la práctica de uno y en el hacer de la otra no triunfó, uno sobre la otra sino que pudo más la sangre—pero aunque no fue la fuerza de la sangre metafórica sino la sangre real, estuvo también presente la sangre familiar. Aunque no voy a hablar de mi larga lucha con los dientes y el dolor, sí quiero anotar mi extrañeza ante lo poco que aparece en la literatura algo tan presente en la vida como una neuralgia molar: no recuerdo más que tres novelas, *Anna Karenina, À Rebours* y *Los Buddenbrook*, donde el dolor de muelas sea un mal siniestro. Tal vez se explique porque un dolor de muelas parece cosa vulgar, pero curiosamente esas tres son novelas elegantes, pulcras y refinadas. Por otra parte se ha descrito minuciosamente la tuberculosis en literatura y yo, que la conozco de cerca, no creo que la tisis sea una enfermedad particularmente glamorosa o elevada, los pacientes entre esputos y hemoptisis—si es que puede exaltarse alguna enfermedad. He padecido mucho de mal molar, peor que el mal moral. Ahora me había sacado otra muela tarde en la tarde, y aunque siempre he tendido a sangrar, sé qué es una escaramuza de hemorragia y no una verdadera hemofilia. Ese día comencé como siempre a obsesionarme por el hecho de que horas después de la extracción todavía sangraba la herida, lo que mi madre, conocedora, llamaba la cesura. Para comprobar si sangraba o no, tocaba con mi lengua la herida y al hacerlo sacaba siempre sangre. También debía chuparme la sangre inocente. Mis padres se fueron para el cine (que mi padre odiaba entonces, como ahora hay gente que odia la televisión: reaccionarios a la imagen) y mi hermano debía de estar una vez más de vacaciones en el pueblo. Pero no me quedé solo. Vivía con nosotros entonces mi prima, la muchacha de ojos verdes obsesivos que mi madre llegó a adoptar, la que yo quería como una hermana (mi madre y yo evidentemente tratábamos de encontrar la hembra de la familia, dos veces presente y dos veces ausente en la muerte temprana), la que era para mí la niña legendaria que me descubrió el amor y los celos al mismo tiempo, a los seis años, con quien tuve la iniciación infantil, incompleta no sólo por la aparición adusta y súbita de mí, de nuestra abuela mutua, sino por la natural incapacidad para la práctica sexual que se padece a los seis años, el incesto incompleto. Esa noche me acosté pero no pude dormir, no sólo porque seguía sangrando sino porque de pronto se me hizo evidente que estaba solo con mi prima hermana en el mismo cuarto, envueltos en la oscuridad protectora que se hizo enseguida culpable. Desde mi cama extendí el brazo hacia la cama de mi prima y toqué su pierna y ella no se movió. Seguí avanzando la mano por sobre la rodilla, por los muslos y llegue a descubrir lo que era visible a los ojos del día pero que sólo la noche me revelaba: mi prima había dejado de ser mi primita, aquella niña de rara belleza, de grandes ojos verdes y boca bella que su madre y toda mi familia exhibía como nuestra respuesta a Shirley Temple. Era evidente que estaba despierta, que me dejaba hacer pero ella no respondía, cuando de niña había sido suya la iniciativa. Súbitamente sentí un golpe de sangre y tuve que levantarme a escupirla. Comprobé que no era demasiada sangre. De regreso no volví a la cama ni a mi intento incestuoso sino que sentí que debía sentarme a escribir. Ya yo había escrito uno o dos primeros cuentos y ahora sabía que iba a morir de seguro y antes de desangrarme, como Petronio, tenía que dejar un último mensaje, comunicación de una importancia extrema, testando. Encendí la luz y cogí papel y lápiz y comencé a escribir una historia que mezclaba mi todavía potente pasión por la pelota y las lecturas recientes. Así un pelotero viejo al que tocaba salvar su equipo de la derrota, bateaba un homer, haciendo llegar la bola más lejos que nunca antes, que nadie y mientras corría sufría un ataque al corazón y casi caía. Pero seguía corriendo las bases, casi dando tumbos, moribundo y con terrible trabajo conseguía llegar al home, pero al pisar la goma y así ganar el juego, moría. Escribiendo este doble testamento estaba convencido de que no había dudas de que era escritor, tal vez un gran escritor que componía su obra maestra y moría. De esta tarea torpe me sacó mi prima, sentada en la cama, diciendo: "¿Qué estás haciendo ahora?", no sé si refería a la ocasión o a la hora. "Ven para acá"—y no supe si quería decir mi cama o la suya, mientras miraba esos labios que varias generaciones de mi familia, Infantes y Castros y Espinozas y Reynaldos, habían logrado componer para formar la obra maestra de su boca ahora abierta. Sentí que tenía que ir hasta ella y al mismo tiempo sabía que debía terminar mi cuento. De esta indecisión vino a sacarme un golpe de sangre mayor que los anteriores y tuve que levantarme a escupir lo que era una evidente hemorragia pero para mí parecía una hemoptisis chopiniana: entonces no conocía a Keats ni sabía de qué había muerto Chejov: mis referencias de muertos gloriosos vomitando sangre eran sólo imágenes del cine. El cuento quedó inconcluso y, para mi pesar momentáneo y alivio posterior, la virginidad de mi prima permaneció intacta para su eventual

164

matrimonio—regresaron mis padres. No sabía de qué cine venían ellos que apenas salían juntos y nunca regresaban a deshora. Solamente supe del tiempo porque mi madre exclamó: "¿Qué haces despierto a esta hora?" A lo que pude responder, sin mentir, sin acudir a falsas excusas y sin inventar coartadas morales que salvaran el honor de la familia a la que estuve a punto de profanar su monumento: "Tengo una hemorragia". Mi madre, experta en muelas y migrañas, mal que he heredado de ella, inventó un remedio casero para restañar la sangre, pero seguí sangrando y todavía por la madrugada sangraba, ahora a borbotones. "No va a quedar más remedio que que lo lleves al dentista", sentenció mi madre que daba todas las órdenes en la casa y mi padre comenzó a vestirse para acompañarme a la consulta. Recorrimos las calles vacías, silenciosas y oscuras: el dentista vivía en San Nicolás pero no me explico por qué cogimos por tantas calles laterales—o sí me explico: mi padre tenía el arte de Dédalo urbano de hacer de La Habana un laberinto de calles en zigzags. Costó trabajo despertar al dentista, que salió al balcón alarmado: ¿quién toca en mi puerta tan tarde en la noche? Al abrirnos negó la evidencia de una hemorragia diciendo que era solamente mi mente y a pesar de su cacofonía me sentí halagado de que alguien confiriera poderes sobrenaturales a mi imaginación y dotarla así de la facultad de producir el efecto de que la sangre imaginaria manara real del hueco en que estuvo mi muela, llenara mi boca y me hiciera escupir borbotones. Pero cuando alumbró su consultorio vio que de veras tenía una hemorragia y sin alarmarse dijo: "La vamos a acabar enseguida", y canturreando (al revés de los pájaros y los tenores, los dentistas son capaces de cantar a cualquier hora) empezó a preparar un compuesto amargo que colocó en el hueco: "Polvo de tanino", explicó y taponeó todo con algodón. "Completo", determinó finalmente. No sé qué hice con el algodón y el polvo de tanino pero sí recuerdo que ya amaneciendo mi padre me llevó a una lechería de la calle San Lázaro, donde pidió un litro de leche y me hizo tomarlo todo. (Fue una de las pocas veces que estuve cerca de mi padre desde que llegamos a La Habana, cuando comencé a distanciarme por causas oscuras: tal vez fuera que crecía.) Luego me explicó: "Lava la sangre". Por un momento creí que se refería a la sangre en mis venas, después pensé que era a la sangre de familia que hacía de mi prima y yo uno, luego a la sangre de escritor que me había probado a mí mismo esa noche—pero quería decir sólo la sangre del hueco de la muela que me había tragado, vampiro autárquico.

Ya había estado en todos los cuartos carnales (aun en el mío), en ocasiones hasta dos veces. Ahora todo pasaría en la placita frente a nuestro cuarto. Fue allí que ocurrió una de las revelaciones sexuales sorprendentes de mi adolescencia, aunque no tuvo que ver conmigo: yo fui un mero espectador. El protagonista de este misterio a mediodía fue Rosendo Rey, que había sido durante años el apacible inquilino del último cuarto del piso, que estaba junto a los baños, al que accedió después de Dominica y los suyos. Era el hombre más serio del solar y pasaba todos los días de regreso de su trabajo (nunca determiné cuál era) caminando erguido, trajeado casi siempre de blanco o de beige, su sombrero blanco de falso jipijapa calado correctamente en ángulo recto. No tenía la apostura de don Domingo pero tampoco su impostura, un falso hombre serio. Aventajaba al Dr. Neyra en que era más alto y no era un charlatán. Es más, era parco, lacónico, casi hermético. Cuando un día se cayó frente a nuestro cuarto, su verticalidad devenida súbita horizontalidad, en una caída aparatosa (que luego se mostraría como grave), cayendo a

plomo al resbalar en el cemento húmedo (mi madre posiblemente habría llevado su manía de la limpieza, del baldeo, más
allá de nuestra zona sanitaria) y se levantó sin una queja y caminó cojeando, todos los vecinos inmediatos testigos de su
resbalón y estruendoso desplome lo sentimos mucho, más aún
al saber luego que se había partido la rabadilla. Mi madre se
interesó por él siempre, tal vez un poco culpable, preguntándole a menudo cómo se sentía, y Rosendo Rey respondía
siempre con su acento gallego que iba mejor, mostrando de
paso su estoicismo español, ya que iba peor: la fractura del
cóccix se le complicó y tomó meses en sanar. Cuando yo era
más muchacho y estaba con mis otros compañeros de juego
alrededor de la fascinante luceta, suspendíamos la partida al
verlo venir y casi siempre terminábamos ahí la competencia,
ya que sabíamos que Rosendo Rey tenía que acostarse temprano pues se levantaba de madrugada para ir a su trabajo.
Su fama de hombre serio aumentó cuando pasó el tiempo y
no se le vio nunca meter mujeres en su cuarto, que debían ser
necesariamente putas, pues Rosendo Rey ya no era joven y a
pesar de su apostura distaba mucho de ser bien parecido: sólo
su sonoro nombre era hermoso. Así mi sorpresa y la de todos
los que fuimos testigos (estaban mi madre sin duda, Dominica y tal vez Zenaida) fue mucho mayor al haber tenido él
un historial de seriedad y, como decía mi madre, de perfecto
caballero. Esa tarde regresó más temprano, casi al mediodía,
y venía mal acompañado—inmediatamente detrás le seguía
Diego. Ambos pasaron sin decir una palabra: Rosendo Rey
no saludó como hacía siempre, Diego, que no saludaba
nunca, iba con una leve sonrisa en su cara que por un momento no supimos qué significaba. Rosendo Rey abrió su
puerta y entró. Detrás de él pasó Diego y la puerta se cerró
completamente: Rosendo Rey no usaba cortina. La puerta es-

tuvo cerrada un buen tiempo. Todos los que estábamos en el patio nos quedamos esperando, casi sabiendo lo que ocurría. Al rato, largo, la puerta se abrió y salió Diego solo (o acompañado por su sonrisa) y pasó contando ostentoso billetes en su mano, dos, tal vez tres, satisfecho como aquel que ha hecho una buena faena. Enseguida supimos qué había ido a hacer Diego en casa de Rosendo Rey, con quién nunca había tenido relación ni el menor contacto, encerrados los dos: Diego, además de chulo de Nena la Chiquita, era un bugarrón profesional. Consecuentemente, el respetable Rosendo Rey, con su seriedad, su empaque y hasta su porte de caballero español, se revelaba de pronto como maricón. No sé si lo fue siempre y hasta ahora había conducido su vida privada como coto callado o con la suficiente discreción para que nadie supiera su secreto sexual. (Llegué a pensar que su mariconería se debía a la caída y la rotura de lo que comúnmente se conocía como el huesito de la alegría. En todo caso era un rey sin corona, en verdadero jaque mate por un peón. Pero la última palabra la tuvo Silvio Rigor, al conocer años después la revelación, emitiendo como un veredicto su frase favorita sobre la doble caída: "Obviamente fue una profanación del sacro".) De allí en adelante Diego fue visita corriente en aquel último o primer cuarto, en el que se encerraban los dos un rato pero no mucho tiempo: el amor que se atrevió a decir su nombre era siempre rápido. Nada cambió en el aspecto exterior de Rosendo Rey, lo que me intrigó. Ingenuamente yo esperaba que comenzara a depilarse las cejas, darse colorete y teñirse las canas de las patillas que dejaba ver bajo su perenne sombrero de pseudo-Panamá: no era Von Aschenbach pero, pensándolo bien, tampoco Diego era Tadzio. Excepto por aquel día en que se reveló (yo pienso que fue entonces que él se descubrió) siguió saludando como de costumbre y pronto todos los testigos de su revelación nos acostumbramos a saber que practicaba enclaustrado su arte amatoria.

En ese patiecito tuvo lugar una aparición que me concernió directamente. Pero tengo que mencionar antes, brevemente, la revista literaria que fundamos, hicimos y escribimos varios amigos, algunos de ellos mis compañeros de estudios. La idea de la revista partió de Carlos Franqui y suya fue casi su realización. La publicación no duró más que cuatro números y se hundió en el olvido total, que es mayor que el olvido literario pero no peor. Pronto Franqui inventó un sucedáneo mayor, una suerte de sociedad artística y literaria que se llamó (con las mismas intenciones que la revista, con idéntica pretensión, casi con el mismo nombre: la revista se llamaba *Nueva Generación*) *Nuestro Tiempo*. Allí nos reunimos muchos aprendices de intelectual, de escritor, de artista, de músico, de espectador. Fue entre los músicos amateurs que hice mayor amistad, con mi amor a la música ganándole a una vieja pasión por la pintura. Entre los músicos que conocí estaba un joven abogado, que había sido campeón de trampolín de Cuba años atrás pero que había cometido el primer pecado musical de componer una piececita titulada "Canción triste", más Lecuona que Schubert, que yo siempre le declaraba culpable ahora que sus pretensiones musicales eran más ambiciosas. Juan Blanco, bajo pero rubio y de ojos azules, tenía mucho éxito con las mujeres músicas, aunque era bastante feo. Por ese tiempo yo ya había salvado los complejos sociales que me atacaron antes por vivir en un solar. Así todos mis amigos, viejos y nuevos, venían a visitarme a mi casa, a nuestro cuarto, a disfrutar la hospitalidad de mi madre, a tomar su café, y se reunían en el patio, en la placita que era un ágora ahora. Juan Blanco estaba entre los que venían más a menudo. No me extrañó pues que una de sus musas se apareciera un día a visitarnos de buenas a primeras. Solamente me intrigó saber cómo había conseguido la dirección. Ella se llamaba Gloria Antolitía y parecía tan italiana como su apellido, aunque tal vez fuera una falsa italiana. En todo caso Juan Blanco llegó—tal vez extenuado por la persecución, ella una Dalila incansable tras este Sansón del sexo—a casarse con ella. Ese día particular (y que iba a cambiar tantas cosas en mi vida) Gloria Antolitía vino acompañada por su media hermana, que estaba de vacaciones de Semana Santa, antes de regresar al convento en la Calzada del Cerro donde estudiaba. Era alta, muy delgada, trigueña, de ojos hundidos pero radiantes y, sin sonreír, por entre los labios le salía un diente frío. Sus labios eran irregulares—demasiado fino el de arriba, demasiado carnoso el de abajo—y su nariz de frente era de puente demasiado grueso. Pero el cuello largo, la barbilla en punta graciosa y el dibujo de la nariz configuraban un perfil delicado. El conjunto contradictorio me resultó atractivo y aunque esa primera vez yo no le parecí gran cosa a ella, esta muchacha (era muy joven entonces, tal vez tuviera diecisiete años, no más) llegó a ser mi primera novia, mi primera mujer. Nada de eso pareció posible ese día, tanto que no lo he marcado entre mis fechas memorables, pero fue notable, tal vez el más significativo día de mi vida en el solar, la cuartería, el falansterio: la extraña luz ceniza que fue una vez malva se había hecho familiar, la atmósfera de pesadilla era el sueño cotidiano, los habitantes ajenos o peligrosos eran ahora amigos, el sexo se hizo amor y a su vez sexo de nuevo, pero la salida fue como una salvación.

Pocos meses después nos mudamos de La Habana Vieja, dejamos detrás sus riberas sin decir hasta luego sino adiós para vivir en El Vedado, en su extremo pero entre jardines y árboles, en una avenida y pudimos salir a ver el cielo. Aunque no fuimos más pudientes (por un tiempo resultamos más pobres que antes, mi padre perdió su trabajo, la tuberculosis de mi hermano se agravó peligrosa, casi mortal) fue un cambio oceánico. La etapa de Zulueta 408, más que un tiempo vivido, fue toda una vida y debió quedar detrás como la noche, pero en realidad era un cordón umbilical que, cortado de una vez, es siempre recordado en el ombligo.

AMOR PROPIO

No voy a hablar del desmedido aprecio por uno mismo sino del amor bien entendido que, como la caridad, empieza por casa, por la casa del propio cuerpo: ese campo de batalla sexual en que tuve tempranos triunfos y en el que no sufrí una sola derrota. Hablo de la masturbación, esa que se llamó paja al principio (fue mucho después que vino a ser masturbación pero por mucho tiempo fue paja solamente y su ejercicio hacerse la paja), en ella, por ella, gracias a ella vencí mi soledad: nunca me sentí solo con mi mano y todavía recuerdo el momento de amor más imperecedero que sentí en mi vida el día, después de años de práctica pajera, en que en uno de los baños de Zulueta 408 yo solo con mi mano produje un instante que duró más de un instante, inmortalidad temporal, el lapso de tiempo que tomó la venida, demorada muchas veces, hecha interrupta como un coito, saliendo el pene de la mano, la mano soltando el pene en el último instante, hasta que la culminación se hizo avasallante y el hundirse del piso de cemento húmedo, logrando la desaparición del espacio (no más suelo, no más paredes, no más puerta, el techo elevándose miles de metros por encima de la ducha fundida y el cielo fue testigo), el momento hecho todo de tiempo, oyendo una canción en un radio lejano que sonó como debían sonar los sones celestiales, la música de las esferas, los acordes perfectos para un oído musical, hundiéndome, hundido, cayendo con las

173

piernas aflojadas, cediendo bajo el torso (porque el vientre y el bajo vientre se habían volatilizado) pero la mano derecha existía todavía soldada a mis partes sólidas en ese momento —catedral de mi religión—y por cuya causa, plexo universal, dejaba de existir ahora todo el cuerpo, latiendo como un enorme corazón solitario que diera sus últimos latidos, temblando como carne con temblor postrero, estertores del yo, desaparecido el ser en el semen que iba a pegar en chorros espasmódicos contra la materializada puerta ahora metro y medio más allá, no sabiendo entonces que nunca después iba a sentir tan intenso eso que todavía no se llamaba orgasmo, la que era venida de venidas.

AMOR TROMPERO

H ABÍA un viejo viejo refrán en el pueblo que decía: "Amor trompero, cuantas veo, tantas quiero". Hace tiempo que no lo oigo pero no he olvidado lo que quiere decir: el que no se enamora de una enamora a todas. Tal vez el hombre que no ha gozado la dicha de enamorarse de una mujer deba sufrir la desdicha de enamorarse de todas—así es Don Juan. Pero por mucho tiempo y aunque me enamoré muchas veces se me pudo aplicar el refrán porque no hacía más que salir a la calle y ver una muchacha (por lo regular eran entonces muchachas) y la seguía durante un rato, que a veces se hacía camino largo. Al principio no me atrevía a hablarles: las seguía solamente, sombra enamorada. Luego, con el tiempo, me animé a aparejarme a ellas y saludarlas, cortés pero no bizarro. A veces conseguía que me contestaran, otras veces sólo me respondía el silencio, Narciso sin Eco, o una mirada matadora o una frase de desdén habanera, que es la peor forma del desprecio: "¡Échate para allá!", "¡Qué se habrá creído!" "¡Descarado!" Pero nunca me pasó lo que a mi amigo Jaime Soriano, descubridor de películas B y mujeres A.

Todo eso estaba en el futuro. Entonces (no sé cuándo entonces fue ahora porque una cosa que me chocó como extraordinaria en La Habana fue la costumbre del piropo que no existía en el pueblo: allá el contacto de muchachos con muchachas se hacía en el parque, donde paseábamos circular-

175

mente—paseando conseguíamos la circularidad del cuadrado pero no lo sabíamos—unos encontrados con las otras y todo el amor se iba en miradas y nadie se dirigía la palabra, mucho menos esas frases de hombre habanero que querían ser elogios a la carne y eran insultos públicos a las partes privadas) yo miraba a las muchachas, las seguía y les hablaba o no les hablaba, pero todas eran mis enamoradas—quiero decir que *yo* estaba enamorado de todas. Ocurría que había una pelea en casa (más bien mi madre peleando contra todos) o cualquier disgusto familiar o decepción que sufriera y me iba para la calle a airear la contrariedad caminando y en cuanto veía a una mujer o mejor muchacha se disipaba el estado de ánimo contrario, favorecida mi vela por el viento erótico. Al principio no era muy discriminante y me iba detrás de una muchacha que años después ni siquiera miraría. Pero por esa época yo era un amor trompero, un donjuán burlado.

Mi amor fugaz por las mujeres se alió a mi pasión eterna, el cine, y me hice un cateador, un rascabucheador, un tocador de damas en los cines. No fue mi idea buscar en el interior del cine el fruto prohibido sino de una Eva madura: esa ocasión fue en realidad mi iniciación. Recuerdo que estaba con mi hermano en el viejo cine Lira (que luego se haría pretencioso, aunque seguía siendo pequeño y cambiaría su nombre apolíneo por el apodo de Capri) viendo un cartón inusitado (un largometraje de los viajes de Gulliver, que se reducía a la estancia magnificada de Gulliver en Lilliput) y el cine estaba lleno de fiñes, que es la menor expresión habanera para un niño. Cuando pude hacerme consciente de lo que me rodeaba (fue una función continua, de tarde y el cine era una verdadera cámara oscura), vi que me había sentado al lado de una mujer con un niño adosado. La mujer era grande y gorda, mayor en más de un sentido. Volví a las aventuras de Gulliver, ahora aceptado por los liliputienses como un gigante amable, pero perdí la noción de lo que estaba pasando en la pantalla porque la mujer viva me había puesto una mano en mi muslo. Fue una sensación de veras novedosa pero que no duró mucho tiempo porque ella retiró la mano, haciendo ver como si fuera un roce accidental. Seguí sentado sin hacer nada, sin siquiera mirar a la película, al cartón que me interesaba tanto porque era la contrapartida de una fábula favorita—Pulgarcito, diminuto vencedor de gigantes—y aquí era el gigante quien tenía que ser astuto para vencer a los enanitos belicosos, cuando la mujer se recostó hacia el brazo de mi luneta (era el brazo izquierdo suyo, el brazo derecho mío, es decir el que me pertenecía por derecho: esas preferencias en el cine las aprendí bien temprano, ya que desde mi pueblo solía haber discusiones y hasta peleas sobre a quién tocaba cual brazo, y mi vecina no era una Venus de Milo) y pegó todas sus carnes a mi brazo, a mi carne no al brazo de madera. Estuvo arrimada a mí un tiempo y se separó al rato, como aburrida, pero luego volvió a hacer contacto con toda su carne (era la zona inmediatamente debajo de la axila, más bien la parte trasera pero sin llegar a ser su espalda) y me di cuenta de lo que quería. Mi hermano estaba inmerso en la película y yo no alcanzaba a ver el niño con la mujer, probablemente atento a los dibujos animados de manera que no podía estar mirando para nosotros por el doble obstáculo, la translúcida pantalla y su opaca madre masiva—y dejé caer mi brazo que como por accidente también se posó en su gordo muslo. Ella no hizo nada, ni siquiera me miró, su vista fija al frente. Comencé a mover mi mano monte arriba, hacia la entrepierna y mientras lo hacía sus muslos se hicieron enormes laderas. Rocé mi mano contra su entrepierna, donde debía estar su montaña de Venus pero no sentí nada porque era una superfi-

cie homogénea, sin relieves. Después, con los años, calculé
que ella debía estar usando una faja, pero ésa era una máquina
ortopédica que yo no conocía: las mujeres de mi familia (mi
madre y mi prima) siempre fueron flacas. Rozaba yo la mano
contra la tela tensa y no lograba asir nada. Pero la mujer se
abrió de piernas (sentí el fuelle cuando hizo este movimiento
propiciatorio, no lo vi porque todo este tiempo, mientras mi
mano acariciaba inútil su falda, yo no miraba para ella sino
que tenía los ojos clavados en la pantalla en blanco), indicándome mi próximo movimiento. Bajé la mano hasta el borde
de su vestido y toqué carne. (Esta primera vez sentí la piel:
otras veces, otras mujeres, sentiría sólo la superficie viscosa
del nylon, que he detestado siempre, seda insidiosa.) Comencé a hurgar ahora debajo de la tela sobre sus muslos que
ella trataba de abrir propicios, pero la falda era estrecha (o
ella era más gorda debajo de la ropa) y no lograba avanzar
mi mano. Luchaba contra la tensión de la tela y al mismo
tiempo la sentía a ella tratando de abrir las piernas. Pero yo
no lograba penetrar la barrera carnosa y hurgar en ella se había convertido en una invitación imposible. La mano me su-
daba (siempre me han sudado las palmas en los momentos decisivos de mi vida) y su muslo también estaba húmedo, lo que
hacía todavía más difícil mi labor de zapa suave. En esa lucha, ese ajetreo estaba cuando sentí un tirón en mi otro brazo
(por un momento pensé que era alguien del teatro o lo que es
peor la policía: ya yo había oído los cuentos de policías contra rascabucheadores, esos contrabandistas de carne, ya fueran tocones o mirones, y siempre supe lo que era la policía secreta del sexo) cuando una voz que se hizo familiar enseguida
dijo a mi oído, gritando: "Aquí llegamos". Era, por supuesto, mi hermano, ojos y orejas oportunos, anunciándome
que en esta parte de la película habíamos entrado al cine.

Tuve que dejar mi labor de amor, ni ganada ni perdida pero inicial, y abandonar mi rincón romántico. Pero antes de salir del cine pude ver, a la escasa luz intermitente que venía de Lilliput, la cara sur de mi Everest por conquistar: es decir, vi su perfil, que fue siempre lo que me dio, y me pareció que sonreía—pero es difícil discernir una sonrisa perfilada.

No sé si fue esta experiencia alpinista o el interés natural (aunque no hay nada natural en el sexo) en las muchachas, iniciado por una mujer, lo que hizo que mi amor trompero se desplazara definitivamente de las calles soleadas o desoladas a las salas oscuras (casi siempre iba al cine de tarde y la oscuridad formaba cavernas platónicas) del cine para interferir, con mi pasión por el cine, la realidad de la carne desvelándome del sueño del cine. Hubo todavía, claro, persecuciones al aire libre (de la ciudad considerada como un coto de caza del coito), el recorrer cuadras y cuadras detrás de una muchacha por el simple placer de seguir su estela—o tal vez por la eterna timidez que me impedía abordarlas. O la maniobra de dejar una guagua cogida pocas cuadras antes, tirarme de ella corriendo (ésta fue una pericia habanera de dejar el vehículo en marcha y aterrizar sano y salvo sobre asfalto y adoquines que tuve que aprender, como todas las otras técnicas del amor) por una muchacha entrevista rauda al pasar. O en la misma guagua, buscar un puesto vacío junto a una muchacha y sentarme primero con mucho cuidado, en el borde del asiento y luego ir abordando a la pasajera, capturando más espacio vital hasta los muslos promisorios—para encontrar muchas veces un fiasco. (Aunque en el futuro, muy en el futuro, hubo encuentros promisorios que yo mismo hice abortar en el fracaso.) Hay la mulatica que cruzaba los arcos del Centro Asturiano rumbo al Parque Central, que resultó en principio tan abordable y terminó en nada, pero todavía queda ella en el recuerdo con su piel prieta y su voz dulce y sus ojos redondos y negros, asombrados ante el futuro, ahora el pasado.

Pero están, primordialmente, los cines más que el cine, con la mortificación de la busca sexual sólida interrumpiendo el disfrute de las sombras en la pantalla. Había una técnica que consistía en acostumbrar los ojos a la oscuridad del interior del cine después de la luz cegadora de afuera, como primer paso. Así me sentaba donde nunca me he sentado, en la última fila: desde niño, como todo verdadero aficionado, me senté en la primera fila o lo más próximo posible a la pantalla. Luego venía a buscar a las espectadoras solas. Esto fue difícil de encontrar al principio porque no era costumbre en La Habana que las mujeres (mucho menos muchachas) fueran solas al cine, pero a mediados de los años cuarenta comenzaron a ir, sobre todo de día, muchachas solas o solitarias. Esta búsqueda había que hacerla con cautela. La tarea se hacía más difícil si me acompañaba mi hermano, que exigía o bien sentarse delante desde el principio—él también era un fanático—o quedarnos donde estábamos para toda la tanda—un fanático enraizado más que enragé. Muchos de mis fracasos iniciales fueron la culpa de esta compañía obligada. Después de localizada la posible muchacha aprochable, venía levantarse, buscar la fila apropiada y sentarse junto a ella como si fuera un hecho natural, no una operación cuidadosamente planeada. Ahora llegaba la aproximación peligrosa, que consistía en poner alguna parte del cuerpo propio en contacto con un cuerpo ajeno, bien un brazo medio desnudo (el mío, con camisa de mangas cortas que siempre usé hasta que se puso perentoriamente de moda llevar guayabera, maldita prenda que hacía a los gordos obesos y a los flacos esqueléticos) con el brazo a menudo todo desnudo de la vecina. Por ese tiempo ya había podido adivinar por el perfil próximo cómo serían las facciones (a veces me llevaba un chasco chocante: por eso no hay nada más perturbador para mí que un perfil que no concuerde con las facciones de frente), aunque el cuerpo continuaba siendo un misterio, acaso revelado a medias por el busto visible por encima de la línea de sombra de la fila delantera. Tal vez mi brazo pudiera pegarse por capilaridad a su codo, carne cálida, no callosa. O quizá la pierna hábilmente cruzada conseguiría que mi pie tocara su pantorrilla. (Sé que desmiembrc a mi muchacha pero no es mi víctima y la mía es una labor de amor, no de odio.) El más raro de los contactos era el de mi muslo con su cadera porque casi siempre lo impedía anafrodisíaco el brazo de la luneta. Muchas veces, después de iniciado el contacto (que nunca era inocente: las habaneras, tropicales al fin y al cabo, estaban muy conscientes de su cuerpo, la piel un aparato detector de intrusos) la dama se movía al extremo de su asiento o, lo que era peor señal, abandonaba su sitio y se iba a la luneta vecina o se mudaba unas filas más allá. Siempre se corría el riesgo de un escándalo, del alboroto, de la protesta airada que atrajera la presencia de la acomodadora, del regente del cine, del empresario, de la policía, de sabe Dios quién. Pero esto nunca me pasó, aunque sí ocurrió en el Rialto una revelación fabulosa: hubo un motín de una mujer tocada y encendieron las luces—para descubrir a varios presuntos espectadores a los que faltaba un zapato. El misterio casi criminal de esa ausencia se desvela en cuanto diga que una de las técnicas de rascabucheo (aunque no era eso, el simple contacto, lo que yo buscaba en lo oscuro sino amor, el amor, ese vencedor conquistado) en el cine era introducir un pie descalzo por la hendija de la luneta, la abertura que queda entre el espaldar y el asiento, y buscar las nalgas mullidas en la dura madera.

En el mismo Rialto, esta vez en una función nocturna en

que exhibían *El filo de la navaja*, me senté como por casualidad (nada pasaba por azar con las mujeres en el cine, era todo
técnica) junto a una muchacha que era una belleza en la oscuridad (más de una vez me pasó que al encenderse las luces o al
salir a la calle, yo acechando a mi presunta presa, me encontraba con una versión joven de la bruja de *Blancanieves*
cuando vieja) y mientras trataba de seguir las indecisiones de
Tyrone Power entre la belleza posesiva de Gene Tierney y su
búsqueda de la verdad (no hay duda de qué yo hubiera elegido entre lo físico y lo metafísico) yo intentaba al mismo
tiempo apropincuarme a mi bella vecina, versión virgen de
Gene Tierney. Terminó la tanda y se encendieron las luces y
pude ver que ella era de veras bella. Pero vino a interponerse
entre los dos el ridículo, esta vez impersonado por alguien
que creía parecerse a Tyrone Power y había visto ya la película, era evidente, porque llevaba una boina y del brazo le
colgaba un inútil impermeable—o al menos inusitado: en
Cuba cuando llueve, llueve y solamente en el campo llevan
los guajiros con que protegerse de la lluvia, capas de agua de
hule, y en La Habana, por lo menos en esta parte de La Habana en que queda el cine Rialto (que no es La Habana Vieja
ni La Habana Nueva, ambas desnudas, descreídas d.l
trópico) arquitectos conocedores construyeron, previso:es,
portales, columnadas, corredores por los que es posible caminar cuadras bajo la más espesa lluvia sin mojarse apenas. Este
personaje recién venido, Tyrone Power tropical (a quien con
los años y las amistades comunes llegué a conocer personalmente: no era mal muchacho, solamente engreído) escogió
sentarse en el asiento que quedaba vacío al otro lado de la bella solitaria. Ya ella no tuvo más ojos para la pantalla (aun
para la pantalla vacía en el intermedio) porque el aparecido
era bien parecido y ella optó por su atención (que era escasa:

la que se escurría por los intersticios de su narcisismo) en vez de haber hecho lo que debía y haberme escogido a mí. Con su acción contraria sólo se ganó este bosquejo—pero no puedo traicionar al recuerdo y dejar de decir que era realmente bella, aunque no tanto como la eterna Gene Tierney, mi cara más cara.

Hubo muchos intentos de buscar tanteando el amor en la oscuridad del cine, tal vez repitiendo lo que ocurría en la pantalla. Pero contarlos todos, siquiera enumerarlos, sería tedioso y además inútil, porque aun a la memoria puede traicionarla el recuerdo. A veces no hay más que un fragmento de mujer no de recuerdo, como la noche en el teatro Alkazar en que delante de mí estaba sentada una muchacha cuya cara nunca vi—solamente su espalda y sus hombros eran visibles. Llevaba uno de esos vestidos (o tal vez sería mejor hablar sólo de chambra) que se empezaban a usar por ese tiempo en los que la línea de la blusa quedaba por debajo de los hombros y por encima del busto, dejando una zona de la espalda y los hombros al descubierto delicioso. Era una espalda perfecta (tal vez de línea demasiado lánguida para mi gusto actual, los hombros un poco caídos) y estaba ahí mismo, delante de mí, al alcance de la mano. No me dejó ver la película (o no me acuerdo de nada) pero recuerdo esta espalda que aun en la penumbra gris del cine tenía un color canela y una lisura de la piel a la vista que casi se veía su olor en la oscuridad. Mi dedo recorría el espaldar del asiento, unos centímetros—menos, milímetros—por debajo de la carne ansiada de la muchacha. (Tenía que ser una muchacha: no podía ser una mujer con aquella piel tan turgente, joven.) Volvía a pasar el dedo de izquierda a derecha y subía un poco, no mucho, no fuera ella a sentir la sombra de mi mano. No recuerdo su pelo y tampoco puedo decir por qué no me quedé hasta que ella se levantó, sola o solicitada, y dejó su asiento para verla completa. Tal vez esa espalda me bastaba. Tiendo a recordar las muchas piernas que he mirado, que he visto en mi vida, y por supuesto que no puedo contarlas todas, pero esta espalda de esa noche en el cine Alkazar se presenta como una visión única. De seguro que la vida la ha maltratado, el tiempo ajando, ultrajando su esplendor, los años la desfiguraron pero no pueden envejecer el recuerdo: esa espalda estará siempre en mi memoria y siento que hice bien en no tocarla, en no alcanzarla con mi dedo porque su destino era ser el epítome de las espaldas que he visto, que he deseado, que he registrado, y solamente hay otra que recuerde con tanto fervor al verla por primera vez· desnuda—pero ese recuerdo pertenece a otro tiempo, otro lugar y será revivido en otra parte, en otro libro.

Está la ocasión relevante en que tuve dinero (no recuerdo cómo alcancé ese caudal) para dejar lo que en La Habana se llamaba tertulia y en el pueblo se había llamado oficialmente el paraíso y el gallinero por sus ocupantes: las localidades más baratas de arriba para sentarme en luneta abajo en el Radiocine. Ponían (ése es otro habanerismo: en el pueblo se decía que daban una película, allá regalaban el cine, aquí apenas lo prestaban) *El séptimo velo*, que es una compleja historia de amores casi incestuosos y de celos y de mal mental. He visto la película otras veces pero recuerdo la primera vez que la vi porque mi voluntad carnal me hizo sentarme cerca de una muchacha con un muchachito adjunto—afortunadamente del otro lado de la barrera de belleza. No estaba yo sentado precisamente junto a ella porque entre ella y yo quedaba un asiento vacío. No podía llegar a ella con mi pierna a establecer un contacto, por lo que debía mirarla solamente y hacerlo de tanto en tanto para que no se me notara ofensivamente insistente y se cambiara ella de asiento. (O, de nuevo, llamar ella al acomodador o a la acomodadora—lo que era peor—o a ese temido regente que era casi un agente de la ley de la libido.) Creo que en una o dos ocasiones ella me devolvió la mirada, como si hubiera sido prestada. O tal vez lo imaginé. Pero yo continué mirándola y al finalizar la película (era por la noche, no por la tarde, en una función continua: justamente llamadas así en La Habana: tuve que continuar más de una visión para gozar el privilegio de ver a la clara luz del día el objeto de mi amor trompero) salimos juntos. En el cine me había parecido bella, pero al salir a la calle la encontré radiante bajo la luz artificial: su pelo negro le enmarcaba la cara de una manera novedosa, su boca protuberante y húmeda y los ojos negros que miraban hondamente, haciéndose más negros al mirar, no absorbían la luz sino la reflejaban, enigmática como espejo oscuro. Caminó ella Galiano arriba (que era como decir mi camino indirecto: la distancia más larga entre dos puntos) y me atreví a saludarla y ella, milagro ecoico, me contestó. En la conversación (porque llegamos a entablar una conversación, sociedad secreta) descubrí que era hija de un bedel del Instituto. Puedo considerar ahora a un bedel como un conserje uniformado, pero entonces en los días del bachillerato, era la policía del plantel y tenían bastante autoridad: podían, entre otras cosas (como los regentes de los cines) conducir a la dirección, de donde se solía salir expulsado—sobre todo si se era como yo un buen alumno, inofensivo al no pertenecer a ninguna de las varias bandas armadas, los tira-tiros, que habían hecho su cuartel en el Instituto y era, como siempre, un riesgo ser inocente. Cuando ella me dijo que era hija de un bedel comencé a pensar que mi conversación podía hacerse peligrosa (siempre he tenido tendencia a considerar las conversaciones como posiblemente peligrosas) y me alegré de no haber intentado ninguna aproximación física en el cine. Pero ella me gustaba más ahora y parecía estar sola (es decir, no tener novio, al ir al cine con un muchachito que debía ser su hermano menor) y ansiosa de compañía: he aquí el amor perfecto que yo buscaba en todas partes, pero especialmente en los cines, ahora el cuarto oscuro de las revelaciones. Caminando y hablando llegamos a donde ella vivía. Me despedí no sin antes conseguir que ella me dijera dónde podíamos vernos de nuevo. Ella escogió el Instituto, territorio hostil, a donde iría, según dijo, un día de éstos. En respuesta a su vaguedad esperé con precisa ansiedad su visita. Yo no sabía cuál de los bedeles (había, por supuesto, varios) era su padre, pero ella me dijo que trabajaba en la dirección, lo que quería decir que no era ninguno de los que hacían posta en la portada principal y estaría posiblemente localizado en la entrada lateral. En cada receso me iba hasta la puerta de la dirección para ver si veía de nuevo a mi carne descubierta, a la que tengo que llamar la muchacha a secas o la muchacha de los ojos negros como espejos o la muchacha del cine Radiocine—porque ella no me había dicho su nombre: era endemoniadamente complicado preguntarle el nombre a una muchacha entonces, que era como pedirle prestado una propiedad, algo impropio, y excepto las muchachas del bachillerato (cuyo nombre me sabía por el pase de lista) o las vecinas del solar o las muchachas del pueblo (cuyos nombres eran patrimonio familiar) no sabía el nombre, nunca lo supe, de la mayor parte de las muchachas de quienes estuve enamorado—lo que dice mucho del carácter de esos amores adolescentes, totalmente ladeados. Recuerdo por ejemplo ir a menudo a la salida del colegio de hembras (justa denominación) del Centro Gallego, a ver una muchacha que salía todos los días a las cinco y caminaba desde la calle Dragones y Zulueta hasta Teniente Rey y Bernaza donde vivía, a la que seguía el rastro luminoso que dejaba detrás su cuerpo en movimiento. Recuerdo haber hecho este recorrido estelar durante meses y no haber sabido jamás el nombre de esa muchacha: ella siempre fue la prieta del caballo (que es casi como decir la Dama Morena de los Sonetos) porque un día llevaba sobre la blusa de su uniforme un prendedor que era un caballo piafante, extraño adorno que fue una etiqueta. Esta muchacha de una belleza lozana andaluza se ha quedado fijada en mi recuerdo como un objeto amoroso y como tal tiene un nombre en mi harén imaginario que nada tiene que ver con su nombre verdadero. Esta otra muchacha del cine Radiocine, la que buscaba ahora todos los días, entre la breve escalera de piedra que accedía a la dirección (no entré nunca a la verdadera dirección: allí uno penetraba no en un recinto sino en un problema: recuerdo no haber estado en las oficinas más que dos o tres veces, una de ellas, memorable, para matricularme cuando ingresé en el Instituto, otra, también inolvidable, solamente a la antesala cuando, vestido con una improbable capa de nylon sin estar lloviendo y llevando bajo ella un cuchillo de cocina en la cintura, acompañe a Armando Hernández a rescatar a Alberto Acevedo, que estaba refugiado en la dirección porque los gangsters de la Asociación de Estudiantes lo habían amenazado de muerte por haber declarado Alberto que la bandera no era más que un trapo de colores: pero no es de política que quiero hablar ahora sino de amor en el lugar de las expulsiones) y los jardines exiguos de esa ala del edificio: no había allí un recinto rodeado de setos confusos donde ella pudiera esconderse: el único laberinto era el tiempo: tenía que escurrir mis visitas a esa zona amorosa entre una clase y otra, disparándome en cuanto terminaba la lección escaleras abajo como un endemoniado, excepto por las tardes cuando tenía más tiempo libre—aunque algunas tardes,

187

tres veces a la semana, debía ir tan lejos como al Parque Martí, a las paralizantes clases de educación física. No sé cuánto tiempo pasé en esa búsqueda, creo que hasta se me ocurrió volver al Radiocine, lo que era un ejercicio más estúpido que la gimnasia. Un día, sin embargo, mi busca se vio retribuida y de pronto me encontré—¿en la escalera, junto a la escalera, alrededor de la escalera?—a la muchacha del séptimo velo en toda su belleza morena: los ojos negros brillando en la mañana, más luminosos que el trópico, sus labios más protuberantes y húmedos que en la noche, facciones que exaltaba el marco brillante de su pelo. No recuerdo su cuerpo porque no le prestaba atención al cuerpo entonces: sólo las cabezas, las caras contaban como puntos de atracción, las bellas hechas busto. Ella hablaba con una mujer, no con una muchacha, no con una alumna sino con una mujer ya mayor (luego supe que una pareja cuidaba el Instituto y vivía en el edificio y pensé que debía ser su padre el bedel y aquella mujer los que vigilaban el plantel de noche, pero no me pareció que esa mujer fuera su madre, por una parte y por otra sabía que ella, mi muchacha, no vivía en el Instituto) y esperé casi oculto (en el recuerdo la escena parece pertenecer al teatro primitivo, en que los actores se ocultan unos a otros entre la exigua escenografía, refugio imposible en la realidad, pero ¿qué tiene que ver la memoria con la realidad?) en el jardín o en el otro descenso de la escalera, que se dividía en dos accesos, temible simetría, a la puerta de la dirección. Después de un tiempo interminable (por supuesto que ya se había acabado el receso y tal vez hubiera pasado el próximo) la muchacha del cine Radiocine dejó a la mujer (afortunadamente no estaba con el niño inseparable, intruso en la noche) y vino hacia donde yo estaba, por entonces nada oculto sino bien visible en la mañana tropical que lo hace todo nítido. Me adelanté a su paso: "¿Qué tal?", le dije, sólo un saludo. Ella se detuvo un momento y me miró como si me viera por primera vez. Tal vez fuera la noche que me favorecía. Yo me di cuenta del olvido y le dije: "¿No te acuerdas de mí, del Radiocine, de *El séptimo velo*?" Ella no dejó de mirarme pero hubo una variante en su mirada y abrió los labios deliciosos como para decir algo—pero no dijo nada. Tal vez un tic. Me pareció que no entendió la referencia al cine. "*El séptimo velo*", dije didáctico, "la película esa en que el tío tortuoso se enamora como un enajenado de la sobrina sana a la que vuelve psicótica". Me detuve a tiempo: de dejarme le hubiera contado toda la trama traumática con mis referencias pedantes. Ella siguió mirándome, pero ahora cerró sus labios magníficos (sé que la edad es particularmente cruel con los labios, que los frunce, los reduce, los consume, pero quiero pensar que esta muchacha morena, la verdadera protagonista de *El séptimo velo* y no la rubia desvaída del cine, ha mantenido sus labios botados como los vi la primera vez, de perfil, y como se repetían ahora de frente a pesar de haberlos cerrado) y al momento los volvió a abrir, esta vez para hablar, que no debió haberlo hecho nunca. "Yo no lo he visto a usted en mi vida", fue todo lo que dijo, pero no tenía que decir más. Me quedé totalmente anonadado, desinflado, incapaz de decir una palabra y así, todavía con mi boca abierta de asombro, la vi dar media vuelta y desaparecer en la mañana, tal vez en la esquina del edificio del Instituto, tal vez en dirección del Centro Gallego, tal vez cruzando Zulueta hacia los portales —aunque bien podía estar caminando rumbo al olvido.

Lo que no me impidió seguir yendo al cine, a buscar a mi amor, a la muchacha posible que yo sabía que me esperaba en la oscuridad para compartir otras delicias que fueran algo más y algo menos que las que se veían en la pantalla.

Recuerdo todas las muchachas vistas solas o convenientemente acompañadas por chaperonas propicias (por un niño, por ejemplo o por otra muchacha más joven) en el cine en este tiempo adolescente, como recuerdo casi todas las películas que vi entonces. A veces recuerdo una película sin recordar a una muchacha particular y es porque esta película era romántica, es decir trataba del amor, el romance que yo acababa de descubrir y era capaz de apreciar, cuando antes nada más que me gustaba la aventura, la peripecia o la música. Hay una película que es doblemente recordada porque está doblemente perdida. Hoy sé que se llama *Humoresque*, pero entonces se llamaba *Melodía pasional* y recuerdo su estreno, como recuerdo el cine en que se estrenó y que dejó de existir hace tiempo y con él desapareció uno de los jalones de La Habana: el viejo Encanto, situado justo en medio de mi campo de visión y sin embargo inaccesible como un espejismo durante mucho tiempo porque era una sala elegante y costaba más caro entrar que a los otros cines, con excepción del América. Fue en el Encanto que Joan Crawford se murió de una larga melodía que luego supe que era el epítome de la música romántica, "La muerte de amor" de *Tristán e Isolda*. Ya comenzaba a interesarme por la música europea, la que luego conocería como música clásica, y *Humoresque* me hizo una impresión duradera y falsa: es mejor el recuerdo que la visión de la película. Otra película a la que fui por la música (esta vez no por ser una comedia musical, a las que soy adicto todavía sino porque era la música clásica el tema de la película) fue *Carnegie Hall.* Pero en este estreno, por casualidad o por designio (había desarrollado tal técnica que ya no sabía cuando me sentaba junto a una muchacha porque lo había buscado o por pura suerte, como un cateador del Yukon en busca de una veta), me senté junto a una muchacha y a pesar de mi interés en la música pudo más la carne que *Carnegie Hall*. Logré hablar con ella, haciéndole preguntas tan urgentes y decisivas como "¿Le gusta la música clásica?", cuando ella estaba viendo una película que era una especie de historia apócrifa del teatro de conciertos en Nueva York. Lo más asombroso fue que ella interrumpió su visión para contestarme y me dijo que sí, que le gustaba mucho la música clásica. Entablé una conversación por entre la trama tenue y la mucha música, pero por una razón inexplicable o tal vez por el mismo aspecto de la muchacha o por el tono de sus respuestas no intenté aproximar mi brazo al suyo o hacer contacto de un pie con su pierna o mirarla intensamente. Así, cuando sonó la coda y acabó la película, éramos como amigos y salimos juntos—pero sufrí una decepción. El glamour existente en la sala semioscura (era el cine América con su cielorraso de falso planetario y había siempre una media luz añadida a las luces y sombras de la pantalla) desapareció en cuanto estuvimos en la calle, expuesta a la cruda luz eléctrica. Yo había visto su perfil en el cine (era lo que más veía entonces en el cine: un desfile de perfiles) y me pareció romo pero mono (ése es un adjetivo que empleo ahora, pero por aquel tiempo ni muerto lo habría usado) y su melena corta parecía lo que luego se llamó peinado paje. No vi nada de su cuerpo pero creo que he dicho que los cuerpos no existían en el cine, sesiones espiritistas eróticas. En la calle la nariz recortada de perfil y el pelado paje se mostraron como un conjunto de facciones de niña ñoña. Ya había en su voz del cine algo fañoso pero ahora era definitivamente voz de boba. Era una morona. Tal vez no fuera del todo idiota porque no la habrían dejado ir sola al cine pero estaba en las fronteras de ser una mongólica. Además caminando (porque seguí caminando con ella: no la iba a dejar sola abruptamente, además entonces yo

191

no era despiadado con las mujeres: ni siquiera sé serlo todavía) me dijo que su hermano se llamaba Miguel Míguez y que estudiaba bachillerato. Sucedía que yo tenía un amigo (no demasiado amigo porque no estaba en mi año sino en uno superior) que se llamaba Miguel Míguez y no iba a haber dos aliterantes Miguel Míguez estudiando en el Instituto de La Habana al mismo tiempo: sería llevar la coincidencia onomástica demasiado lejos. Me alegré de no haber intentado siquiera la menor aproximación, física o sentimental, con aquella pobre muchacha que daba lástima nada más que verla. Hasta me pareció que cojeaba—¿o sería andar de retrasado? Fue una situación penosa y me curó de mi afición a las aventuras amorosas en el cine—pero sólo por un tiempo. ¿O debo decir unas noches?

Me costaba trabajo intentar algún aproche a una muchacha en el cine cuando iba con mi hermano, que era a menudo. Era entonces difícil cambiarse de asiento, de fila, atravesar casi medio patio de lunetas, como hacía yo cuando veía una muchacha sentada aparte o simplemente sola. Pero la maniobra se hacía un engorro cuando iba con un amigo (cosa que evitaba en lo posible: siempre me gustó ir solo, no solamente por las muchachas posibles sino por disfrutar el placer solitario del cine) y estas complicaciones se hacían un lío, un embrollo imposible de desenredar cuando iba con mi madre, a quien gustaba tanto el cine que ya en el pueblo de niño ella tenía un refrán que proponía olvidar la comida por el alimento visual de una película y decía, para que escogiéramos: "¿Cine o sardina?" En La Habana iba mucho con mi madre al cine, lo que presentaba problemas típicos más que edípicos. Imagínense pues los obstáculos que tuve que vencer cuando fui al Universal, a su tertulia, con un amigo, con mi madre y además con mi padre que no iba nunca al cine. No recuerdo por qué decidió acompañarnos esta vez. No fue porque ponían *Sierra de Teruel*, cine comunista, porque recuerdo bien la noche de su estreno, en ese mismo Universal de la Plaza de las Ursulinas, ocasión en que registraban las carteras de las mujeres y cacheaban a los hombres como si fuera a ocurrir una guerra civil en el cine, confundidos público y película. Lo cierto es que no recuerdo qué fuimos a ver al Universal en multitud esa vez: la película está olvidada pero no la ocasión. Nos sentamos (mis padres y mi amigo, Carlos Franqui) en la segunda sección de la tertulia, pegados a la caseta de proyección. Yo no había descubierto todavía mi miopía, mal de ojos. Sí había habido casos de compañeros del bachillerato que se habían quejado de haberme saludado por la noche en el Paseo del Prado o tarde en la tarde (la peor hora para el miope, añadida a la pobre visión el crepúsculo coloidal) y que yo no había respondido el saludo. Esa noche en el cine Universal me di cuenta de que no veía de tan lejos y a mediados de la película, para asombro de mi madre, me levanté y dije: "No veo nada". Ella se alarmó pensando que me había atacado una ceguera súbita, Edipo tropical. "Quiero decir", dije, "que veo muy mal." Mi padre, como siempre, no expresó ninguna opinión y Franqui estaba hundido en las imágenes hasta el cuello. "¿Qué vas a hacer?", me preguntó mi madre, Zoilícita. "Me voy a sentar más alante." Tertulia abajo me fui con estas palabras, buscando ver mejor pero al mismo tiempo atento a mi coito de caza. Encontré un asiento, justo al lado de una muchacha que parecía estar sola y aunque había alguien sentado a su diestra (no recuerdo si hombre o mujer, pero debió de ser una mujer, si no en celo siempre celosas) supe, con mi sexto sentido del sexo que estaba sola. Había llegado yo en medio de la película y parecía un movimiento calculado (en realidad había sido el menos calculado

193

de mis movimientos con respecto a una muchacha en el cine) para sentarme junto a ella. Me miró. Ya yo la estaba mirando a ella. Llevaba el pelo largo que tanto se usaba en los años cuarenta (no cayéndole en cerquillo sobre la frente y moldeando su cara, como la muchacha del séptimo velo), tal vez con permanente, tal vez natural, y parecía linda. De entrada se veía muy modosa y yo me senté a ver la película o su continuación. Pero al cabo del rato pudo más mi amor trompero y empecé a arrimarme a la muchacha, a su brazo (que no descansaba en el brazo de la luneta que me pertenecía sino que colgaba junto a éste), poco a poco, hasta que sentí el calor del otro cuerpo que me avisaba que un brazo ajeno estaba próximo, ese tercer brazo que completaba mi unidad. Yo había aprendido a medir térmicamente la proximidad de otro cuerpo en el cine con precisión casi científica. Me ayudaba que ninguna muchacha llevaba manga larga y la carne estaba desnuda, irradiando calor erótico hasta mis brazos como antenas vibrátiles. Pegué mi brazo a su brazo y ella no quitó el suyo, ni siquiera lo eludió con un movimiento lateral, la más fácil forma del desdén. Aproximé más el brazo y ahora estuvimos en contacto, piel con piel, su calor vuelto mío. Como siempre mi cara debía de estar roja, sudándome la palma de las manos, latiéndome el corazón con tal fuerza que yo creía que se podía oír en todo el cine por sobre la banda sonora, sobresaltado el estómago, tumefacto mi pene: todo mi cuerpo esperando una acción enemiga y al mismo tiempo buscando una respuesta amiga—o al menos una actitud pasiva que equivalía a una declaración positiva.

El próximo movimiento mío en este ajedrez del amor sería ponerle una mano en un muslo: peón del rey a dama. Pero no lo ejecuté porque aunque ella era asequible seguía viéndose modosa. Lo que hice fue hablarle. Todo este tiempo, desde el mismo momento que recorrí el tablero y me senté a su lado en un gambito de juego de azar, yo estaba consciente de lo que me rodeaba, de la gente alrededor, de los vecinos próximos, que eran para mí el enemigo o cuando menos la oposición: ellos estaban concentrados alrededor de esta muchacha para comentar sus acciones—y por tanto las mías. Así me costó tanto trabajo hablarle como acercar mi brazo al suyo, el contacto verbal una forma de sexo oral. Siempre ocurría igual: era muy sensible al posible comentario vecino pero al mismo tiempo, como una compulsión, no podía evitar buscar a las muchachas en el cine, acercarme a ellas, apropincuarlas (dice el diccionario, ese cementerio de elefantes lingüísticos a donde van a morir las palabras, que esta palabra no se usa más que en sentido festivo, pero en mi pueblo era muy claro su sentido: arrimarse con segundas intenciones, que en mi caso, en esta época de mi vida, eran las primeras) y esperar anhelante sus respuestas. Le hablé a la muchacha del cine Universal (no había habido aquí otra así de asequible) y ella me contestó. Tenía una voz agradable, pero, aunque yo era un fanático del radio tanto como del cine hablado, no me impresionó: lo que me hizo impresión fue su cara cuando se volvió a mí para contestar mi pregunta, que era, original que soy, si le gustaba la película (de la que por supuesto yo había visto muy poco, con mi miopía incipiente que la distancia del fondo de la tertulia convertía en aguda y la atención prestada ahora a mi viva vecina), a lo que ella respondió que sí, que mucho. ¿Venía ella a menudo a este cine? Sí, sí venía. ¿Venía sola? (Una manera de saber si estaba sola, de lo que no estaba seguro todavía: no, con esa mujer a su lado tan atenta a nuestra conversación.) Casi siempre. Pero añadió: "Aunque mi padre no quiere". Esta última declaración me pareció un presagio, no sólo por la negativa paterna a que ella viniera sola al cine, sino porque enseguida imaginé un ogro peligroso dedicado a vigilar a su hija con cien ojos—si es que esta criatura de mi mitología erótica es posible: el ogro con atributos de argos. Sin embargo (estábamos lejos de la esfera de influencia de su padre) seguimos conversando. Yo había desarrollado ya un estilo para conversar en el cine, no para no molestar a los otros espectadores (había en La Habana entonces tan poco prurito en hablar en el cine como tienen los pekineses para conversar y comer durante una función de la ópera china: es más, los espectadores habaneros no sólo conversaban entre sí sino que muchas veces entablaban monólogos que parecían diálogos con la aparición en la pantalla: uno de mis recuerdos atesorados del cine no ocurrió en una película sino en el público: fue en el Radiocine, durante la exhibición de *El diablo y la dama*, que es el título que tuvo en español la versión francesa de *Le diable au corps*, en la escena en que el muchacho de la película, que es de veras un muchacho, se encuentra en la difícil posición de dictar las cartas que su amante de París escribe a su marido en el frente de batalla y al preguntar ella: "¿Qué pongo?", de algún lugar de la tertulia salió una voz poderosa que sugirió: "Querido Cornelio") sino para forzarla a ella, a la muchacha del cine, a una relación verbal demasiado violenta: yo también había aprendido esa técnica. Ahora dejé de hablarle para mirarla: ella me daba su perfil intermitente, apagado por un eclipse en la pantalla y a ratos iluminado por la luz reflejada en los blancos escasos de la película, que era evidentemente un melodrama en el que abundaban las sombras. De todas maneras, si yo no veía bien su cara podía adivinarla y además lo que se veía me gustaba. Ella estaba consciente de mi atención porque a veces me miraba con el rabo del ojo. Por fin la película terminaba: sin mirar a la pantalla, sin seguir la acción podía saberlo por la intensidad de la música: los músicos del cine, al revés de los niños victorianos, deben ser oídos y no vistos.

—¿Dónde te puedo ver?—le pregunté.

—Por favor—me dijo, vuelta a mí súbita—, no me acompañes.

Ella, espectadora espectante, también sabía que la película se acababa.

—Me puede ver mi padre—añadió.

Yo insistí:

—Pero te quiero volver a ver. ¿Cómo hacemos?

Ella lo pensó de perfil y todavía de perfil me dijo:

—Yo vivo en San Isidro, cerca de la Terminal. Número 422. Yo salgo a veces al balcón. Ahí me puedes ver.

Yo quería decirle que yo no quería verla de lejos, en un balcón, mis ojos colgando del borde como Romeos miopes: yo quería volver a tenerla cerca, tanto como en el cine ahora, en el cine de nuevo: ese era mi lugar favorito para el romance: igual para las peripecias amorosas en la pantalla como para la pericia del amor en la vida. Pero ella no me dio tiempo: nada más sonar los acordes altos que indicaban la culminación de la película y ya ella estaba levantándose, yéndose. Yo también me levanté. Otras gentes se levantaron. Pensé en mis padres allá arriba cuando salía detrás de esta muchacha móvil, las luces encendiéndose ya, yo tratando de salvar los brotes de espectadores que surgían hacia la única salida, pensando si me verían mi familia y mi amigo, pero sin embargo empeñado en caerle detrás a esa muchacha que bajo las luces verticales del techo (hasta ahora sólo la había visto iluminada por las luces horizontales de la pantalla) se veía casi bella o por lo menos bonita, aunque no había podido verle toda la cara, antes un solo perfil, ahora la nuca y la cabeza. Pero en este momento había más gente a su alrededor, una verdadera turba que se interponía entre ella y yo: espectadores salidos, saliendo de lunetas: la oposición, una multitud en motín. De pronto, ya afuera, no en la calle sino en la acera todavía, la perdí de vista por las personas interpuestas. No lo dudé un momento. Atravesé la calle Sol y seguí por Monserrate, arriba o abajo: no sé bien, esta calle que tiene tantos nombres (Monserrate y luego Egido para terminar en el Malecón casi llamándose Avenida de las Misiones y cuyo nombre oficial, el de las placas, es Avenida de Bélgica: dédalo de títulos), no sé cuándo sube y cuándo baja. Sin hacerme estas reflexiones, rémora entonces, más tortuga que liebre, ya estaba atravesando la calle Luz y no la veía por ninguna parte, ni en Sol ni en Luz. Seguí caminando por Monserrate, dejando detrás el cine conteniendo a mi familia y a mi amigo, dirigiéndome a San Isidro como a mi presa, caminando cada vez más rápido, mirando ansiosamente adelante sin verla, sin siquiera atisbar su vestido (que no noté antes, que no puedo describir ahora pero estoy seguro de haber podido distinguir en la calle apenas iluminada: es curioso cómo Monserrate, tanto como Zulueta, se hacían más oscuras cerca de la Terminal aunque este edificio estaba bien alumbrado, por dentro, no por fuera), atravesando otras calles laterales, hasta que tuve a la vista la plaza con la Muralla, un trozo de ella, una ruina, una reliquia, llegando ya a San Isidro. No me costó trabajo encontrar el número 422, como no fue difícil recordarlo: eran los dígitos del día y el mes de mi nacimiento. El edificio, falso falansterio, estaba casi en la esquina de Monserrate y San Isidro. Pero no la vi a ella ni ninguna ventana iluminada que indicara su presencia: nadie a la vista, los balcones vacíos, la casa a oscuras. ¿Sería que ella no había llegado todavía, que la había pasado de largo en la calle sin verla, que había tomado otro derrotero? Decidí esperar. No sé cuánto tiempo esperé: entonces yo no usaba reloj: no tenía dinero para comprarme uno: por tanto no había necesidad de usarlo. Esperé un poco más. De pronto me acordé de mis padres, de mi amigo—y di media vuelta para regresar al cine. Cuando alcancé el Universal todo estaba apagado, pero en la puerta pude ver a mis padres y a mi amigo, aguardando, todavía mirando para la entrada del teatro como si esperaran que yo surgiera, Jonás del cine, del interior del leviatán muerto: no hay nada tan poco animado como un cine cerrado. Me vieron, primero mi padre que, como siempre, parecía indiferente o al menos resignado, luego mi madre, que se animó como una furia:

—¡Muchacho! ¿Dónde te metiste?

No sabía cómo explicar lo que había hecho. Afortunadamente, ella no me dejaba hablar:

—¡Primero te vas de nuestro lado y después desapareces sin dejar rastro!

Franqui, mi amigo, sonreía, no de la furia de mi madre sino de mi desaparición: él adivinaba dónde yo había estado. Sabía que me había ido con una muchacha pero no sabía el fracaso que había sido mi fuga: ejercicio más para mis dos pies que para mis diez dedos. Mi madre era dueña de un mal genio en la botella y ahora estaba furiosa además de asustada: mejor dicho, la furia había sustituido al susto, como siempre pasa con el miedo inútil. Yo me había desaparecido en el cine en una secuencia que le había resultado inquietante. Primero, había dejado el asiento vecino para irme sin mayor motivo para la parte delantera de la tertulia. Segundo, había salido de la sala disparado, sin que ella me viera. Tercero, me había esfumado por completo y ellos habían esperado como tontos fuera del cine a que yo saliera y cuando abandonó el teatro el último espectador (o tal vez los acomodadores, el portero, la taquillera, hasta el proyeccionista), todavía habían tenido que esperar allí por mi reaparición, que ahora se producía viniendo de donde menos me esperaban, de la dirección de la Terminal, vía del viajero, no del espectador. Mi madre no gritaba (ella nunca gritaba cuando estaba furiosa), sólo silbaba su frase "¿Dónde te metiste?" Mi padre no decía nada sino que, entre los silencios de la pregunta repetida de mi madre, carraspeaba limpiándose de la garganta imaginarios gargajos de embarazo y Franqui sonreía su sonrisa sabia: él sabía dónde yo estaba. Pero yo no podía decirle a mi madre dónde estuve, al menos no con todas las letras: yo conocía su temperamento, lo que ella era capaz de hacer en su furia, su genio suelto: había visto, no hacía mucho, en una discusión doméstica con mi tío, que era todo un hombre, cómo ella lo abofeteaba sonoramente acentuando sus argumentos con una bofetada final. Sin embargo, viendo que estábamos solos en el descampado de la Plaza de las Ursulinas, que no había nadie ante quien embarazarme, que no veía muchacha alguna presenciar mi humillación de aspirante a adulto reducido al regaño, dije:

—Acompañé a una muchacha a su casa—lo cual, si no era toda la verdad y nada más que la verdad, era la verdad en parte.

—¿Así que acompañaste a una muchacha a su casa?—preguntó mi madre, convirtiendo mi declaración en una duda.

—Sí—dije afirmativo.

—Y nosotros aquí como bobos buscándote por todas partes, mientras tú acompañabas a una muchacha a su casa—ella sonaba ahora más furiosa si cabía, aunque menos sibilante.

—Sí—me preparé a mentir—, una compañera del bachillerato que me encontré por casualidad en el cine.

—¿Una compañera del bachillerato?

200

—Sí.

—¿Qué encontraste en el cine así como así?

—Por casualidad.

—¿Por casualidad?

—Sí.

Pensé que la próxima acción de mi madre no sería verbal sino que me abofetearía en plena cara en plena calle—mejor dicho, en plena plaza. No podía alegar mis derechos porque con mi madre yo no tenía ninguno. Ni siquiera legalmente podía reclamar mis derechos porque no había cumplido dieciocho años todavía y entonces los derechos de la persona comenzaban a los veintiuno. Opté por el silencio, imitando a la noche y a mi padre. Mi madre siguió empeñada en su retórica interrogatoria que, como la policíaca, consistía en hacer las mismas preguntas varias veces. Pero de pronto arrancó a caminar, atravesando la Plaza de las Ursulinas, rumbo a casa, seguida obedientemente por mi padre, y Franqui, más lento, me acompañaba en la retaguardia, todavía sonriente, siempre sabio. El incidente aparentemente había terminado.

Pero sólo acabó la rabia de mi madre, no mi amor que desató su furia y me encadenó. Decidí ir por San Isidro a tratar de ver a la muchacha móvil (no tenía para recordarla más que su perfil parco en las sombras), que vivía en el número 422. Fui a todas horas. Por la mañana, escapado del Instituto, amor furtivo. Por las tardes, fugitivo de las clases de educación física y de lo que era más atrayente, casi obsesionante, del juego de pelota, yo tratando todavía de formar parte si no del equipo interescolar al menos del team del Instituto, en que unos años jugaban contra otros. Por prima noche, dejando de oír el programa de El Spirit, que era mi favorito no sólo porque era una adaptación para radio de uno de los muñequitos mejores sino porque su tema musical, lema le-

teo, me deleitaba (iba a saber que era un motivo de la *Sinfonía del Nuevo Mundo*), y dejaba detrás todas esas caras costumbres para ir a ver si veía otra vez a aquella efigie entrevista. Hubo veces que hasta fui de noche (diciendo en casa
que iba al cine) y me pasé horas frente al edificio, esperando
verla asomarse a una ventana, salir al balcón, tal vez entrando
en su casa. En otra época aquella vigilancia que se hacía vigilia habría resultado peligrosa, pero eran tiempos tibios—aunque no para el tiempo. Septiembre se convirtió en octubre y
comenzó a llover, unas lloviznas pertinaces por no decir im-
pertinentes que dificultaban mi pesquisa. No que la lluvia me
importara—todo lo que me podría pasar era mojarme, empa-
parme, arriesgar un catarro, tal vez coger neumonía y morir—
¿qué es todo eso comparado al amor que dura más allá de la
muerte? Pero había un problema insoluble, ¿cómo justificar
estar parado en la esquina todo ese tiempo? Ni siquiera podía
simular que esperaba el tranvía porque no pasaba el tranvía
por esa calle sino por Monserrate, unos metros más allá de mi
vigía. Finalmente, sin poder sostener mi posición, el jaque
mate inminente, me di por vencido, declaré el juego perdido
y no volví a la esquina de espera. A la suave, asequible espectadora del cine Universal, a la—¿por qué no decirlo?—muchacha mentirosa no la volví a ver.

Nil desperandum, como dice Horacio. ¿O es Mr. Micaw-
ber? Había otros cines y espectador esperé. Si una ventaja tenía Zulueta 408, aparte de la promiscuidad promisora, era estar en lo que era el centro de La Habana entonces y vivíamos
rodeados de cines, aparte de otros espectáculos como el teatro de la vida, la comedia humana y así había poco pan pero
cientos de circos. Pegado a nuestro falansterio de funámbulos
con su grand guignol grotesco estaba el edificio del teatro
Payret, al lado justo al lado, tanto que era posible pasar de

nuestra extensa azotea a la breve terraza trasera del teatro y muchas veces subía a ella a estudiar primero, luego a leer y muchas veces a mirar para el Parque Central que quedaba a unos cincuenta metros, tal vez menos, de la puerta de la casa. El teatro Payret exhibía entonces películas españolas pero unos años más tarde, lo reformaron, destruyendo de paso su interior con palcos y el foso de la orquesta, construido en tiempos de la colonia, para convertirlo en un cine de estreno moderno de importancia. Al lado del Payret, divididos solamente por el pasaje y el Hotel Pasaje, estaba el pequeño cine Niza, que nunca conocí porque bien temprano me advirtieron (no sé si fue mi padre o mi madre, pero debió ser mi madre, encargada de mi educación social) que no era un cine decente, no sólo por las películas que ponían (que después resultaban ser tan inocentes como sus títulos: *Cómo se bañan las damas*, *Mariposas mancilladas* y *Lo que sus hijos deben saber*—que según mi madre era lo que su hijo no debía saber—, que juzgadas por los enterados—siempre hubo un amigo que fue al cine Niza—eran bien decepcionantes, sobre todo la última, llena de chancros y de penes enfermos, ilustraciones de males venéreos) sino por la concurrencia, aparentemente compuesta enteramente por degenerados—aunque nunca me explicó ella su degeneración particular. Exactamente a una cuadra de distancia, por la misma acera, estaba el cine Montecarlo, que tenía tan mala reputación como el Niza: depravaciones en la pantalla, depravados en el público. El cine más al sur, el Bélgica, fue otro que nunca visité por su fama de infame, con el peor público de todos los cines nefandos de La Habana. Debió llamarse Ostende, para formar el trío deformado de cines como casinos. Casi enfrente estaba el Universal, dejado detrás por mi historia, no por la cronología. Volviendo al Prado, enfrente, un poco a la derecha del Payret, estaba el teatro Nacional, contenido dentro del Centro Gallego y sitio desde la colonia de un teatro con mejor reputación que acústica, ahora dedicado casi enteramente a dar películas mexicanas y argentinas. Prado más abajo estaba el Lara, aliado aliterante del Lira, que está en mi itinerario erótico pero por razones turbias, torvas. En la acera opuesta estaba el cine Plaza, agradable de concurrir, concurrido agradablemente hasta que fue destruido por la televisión, casi una metáfora futura, y convertido en estudio-teatro del Canal 4. Enfrente estaba el cine Negrete, un tubo largo, de mala visión, como un telescopio invertido, al que fui mayormente por la calidad de las películas que exhibió en los primeros años cincuenta. El cine más al norte y el último que quedaba en el Prado era el Fausto, al que fui mucho en los primeros años cuarenta, donde vi más de una película inolvidable gracias al patronazgo de Rubén Fornaris, el fausto Fausto fatal un día. Hacia el este el cine más lejano era el Habana, en la Plaza Vieja, donde estuve pocas veces. Más cerca de la casa estaba el Çervantes, en la calle Lamparilla, al que también iba poco. El Ideal quedaba en la calle Compostela pero fui sólo una vez, olvidado. Volviendo a la vecindad, estaba el Actualidades, al que venía desde que vivía en Monte 822, venida que era una gran, grata tirada. Después, por supuesto, seguí yendo pues no quedaba más que a tres cuadras de casa. Más cerca estaba el Campoamor, pero había que tener cuidado físico con este teatro: aquí la depravada era la arquitectura, con una tertulia tan inclinada como para hacerla peligrosa: un paso en la oscuridad podía ser el último. El Campoamor tenía pretensiones de teatro, pero el único espectáculo vivo que vi allí fue un desfile erótico americano, el Minsky's Burlesque Show, donde presencié mi primer striptease por la inolvidable Bubbles Darlene, ahora posiblemente abuela decaída pero entonces turgente, bella y audaz: se paseó por La Habana desnuda (es decir, tan desnuda como se permitía entonces en el strip-tease, con la llamada G-string, hoja de parra plástica que en La Habana se convirtió en la tirita), llevando encima sola-mente un impermeable de transparente nylon, caminando por las calles céntricas hasta que la arrestó la policía por atentar contra la moral ciudadana cuando todo lo que hacía era aca-bar con el aburrimiento cívico. Del Lira, que quedaba frente al Campoamor, ya he hablado como sitio de mi primera ex-periencia exploratoria, alpinismo amoroso. A igual altura, en la calle San Rafael, estaba el Cinecito, que exhibía noticieros y cartones, y en la misma San Rafael el cine doble llamado Rex Cinema y Duplex—el primero no exhibía más que noti-ciarios y documentales, pero el Duplex estrenaba películas y ambos tenían un gran lobby común que sería un día mi ves-tíbulo erógeno. Casi paralelos en la calle Neptuno, al co-mienzo, se veía el Rialto y un poco más arriba el Encanto y a un lado, en la calle Consulado, transversal, había tres cines, dos de ellos aparentemente en el mismo edificio, el Majestic y el Verdun, este último con la novedad habanera de poder co-rrer su techo y quedar los espectadores nocturnos viendo cine "bajo las estrellas", como decía su propaganda. Más cerca de Neptuno estaba el Alkazar. No puedo decir a cuál de estos tres cines fui más a menudo. Más arriba en la calle Galiano (en realidad era la Avenida de Italia pero nadie la llamaba por este nombre: en La Habana, sobre todo en La Habana Vieja y Central y aun en muchos barrios, en los barrios vie-jos, los habaneros nunca aceptaron los nombres nuevos de las calles y se siguieron llamando como al principio de la repú-blica o en la colonia, desmintiendo a las placas, los viejos nombres conservados por la tradición oral de la ciudad) es-taba el Radiocine y el que era, en los primeros años cuarenta, el mejor cine de La Habana, el más lujoso y el más caro y el que ofrecía mejores estrenos y al que pude ir solamente muchos años después de vivir en La Habana con un pase de gracia: el América. El cine más al oeste era el Neptuno, en la calle de Neptuno inevitablemente, pero mucho más arriba de Galiano y al que iba raramente. Al suroeste el límite era el cine Reina, en la calle Reina por supuesto. Había otros cines más lejanos, como el Favorito y el Belascoain en la calle Belascoain, de seguro, y el Astral y el Infanta en la calle Infanta, tenía que ser, al que iba más raramente, y había, claro, los cines de los barrios extremos, como Los Ángeles, en Santos Suárez, al que fui más de una vez, o el Apolo en la Calzada de Jesús del Monte. Pero ésas eran excursiones y yo quiero hablar de incursiones íntimas y hacer un mapa de los cines en que vivía, describir la topografía de mi paraíso encontrado y a veces de mi patio de luneta. A todos estos cines iba buscando el entretenimiento, el sortilegio del cine, la magia blanca y negra pero también me conducía un ansia de amor.

Fue en el cine Lara que el cazador resultó cazado. El Lara estaba en el Paseo del Prado, en su comienzo, pero se hallaba situado, en el mapa moral, en una zona crepuscular, a la que también pertenecía (o había pertenecido) el Lira, que se iba a regenerar aún más hasta conseguir la rehabilitación arquitectónica y llegó a iniciar una nueva vida, con otro nombre, convertido en pretencioso cine club los domingos. Pero el Lara nunca sufrió esa salvación del ejército del arte. Al Lara íbamos a menudo mi hermano y yo porque era barato y se podían ver buenas películas, muchas de ellas estrenadas en el Fausto o en el Rialto. Una noche (o tal vez fuera una tarde afuera) estábamos los dos sentados disfrutando peripecias o periplos, viajes, venturas, desventuras, aventuras, olvidados del calor y del reducido espacio de la sala, la pobre visión obviada por la concentración en lo que pasaba en la pantalla (siempre los acontecimientos en la pantalla ocurrían, nunca eran contados, el relato superado por la ocurrencia), ajenos a todo lo que nos rodeaba, hechos todo ojos—cuando de pronto sentí una mano posarse en mi muslo. Casi salté de sorpresa pero antes del sobresalto miré para ver quién era el dueño de la mano, pensando que tal vez había sido tocado por la gracia femenina como en el Lira iniciático y vi que la mano era enorme (tal vez su posesora fuera una mujer descomunal, del tamaño de las actrices, una estrella del cine encarnada), pero esta mano se continuaba en un brazo grueso peludo y pertenecía a una especie de gigante envejecido: era un hombre, mejor dicho un viejo, quien me había puesto la mano en el muslo. No había duda de cuáles eran las intenciones de mi vecino con la mano materializada y no me asombró mucho que fuera un hombre porque al Lara iban pocas mujeres: el pasmo vino de saberme tocado por un hombre. Decidí que lo mejor no era ofender con un escándalo (¿qué iba a decir? ¿Socorro, me tocan? ¿O auxilio, me asaltan?) sino efectuar una retirada. Se lo dije a mi hermano: "Tenemos que cambiar de asiento" "¿Por qué?" Mi hermano siempre quería saber el porqué de toda situación nueva o variante. No le podía explicar, entre otras cosas porque temía que el hombre, el viejo de al lado, oyera si me refería a su acción: era tan grande que me aterrorizaba su mera presencia, más temible que lo que había hecho o tratado de hacer. "No veo muy bien aquí", le contesté. "Pero yo veo bien", me dijo. "Pero yo no", repliqué. "Entonces mejor nos cambiamos", accedió él, que podía ser razonable, y nos levantamos y nos fuimos a sentar a otra parte, más cerca de la pantalla, por supuesto, entre gigantes inofensivos. Yo no me atreví siquiera a mirar para verle la cara al viejo tocador, pero nunca me olvidé de su aspecto formidable y del hecho de que fuera viejo, habituado como estaba a ver a los homosexuales como jóvenes y delicados o de mediana edad pasiva.

En el Lara ocurrieron otros encuentros con homosexuales agresivos pero no creo que fueran de la especie degenerada a que aludía mi madre. Después del incidente con el vecino enorme con su manaza avanzada fue que supe que el cine era teatro de raros gestos: extraños movimientos, permutas, tropismos: gente que se cambiaba frecuentemente de asiento y venía a sentarse en las primeras filas. Pero no eran fanáticos del cine sino amantes de los espectadores: su espectáculo no sucedía en la doble dimensión de la pantalla sino en las lunetas tridimensionales. Uno de estos parroquianos inquieto era un japonés. No sé cómo supe que era japonés y no chino, habida cuenta de que la proporción entre chinos y japoneses en La Habana era abrumadora en favor de los primeros. Tal vez tuviera que ver con esta identificación la guerra mundial entonces y el hecho de que para mí este japonés era un malvado, como sucedía siempre en el cine de la época, donde los japoneses aguardaban ocultos en las sombras a los americanos para sorprenderlos en emboscadas y clavarles bayonetas caladas en el vientre. En realidad este japonés del cine esperaba en la penumbra para meterte la mano en el bajovientre: era un succionador compulsivo, Drácula en pene, vampiro del bálano, que se dedicaba a la felación del espectador que lo permitía, en un juego de pasar de pasivo a ser activo. Un día me senté en la segunda fila, tal vez porque toda la primera fila estuviera ocupada, pues ya era una fanático inveterado, veterano de la primera fila, mientras más grandes las sombras mejor la visión, al revés de la vida. De pronto, en un sueño que no sucedía en la pantalla, uno de los espectadores de la primera fila volvió la cabeza—y era el japonés villano. Vi que me miró de arriba abajo, luego volteó su brazo y vino a dejar caer su mano kamikaze en mi entrepierna. Me quedé tan pasmado como cuando el viejo gigante puso su mano en mi muslo, aunque para entonces ya había aprendido a reconocer al japonés canalla. Yo estaba solo en el cine: ni mi hermano ni un amigo me acompañaban y debía enfrentar al enemigo alevoso sin ayuda, como Robert Taylor en *Bataan*. Pero no sabía qué hacer con aquella mano que me estaba tocando ya, más que reposar inerte como la mano del ogro. ¿Y si mi pene traidor confraternizaba con el enemigo? No podía cambiarme de asiento porque estaba en medio de la fila, aparentemente atrapado entre los cómplices vecinos de luneta, evidentemente italianos y alemanes (es obvio que podía haberme puesto de pie y el hecho de que no se me ocurriera hacerlo o de que me sintiera impedido, casi inválido, necesita otra explicación) pero en el último momento acerté a coger la mano del japonés por la muñeca (no era muy ancha ni era peluda como la mano del cíclope—a quien imaginé mirando la pantalla con un solo ojo central—ni era viscosa, como los japoneses del cine: era una mano humana) y la levanté de entre mis piernas para depositarla en el respaldar de su luneta, calmadamente, sin premura pero firme, y el brazo de que pendía la mano quedó reposando en el respaldo, la mano beligerante desarmada ahora, para que la utilizara si quería en un harakiri masturbador. El japonés sevicioso se volvió hacia la pantalla pero no llegó a mirar la película porque se levantó enseguida y se fue—no del cine, supongo, sino a buscar otro espectador occidental que no resistiera sus avances asiáticos.

El tercer acontecimiento extraño en ese cine (o tal vez no fuera extraño, lo extraño era que nadie me hubiera advertido que el Lara podía ser un cine como el Bélgica, el Montecarlo y el Niza, como decían mis amigos entonces, un poco peligroso) pasó siendo mayor que cuando el asalto del japonés insidioso, mucho mayor que cuando los avances del viejo ogro ciclópeo. Ocurrió una vez, un día o una noche, pero es más probable que fuera una tarde de agosto, que estando en el Lara en la ocupación propia de mis sentidos en el cine sufrí unas ganas incoercibles de orinar y tuve que ir al baño para villanos pues ni siquiera tenía el letrero de Caballeros. Yo sabía lo repelentes que podían ser estos baños de cines de barrio, pues la educación de mis esfínteres la inicié en el Esmeralda, que era una joya hedionda, pero ya estaba habituado a los inodoros irónicos de Zulueta 408, que olían a todos los olores esenciales y ninguno era attar de rosas. Fui al baño que estaba a la derecha del patio de lunetas o como se llame esta localidad en cines como el Lara. El recinto fecal estaba alumbrado por un solo bombillo alto y la luz era irreal—o tal vez lo que ocurría allí era irreal y la fuente de luz fuera el alumbrado normal. Había tres urinarios y al fondo un inodoro a plena vista, sin puerta para encerrarse a liberar las partes privadas. No había nadie en el cuarto excepto por una pareja que estaba ocupada alrededor del primer mingitorio. Al principio no vi bien claro a la pareja y presumí que estaría orinando uno, el otro esperando su turno. Pero al proceder al segundo urinario (o tal vez el tercero: siempre me ha costado trabajo orinar con testigos, mi pene con pena) me pareció que sucedía algo extraordinario en el primer mingitorio y me volví a mirar. Vi a un hombre ya mayor (no tan viejo como el anciano gigante pervertido ni tan joven como el japonés perverso y bien podía tener treinta años) que se inclinaba sobre el otro hombre y advertí que su brazo bajaba y subía con una aplicación al trabajo casi tan religiosa como en "El sembrador" de Millet. La segunda figura era mucho más pequeña que el primer hombre y por un momento pensé que se trataba de un enano evirado, pero observé atentamente y precisé que no era otro hombre más bajo sino un niño. Yo tendría entonces unos diecisiete años y estaba en esa etapa en que cualquiera que no tuviera mi edad era un fiñe o un vejete, pero pude darme cuenta exacta de que era un niño que no tendría más de doce años. El hombre lo estaba masturbando y el niño se dejaba hacer con gran gusto, ambos sacando mutuo placer de la masturbación de uno solo. El hombre no se masturbaba ni el niño masturbaba a su vez al hombre, era el hombre solamente quien llevaba a cabo la masturbación y pude ver la expresión de gozo grande del niño. Al hombre no le podía ver la cara, inclinado como estaba en su labor, aplicado con arduo arte a la masturbación del menor: anónimo criminal del sexo, ciego segador, verdadero Jack the Reaper. De pronto me asaltó la exacta realidad del Lara: era un cine para buzos, esos que considerábamos en los temores sexuales de la edad como la más peligrosa forma del homosexual: un bugarrón que se dedicaba a perseguir niños—aunque aquí el bugarrón más bien era maricón y el niño estaba satisfecho de la relación, pasivamente activo. Pero de todas maneras el Lara era decididamente un cine para pederastas—ése fue mi descubrimiento en mi tercera experiencia sexual en el Lara, espectador del teatro de la vida invertida. No dejé de ir al Lara sin embargo: ponían tantas buenas películas tan baratas que era imposible privarme de la asistencia al único cine donde no era posible encontrarse junto con la ventura del cine la aventura de una muchacha asequible—a menos que fuera Gloria Grahame, sombra carnal.

Poco después volví al cine con mi madre, su genio controlado por mi ingenio, esta amante del cine que me llevó al teatro del pueblo a los veintinueve días de nacido, creándome un cordón umbilical con el cine, casi naciendo yo con una pantalla de plata en la boca, alienada por el lienzo de sombras cinescas, ella fiel esposa capaz de ser infiel a mi padre con el espectro proyectado de Franchot Tone, de Charles Boyer, de Paul Henreid—ahora íbamos los dos, como en los días primeros, como en la época de cine o sardina, rumbo a la cueva órfica. Estábamos en una etapa escasa (muchos fueron los tiempos difíciles por que atravesamos entonces y todavía habría otros por venir, pero ¿quién se quejaba de la vida diaria cuando teníamos el opio del cine, con sueños en blanco y negro y a veces, como en los sueños, a color, el olvido y el recuerdo sólo posibles a nosotros los adictos?) pero esa dificultad no era una impedimenta, era una fuerza de gravedad que nos impelía a ir al cine. Esta vez fuimos mi madre y yo nada más, al paraíso del cine Actualidades, que me había sido tan propicio, y esa noche el azar de los Adanes, que es una especie de dios tutelar, me instaló al lado de una Eva actual (en la jerga futura habanera sería una geva) que aun a la luz de las noches blancas del cine se veía que era una belleza petersburguesa. No hice nada al principio, más que mirarla con el rabo del ojo, práctica en la que me había hecho experto, mirada del cine. Pero al cabo del rato puse mi codo sobre el brazo del asiento común propio: es más, me pertenecía en exclusividad ya que ella se sentaba a mi derecha. Su brazo no estaba sobre el brazo del asiento pero reposaba cerca. Avancé el codo un poco más y otra vez un tanto, tanteando, hasta que hice contacto con su carne desnuda, tibia, promisoria—la tierna prometida. Ella dejó su brazo donde estaba. Confiado avancé el codo otro tanto para que el tacto fuera total. (Todavía quedaba qué hacer con ella una vez conquistada, estando como estaba acompañado por mi madre, pero antes de la conquista venía la exploración y ése era un problema que

212

no me había planteado aún, que no estaba entre mis planes inmediatos: colonizar esa terra incógnita.) Ahora mi codo era el tentáculo del pulpo que nadaba entre las dos aguas de la luz y la penumbra alternas. Sentía su carne, más bien la envoltura de su carne, su piel en contacto con la mía, mi codo aventurado tratando de alcanzar uno de sus senos, ya que daba el brazo por conquistado. Lo relato rápido pero me costó muchos minutos avanzar sin que la presa se asustara y huyera al otro extremo de su asiento. Ya yo había perfeccionado estas técnicas antes, cuando estuve en el cine sentado junto a otras muchachas y ahora que las ponía en práctica, que la estrategia se volvía táctica (palabra que tenía que ver con tacto, con contacto y al mismo tiempo con cautela), no iba a echarlo todo por tierra por un apresuramiento. Además estaba la presencia de mi madre por un lado, aunque ella como siempre se veía inmersa en lo que pasaba en la película, mientras yo me sumergía en el cine, tanto en las sombras de la pantalla como en los sólidos del teatro. De la parte de ella estaban sus padres, porque sin duda eran sus padres aquellos acompañantes sentados del otro lado de su presencia preciosa: una muchacha que se dejaba hacer avances físicos en el cine. De pronto sentí en el codo adelantado un punto penetrante que enseguida se extendió por el brazo y el antebrazo, llegando hasta la mano. Antes de sufrir el dolor tuve un contacto eléctrico: un punto frío que vibraba hacia el interior de mi carne. Mi reacción refleja fue quitar el codo y todo el brazo, alejándolo rápida, violentamente. Pero me contuve. Soporté el dolor (porque ahora la vibración se había definido como un punto doloroso) y dejé el brazo donde estaba. Miré sin embargo a la muchacha y vi que tenía una mano muy cerca de mi codo pero sin llegar a tocarlo. Me volví hacia ella y vi que mantenía su mano en la misma posición y que reiteraba su casi contacto con mi codo. Fue cuando la vi sonreírse que me di cuenta de lo ocurrido y sentí el dolor hacerse más fuerte, una punzada. Ella me había clavado el codo. Con una gran sangre fría (como muchas de las mujeres asesinas—la bella Barbara Stanwyck en *Double Indemnity*, la luminosa Lana Turner de *El cartero llama dos veces*—de la pantalla, había ejecutado su acción con toda frialdad, deliberada y alevosa) me había metido un alfiler en el brazo. Ahora me dolía como carajo. Supe que me iba a seguir doliendo todavía porque ella no separaba su mano de mi codo, casi con caricia, enterrando el alfiler hasta la cabeza. Muy lentamente, como si no fuera nada; herida leve, casi como si no me hubiera enterado, picada de mosquito, yo estoico del cine, retiré poco a poco el codo que estuvo tan cerca de su seno, su sino, que ahora rozaba su brazo al pasar y que finalmente venía a descansar en el brazo de mi asiento, donde debió haber permanecido siempre. La vi dar un tirón al sacar el alfiler de entre mi carne y ya vengada volverse tan tranquila (mejor dicho, seguir en el mismo sitio en que estaba porque no se había alterado: no se movió para clavarme el alfiler, tal vez un imperdible), sonriendo siempre, como si la divirtiera lo que pasaba en la pantalla, que eran las angustias de Ella Raines (esa belleza bruna de ojos transparentes capaces de traspasar a Charles Laughton debió ser ella), como si respondiera a una pregunta de su padre próximo, "¿Te gusta?", diciendo ella que sí, que mucho, aparentemente refiriéndose a la película, pero muy bien le podía haber preguntado por el placer de clavar cuchillos en carne humana. No recuerdo de esa noche, de los restos de ella, más que mi preocupación constante sobre si iba a tener tétanos por el pinchazo (profundo) del alfiler, no sufriendo tanto su dolor, que fue como una inyección en carne magra, sino la duda de si sobreviviría o no a la tetania, a la gangrena

214

posible, a la septicemia segura que iba a contraer en cuanto volviera a casa. Debo decir que soy aprensivo en extremo, un hipocondríaco incurable, que me aterran todas las enfermedades posibles y algunas imposibles. En una metáfora, que no estoy hecho para esas aventuras en el cine que comienzan al entrar un largo pasadizo oscuro, donde al final hay una puerta que se abre a una plaza llena de luz, enceguecedora, alrededor de la cual esperan espectadores que no veo y después de atisbar una figura que me atrae con su postura, con sus movimientos sinuosos, insinuantes, intento inútilmente atraparla, intimar con una cogida, maniobra que repito muchas veces pero termino, toro mal toreado, con un descabello.

Pero así como en el cine hay malvadas y hay ingenuas, dentro del cine había mujeres malas y bellas buenas. Me encontré con una que no podría definir como ingénue pero tampoco era una femme fatale, cuando menos lo esperaba. Ese día yo venía de casa de mi mentor, aquel que había aceptado mi primer cuento (que era una burda parodia seria) y prometió publicarlo. No sólo lo hizo sino que se preocupó por mi educación literaria y si ésta no fue mejor es porque siempre he preferido vivir la vida a estudiar la literatura. Además me ofreció mi primer empleo seguro (hasta entonces había sido un errático corrector de pruebas, cogiendo los trabajos que dejaba detrás Franqui, bien para irse, como la primera vez, a una abortada expedición armada contra la República Dominicana, o, más seguro y más cerca, para conseguir un mejor trabajo, también corrigiendo pruebas) como su amanuense de noche, secretario sereno, que si bien tenía el inconveniente de hacerme difícil las sesiones de cine nocturnas (algunas decisivas, como las del Cine-Club de La Habana o importantes, como las funciones de cine de arte de la Universidad) me dejaban todo el tiempo diurno para estudiar. Pero ese día de que hablo, esa tarde yo había salido de su casa, que quedaba en la esquina donde la calle Amistad se encuentra con Trocadero, justo donde acababa el barrio de las putas, los bayús (esa misteriosa palabra habanera para marcar un burdel: nadie conoce su etimología ni su origen pero su sonido tiene la atracción del pecado y las exactas grafías del mal), llegaban casi hasta la puerta de su edificio y yo que sentía tanta fascinación con Colón (para escarnio póstumo del Descubridor, ése era el nombre del barrio de los bayús: el nombre estuvo antes de que la infamante o difamada y antigua profesión levantara sus tiendas allí, impropiedades horizontales, y perduró, más duradero el nombre que el pecado, cuando un ministro de Gobernación expulsó a las "oficiantes del vicio", como las llamó en su prosa pudorosa, y las dispersó, esparciéndolas por toda La Habana, y el barrio perdió su misterio inmoral que era todo su encanto), ahora lo atravesaba rápido y temeroso rumbo al Rex Duplex. Llevaba en la mano (entonces solía imitar al manco de Lepanto y cargaba mis libros siempre en un solo brazo) los préstamos que mi mentor me hizo ese día. Mi misterioso mentor se llamaba Antonio Ortega y vino a Cuba como refugiado republicano de la Guerra Civil. Había sido profesor de ciencias naturales en el equivalente español del Instituto en Gijón o en Oviedo, no recuerdo bien, sí recuerdo que era nativo de Gijón y solía hablarme del bable y del orvallo. En La Habana había encontrado trabajo en la revista Bohemia, no como columnista de ciencias naturales sino, extraños del exilio, en la administración. Pero en España había escrito cuentos y publicado alguno: creo que hasta se ganó un premio local. De alguna manera supieron en la revista que tenía que ver con la literatura y después de un tiempo en que la pasó mal, como todos en esos finales de los años treinta y en los primeros años cuarenta, lo hicieron jefe de redacción, encargado de los artículos que no fueran de actualidad (es decir, literatura, no periodismo) y de los cuentos. Yo lo conocí al llevarle el primer cuento que escribí (no literatura, sino una obscenidad con título) a la revista, a su viejo edificio de Trocadero, cuya arquitectura promiscua hacía asequible la jefatura de redacción a un perfecto intruso. Le entregué el cuento con un murmullo apresurado por mi timidez, expresando admiración por su novela de reciente publicación, *Ready*, que eran las aventuras de un perro en La Habana, el autor una suerte de Jack London doméstico. Como recibo me dijo que volviera la semana siguiente para darme su veredicto de trece y en esa fecha supe, a través de su cerrada pronunciación asturiana, que el cuento sería publicado en Bohemia (publica y serás condenado), pero al mismo tiempo me advirtió que yo necesitaba lecturas, lo que no era una sorpresa. Lo que sí me sorprendió es que ofreció facilitarme el acceso a su biblioteca privada. Era obvio que desde ese momento, él, que no tenía hijos, decidió adoptarme literariamente: me prestó libros, me descubrió autores de los que nunca había oído hablar—como Kafka, cuya *Metamorfosis* me hizo leer y yo entonces encontré menos interesante el relato largo que los otros cuentos del volumen, que eran para él menores: ahora sin embargo tiendo a pensar que tenía razón, y la verdadera transformación literaria está en la novela que da título al libro. Me sugirió otros autores, españoles especialmente, revelándome al agudo Silverio Lanza. Me fabricó un puesto de secretario privado, que era una sinecura o el cargo de interlocutor en sus conversaciones nocturnas que eran verdaderas veladas. Me presentó escritores cubanos (el único recordable ya ha sido celebrado no por mí en otra parte) y españoles exiliados de paso (al que mejor recuerdo es un poeta andaluz, vestido incongruentemente de *tweed* y fumando en pipa: la exacta imagen de un profesor inglés, quien mostró interés en lo que yo escribía o tal vez por mí porque me invitó a su hotel para el día siguiente pero al irse, Ortega me advirtió: "Tenga cuidado con ése, que le gustan los chicos", y no cumplí la cita porque me bastaba con los degenerados en el solar y en el cine Lara, lo que fue una evasión estúpida pero excusable, aunque siempre me intrigó saber cuál era el verdadero motivo del poeta, la pederastía o la poesía) y fue él, Ortega, quien me indujo a estudiar periodismo y olvidarme de la medicina a tomar. Finalmente, al comprar Bohemia a su rival la revista Carteles y ser nombrado él director, Ortega me encargó la crítica de cine, que fue durante años mi profesión de fe—pero eso queda en el futuro. En el presente están los libros prestados esa tarde y mi salida de su casa—debió de ser un sábado, estoy seguro de que fue un sábado porque le oí su larga letanía literaria, que es lo que eran nuestras conversaciones y salí de su casa, atravesando el barrio de Colón, caído en desgracia, por Amistad para buscar Virtudes y encontrar tras tres trotes mi meta, el Rex Cinema. Iba apretando los libros, caminando rápidamente porque su monólogo y monserga me habían demorado y temía llegar tarde a la función que reunía en una sola película mi vieja afición por Disney y mi nuevo amor por la música llamada clásica cuando debía llamarse romántica. Llegué al cine, atravesé el antevestíbulo y me precipité sobre la taquilla por mi ticket, pidiendo, pagando, poniendo las monedas en el minúsculo mostrador que hacía de la taquilla un breve vestíbulo ciego, y al ejecutar todos estos gestos que eran una sola acción invasora no advertí que estaba atropellando a otro parroquiano. Me di cuenta cuando era casi demasiado tarde que había una mujer: miré y vi una muchacha pagando su entrada antes que yo. Me miró y yo, tartamu-

deando, me excusé, reculé, retiré mis monedas y esperé a que
le entregaran su entrada. No sé, no recuerdo si ella me sonrió
entonces. Yo saqué por fin mi ticket, entré al gran vestíbulo y
me dirigí a la izquierda, que era donde quedaba la puerta del
Duplex—y me la encontré a ella en el camino, todavía sin entrar. El Rex Duplex (al revés del Rex Cinema, que era un
solo cine largo con localidades de luneta solamente) tenía un
lunetario y un primer piso, llamado balcón, que aunque costaban lo mismo, eran independientes. La muchacha casi estro-
peada por mi premura entregó su entrada y comenzó a subir
las escaleras al balcón. Ya yo he dicho muchas veces cómo me
gusta sentarme en el cine en la primera fila y creo que dije
cómo odiaba ir a tertulia, obligado por mi escaso dinero para
ir abajo. Ahora sin embargo comencé a subir las escaleras al
balcón involuntariamente y entré en el cine junto con ella. Ese
día que fui al Duplex estaba lejos de mí el ánimo amoroso, la
persecución erótica, mi amor trompero puesto a dormir, la libido en los libros que cargaba, más interesado en disfrutar la
película por que había esperado tanto tiempo (*Fantasía* se había estrenado en La Habana a principios de los años cuarenta
pero, como *Lo que el viento se llevó*, desapareció astutamente
de los caros cines de estreno, añadiendo expectación al espectáculo, para reaparecer ahora en el Duplex, como el hombre
invisible, en sectores: ese día le tocaba el turno a la suite
Cascanueces, de aquel que había sido mi compositor favorito),
fragmento fascinante, faro fílmico. Así no puedo explicar qué
me hizo subir detrás de aquella muchacha. O tal vez pueda
ahora: el hábito anciano, la provocación de una mujer sola en
el cine, mi vieja búsqueda del grial non-sancto. La vi perderse
casi en la oscuridad pero mis ojos para el cine la siguieron
hasta que se sentó. No dudé en sentarme a su lado. Por un
momento presté atención a la pantalla, donde unos hongos

animados bailaban un vals violento. Ya comenzaba mi rebelión contra Chaikovsky (al que había pasado de la admiración por Schubert, de su *Serenata*, y de Dvorak, cuyo nombre no sabía pronunciar todavía, fragmentos de su *Sinfonía del Nuevo Mundo*), a admirar no la Cuarta o la Quinta Sinfonía sino su Sexta, la *Patética*, de la que había oído una anécdota en un programa de radio matutino en que un supuesto conocedor (también comenzaba a rechazar a este locutor lírico aunque había sido mi introductor a cierta música ligera) versaba sobre el título y conversaba sobre la búsqueda de Chaikovsky. del título apropiado a su composición y contó cómo su hermano Modesto se acercó a su ventana (que se suponía abierta) y sugirió: "Piotr, ¿por qué no le pones Sinfonía Patética?" Esta historia rusa serviría para alimentar mi risa (como el futuro apodo de Chachachaikovsky) en las conversaciones cultas que tenía con Silvio Rigor, que sabía tararear sinfonías conclusas y ante el que me presenté un día en el Instituto entonando el momento culminante del *Don Juan* de Richard Strauss, diciéndole: "Ése es mi tema musical", yo encarnando el mítico amante sevillano, pasado ahora por agua del Danubio (gracias al poema del húngaro Lenau), pretendiendo ser el avatar temático de Don Juan pero de cierta manera creyéndome que yo podía ser un donjuán. ¿Era eso lo que me hacía acercarme a esa muchacha mexicana (lo que parecía), más bien baja, nada delgada, de ojos dulces y una media sonrisa sinuosa, que era lo que había visto un momento frente a la taquilla y otro instante al entregar la entrada al portero? Era difícil hablar cuando todos los espectadores estaban interesados en lo que se oía desde detrás de la pantalla y lo que se oía era música mística (para esos espectadores todo oídos), a veces suave, llegando a ser pianíssima, pero le dije lo que era de rigor: "¿Le gusta la música clásica?" Pude haberle preguntado si le gustaba Chaikovsky o si le gustaba Walt Disney o todavía hacer una síntesis de la tesis musical y la antítesis dibujada y preguntarle si le gustaba *Fantasía*—pero eso fue todo lo que se me ocurrió preguntarle: si hay algo más predecible que Don Juan es un aprendiz de donjuán. "Sí", susurró ella después de una pausa que a mí pareció punto final, "mucho." "A mí también", dije yo enseguida, entusiasmado con su respuesta. (Favor de notar que cuando mi acercamiento amoroso era verbal no había intentos de encimarme o de extender un codo exploratorio o una mano audaz.) Pero ahora ella hizo "Sss", haciendo chis suavemente, indicándome beata que no se hablaba cuando sonaba Chaikovsky—o al menos eso fue lo que entendí. Estuve muy bien junto a ella, mirando *Fantasía* (ya también por esa época comenzaba a rechazar a Disney, que había sido mi alimento animado por muchos años, desde antes de *Blancanieves*), tal vez gozando sus valores que veinte años después en otra ciudad, en otro país, en otro continente se iban a convertir en un descubrimiento, pero seguramente complacido de compartir aquel rincón del cine con aquella muchacha, a la que yo miraba de cuando en cuando. Fue una estancia breve la que tuvimos los dos en el balcón del Duplex: súbito se acabó *Cascanueces* y se encendieron las luces. Ella me dijo, a modo de despedida: "Me voy". "¿Tan pronto?", pregunté presuroso. "Sí", explicó ella, conocedora: "lo demás son noticieros." Era verdad. Ahora vendrían noticieros o tal vez documentales y luego repetirían el fragmento de *Fantasía* como componiendo un todo. Me levanté para dejarla pasar (habíamos ocupado una zona del balcón que era poco frecuentada, que estaba directamente arriba de la escalera y cuando ella escogió esa localidad pensé que prometía transformaciones, como diría Silvio Rigor, pero no sucedió nada: ni siquiera pude oler su perfume) y cuando

221

pasó por mi lado, decidí seguirla fuera del balcón y escaleras abajo. Antes de salir, impulsivo, la tomé por el brazo un momento. "¿Viene la semana que viene?", le pregunté sin tutearla: era un adelantado físico pero no social. "Sí", me dijo, "estoy viendo toda *Fantasía.*" "Yo también", le anuncié antes de extraerle una respuesta que podía ser una promesa: "¿El mismo día?" "Sí", dijo ella, "el mismo día." Quería saber su nombre porque de alguna manera intuía que una vez atravesada la puerta mágica y saliera a la calle real ella no iba a conversar conmigo, pero no sabía cómo decirle: ¿Cuál es tu nombre?, o ¿Cómo te llamas?, ya que ambas preguntas implicaban un tuteo que me hacía demasiado audaz y prefería ser un caballero. Ya sé que había sido atrevido en otras ocasiones, que había llegado a la audacia, que me había vuelto hasta fresco, pero no con esta muchacha—a quien sin embargo todavía sostenía su brazo. Mis titubeos interrogativos me llevaron a la mínima expresión y dije: "¿Nombre?" Ella debió pensar que oía solamente un fragmento de una pregunta o tal vez ni siquiera lo pensó porque me dijo instantánea: "Esther Manzano". La oigo todavía y ocurrió hace treinta años. Recuerdo su figura, más bien regordeta o tal vez daba esta impresión por el vestido que llevaba, una suerte de sastre. Recuerdo su voz, que era apagada y los dientes un poco botados, al pronunciar su nombre. Recuerdo sus ojos que era tal vez lo único verdaderamente bello en su cara. Pero lo que más recuerdo es su nombre (ni siquiera tengo el tacto de su brazo en mi memoria por su traje), escrito por mí con th porque así lo escriben muchas mujeres en La Habana, más cinemáticas que semíticas. Pero tal vez recuerde su nombre porque fue lo único que concedió, todo lo que me dio. Para sorpresa de nadie (no mía entonces, no tuya lector, ahora) no volví a verla: cuando solté su brazo se separó de mí para siempre. Seguí yendo al cine Duplex, completando *Fantasía* en secciones semanales, pero ella no apareció más. No sé qué le paso, por qué no cumplió la promesa que se había hecho a sí misma más que a mí. Espero que no haya muerto, arrollada por un auto tan atropellante como fui yo al encontrarla, destruido el amor por la velocidad. Esther Manzano desapareció de mi vida como apareció: súbitamente en el cine Duplex, un sábado, a punto de ver *Fantasía*, habiendo visto *Fantasía* —mejor dicho, un fragmento de *Fantasía*.

Del último encuentro me habían quedado la dulzura de la voz de una muchacha, quizás el color de sus ojos y la certeza de un nombre. Sólo eso—y tal vez el nombre fuera falso. Más existencia podía encontrar en la pantalla y Gail Russell resultar más verdadera que Esther Manzano. Pero el hombre puede soportar una gran cantidad de irrealidad. Esa ocasión no me impidió soñar otros encuentros posibles, imaginar tal vez lo imposible: en un cine del barrio, no muy lejos de casa, me esperaba una mujer, más bien una muchacha, complaciente que había ido al cine compelida por el mismo deseo, yo que ahora no iba al cine como cuando era más muchacho a disfrutar la película o como iría después a presenciar el film (ya entonces hasta los nombres habían cambiado para mí y la película devenía film), sino a buscar ese amor que yo sabía que existía, que estaba seguro de encontrar, que me esperaba en uno de los cines vecinos. Fue así como después de muchas maniobras, de escasas escaramuzas, me encontré yendo al Majestic y como otras veces he olvidado la película pero no la ocasión. Esta vez tengo motivos para el olvido porque lo que ocurrió en este lado del cine fue más trascendente, lo que no pasaba a menudo: casi siempre lo que transcurría en la pantalla era para mí la vida y el teatro, el público, las lunetas eran una zona espectral que no tenía ninguna consistencia:

como en las sesiones espiritistas, los seres eran las sombras. La ocurrencia comenzó como otras veces a la entrada pero sin ninguna promesa de acontecimiento, lo ordinario ocultando lo extraordinario. Alcancé la puerta al tiempo que entraba una muchacha sola. No sé cómo la vi, nictálope, con la muralla negra que era la oscuridad del cine al entrar de la violenta luz de afuera. Pero la vi sentarse en el medio patio. Todavía estaban levantados los espectadores que la dejaron pasar para ganar un asiento, cuando me apresuraba a sentarme a su lado, en la otra parte en la ribera donde debía de haber otros asistentes, invisibles más que ignorados por mí. El Majestic y su vecino Verdún, baratos, al revés del Alkazar o el Duplex, no tenían muy buena proyección y los reflejos de la pantalla no eran intensos, luz que agoniza. Así la veía a ella en penumbras. Llevaba el pelo largo hasta los hombros, como se usaba en los años cuarenta, influida tal vez por Rita Hayworth, aunque no pensé en ese posible modelo entonces sino en tratar de verle la cara o por lo menos de definir su perfil. No era una línea dibujada para perderme en su perspectiva, como ocurrió con la muchacha del cine Universal. Tenía una nariz corta y algo respingada. No podía definir sus labios, que tal vez no fueran botados, sobresaliendo por encima de la boca como la verdadera protagonista de *El séptimo velo*. Apenas si podía discernir sus ojos (¿hundidos, salientes, de qué color?) que estaban fijos en el horizonte dramático pero no debían tener las largas pestañas disneyanas de Esther Manzano. Hasta ahora no me había prestado la menor atención, ni siquiera pareció notar que me había sentado a su lado, que estaba allí, vivo, mirándola, y no pude ver su pupila viajar al borde en una mirada cinemática, y no sabría decir lo que me apresuró a abordarla, pirata pícaro. Quizá fuera que ella estaba sola o estar los dos en la misma oscuridad o ambas co-

224

sas. Tal vez técnica. Delante de nosotros había otros espectadores y de pronto, sin pensarlo, le dije a ella: "Aquí no se ve nada". Se volvió hacia mí y me dijo: "¿Cómo me dice?" Había un tono agresivo en su pregunta, tanto que intimidó mi intimidad por un momento. Por fin cobré ánimo para contestarle: "Digo que aquí se ve muy mal", lo que era cierto, con todas esas cabezas espectantes delante que hacían soñar con una guillotina horizontal. "Es verdad", dijo ella y se volvió a la pantalla. Entonces hice algo que solamente la timidez, que nos hace a veces audaces, me compelió a hacer. La cogí por el brazo. "¡Eh!", dijo ella, "¿pero qué cosa pasa?", habanera verbal. Ya todos los vecinos sabían que ocurría algo entre nosotros pero nadie dijo ni hizo nada, tal vez acostumbrados a las desavenencias entre parejas (después de todo habíamos entrado juntos), tal vez demasiado sumidos en el cine. "Vamos a cambiarnos de asiento", le anuncié y puedo jurar que nunca fui tan firme. Todavía me asombra mi audacia y mi energía, teniendo en cuenta mi edad, la educación que había recibido y mi natural tímido. Ella entonces hizo algo que cambió la situación en mi favor y eliminó mi embarazo: se puso en pie y se dejó llevar del brazo. Salíamos de la fila atropellando espectadores, pisando pies, dando traspiés. Salimos de la fila y yo comencé a buscar donde sentarnos solos. Encontré un sitio suficientemente alejado y solitario y hacia allí la conduje. Nos sentamos y fue entonces que me di cuenta que había cometido un error: nos habíamos sentado junto a la entrada del servicio de señoras, la luz del letrero genérico cayendo directamente sobre nosotros, la claridad bañando nuestros cuerpos: más el mío, magro, que estaba sentado más cerca de la puerta prohibida. Pero no había nada que hacer. Cambiar de nuevo de asiento podría incomodar a mi casi conquista (no sabía todavía si era una conquista o no pero lo sospechaba por la facili-

225

dad con que se dejó levantar del asiento), traer sabe Dios qué inconvenientes y decidí quedarme donde estábamos. Comenzamos por hablar pero debí decir los truismos más fáciles, las palabras de ocasión más irrisorias, las tonterías indicadas porque no recuerdo lo que dije, solamente recuerdo que entre mi monólogo monótono y los lejanos diálogos de los actores le había pasado el brazo por los hombros a mi muchacha (ya no tenía duda de que era una muchacha, si la tuve alguna vez, por su voz que recuerdo joven aunque no muy agradable: había algo de cuervo, de urraca, de cotorra en su fuerte dejo habanero, ese acento que yo todavía podía detectar a pesar de haber vivido tantos años en La Habana, el mismo que me había parecido tan extraño cuando con Eloy Santos encontré por primera vez su sonido, lleno de consonantes intermedias dobladas, arisco y, cosa curiosa, cantado, aunque los habaneros siempre decían que nosotros los de la provincia de Oriente cantábamos, lo que a pesar mío pude comprobar que era cierto años más tarde, cuando, después de no haber visitado el pueblo por nueve años, volví allá: era verdad: los comprovincianos cantaban y llegué a la conclusión de que los idiomas no se hablan sino se cantan, arias más que recitativos) y ninguno de los dos estábamos atendiendo a la película, mirándonos el uno al otro. Ella era la niña de mis ojos, ¿pero qué vería ella en la pantalla doble de mis pupilas? De pronto (el recuerdo comparte los saltos con los sueños y el cine y todos en esa época no tenían color: el recuerdo, los sueños y el cine eran en blanco y negro) nos estábamos besando. Yo que hacía poco que había besado a una muchacha por primera vez, aunque beso leve, beso de Beba, era a mi vez besado intensamente: era ella la que me estaba besando y trataba de abrir mi boca para introducir su carne, beso de lengua que nunca me habían dado y que aunque yo conocía por referencias (entre ellas las literarias: venidas de las novelitas galantes, no de lo que era mi favorita fuente de literatura: el cine: entonces en el cine nadie se besaba con la boca abierta, pese a la pasión, controlada por la censura) no me parecía un acto higiénico, que era por doble herencia paterna y materna una preocupación máxima: la higiene, la única protección contra la pobreza, que es como decir contra la vida ya que vivía pobremente: mi vida era la pobreza. Las reglas iban del impostergable lavarse las manos antes de comer (mi padre insistía al principio de la llegada a la ciudad, capital del vicio y del virus, que lo hiciera cada vez que viniera de la calle, pero tuvo que pactar en su guerra contra los microbios: una de las características de la pobreza en Zulueta 408 era que el agua corriente se hacía espasmódica y había que esperar que brotara, milagro repetido, una o dos horas al día y luego dejó de subir del todo y había que bajar a buscarla o irla a acopiar al amanecer a la pila pública que había en la Plaza de Alvear—justa justicia: Alvear fue el constructor del acueducto y en la placita tenía no sólo su monumento epónimo sino su escarnio anónimo—, a tres cuadras de casa, famosa fuente artificial que aparece al principio de una novela notable y un film notorio. Mi vida en La Habana, temprano en la mañana, estaba dominada por la preocupación, la obsesión de terminar de cargar el agua suficiente para el día en dos cubos, asesinos de las manos, antes de que comenzaran a congregarse los estudiantes a la puerta del Instituto, que había algunos que ya a las siete y media estaban esperando que abrieran las puertas y entre éstos sin duda debía haber uno o dos conocidos y, lo que era peor, una conocida) a estipulaciones nunca expresadas porque mi padre era un fanático de la higiene tanto como del comunismo y mi madre una loca por la limpieza, que sin duda incluían para los dos la prohibición del sexo oral, la clase de

227

besos que me estaba dando esta muchacha ahora, su lengua buscando la mía, ávida y violenta, empujándome hacia atrás en mi asiento (ella estaba casi encimada) y yo preocupado no tanto con la higiene como con la luz que caía directamente sobre esta zona hecha erógena de lunetas. Luego ella irresistible desabotonó, zafó uno a uno los botones de la portañuela (no eran todavía los rápidos días del zipper, también llamado en ciertos cuarteles cierre de cremallera, que es una frase—una frase para un nombre—que siempre me hizo reír) y buscó entre mis calzoncillos hasta encontrar mi cosa, ese independiente instrumento del deseo que tiene en La Habana tantos nombres, todos incongruentemente femeninos (pero como a su vez el sexo de la hembra tiene nombres machos hay que declarar a la verba más extraña que la fusión), algunos tan esotéricos como levana, sonido y furia sexual que no significan nada, palabra sin duda inventada porque aun las palabras más exóticas, como pinga, que el diccionario admite como nombre de una percha y añade que es voz usada en Filipinas, sin saber que quizá sea más usada en La Habana que en Manila pero no como percha ni pértiga, pero ¿de dónde viene la voz de levana, que tal vez se escriba lebana, para envidia de las lesbianas? Mientras, ella estaba buscando mi apéndice ciego si no ciclópeo, polifenómeno, encontrándolo y tirando de él ya que no podía extraerlo gentilmente debido a su urgencia y mi turgencia y a la estrechez de la abertura primero de mis calzoncillos y después de mi portañuela, halando, jalando, tratando de sacarlo (y me confunde que yo emplee nombres masculinos para lo que en La Habana se usan palabras femeninas: ¿una contradicción de términos o tal vez el signo de la culturalización?) sin dejar de besarme, dando ahora un tirón final porque la había sacado (vuelvo a la feminidad del miembro) y no bien estaban fuera bálano, prepucio y glande cuando ya ella me estaba masturbando, pero tal como ella procedía era más hacerme una paja que masturbarme: yo me masturbaba, ella me hacía una paja, y aunque había mucho más arte en mi modo, había efectividad en su manera porque enseguida estaba consiguiendo ese murmullo inaudible para un segundo que precede a la venida, esa agitación que viene antes de la eyaculación, ese momento en que el pene busca una penetración que no existe más que en la imaginación de su glande, la ha estado buscando hace un coño y ahora sabe que no la conseguirá, idea fija en su prepucio que desecha, y circunciso él solo, bálano sin vagina, como con vida propia (con individualidad, en efecto) va a producir los movimientos siempre bruscos, siempre hacia arriba, siempre convulsos, que por una simpatía incomprensible del apéndice vermicular pasan al cuerpo y la agitación se generaliza, como se estaba propagando ahora en que el pene, al revés de la pila de agua de la Plaza de Alvear, se convierte en un surtidor, en regadera, fuente natural brotando, manando, regando las inmediaciones, saltando por sobre la fila delantera, finalmente en manguera que se dispara en chorro hasta la impoluta pantalla, borrando a los actores, bañando a las actrices, desdibujando a los personajes (que me maten simiente), pegando en el espaldar de los asientos de delante, cayendo sobre mis piernas, en un movimiento inverso, cada vez menos intenso, ella sosteniendo el guisopo de mi pene asperjando apenas ahora y es entonces que oigo las frases que me ha estado diciendo esta muchacha, murmurando primero, después hablando alto, luego gritando: "Vas a ver" (claro que con su pronunciación habanera ella no decía "Vas a ver" del todo, cópula más que ligado), "Tú vas a ver", añadiendo el pronombre para individualizarme, "Tú vas a ver lo que es una mujer", la última frase la dijo casi ferozmente para intimidar al intimar mientras me masturbaba, al tiempo que mordía mi boca y me di cuenta de que no era muchacha lo que tenía al lado (no puedo decir que estaba entre mis brazos: más bien estaba yo entre los suyos) sino, como dijo ella, una mujer, tal-vez la primera mujer que me encontraba, si exceptúo la sierra madre del cine Lira, escalada pero sin dar con su tesoro, y las mujeres de Zulueta 408: pero éstas fueron fantasías y nunca existieron sexualmente. Mientras que mi apresante (yo soy sin duda su presa) se hizo una mujer alrededor mío, la Dra. Jekyll transformada en Mrs. Hyde al beber mi brebaje—de la lluvia de leche alguna gota debió caer en su boca ávida, vida bebida—, Lana Turner transformándose en Ingrid Bergman. Trenzada, boa constructora, pitonisa, ella seguía en la masturbación como si se masturbara a sí misma (en realidad no había visto masturbarse a una mujer todavía, masaje de seno y sexo, y sospechaba que no había mucha diferencia entre la masturbación masculina y femenina, sin saber que una era una manipulación horizontal y la otra un frote vertical, sin darme cuenta de la inexistencia de un miembro o reparar en la existencia de un esbozo de pene, ese clítoris médico llamado en La Habana pepita, como si fuera una semilla o una gota de oro de un tesoro: pero esos datos para el dedo no me pasaban por la mente entonces disfrutando como estoy, gozando como estoy, casi satisfecho como estoy) sacudiendo mi pene poderoso devenido pudoroso, su cuerpo poroso desertado ahora por la sangre antaño inundante, convirtiéndose en su mano en un barquillo empapado con el sorbete derritiéndose hacia abajo—pero es una voz vecina la que termina nuestro breve encuentro. Alguien está diciendo: "¡Qué barbaridad! ¡Las cosas que hay que ver!" Hay otras voces que se añaden declarando qué asquerosidad qué cochinada ya no se puede ni venir ni al cine y caímos en cuenta (o creo que ella cayó, como yo, levantándose del sueño sexual) que estábamos rodeados de señoras, de madres patrias, de miembros (perdón, palabra culpable) de familia que llevan sus hijos a la matinée, y que hemos ofrecido, nosotros dos, un espectáculo alterno, teatro arenga, tableau vivant, ayudados por la luz del letrero que dice (si los letreros hablaran) casi irónicamente "Damas" ahí al lado. Yo, temeroso de la ley como siempre, aun antes del síndrome de Soriano, tengo miedo de que venga el acomodador incómodo (¿pero había acomodador en el Majestic?, no lo recuerdo, no creo que pudieran permitirse el lujo de un virgilio para cada dante), el portero portátil, el malgenioso gerente del cine, acompañados por agentes del orden público, obvios y a la vez impenetrables policías que personifican la ley de tal modo que la menor contravención se convierte en un insulto a su persona. Mientras, mi pene se hizo penoso y se escurrió hacia su guarida, obediente ante la orden silente, y aprovechando su sumisión me aboné la portañuela por temor a una insubordinación de mi miembro sedicioso, deseoso. Me senté correctamente (recordé con presciencia las lecciones que me dará un día un profesor de cinematografía, crítico pretencioso que era más bien un cronista de buenas costumbres, acerca de cómo había que sentarse en el cine: la espalda recta y pegada al espaldar, las piernas juntas y tocando en las rodillas, los pies apuntando al frente, la cabeza erguida en dirección a la pantalla, los ojos mirando el espectáculo fijamente) y obligué con mi acción reparadora a que mi compañera abandonara el abrazo amoroso y se sentara con corrección en su asiento. Los gritos escandalizados se apaciguaron, las exclamaciones se hicieron murmullos, el runrún devino susurro y finalmente reinó el silencio, no Universal pero sí Majestic. Ya podían las damas madres llevar a sus hijas damitas al baño o inodoro, aunque ese sitio sucio no sea

231

ninguna de las dos cosas. Los caballeros podían envainar su envidia. El público amable todo podía asumir su carácter pasivo. Nosotros dos, esta mujer de la que ni siquiera sabía su nombre, la que no me había dicho más que frases amenazadoras de amor, y yo, que por fin había encontrado lo que busqué durante años en tantos cines, nos sumamos a la mayoría y pasamos de amantes apasionados a ecuánimes espectadores.

No recuerdo si vimos la película entera en esa función discontinua: creo que yo no la vi completa. Sí sé que salimos todavía de día y en la puerta, de nuevo cegado, esta vez por el sol aún vertical, otro proyector de imágenes, revelador, pude ver que mi amante momentánea no era una mujer: era una muchacha que estaba en camino de ser mujer pero era muy joven. Tengo que decir, lamentablemente, que la princesa se volvió cenicienta: no era una versión vertiginosa de Rita Hayworth: era todo menos bella. Su pelo estaba cortado a la moda por las horquetillas. Su nariz no era, como creí en el cine, respingada a la manera de Judy Garland pero chata: no era una nariz, era una ñata. Sus ojos no se parecían a los de Gail Russell: no eran feos pero lo que salía de entre ellos no era hermoso: su mirada era torva. Su boca se veía demasiado fina y ahora embarrada por el creyón corrido, que ni siquiera se preocupó en corregir antes de salir del cine y hacerse labios. Era más bien alta y delgada pero estaba pobremente vestida. Sus manos—que no se había lavado del engrudo—tal vez fueran largas pero lo único que me atrajo, más bien me distrajo, de ellas fue que tenían unas manchas oscuras que iban del dorso hasta el brazo—y no eran precisamente pecas. Ella me vio mirándole las manos, las manchas y me dijo como explicación: "La manteca". Esta frase críptica explicaba las máculas, todo: ella era una cocinera. "Yo vengo siempre los domingos", me dijo ella a continuación y era

232

efectivamente domingo. "¿Tú vienes el que viene?", me preguntó en una promesa de cine seminal. Le dije que sí pero antes de contestarle había decidido que no la vería más. No puedo decir qué precipitó esta decisión. No seguramente que ella fuera cocinera: poco tiempo después una de mis distracciones favoritas: mi hobby y objetivo, sería la persecución de criaditas. ¿Tal vez fue el ofrecimiento de que ella me enseñaría lo que era una mujer magistral? Yo estuve buscando esa posible, imposible maestra muchos años, ¿cómo la iba a rechazar ahora? Quizá fuera la certeza de que la próxima vez nuestro encuentro tendría que terminar inevitablemente en la cama. ¿Estaría yo preparado para el amor horizontál? Estoy seguro de que mi negativa tiene una explicación y que las causas hay que encontrarlas arriba, pero ésta es la fecha y hora en que no he logrado saber por qué no volví jamás al Majestic los domingos. Tal vez temería la sabiduría de noción, expresada por Silvio, rigorista. Cuando le conté el cuento de la bella sonriente con el alfiler matador bajo la capa, me dijo: "Un día vas a encontrar tu Némesis en un cine".

LA PLUS QUE LENTE

Notable es la influencia que ha tenido Claude Debussy en la música popular cubana. Me refiero a cierta zona de la música popular, no a expresiones de falso folklore o cuasi cultas, sino a esa clase de música popular que representa muy bien el mejor Ernesto Lecuona o a la manera habanera en que tocaba el piano Bola de Nieve. No es que estos dos músicos ni otros más modernos (pienso por ejemplo en las canciones tanto como en la ejecución de Frank Domínguez y en el piano bien acompañante de un Meme Solís) conscientemente imiten al autor de *Imágenes*—hay, ¿casualmente?, un bolero de Domínguez con ese mismo título, muy popular y al mismo tiempo apreciado por un exquisito autor inglés que visitó La Habana en su apogeo—sino que el pianismo de Debussy, sus sonoridades, se han introducido en la música popular para piano, quizás a través de Albéniz con composiciones contemporáneas, de forma inconsciente pero pertinaz. No existen por supuesto los acordes interrumpidos, las armonías moribundas, los arpegios líquidos de Debussy, pero sí mucha de su manera de sonar el piano, sobre todo en sus registros altos y en sus forti más que en sus pianissimi. Vienen a la memoria enseguida las melodías hesitantes del vals "La plus que lente", que Debussy confesaba haber compuesto *dans le genre brassérie*". Por supuesto que Lecuona no poseía el poder paródico que informa a Debussy en su valsecito lento, pero si uno oye bien, por ejemplo, su *Comparsa*, hay momentos de Lecuona en que casi aparece consonando el Debussy del género café-concierto que tan bien suena en "La plus que lente", ese vals más lento.

Cosa curiosa el papel que ha tenido Debussy, más que él su música, en mi vida amorosa. La primera vez que hice el amor—el galicismo es intencionado, doblemente—fue, para mi asombro eterno, con la que era la muchacha más hermosa que mis ojos cubanos vieron y para seguir con ella tuve que conseguir acariciarle los tímpanos con música de Debussy y los penetraba con ese perforador suave, cayendo ella en un éxtasis que, créanme, yo era incapaz de conseguir sin un juego de olas a las once y cuarto de la mañana, como diría Satie—pero ese recuerdo pertenece al futuro y ahora hablo del presente, es decir del pasado.

Hubo otra ocasión amorosa en que hizo su intervención Debussy, su música interpuesta, pero todo terminó en el fracaso. Tuvo parte propicia Olga Andreu, celestina después del alba, y más que ella su colección de música clásica—en este caso impresionista, escuela en que ella matriculaba también a Ravel, mientras yo, con mi pedantería purista, le señalaba que Ravel era algo más que un impresionista, era un imitador, un parodista, pasmoso poeta del pastiche y apuntaba: "Ése compuso *Bolero*", sin siquiera aludir a *La valse*. Pero otro vals francés, "La plus que lente", es la música de fondo que viene ahora a un primer plano erótico, es decir memorable. Recuerdo que era una versión para violín y piano o tal vez violín solo y la tocaba Jascha Heifetz. Siempre que oigo "La plus que lente", aun en su forma original para piano, me acuerdo de aquella muchacha entonces embellecida, idealizada, doncella elegida. Se llamaba (o se llama todavía) Catia Bencomo. Ella era amiga de Olga Andreu y vivían en el mismo edificio, el Palace, que está en lo que luego sería, por tres ocasiones diferentes, la esquina de mi casa: en Avenida de los Presidentes y calle 25, en El Vedado. A través de la naturaleza de Olga conocí a Catia, la conocimos todos. Todos éramos el grupo de amigos que iba a casa de Olga Andreu a oír música y conversar con ella de música y otras artes menos lógicas, ella Mlle. Recamier tumbada en su tumbona, un hallazgo, casi un milagro histórico: una muchacha con quien se podía conversar y que no era cursi o pretenciosa, cosa curiosa en La Habana, llamada a veces La Vana.

Catia no era bella en realidad, ni siquiera era bonita, pero tenía la gracia de los quince años habaneros que todavía, dos o tres años después (ella debía de tener unos dieciocho años, yo no había cumplido veinte) conservaba cuando conversaba. Tenía además un cuerpo que estaba bien, lo que se llamaba mono (palabra que los hombres sólo usaban cuando estaban en una jaula), que quiere decir, más que en el diccionario, gracioso y grato a la vez. Era de estatura mediana, más bien baja, y sonreía con gran gracia: su sonrisa no era un rictus ni un ritual sino un estado del alma. Como Olga, ella era inteligente y capaz de conversar con nosotros los de entonces, que siempre éramos los mismos, haciendo chistes constantes y juegos de palabras de salón y padeciendo la paronomasia como un mal no sólo incurable sino contagioso. Recuerdo que una de las primeras veces que la vi, Catia llevaba un vestido de esos que tienen tirantes y se llaman *jumpers*, hecho de una tela que imitaba al leopardo y por unos días ella se convirtió en Leopardina Bencomo, fiera amable. También hacíamos artes combinatorias con su apellido, llamándola Catia Bencomo Estés y preguntando qué pasaría si Catia Bencomo se casara con otro amigo fronterizo llamado Lino Abraido. Juegos propios del bachillerato y de ese humor adolescente al que, como al amor, nunca renunciaría. Catia lo soportaba todo con paciencia, casi con contento, y hasta llegaba a colaborar con los chistes hechos a base de su nombre o de su ropa, ella un verdadero agente catializador.

Eran los días en que Roberto, nacido Napoleón, Branly, que entró a formar parte del grupo como especialista en humor vítreo, decía tener un amigo apodado Bombillo y otro apellidado Chinchilla y no sabíamos cuál era el apellido y cuál el apodo, dudando que la piel de Chinchilla fuera genuina y preguntando cuántas bujías encendía Bombillo. Recuerdo cuando Branly se anotó un tanto notable con Olga Andreu, al venir a ver sus recién estrenados pececitos de colores y preguntar con curiosidad casi científica: "¿Son adultos?" Pero Olga (a quien Branly bautizó Olgasana) desde su sofá hizo del juego de Branly una partida, un repartée.

—Adúlteros—dijo Olga—. Son peces pecadores.

—¿Cómo se llaman? —preguntó Branly doble—: ¿Dafnis y Cloe?

—No—dijo Olga—, Debussy y Ravel.

—Ah, ya veo—dijo Branly acercándose más al estanque—. Debussy debe de ser ese con los cabellos de lino.

—Son algas.

—¿Olgas?

—Filamentos vegetales que flotan vagamente.

—¿Son impresionistas? —preguntó Branly.

—Sí, Debussy hasta ha compuesto *El mar*, una impresión.

—Será una presión—dijo Branly—. Aunque dudo que lo haya hecho. Nadie dentro del mar compone *El mar* y no iba a componer *La pecera* estando en ídem.

Olga quería espantar a Branly:

—El otro, Ravel, compositor de valses y boleros, compuso *La pavana para un gracioso difunto*.

Branly no se dio por aludido y tuvo la última palabra o

la última alusión impresionista:

—Supongo que Debussy compondrá una tarde *L'après-midi d'un poisson d'or*.

Catia se volvió hacia mí para preguntar casi anonadada:

—¿Es que es loco?

—Es entusiasta.

Lo más curioso es que éramos todos terriblemente tímidos, pero con Olga y con Catia se estaba bien, nos sentíamos cómodos, como en casa. Como Catia y Olga estaban siempre juntas Branly las bautizó the Andreu Sisters, que para cualquiera que oyera *swing* en los queridos cuarenta era una sonata a trío, la alusión hecha ilusión, el terceto reducido a dúo dorado. Inevitablemente unos nos enamoramos de Olga y otros de Catia. Yo caí en el grupo menchevique (éramos minoría) de los que se enamoraron de Catia. Al principio el amor no fue más que unas ganas de conversar con ella a solas, sin Olga, sin Branly, sin testigos de ya ves (fue por culpa de Debussy, no el silente, circular de la pecera sino el sonoro pero no menos obsesivo del disco, con su "La plus que lente" que oía interminablemente, melodía infinita, movimiento perpetuo en el tocadiscos de Olga, en su apartamento, mientras Selmira, su madre, llamada a veces Selmíramis de Rossini, entraba y salía de la sala, vigilante y al mismo tiempo indiferente, un centinela asténico, y en el cuarto del fondo Finita, la abuela de Olga, una viejita como de noventa años, alerta, que todavía fumaba y, a veces, venía a participar de nuestra conversación, viva, interesada en nuestra ecolalia demente), después tuve ganas de estar siempre solo con Catia Bencomo y al final me enamoré estúpidamente, que es la única manera de amar.

Recuerdo exactamente cuándo sucedió. Catia estaba de visita en casa de Olga como siempre y oíamos (¿qué otra cosa se podía oír?) "La plus que lente", con sus notas que se demoran, sus silencios embarazados y su disfrazado aire de vals. Caía la tarde y ya al irme (era pleno invierno por lo que anocheció más temprano que de costumbre) Catia me acompañó hasta el elevador—era muy chic, viniendo yo del solar de Zulueta 408 y su escalera escatológica, vivir en un edificio con elevador y era el colmo del glamour que una muchacha lo acompañara a uno. hasta coger lo que Catia llamaba, en broma, el ascensor y yo la corregí diciéndole: "El descensor ahora". Fue entonces que decidí acompañar a mi vez a Catia hasta su casa, que quedaba un piso más abajo, en el apartamento casi exactamente debajo del de Olga Andreu, demorando la despedida. Se me ocurrió pedirle ver el paisaje por la ventana del pasillo que daba al sur. (Ni la ventana ni el paisaje ni el sur le pertenecían, por supuesto, pero se lo pedí como si fuera dueña de todo.) Todavía allí se reflejaba el crepúsculo y desde el balcón se podía ver el tráfico habanero bajando la cuesta donde la Avenida de los Presidentes·encuentra su monumento y comienza a bajar por entre los farallones del Castillo del Príncipe (mi cárcel y mi celda un día) y el nuevo edificio de la Escuela de Filosofía y Letras, nunca mi facultad, al otro lado. Ya apenas se veía otra cosa que las luces rojas de los autos que iban cuesta abajo y los faros blancos de los que venían cuesta arriba.

Continuamos la conversación mientras mirábamos la noche habanera. No recuerdo ya de qué hablamos, pero sí sé que hablamos mucho. A Catia le gustaba oír y a mí, vencida la timidez, me encantaba hablar con ella. Pero la conversación devino disturbio doméstico. La familia de Catia la había empezado a reclamar pues era hora de comer. Primero fueron por supuesto a casa de Olga Andreu o preguntaron por ella por teléfono y Olga debió decir que Catia hacía horas que había bajado a su casa. Pero en su apartamento no estaba Catia, lo que era obvio. Debía de estar entonces en el lobby (ese edificio, con su extraña arquitectura que luego identificaría como eduardina, tenía hasta lobby: para mí una muestra más de la categoría de Catia) o tal vez en la calle, en la acera, frente a la entrada, donde a veces se reunían los muchachos y muchachas de la vecindad. Tampoco la encontraron ahí. Estaba por supuesto conmigo en el balcón de balde, sumidos los dos en la amable oscuridad del final del pasillo, ella mirando al tránsito (tal vez la contagié con mi admiración de los automóviles, mi pasión por el movimiento) o a la noche (lo que era quizá más probable) y yo tratando de ver sus ojos pequeños y negros bizquear un poco al mirarme de cerca, mientras intentaba yo mover esos ojos miopes, a su dueña, a Catia, en dirección del amor. No que habláramos de amor: yo era muy corto para hacerlo y ella no lo hubiera permitido—al menos yo creía (firmemente) que ella nunca lo permitiría.

Seguimos hablando y sólo dejamos de hacerlo cuando ella se dio cuenta de lo tarde que era. No sé cómo lo hizo: ella no llevaba reloj (entonces no se veía bien que las muchachas bien usaran reloj: el tiempo era cosa de hombres) y yo era muy pobre para tener reloj. Sí sé que ella dijo que era tarde y que tenía que irse a comer: su familia comía toda junta a la misma hora: era una ocasión solemne. Mientras en casa, en el cuarto, en Zulueta 408 la comida era una fiesta movible. La acompañé hasta la puerta de su apartamento. Para ello no tuve que hacer otra cosa que caminar los veinte pasos del pasillo de su piso. Ella tocó a la puerta (las muchachas bien solteras no tenían llave de su casa, aunque de esta regla femenina, como de otras, se burlaba y las rompía a diario Olga: Andreu anarquista, como la llamó Branly), mejor dicho, torció el timbre mecánico—no eléctrico: un capricho español del arquitecto—que oigo chirriando, ni alegre ni triste, sólo sonando todavía. Salió a abrir su abuela. Ahora sé que era su abuela pero en ese momento fue sólo una vieja que abría una puerta mientras ella, muchacha bien, decía: "Mi abuela", como presentándomela y convirtiéndola en una anciana que se extendía en una pronta y prolija queja: "¿Dónde estabas metida, muchacha? Toda la familia te ha estado buscando como locos. ¿Dónde andabas? ¿Qué has hecho, muchacha? ¿Qué horas te crees tú que son?"

El interrogatorio hacía aparecer a Catia como una rica heredera en eterno peligro de ser secuestrada. Catia por su parte apenas pudo decir ahí, indicando el extremo oscuro (ahora negro de boca de lobo, de noche lóbrega, tenebroso) del pasillo y el balcón de búhos. La abuela por su parte usaba sus flacos brazos para expresar el descontento con la aparecida (Catia sería una nieta bien pero su abuela no era una dama bien) y en uno de sus manotazos al aire, aspa accesible, yo le cogí la mano, coincidiendo con la voz de Catia que decía de nuevo "Mi abuela". Mi reacción fue una acción que algo oculto—¿un manual de maneras?—me impele a cometer a menudo: tiendo a coger la mano que extiende un desconocido y estrecharla efusivo a la menor provocación. Así me he visto, casi con asombro, estrechando la mano de porteros, de maestros de ceremonia, de ujieres, de toda clase de personas en esa ciudad de gente gesticulante que es La Habana: puedo decir que le he cogido la mano a media urbe, a medio orbe, creyendo que era una presentación de la mano para estrecharla lo que es mero gesto habitual. De pronto me vi con la mano menuda de la anciana (debía decir de la vieja pero todavía tengo el respeto que tenía por la desconocida familia de Catia) en mi mano húmeda si no cálida, estrechándola como si pudiera bombear simpatía de la seca señora con este procedimiento más bien hidráulico. Pero es peor: la abuela de Catia vio su mano prisionera entre la mía y casi gritó de horror, al verse atrapada por aquel desconocido—¿un secuestrador pidiendo rescate?—que se aparecía con su nieta desaparecida tan abruptamente.

La escena, la presentación, lo que fuera acabó con una corta despedida de Catia y ahí terminó también mi oportunidad de significar algo más para Catia que ser un mero conocido chistoso. Sé que la diatriba de la abuela contra su desaparición antes de la santa cena, nuestra aparición a destiempo y la confusión que ambos acontecimientos produjeron se vieron aumentados en intensidad hostil por mi acto de coger como mía la mano expresiva de la anciana. No tengo que haber oído lo que se dijo después para saber que no era nada en mi favor. Sabe Dios cuánto tuvo que explicar Catia para dar decencia a su desaparición. (No se olvide que todo el tiempo que ella faltó de la reunión familiar estábamos los dos escondidos en la oscuridad clandestina.) Lo que sé es que todo cambió después de aquella tarde luminosa que se convirtió de súbito en negra noche: hasta entonces todo fue ascenso, desde entonces todo se vino abajo. Bajé en el elevador hasta la calle solitaria, solo.

No vine a ver a Catia hasta un día después. Ya mi amor de la víspera se había hecho desesperación (como dije, yo no tenía veinte años todavía y seguía siendo un adolescente amoroso) y la esperé a la salida de su trabajo en la compañía de electricidad, pero siguiendo mi lógica loca no estaba en Monte y Monserrate sino frente a la entrada del edificio Palace. Debí haber dado a mi visita un aire casual (aunque había atravesado toda la ciudad para crear tal casualidad: más natural hubiera sido, claro, encontrarla en la propia compañía de electricidad, a tres cuadras de casa, pero de contradicciones tanto como de contracciones y expansiones está hecho el amor) porque ella aceptó con agrado verme bajo la ostentosa marquesina de cemento del Palace. Pero ya de la Catia de la noche anterior no quedaba nada, aunque yo no lo supiera entonces. (Creo que sí lo supe porque escribí o comencé a escribir—pero no terminé de hacerlo nunca—un cuento en que Catia era central. No era un cuento sino más bien un poema en prosa, un ejercicio de lenguaje en que entraba la noche, la oscuridad, los faros de los autos, sus ojos luminosos, el balcón y nuestra intimidad, todo acentuado por los sones sinuosos de "La plus que lente". Anduvo mucho tiempo entre mis papeles y duró más aquella esquela que mi amor por Catia: permanencia de la literatura.) Conversamos un poco en los escasos escalones y ella subió enseguida a su casa, tal vez como una medida preventiva contra lo ocurrido el día anterior (una historia de amor siempre se repite: primero como comedia, luego como tragicomedia), tal vez como defensa propia: de mi amor, del pseudosecuestro. No lo sé, sólo sé que ella se fue fugitiva.

Por aquellos días ocurrió la boda de mi tío el Niño con Fina. La ceremonia tuvo lugar en la iglesia de Monserrate (frente al cine América) y después se celebró una fiesta en la casi suite de Venancia en el primer piso, que se extendió, subiendo, inevitablemente a la placita frente a nuestro cuarto. No sé cómo ni cuándo pero allá se aparecieron Olga y Catia, entre otra gente, aunque ese día sólo importaba Catia para mí. La presencia de Catia estoy seguro que se debió a Olga, que comenzaba a interesarse por mi hermano, pintor que prometía, pero a la que también fascinaba nuestra existencia, que ella veía como preciosamente artística surgida en un medio terriblemente hostil: perlas barruecas en una ostra hosca. Durante la fiesta hubo bebida y por primera vez en mi vida me emborraché. El alcohol y la presencia de Catia me hicieron bailar literalmente de alegría, yo que no sé dar un paso: mi baile fue una especie de zapateado zurdo, de absurdo baile jondo, de *tap dancing* demente que tuvo la vertiginosa virtud de asustar—tan inusitado era que yo bailara—a Ready, que era la imagen fiel del perro bueno, inteligente y manso, y que por culpa de mis saltos se convirtió en una fiera repentina y mordió a una niña visitante en su frenesí. Allí terminó la fiesta de boda, con mi madre furiosa peleando conmigo por haberme emborrachado y lo que era peor, según ella, haber hecho el ridículo. No supe cuándo ni cómo se fue Catia (sin sentir la esencia de su ausencia) pero sí sé que no debí lucir muy bien borracho y bailando como un Pan endemoniado y que había presentado a Catia otra faceta de mi carácter que no me era favorable. Lo cual, para colmo, era falso: yo era lo contrario de un bebedor y los pocos tragos que hicieron falta para hacerme bailar aquel zapateo desatinado demuestran cuán poco amigo era del alcohol. Pero ésta no fue, fatalmente, la impresión que se llevó Catia—¿quién podía convencer a la niña mordida que Ready era un perro bueno? Sin embargo nuestra tercera entrevista fue la peor, no para Catia pero sí para mí.

Ocurrió en una función de ballet en el teatro Auditorium. Yo había ido con mi madre y Carlos Franqui (quien anteriormente me había dado el dinero necesario para ver mi primer ballet: lo digo al pasar pues me he propuesto no hablar de cultura pero es inevitable que lo apunte) y allí me encontré para mi deleite a Catia acompañada de Olga. La noche, sin embargo, se mostró tan movida como la tarde de la entrevista en el balcón barroco o la tarde de la boda beoda—y no me refiero al movimiento en escena. Como en las tragedias un mensajero repentino vino a decirle a Franqui que su abuela

había muerto en el pueblo y debía ir al velorio. Franqui no tenía dinero (tampoco teníamos nosotros, por supuesto) para el
pasaje y hubo que hacerle una colecta rápida entre todos los
amigos y conocidos que estaban en el teatro para que pudiera
coger un ómnibus esa misma noche. La colecta determinó mi
ajetreo por todo el teatro (nosotros estábamos en el primer
balcón) yendo de amigo en amigo. Para mi bien (a mis ojos)
o mi mal (los de ella) tuve que ver a Catia de cerca más de
una vez. Debo explicar esta doble visión. Yo me sentía muy
bien viendo a Catia, pero de alguna manera mi cara debía
mostrar los sufrimientos del amor no correspondido (y no la
angustia ante la vicisitud de un amigo con una muerte en la
familia y sin dinero) porque se veía en los ojos de Catia, que
eran muy expresivos, que ella me veía sufrir sin poder hacer
nada aparentemente—y no creo que contribuyera a la colecta.
El ballet, que vino a interrumpir mi infelicidad con la felicidad de la música y el movimiento de los cuerpos coreos, era
Las sílfides, en que intervenían Alicia Alonso, todos los miembros del *corps* de ballet femenino, más algunas alumnas de su
academia y tal vez la encargada del edificio—y un solitario
bailarín. Branly apenas me dejó ver el ballet con sus interven-
ciones irreverentes. "Ese muchacho", me dijo señalando al
bailarín único, "es un milagro si no sale afeminado." Cuando
terminó *Las sílfides*, con la misma lentitud leve que había comenzado, moviéndose toda la troupe con pocos pasos, bro-
meó Branly: "Chopin no ha muerto", hizo una pausa para
añadir: "Nada más está dormido", y otra pausa: "de aburrimiento". Todavía al salir y reunirnos todos para comentar las
angustias de Franqui, amigo en apuros, Branly pudo intercalar: "Lo que no soporto de *Las sílfides* es su machismo", dijo
definitivo: "Aunque no se puede negar que Alicia Alonso
sabe movilizar su Afrika Korps de ballet". Todos nos reímos

pero yo menos que nadie porque, ay, Catia no estaba entre nosotros para reírse, sonreírse mona. Se había ido enseguida acompañada por su hermano (como hace una niña bien) y otros amigos desconocidos para mí, me aseguró Olga Andreu. Deseé con toda mi alma que entre ellos no se encontrara Jacobsen, el misterioso.

No sé por qué pensé en Jacobsen entonces. Había oído hablar a Catia de Jacobsen varias veces. Casi siempre fueron comentarios al pasar, sin importancia, dirigidos siempre a Olga, como "Me llamó hoy Jacobsen", o "Vi ayer a Jacobsen", o "Va a estar Jacobsen". Pero en una ocasión Catia habló de lo atractivo (¡y en mi presencia!) que era el tal Jacobsen, hombre sin nombre, a quien yo no había visto antes, a quien no quería ver jamás, a quien no llegue a ver nunca pero quien siempre se entrometía como un esbozo enemigo en mis proyectos de felicidad—era casi como la mano animada de la abuela de Catia. Tal vez esa noche ajetreada de la función de ballet que empezó mal, ella mencionara una vez más a Jacobsen o lo hubiera visto en el teatro—aunque Jacobsen no me parecía persona posible de gustarle el ballet, ni siquiera de oír música, mucho menos de apreciar la relación que había entre Catia y "La plus que lente" y ni remotamente capaz de encontrar la influencia de Debussy en la música cubana, no dudaba de que se presentara de improviso, surgiendo de entre las sombras, un siniestro. ¡El odioso Jacobsen! Tuve ganas de ponerme un antifaz de seda negra (en tiempo de carnaval) y acercarme al afortunado para invitarlo a probar mi amontillado y conducirlo a mis cuevas donde guardaba las paletas y el nivel—¿pero cómo reconocerlo? Hasta el día de hoy no sé qué cara tuvo. Nunca supe tampoco si era simpático o sangrón, moderno o chapado a la antigua, inteligente o imbécil, que eran las categorías que importaban entonces. Tampoco sé

qué tipo tuvo. ¿Era alto y delgado o bajo y rollizo? ¿Llevaba
barba roja o pelo pajizo crespo? ¿Era Jacobsen danés legendario y remoto o cercano, familiar judío?

La tercera vez que salí con Catia (la única vez verdaderamente, ya que las dos veces anteriores no había salido con ella
y el día de la boda de mi tío el Niño ella vino a la fiesta pero
se fue sin mí, yo quedado con Baco y la furia de mi madre)
fue a ver *Mientras yo agonizo* (quiero decir, *Mientras la ciudad
duerme*) al Riviera. Recuerdo los comentarios de Olga Andreu, que nos acompañaba (Catia, bien criada, no salía sola
con un muchacho sin chaperona), aunque no recuerdo quién
era su compañero, durante la película. "Ése es el bonitillo",
decía Olga, que siempre afectó hablar en habanero, jerga popular a pesar de su dinero. "¡Qué bueno está!" ¡Dios mío,
decir que Brad Dexter estaba bueno! Era como para morirse
de risa, pero yo aquella noche me moría de amor y de celos
por Catia. Fue tanto el doble dolor que no lo pude soportar y
a la salida, pretextando que iba al baño, me escabullí por la
escalera cubierta de El Carmelo y regresé a casa sin decirles
nada a ellas. Luego, cuando vi a Catia de nuevo al día siguiente, le pregunté si no le había resultado inusitada mi desaparición (en todo el viaje en guagua yo disfrutaba la posible
extrañeza de Catia y de Olga, sobre todo de Catia, quien
pensaría de mi despedida a la inglesa, creía yo: "¡Qué original!") me dijo que sí le había parecido raro y que preguntó
por mí y después decidió que yo me había aburrido con la película. (Pero nunca con ella: ¡qué presunción!) Recuerdo todavía sus exactas palabras: "Te buscamos. Yo pregunté:
¿Han visto ustedes a un muchacho bajito? Pero nadie del
cine ni del Carmelo te había visto". Lo que me dolió no fue
que nadie hubiera notado mi ausencia, sino que Catia, cara
Catia, por toda descripción de mi persona escogiera el adje-

tivo bajito. Yo no soy alto pero tampoco era Catia una valquiria y aquella noche bien pudimos haber salido con Bulnes, admirador de Olga desde abajo, que medía poco más de cinco pies, si acaso. Ángel Bulnes, que casi era un enano, había hecho de su estatura baja una cualidad poco común y decía que él era del tamaño de un ángel. Bulnes que un día contó como durante un discusión con su jefe, su furia fue tal que perdió el control: "Me subí a una silla y lo abofetié". Ese bajo Bulnes inbulnerable pudo ser el compañero de Olga, pero todo lo que Catia tenía que decir de mí para identificarme era: un muchacho bajito. Aquellas palabras terminaron por convencerme de que Catia jamás me amaría, aun si no existieran las diferencias sociales, si salvara la barrera familiar, si desapareciera el invisible pero ubicuo Jacobsen—y la dejé de ver pero no de soñar con ella.

Es decir, ésa no fue la última vez que la vi—nunca es la última vez que uno ve a nadie. La vi después algunas veces y luego nos mudamos, verdadero salto hegeliano (como lo declaró Silvio Rigor) para la calle 27 y Avenida de los Presidentes, casi enfrente (ladeado) del edificio Palace: de nuestro balcón se veían las ventanas del apartamento de Olga Andreu. También se habrían visto las ventanas de Catia si no se hubiera mudado al poco tiempo—¿esquivándome tal vez toda la familia? Paranoia invertida aparte, creo que inclusive se mudaron antes de que nosotros nos instaláramos en el barrio. Como dije, la vi otras veces y hasta me pasó en limpio un cuento en el que se atrevió a criticar que *mi* personaje, una niña, empleara ciertos tiempos de verbo que, según ella, crítica gramatical, no eran infantiles. Pero para ese entonces mi amor, mal curable, ya había pasado. Tal vez no habría pasado, fiebre recurrente, si ella hubiera consentido mirarme siquiera con un poco de amor de vuelta, con una fugaz muestra de la mirada amorosa que le vi en el balcón vacío. Pero nunca lo hizo. Por otra parte yo jamás la olvidé: estaba "La plus que lente" para hacérmela recordar y a menudo le pedía a Olga Andreu que tocara el disco en su tocadiscos. Luego el tiempo se ocupó del resto y ya ni siquiera "La plus que lente" podía hacerme suspirar por Catia.

Pasaron los años: creo que pasaron diez o por lo menos más de cinco. Ya yo me había casado y tenía una hija y ella (quiero decir Catia) se había casado también. (Aunque no afortunadamente con Jacobsen, según creo: nunca estuve seguro de ese fantasma.) Casi no la recordaba cuando una mañana iba para el trabajo, viviendo en otra parte de El Vedado, en mi carro convertible, y tuve que parar en la esquina de la calle 21 y Avenida de los Presidentes para dejar pasar el tránsito por la avenida. Esperando la guagua en esa esquina estaba una mujer más bien baja, gruesa o por lo menos entrada en carnes, con una nariz larga y gorda y bulbosa, que vestía una bata blanca que le quedaba grande y usaba espejuelos semi-montados al aire: el colmo de lo corriente. Era Catia Bencomo. Al principio me costó trabajo descubrir debajo de esa habanera el vals más lento, pero al ver ella que yo la miraba con insistencia, me miró y me reconoció y me saludó. La saludé yo también—pero no la invité a llevarla en mi auto a donde fuera y allí se quedó esperando su guagua. Seguí mi camino casi cantando de alegre que iba: me había alegrado ver a Catia convertida de un paradigma juvenil, del ideal femenino, de único objeto amoroso en una cubana cualquiera y fea para colmo: fue una alegría casi salvaje o por lo menos malsana, que duró todo el día.

TODO VENCE AL AMOR

Amor vincit omnia: el amor lo vence todo. Virgilio conocía el cielo y el infierno (especialmente el infierno) pero no sabía nada del amor. Si su frase fuera verdadera yo no podría recordar las veces que todo venció a mi amor—y tuvo lugar más de una vez: no fue sólo la desilusionante Catia Bencomo y su rechazo: ocurrieron otros desdenes. Está por ejemplo el fiasco, el fracaso, la derrota total con Carmen Silva. Ella era una figura del Lyceum: al menos pareció surgir de su salón de música como Venus de entre las ondas Martenot. Es cierto que yo la había visto antes (un día saliendo del teatro Auditorium: Lyceum, Auditorium: tantos nombres latinos casi justifican la torcida cita de Virgilio y la metáfora venusina) pero fue en el Lyceum que me enamoré de ella. Ocurrió en el entreacto de un concierto de música de cámara, pero no recuerdo el programa pleno de ripienos y concertantes, aunque sí recuerdo que fui con mi madre, melómana memorable. Había llovido temprano esa tarde, uno de esos aguaceros como el amor: intensos y repentinos y fugaces, que convirtieron a Lorca en espectador de La Habana, y la noche tenía la transparencia y la frescura y el aroma de la noche habanera después de la lluvia. Supongo que así son todas las noches tropicales, pero para mí han quedado como la noche habanera. Oímos la primera parte del concierto y después—dejando a mi madre en su asiento—fui a reunirme con varios amigos (más bien conocidos), entre los que estaba Varas, cuyo nom-

251

bre parecía un programa pues era un mulato largo y flaco que tocaba el bajo en la Filarmónica, el arco continuándose en su brazo esquelético. Fue él quien me presentó a Carmina, que se llamó en ese momento Carmen Silva. "Nombre para bailar", le dije yo, pero ella misma sugirió que la llamara Carmina. "Como todos mis amigos"—y así se llama desde entonces. En un momento de la conversación ella que era muy impulsiva y encantadora entonces, me pidió prestado mi pañuelo, para secarse el sudor de la frente nerviosa creía yo, pero lo que hizo fue llevárselo a la boca y oprimirlo entre sus labios, imprimiendo claramente un beso. Para mí fue una sorpresa social (fue también sorprendente gesto para Varas, lo vi) y cuando ella me devolvió el pañuelo diciendo habaneramente: "Vaya", no pude decir nada (no sabía si dar las gracias y por poco le digo "De nada") sino quedarme con el pañuelo estampado en la mano, sin saber qué hacer con él aunque sabiendo en realidad que debía atesorarlo: que fue lo que hice y aunque entonces no tenía muchos pañuelos (y nadie que no haya vivido en el trópico sabe lo necesarios que son allá los pañuelos) lo guardé con la huella de los labios carmesís (ése tenía que ser el color del beso de Carmina) durante mucho tiempo.

En otra ocasión Carmina estaba, tenía que ser, en el Lyceum, en la biblioteca creo, tal vez salida de un ensayo, y le dije audaz que la acompañaría a su casa. No sé cómo mi timidez se atrevía a tanto: creo que de no haber sido tan tímido no habría sido así de atrevido. Cogimos el tranvía, que iba casi vacío, y estuvimos horas (aunque a mí me parecieron minutos) viajando sobre rieles y bajo cables como por pentagrama gracias a la conversación musical de Carmina. Ella vivía en Santos Suárez, que es como decir, desde el Lyceum, que estaba en El Vedado, en las antípodas. Carmina me advirtió que yo debía quedarme en la parada del tranvía y no acompañarla hasta su casa porque sus padres eran "enchapados a la antigua"—así dijo, enchapados por chapados, pero yo decidí olvidar lo oído por la visión presente de su belleza: ella tenía el pelo negro, partido al medio y los ojos claros y aunque se veía que imitaba a Hedy Lamarr, mi fetiche femenino favorito, era también muy suya, su imagen más propia que apropiada. Estaban además sus labios indelebles que reían mucho, dejando ver una dentadura blanca, perfecta, saludable, que era su mayor atractivo. ¿Cómo iba yo a imputarle que enchapara en oro viejo a sus padres con todos sus encantos, además de su cuerpo, con sus senos grandes que ella dejaba mostrar apenas (otra interdicción paterna, seguro) aunque se intuían ingrávidos? Pero luego descubriría que Carmina no sólo cometía pecados verbales (la moral materna no llegaba al lenguaje) sino que construía malas metáforas. Un día,. señalando al cielo cuando pasaba un avión, exclamó: "¡Mira ese pájaro de acero!" Lo pude permitir por razones opuestas: para entonces no estaba enamorado ya de Carmina y todavía hoy, cuando veo un avión en vuelo, no dejo de decir, aunque sea para mí mismo: "¡Mira ese pájaro de acero!" y reírme de la leve (leve entonces, hoy elevada como ese pájaro que pasa) cursilería de Carmina, contraria a Catia.

Recuerdo otra ocasión memorable con Carmina. Ocurrió en el conservatorio (es notable lo musical que era yo entonces: siempre a la caza de un concierto o de un ensayo, ya que era muy pobre para tener discos y mucho menos tocadiscos), donde nos reunimos un pequeño grupo en la oficina de Affan Díez, que aunque era músico (también tocaba el bajo: por esa época todos mis amigos músicos eran de la sección de cuerdas: en esa reunión estaba Eloy Elosegui que tocaba la viola en la Filarmónica) se encargaba de las publicaciones del conservatorio, escribiendo las notas de programas y haciendo el emplanaje de carteles y avisos. Ese día estaba conmigo Silvano Suárez, compañero de bachillerato que escribía, pero la única mujer en el grupo era Carmina (aunque siempre que pienso en ella la veo sola: de seguro la noche del beso por poder había unas cuantas mujeres más en el Lyceum, aparte de mi madre) y estaba sentada con las piernas cruzadas y la falda subida más arriba de las rodillas, que era entonces el colmo del atrevimiento, hasta audacia, ella moviendo sus piernas blancas y bien hechas y al mismo tiempo echando la cabeza hacia atrás y riéndose de todo, aun lo que no era un chiste para mostrar sus dientes deliciosos. Fue ahí que sentí realmente amor por Carmina que era la vitalidad misma: la fuerza fascinante de la vida, verdadera fuente de la juventud.

La noche en que vi *El tercer hombre* caminé desde el cine Infanta hasta Zulueta 408 que quedaba realmente lejos. Iba impresionado por el amor imposible de Joseph Cotten por Alida Valli, con la escena última, en que ella viene andando desde el fondo de la pantalla y se toma todo su tiempo para caminar el tramo interminable y pasa delante de él, que la espera siempre a un lado del camino y ella ni siquiera lo mira. Así, como él, calamitoso Cotten, escritor engañado por su único amigo y despreciado por la mujer amada, me sentía yo caminando de regreso a mi casa, todavía tocado por la música de cítara (que ya conocía mucho antes de que se estrenara, cuando fui con Germán Puig a uno de los peligrosos pubs del puerto nada más que a oír el "Tema de Harry Lime"), llevando conmigo su final infeliz. Cuando llegué a casa tenía un telegrama (mensaje que había alarmado mucho a mi madre, para quien los telegramas eran avisos avernales) que decía FELIZ CUMPLEAÑOS y estaba firmado CARMINA. No sé cómo pudo ella saber cuándo era mi cumpleaños y mucho menos cuál era mi dirección, que yo nunca le di, pero el telegrama no dejó de conmoverme a pesar de los misterios que invocaba. No pude comunicarle a Carmina cómo me sentía (no tenía su teléfono y su dirección era imprecisa) pero al día siguiente me fui hasta su calle, buscando su casa sin conocer el número, sabiendo solamente que estaba en lo alto de Enamorados. Me paseé arriba y abajo, con un sol que quemaba los sesos y cuando ya me iba a volver a La Habana vi salir de una casa en la loma una muchacha y pensé desde lejos (yo estaba en ese momento en la parte baja de la calle) que era Carmina y caminé cuesta arriba apurado—pero cuando me acerqué a la muchacha no era una muchacha sino una mujer y por supuesto no era Carmina.

Fui a ver si la veía en el conservatorio esa tarde. Me llegué allá como último recurso y sin esperanza de encontrarla pero no bien hube entrado tropecé con ella en un pasillo, conversando con un muchacho que era evidentemente un estudiante de armonía: había algo de metrónomo en la forma que balanceaba su cabeza al conversar: no asentía, medía el tiempo. No sé qué cara puse para expresar mi contento por el telegrama, pero Carmina me obvió la dificultad—al mismo tiempo que hizo trizas al encanto del momento—diciendo: "Es una menudencia", cuando quería decir que era una minucia—¿tal vez? ¿O aludía ella a morcillas y longanizas y no a trivialidad? Había que tener cuidado al interpretar el carmen de Carmina. Pero sus dientes blancos y parejos, sonoros al reír ella, me hicieron olvidar el malapropismo de su lengua. No salimos ese día, solamente la acompañé hasta el tranvía, ya que no quería que fuera con ella siquiera a las inmediaciones de su casa, su padre un centinela perdido rondando la barriada.

Por entonces era muy amigo de nosotros (quiero decir

tanto mío como de mi hermano y de mi madre y tal vez de mi padre) Haroldo Gramadié, compositor de música seria (para diferenciarla de la popular: supongo que los compositores de mambos y boleros se morían de risa al piano) y profesor de contrapunto y armonía en el conservatorio. Un día que nos visitó, al irse él decidí acompañarlo hasta la parada de guaguas en Prado y Neptuno. Por el camino, bajo el sol de la tarde que calentaba la cabeza tanto como el sol del mediodía cerca de casa de Carmina—evidentemente el mismo sol habanero—decidí preguntarle qué opinaba de Carmina. Yo quería saber sobre su carácter, su personalidad, y estaba dispuesto a confesarle a Haroldo que me había enamorado de ella, pero respondió:

—¿Carmina? Tiene mucho talento y si llegara a aplicarse sería una buena pianista. Tiene musicalidad, capacidad expresiva y buenas manos y retiene la partitura que lee con gran facilidad. Si fuera más seria podría llegar como concertista.

¿Ven ustedes? Yo por supuesto no dije nada más porque la pregunta que yo le hice no podía tomarse en un sentido musical, pero la respuesta de Haroldo era característica: él jamás pensó en la mujer sino en la música. Cualquier cosa que yo quisiera saber de Carmina tendría que preguntárselo a alguien que no compusiera una *Serenata por Julieta* (como Haroldo) y no apareciera en parte alguna una muchacha en la ventana a la luz de la luna. Pensé entonces interrogar a Affan Díez que no era amigo mío pero era al menos un conocido mutuo y él debía saber algo de la vida de Carmina. Pero decidí en contra: ¿qué iba a saber Affan de Carmina si ni siquiera ella era su alumna?

Vinieron los días de lira en que la orquesta de la emisora CMQ iba a dar un concierto todo Bach—quiero decir Juan Sebastián Bach para evitar equívocos, confusiones clásicas con sus hijos armónicos. Entonces duraba todavía la guerra melódica entre Pro Arte Musical y la Filarmónica por un lado y un grupito de compositores cubanos que se habían parapetado tras la fachada blanca del conservatorio municipal. Ahora se unía como guerrilla grave la orquesta de la CMQ, que antes no estuvo nunca enfrascada en lucha laudable por hacer oír otra música que no fuera la de Beethoven, Brahms y Bruckner, que eran los compositores conscriptos por Pro Arte y la Filarmónica. Como señal de beligerancia contra las Tres Bes la orquesta de la CMQ había escogido al Gran B, a Bach el viejo (y ya pueden ustedes deducir la naturaleza sonora de esta guerrita de grupos musicales, en la que Bach resultaba subversivo!) Yo fui con Haroldo (que hasta entonces se había reído de las pretensiones musicales del director de la Orquesta CMQ, quien de Martínez Mantisi había italianizado su nombre en Mántichi) a todos los ensayos. No era la primera vez que oía yo a Bach (su Tocata y Fuga, por ejemplo, estaba hasta en la sopa de *Fantasía*), pero no había oído antes ninguno de los conciertos de Brandeburgo, compuestos para hacer dormir a un gran hombre, y mucho menos sus suites sonoras. Ahora la orquesta de CMQ iba a estrenar—la música barroca en el trópico—el concierto de Brandeburgo número 4 y la Suite número 3. Para mí fueron estos ensayos momentos memorables (no por la ejecución del director, podium como paredón, que podía pedir, gritando a la orquesta, durante los ensayos de la Suite en Re, solamente exigía a sus músicos: "¡Forte!", "¡Piano!", y me hacía reír para mis adentros pensar que en un momento confuso gritara: "¡Pianoforte!", y se colgara en la cuerda sola), no sólo por la revelación de la música (desde entonces el concierto de Brandeburgo número 4 es una de mis fugas favoritas) sino porque en uno de los ensayos (tenían lugar casi siempre por la tarde, cuando el estudio quedaba vacío) que duró hasta la noche, se apareció (y ésa es la palabra: fue una aparición) Carmina, catulia, vestida con una bata blanca con un escote que permitía ver casi la mitad de sus senos y por reflexión imaginarse la otra media esfera. Dejé a Haroldo en un descanso del ensayo y me acerqué a ella (no recuerdo si estaba sola o acompañada como siempre pero no la veo más que a ella, radiante recuerdo) y me sonrió su hermosa, ancha sonrisa, que era casi una risa, dientes en sordina, una carcajada silenciosa entonces. Me senté junto a ella y cuando terminó el ensayo ni siquiera me despedí de Haroldo sino que salí, salimos, bajando por La Rampa que no era todavía La Rampa, caminando ese tramo de La Habana donde termina El Vedado y comienza Infanta, luego por San Lázaro abajo, calle oscura que ella iluminaba, y unas pocas cuadras más allá me dijo. "Tengo que llamar a mi casa"—lo que fue una buena nueva: ella llamaba a su casa: eso quería decir que se quedaría conmigo—y así fue. Por teléfono mintió con una pericia nueva:

—Estoy con una amiga—dijo—. Acabamos de salir de un intermedio en los ensayos—"¿Intermedio en los ensayos?", pensé yo pero no lo perifoneé—y van a seguir ensayando. Voy a llegar un poco más tarde. ¿Está bien?

Estaba bien y colgó. Yo hubiera querido tener dinero para invitarla a comer, pero todo lo que pude comprar como comida fue un pan (ella llamaba desde la panadería La Candeal, que se hizo un monumento en mi memoria: a un pan desconocido) o tal vez dos panes y ofrecerle uno a ella—¿o fue la mitad de uno, el milagro del pan repartido? Ella parecía feliz comiendo con su boca carmín y mordiendo la masa universal como conocimiento caminamos de San Lázaro al Parque Maceo y luego bajamos todo el Malecón al Prado y por Prado arriba hasta Neptuno, donde ella cogió su tranvía tarde. Una buena caminata, pero durante todo su curso Carmina no hizo un solo comentario que pudiera considerarse cursi ni dijo un malapropismo ni llamó al poeta con su musa de mármol (poluta) Juan Clemente Zanaco. Solamente en un momento musical comentó: "Creo que Bach va a convertirse en un músico famoso". ¿Qué decir después de esto? Pero no era una nota grave. Quiero decir que no echó a perder la noche perfecta y cuando subió al tranvía (yo debía haber subido con ella, accesiva (los malapropismos son contagiosos: mal apropósito) como estaba, pero la esquina quedaba a una cuadra de casa y además tenía tan poco dinero que temía que me ocurriera lo que pasó un domingo por la mañana que iba para la Filarmónica, a oír a Brahms o a Bruckner, justo con el dinero de la entrada más barata y el pasaje de regreso y subió a la guagua una amiga, más bien una conocida, y me vi obligado a pagarle el pasaje: coda: que tuve que regresar a pie desde el Auditorium hasta casa, por aceras y asfalto: la pobreza, está visto, no permite la galantería). Esa noche yo estaba más enamorado que nunca de Carmina.

Nos volvimos a ver esa semana, cita que no cuento porque es privada y además está olvidada, pero luego pasaron dos semanas en que Carmina no apareció por parte alguna: no iba al conservatorio entre semana, tampoco a la Filarmónica el domingo, y yo no tenía virtualmente a nadie a quien preguntar por ella. Por fin reapareció un día, con su sonrisa más amplia, sus ojos más grandes y más bella que nunca y me dijo:

—Adivina qué.

¿Qué podía ser?

—Ni idea—le dije.

—Vamos, adivina.

Era una esfinge con secretera.

—No puedo.

—Te voy a dar los detalles. La universidad, el cine, el curso de verano.

No tenía la menor idea. Volví a decírselo, deseando que me devorara con su boca de labios de Carmina.

—Pero si está todo ahí—me aseguró.

—Por vencido—le dije yo.

—Bueno—me dijo ella—, ya que eres tan octuso.

Ella quiso decir probablemente obtuso pero por poco me llama pulpo: *octopus*: yo que sería para ella todo ojos pero nunca manos o brazos.

—Te lo voy a decir con todas sus letras: me llevé una beca para estudiar cine en los cursos de verano de la universidad.

¡Ésa sí que era una sorpresa! La esfinge producía una revelación. Yo sabía cómo se optaba por las becas: había que escribir una crítica a un estreno dado y enviarla a la universidad y entre los concursantes repartían diez becas: lo sabía porque yo me había ganado una beca el año anterior. Pero me parecía no improbable sino imposible que Carmina se ganara una beca con una crónica de cine: es más, dudaba que siquiera pudiera escribir una nota, no musical sino crítica. La esfinge con secretario. Ella debió leer todo esto en mi cara, escrutable oriental que soy, pero sólo vio sorpresa.

—Te sorprendí, ¿no verdad?

Tuve que admitir por lo menos que estaba sorprendido, cuando en realidad estaba atónito.

—Mañana tengo que ir a lo de la matrícula—me dijo y yo lo tomé por una invitación a acompañarla—. A las diez de la mañana—añadió—. Va a ser sensacional estar en ese curso —dijo con entusiasmo—. ¡Estoy loca porque empiece!

—Sí—le dije por decir algo relativo—, te va a gustar. Dan

muchas películas durante el curso.

—Ah, verdad—dijo ella—, que tú eres un inveterado.

Posiblemente ella quiso decir un veterano o un iniciado y combinó las dos palabras y le salió inveterado, una palabra por dos. Es posible. Lo cierto es que dijo inveterado. Ésa fue casi su última palabra.

A la mañana siguiente yo estaba sentado en la plaza Cadenas, en el centro de la universidad, frente a las oficinas de matriculación, mucho antes de las diez. Era muy agradable la atmósfera apacible de la placita, con los gorriones alrededor del banco, vivaces y tímidos y al mismo tiempo temerarios, aves urbanas, y esperando por Carmina se me ocurrió un cuento que luego escribí utilizando el tema del amor y de la espera. Pero ella se demoró menos en la vida que en la ficción y la vi subiendo los escalones que conducen a las oficinas. Corrí hasta ella y antes de que entrara al edificio, sin aliento pero con manos, la cogí del brazo. Pareció sorprendida y me dijo:

—¡Ah, eres tú!—como si esperara a otra persona. Añadió—: Voy a inmatricularme.

¿Estaría yo oyendo bien? Tan temprano en la mañana, además.

—Ya sé—le dije—. Vine a ayudarte.

—Ah, no, bobo—dijo ella—. Ni te ocupes, que yo sé cómo hacerlo. Es igual que en el conservatorio.

Es cierto que era fácil matricularse en la escuela de verano, aunque hubiera siempre un poco de confusión con los becados ganadores del concurso.

—Voy a entrar ahora—me dijo.

—Bueno—dije yo—, espero a que acabes.

Ella pareció un poco agitada.

—A lo mejor me demoro. Si quieres te vas.

—No—le dije yo, más adhesivo que agresivo—, te espero. Mira—y señalé—, te espero sentado en la plaza.

—Está bien—dijo ella y en su tono había duda mezclada con resignación.

Caminé despacio de vuelta a la plaza y me senté entre los gorriones, habaneros viejos, y bajo el sol que ya se hacía intenso, el sol de la mañana convertido en mediodía por el verano. Pero a mí me gustaba el sol, aun el sol de La Habana que a las diez de la mañana calienta como si fuera fuego y a las doce es un verdadero lanzallamas vertical. Al poco rato, que a mí me pareció mucho tiempo, apareció Carmina, bajando los escalones del edificio, sonriéndose, mejor, riéndose al llegar hasta mí casi en carcajadas.

—Ya está todo irresuelto—me dijo. ¿Cómo no se daba cuenta de que esas partículas antepuestas a los verbos los negaban más que reafirmarlos como ella evidentemente pretendía? Tal vez lo había cogido de esos locutores de radio que dicen intitulado por titulado. No sé por qué pero lo cierto es que resultaba, ¿cómo decirlo?, irritante. Se sentó a mi lado y miró al suelo.

—Tú sabes—me dijo—, tengo que decirte algo—y se calló.

—¿Qué es?—pregunté.

—Bueno, es que, tú sabes, espero a alguien.

De seguro que sería una amiga. Una tocadora de celesta o de arpa del conservatorio, celestinas o arpías.

—¿A quién?—pregunté.

—Bueno—dijo ella—, es una persona que tú conoces.

¿Qué amiga suya podía conocer yo? No se me ocurría ninguna pues la había conocido entre hombres y entre hombres la había visto siempre.

—Tengo—dijo ella—, tengo que decirte que es una persona especial.

262

Milagro que no dijo especializada.

—¿Pero, ¿quién es?

—Bueno—dijo ella, misteriosa musical—, ya tú la verás y la reconocerás.

¿A qué toda esa intriga, ese anuncio de personas enmascaradas en su reticencia? No comprendía nada. Pero del fondo de la plaza, atravesando las columnas dóricas o jónicas (nunca sé distinguir los órdenes griegos) que servían de fachada clásica a la universidad, de entre lo que se llamaba el pórtico académico, emergió una figura que en el fuerte sol de la mañana vibró como con luz propia un momento, se hizo nítida, luego familiar y finalmente incongruente: era Affan Díez, llamado a veces Affan Real. Me pregunté qué vendría a hacer allí tan lejos del conservatorio, de los programas de música y de la música a programa. Cuando estuvo cerca me saludó con un saludo entre contento y cortado, como si fuera él quien no me esperara a mí. Yo respondí a su cómo estás con un bien y usted. Nunca pude tutear a Affan Díez. Hacía tiempo que nos conocíamos, hasta lo había visitado en lo que él llamaba su guarida (me alegré que no dijera cubil), que era una especie de estudio en escarlata en la Plaza del Vapor, encima del mercado maloliente, que compartía con un amigo, Arturo Cámara, un dibujante comercial que era recordable porque tenía un hermano compositor y todo lo que componía era música de cámara. Pero yo no podía tutear a Affan por mucho esfuerzo que hiciera. Ahora él se dirigió a Carmina:

—¿Todo resuelto?

—Oh sí—dijo Carmina—, hace rato. Estábamos aquí cogiendo el fresco.

Cogiendo el sol debía decir ella ya que fresco no había ninguno a pesar de lo alta que quedaba la plaza Cadenas, en lo que se llamaba, con cliché cubano, la Colina Universitaria o, cambiando de clásicos, la Séptima Colina, como si La Habana fuera Roma cuando La Habana era amor. Affan vino más cerca y se sentó en el banco—¡junto a Carmina! La situación, sin saber por qué, se hizo tensa. No dijo nada, no comentó nada (de hecho una de las características de Affan Díez era que hablaba muy poco: idiosincracia que yo le envidiaba, pues al no hablar casi, cuando abría la boca, aun para bostezar, todo el mundo estaba dispuesto a escucharlo: lo contrario de lo que me ocurre a mí, que hablo demasiado y nadie me oye), no habló nada. De pronto (juro que ocurrió súbitamente) tuve una revelación: la esfinge desvelada: Affan era su amanuense: él había escrito la crítica con que Carmina ganó la beca: ellos dos tenían una vieja intimidad: Carmina y Affan eran amantes—y recordé la ocasión en que Carmina estaba de visita en las oficinas de Affan, cuando fuimos allá Silvano Suárez y yo y definitivamente me enamoré de ella ese día. Ahora estaba claro: era yo quien sobraba en aquella reunión en la plaza hostil: yo me había invitado. Affan no era un intruso, el tercero en discordia: no había que tocarle el tema de Harry Lime: estaba allí por derecho propio: Carmina le pertenecía. Nunca en mi vida he sufrido una revelación más fulminante: fue un impacto directo. Me ha ocurrido muchas veces que los cabos distantes se atan solos en mi mente y llego a la verdad de una manera súbita, sabiendo que los elementos que aparecen inconexos están ligados íntimamente. Ésa era la verdad oculta hecha ahora evidente: Affan y Carmina estaban ligados íntimamente.

No sé cómo salí de aquella situación, cómo abandoné la plaza, cómo dejé la universidad, cómo bajé la escalinata asesina que al subir era como escalas musicales y regresé a Zulueta 408, pero de alguna manera lo hice, sintiendo el ridículo como otra piel sobre mi cuerpo, conociendo lo falsa que fue mi posición, sabiendo que mi amor estaba puesto equivocadamente en Carmina. Yo, que la tenía a ella por la virgen de La Víbora, supe—no, quise intuir—que ella y Affan se habían acostado ya, que no era solamente una relación platónica pasajera, que sus besos no los daba en pañuelos sino en su boca. ¡Pero Affan Díez estaba casado!, me dije, como un idiota y alguien dentro de mí, una segunda voz me corrigió: ¿Y eso qué tiene que ver? Pero para una parte de mi ser, entonces, los hombres casados eran fieles hasta la muerte y las muchachas como Carmina permanecían vírgenes hasta el matrimonio, antes intocables. Ahora resultaba que nada de esto era verdad, que tenía razón mi segunda voz, mi censor cínico.

Fue esta voz interior hecha oído interno lo que me permitió oír la confesión de Carmina una noche de concierto en el conservatorio, en que ella me vino a ver y me sacó de entre el público (los conciertos en el conservatorio parecían no empezar nunca: sinfonías sin comienzo) y me llevó a un aula aledaña y me contó cuánto amaba a Affan, cómo hacía tiempo que los dos se amaban y solamente se interponía entre ellos su matrimonio, su mujer que era profesora del conservatorio, que le hacía la vida imposible a Carmina porque sabía que ella y Affan se amaban por siempre jamás. "Como Tristán y Deseo", dijo Carmina sabiamente confundiendo a Iseo. Esa noche me pidió que la acompañara pues no podía soportar la idea de que la mujer de Affan estuviera en el mismo concierto. ¿Cómo una disonancia?, le iba a preguntar yo pero hubiera sido cruel viendo no sólo el estado de nervios en que estaba Carmina sino observando que se había maquillado demasiado, perdiendo la frescura fragante de su piel que era una marca de fábrica: ya no lucía tan bella como cuando la conocí.

Algún tiempo después Carmina sufrió una crisis religiosa.

Tal vez tuvo que ver con su manía misionera la pérdida de la virginidad y "vivir en pecado". Algo me dejó entrever ella pero me lo decía tan temprano que era casi imposible atender a sus palabras. Cogió la costumbre de llamarme (ya para entonces nos habíamos mudado de La Habana para El Vedado y teníamos teléfono, la tecnología como lujo) los domingos bien temprano en la mañana para decirme que dejara de vivir en pecado (el primer día creí que dijo: "Deja de vivir en El Vedado") y fuera a misa, a comulgar y a confesar: todo dicho en una voz agitada, como si tuviera muy poco tiempo no al teléfono sino por vivir. Pero le quedaba mucha vida. De hecho lo comprobé una mañana al salir de La Filarmónica y estar no sé por qué razón (tal vez porque por allí vivía Haroldo Gramadié) en un café de la calle 10 casi esquina a Línea, lejos del Auditorium y cerca del cementerio, con Juan Blanco y ver a Carmina atravesando la calle, casi irreconocible por la cantidad de maquillaje que usaba, con los ojos muy pintados, la cara una máscara, como una mujer de cuarenta años cuando Carmina no debía tener todavía veinte. La iba a llamar pero Juan Blanco, que conocía bien a Carmina y a Affan Díez y a su mujer Carmen, compositora (éste es un toque casi irónico: no había manera de que Affan se traicionara cuando llamaba Carmen a una de sus dos mujeres), me dijo: "No, no. Déjala, que está completamente loca". Le pedí que me explicara la razón de que Carmina hubiera enloquecido en tan poco tiempo y Juan Blanco, que es bastante irónico, me respondió: "La razón de su sinrazón es su afán". Pero ésta no fue la última vez en que vi a Carmina: la vi muchas veces más, unas loca y otras cuerda, y la historia terminó bien para ella aunque no para mí: Carmen concedió el divorcio a Affan para que se casara con Carmina, lo que hicieron y vivieron, como contaría Carmina, felices por nunca jamás.

Hubo otra ocasión en que todo venció el amor—o mejor dicho ella venció a mi amor. Ocurrió antes pero no mucho antes y ella se llamaba Virginia Mettee y era rubia, y es sorprendente que fuera la única rubia natural que conocí aunque después de todo es posible que tampoco ella fuera rubia natural. Virginia (ella se llamaba en realidad Carmen Virginia pero hemos tenido plétora de Cármenes) estuvo en el bachillerato. Cuando digo que estuvo quiero decir que ya no estaba. Ahora representaba a la familia su hermana, que era más linda (Virginia no era bella: era, como se vino a decir después, pálida e interesante) pero remota: ella había coincidido conmigo en mi aula y a todos los alumnos nos gustaba aunque nos mantenía a distancia su aire alejado. Virginia, por el contrario, era muy cercana y cálida y fue la primera mujer de verdad con la que tuve una relación, cualquiera que haya sido. En el Instituto se decía que su hermana (es decir, Virginia) se había casado y divorciado en menos tiempo de lo que se dice sí. Yo no lo creía: lo que yo pensé al conocerla es que era una muchacha independiente, muy poco preocupada por el qué dirán y muy segura de sí misma—lo que la convertía en una mujer.

No conocí a Virginia en el Instituto (yo no creo que ella fuera por allí ya ni de visita, aunque tal vez visitara el salón de espera de alumnas: privilegios de mujer: los alumnos no teníamos salón de estar, si se exceptúan los locales de la Asociación de Estudiantes, que más que club era un cuartel de cuatreros), la conocí en la biblioteca del Centro Asturiano, aledaña pero alejada. Comenzaba el ciclo de las luces en que había dejado de estudiar para ocuparme de mi educación y desertado las aulas por las bibliotecas. Como la del Instituto no estaba muy munida, a menudo iba a la del Centro Asturiano, a usar libros como botas de siete lenguas. Tal vez fue obra del azar de lecturas que coincidiéramos en la misma mesa o tal vez yo escogí matrero sentarme cerca de ella. Lo cierto es que estábamos sentados casi frente a frente, tratando yo de internarme en la jungla pero distraído por su cabeza exótica, mostrando sólo el tope de su iceberg rubio, cuando ella levantó de pronto los ojos del libro y con ellos su yelmo dorado y me preguntó como si nos hubiésemos conocido de toda la vida:

—¿Qué lees?

A mí me sorprendió tanto su pregunta como si ella hubiera gritado "¡Fuego!" o, todavía más adecuado, "¡Ataja!", a mí, ladrón de miradas furtivas.

—¿Quién, yo?—fue lo que dije.

—Sí—dijo Virginia, que todavía no se llamaba Virginia y era solamente una muchacha de estatura mediana (eso lo vi al levantarse pero sentada se veía más bien pequeña), rubia, un si es no es fea.

—Ah—dije yo finalmente, recobrado para cobrar aplomo—, Burroughs.

—¿Quién?—dijo ella, extrañada, más bien extraviada.

—Edgar Rice Burroughs. *Tarzán el hombre mono.*

—Ah—dijo ella—, Tarzán. Yo creía que eran nada más que películas y muñequitos. No sabía que había libros también.

—Fueron libros antes que nada—dije yo, explicando más que excusando mi selección de lecturas. (Esto ocurría antes de mi relación con Carmina, cuando aún yo no había descubierto la literatura moderna y mi pasión por Tarzán me condujo a la biblioteca del Centro Asturiano donde tenían las obras obsesivas de Edgar Rice Burroughs, respetuosamente encuadernadas en piel de mono.) Sospeché que era mi turno en interesarme por lo que leía Virginia que aún no se llamaba Virginia.

—¿Y usted qué lee?—pregunté yo con esta actitud al parecer pedantesca, dantesca en las relaciones humanas que siempre me ha impedido tutear a una persona inmediatamente, aun a una beata Beatriz, aun a una actriz.

—¿Y por qué tan formal?—dijo Virginia—. Trátame de tú. Mi nombre es Carmen Virginia Rodríguez Mettee, pero todo el mundo me llama Virginia.

Yo le dije mi nombre.

—Me gusta—me dijo.

—Yo lo encuentro odioso—le dije—, pero es una tara.

—¿Cómo?

—Lo heredé de mi padre.

—Pues a mí me gusta. Tiene carácter. Ah, estoy leyendo *Las flores del mal*. Baudelaire.

—Ya lo sé—le dije sonriendo.

—Claro—dijo ella—, pero a mí me gusta ser clara.

¿Qué querría decir?

—No todo ese misterio con *Tarzán el de los monos*—y se sonrió. Ah, era eso—. Lo bueno que tiene esta biblioteca no es que se pueda leer sino que se puede hablar.

—Tal vez el bibliotecario sea sordo. En el Instituto tenemos uno que es tuerto.

—Sí—dijo ella—, el viejo Polifemo. El pobre. Es de lo más buena persona.

—¿Entonces usted, tú, estudias también en el Instituto?

—Estudié. La que estudia ahora es mi hermana.

Me dijo su nombre que era diferente al suyo, más simple, y así supe que era hermana de la belleza retraída, renuente y radiante.

—Ah sí—dije—, estamos en la misma aula.

269

—No se nota el parecido, ¿verdad?

—No—mentí—, hay un cierto aire de familia.

—No hay nada, tú—dijo ella empleando esa forma familiar habanera de colocar el pronombre al final de la oración, que tanto usaba Olga Andreu—. Mi hermana es bella y buena y hasta modesta. Yo no soy ninguna de esas cosas. En lo único que nos parecemos es que somos rubias las dos y hasta en eso hay diferencias.

Era cierto: el pelo de su hermana era una melena que le caía sobre los hombros, suave, sedosa a la vista. Virginia llevaba el pelo corto, como casco, y rizado con permanente.

—¿Tú tienes hermanos?—me preguntó.

—Sí—le dije—, uno.

—¿Mayor o menor que tú?

—Menor.

—Ah, como mi hermana. Entonces tú sabes lo que sufrió Caín por culpa de Abel.

No dije nada: no iba a hablar tan pronto de mi familia y de las relaciones bíblicas.

—¿Tú creías que Caín y Abel son exclusivamente masculinos? Pues quiero que sepas que también hay Caína y Abela. Así somos mi hermana y yo. Ella, la pobre, es tan dulce, tan tímida, tan modosa. Yo soy la oveja negra de la familia, tanto que he estado tentada de teñirme el pelo de negro varias veces. Si no fuera por la lata que da.

Se quedó callada por un momento.

—Bueno, yo cultivo mis flores—dijo, y abrió el libro y volvió a leer, como con furia ahora: verso versus verso. La imité, escalando la Escarpa Mutia con agilidad de viejo lector de aventuras bajo palabras. De pronto ella se puso en pie, casi Virginia violenta.

—Me voy—me anunció—. ¿Te quedas?

¿Era una invitación a acompañarla? Yo no lo sabía del todo pero decidí contra el libro y en favor de Virginia, de la vida.

—Sí—le dije—, yo también me voy.

Nos dirijimos juntos hacia la mesa de recepción y entregamos los libros, recorriendo luego los barrocos recovecos del Centro Asturiano, descendiendo la escalera mustia hasta salir a la calle. Ya no había gente del Instituto por los alrededores: era demasiado tarde para las clases diurnas y demasiado temprano para las nocturnas, esas clases cuya sola mención me deprimía.

—¿Qué tienes que hacer ahora?—me preguntó.

—¿Yo? Nada. ¿Por qué?

—Me acompañas por La Habana Vieja.

—Sí—le dije, y pensé que vivía en La Habana Vieja—. ¿Por qué calle?—le pregunté ya que parados en una esquina del Centro Asturiano se nos abrían las múltiples posibilidades en O de Obrapía, Obispo y O'Reilly.

—Vamos por Obispo—dijo—, hay menos tufo de guaguas.

Y la palabra guagua sonó exótica en los labios de la lectora de Baudelaire. Bajamos por Obispo, flanqueados por librerías—en un libro descubrí a Virginia y caminábamos entre libros, y de libros hablamos esa tarde.

—¿Qué te parece Baudelaire?—me preguntó. Hoy podría decirle: "Me interesa más su carnal Nadar" y salir así del paso de tan tremenda pregunta. Entonces le dije la verdad, veraz que era:

—No lo he leído.

—¿Qué no lo has leído!—dijo ella entre incrédula y escandalizada—. ¿Pero cómo es posible?

Tuve el ánimo de decir:

—Cosas de la vida—iba a añadir que estaba perdido con Tarzán en la selva africana pero no dije más.

—Es la vida misma—me ilustró ella—. Claro que una vida terrible. Las mujeres no fueron buenas con él—hizo una pausa y agregó—: Yo podría haber ayudado a Baudelaire.

Era una declaración increíble de no haberla oído con mis orejas impávidas, pero pese a su petulancia Virginia resultaba intrigante: era capaz de vestir de blanco y negro y decir: "Llevo medio luto por la vida", pero también se veía posible de padecer una pasión intensa. Ella misma era intensa. Estaba, además del lado espiritual, su cuerpo: era mediana ahora y tenía un busto erguido y piernas macizas y bien hechas que se veían al andar en sus sandalias. Llevaba un vestido con un escote alto, que luego se estrechaba en la cintura, para hacerse más amplio abajo y sin embargo se le podían adivinar las tetas duras y las nalgas firmes bajo la tela de verano. Años más tarde, cuando hube leído a Baudelaire, se me ocurrió que me habría gustado ver son corps mis à nu.

Antes de terminar de recorrer la calle Obispo ya yo estaba enamorado de Virginia: era de admirarse lo fácil que me enamoraba entonces. En ese tiempo llegaba a enamorarme de una muchacha que pasaba de largo y había varias muchachas del bachillerato de las que me había enamorado, aunque era un amor anónimo. Tal vez la más prominente (en mi afecto) fuera Corona Docampo, que era una lozana gallega, su pelo y sus ojos negros, con su falda corta de hacer gimnasia (por designio malvado de los profesores de educación física, los muchachos y las muchachas no sólo hacían ejercicio en gimnasios separados sino hasta en días diferentes y de haberse salido con la suya habríamos hecho calistenia en planetas distantes) y las piernas largas y atléticas: me enamoré de ella en cuanto pude pero por supuesto nunca se lo dije. Sólo cuando ocurrió su drama que era peor que una tragedia pude acercarme a ella y fue para preguntarle, como todo el mundo, cómo estaba. Corona viajaba, en tiempo de carnaval, adornando con su cuerpo una carroza que cogió fuego accidentalmente y ella resultó gravemente quemada, no en la cara pero sí en el cuello, en los brazos (antes inmaculados) y las piernas. Tal vez tuviera quemaduras en otras partes pero si su cuerpo no cambió tanto sí cambió mucho su conducta: ahora ya no era la Corona triunfal de antes, sino que había tristeza en sus ojos jóvenes que habían visto tan de cerca la muerte: varias muchachas que iban en la carroza murieron abrasadas. Pero no he venido a hablar de Corona Docampo sino de Virginia Mettee, quien, sin embargo, se parecía a Corona después del accidente: había en ella algo triste, como una tragedia en su futuro: eso fue lo que me hizo enamorarme de ella. Por ese tiempo me afectaba mucho la poesía y si no era Baudelaire eran los boleros: con la letra de un bolero, la espera en el parque por Carmina y las piernas y el pelo de Virginia escribí ese cuento que titulé con un letrero en un cine.

Pero ahora, es decir entonces, caminando todavía por Obispo, aunque dejadas detrás las librerías, me sentía bien, oyendo como Virginia hablaba de la vida:

—¿Tú no has pensado en la vida?

No le respondí porque estaba claro que no era una pregunta: era ruda retórica.

—Quiero decir—dijo ella—, ¿desde el borde de la muerte?

Pude decirle muchas cosas a Virginia sobre la vida y la muerte, contarle cómo ya a los doce años había contemplado seriamente el suicidio al creerme que había fallado el examen de ingreso al bachillerato, decirle cómo sentado cerca de una ventana del tercer piso del Instituto calculaba la posibilidad de trepar hasta ella por los pupitres y tirarme a la calle. Pero yo no estaba caminando con Virginia para hacerle revelaciones, ni siquiera para decirle cómo siempre me salvaban las mujeres de la muerte, cómo salía de casa deprimido, dudando de la vida, obsedido con el suicidio y al cruzar por delante una falda, un par de piernas y dos tetas (hoy no podría decir siquiera que era un conjunto armonioso) cambiaba mi estado de ánimo y el almost Hamlet pasaba a convertirse en proyecto (nunca logrado) de Don Juan.

—Baudelaire es el único hombre que conozco—iba diciendo Virginia como si conociera a Baudelaire personalmente, Charlot para ella—que entiende a las mujeres.

No le dije nada entonces (¿cómo hacerlo, sin conocer a Baudelaire, casi sin conocer a Virginia?) pero hoy podría haberle dicho, *esprit de l'escalier du temps*, que si el odio es una forma de conocimiento entonces Baudelaire entendía a las mujeres. Hasta habría añadido la frase célebre en que declara que la mujer es natural y por tanto abominable y la resume como lo contrario del ideal, del dandy.

—"¡Qué me importa que seas buena! ¡Sé bella y sé triste!"—era Virginia citando, recitando—. Me lo está diciendo a mí, ¿te das cuenta?

Yo no me daba cuenta ni sabía cómo Baudelaire podía comunicarse con ella, sin médium, pero tendía a darle la razón al poeta psifilítico y recomendar a Virginia que fuera bella y triste y se callara. En realidad ahora sé que Virginia nunca pudo ser bella, pero entonces, esa tarde, ese crepúsculo largo porque caminábamos dentro de él, la encontré bella y me pareció muy apropiado que fuera triste. "Sí", le dije, tratándole de decir que me daba cuenta. Lo siguiente que dijo fue asombroso pero solamente en el contexto: "Ah, ahí está mi guagua", y sin siquiera despedirse salió corriendo hacia el vehículo que ya se ponía en marcha, al final de la calle

Obispo, pues ahora estábamos en el Malecón casi, habiendo pasado por el hotel Ambos Mundos, por el ayuntamiento, por la Plaza de Armas, yo sin darme cuenta, sumergido en el aura de Virginia, bañado en su temperamento, ido, de seguro en el amor más profundo porque es súbito—lo que ella llamaría, si hablara francés, *un coup de foutre.* ¿Cuándo la vería de nuevo? ¿La habría perdido? ¿Tal vez fugada con Carlitos Baudelaire en el globo de Nadar? Seguramente que regresaría al día siguiente a la biblioteca de Bebel: la mujer ha nacido libre y en todas partes la encontramos carcelera. Recorrí el Malecón hasta el Paseo del Prado y por Prado arriba, dejando detrás el monumento escandalar al poeta Juan Clemente Zeugma y a su masa de mármol, regresé a casa, no sin antes mirar las ventanas encendidas de la biblioteca del Centro Asturiano con cierta tristeza. ¡Ah, el esplín de La Habana!

Al día siguiente no fui a clases sino que me instalé temprano en la biblioteca del Centro Asturiano. Esta vez no me moví, hombre que imita al mono, de liana en liana, sino que me interné en *Hojas de yerba*: así si ella se empeñaba en tomar la comunión con Baudelaire, podría yo conversar del Old Walt. (Por esa época pasaba yo por una etapa, sin duda influido por Silvio Rigor, en la que todos mis héroes eran viejos: el viejo Ludwig van, el viejo Juan Sebastián no Elcano, el viejo Wolfgang Amadeo, el viejo Claudio Aquiles y por supuesto el viejo Ricardo, para fundir más que confundir.) Pero esa tarde ella no vino al salón de lectura. Me llegué hasta el Instituto para ver si la veía, pues me confesó que a veces visitaba el Instituto. "Por añoranza", explicó ella. "Querencia", pensé yo. Pero aunque pasé lento por el hall anterior a la escalera y miré hacia la sala de estar, vi algunas muchachas pero ninguna era esa mujer, Virginia viva. En la biblioteca (no iba a entrar a esa hora en una de las aulas, en plena clase) me encontré con Silvino Rizo, que era bastante buen amigo mío, que seguiría siéndolo por muchos años hasta que cometió una leve (o grave, según se mire) traición. Pero, ¿para qué son los amigos sino para traicionarlos? Silvino estaba estudiando, creo, estoy seguro: él era bastante torpe, por eso era tan buen estudiante: lo interrumpí en su combate mudo con un libro de texto que detesto. Hablé con Silvino todo lo que se podía hablar en la biblioteca del Instituto donde el bibliotecario tuerto era todo oídos. Le pregunté si por casualidad conocía a Carmen Virginia Rodríguez Mettee—y comprobé que todos esos nombres hacían demasiado ruido. Me dijo que sí, aunque en realidad lo que respondió fue: "Un bombón". Silvino Rizo acostumbraba a hablar en bajo habanero: "Un caramelito rubio". Claro que la conocía y me dijo, en susurros (no por discreción sino por temor al oído ubicuo del bibliotecario), todo lo que sabía de ella. Por supuesto, lo primero que me dijo fue que era hermana de su hermana, cosa que me puso impaciente: nada hay más viejo que una noticia vieja. Pero me dio datos nuevos, importantes, casi escandalosos: uno sobre todo: Virginia no era virgen, era de veras divorciada. Silvino, además, la consideraba fácil. Para mí esto era casi un insulto, pero lo toleré al recibirlo no como chisme sino como información. Virginia, según Silvino, había dejado los estudios (ella estaba un año o dos por encima de nosotros: "Ella", añadió innecesariamente, "es ya mayorcita"), para casarse pero se había cansado de la vida de casada antes que de los estudios. Todavía rondaba el Instituto. "Buscando", me dijo Silvino sibilino, sin precisar qué: tal vez buscara su paraíso perdido. Silvino no sabía más pero añadió, metiéndose en lo que no le importaba: "¿Tú no te vas a enamorar de ella, no?" Por supuesto que le dije: "Por supuesto que no". Y él agregó: "Sigue así que vas bien". Yo decidí hablar de otra cosa pero, cuando él insistió en hablar de los estudios, le dije que me tenía que ir y añadí: "Hasta luego". A lo que contestó él, puro habano: "Taluego tú".

Me fui a casa. No tuve más que cruzar la calle entre tranvías y como ya eran cerca de las cinco, hora en que salían del Instituto los alumnos—es decir, muchos de mis compañeros—, entré al edificio con sigilo. Tenía desarrollada una técnica para ejecutar esta maniobra que consistía en caminar por el portal pegado a la pared y hacer como que seguía calle arriba o abajo y de pronto, de un salto inesperado, entrar lateralmente por la puerta grande. Así hice esta vez (cabía además la posibilidad de que estuviera Virginia por los alrededores) y subí los dos pisos pero no entré en nuestro cuarto sino que seguí al fondo y trepé por la escalera de madera que conducía a la azotea. Arriba me llegué hasta el muro, junto a la base de hierro del anuncio lumínico, y miré para la calle: desde allí podía ver a la izquierda la fachada lateral y un pedazo del ala sur del Centro Asturiano. También podía subir a la azotea aledaña y ver el Parque Central y toda la mole monumental del Centro Asturiano. Esta vez me quedé en nuestra azotea, viendo salir a los estudiantes y mirando hacia las ventanas iluminadas del Centro Asturiano (eran justamente las de la biblioteca), a ver si veía a Virginia. Los últimos estudiantes salieron del Instituto, de entre la fachada, de su pequeño portal, y luego la calle Zulueta se quedó desierta, animada de cuando en cuando por las tortugas tranvías y los autos liebres en su loca carrera que siempre gana el perdedor. Estuve un rato más en el muro, esperando no sabía qué, en realidad sufriendo ese goce—o gozando ese dolor—que es el amor que goza decir su nombre. Se hizo de noche dondequiera menos en el letrero luminoso y bajé a casa antes de que cerraran la puerta de la azotea.

277

Claro que volví a ver a Virginia. Estaba de nuevo en la biblioteca del Centro Asturiano y seguía leyendo a Baudelaire. Hoy se veía bella, con su melena corta, rubia y lacia (sí, ya sé: me contradigo: antes dije que tenía permanente, pero es con el pelo corto y lacio como yo la recuerdo esa segunda vez que la vi: tal vez nunca llevó permanente, tal vez nunca tuvo el pelo lacio, pero tengo que ser fiel a mi memoria aunque ella me traicione) y me saludó con una sonrisa contenta, casi alegre. Me senté frente a ella para verla bien aunque sentado a su lado fuera mejor para conversar: así como estábamos ahora mediaba la mesa. De pronto me acordé de que me había olvidado de pedir mi libro y fui al buró del bibliotecario a sacar el mismo viejo Whitman de ayer. Estaba conversando con ella (no recuerdo qué, naderías terriblemente importantes para mí) cuando vino el bibliotecario hasta nosotros y dijo: "Aquí tiene *Hojas de yerba*", y me entregó el libro, rústico. Fue en ese momento que Virginia dijo:

—Ah, lees a Walt Whitman—pronunciando perfectamente el nombre.

—Sí—le dije en broma vieja—, estoy atrasado en mis lecturas.

—No, si es muy bueno—dijo ella.

—¿Qué cosa? ¿Whitman, *Hojas de yerba* o qué?

—Ponerse al día—dijo ella.

Hubo un silencio—producido por mí, por supuesto—y al cabo de un rato ella dijo:

—Es por eso que me interesas—yo no dije nada—. No por leer a Whitman, sino porque tienes una mente interesante.

¿Cómo carajo lo sabía ella, que no había hablado conmigo ni veinte palabras, contando las citas de Baudelaire? Pero al mirarme con sus ojos color caramelo me derritió, me derrotó: ya no hubo ira ni incomodidad posible: yo estaba enamorado de Virginia. Imperceptiblemente casi su pie rozó mi pierna y tuve una erección instantánea, inusitada para mí, ya que mi amor por Virginia era espiritual, puro y platónico. Pero ella volvió a cruzar las piernas y de nuevo su zapato se frotó un momento contra mi pantalón y mi pierna. "Perdona", dijo ella, marcando que me había tocado. "¿Perdonar qué?", le dije yo y ella se sonrió sabia. Ahora sé que sabía más que Carmina con sus besos marcados en pañuelos y sus malapropismos en la boca. Entonces recordé la confidencia de Silvino de que Virginia era divorciada y fácil y la miré con otros ojos.

Cuando la tarde terminaba y ella había acabado de estudiar *Las flores del mal* pétalo a pétalo (me parecía demasiado lo que se demoraba en cada verso, en cada página), de aprenderse de memoria a Baudelaire, cuando terminó de Beaudeleer sugerí dar un paseo. "Ah, sí", dijo ella, "será bueno." Lo mejor era coger Prado abajo, así nos alejábamos de mi casa y nos acercábamos al Parque de los Mártires, llamado también, no hay que olvidarlo, de los Enamorados. Devolvimos nuestros libros y salimos del Centro Asturiano, atravesamos el Parque Central y enfilamos por el Paseo del Prado. Los pájaros comenzaban a posarse en sus árboles: venían por cientos, miles, y oscurecían el atardecer y el cielo sobre Prado y Neptuno. Eran aves aviesas, que escogían estos árboles del inicio del Prado precisamente para aturdir la tarde con su piar multiplicado y luego, cuando finalmente se asentaban, a prima noche, cagar el paseo y los paseantes por igual, maldecidos como aves de mal agujero que expelían malvada mierda. Pero ahora que nosotros caminábamos bajo los árboles y por la almenada alameda no había pájaros perversos y lo consideré un buen augurio. Virginia casi no habló durante todo el trayecto. ¿Habría olvidado a Baudelaire muerto tanto como lo hizo Nadar en vida? Ella era en ese momento una de las mujeres que atormentaron a Baudelaire con su vacuidad y yo encarnaba al poeta maldito. Éstas son, por supuesto, reflexiones actuales, entonces sólo pensaba en llegar al parque definitivamente de los Enamorados y sugerir tomar asiento en uno de sus bancos, de preferencia lejos del Prado y su maquinal ruido y, sobre todo, de las luces. Por un momento pensé en cogerle una mano pero mi timidez me lo impidió. Iba pensando todo el tiempo en cómo cogerle una mano, pensando con tal intensidad que llegué a pensar indistintamente en el verbo coger y en el nombre mano. Tanto pensé en manos que eché mano a su mano, pero antes de que ella me lo reprochara en un verso sin palabras, antes de que me mirara, antes de que volviera la cabeza en mi dirección solté su mano como si fuera de asbesto. Fue entonces que ella me habló:

—¿Tú quieres coger mi mano?

—Oh no—le respondí de estúpido—, fue solamente un impulso incontenible.

Iba a agregar que ya había logrado dominar la bestia desbocada del deseo, ese paciente oculto en cada médico —metáfora que aun entonces me pareció desatada. Así lo que dije fue:

—A mí no me gusta la gente que pasea cogida de la mano—pero no completé la frase con una imagen: "como si llevaran esposas". Estaba mintiendo y entonces creía, Goebbels encogido, que mientras más breve una mentira, más creíble. Ella me creyó, al menos creo que me creyó.

—Si supieras—dijo—que a mí tampoco.

Ella quería decir que a ella tampoco le gustaba la gente que se cogía de la mano como esposas, pero tuve que insistir.

—¿Qué?

—¿Qué de qué?—dijo ella y se sonrió.

280

—¿A ti tampoco qué?

—Ah. Que a mí tampoco me gusta pasear cogida de la mano de alguien. Sobre todo de un hombre.

Me alarmé. ¿Sería ella una lesbiana, Safo macha amante del poeta? Pero no, era muy joven, una hembra. Noté que había dicho la palabra hombre en vez de muchacho, como hubiera dicho una muchacha de su edad: casarse no la había hecho una esposa pero divorciarse la había hecho una mujer. Llegamos al fin del Prado. Cruzamos rumbo al castillo de la Punta y era inevitable coger por el Parque de los Enamorados Mártires. Antes, por supuesto, había que atravesar la calle, esquivando el tránsito, La Habana allí una ciudad de muchas máquinas y pocas luces. Ya en el parque sugerí, como un impromptu cuando era un estudio:

—¿Por qué no nos sentamos un ratico?

Me molestó a mí mismo el empleo del diminutivo, pero lo que quise decir es que no estaríamos tanto tiempo sentados allí como para permitir a la oscuridad descender sobre nosotros, imponiéndonos su presencia proxeneta. (Ahora puedo burlarme de la prosopopeya pero entonces casi pensé en esos términos.) Ella me miró y sonrió: "Bueno", dijo. Nos sentamos en el primer banco que encontramos: todos estaban vacíos: no era hora de los enamorados entusiastas todavía, tiempo de tímidos ahora. Ya sentados ella cruzó la pierna (su cuerpo blanco bajo su vestido amarillo: creo que era amarillo o tal vez fuera blanco con puntos amarillos, pero no había duda sobre su cuerpo: era blanco) y pude ver su nada esbelta pantorrilla, de su tobillo terso a su rodilla redonda. Enseguida desvié la vista para mirar su cara, que se veía casi bella en el crepúsculo. "Debo decírselo", me dije. "Después de todo ella ya lee a Baudelaire." Seguí: "¿Qué diría Baudelaire en situación semejante?" Hoy podría ser mi propio

281

apuntador y decirme, dile: "... los grandes cielos que hacen soñar en eternidad." ¿Cómo, en maternidad? "No, no: en eternidad". Hubiera sido demasiado grandioso, por poco pomposo. Además a mí no me interesaba la eternidad entonces sino el momento. Dile en ese caso: "Al inclinarme hacia ti, reina adorada, creía respirar el perfume de tu sangre". Pero no, era demasiado íntimo, además hoy comprendo que ella me habría creído un vampiro vago. Era preferible que ella fuera la vampiresa activa. Dile entonces: "Cuando con los ojos cerrados, en una tarde calurosa de otoño, respiro el olor de tu seno caluroso". Los senos son menos íntimos que la sangre pero tal vez más obscenos. Además el poema se titula "Un perfume exótico" y ya había aprendido que se era exótico en el trópico para París pero no para La Habana. "Invítala entonces al viaje", propongo, "allá donde todo es belleza, orden, lujo y voluptuosidad." Decidí hace tiempo no hacerte caso ahora y no pretendí que había leído a Baudelaire. En su lugar y a mi vez le hice la pregunta profunda que hago a menudo a las mujeres:

—¿En qué piensas?

Ella miraba al sol de otoño ya caído violentamente detrás del horizonte y del espejo del mar y no se volvió para decirme:

—Oh, en nada en particular.

Le iba a decir pero pensabas en algo cuando ella dijo, sin esperar mi pregunta:

—Bueno, en realidad pensaba que nunca me había sentado en este parque.

Lo dijo con un leve tono de desdén, quizá de asco, y no dejaba de tener razón al sentirse incómoda. Aunque el parque estaba limpio era un lugar poluto, tal vez por las eyaculaciones, y no me extrañaría que se viera un condón usado sobre la yerba, como una flor si no del mal por lo menos maloliente.

—¿Quieres que nos vayamos?—le pregunté.

—Eso te iba a sugerir. Por favor, acompáñame hasta la guagua.

La vecindad del verbo sugerir, tan poco habanero, y el nombre guagua era típica de su conversación: la lectora de Baudelaire vivía en La Habana. Caminamos por el borde este del parque hasta pasar el ministerio de Estado, palacio rococó, y luego el anfiteatro, pastiche clásico, ambos edificios exóticos en una ciudad que ignoraba que estaba en el trópico. Seguimos por los otros parques de palmeras domesticadas, caminando ya en la oscuridad, cuando tan bien hubiera venido llevarla de la mano. Soñé soltar su mano para pasar el brazo ávido por su espalda consentidora y llevarla así ayuntada y de vez en cuando besar su cara, ese cutis sin mancha. Pero todo lo que hicimos, despertar doloroso, fue caminar, marchar más bien hasta llegar a la esquina donde se detienen las guaguas, casi hacen una pausa peligrosa, y esperar yo que ella cogiera ese vehículo violento, yendo a no sé dónde—y es curioso que nunca le pregunté a Virginia dónde vivía. Ella tenía cara de vivir en El Vedado o en lo mejor de La Víbora pero no tenía aspecto de vivir más allá del río, en Miramar o en La Sierra o en el reparto Kohly, donde todo es calma, lujo y orden. Tal vez viviera sola, ahora que era divorciada, aunque lo más probable es que conviviera, buena burguesa, con su familia, con su madre y con su hermana. De todas maneras ella no (contagio de su conversación) sugería soledad y creo que pensé que ya me había atrevido a mucho, cogiéndole una mano fugaz, sentándola precariamente en el parque de los Enamorados, para preguntarle además su dirección. Tal vez fue por eso que no viajé con ella sin invitación—o quizá fuera porque no tuviera dinero. En todo caso la miré subir a su ruta

283

15, vi desaparecer sus dos piernas blancas y robustas, su vestido blanco (siempre vistiendo de blanco o casi blanco, haciendo más blanca la blancura de su piel), su rabo rubio que se movía al caminar de un lado al otro, sin tener la quietud de *still-life* del pelo de su hermana, melena inquieta entonces, desapareciendo toda ella exótica en el interior habanero de la guagua. Caminé por O'Reilly arriba hasta casa sin preguntarme qué hacia ese irlandés insólito intruso en medio de mi Habana.

Al otro día fui a la biblioteca del Centro Asturiano, como de costumbre ahora, y me encontré a Virginia en el salón de lectura—pero no estaba sola. No la acompañaba el eterno Baudelaire sino otra persona. A su lado estaba Krokovsky y ellos dos conversaban en voz baja, desmintiendo la sordera anterior del bibliotecario. Hablaban animadamente y como quería interrumpir la conversación me senté frente a ella.

-Hola—dijo ella alegremente—. ¿Ustedes se conocen?

—Sí, claro—dijo Krokovsky antes de que yo contestara, aunque de todas maneras él habría hablado siempre primero porque yo había decidido que no iba a hablar esa tarde, ni siquiera con ella. ¿De qué hablarían cuando yo llegué? ¿De Baudelaire? ¿De poesía francesa? Lo dudaba con la cara de Krokovsky, además de su acento que era un leve arrastrar de las erres, que lo hacía más extranjero que su aspecto. Me molestaba que ella estuviera hablando con Krokovsky, porque demostraba su pobre discriminación. Si por lo menos fuera alguien menos feo, pero Krokovsky con ese cabezón y su enorme nariz y su sudor constante, era casi obsceno. Entiéndanme: yo no tengo nada contra los judíos, es más: muchos de mis amigos, de mis compañeros de estudios, del Instituto y antes en las clases nocturnas de inglés, que se daban en la calle Habana (La Habana dentro de La Habana) entre Muralla y Sol: en el mismo centro del barrio judío; eran judíos y allí y en el bachillerato compartía con ellos, con:

Moisés Chucholicki
Rodolfo Stein
Salomón Lutzky
Max Szerman (que él luego escribió Sherman)
León Silverstein (quien devendría Larry Silvers en
    USA)
Samuel Cherches
Isaac Cherson
Saúl Entenberg
Morris Karnovsky
Aarón Rosenberg
Manuel Maya
David Pérez
Salomón Mitrani

y la inolvidable Cheyna Beizel, con sus enormes tetas, siempre crecientes y siempre lunas llenas.

Hay muchos más colegiales judíos cuyos nombres olvido, pero no olvido el de Krokovsky (como no logro olvidar el nombre de Boris Borovsky, el único judío jodedor que conocí para mi desgracia), nunca Krokovsky, carajo Krokovsky, coño Krokovsky: causa de la ruina de mi monumento (o momento) de amor por Virginia. El inolvidable Krokovsky se levantó y anunció:

—Me tengo que ir.

—¿Tan pronto?—dijo Virginia como si Krokovsky fuera otro, como si su acento fuera francés, como si fuera otro Baudelaire.

—Sí—afirmó él—, tengo que hacer.

No dijo que tenía que estudiar porque sabía que ése era el

único verbo verboten en el Instituto: si lo pronunciabas era una condena sin veredicto: te acusaban de filomático enseguida, que era el nombre de un mal peor que la letra: no había que estudiar en el bachillerato o al menos había que hacer como que no se estudiaba: a causa de ello estaba Silvino Rizo oculto en la biblioteca en hora de clases, como en un ghetto gentil. Ésta fue la razón por que Krokovsky dijo que tenía que hacer, como un ama de casa, cuando tenía que estudiar.

—Hasta otro grato—me dijo sin pararse en paronomasias, pero yo no dije nada: no iba a hablar esa tarde—. A lo mejor nos vemos mañana—y, claro, estaba hablando con Virginia.

—Sí—dijo ella sonriente—, claro que sí. Debemos.

Krokovsky acabó de irse sonriendo con su cabeza hinchada y yo me quedé allí, desinflado, sentado frente a Virginia, regado por todo mi asiento, sin decir nada, mirándola pero sin verla.

—¿Qué tal?—dijo ella. Yo no iba a hablar esa tarde pero mellow Virginia me habló con tal dulzura que no pude menos que responderle automáticamente:

—Ahí—que no era decir aquí ni allá: no indicaba ningún lugar del espíritu.

—No sabía que conocías a Krokovsky—me dijo.

—Sí—le dije, que era lo menos que podía decir de Krokovsky.

—Tiene una mente interesante—era Virginia la que hablaba, por supuesto: todo el mundo tenía una mente interesante para ella y con mayor razón debía sospechar que la gran cabeza de Krokovsky contenía una cantidad proporcional de mente interesante: toda materia, tan gris como la personalidad de su poseedor. ¿Por qué no le hablé de grandes cabezas vacías? Debí decirle que el cerebro de Anatole France era tan pequeño como el de un pingüino adulto. Tal vez la mención a

France, a la literatura, a la literatura francesa, le habría interesado y retenido y detenido de hacer lo que estaba haciendo
ahora, que era recoger sus libros (Baudelaire, supongo), o mejor dicho su libro único (Baudelaire, supongo), el que leía o se
aprendía de memoria: par coeur mis à nu.

—¿Ya te vas?—le pregunté, más celoso que ocioso.

—Sí—me dijo—, tengo que llegar temprano a casa.

Se levantó, entregó su libro y salió—mejor dicho, salimos
los dos porque todo este tiempo la había acompañado sin decir nada y como no había pedido un libro, no me habían entregado un libro y no tenía así libro que devolver: un hombre
libre de libros presa de su pasión. Bajamos las escaleras y ahí
mismo en la esquina del Centro Asturiano estaba la parada de
todas las guaguas de La Habana y del mundo, y de un solo
movimiento Virginia abandonó la acera y montó a una moviéndose con tal rapidez que no pude siquiera saber qué rabia
de ruta era. Sólo tuvo tiempo para avisarme: "Adiós". Fue
apropiado que me dijera adiós y no hasta luego porque no
volví a ver a Virginia, no de cerca. La vi de lejos, subido a la
azotea, ahora nido de odio, al día siguiente, a las cuatro. La
vi salir del Instituto, lo que era inusitado. Pero no iba sola:
iba con Krokovsky, lo que era grotesco. Krokovsky que tenía, como yo, una mente interesante, la seguía más que la
acompañaba. Virginia siempre caminó rápida, aun en las ca-
minatas que dio conmigo: si no lo mencioné antes es para
conservar el grato recuerdo de un paseo, ahora hecho una in-
grata vía crucis al verlos entrar juntos al Centro Asturiano.
Los seguí a los dos con mi vista de águila parapetada en un
promontorio, mi escarpa muda. En realidad me ayudaban
mis espejuelos y el haber subido a la azotea del teatro Payret
para observar la ventana de la biblioteca y verlos finalmente
sentarse uno al lado del otro, conversando, en voz baja inne-

cesaria—íntimos, hipócritas lectores, no mis semejantes, jamás mis hermanos.

No fue Beba Far quien me curó del mal de Virginia Mettee: fue el veneno de Virginia su propio antídoto, pero Beba Far inspiró mis próximos trabajos de amor perdidos. Tal vez no fuera exacto en una cronología pero lo es en mi memoria que mide mi tiempo. En el recuerdo está la primera vez que vi a Beba, apenas entrevista, en el lobby (más bien el saloncito) del Royal News donde Germán Puig y Ricardo Vigón sostenían su Cine-Club de La Habana, que era heroico pero tenía un nombre muy grande para su cantidad de realidad de sueños: la salita de proyecciones del noticiero Royal News—que también era pretencioso con su nombre real inglés. Fue allí en una de sus noches tórridas (el Royal News no podía permitirse el lujo necesario del aire acondicionado) que vi a Beba from afar aunque estábamos casi encimados y esa vez ha durado en mi memoria tanto como las peripecias de Buster Keaton en la pantalla luego: era también la primera vez que veía a ese comediante único: era una sesión homenaje pero nosotros resultábamos homenajeados. La vi antes de empezar la función, en el lobby. Este recinto tenía una pared de espejos, tal vez para agrandar ilusoriamente su tamaño, pero añadía a la promiscuidad al doblar los cuerpos espectantes. Esa multiplicación sólo estuvo justificada cuando se reflejó la anatomía melancólica de Beba Far, desplegando su esplendor estático. Aunque ella debía de tener mi edad (tal vez 17, tal vez 18 años) era una mujer, mucho más mujer que Virginia Mettee y todo lo contrario en apariencia: aunque era muy blanca de piel, tenía el pelo muy negro y era lo que se llamó una "belleza real" (¿contagio nominal del Royal News?), de brazos gordos pero bien torneados y piernas mejor hechas que los brazos, con caderas amplias y cintura estrecha y un busto voluminoso, prominente—en una frase habanera, estaba buena. Pero esa primera visión doble no tuvo consecuencias. ¿Cómo me iba a imaginar que Beba Far sería tan importante para mí, tan decisiva, tan total que me enamoraría de ella, que la amaría locamente, que me llevaría casi a la muerte de amor?

Yo había conocido primero a su hermana Queta, que era una rubia bovina, tranquila, tal vez demasiado pasiva, que iba a la Biblioteca Nacional que estaba entonces en el Castillo de la Fuerza, la fortaleza militar más antigua de América—la pluma venciendo a la espada sin proponérselo. Iba a la biblioteca a veces a estudiar oculto y recuerdo un día que estudiando física, encerrado en el salón de lectura (que debió ser la estación de los oficiales de la fortaleza, con sus vigas desnudas y sus paredes mohosas) todo el día, sin almorzar y al salir a las seis de la tarde, con tanta física tuve una reacción química, como una iluminación, lo que para un creyente sería una experiencia mística, en la que la explanada del castillo, la añeja calle aneja y la plaza colonial vibraban con una luz extraña que no tenía nada que ver con el crepúsculo, no una luz exterior sino una luz que salía de mis ojos, destacando el paisaje urbano antiguo con una luz nueva. Pero eso ocurrió mucho antes de descubrir los libros. En esta época ahora ya yo no iba a estudiar encerrado en la biblioteca sino a aprender a leer. Fue allí que continué mi lectura de la obra de Faulkner (iniciada por el regalo de *Las palmeras salvajes* por Carlos Franqui, tiempo antes, libro que me fascinó, aunque tiempo después iba a saber que esta fascinación se debió no sólo a Faulkner escritor sino también a Borges traductor), leyendo *Mientras yo agonizo*, espléndida en la traducción argentina, libro que le di a leer a Jorge Roche, pianista prodigio por quien yo tenía admiración como músico (todos los escritores aspiran a la condición de músicos), veneración que terminó cuando después de leer él una página, me dijo: "Parece Azorín", y deduje que debía dar conciertos con partitura. Fue por esa época en que Roche hizo derroche de lectura ciega, leyendo de oído, que conocí a Queta, que era una doncella de Degas: es decir, tenía tantas facciones feas, corrientes y a la vez exudaba una cierta belleza encantadora, que me distraía de la lectura. Leyendo y mirando a Queta, apareció un día un muchacho bien parecido, que se tomó, allí en la biblioteca, ciertas libertades con ella: hablándole al oído, tocándola y besando y ella riendo tanto, que sentí celos (entonces era capaz de sentir celos por una muchacha a la que había poseído sólo con la mirada), los primeros celos producidos por las hermanas Far—que se convirtieron en ridículo secreto al decirme Queta, días después, que la frescura era fraternal: ese visitante ocasional era su hermano, entonces un actor incipiente y al que llegué a conocer y a estimar y es todavía un amigo. A Queta la vi muchas veces, inclusive una noche, un lunes de noche, me senté junto a ella en el casi desierto balcón de la Filarmónica: encuentro extraño porque debíamos haber ido los dos a la Filarmónica el domingo anterior, ayer por la mañana a la fuerza de la gravedad económica, pero ahora estábamos oyendo a dúo una pobre pavana de Nin-Culmell, hermano musical de Anaïs Nin, memorista erótica, cosas todas que yo ignoraba entonces. Pero mi ignorancia no se limitaba a los Nin. Seguí saliendo con Queta, rubia desvaída, sin conectarla con Beba, belleza bruna, durante un tiempo. La última vez que la vi verdaderamente fue cuando me detuvo en plena calle en el Prado. Mientras en el paseo el poeta Juan Clemente Zine y su séptima musa seguían sólidos y estables, por los lados los autos nos pasaban veloces, ruedas chirriando, sonando el claxon, insultándonos sus choferes procaces y Queta audaz, tan tranquila y a la vez muy intensa, me decía: "Tú crítica de *La Strada* es estupenda. Muy maravillosa. Estoy orgullosa de ti", yo sin saber no sólo qué decir sino qué hacer, más movido por las máquinas que conmovido por ella, intentando darle las gracias por el elogio excesivo y al mismo tiempo tratando de salvar, más que la cara ante los insultos, la vida delante de los autos asesinos. Quizás haya visto a Queta después, de seguro que tuve muchas oportunidades de verla en esa aldea agigantada, pero ésa es la última vez que la recuerdo memorable, como al comienzo, con su sonrisa que alguien podría llamar zonza pero yo quiero creer sabia: sonrisa sabia: ésa era la característica de Queta.

Del Prado en el futuro tengo que saltar al Parque Central en el pasado, aledaños en el espacio, alejados en el tiempo: a su mismo centro, que está a unos metros apenas de mi casa pero que se ha vuelto una tierra extraña. Había allí una caseta temporal, propiedad del ministerio de Educación, pero donde se exhibían aperos de labranza (suena raro, verdad, pero estoy seguro de que ésa era la exhibición) y Carlos Franqui, en un rapto de sabiduría o de locura, consiguió que la Dirección de Cultura prestara la caseta para "hacer teatro". Este permiso consistía en dejar que el Grupo Prometeo se instalara en el Parque Central y en vez de dar una función teatral al mes, cobrando, ofreciera una cada noche, gratis. No sé cómo Franqui se agenció la carpintería hábil y la madera suficiente para construir un tinglado donde se subieran los actores. Sé bien dónde quedaban los camerinos—o mejor dicho, el camerino único. Era el cuarto de Zulueta 408 en que vivíamos: allí, por voluntad de mi madre y contra la opinión de mi padre, se cambiaban los actores y se maquillaban las actrices y viceversa, saliendo todos disfrazados por entre los portales del teatro Payret a surgir en pleno Parque Central, a la urbe y a la turba. Al principio se erigió una tarima provisional fuera de la caseta y las representaciones, regresando a sus orígenes, tenían lugar a la luz del día. Las primeras obras puestas en, es un decir, escena fueron el entremés de Cervantes *Los habladores* y *El mancebo que casó con mujer brava*, más o menos de don Juan Manuel. Recuerdo regresar de uno de mis primeros trabajos—corrector de pruebas en *El Universal*: "Diario de Oriente que se edita en Occidente"—y encontrar en mi camino el tumulto rodeando la escena improvisada. "Yo soy Patronio, criado de mi señor", declamaba un actor afeminado y del público alguien exclamaba: "Tú lo que eres Patonio", para regocijo general y recreación del teatro como diálogo de la escena y los espectadores, como en el Renacimiento. Luego, cuando se hizo el tablado dentro de la caseta, las representaciones ganaron lamentablemente en seriedad, mero teatro moderno. Allí tuvo lugar mi verdadero encuentro íntimo con las actrices, para mi delicia, con su costumbre de saludar besando, que incomodaba a Silvano Suárez ("No me gustan esos besos frívolos. Si me besan, coño, que signifique algo"), novel autor de *La máquina rota*, también representada y factótum futuro de Francisco Morín, que dirigía Prometeo y las puestas en escena. Una noche, haciendo de traspunte, ocurrió un incidente intrigante. Silvano, que era alto y rubio, debió despertar interés en más de un actor (sé que lo despertó por lo menos en una actriz, que llegó a besarlo con significado) y estando en cuclillas entre bastidores, libreto en mano pasando el texto, de pronto una mano desconocida (no pudo identificar siquiera su sexo nunca) le tocó suave pero intencionadamente las nalgas. No hay peor insulto habanero y el escándalo de Silvano, apuntador alborotado, por poco arruina la representación—pero no apareció el acariciante anónimo. (Si me detengo en este interludio teatral es porque tiene que

292

ver directamente con mi encuentro fatal con Beba Far: de no haber existido uno no habría tenido lugar el otro.) Las representaciones—exitosas como es fácil suponerse, ya que eran gratis y se daban en ese centro de ocio que era el Parque Central, además de ser cruce obligado de peatones y vehículos y viajeros—terminaron en un incidente que solamente los tiempos (los meros morales cuarenta) explican. Ocurrió con la representación de *El retablillo de don Cristóbal*, que Lorca quería para títeres y Morín lo veía para actores de cachiporra—al menos en esta ocasión fue puesto por personas, prevaleciendo el director sobre el poeta. Pero la farsa tuvo por escenario La Habana entera. Ahora gozábamos de la adición técnica de altoparlantes que difundían las voces de los actores por todo el parque, los portales vecinos, el Paseo del Prado, magnificando el mensaje. Esta emisión era pura locura locuaz (el teatro como radio) pero entonces todos estábamos locos con la cultura. Así cuál no sería la sorpresa de los viandantes al oír saliendo como de la nada o del todo, tanto era el estruendo de las voces: "...y en el ojito / del culito / tengo un rollito / con veinte duritos". O peor aún: "...y quiero que se case / porque ya tiene dos pechitos / como dos naranjitas / y un culito / como un quesito / y una urraquita que le canta y le grita". O el colmo: "Y usted es vieja / que se limpia el culito con una teja". Imagínense (con la mala palabra que es en Cuba culo) el escándalo, con el carajórum y la calentura de don Cristóbal, además del calentamiento de Rosita, con su urraca desatada y los culitos ubicuos. Era casi el secreto escatológico del teatro Shanghai difundido por altavoces. Ahí mismo terminó la temporada del teatro libre en el Parque Central: el ministerio de Educación (es decir, la Dirección de Cultura) decidió dar mejor uso (aperos rudos pero mudos) a la caseta que fue por unas semanas (no llegamos al mes y medio) nuestra versión estática de La Barraca.

Pero no terminaron mis días teatrales y aunque no quiero hablar más que de La Habana, de sus venturas y desventuras y de la aventura urbana, ésta fue una ocasión, invasión inversa, en que la ciudad salió al campo. Se acercaba Semana Santa, que era celebrada con especial esplendor en Trinidad, una ciudad magnífica en tiempos coloniales, ahora convertida en una especie de museo—por supuesto contra la voluntad de los trinitarios, ya que nadie quiere vivir en un museo. Misteriosamente (con el mismo misterio con que consiguió la caseta del Parque Central), Franqui trajo un día una invitación especial del ayuntamiento de Trinidad para Prometeo—y sus adláteres, entre los que estaba yo. Iría el Grupo a montar una representación religiosa, cierta versión de la Pasión de cuyo autor no queda memoria: tal vez fuera el mismo Judas. Nos pagarían el pasaje por ferrocarril hasta Trinidad (no había carretera que llegara a la reclusa ciudad colonial: ir a ella era viajar en el tiempo: ya yo la conocía por una excursión que hizo el Instituto hasta allá, expedición que terminó con los llamados "estudiantes revolucionarios" (en realidad *gangsters*) que habían ocupado la Asociación de Estudiantes, copando los fondos, y ahí se pasaban el día armando y desarmando pistolas, jugando a mano armada (recuerdo por lo menos uno de estos espurios estudiantes, llamado aliteralmente Arsenio Ariosa, que se mató de un tiro en la sién al perder en la ruleta rusa) y llegando hasta asesinar pobres peatones con la desgracia de pasar frente a las oficinas durante esa hora homicida, sin que la policía interviniera para nada: eran tiempos violentos, como siempre fueron los tiempos habaneros) gritando, decepcionados por encontrar calles empedradas y casas con techo de tejas y muros encalados, ruinas para ellos, que en venganza aullaban una canción de despedida: "Trinidad, yo me cago en tu madre / Yo no vuelvo más, Trinidad", amenazando con tirotear el pueblo: cómo yo me encontré en tal compañía sería otro contar, aunque puedo resumirlo en una frase: amor por el pasado, que se convirtió en pasado por el amor: ahí en Trinidad pasaría mi primera luna de miel, viaje de desamor pero esta vez segunda sería una encrucijada erótica) y tendríamos además las comidas y el alojamiento gratis. El Grupo creció con la promesa y casi había ahora más espectadores que actores en él. Para mi fortuna (o tal vez mi infortunio) entre los agregados estaban Queta y Beba Far.

Llegó el día, mejor dicho, la noche de la partida, y ya estábamos en la Terminal cuando Franqui me confió que Becker (el incógnito Becker, del que supe años después que no se llamaba Bécquer, con rima, como creía, sino que su nombre era corrupción de Baker, el poeta devenido panadero primitivo: le conocí bien a Becker) le había enviado un telegrama comunicándole que el municipio había cancelado la invitación. Nunca se supo precisamente por qué: se adujo falta de fondos pero nuestra presencia en Trinidad demostraría que no era verdad o por lo menos exacto. ¿Qué hacer? Franqui decidió actuar como un conquistador, Cortés que no atiende a Velázquez, y no darse por enterado del telegrama y proseguir hasta el tren, tomando la ciudad por asalto. Eso sí: ni una palabra a nadie, sobre todo a los actores, volubles vedettes. Solamente sabríamos la verdad Franqui, Morín, Silvano y yo: el cuarteto del secreto. Así, sentados ya en el tren, a la espera de su partida que no llegaba nunca, oímos por los altavoces una frase obscena: "Llamada para Carlos Franqui". Franqui me miró y los dos supimos al mismo tiempo qué quería decir la llamada. Franqui pretendió no oírla. De nuevo se repitió el reclamo y Dulce Velazco, una actriz que parecía tener permanentemente (pese a su permanente rubio) cuarenta años y era además de aspecto cómico y tan redicha que era la imagen exacta de la burguesa habanera (ahora me pregunto, ¿qué podía hacer Dulce Velazco en la Pasión, ya fuera según San Marcos o según San Mateo o de autor anónimo?), abandonó su asiento y se acercó a Carlos para decirle, casi confidencialmente: "Franqui, perdóneme, pero me parece que lo llaman por los magnavoces". Ya yo iba a decir: "Se trata de otro Carlos Franqui", cuando el verdadero Franqui se levantó y se dirigió pasillo abajo hacia la salida del vagón. Yo lo acompañé y Morín y Silvano me siguieron. En el andén hubo una pequeña conferencia táctica. Se acordó que si Franqui respondía a la llamada—que tenía que ser del misterioso Becker—, habría que cancelar el viaje. Lo mejor era proceder como con el telegrama y no darse por enterado de ninguno de los dos mensajes y la llegada a Trinidad sería un hecho consumado. La otra alternativa era aceptar el fracaso y dar por perdidos los días de ensayo, el vestuario (adquirido por Morín sabe Dios dónde, sabe el diablo cómo) y el entusiasmo, tan importante, más necesario que todo lo demás—es esencial ir con Dios hacia Cristo. A Silvano no se le escapó el carácter cortesiano de las tácticas de Franqui y propuso: "También podemos quemar las naves—es decir, el tren". Volvimos al vagón. Todavía una vez más antes de la salida pudimos oír los altavoces perifoneando inútilmente pero tan comprometedores como en el Parque Central: "Llamada urgente para Carlos Franqui". Vi a Dulce Velazco a punto de levantarse, venir hacia nosotros y decir con cara de cristiana mística: "Oigo voces".

Llegamos a Trinidad por la mañana y lo primero que hicimos todos en grupo—Prometeo que trae la luz de La Habana a las tinieblas trinitarias—fue caminar hasta el ayuntamiento, que en Trinidad quedaba entre un recoveco de calles que a mí siempre me parecieron ruinas circulares. Fue Franqui quien franqueó las puertas del cabildo. Estuvo un rato dentro y después regresó diciendo: "Hay que ver a Becker", críptico pero predecible, y salimos del laberinto de calles empedradas a una plaza y una casa de piedra. Franqui subió las escaleras y yo escalé un escalón o dos detrás de él, oyéndole decir una y otra vez a una reja de hierro bordado más que forjado: "¿Béquel?", en su pronunciación villaclareña, que no cree en eres. Pero Becker o Bécquer o Béquel, fantasma telegráfico, nunca se materializó. De allí Franqui se dirigió, seguido por todos, a un palacio que parecía particular y salió de él al poco rato, sonriendo su sonrisa socarrona. Todo estaba arreglado. Nos íbamos a alojar en una especie de asilo de ancianos que había sido dejado libre—¿fuga de fósiles, viaje de viejos?—hacía apenas unos días y comeríamos en un establecimiento municipal. Era evidente que nos trataban como a miembros de una orden de mendicantes: hacíamos votos de vagabundos. Aparentemente, a quien había ido a ver Franqui era al alcalde a su casa, quien, por supuesto, no estaba nunca en el ayuntamiento en Semana Santa, Trinidad ciudad católica no pagana como La Habana.

Todo este tiempo, yo apenas noté a Beba. Es más, a veces, de haberme preguntado alguien si ella venía con nosotros, no habría podido responder afirmativa o negativamente. Pero ella se iba a cobrar esta ignorancia y manifestarse como una revelación rotunda. La hora del almuerzo llegó afortunadamente (no habíamos desayunado) y fuimos a una especie de restaurante campestre sin árboles y mesas con hules olorosos: nuestro comedor colectivo. Nos sirvieron, camareros callados, arroz, frijoles y boniato, sin postre. Lo que me hizo recordar el relato doblemente blasfemo (en Trinidad, en Semana Santa) de cuando Cristo multiplicó los panes y los peces y, después de este milagro maravilloso, uno de los comensales se dirigió a Jesús para decirle: "Pero cómo, Señor, ¿no hay postre?" Dulce Velazco sufrió una suerte similar y al ver la comida exclamó asqueada: "Fécula, fécula, fécula", subiendo su voz engolada en cada fécula y fue todo lo que dijo y no comió. Los demás nos comimos esa corriente comida cubana, hecha por el hambre ambrosía y no mero milagro. La tarde la dedicamos a pasear por la ciudad, con Franqui de guía: él había sido delegado comunista en Trinidad y la conocía muy bien. Dándome de conocedor, decidí recorrerla por mi cuenta, acompañado por Rine Leal, ahora agregado cultural, como yo, pero quien sería luego un centurión romano en La Pasión y me explicó su técnica teatral: "Quien hace un centurión hace un ciento". Por supuesto, no bien dejé detrás a Franqui, me perdí en la ciudad que era para mí una isla, Creta, no Trinidad. Después de muchas vueltas concéntricas, en el meollo del laberinto, encontré un burro. Rine encontró otro. Ambos burros eran de alquiler y como costaban poco los alquilamos. Los burros conocían su pueblo como un pesebre y nos llevaron a las afueras, a recorrer las murallas o los tramos de una muralla en ruinas. Todo iba muy bien, yo sobre mi burro, jinete jiménez, cuando apareció un niño, después apareció otro y finalmente era una banda: una pandilla de chiquillos que se dedicaron a caernos detrás como deporte y a pinchar a los burros en la barriga con varas villanas y de los vientres vulnerables pasaron a las partes ocultas. Los burros comenzaron a patear primero y luego de dar coces sin lograr eliminar la molestia íntima, decidí intervenir y amenazar a los maleantes con las peores represalias—lo que fue suficiente para que introdujeran la verga en el ano del asno, que se paró en sus dos patas delanteras y me volteó. Desde el suelo pude oír no sólo las risas de los rufianes sino también las carcajadas de Rine, desleal: era inútil poner en su lugar al enemigo cuando hasta los amigos estaban de su parte. Después de levantarme y tratar de desmontar a Rine con la fuerza de mi mirada, sin lograrlo tiré una patada en dirección del más cercano canalla y éste y sus amigos replicaron a pedradas y a duras penas pude refugiarme detrás del burro. El incidente culminó cuando una de las piedras dio a Rine en pleno pecho y éste cargó en su burro contra la banda, que se dio a la desbandada, evidentemente menos peligrosa que las pandillas habaneras. Regresamos (yo caminando, con mi burro cogido de la mano, guiado por el burro de Rine, todavía montado) al sitio donde los alquilamos. Así terminó la tarde.

Esa noche supimos lo que era la incomodidad añadida a la injuria del albergue que fue asilo. No es que hubiera chinches (como las que me asaltaron, bichos de Blefuscu, en otra ciudad del interior en mis días de surveyero), sino que se desató de pronto una ola fría sobre el país, extraña en Semana Santa, cuando siempre sopla el viento sur, llamado precisamente de Cuaresma. Pero esta vez el norte azotaba sobre todo la provincia de Las Villas, en particular la zona de Trinidad y ya más directamente nuestro alojamiento. Cuando nos lo dieron, el contento de tener un techo no nos permitió ver que las camas estaban desnudas excepto por un colchón pelado, sin sábana ni almohada, mucho menos una frazada. Dormiríamos—teóricamente—siguiendo un código de conducta estricto: los hombres en la planta baja, las mujeres en el piso de arriba: La Habana iba a enseñarle a Trinidad lo que era la moral de grupo: seríamos Prometeo pero no promiscuos. Dije teóricamente porque nadie pudo dormir esa noche, a pesar de acostarnos con la ropa puesta, que era la vestimenta del verano habanero que dejamos detrás. Al día siguiente y como remedio al frío—lo semejante cura lo semejante—alguien propuso una excursión a Topes de Collantes, un pico cercano donde había un sanatorio para tuberculosos (versión tropical de la montaña mágica) comenzado años atrás y dejado sin terminar: todo en Trinidad estaba en ruinas: el pasado y el futuro. Había que subir en automóvil: los viejos carros, más bien cacharros, que había en la ciudad, trepando torpes por el camino vertical. En nuestra máquina coincidimos, por primera vez y en apretada compañía (todo lo hacíamos comprimidos esa vez en Trinidad) Beba y yo, pero estaban además Margarita Fiallo, Ernesto Miret, Franqui, Morín y el chofer local aplastado contra el timón. Miret estuvo de muy buen humor haciendo chistes todo el trayecto pero me puso del peor humor a mí, cada vez más cejijunto, con el ceño fruncido, tan intolerante, intolerable que en un momento Morín me dijo que yo estaba tan serio porque me había dejado robar el show de chistes por Miret. Pero no era verdad. La verdad la supe después, para mi sorpresa, y era que estaba celoso, anticipadamente, porque Beba se reía con su dentadura prominente de cada cosa que decía Miret. El viaje a la montaña, con sus helechos arborescentes y sus orquídeas silvestres y sus plantas exóticas, se convirtió para mí en una suerte de tortura, no el dulce dolor de los celos sino ese sentimiento confuso que anticipa los celos cuando todavía no hay amor.

Mientras llegaba el día de la representación (jueves santo) seguíamos dedicados a hacer de turistas. Fuimos al puerto de Casilda, que es la vía de acceso a Trinidad por el mar. Trinidad misma esta construida tierra adentro pero en tiempos de la colonia era por Casilda que venían (y salían) las mercancías a la ciudad. A un extremo del puerto, abierta al mar Caribe, está la hermosa península del Ancón (triste trave-

300

logue). Allá fuimos (en lenta lancha) a establecer una cabeza de playa en este "Varadero del sur" (en Cuba todas las playas son versiones de Varadero), que resultó inolvidable en más de un sentido. El sol no dejaba que se sintiera el frío, que por demás no había sido ese día tan intenso como la primera noche, y decidimos bañarnos. Los hombres lo hicimos en calzoncillos, ya que nadie había pensado, lógica simbólica, en traer trusa. Las mujeres, por su parte, improvisaron trajes de baño con pañuelos atados sobre su ropa interior. Solamente Queta se bañó en refajo y hay que haber conocido esta época hipócrita para saber qué atrevimiento era el suyo al bañarse nada más que con aquella pieza íntima, tan seductora. Al principio, mientras cogía sol, se veía discreta porque el refajo era de raso, pero al entrar en el agua—mejor dicho, al salir—se revelaba su cuerpo desnudo por transparencia, por pezones interpuestos. Sin embargo yo no tuve ojos más que para Beba, que se hizo un bikini exclusiva con dos pañuelos pero nunca entró al agua, su piel increíblemente blanca al doble sol del cielo y el reflejo en la arena radiante, en pálido, cálido contraste con su pelo negro. Cansados de ver a esta sirena seca nos acercamos algunos bañistas—quiero decir, hombres— en grupo a ella y decidimos bautizarla: juegos de agua. Creo que fue Silvano quien la agarró por debajo de los brazos (retrospectivamente, dos días después, ¡cuánto habría dado por estar en el lugar de sus manos!), yo la cogí por ambos pies —¿por qué no por las piernas?, tal vez demasiada intimidad para mí, intimidado—y alguien más la cargó por medio cuerpo, mientras ella, riéndose, protestaba apenas. Fuimos todos con nuestra carga preciosa hasta la orilla, penetramos en el mar y la dejamos caer, haciendo un chasquido el chapuzón. Pero cuando Beba se recobró de la zambullida y salió sonriente del agua, el chapuzón se hizo chasco: todos los ruidosos retozones hicimos silencio súbito, paralizados por su presencia—verla fue ver surgir (y ahora no era mera metáfora) a Venus de entre las olas. Me pareció que nunca había visto una mujer tan bella.

Esa noche sucedieron dos hechos no conectados entre sí pero relacionados, aunque no tienen nada que ver con mi camino de perfección del arte de amar: son mera diversión: *per aspera ad amor*. Fuimos a comer un grupo en el que estaban Beba y Queta, por nuestra cuenta. No era un restaurante que se pareciera remotamente a los de La Habana (aun los de La Habana pobre que yo pudiera frecuentar con mi nada saneado salario) pero comimos bien, incluso Beba, que parecía difícil para escoger cualquier cosa. Pero Queta resultó imposible: sólo comió arroz. A la salida, caminando por las calles apenas iluminadas, tropezando, levantando piedras a cada paso, Queta me confió que no podía comer carne porque siempre veía a la vaca a punto de ser sacrificada cada vez que cortaba un bisté. Estuve de acuerdo con ella que era inhumano (Queta me corrigió: "Inanimal") comer carne, aunque llevaba mi tripa repleta de carne de vaca, sin vagas visiones vegetarianas. Beba caminaba delante con Silvano y a la escasa luz de las casas yo podía ver su cuerpo moviéndose armonioso para caminar entre cantos. No sé si estaba completando su imagen en mi memoria pero cada vez me gustaba más ver a Beba a mi alrededor—aunque ella era mucho menos muchacha que Virginia y ya Virginia era toda una mujer, mientras que yo con mis diecinueve años todavía no cumplidos parecía un adolescente sin arte y sin retrato.

Al llegar al hostal (o lo que fuera) advertimos un extraño movimiento. Había ocurrido un incidente melodramático que al final resultó cómico. Varios actores fueron al centro del pueblo y entraron en un café y pronto hubo a su alrededor una atmósfera hostil: el machismo municipal se manifestaba crudo contra los recién venidos, en esa ocasión todos demasiado finos de maneras y gestos ante aquellos toscos. El mayor de los actores, ninguno de carácter, se dio cuenta del error de entrada y trató de corregirlo con un error de salida, mal mutis, como siempre pasa a los actores con un papel pobre. Dijo en voz baja a sus amigos: "Caballeros", luego me contó que él casi había dicho como siempre "Muchachas", pero así lo relató esta vez, "se están formando a nuestro alrededor negros nubarrones, anuncio de tormenta. Paguen lo más tranquilamente que puedan y salgamos de aquí uno a uno". Así hicieron pero la canalla del café los siguió a la calle y a través de medio pueblo. Los actores caminaban rápidos pero sus seguidores, que conocían cada canto rodado, se hacían perseguidores. Pronto corrían a salvo de sus vidas, los actores convertidos en corredores. Los perseguidos alcanzaron el hostal, esta vez refugio, acogiéndose a su asilo—donde dormía Franqui y Ernesto Miret, actor heterosexual, estaba sentado en su cama: "Comiendo mierda", explicó él habaneramente. Al oír el tumulto se despertó Franqui y Miret lo acompañó a la entrada, donde los actores sin aliento trataban de reconstruir, dramáticos, su ordalía. Pero no tenían que contar de la cacería: sus perseguidores acababan de llegar, dispuestos a completar la caza. Franqui no lo pensó dos veces y se armó de la tranca para cerrar la puerta—pero en vez de cerrarla la abrió y salió a la acera. Miret lo siguió y sacó una piedra de la calle sin dificultad. Cuando los rufianes se vieron enfrentados por gente armada, dieron media vuelta y echaron a correr y de perseguidores se convirtieron en perseguidos, pues Franqui casi los alcanza, todavía en calzoncillos, olvidado de su vestimenta y de que estaba en la calle real de la ciudad, llegando ya al parque principal. Fue Miret quien le

303

dio alcance y lo convenció de la conveniencia de regresar al hostal al mostrarle su estado: un forastero semidesnudo con una estaca en la mano no era ciertamente el aspecto que convenía a un enviado cultural venido de La Habana con un grupo teatral a escenificar la vida, pasión y muerte de Jesucristo. Al oír el cuento, completado por Miret en su estilo escatológico, Silvano se moría de risa (aunque luego, en el futuro cercano, tendría una experiencia dolorosa de lo que es la chusma cubana en acción, cuando el Grupo Prometeo—Morín nunca escarmentaba—fue a actuar en un cine no lejos de La Habana y se encontraron actores y director que la representación tendría lugar al final de la película y por público tuvieron a los maleantes del pueblo, que desde el paraíso los expulsaron de la escena y a la salida del teatro los bombardearon a pedradas, una de las cuales le dio a Silvano en la canilla, incapaz ahora no sólo de caminar sin cojear sino de reír sin dolor) y yo también oí el doble cuento regocijado. Luego uno de los actores acosados, cuyo nombre no hay que mencionar porque es famoso, mirando mariconamente a Franqui, ya vestido, me dijo embelesado: "¡Ése es mi héroe!" Lo que no le impidió casarse, dos años después, con la heroína de La Pasión, María Magdalena miope.

Por fin llegó la noche de la puesta en piedra, como llamaría Miret después a la representación, de La Pasión, que tendría lugar en los portales del Palacio Brunet, sus soportales haciendo de escena y el interior sirviendo de camerinos y bastidores y bambalinas. Miret sería Cristo y este sorprendente actor había tomado, contra lo que se pudiera suponer, su papel muy en serio, como siempre ocurre con La Pasión, en que su protagonista llega a creerse que es no una versión de Jesús sino el Nazareno encarnado. Pero ocurrió que Miret tenía que venir descalzo desde el interior a oscuras y tropezó con una de las piedras del piso que sobresalía incrédula y no pudo evitar exclamar, al tiempo que salía a escena: "¡Me cago en Dios!" Casi se oyó en el público y yo no pude olvidar nunca el espectáculo privado de ver a Cristo blasfemando. Curioso de saber cómo terminaba La Pasión, me quedé hasta el final. La representación fue conmovedora, al menos para el gusto católico de los trinitarios que colmaban la calle y la plaza aledaña y aplaudieron con eco in lontano. Después de la función hubo el sentimiento anticlimático de haber venido tan lejos para una sola actuación. "Lo mismo le pasó al Señor, señores", dijo Miret, consolando a los actores, "y todavía dijo: 'Perdónalos, Dios mío, que no saben lo que hacen'. Bien podía estarse refiriendo Él a todos nosotros." Afortunadamente no íbamos a tener que sufrir a un actor con la cruz de Cristo a cuestas: Miret estuvo esa noche más dicharachero que en el viaje a la montaña: era evidente que disfrutaba su doble pasión, el amor al teatro y el humor. A pesar de su buen tipo, de su distinción natural, no hizo la carrera de actor que todos pensábamos que haría: terminó trabajando de conductor en una guagua habanera. Pero estoy seguro de que convirtió su ómnibus en vehículo dramático: *la commedia e infinita*.

Al día siguiente salimos de Trinidad en tren, tarde en la tarde. Dejamos detrás las casas coloniales, el museo de arquitectura cubana barroca y la extraña nostalgia que produce esa ciudad aislada en el tiempo: dejamos de lado las féculas, el hostal inhóspito y la incomodidad de esa excursión impuesta (Becker nunca fue Baedeker) pero también dejaba de frente el contacto estrecho con Beba y me fui sabiendo que no sería igual en La Habana. En el tren ocupamos el último vagón y ya por la noche salí a la plataforma a pesar del frío que se hizo intenso después de Cumbres, para mí borrascosas. De pie allí no sentí la puerta que se abría a mi espalda pero sí oí la voz que me dijo: "¿Qué, contemplando el paisaje?" No había paisaje alguno que ver, mucho menos contemplar: todo era oscuridad afuera, pero sentí alegría al reconocer la voz en off: era Beba. Creo que le dije "Anjá" o tal vez fuera más explícito: entonces yo solía ser, cuando podía, mas bien gárrulo con las mujeres. Sé que me había vuelto y visto su figura plena llenando el marco de la puerta y colmando mis ojos. Le propuse sentarnos en los escalones de la plataforma, escalera al vacío ahora, y ella accedió. Eran muy estrechos los peldaños y por fuerza estábamos en contacto, sus muslos tocando los míos, su vestido subido hasta la rodilla, dejando ver las piernas de una hermosura habanera (hoy día las encontraría gordas pero entonces me parecían perfectas), moldeándole las caderas cadenciosas al caminar, ahora contiguas. "Te gusta contemplar la naturaleza", me dijo, como si mirara su cuerpo con mis ojos. "Como a mí", añadió. Se refería por supuesto al campo abierto, pero allí no había naturaleza alguna que contemplar ni siquiera atisbar, excepto por los matojos que crecían a la orilla de la vía férrea y que las luces del tren alumbraban rápidos. Sin embargo me fascinó el sonido de sus palabras: ella hablaba con voz baja, suave, que era muy personal, y se oía por encima del ruido rítmico del tren, casi estruendo en estéreo, y creaba una intimidad instantánea allí afuera, los dos solos: era la primera vez que estaba a solas con Beba y fue entonces que me enamoré de ella: tuvo que ser entonces: debió ser entonces. Lamentablemente nuestra soledad de dos duró poco. Salió a la plataforma Queta, seguida por otra de las muchachas de la excursión, no recuerdo cuál pero no era una actriz como María Suárez, que se habría dado cuenta de que, si tres son una turba, cuatro son una promiscuidad—y el amor es enemigo de lo promiscuo: dos forman una pareja, la perfección. Inevitablemente nuestro diálogo tuvo que transformarse en conversación, lamentablemente inane, pero recuerdo que Queta, mirando a la vía, dijo: "El tren produce vértigo horizontal", que me pareció una noción nueva. Fue entonces que reparé que estábamos Beba y yo, pero sobre todo yo, sin un punto de apoyo en Beba ahora, en peligro por el asiento precario de los escalones y las muchas curvas, en que la fuerza centrífuga podría habernos lanzado del tren y me sentí bien creyendo que los dos volaríamos fuera, juntos, para caer en una zanja mullida abrazados y allí—de esta imaginación íntima me sacó la voz de Beba que decía: "Me voy para adentro". Quise pedirle que se quedara un rato más en nuestro dolce Far niente pero estaban las otras muchachas y no dije nada. Las tres entraron en concierto al vagón y yo me quedé en la plataforma desierta, sentado, solo. Luego me puse de pie y caminé hasta el otro lado, bajando los escalones por el costado del tren donde los bandazos del vagón último eran mayores, sujeto a la barandilla, mirando hacia adelante. Cruzábamos un puente con enorme estruendo y sentí una gran gana de lanzarme del tren: era un deseo malsano y solitario, opuesto al deseo sano con Beba, pensando qué me pasaría al caer, sintiendo mi cuerpo golpear con violencia brutal los arcos de hierro del puente, tratando de idear qué dirían todos cuando yo desapareciera, pero sobre todo imaginando qué diría, pensaría, sentiría Beba—y tuve que ejercer mucho control sobre mí mismo, ayudado por ese idéntico íncubo interior que me impulsaba, para no saltar del tren que ahora parecía ir a velocidad de vértigo vertical.

Ya en La Habana mi ocupación primordial fue seguirle los pasos a Beba. El Cine-Club había dejado el Royal News para refugiarse en unos precarios locales en el Paseo del Prado, junto al cine Plaza, competencia leal. Fui a una función con la seguridad de encontrar a Beba, pero lo que encontré fue la nota necrológica ofrecida alegre por Germán Puig de que Beba estaba "aparentemente enamorada" de Juan Blanco, que no era entonces un hombre sino un nombre, pero me alarmó que Beba Blanco sonaba posible. No lo pude creer, como no creí la afirmación contraria de Germán de que Beba estaba en realidad enamorada de Beba. "Es una narcisista", me dijo Germán, y recordé con desagrado su placer solitario en la playa, tendida en la arena mientras todos nos bañábamos, sonriente, contenta con el aire, pensé, pero nunca con su aspecto no ante los demás sino de ella para ella. La desolación de la noche la vino a colmar, a calmar Bernardo Iglesia, que conocía los incidentes ocurridos a los actores del Grupo Prometeo. Bernardo era oculista (no era mi oculista todavía pero lo sería pronto) y tenía un insensato sentido del humor. Esa noche vino a decirme confidencialmente: "Hay un prometeo en el baño", y añadió: "Acompáñame, por favor, que tengo miedo a estar solo". Fui con él hasta el baño y entró en uno de los infames cubículos y no bien cerró la puerta gritó: "¡No, prometeo, no me hagas nada, prometeo, que la carne es débil! ¡Prometeo! ¡Por favor, te lo suplico! ¡Prometeo!" Gritó tanto que vinieron asistentes al cine al baño y me encontraron a mí en la puerta, mientras del cubículo cerrado salían ruidos de una lucha libertadora. De pronto se abrió la puertecita y salió Bernardo, calmo caradura, quien dijo al grupo de dobles espectadores: "Era un prometeo pero decidió irse al teatro"—Bernardo Iglesia acogido al sagrado de su nombre, que no lo salvó, como a nadie nada, de la nada.

Luego vinieron los tiempos de Nuestro Tiempo, de su gestación y coordinación, concebidas y realizadas por Franqui. De las reuniones en el conservatorio, carmen de Carmina, se pasó a ocupar los viejos estudios de Mil Diez, la emisora comunista clausurada por el Gobierno y heredada por Nuestro Tiempo, gracias a Franqui, emprendedor Carlos. La estación tenía un estudio-teatro y un gran salón, pero había que limpiar y acondicionar aquellos locales que habían estado cerrados tanto tiempo. A esta tarea nos dimos todos, el grupo de amigos que habían originado la revista *Nueva Generación* (desaparecida en el olvido), la gente del Grupo Prometeo y otros muchos nuevos (al menos para mí) intelectuales y artistas, provistos ahora de escobas y trapeadores y cubos con agua. Pero por supuesto no es de ellos que quiero hablar sino de mi objeto amoroso: Beba Far vistiendo pantalones (entonces las mujeres en La Habana no usaban pantalones visibles, es decir largos, excepto cuando pasaba un ciclón y estas aventureras sartoriales eran llamadas cicloneras, que creaban las tormentas que venían a ver entre los mirones que las contemplaban a ellas, a las sacaplatas, no al meteoro: recuerdo una vez que fui a mirar las cicloneras viendo un ciclón cuando, pese a los avisos alarmantes de que soplaría el ciclón sobre La Habana—el anuncio era del Observatorio Nacional y por tanto no había que tomarlo en serio: los meteorólogos no saben nada del tiempo—, comenzó a levantarse una mar gruesa mientras yo miraba a una muchacha flaca en pantalones estrechos viendo venir el ciclón: la observadora me acusó a un policía, estacionado en el Malecón para vigilar a los mirones que perturbaban con sus ojos a las cicloneras, impidiéndoles a ellas disfrutar el espectáculo de la naturaleza hostil: fui puesto preso allí mismo y encerrado en una celda baja y precaria y en ese momento se levantó un ras de mar y pronto el agua invadió el calabozo y me llegaba al cuello: ya estaba a punto de ahogarme cuando abrieron la celda y la policía me soltó por compasión cristiana, no por ser inocente: toda mirada es culpable: pero en mi obsesión observadora volví al Malecón en busca de cicloneras que mirar y no encontré ninguna muchacha sino una señora tormenta: el ciclón en pleno poder destructor: las casas volaban a pedazos, el techo primero, las paredes después, finalmente la puerta. Del Malecón milagroso me dirigí a una de las plazas y buscando protección entre los árboles me agarré al tronco desnudo de una palma, que era liso y duro, como el de una mujer madura, y abracé aquella forma curva como mi sola salvación, pero el viento violento arreció haciendo trizas las hojas de la palmera, como quien corta una melena al rape, luego arrancó de cuajo el tronco y, con sus raíces aéreas, subí en la palmera por parques y por prados, sin soltar aquel cuerpo trucidado en un vuelo vertiginoso, ido con el huracán), sólo que ahora, por razón de estar cubiertas, sus carnes parecían perfectas. "Es mucha mujer para ti", había dicho Silvano, casi Silvino, en una revelación que por poco acaba nuestra amistad. Pero a veces, antes en Trinidad, ahora con ella limpiando las paredes del futuro *Nuestro Tiempo* su tierno trasero vuelto hacia mí, llegaba a pensar yo también: "Mucha mujer", me dije, maldije.

Nuestro Tiempo nos acercó en su período de formación pero nos apartó una vez que la sociedad cultural comenzó a funcionar: veía menos a Beba: Beba far from me. Tuvo también una extraña enfermedad que la alejó aún más (con el tiempo, años después, se sabría que era esquizofrenia, un mal que uno veía entonces descrito en los libros de psiquiatría y visualizados en el cine pero no en la vida vivida: en su crisis Beba se creía dividida en dos, no dos Bebas sino dos medias Bebas que se buscaban sin encontrarse: tal fue el relato familiar pero si era fiel o falso nunca lo supe) y yo llegué a hacerme amigo de Juan Blanco, quien me confesó un día que jamás estuvo interesado en Beba. Cuando ella regresó a nuestro círculo había cambiado: tenía las mismas formas pero contenían una mujer distante. Recuerdo que me acerqué a ella y me alejó sin un gesto, separándose interiormente, y aunque estuvimos solos y llegamos a estar reunidos, nunca fue como aquella noche en el tren, en la plataforma trasera, sentados en los escalones escasos, ella pegada a mí, yo casi cogiendo su mano: los dos juntos, alejados de todo, inmóviles mientras la tierra se movía a nuestro alrededor vertiginosa. Ahora era ella sola la que estaba alejada.

Hubo una ocasión más en que estuvimos juntos, pero preferí entonces que no hubiera ocurrido. Irónicamente, Juan Blanco dio una fiestecita para celebrar la apertura de su apartamento nuevo en El Vedado, que estaba casi a la salida del barrio, en Paseo y Zapata en una esquina que me sería fatalmente familiar tiempo después. Juan Blanco tenía como pretexto para la ocasión la audición de la Novena Sinfonía (íntegra) y reunió a un grupo de amigos y de amigas, más amigas que amigos, curiosamente. Allí fue donde Queta hizo su notorio número de salto mortal con una salida inmortal, al echarse para atrás en el balance que era el único mueble (excepto por el tocadiscos costoso) de la sala y decir su famosa frase final. Exclamó ella, momentos antes de reclinarse con énfasis en el precario balance: "¡Este Beethoven es un monstruo encadenado!", y terminó su metáfora con un eslabón en el aire, cayendo hacia atrás, dando de cabeza contra el piso, el pesado balance volcado sobre ella para alarma de todos—que luego se convirtió en carcajada de cada cual al comprobar que Queta estaba sana y salva y todavía enredada en la cadena beethoveniana. Pero hubo otra frase íntima no menos estrepitosa que tuvo la virtud insidiosa de atentar contra mi amor por Beba, hecha por ella misma, con más ruido y frenesí que la sentencia encadenante amenazó la vida de Queta. Fuimos los dos al balcón, yo como quien busca la plataforma del último vagón, y Beba mirando a lo lejos dijo: "Mira a Venus, el lucero del alba". Yo miré y no vi a Venus (que no podía ser a esa hora el lucero del alba ni del anochecer en el trópico porque serían las nueve de la noche y era invierno) sino un bombillo brillando prosaico en una azotea vecina. Esa manifestación de beatería venusina, me pareció entonces intolerable y casi hizo trizas mi amor por Beba, la mujer perfecta: ahí estaba la forma, sus formas, pero el contenido había cambiado y sin embargo no fue ella, su anticuerpo, su alma los inoculadores de la vacuna contra mi amor, sino su cuerpo, ese que me había llevado a identificarla con Venus, no el lucero del alba, sino la diosa del amor.

Para celebrar la apertura de la sociedad cultural tuvo lugar una exposición de pintura en los salones de *Nuestro Tiempo*, pero, viviendo en nuestra Habana, se dio un baile inaugural. Fui a la exposición pero no al baile porque, aunque me gusta ver bailar, no quería ver a Beba bailando—inevitablemente con otro. En ambas funciones estuvo presente el presidente de *Nuestro Tiempo*, predeciblemente (el más presentable, el más presidenciable) Haroldo Gramadié, uno de los creadores de la sociedad y uno de sus destructores cuando se puso al servicio del Partido Socialista Popular y Franqui y yo y varios más dejamos lo que había sido casi una hermandad prefidelista, convertida ahora en una organización pantalla comunista. Pero no es de política ni de cultura ni aun de política cultural que hablo sino del amor y de sus formas y de las formas de mi amor, aun de las formas vacías de amor. En el baile Haroldo bailó con Beba, ya que él era un compositor serio pero un buen bailarín. Me lo contó después y cuando yo creía que me iba a hablar de difusas fusas y semifusas y de acordes perfectos, me habló disonante de Beba, tal vez porque los ritmos eran cubanos y las melodías no tenían nada

312

que ver con contrapunto y armonía, su especialidad. Salió a bailar con ella cierto danzón tardío (bien pudo ser un mambo medio y hasta un temprano chachachá en ese año 1950) y en una cadencia Beba, buena bailarina, se demoró demasiado y como no era el cedazo de los antiguos danzones en que se permitía al bailador detenerse para dejar que su pareja se diera un golpe de abanico que no aboliría el azoro, Haroldo quiso saber qué detenía a Beba en su pasillo, cuando vio frente a ellos un gran espejo—Beba había dejado de bailar para mirarse al espejo detenida. Haroldo observó que ella estaba complacida con lo que veía y tenía razón para estarlo: estaba Beba bella realmente esa noche, pero al mismo tiempo pudo comprobar que tenía en sus brazos la imagen del espejo: Beba era una encarnación femenina de Narciso. Haroldo Gramedié, triple traidor, que había sido tan exclusiva, excesivamente técnico en su apreciación de Carmina, se extendió en consideraciones que me tocaban pero que yo no quería oír porque a la vez me dolían. Habló de cómo Beba no era capaz de querer a nadie que no fuera ella misma y, devenido súbito sexólogo, me dijo que el único sexo posible al narcisista era la masturbación—pero aquí se detuvo su penetración: a mí no me seducía el sexo de Beba: yo sólo quería su amor, aunque significara ser un Eco para su Narciso invertido. Volví a Virgilio y vi que era sabio de veras: rindámonos al amor, dice, que todo lo vence: "*Et nos cedamus amori: omnia vincit amor*".

MI ÚLTIMO FRACASO

HABÍA en La Habana dos ceremonias iniciáticas que permitían pasar de la adolescencia a la adultez, alcanzar la hombría, "hacerse hombre"—una de esas circunstancias era una circuncisión espectacular. Esta primera ceremonia era puro relajo, pero el relajo habanero, conocido como criollo, admitía la chacota como forma de fornicación y la broma sicalíptica como modo de vida. El primer templo iniciático—acceder a él nos permitía poner la toga virial—era un teatro, el Shanghai (o para decirlo a la habanera, Changai) y como espectáculo descendía directamente del teatro bufo de la época colonial pero ahora adoptaba la mala palabra como expresión verbal máxima (y, a veces, única) y los cuadros pornográficos más íntimos como expresión teatral. Era en realidad una degeneración del antiguo teatro Alhambra, famoso en los años veinte y treinta, pero, como en toda degeneración, había en su decadencia una transformación, una permuta, una forma de creación. Sus personajes y sus situaciones llegaron a hacerse originales en su dramatización de la pornografía. Así no era difícil encontrarse en escena a una dama bien vestida, de finas maneras, participante doliente de un velatorio concurrido, que se llegaba hasta el Negrito y el Gallego (personajes tradicionales del teatro bufo, originados tal vez a fines de siglo), quienes de una manera no explicada también tomaban parte del velorio que iba pronto a convertirse en velada, para decirles ella mientras les ofrecía ceremoniosa y cumplida una tarjeta de visita: "Vengan a visitarnos un día, por favor. Mi marido es caprichoso y, por ende, bugarrón". Súbita revelación de perversiones sexuales que hacía saltar al Negrito para gritar: "¡Carajo!", y exaltarse el Gallego, que exclamaba ante aquella costumbre revelada (evidentemente propia del país) un estruendoso: "¡Joder!" Después ocurrían peripecias más o menos complicadas que el Gallego y el Negrito resolvían simulando un coito—de pie—, ya bien con la dama empingorotada (palabra que el Negrito hubiera recibido con un obsceno: "¡De pinga, caballeros!") o con una vieja que había olvidado la menopausia (y Nena la Chiquita demostraba en Zulueta 408 todos los días que el teatro bufo no era una farsa cómica sino una versión naturalista de la vida) por su ninfomanía, y terminaba el espectáculo con todos los personajes (había, además de los nombrados, un chino, extrañamente apodado el Narra, un maricón llamado el Cundango—más tarde sería la Loca—, una virgen dispuesta a perder su virginidad a cada momento, nombrada—la virgen, no la virginidad—Cachita o cualquier otro nombre de mujer virginal, y un viejo rijoso, apelado el Viejito, en este caso unido al nombre del actor, apellidado Bringuier) en escena bailando burlescos—número llamado invariablemente "Rumba Abierta por Toda la Compañía". En los entreactos había "Grupos Artísticos", que no eran más que cuadros vivientes en que se mostraba a las coristas coritas en un *strip* sin *tease* y con todos sus pelos y señales. A este espectáculo iniciático y mítico me llevó Eloy Santos, con la desaprobación rezongada de mi padre, hombre a quien nunca oí decir una mala palabra y que no fumaba ni bebía—prohibición que mantiene a los setenta y cinco años de edad, a pesar del anuncio que se quería augurio de Eloy Santos de que un día sería un viejo verde—aunque no tendría que esperar tanto para que su vaticinio fuera verdad.

A la puerta del teatro Changai (o Shanghai, como anunciaba el letrero luminoso que lo distinguía en la calle Zanja, en pleno barrio chino), pero ya dentro del teatro (no había vestíbulo, postema sin preámbulo: se entraba directamente de la calle al patio de lunetas) había una sección literaria, donde se vendían novelitas de relajo ilustradas con fotos y dibujos explícitos que no dejaban nada a la imaginación: una imagen pornográfica vale por mil palabras eróticas. Recuerdo una ilustración que me impresionó a pesar de mí mismo porque retrataba un coito entre dos mujeres y entonces yo consideraba a las lesbianas como el peor enemigo del hombre. Esta noción debía provenir del escándalo que produjo en el Instituto el descubrimiento de una escuela de lesbianas que tenían su cuartel general en el salón de espera, vedado a los varones, verdadero zenana donde algunas de las "hermanas mayores" habían tratado de seducir a una de las novatas, que se mostró, al revés de otras, renuente y tan decididamente heterosexual que hizo que se descubriera la masonería de lo que Silvio Rigor, con su autoridad verbal de siempre, dictaminó como una "tribu de tríbades", frase tan impresionante como la ilustración pornográfica. En esta foto las dos mujeres estaban trabadas una encima de otra, en un doble cunnilingus, pero la lesbiana de abajo sostenía su sexo prominente al levantar su torso y su vientre con los brazos y las piernas verticales, produciendo un plano de placer sobre el que se asentaba la mujer mayor, que a su vez extendía sus miembros, formando las dos un octópodo, la verdadera imagen de una araña erótica. Nunca he vuelto a ver esa fotografía en mis frecuentes viajes a la terra incógnita de Erótica, en mis paseos privados por los países afrodisíacos, en mi estudiada estadía en el incontinente sexual, pero no creo que fuera hecha en La Habana por su calidad de contrastes (las mujeres eran morenas), por sus valo-

317

res plásticos, por su técnica fotográfica muy superiores a las de las ilustraciones usuales de las novelitas galantes. Le describí la foto a una mujer tiempo después—pero más, más tarde.

Fui al teatro Shanghai (o Changai) con cierto temor, con ese miedo adolescente a las puertas (las puertas prohibidas cerradas producen la ansiedad de que siempre pueden abrirse) a punto de ser abiertas por padrinos o por persona interpuesta a los muchos misterios de la vida. Salvé la entrada a la sala salaz no sin antes enfrentarme a la sensacional sorpresa del viejo don Domingo en funciones de portero, amable cancerbero canoso, que pareció no reconocerme. (Estoy seguro de que fingió no conocerme para mantener su dignidad de andar por casa, esa comunal casa descomunal que era Zulueta 408.) Recuperado de descubrir a nuestro senador en otro congreso, haciendo pasar personas como leyes, atravesé el umbral misterioso y de pronto me encontré en el templo de templar, dentro del domo drolático, allí donde era posible esa extraña unión del sexo y el humor, un milagro pagano, pues no hay acto más ceremonioso que el coito. Me divertí de veras, sobre todo con las parodias de canciones contemporáneas a las que se sometía a un ingenioso trastrueque de su letra textual por un injerto de malas palabras que sustituían los buenos versos y de un doble sentido que era sentido único. Así la "Guantanamera", trova tradicional, era trasvestida y su forma folklórica se transformaba en un refrán: "Aguántame la manguera". La letra del tango que dice: "Sabía que en el mundo no cabía", se convertía en: "Sabía que en el culo te cabía / Cuatro troles de tranvía / Y la pinga del conductor...". Estaba la otrora dama del velorio, ahora una mulata melódica, entonando una larga melopea a unas "morrongas moradas", que aparecían por dondequiera que ella iba, de-

318

jando detrás una estela de penes purpúreos y que tomé por
una referencia pictórica (y pintoresca) a la sífilis, mal de
amor. Hay otros ejemplos más descacharrantes, pero citarlos
sería hacer listas—además que están los derechos de autor.
Esa primera prueba de hombría habanera la pasé con altas ca-
lificaciones y, ya casado, fui a menudo, solo o acompañado
pero nunca por una mujer, que no se veían entre el público
pornográvido. (En época de carnaval solían asistir a las funciones capuchones misteriosos: no eran Montresors sino mis
tesoros: mujeres curiosas disfrazadas para penetrar en ese
templo que era lo contrario de una zenana: "Sólo para caballeros", como advertía un letrero en la puerta, que bien podía
añadir: "Que pierdan toda vergüenza las que entraren".
Siempre encontré al Shanghai, Changai divertido, y en una
ocasión resultó instructivo. Años más tarde acompañé a un cineasta italiano que quería hacer un documental llamado *La
Habana de noche* y oí con sorpresa a la salida, idéntica a la
que me dio don Domingo a la entrada, que comparaba el espectáculo habanero con el teatro popular napolitano!)

La segunda prueba fue más difícil porque tenía que dejar
de ser espectador para convertir en actuante—o por lo menos
en actor. Fue ir por primera vez a un prostíbulo. Me llevó
Carlos Franqui, quien pensaba que no había mucha diferencia
en iniciarme de Faulkner a fucking. Vino con nosotros, también por primera vez, Pepito, más que mi amigo mi semejante, mi vecino del falansterio. Ya saben que yo conocía Colón, pero sólo superficialmente, al atravesarlo como una selva
seductora, con flores perfumadas pero ponzoñosas. Había pasado por primera vez por el barrio con algunos compañeros
de bachillerato, atrevidos, que solían hacer burlas a las putas
que hacían el día. Uno de los chistes favoritos de un compañero más osado que los otros, Guido Canto, que no duró mu-

319

cho en el Instituto, era conseguir (no sé cómo: todavía hoy no me lo explico, por lo que tiendo a creer el cuento de Frank Harris, memorista mentiroso, en que Maupassant le hacía pareja demostración) una erección a voluntad, visible por encima del pantalón y dirigiéndose a una puta parada en la puerta o detrás de su rejilla mozárabe a mostrarle su bulto entre las piernas y decirle: "Te la doy gratis", para ganarse nuestra risa invariable y la variable maldición de la mujer de la vida. Pero nunca había entrado en un burdel. Esa noche iba no sólo a entrar por primera vez en un bayú sino que me iba a acostar por primera vez con una mujer, ya que no podía decir que la refriega (eso fue lo que fue) con Nela en su catre precario fue acostarse y fue lo más cerca que estuve entonces del coito.

La reunión previa ocurrió inevitablemente con el grupo político-literario que se juntaba en la acera reaccionaria del *Diario de la Marina*, frente al capitolio iluminado, pero la noche no tenía la fosforescencia de las primeras noches habaneras, los reflectores proyectando una luz intensa y cruda. Hacíamos tiempo Franqui, Pepito y yo para ir los tres hacia el barrio de Colón (debían de ser más tarde de las ocho y antes de las diez pero no recuerdo haber oído esa noche el estruendoso cañonazo de las nueve), nuestro destino, la meta, el teatro de la prueba privada. Finalmente dejamos la esquina de Teniente Rey y cogimos Prado abajo, hasta llegar a la calle Virtudes y por ella (por virtudes hacia el pecado) bajar hasta Crespo y la esquina de Trocadero—o sea, el corazón oculto pero palpitante de Colón. La calle, la esquina, las casas estaban a oscuras. Tocamos (es decir, tocó Franqui) a la puerta de una mansión colonial y el portón grueso se entreabrió al instante, como accionado automáticamente—al menos, así me pareció a mí. Asomó la cara una mulata que al vernos, a mí y a Pepito, preguntó:

—¿Son mayores ellos?

—Sí—dijo Franqui, mintiendo.

—No lo parecen—dijo la mulata, que debió mirarme más a mí que a Pepito.

—Bueno—dijo Franqui—, pero lo son.

—Mira que no queremos líos con la policía.

—Los vamos a tener si seguimos aquí.

Este argumento circular pareció convencer a la portera, cancerbero (veo que abundan en esta zona las referencias a esa creación mitológica feroz: es que tanto el Shanghai como el barrio de Colón eran sitios míticos habaneros de lo que las buenas costumbres llaman vicio) o lo que fuera ella. Abrió la puerta para permitirnos entrar y hubo un contraste como de cine entre la oscuridad de la calle y la iluminación dentro del bayú, su bullicio, su jolgorio: el exuberante regocijo de la vida alegre. Era un edificio de tres pisos, con un patio interior y balcones corridos que daban a lo que debió ser un jardín: la usual casa solariega de La Habana Vieja devenida domicilio del placer. Había un gran trasiego de mujeres con escasa ropa y decir poca para algunas pupilas era decir mucho: una o dos no llevaban más que pantaloncitos y hubo un momento en que se abrió uno de los cuartos cerrados y en la puerta apareció una mujer—mejor dicho, una muchacha—desnuda como Eva, su pendejera su hoja de parra. Todo parecía suceder al mismo tiempo y mientras Franqui hablaba con la matrona (palabra que había degenerado en La Habana de la "madre noble y generosa" del diccionario en proxeneta que regentea un burdel) yo miraba el espectáculo, mis ojos todo pupilas: nunca antes había visto tantas mujeres desnudas juntas (excepto en la lejanía del escenario del Shanghai o en mis imaginaciones eróticas más desaforadas) y todas dispuestas a lo que tantas eran renuentes: a la gaya ciencia de singar. Sin embargo por entre mi fascinación pude oír que Franqui decía algo que sonaba a es la primera vez y la matrona maestresala respondía olvídate del debut, pero no puedo jurar que ésas fueron las exactas palabras cruzadas porque yo no tenía oídos más que para el rumboso rumor de las mujeres que iban y venían con un fondo de mambo que llegaba desde la victrola multicolor en medio del salón, presidiendo luminosa y sonora el círculo de putería. Ahora la matrona se dirigió a mí—mejor dicho: a nosotros: ya había olvidado a Pepito con tanta carne cruda cerca—y llamó en alta voz a una Mireya—nombre que ha quedado en mis oídos como propio de putas—que vino hasta donde estaba ella antes de que la matrona añadiera: "Y Xiomara", otro nombre putesco desde entonces. "Ocúpense de los muchachos", agregó, apuntando para Pepito y para mí, aunque no había necesidad de hacer ese gesto indicador: todos los demás clientes que se podían ver en el bayú eran hombres hechos y derechos.

Pepito eligió a Mireya—o más bien Mireya eligió a Pepito—y yo me quedé con Xiomara. Podía haber escogido otra de las pupilas que se veían esparcidas por el salón, evidentemente desocupadas. Pero me gustó Xiomara de Xanadú (tal vez fue el exotismo del nombre que ahora obliga a la asociación romántica: ya yo era afecto a la literatura) con su cuerpo bien hecho reducido en todo: en caderas, en tetas, en muslos. Además su cara, aunque no era linda, tampoco se podía decir que fuera fea enmarcada por su pelo rubio teñido, rubio borroso y algo en ella—¿las facciones, el modo de mirar, su andar?—la hacía aparecer (luego me di cuenta de que era solamente parecer) muy joven. Xiomara llevaba un refajo de raso por todo vestido y me sonrió cuando me dispuse a ir con ella: no tenía buenos dientes. Atravesamos el salón y nos

322

dirigimos—es decir, se dirigió ella: era mi guía y yo me limitaba a seguirla—a la escalera, al fondo, que llevaba al segundo piso. Era la escalera común a esta clase de casa en La Habana Vieja, pero insisto en recordarla, no sé por qué, como una escalera de caracol: tal vez no sea el recuerdo sino mi imaginación. Después de recorrer el breve corredor, que me parece más largo en la memoria, ella abrió una puerta a un cuarto oscuro, que al encender la luz ella se convirtió en una habitación con una cama vacía pero no muy bien tendida: alguien había estado acostado en ella y no se había molestado en tenderla correctamente: mi madre habría objetado a tal chapucería. De esta reflexión sobre sábanas me sacó Xiomara, quien en cuanto entró al cuarto y como accionada por un resorte (me recordó la acción automática que abrió la puerta del burdel) se quitó el refajo y se quedó completamente desnuda (aunque aparentemente más recatada que la puta desnuda que atravesó el salón, Xiomara no llevaba blumers) pero su desnudez fue visible sólo un segundo: al tiempo que se desnudaba apagó la luz. Sin embargo en ese relámpago oscuro pude ver su cuerpo, que me recordaba—aunque estaba vertical y de frente—la visión casi curativa que había tenido en la azotea de la muchacha desnuda acostada en la cama del cuarto del hotel Pasaje. Ahora, por un instante, Xiomara la puta me recobró a la muchacha perdida. Pero fue nada más que un momento memorable, ya que al instante siguiente ella, Xiomara, estaba en la cama, profesionalmente esperando que yo completara el sabido (teóricamente) mítico monstruo de dos espaldas, que yo nunca había formado, ambos en la posición de misionero, ella apurándome con su mirada visible en el cuarto ahora no tan tenebroso. Era evidente que me apresuraba con su postura a que yo me desnudara, cosa que hice, para ella, con desesperante lentitud (oí chasquear sus dientes cariados), para

mí con celeridad inusitada (siempre se me enredan los bajos
de los pantalones en el tacón de cada zapato y casi me hacen
perder el equilibrio que recobro con un paso o dos a un lado y
a otro, casi conga), haciendo avanzar el momento en que pe-
netraría, atravesando el umbral, el único misterio de la vida
que podemos conocer y que estaba todavía por desvelar, si
exceptúo los instintos infantiles y luego los imperfectos conocimientos adolescentes, meros arañazos en la puerta peluda.
Me avalancé a la cama y después trepé por Xiomara con mi
habitual habilidad que es chambona (según subo siento su
perfume, que es de brillantina barata mezclado con esencia escasa: perfume de puta en el vocabulario habanero pero para
mí el olor del deseo) pero al encaramarme sobre ella el ardor
que sentí al principio, al verla desnuda, hada hetera, me de-
sertó al cubrirla y en vez de tumescencia tuve flaccidez, una
lasitud que no era adecuada a la prometida gran penetración—promesa para mí, para ella gaje del oficio. Ella luchó
conmigo, ahora convertido en peso muerto, pero no hizo lo
que era necesario: no ser mera física sino simpática, dar cariño,
ofrecer amor aunque fuera comprado. Así estuvimos en ese
falso coito unos pocos momentos que me parecieron estancias
en la eternidad, frotándome inerte, inútil contra su pubis, menos lúbrico que las dos lesbianas arañas. Ella se cansó de luchar a pierna partida: "Bueno, bájate", fue lo que dijo finalmente, una orden ominosa, y la obedecí. Saltó de la cama y
se echó el refajo sobre el cuerpo desnudo y sudado como un
salto de cama, naturalmente. Encendió la luz y abrió la
puerta mientras yo me estaba vistiendo todavía, los pantalones ahora enredados por arriba a los talones del pie desnudo,
ella lista para el próximo parroquiano, yo profundamente hu-
millado. He hablado a la ligera de lo que fue para mí entonces un encuentro con el fracaso: me esperaba todo (tal vez

una eyaculación prematura en vez de un coito capaz, tal vez un mal menor) menos mi incapacidad total para funcionar. ¿Cómo después de innúmeras masturbaciones, de incontables erecciones solamente con hablar con Beba, de vanas venidas con Lucinda, de la eyaculación caudalosa en los muslos evasivos de Nela, me iba a encontrar actuando prácticamente como un impotente, yo presunto poderoso potente? Era tan irreal como la atmósfera del burdel y al mismo tiempo ambos vivos en mi memoria. Antes de dejar el cuarto, mientras ella cobraba el dinero regalado que yo busqué por unos momentos también frustrantes por los bolsillos de mi ropa, sin encontrarlo, enredándome ahora las manos en todos los insterticios vacíos de mis pantalones, hallándolo finalmente en el último momento, atiné a decirle sin mirarla: "Por favor que no se enteren mis amigos", y ella respondió, casi automáticamente: "Ni te preocupes". Ahora, a la luz desnuda del pasillo, pude ver que ya no era tan joven, que distaba mucho de parecerse a la muchacha tumbada bocabajo, tostada, toda de yodo, del Pasaje, cuya cara nunca había visto pero que estaba unida en mi imaginación a su cuerpo en la memoria, inolvidable toda. La iniciación había sido un fracaso del presente pero un triunfo del recuerdo.

A las dos semanas volví con Franqui y Pepito, compañeros de mi guarida, al mismo bayú, con la misma Xiomara (la frustración estaba unida a ella y eran inextricables: las dos se habían hecho obsesión: tenía que regresar a ella y hacerlo vencedor) y sucedieron las mismas cosas: mi timidez venciendo el erotismo, la flaccidez contra la tumescencia, el fracaso repetido convirtiéndose en fiasco. Creo que lo atribuí a una causa mayor: al miedo instigado en mí por mi madre, por toda la familia, por algunos amigos, a las putas, convertidas de mujeres malas en equivalentes de enfermas, capaces de contagiar su mal y presidiendo esos temores físicos un gran temor casi metafísico inducido por un término terrible: sífilis. Pero Xiomara tenía otra explicación, un diagnóstico. Al cobrar de nuevo por el trabajo que no había hecho ("No se devuelve el dinero si se suspende la función"), me dijo: "Debes ir a ver un médico", que me asustó porque ella quería decir que algo estaba mal en mi cuerpo (tal vez fuera tan presciente de haber implicado que el mal estaba en mi mente), pero el susto duró sólo un momento: el tiempo que me tomó salir de la casa, de la calle Crespo, del barrio de Colón—yo sabía que no pasaba nada con mi sexo que el amor no pudiera curar.

Tiempo después—no recuerdo cuánto exactamente: el memorista sólo sabe que el tiempo es elástico—sucedió la tercera repetición de mi iniciación segunda pero esta vez yo fui mi propio maestro de ceremonia. Era el día de Navidad y habíamos estado bebiendo en casa, en nuestro cuarto de ese palacio poluto de Zulueta 408, una botella de vino exótico (o tal vez de ron doméstico: no recuerdo, solamente recuerdo, como graduación del alcohol, la desaprobación de mi padre, expresada en rezongos, en carraspeos y en miradas atravesadas) traída por Rine Leal, bebiéndola en compañía de Matías Montes, escritor en cierne, y con Rine, por supuesto. Finalmente decidí que la atmósfera adversa de mi padre, haciendo el lar latoso, era insoportable y salimos los tres del cuarto, del solar, dejando la botella vacía detrás: no era de gente decente beber por la calle, sobre todo a pico de botella. Ya tarde en la noche el trío en tragos trastabilló más que caminó por el precario borde de La Habana Vieja (era difícil guardar el equilibrio en esa zona ese día) que era la calle Zulueta, en la noche de Navidad (o tal vez Nochebuena: nadie celebraba la Navidad en Cuba, Cristo naciendo la noche antes de que lo hizo), bajo una lluvia inusitada en vez de una nevada, como pintan las postales que debe ocurrir en Navidad, aun las postales de Navidad habaneras, ciertamente decepcionados por la ausencia de nieve, como dejaban oír nuestros hipos a dúo y a veces a trío. Fue no lejos de casa, apenas a dos cuadras, yendo por el portal de la Manzana de Gómez (y es extraño cuántas veces dormido vuelvo a pasar entre estos portales que el sueño hace arquitectura interminable pero en esa zona de La Habana las columnas forman el horizonte urbano, un paisaje infinito), protegidos de la lluvia por los corredores pero no de la tentación de la Manzana de Gómez: fue allí, en la arcada solitaria, que nos enfrentamos de pronto con la negra más linda que había visto en mi vida—y yo había visto unas cuantas negras neumáticas, aun en el futuro me esperaba el encuentro con una verdadera Venus afro. Esta de ahora no era una negra sino una negrita, alta, delgada, que se hizo más joven cuando la conocí—y al verla supe que debía ir tras ella, hablarle, intimar. Así les dije a Rine y a Matías: "Bueno, nos vemos", dando media vuelta y alejándome en el acto, en un acto que ellos no creyeron inusitado por lo repetido que era: no era la primera vez que yo dejaba a mis amigos, su compañía, la amistad por el afecto, para caerle detrás a una mujer, muchas veces sin alcanzarla mi amor trompero. Pero esta vez me aparejé pronto a la negrita y la saludé y ella me sonrió: estaba hecho, como se decía en La Habana, cuando algo salía bien, como si uno estuviera por hacer y solamente el éxito nos completara.

—Paseando sola tan tarde—le dije, dejando que la frase no fuera ni una pregunta ni una afirmación: simplemente una oración en la noche.

—Así parece—dijo ella, en el mismo tono.

—¿Y eso?

—Cosas de la vida—y volvió a sonreírse: era evidente

que su sonrisa encerraba o desvelaba un misterio y no eran
sus dientes que mostraba y ocultaba, iluminando y oscure-
ciendo alternativamente su cara bella. Ella sabía algo que yo
no sabía pero debía adivinar.

—¿A dónde vas?—le dije yo, tuteándola ya.

—Oh, por ahí.

—¿A ninguna parte?

Ella se detuvo y me miró de frente (ahora estábamos protegidos de la lluvia por los portales proxenetas del Centro Asturiano), aunque no me estaba enfrentado, y todavía sonriendo o sonriendo de nuevo me dijo, usando su única pregunta, devastadora, ante tantas preguntas mías, inocuas:

—¿Qué es lo que tú quieres?

Se me cayó el alma a los pies. De manera que era no una
conquista sino una compra venta: ella era puta de la calle, una
que hace la calle, una fletera—esa extraña palabra habanera
que nunca nadie supo explicar su origen. ¿Qué tenía que ver
una fletera con los fletes o una trotacalles con *flirt*, si deri-
vaba del inglés? Pero yo no estaba para ejercicios en etimología y el ron reciente (o el vino) me hizo preguntarle, saltando
por encima de mi timidez:

—¿Cuánto?

(Ustedes se preguntarán cómo había sabido yo que era
una puta sólo por su porte y una pregunta. Pero es que ustedes no la tienen a ella delante como yo la tenía. Su pregunta
era un programa, su postura una tarjeta de presentación, su
cara unas cartas credenciales.)

Ella volvió a sonreírse y me dijo muy bajo, tanto que casi
no me dejó oír la lluvia:

—Un peso—que quería decir un dólar, claro, pero que
era más que un dólar entonces, al menos para mí: teoría de la
relatividad económica, pero era extraordinariamente barata

aun para los años cuarenta—. Eso sí—añadió apresurada—, tú pagas la posada.

No fue difícil encontrar una posada barata: yo no tenía para más y la que escogí en la calle Obrapía, cerca del Floridita, bar de lujo, era un hotelito de mala muerte y la habitación, ante cuyo aspecto escuálido el cuarto del bayú en el barrio de Colón resultaba una suite en el Hotel Nacional: no tenía baño y solamente había, en un rincón, una palanga y una jarra higiénica. (Habíamos pasado junto a otro *hotel de passe* —que era el mismo en que dormimos toda la familia una noche de agosto de 1941. Pero no entré en él no para evitar el carácter cíclico que hubiera tenido mi estancia erótica ahora sino porque pensé que resultaría más caro que éste en que me había metido finalmente.) Nos quitamos la ropa (no recuerdo haber pedido una habitación ni haber entrado en ella ni haber cerrado la puerta por lo que bien podíamos estarnos desnudando en público) y esta vez sí pude ver cómo se desnudaba una mujer, que no había visto nunca antes: había visto mujeres ya desnudas pero no quitarse una la ropa pieza por pieza: ante este desnudarse de ahora lo que hizo la anafrodisíaca Xiomara era vulgar y violento: ésta se desnudó con lentitud deliberada y como era invierno llevaba bastante ropa que quitarse: fue un verdadero desvelamiento. Cuando finalmente se quedó desnuda me dejó pasmado: era un cuerpo de una perfección rara, con las largas piernas perfectas y el culo calipígico que siempre tienen las negras: alto y parado, luego las teticas de totem que la hacían casi el negativo de una Venus de Cranach. ¿Hay negras medievales? Esto lo pienso ahora, entonces pensé que ella era la promesa de Marta, la hija de Georgina, de Georgina misma joven encarnada en esta negrita, hecha carne. Aunque yo estaba todavía borracho pude gozar su desnudez el momento maravilloso que duró: ella, con frío africano, corrió hacia la cama y se metió bajo la sábana, dejando fuera sólo su cabeza conga que se veía más negra en la oscuridad (no puedo recordar quién apagó la luz, o a lo mejor el hotelito era tan pobre que no había luz: pero no: esto es imposible: ella debió apagar la luz—¿o tal vez fui yo?, pero ciertamente no había luz) del cuarto. Fui hasta la cama, ya desnudo, y me metí bajo sus sábanas o bajo la sábana, ya que era ejemplar único, primero y luego fui arriba de ella, sintiendo sus huesos hacerse muelles de jóvenes que eran bajo mi cuerpo que entonces no pesaba mucho. Creo que por un momento me pregunté si sería así como yo perdería mi virginidad, preciosa a pesar mío, con una puta y no con la mujer amada que yo creía, quería. Después hubo una falsa penetración porque ocurrió lo que nunca me había ocurrido en los largos años de práctica con mi pene, maestro masturbador, cuando creía que la mano era la mejor amiga del hombre, lo que yo temía que me ocurriera con mi primera mujer verdadera, aun con una puta profesional, vino a pasar con esta fletera amateur: un coito prematuro, eyaculación precoz es el término técnico.

"¿Ya?", preguntó la negrita núbil casi tímidamente al notar mi flaccidez. Al ver su cara tan joven era para hacerle la pregunta de preceptiva de la putería de que qué hacía una muchacha como ella en esta profesión, para seguir preguntándole, cubriendo ahora el embarazo, cuánto tiempo llevaba de puta, cómo había entrado en el negocio—y esas muchas preguntas largas fueron mi respuesta a la suya breve. Me contó cómo hacía dos años que estaba ejerciendo la prostitución —ella dijo, más directa, mejor: "En la putería"—, que había comenzado a los dieciséis años cortos, iniciada por un primo que cobraba parte del dinero al principio, pero ahora, desde unos pocos meses, ella hacía la calle sola, por su cuenta, sin darle cuentas a nadie. No era tan mal vivir. "Se llama meterse a la mala vida, pero no es tan mala", me dijo y se sonrió, su boca convertida toda en blancos dientes. Cobraba su dinero y ahora podía comprarse ropa y zapatos y perfume. (Su perfume barato era más poderoso que el que usaba Xiomara, pero esta Venus negra—nunca supe su nombre, ni siquiera su seudónimo putesco—olía mucho mejor que la mala puta blanca.) "Además", dijo, "¡me divierto más!" (Ya lo he dicho: hasta encontré putas felices.) De aquí pasó sin transición a ocuparse de mí, ya toda una profesional: "¿No quieres que echemos otro palo?", me preguntó, queriendo decir comenzar otro coito: ella era generosa: el primero ni siquiera tenía derecho a ser un palo, mucho menos una singada. Pero por alguna razón yo estaba contento. Sería el vino (o el ron de Rine) o la realización de que no había perdido mi virginidad del todo: todavía podía esperar ese amor perfecto, aspirar a él, merecer una mujer. No lo sé. Sólo sé que le di todo mi dinero, dejando un poco para pagar al chino fumado, esfumado, que nos abrió la puerta de la calle. Salimos los dos a Obrapía donde todavía llovía: llovía en Obrapía y en Monserrate, llovía en Zulueta y en el Prado y por Jesús del Monte y El Vedado: llovía sobre toda La Habana.

—Pensé que esta noche no iba a hacer ningún negocio —dijo ella todavía en Obrapía.

—Ya tú ves--le dije yo, dejando la frase en el aire húmedo para que ella la completara con la letra de un bolero:

—Uno no sabe nunca nada.

Yo podía responder con la letra de otro bolero porque había llegado al conocimiento de mi sexualidad: "Tú serás mi último fracaso".

331

LA MUCHACHA MÁS LINDA DEL MUNDO

¿Me perdonarán la hipérbole? Tienen que perdonármela: de joven uno siempre es excesivo y si ella no era la muchacha más linda del mundo, por lo menos me lo parecía. Estaba, según decía Silvio Rigor, como para empezar por una pata de la cama—aunque esa frase es posterior, del tiempo en que uno se atrevía a mezclar la exageración con el sexo. Entonces, la época de que hablo, había más bien timidez al expresarse de las muchachas, sobre todo si importaban. Si no importaban, no importaba nada lo que se dijese (o pensase) de ellas. Esta muchacha de que hablo, Julia (pero yo la llamé siempre Julieta) Estévez, importaba mucho porque era la muchacha más linda del bachillerato. Quizás habría una que fuera más bonita de cara y otra que tuviera mejor cuerpo, pero ninguna reunía, como ella, la cara y el cuerpo y, aunque era más bien baja, estaba hecha a escala y su figura perfecta era la de una tanagra. (Ésa es una palabra que aprendí después: entonces ella era una muñeca.) Había sido declarada la Novata del Año en el Instituto, lo que indicaba que su belleza era apreciada por más de uno, es decir, por muchos y yo la había conocido ya en el segundo año (aunque la había visto por primera vez y aprendido a distinguir de lejos desde el primero) cuando coincidimos en la misma aula. Ella se destacó en mí en la fiesta de despedida de año—que se celebraba la última semana y el último día antes de las vacaciones de Navidad—, cuando subió al estrado para hacer lo que sabía, que era recitar, y declamó un poema serio, con cómico acento español, que decía: "Cuando tú pisas las uvas, ¡qué bien estallan, morena!" Lo que hacía el poema más irreal que sus zetas y sus elles es que ella era rubia. Tal vez no rubia púbica pero sí lo bastante blanca como para que su pelo rubio pareciera natural.

Fue cuando yo empecé a desinteresarme por los estudios y me pasaba todo el tiempo de clases en la biblioteca del Instituto leyendo literatura, que hice amistad con ella, que a veces acostumbraba a leer en la biblioteca: yo la admiraba mientras leía y a mi vez era mirado por el monóculo penetrante de Polifemo. La vi un día salir de clases, del edificio, del portal con Ricardo Vigón, que comenzaba a ser amigo mío (tal vez ni siquiera comenzara a serlo y fue cuando fue por fin mi amigo que recordé aquella salida y el golpe casi de celos que me dio verlos juntos) y así supe que ella se interesaba más por los muchachos que otras muchachas de su edad y de su clase (hablo en sentido académico, no social, pero la ambigüedad podía ser anfibología para mí). Luego la vi varias veces con el hombre (para mí era un hombre porque estaba dos o tres años por delante de mí en el bachillerato) que llegaría a ser su marido. Otro día coincidimos en la biblioteca del Lyceum, a la que yo acababa de descubrir, Colón de la cultura, viajando tan lejos de casa, de cuya biblioteca circulante me hice socio ese día, y había más de una persona allí en la sala de lectura y por los amplios ventanales entraba el fresco y el rumor de los árboles pero, inoportuno, venía el ruido rítmico de las pelotas de tennis golpeadas por raquetas—árboles, pelotas y raquetas invisibles para los lectores. Allí estaba Julieta y fue la vez que advertí que más que blanca era dorada y fue adorada. Lamentablemente había más de una persona en la sala de lectura: estaba con ella Martha

Vesa, a quien por su gordura y tamaño llamábamos Marta Obesa, que después con sus trenzas rubias y sus ojos azules y su pasión por la música (y el conocimiento mío, nuestro, de las óperas de Wagner) hizo que la apodáramos, definitivamente, la Valquiria, que era como escribíamos y leíamos la palabra *Walkyrie*. Ese día conversamos (es curioso cuánto se podía conversar en las bibliotecas de La Habana entonces), entre todos los temas del mundo, de la belleza y yo, pedante, cité a Platón citando a Sócrates para oponerme a su idea de que la belleza no puede localizarse en algo pequeño y ofrecí al mosquito, tan bello como una mariposa (no sé por qué no escogí a la mariposa: tal vez porque el mosquito es no sólo más pequeño sino porque su belleza no es evidente, desplegada y gratuita como la de la mariposa, y puede además ser mortal), pues el mosquito es pequeño pero bello. (Julieta habría sido mejor ejemplar pero habría cometido el doble pecado de personalizar y de avanzar desenmascarado.) Era pura provocación, desde luego, y Julieta reaccionó a mis palabras con la atención que yo quería que me prestara a mí mismo. Hablamos también del arte—para ella, del Arte—y yo dije que el arte era una mentira que el artista hacía aparecer verdadera. (Entonces yo no sabía quién era Wilde y Oscar era para mí una estatuilla dorada, como Julieta, sólo que famosa.) Ella casi se enfureció (y lució más bella que la primera vez que vi su belleza brillar) y exaltada dijo: "¡Cómo vas a decir semejante cosa! ¡El Arte es la verdad!" La mentira era mi argumento y lo cierto es que ella había leído con pasión más que atención *Mi vida*, de Isadora Duncan (entonces casi todas las muchachas interesadas en el Arte habían leído *Mi vida* varias veces y juraban por Isadora Duncan como yo luego por Isidore Ducasse), libro que yo también había leído, más que nada por sus zonas eróticas. Sabía, sobre todo, todo sobre el affaire de Isadora y el violinista feo y jorobado, Quasimodo de su señora, con el que hace ella de todo en su auto, a pesar de su repulsión física, llevada Isadora solamente por la intensidad del deseo del otro. Esta anécdota yo la atesoraba (en especial pensando en las muchachas que habían leído a Isadora—siempre llamada por ellas Isadora y nunca Duncan— que eran además bonitas o cuando menos atractivas) porque, me decía, si el violinista jiboso pudo conquistar a la bella bailarina, yo, que no tenía joroba (aunque tampoco tocaba el violín, es verdad), bien podía emularlo con alguna de las sacerdotisas de aquella diosa del amor libre. Es cierto que también pensé escribir una versión de *Mi vida*, pero mi vida sería un libro cerrado que al abrirse se vería lleno de actos inocentes escritos con palabras culpables. Ése era mi proyecto, mi realización era ahora Julieta Estévez que contestaba con pasión, argüía con graciosa gesticulación, acentuaba encantadora sus puntos de vista y me hizo olvidar mis argumentos (que eran mero aderezo, construcciones cosméticas, como diría Silvio Rigor) para concentrarme en su cara bella. No recuerdo quién más estaba en el simposio en que Sócrates comía la última cena. Lo que recuerdo es a la atroz Valquiria uniéndose a Julieta y haciendo las dos un dúo de contralto y soprano contra mis argumentos contra natura, mientras yo me batía en retirada silenciosa, solamente mirando, admirando la belleza de Julieta: la verdad más bella que la ficción. Fue desde entonces que empecé a buscar su compañía, a pesar de mi timidez—y la busqué y la hallé. Yo sabía que ella vivía en la calle Inquisidor, no lejos de la Alameda de Paula, todavía por restaurar, con su belleza decaída (las ruinas me encontrarán impávido: me interesa más la beldad viva) y aunque no sabía el número de su casa, deduje, experto crede Romeo, dónde encontrar a Julieta: la esquina de Inquisidor y Sol, en que paraba el tranvía, era un buen lugar para esperarla, para encontrarla sin dejar ver que la buscaba—y fue allí donde la encontré un día, una tarde de verano (siempre era verano entonces en La Habana), atardecer glorioso aunque ella no fuera Gloria. Julieta me vio y se sonrió sorprendida: sabía que yo no tenía nada que hacer por esa parte de La Habana Vieja—al menos eso fue lo que pensé que ella pensaba, viéndome por transparencia, hombre de vidrio que soy, licencioso vidriera. Conversamos y, aunque no le confesé qué hacía por esa Habana, ella me reveló su secreto: estaba esperando el tranvía. Seguimos conversando y cuando llegó su tranvía llamado coincidencia (para ella, para mí era intención), subí detrás de ella. Julieta, claro, se dio cuenta de que yo montaba al tranvía por ella y no porque necesitara viajar. No sé dónde fue ella, no sé dónde fuimos los dos, solamente recuerdo que donde quiera que fuera la acompañé. La tarde se hace dorada en el recuerdo pero era que era realmente dorada, las casas en el atardecer cobrando color de cuadro de Bellini, al que prestaba contraste el cielo luminoso. (Puedo seguir, seguir con estas descripciones pictóricas, haciendo del tiempo paisaje, no pasaje, pero prefiero hablar de la carne hecha verba.) Julieta habló de muchas cosas y una de las cosas de que habló fue de poesía, que le interesaba a ella tanto y aunque me encantaba el sonido de su voz, pude participar, hacer diálogo su monólogo, no para decirle que mucha poesía era sólo prosa rimada, sino para acordar con ella, buscando en su discurso no la discusión sino un íntimo concurso. Cuando me despedí nos prometimos, mutuamente, otro encuentro, pero no recuerdo si la promesa fue expresa o sólo tácita.

La volví a encontrar muchas veces al buscarla, sin saber entonces que ella estaba destinada a jugar un papel importante por no decir decisivo en mi vida: no sólo a la dádiva del amor (ése lo regalaba a cualquier extraña pasajera) sino a la entrega de mi virginidad. (Luego, más tarde, sabría que ella había sido la misma musa para distintos amigos amorosos, incluso de amigos que no existían todavía, que estaban en el futuro de mi conocimiento.) Pasó el tiempo y los encuentros se hicieron frecuentes pero parecían no conducir a nada, ¿cómo decir?, palpable. Pero un día recibí una llamada por teléfono. No a mi teléfono, que no teníamos teléfono ni pensábamos ni soñábamos tenerlo, sino al de Fina, la novia de mi tío (todavía no se habían casado) y del piso de abajo subió Fina a decirme que me llamaban. Mi asombro fue extraordinario, pero cuando pregunté que quién era y Fina me dijo que una mujer, se hizo doble asombro y al añadir una tal Julia (por un momento no pude hacer coincidir ese nombre con la imagen de Julieta), el asombro fue triple salto mortal de mi corazón. Nunca entendí cómo ella, Julieta, supo el número del teléfono de Fina ni cómo se enteró que era novia de mi tío. (Tal vez preguntó a la operadora, dando mi dirección, que ella sabía, que supo a pesar de la resistencia más que reticencia a dar mi dirección por esa época, no por sentido de la privacidad sino por todo lo contrario: vivía no en una casa privada sino en un edificio público, anunciado hasta en las páginas editoriales de un diario de la mañana. No sé por qué le di a ella mi dirección, esa impronta infamante, Zulueta 408. O sí sé por qué: quería tener comunicación directa con ella, estar a su alcance, que supiera el mayor número de cosas sobre mí—golpe de datos para abolir el azar.) Fui al teléfono con temor a la presencia constante de Venancia, la futura suegra de mi tío, y su voz, la de Julieta, sonó tan dulce a mi oído único que me olvidé de la encimada suegra de mi tío. Ella quería verme—¿podía yo venir a su casa? Por supuesto que le dije que sí, que cuanto antes, que me ponía en marcha ya—lo que hice. Por el camino (bajando por Teniente Rey hasta Compostela, a alcanzar Sol, pasarla, llegar a Luz, seguir, para acceder a Inquisidor) iba pensando que ella estaría sola y que era por eso que me llamaba: claro que se producirían intercambios, diálogos, variaciones sobre el tema del amor—quién sabe si hasta llegaríamos a la cama camera. En eso pensaba, pensé hasta que toqué el timbre de su apartamento. (Ella vivía en una de esas casas de La Habana Vieja que se había construido sin embargo en este siglo: un largo apartamento con su sala y balcón a la calle y luego un larguísimo pasillo exterior que comunicaba con los cuatro cuartos y al fondo con el comedor y la cocina. Hago esta pequeña digresión topográfica del terreno del amor no por afán arquitectónico sino para facilitar la situación de una escena que vendrá después en su exacto teatro doméstico.) Ella abrió la puerta: me esperaba ansiosa: estaba más linda que nunca, con un vestido amarillo descotado al frente que dejaba ver el nacimiento de sus senos. Se veía dorada como la manzana de oro: golden delicious. Se sonrió mostrando sus dientes parejos y perfectos, con encías tan rosadas como sus labios.

—¡Qué rápido viniste!—me dijo como saludo.

—Sí—admití—, vine rápido.

No le dije que había venido casi corriendo, no sólo por la expectación de encontrarme con ella sino porque estaba lloviendo. Ella cerró la puerta y caminó hasta la sala. Se sentó en el sofá invitándome al escoger este mueble a que yo me sentara a su lado, un sofá para dos. Lo hice rápidamente, sentándome casi antes que ella. No se veía a nadie en la casa. ¿Estaría realmente sola? ¿Llegaríamos a algo? ¿Se producirían transfiguraciones, figuraciones, figuras? Pero pronto sufrí una doble desilusión. Del fondo vino con ruido de tacones una persona que llegó a la sala, me vio y se dirigió a la puerta, la que abrió y salió por ella a la escalera y a la calle y a La Habana Vieja bajo la lluvia. Nunca supe quién fue esa sombra que pasa: si visitante íntimo o pariente pobre. El segundo chasco se produjo cuando ella expresó un *tolle lege*: de alguna parte de su cuerpo sacó un libro y me dijo:

—Léeme.

Ni siquiera me lo pidió por favor: era una encomienda real: ella me extendía el libro y tendría que leerle. El tomo, cuando lo tomé en mis manos, se volvió una antología de poesía—en inglés. Ella me lo dio ya con una marca: había introducido su índice dentro del libro, indicando una página. Antes de poder verla, me dijo:

—Es Eliot. Tienes que leerme su poema.

Efectivamente, su marca de dedo en la página indicaba que era la sección de la antología de poesía inglesa dedicada a Eliot y el poema que tenía señalado era *Ash Wednesday* —¿pero cómo leérselo? Además, ¿era para esto nada más que me había llamado con tanta urgencia? ¿Un toma léeme, no tómame? Quiero advertir que aún hoy día mi pronunciación del inglés recuerda más a la de Conrad que a la de Eliot—a quién solía llamar Elliott—, que hablando de Conrad recordaba, atenuante de su admiración, el espeso acento polaco que padecía el novelista, verdadera halitosis oral, el americano poeta preciosista en su pronunciación inglesa imitada. En ese tiempo mi inglés era un mazacote inaudible o demasiado audible en su atroz pronunciación habanera y aunque podía leerlo muy bien para mí, nunca, excepto en clases, lo había leído para otra persona. Traté de convencer a Julieta de que no se podía leer así a Eliot. Pero ella no entendía mi español o no atendía a mis argumentos. "Quiero oír cómo suena", me ordenó. Por fin cedí a su mandato (nunca fue una petición, mucho menos un ruego) y comencé a leer:

340

"Bee caused eyed doe not to hop to turn a game", y en mi pronunciación producía una parodia cruel como abril de Eliot. Por fin terminó el poema en borborigmos más que entre ritmos. Ella encontró excelente el poema y mi lectura: es evidente que aunque fuera actriz (luego llegaría a actuar con bastante éxito, sobre todo en *La lección*, de Ionesco, haciendo una creación de la niña que, entre un dolor de muelas, da y recibe una lección, mientras los espectadores conocen que la cultura conduce a lo peor) no tenía oído: mi lectura fue un desastre, que me dejó en la boca un sabor de ceniza ese miércoles. Doble desastre porque ahora se hacía patente que ella me había convocado solamente para que yo leyera el poema y conociendo su carácter (que podía, en ocasiones, ser muy firme) no traté de llevar mi visita al terreno baldío del sexo.

Pasaron varios años entre establecer una relación con Julieta y conseguir mis propósitos, el único propósito que tenía con ella, el propósito. Así, terminó el bachillerato y nuestra amistad sobrevivió a la separación de carreras: yo asistía a la escuela de periodismo y ella estudiaba arte dramático. Hubo invitaciones suyas tan inusitadas como la lectura del poema de Eliot y no menos literarias. Una de ellas fue ir al cementerio de Colón (Colón que estaba en La Habana, ciudad que pareció descubrir, en todas partes, en el amor y en la muerte). Julieta era una enamorada de los cementerios y decía que conocía un rincón de Colón que era ideal para la meditación. Las rimas impensadas de las líneas precedentes se completaron con mi negación a ir al cementerio de Colón: sólo en cadenas me habrían llevado allí vivo. Ni aunque hubiera podido hacer sobre una tumba lo que me proponía en una cama habría ido al cementerio de Colón con ella: detesto los cementerios y aborrezco las personas que dicen que les gustan los cementerios. Tuve que hacer una excepción con Julieta porque su belleza hacía perdonar todas las exigencias de su alma eslava de su cuerpo.

Por este tiempo Julieta me presentó a su amiga (es curioso, Julieta realmente no tenía amigas) Silvia Sáenz, que era escultora o empezaba a esculpir. Salí con Silvia varias veces, entre ellas una salida a las canteras (era de esperarse: como si Miguel Ángel invitara a sus íntimos a otro sitio que no fuera Carrara) de Casablanca, a ver si la exploración marmórea devenía conocimiento carnal. Aparte de una o dos revelaciones sobre Julieta (que de paso desvelaron a Silvia como una estatua desnuda: no mucho más tarde fue evidente que a ella le interesaban más las mujeres que los hombres) no ocurrió nada y después de esas versiones y diversiones nuestra amistad languideció sensiblemente por su perversión. Pero por Silvia supe que Julieta, ya desde niña, mostraba su vanidad y sus inclinaciones. Las dos habían ido al mismo colegio privado y Silvia recordaba muy bien el día que Julieta se apareció en el aula con un lazo amarillo enorme en el pelo rubio y le dijo a la maestra, no le preguntó: "No es verdad, señorita, que yo soy la más linda del colegio". Julieta tendría entonces diez o doce años, pero ya revelaba su seguridad en su belleza. Ocurrió también el día que la cogieron "haciendo cositas" (como decía Silvia) con un muchacho que visitaba el colegio, que era una escuela sólo para niñas, pero el muchacho (más bien un muchachito: según Silvia, mucho más joven que ellas y Julieta fue la seductora: lo que creo) era pariente de la directora. Silvia me hizo otros cuentos y confesiones pero algunos yo ya los conocía por Julieta, como su relación (que fue aparentemente de dirección doble: una de las pocas incursiones de Silvia en la heterosexualidad) con Diosdado Noel (ése era, sorprendentemente, su verdadero nombre), pintor de profesión, que afectaba una tuberculosis perenne que nunca se hizo tisis galopante, vestido siempre de luto (vestirse de negro ¡y en La Habana!, doble despropósito: pues la burla habanera no permitía que esas extravagancias se cometieran impunes), con su barba cuidada y su melena romántica: Víctor Hugonorrea llamaban a este papá Noel. Uno de los cuentos (que ya me había hecho Julieta: a ella le encantaba contar sus aventuras) colocaba a Diosdado en un bote, con Silvia y Julieta a cada banda, remando cerca de Cojimar, venciendo no solamente el soleado mar sino la burla marinera de los pescadores ante el atuendo del remero—y el cuento terminó, según Silvia, cuando ella pidió ser desembarcada, embarazada por la impudicia más que la impericia del pintor, y Julieta y Noel se perdieron de vista, no mar afuera sino dentro del bote. La historia de Julieta contiene un incidente que no tiene la misma historia contada por Silvia. Noel, pintor que debía ser poeta decadente, insistía en que Julieta besara a Silvia, casi inocentemente según Julieta, pero su negativa (la de Julieta) molestó tanto a Silvia que ésta exigió ser desembarcada inmediatamente. Tiendo a creer la versión de Julieta no sólo por su veracidad sino porque ella tenía una decidida vocación heterosexual y varios cuentos contados por ella lo confirman. Una de estas historias tiene por protagonista a un amigo mío, el poeta hermético Orlando Artajo, y a su mujer (que entonces no era su mujer) María Escalante, actriz. Según Julieta, cuando Orlando y María eran novios, la invitaron a ella a hacerles la visita al apartamento de soltero de Orlando, que estaba en la esquina de Malecón y Prado, en una casa que por razones diversas estuvo habitada por muchos artistas y no pocos maricones, y a veces sucedía que ambas actividades concurrían en un mismo inquilino, artista pederasta. Julieta, la del espíritu erótico, después de estar conversando un rato en la habitación única que era estudio, sala y dormitorio, fue invitada por Orlando a pasar a la cama. Ella, Julieta, que tenía por costumbre no asombrarse nunca ante una expresión sexual (y ella no tenía duda de que Orlando no la invitaba al sueño), se extrañó de aquella proposición de Orlando, delante de María, novios que eran, casi a punto de casarse, y como ella mostrara su extrañeza fue la propia María quien le pidió a Julieta que se tendiera en el lecho (María siempre fue escogida en su vocabulario), aclarando que la invitación la había hecho Orlando por ella: ¡era María quien quería acostarse con Julieta! Las admiraciones son mías, no de Julieta: fue a mí a quien pasmó esta historia, pues no tenía a María (la conocía bien: ella había sido compañera del bachillerato de nosotros dos) por lesbiana, pero los años hicieron no sólo creíble sino posible el cuento de Julieta. María, que se casó con Orlando, era aficionada a las "licencias lésbicas" (con estas palabras me lo describió Orlando, furioso, una noche de confianza y confidencias) y, aparentemente, Orlando le proporcionó su debut—aunque se equivocó de compañera de cama. Julieta me confesó que se desnudó y se acostó con los dos más por gustarle Orlando que por inclinación alguna hacia María y aunque ella tenía como pretexto el alcohol (habían estado bebiendo vino, tan exótico como tóxico en el trópico) el triolismo no pasó de unas caricias críticas de María—que no tuvieron en ella, según ella, el menor efecto—y Julieta a su vez le acariciaba la cosa a Orlando, cosa que le gustaba más que los masajes de María. Pero no pasó de las caricias con Orlando, pues si algo tuvo siempre cuidado de conservar Julieta (a pesar de su libido liberada) fue su virginidad: ésa estaba guardada para su marido, es decir para el matrimonio—tal vez antes, pero en todo caso ella se reservaba para su novio. La tercera prueba de fuego lesbiano la tuvo (o, según ella, la padeció) cuando Dora Darío (ése era su nombre de pluma, como ella decía: es decir, su seudónimo, que había tomado de sus dos ídolos, Isadora y Ruben Darío), conocida escritora lesbiana, la invitó al cine. Julieta fue porque le interesaba la película (estrenaban *La bella y la bestia*) pero casi no pudo admirar su poesía por la molestia prosaica que le ocasionaban los continuos roces de Dora, quien finalmente, y viendo que no llegaba a nada en el patio de lunetas, la invitó al baño. Allí Dora insistió en que Julieta la besara y ella lo hizo para ver si la dejaba tranquila de una vez o de un beso. Pero ella, Julieta, no sintió nada y aburrida mostró a las claras su deseo de regresar a su asiento y terminar de ver la película, una versión de la virago y la virgen. "Qué va", decía ella, "más nunca salgo con una lesbiana, aunque me crean atrasada." Ésta era una de las preocupaciones propias de Julieta, quien sin embargo no era una snob, pero no le gustaba parecer nunca que no estaba al día. Ésas fueron las solas salidas sáficas de Julieta.

Julieta me habló de pasiones imposibles, entre las que se destacaba su corazón cautivo en la malla memorable de Félix Isasi. Yo conocía a Félix sólo de oídas, primero porque era amigo de Ricardo Vigón y luego porque al conocerlo personalmente se empeñaba siempre en decir Faukelner en lugar de Faulkner, cuando hablaba de este escritor que fue su favorito. Éstas eran las características que distinguían a Félix de mucha otra gente que conocí de pasada por ese tiempo. Pero la pasión que provocó más que produjo en Julieta me lo hizo ver con otros ojos. Félix Isasi era un tipo alto, huesudo, de espaldas anchas y piernas largas, pero su boca hendida y su nariz dantesca lo hacían francamente feo. Pero Julieta me confesó que se enamoró perdidamente de él cuando lo notó un día en el salón de lectura de la Biblioteca Nacional. Allí, entre el he-

345

dor a humedad y el olor a libro viejo, en la fortaleza tomada
por los tomos, Julieta vio a Félix leyendo (supongo que a su
frecuente Faukelner) y sonriendo a la lectura, no al libro.
(Cómo pudo distinguir Julieta entre libro y lectura, es uno de
los misterios mayores de la relación entre Julieta y la literatura.) Esa sonrisa silenciosa de lector activo bastó para producir en Julieta una pasión arrebatadora—que nunca llegó a
consumar. Esta vez no fue porque Julieta se empeñara en conservar su virgo intacta (ella se la habría entregado mil veces a
Félix para que la violara como a un libro en rústica) sino que
Félix padecía una enfermedad incurable que no quería transmitir a Julieta. Supongo que esa enfermedad (Julieta no tenía
la virtud de ser explícita en sus relatos o era explícita a espasmos) debía ser sífilis, el mal de amar que ya no era la virulen-
cia venérea que amenazó mi adolescencia anterior. Félix sufría esta enfermedad románticamente incurable (espiroqueta
pálida al claro de luna) y él y Julieta tenían que resignarse a
amarse sin consumar el acto de amor. Según Julieta, llegaron
muchas veces a la cama (supongo que el pobre cuarto del pobre Félix, que se ganaba la vida haciendo fotos por la calle
con una vieja cámara de cajón, Daguerre c'est Daguerre, im-
presiones que luego trataba de vender a los viandantes retra-
tados) pero siempre se limitaron a acostarse desnudos uno
junto al otro, sin más contacto que las manos enlazadas, las
flacas falanges de Félix manchadas de ácido trenzadas en los
dedos dorados de Julieta, ya que Félix temía transmitir en un
beso su enfermedad insidiosa a Julieta, deseosa. La pasión de
Julieta por Félix terminó abrupta justamente cuando Félix se
curó de su enfermedad incurable, fuese la que fuese, curación
ocurrida en el momento en que Julieta no quiso verlo más.
Siempre sentí pena por Félix y lamenté que se le curara su romántica enfermedad: al menos era un amigo (o un amigo de

346

un amigo) y era preferible que él se hubiera acostado con Julieta que un enemigo, como casi lo hace Paret, el crítico de cine Xavier Paret, a quien yo detestaba por sus críticas diarias y su opinión general sobre el cine. (Hablando de *Un perro andaluz*, este crítico catalán llegó a decir que era "una muestra temprana del vuelo propio posterior"!) Con este viejo pretendiente (debía de tener entonces como cuarenta años), calvo y por demás desagradable, tuvo que ver ella también. Aunque Julieta me juró (no sobre la biblia, tampoco sobre su biblia, *Mi vida*) que nunca pasó de darse un beso tras bastidores y entre actos de *Las moscas*, la obra de Sartre, apasionada por su inteligencia (la de Paret, no la de Sartre), pero a la vez cuidadosa de su virginidad, añado ahora, reservada para su novio de siempre—y aquí sí tengo que hablar del novio de Julieta, que no era Romeo, como tampoco creo que fuera su amor.

Se llamaba Vicente Vega, al que conocí como miembro del equipo gimnástico del Instituto y a quien aprendí a respetar por ser uno de los pocos que defendió de viva voz (otros lo hacíamos sotto voce) a los alumnos judíos cuando, como falsa novatada, les hacían jurar por la bandera cubana los gangsters que controlaban la Asociación de Estudiantes. Esta jura de la bandera era un pretexto para extorsionar a los judíos, cobrándoles una tarifa por no pasar por las juras, que aumentaba en cantidad por la apariencia de afluencia de los alumnos. Algunos tenían dinero pero otros carecían de él completamente (no recuerdo haber conocido nadie más pobre que Mitrani, el Salomón sefardita, compañero de clases y de juegos y de amor por la medicina, una de las pocas personas que encontré en mi adolescencia que era más pobre que yo) y la ocasión de las juras de judíos servía para demostrar su machismo y exhibir su supuesta superioridad de cubanos sobre

347

los judíos—y es síntoma de los tiempos que esto ocurría cuando se acababa de revelar que los nazis aniquilaban metódicamente a los judíos de Europa. Vicente Vega protestó de los actos de jura de la bandera y tuvo una pelea a puñetazos con uno de estos extorsionistas (que después llegaron a ser asesinos verdaderos, aunque lo disfrazaban con la militancia política al llamarse revolucionarios), Lionel Pérez, un mulato grande y fuerte, quien, por supuesto (y para bien de Vicente Vega al no enfrentarse con un enano armado), lo dejó inconsciente en la acera, ante la entrada del Instituto. Pero Vicente fue vencido honorablemente.

Quien lo derrotó y de forma nada honorable fue Julieta, su novia oficial, que lo hizo tarrudo (así es como se llama en La Habana a los cornudos) aun antes de casarse con él—y todavía hizo más: lo cubrió de ridículo mortal al tratar de hacerlo inmortal. Ella lo sacó del team gimnástico, donde Vicente era una estrella, de veras brillaba con luz propia (fue campeón de gimnástica interinstitutos) para convertirlo en un pintor mediocre, porque Julieta no podía casarse con alguien que no perteneciera al mundo del Arte—o, como ella decía, "que no fuera artista". No sólo lo convirtió en pintor de domingo sino que lo persuadió de firmar sus cuadros con el simple seudónimo de Vincent.

Pero, pero, Julieta era bella: su belleza contradecía no sólo a Sócrates esteta sino a Aristóteles ético, y yo, entonces, le perdonaba todas sus faltas morales por sus sobras físicas: con tal de que me miraran sus grandes ojos color caramelo crema y yo admirara su largo pelo rubio, sus dientes deleitosos en una cualquiera de sus sonrisas, su boca tan bien dibujada que hizo desesperar a Vicente cuando Vincent en sus retratos repetidos, todos torcidos, y su figura, su cuerpo de Venus blanca—Venus venérea pues no eran Botticelli ni Velázquez quienes habían copiado sus curvas parabólicas, creadas por la naturaleza de entre la espuma de los besos, hecha de amor para el amor, geometría graciosa que se repetía en la cópula de sus senos sensibles—lo sé porque un día tuve una de esas copas en mi mano. Ése fue el momento en que juré que lograría acostarme con Julieta aunque tuviera que hacer un pacto contra natura: más decisivo que rendirle mi alma al diablo, entregarle a ella mi virginidad. Julieta sabía o sospechaba mi intención de acostarme con ella (por lo menos sabía el tamaño de mi triunfo si lo conseguía), lo que nunca adivinó es que mi virginidad, por azar o voluntad, le había sido ofrendada de antemano—creo que ni siquiera supo que yo estaba siendo desvirgado (si es que esa palabra se puede emplear en un hombre, digamos desflorado) cuando me acosté con ella por primera vez. Antes, por supuesto y para mi desespero, sucedieron otros encuentros interruptos.

Hubo uno, particularmente peligroso, que se produjo en la misma sala de su casa, allí donde yo había trucidado (no traducido) a Eliot otra tarde. Esta vez fui para visitarla y recuerdo que se sentó a conversar conmigo en una mecedora que estaba entre el sofá (memorable y deplorable) y el sillón en que yo me sentaba ahora. Conversamos (una conversación llena de espasmos: míos más que de ella) y de pronto Julieta me miró con su mirada color caramelo claro y me dijo muy bajo pero muy firme: "Dame un beso". Yo no quería creer lo que oía que era lo que quería y casi iba a hacerle repetir la oración que era una orden cuando decidí levantarme y dar crédito a mis oídos con mis labios. Ella no se movió de la mecedora, por lo que tuve que bajar hasta su boca, a borrar sus labios dibujados. Nos besamos: ella besaba fuerte, apasionada aparente, clavándome a veces los dientes en mi labio inferior. Yo respondía a sus besos con ansia y ardor cuando

349

sentí que ella, sin dejar de besarme, tanteaba mi portañuela, esa barrera sartorial, pequeña puerta pudorosa que ella abría botón a botón. Tenía mi Sweeney erecto desde que comenzamos a besarnos y ahora ella lo sacaba y lo metía, sin pausa, en su boca. Para mi fue un acto inusitado, por lo que me enderecé, aunque ella seguía en su felación feliz. Pero yo estaba preocupado con las distantes voces que venían del fondo familiar, ahora más nítidas no sé por qué efecto acústico. ¿Y si se apareciera alguien de la casa, de pronto, por el pasillo abierto y nos sorprendieran? ¿Qué hacer? Y lo que era todavía más difícil, ¿qué decir? Nada de esto parecía preocupar a Julieta, quien, aunque estaba de espaldas al interior de su casa, no concedía la menor importancia a lo que pudiera ocurrir allá, ocupada aquí. Seguía succionando, de vez en cuando ayudada por la mecedora, que se movía hacia atrás y hacia adelante, como todos los balances, según los movimientos de cabeza y de boca de Julieta, que tenían un ritmo ordenado, casi monocorde, pero que me exaltaba: sacaba de mí un dulce irse por una sola parte: parecía imposible que por aquel pequeño orificio pudiera salirse el ser, pero es lo que yo sentía entonces, al dar vuelta ella a su boca, al recogerla de delante atrás, al voltear los labios, su lengua recorriendo todos los bordes balánicos, moviéndose como un dardo dulce hacia el glande, retrocediendo para dar lugar a una succión con toda la boca, mientras yo, casi inmóvil a veces, otras llevado por su euritmia, la sostenía por la cabeza, el pelo en desorden cayendo, cascada clara, sobre su cara y mi miembro, lo que quedaba de él, lo poco que no estaba dentro de su caverna carnosa. Sin embargo yo me las componía para no dejar de observar el largo pasillo hasta ahora solitario y era todo oídos (si podía ser algo que no fuera puro pene en ese momento) a los rumores remitidos desde el fondo, perifonía de onda larga. Pero Julieta me hacía atenderla con una caricia capicúa de sus labios, gruesos, de su lengua, fina, penetrante. Finalmente, casi al gritar pero conteniéndome por las voces vecinas, sentí que me iba y era que me venía ruidosamente (no en ruidos perceptibles sino en silencios epilépticos que eran como ruidos, como ríos: en un fluir) y ella la recibió toda en su boca y siguió, lollipop, lamiéndola, reclamando hasta la última gota golosa—que se tragaba ávida. Cuando todo terminó, a mí me temblaban las piernas, los muslos, el tronco, los brazos y las manos mientras guardaba apresurado el cuerpo del delirio, abotonándome rápido, con más miedo al descubrimiento del crimen poluto ahora que había terminado todo que mientras estaba cometiendo el acto. Ella me miró con intención, intensa desde su asiento (que nunca había abandonado), y me dijo:

—Háblame de El Rapao.

Me pareció increíble que ella usara esa jerga habanera para llamar al pene: La Pelona, La Calva. No lo podía creer:

—¿Qué cosa?

—Que me hables de Esrapao.

Era más increíble todavía.

—¿De Ezra Pound?

—Sí, háblame de su prisión. Tengo entendido que fue torturado en una jaula.

¡Realmente inaudito! Después de esa succión de oro, de esa mamada habanera, ella quería que le hablara de Ezra Pound. Debió decir de Rapallo. ¿Íbamos a terminar la tarde hablando de poesía, de Pound? Me interesaba, me envolvía, me obsesionaba una pregunta a su respuesta.

—¿Y si hubieran venido?

—¿Cómo dices?

—¿Y si alguien de tu familia hubiera venido a la sala?

Ella se sonrió.

—No iban a venir.

—¿Cómo lo sabes?

—Yo lo sé.

—Pero, ¿y si hubieran venido?

—No iban a venir—repitió.

—¿Y si hubieran?

—Habrían visto un espectáculo hermoso—dijo y se sonrió de nuevo—. Era hermoso, ¿no? Tú que lo estabas viendo mientras participabas puedes decirlo. ¿Era o no era hermoso?

—Supongo que para nosotros lo era, ¿pero para los demás?

—Ellos lo han hecho también y si no lo han hecho sabrán lo que se han perdido, al vernos. Ahora háblame de Ezra.

Lo dijo con tal encanto que no pude menos que complacerla y le hablé del pobre poeta perdedor víctima de la justicia de los ganadores, de sus seis meses en una cárcel de hierro que era una jaula a la intemperie, donde compuso sus cantos pisanos—pero no le hablé de lo que habrían hecho los perdedores de ser ganadores con los poetas (y todos los demás) del otro lado. Mientras dictaba mi conferencia pensaba en lo segura que ella estaba de que nadie vendría a interrumpir su acto oral y sentí celos. ¿No sería la primera vez que había cometido felación no en otro sitio sino en su casa? Parecía ser una acción repetida por su sabiduría, del acto, del aprovechamiento sabio del ritmo de la mecedora—además de su conocimiento exacto de que podía hacerlo sin riesgo de ser descubierta. Todo esto entró en mis reflexiones, interrumpidas no por mi voz sino por la sensación húmeda que traspasaba los calzoncillos, señal del acontecimiento que acababa de ocurrir, y sentí entonces contento: por fin había logrado más que un contacto un acto, aunque fuera limitado, una acción sexual con ella, con Julieta que parecía ahora, oyéndome, más bella que antes: no más bella que al llegar sino más bella que cuando más bella lució, cuando la vi por primera vez: ésta era otra primera vez: y se reflejaba en su rostro radiante, un tanto triunfante, conquistadora, ama absoluta: de mi voluntad y de mi voz que decía: "pero si fue prisionero lo liberó la poesía". Mentira: lo liberó la locura, real o fingida, pero ese punto final era el que Julieta—sacerdotisa sexual pero amante de las artes—quería oír. No supe cómo me desprendí del sitio a que me había prendido al comenzar ese coito, ni cómo regresé a mi asiento asignado ni cuándo salí de su casa. Ahora, al tratar de recordarlo, todo es vacío y silencio desde el momento del orgasmo, con la sola resonancia de nuestro diálogo cruzado sobre el doble temor mío y su sed de sexo y literatura, extrayendo de mí *a Pound of flesh*.

Ocurrió otro coitus interruptus pero fue más bien un impromptu. Un día, una tarde, estábamos en la sala de conciertos del Lyceum, oyendo a Miari de Torre ejecutar sus extrañas melodías, mirando su aparición estrambótica, su aspecto de triunfo final sobre toda la adversidad de su vida, cuando el sexo vino al caso, al ocaso, al acaso. Miari de Torre era un músico desconocido, descubierto por el pintor Mijares a Franqui (habíamos conocido a Mijares, Franqui y yo, al mismo tiempo, en la esquina de Prado y Virtudes, en la peña de artistas parados en los portales del Salón Cristal, donde había más aspirantes que verdaderos artistas y escritores, y visitantes del mundo nocturno de La Habana, entre los que no podía faltar el gangster ocasional desprendido de la otra acera del Prado, de los bancos del propio paseo, donde se reunían, peligrosos y noctámbulos) y después de haber conocido a Mijares, tan flaco como era entonces, resultaba exagerado conocer a alguien con más huesos que Mijares, presen-

tado por Mijares, casi con el mismo nombre de Mijares—y
éste era el músico Miari de Torre. El pianista (la actividad artística mayor de Miari, como llegamos a llamarlo, era tocar el
piano) había dado, en su juventud, en los años veinte, un concierto en el Carnegie Hall y ahora todavía seguía superpo-
niendo esta aparición única como un aval detrás de su nombre: *Miari de Torre, concertista del Carnegie Hall*. Miari vivía
en una pobreza que nos hacía aparecer a nosotros (a Mijares,
a Franqui y a mí) obesos y opulentos, no en una guardilla bohemia sino en un antiguo apartamento en La Habana Vieja
que era más bien un cuarto grande (más grande, es cierto, que
el cuarto en que yo vivía con toda mi familia: háblenme de
promiscuidad, yo puedo definir su nombre), dominado por
un pequeño piano vertical, con las teclas blancas hechas amarillas por el tiempo, ese metrónomo de Dios, las que quedaban, las que no habían sido roídas por los dedos, por los años
y la carcoma, y las teclas negras, todas grises ahora, como canas: en este piano, intocable instrumento, ejecutaba Miari su
música, pero eran más las notas, las cuerdas, los martillos que
faltaban al piano sin pedal que las que conservaba: así, oírlo
tocar era escuchar una armonía no acabada, melodía sin comienzo, trozos de la composición, las más de las veces un
opus del propio Miari: ejecución manca que le prestaba un
misterio extra a los extraños acordes que extraía el pianista de
su instrumento sin marca. Fue en una visita a Miari y su musa
mártir (conocimos a su mujer, alelada, tan despistada que se
perdía, todavía veinte años después, si salía lejos de su casa,
entre las calles circulares de La Habana Vieja, convertidas
para ella en un laberinto local, y Miari debía emprender expediciones de búsqueda de la esposa perdida, Smetana, y a la
hija de ambos, Isolda, se llamaba, se debe llamar todavía, con
sus inmensos ojos azules, su extraordinaria belleza y la aún

más rara ingenuidad que padecía, a los quince años, pasando por la vida como una inmaculada virgen: esta Isolda llegó a ser novia de mi hermano, triste Tristán, que tenía entonces apenas dieciséis años y no había salido de la tuberculosis que cogió a los catorce: circular destino el de Isolda, como La Habana de su madre), una de estas visitaciones con Mijares, Franqui y yo tratando de descifrar las composiciones de Miari, cada vez más crípticas no por su armonía sino gracias a su piano todo semitonos, fue lo que nos decidió a organizar un concierto-homenaje a Miari de Torre del Carnegie Hall, como repetían las papeletas sucintas que todos los amigos nos encargamos de vender. Mientras Miari, por su parte, conseguía los tres restantes músicos necesarios para ejecutar sus cuartetos (fue un programa de cuatro cuartetos, no sé si por exigencias estéticas o pura superstición), Franqui aseguraba el salón de conciertos del Lyceum y Mijares de viva voz anunciaba el evento en la esquina de Virtudes. Nosotros, mi hermano y yo, logramos vender unas entradas a las pocas gentes con medios que conocíamos, no en nuestro medio. Todos nos encargamos de insuflarle ánimos a Miari, a quien una tuberculosis senil (Miari, pianista precoz, no debía de tener más de cuarenta años, pero parecía un viejo de setenta) no daba demasiada energía para consumir en un concierto, aunque esta función debió de ser, por un tiempo, si no fuente de juventud al menos la razón de su vida, una pausa antes de la defunci´ ı.

Después de afanes y ajetreos llegó la noche o, mejor dicho, tarde del concierto—y no vino nadie al Lyceum. Estábamos en la sala sólo Mijares, Franqui, la señora Smetana, Julieta (a quien yo interesé en el evento y ella, melómana que era, se había entusiasmado con la posibilidad de oír una música inaudita, inédita, nunca tocada: la melodía de la memoria), Isolda y mi hermano y yo. No recuerdo a más nadie, ni siquiera a los Pino Zitto tan entusiastas siempre por todo lo que fuera Arte. En el escenario, al abrirse el telón, apareció Miari con un viejo frac, tan gris como las teclas negras de su piano propio, y tres músicos a cual más emaciado, sacados de un sanatorio más que del conservatorio. Comenzaron a tocar, según el programa (no sé cómo Franqui, mago sin chistera, se las arregló ni con qué imprenta para que hubiera un programa) una sonata cuarteto *"d'après Leopardi"*. Los sonidos que empezaron a salir del piano de cola (un Steinway negro ébano: debía de hacer una eternidad que Miari no ponía sus manos en un instrumento idóneo) y del violín, la viola y el cello acompañantes, eran de veras raros: rumores roncos en las notas bajas del piano que sonaban como un inusitado acompañamiento a los arpegios de la mano derecha, en contrapunto a veces con el trío de cuerdas, y en ocasiones lograban un unísono que parecía más azaroso que obra de arte. Pero pronto pasó la novedad sonora y un cuarteto (*"d'après Petrarca"*) siguió a otro (detonante y doloroso, dantesco sin duda), y a la letanía sobrevino la lástima, melodía infinita, lamento por el pobre talento del pobre Miari. Luego todo sonido se sumió en el tedio—pero el concierto desconcertante continuaba. Para disipar el aburrimiento sonoro me puse a mirar las turbadoras piernas torneadas de Julieta (estábamos ambos sentados en la primera fila, lejos de los demás, desparramados por la diminuta sala de conciertos hecha enorme por la ausencia de público: casi el Carnegie Hall), pues su falda dejaba ver sus rodillas tersas. Se me ocurrió comunicarme con ella con el único instrumento que tenía a mano: mis espejuelos: me los había quitado un momento para borrar la música y rocé con ellos un brazo, el derecho de Julieta: esta vez sin querer, gaffe de mis gafas, pero sentí más que vi (yo era entonces, como ahora, muy miope) el temblor que la recorrió cuando hizo contacto con ella la pata de pasta de los lentes festinados. Se volvió un poco hacia mí (sin dejar de mirar a los músicos desconcertantes) y dejó su mano izquierda colgar sobre el brazo derecho y quedar allí apenas abierta, a medio cerrar: por esta abertura ahora y con toda intención introduje la pata de mis quevedos obscenos y le toqué la palma de la mano. Ella agarró suavemente la pata que era ahora otra cosa: un arco amoroso, y permitió que yo le imprimiera un movimiento regular, de atrás adelante, siempre rozando sus dedos y tocando la palma de la mano: repetí esta fricción con mejor ritmo (aunque la música, que sonaba decididamente distante, como viniendo del pasado, no del escenario, era cada vez más lánguida y no acentuaba mis movimientos), mi melodía imitando ya un coito entre la mano de ella y mi instrumento, ahora presto, luego prestissimo, otra prótasis, seguí insistiendo en el ritmo cohabitante, cada vez más intenso en su viola d'amore, hasta que ella se volvió a mí y me dijo, suavemente en el oído: "No sigas por favor, que estoy toda mojada". Fueron esas únicas y últimas palabras antes de terminar el concierto (que se hizo, por un momento, la más insoportable de las torturas, cuarteado por cuartetos), ante cuyo fin escapamos, yo musitando unas palabras de consuelo a la señora Smetana de Miari, como si asistiera a un velorio y no a una velada, ella ya viuda, casi sin mirar a Isolda y a mi hermano, juntos, y a Franqui y a Mijares, circunspectos, circunstanciales, saliendo nosotros dos rápidamente del salón de música, abandonando el Lyceum, recorriendo las calles casi a oscuras de esa parte de El Vedado.

—¿A dónde vamos ahora?—me preguntó ella.

—Di tú—propuse yo.

—A donde tú quieras.

—Vámonos entonces—recité yo—, tú y yo cuando la

tarde se extiende contra el cielo como un paciente eternizado en una mesa.

—Sí—dijo ella—, vamos—sin reconocer la cita.

Cogimos Calzada abajo (o más bien arriba) porque dejábamos detrás la calle Ocho para llegarnos hasta Diez en mi afán, y luego torcimos rumbo al mar y bajamos a la costa (todavía no alcanzaba el Malecón allá arriba y era posible caminar hasta el agua por aquella parte de El Vedado, si uno sabía andar sobre los arrecifes, mejor llamados dienteperro en mi pueblo), Julieta buscando el mar, aparentemente, yo siguiéndola bien de cerca con un brazo que de tímido pasó a audaz cogiéndola por la cintura, sintiendo su carne bajo el vestido sutil y mi mano afiebrada, intranquila, nada inerte ahora. Pero el mar no aparecía entre la negrura de la noche. Finalmente ella se dirigió a una especie de columna trunca (¿qué podía conmemorar?), que quedaba junto a los arrecifes, tal vez entre ellos y no lejos de un bombillo del alumbrado público. Allí se volvió y me besó con su vehemente costumbre, metiéndome la lengua en la boca, mordiéndome los labios, aferrada a mi labio inferior como si quisiera desprenderlo. Al mismo tiempo me buscaba, revolvía por entre la portañuela, la tira de tela, y finalmente sacaba el trozo tumescente. Realizó otra acción simultánea y se levantó la falda: no llevaba, como siempre supe, pantaloncitos, también llamados blumers, bragas o pantaletas, aunque no me preocupaba del nombre de lo que no existía sino me ocupaba en buscar con mi mano lo que sabía central, su abertura, que al fin encontré y estaba efectivamente mojada como la costa, invisible pero palpable como un mar mullido. Al mismo tiempo que el deseo me movía a actuar no me impedía pensar que ella era virgen no de Vicente todavía, tal vez, y así, allí, yo estaba cerca de ser el feliz inmortal (o tal vez el infeliz mortal) a quien le tocara, a mí, ser lo que nunca pudo ser Félix moribundo para ella. Pero es más fácil contarlo que hacerlo de pie: ella era mucho más baja que yo y por tanto yo debía disminuirme, bajarme, reducirme vertical mientras crecía horizontal y llegar hasta ella y encontrar su hueco que mi pene fanoso buscaba afanoso, intento metérsela allí y casi lo logro—sólo que fui interrumpido en mi casi coito por un grito que no entendí y en un principio no localizaba su origen, pero cuando se repitió comprendí que no era ella gritando de placer: no era la actriz sino los espectadores inesperados: éramos blanco de las noches de ira de los vecinos aparentemente conjuntados en turbamulta. Se lo hice saber a ella que estaba todavía perdida en su afán amoroso:

—¿Qué pasa?—me preguntó.

—Los vecinos—le dije.

—¿Nos aluden?—preguntó ella con su vocabulario escogido.

—Más bien nos apostrofan—le dije yo contagiado por su enfermedad verbal. Los gritos se hicieron voces y oímos cosas como "¡Cochinos!" "¡Váyanse a la posada!" "¡Indecentes!", etc., etc.

—Más vale que nos vayamos de aquí—propuse yo—. Son pescadores.

Ella dijo:

—Sí, no se puede con la plebe—pero a renglón seguido comenzó a encarar al enemigo y a responder a los insultos anónimos, ocultos en la oscuridad, invisibles desde nuestro punto de vista, como siempre son las voces descarnadas:

—¡Vulgares!—gritó—. ¿No comprenden lo que es el amor?

Así era ella y yo, siendo yo mismo, característicamente reiteré la retirada inmediata, sin más intercambio con los vecinos vociferantes. Ella consintió esta vez y retrocedimos lateralmente, cangrejos de la costa, dejando la columna trunca donde casi tuvimos nuestro monumento. Temiendo que alguien, libre de pescados, tirara la primera piedra, nos escurrimos fuera de la zona alumbrada delatora para ganar la calle lejos de lo que ella habría llamado, invocando a Santa Gertrudis Gómez de Avellaneda, amadora isleña, al partir, "la chusma diligente". Eso fue lo más cerca que estuve de hacer el amor con ella en esa época. Pero hay dos consecuencias de ese encuentro. Una es que entre su ardor y la ira de los vecinos, yo había tenido un orgasmo oportuno, eyaculación entre las jaculatorias, sin darme cuenta: cuando noté la mancha y la humedad iba ya por la calle Línea. Me limpié los pantalones, la entrepierna, la pierna izquierda, como pude sin atraer la atención de los curiosos, que es cualquiera en La Habana, y el pañuelo se hizo una masa húmeda y viscosa, que guardé en un bolsillo, no atesorando mi semen como el beso de Carmina sino apartando mi segregación. La otra consecuencia era mediata pero más onerosa: al día siguiente tenía un examen de lógica, que era a la vez fácil y difícil: divertido con los silogismos dejé pasar las premisas a mayores y el resultado era que debía estudiar esa noche entera si quería aprobar el examen. Pero era demasiado dulce Julieta para renunciar a su conocimiento empírico por la teoría. Afortunadamente para la teoría del conocimiento (y desgraciadamente para mí) ella propuso irse a su casa. Cuando subimos al tranvía, ya sentados, pude apreciar un principio de contradicción en ella—¿era mera contrariedad? Le pregunté que cuándo nos volveríamos a ver, implicando una reanudación de nuestro encuentro, ese cálido combate tan grotescamente interrumpido por la hostilidad de terceros. Al responderme con una negativa produjo mi sorpresa, no por la negación en sí sino por lo que dijo a

360

continuación:

—No sé—me dijo—. Tú sabes que me caso la semana que viene.

No lo sabía, ni siquiera lo sospechaba, aunque me lo temiera de vez en cuando, pero no iba a dar muestras de mi asombro, mucho menos de mi contradicción última:

—Sí, claro que lo sé.

—No sé cuándo te voy a volver a ver—me dijo, finalmente.

Ésas no fueron las últimas palabras que cambiamos antes de que ella se casara, antes de que se bajara del tranvía más bien, pero no vale la pena reproducir las frases disfrases que salieron de nuestros labios ahora separados. Me bajé del tranvía antes que ella: yo en la periferia de La Habana Vieja, mientras que Julieta vivía en su centro—que ella llamaba el corazón de su dédalo.

Esa noche la pasé en blanco, no estudiando como debía sino recordando como quería el coito interrumpido por el vocerío, que casi culminó en una introducción, y alegre seguí reviviendo el momento y guardando el pañuelo en el bolsillo, no como souvenir, sino para lavarlo en sigilo cuando todo el mundo durmiera, lo que hice en silencio secreto y después de dejarlo sin semen lo pegué húmedo al espejo de la coqueta para que se secara planchándose. Al día siguiente, por la mañana antes de irme a mi examen mi madre me preguntó que le había pasado al pañuelo planchado (ella lo advertía todo) y tuve que inventar una complicada mentira ilógica de cómo llegó a ensuciarse tanto que daba grima lavarlo: yo lo había hecho para evitarle ese asco— lo que no estaba lejos de ser la verdad: todos los pañuelos se ensucian, algunos pañuelos se llenan de semen, ningún pañuelo se almidona, ergo. El examen fue, por supuesto, un desastre mayor, pero no es de mi vida lógica que quiero hablar, ni siquiera de mi vida académica sino de mi vida amatoria, ilógica. Hablar de encuentros eróticos entonces equivale a hablar de Julieta, virgen casada. Yo no fui a la boda (no creo siquiera que ella me invitara), pero sí supe de su luna de miel. Me escribió una carta de Isla de Pinos, en la que me decía que coleccionaba crepúsculos (no puestas de sol, que son comunes en Cuba) y entre otras cosas curiosas me comunicaba el envío de un pedazo de su playa preferida. Yo no tenía idea de a qué se refería pero busqué en todas partes de la carta algo que pudiera parecerse a una playa: no había nada. Luego examiné el sobre con mis ojos desnudos (el ojo miope, ironía óptica, de cerca se vuelve lupa) y encontré una arenilla extraña y deduje que lo que me enviaba de su playa era arena, lo que era extravagante pero lógico. No fue sino días después, cuando ella había regresado de su luna de miel y nos volvimos a ver, que supe de qué se trataba realmente: me mandó junto con su carta una concha. (Simbólico para un argentino pero no para mí.) Lo que yo encontré fue polvo de concha, reducida a arena por el matasellos del correos. Pero más extraordinario que el pedazo de playa fue el trozo de prosa que me regalo Julieta en su corta carta. Decía, a propósito de nada: "Te imagino en un interior malva, amarillo magenta, como un japonés de Van Gogh". Esa frase la atesoré durante años, saboreando su humorismo impensado (y su extraño sentido del color), como conservé la carta que traía otros ejemplos de la prosa púrpura de Julieta. Por ejemplo: "Tú dices que el arte es mentira. ¿Es mentira el mar?" Luego la perdí en mi mudada y lamento no tenerla hoy conmigo por muchas razones, entre otras privadas, la posibilidad pública de reproducirla ahora en vez de hacer estas pobres citas citables.

Pero no volví a ver a Julieta hasta que completé un viaje

por toda Cuba. No que de pronto me hubiera convertido en viajero de la isla cuando lo que me interesaba era explorar La Habana. Sucedió que tuve trabajo como surveyero, que consistía únicamente en hacer preguntas a desconocidos (esto era alarmante para mi timidez pero pagaban bien y costeaban los gastos) por la isla entera. El cuestionario era bien fácil: solamente había que preguntar por quién iban a votar los interrogados en las próximas elecciones, si conocían al ministro de Educación (presunto presidente que era en realidad quien pagaba el survey) y anotar el status social de cada entrevistado y su posible raza. La encuesta peripatética, con sus ramificaciones, es un cuento complicado, casi de Canterbury, pero voy a relatar la parte del viaje que tiene que ver con Julieta —y en esa época toda mi vida parecía tener que ver con Julieta. Compartía un cuarto de un hotel de Camagüey con Mesonero, no el dueño del hotel sino otro surveyero, grande, gordo, de mi edad, pero parecía mayor siempre que no abriera la boca. Conversando con él tarde en la noche salió a relucir inevitablemente el tema del amor—es decir, del sexo. Como Mesonero me preguntara si yo me había acostado ya alguna vez, le mentí y le dije que sí y al querer saber él cuántas veces le dije que dos y al inquirir él si era con una muchacha decente o con una puta, le respondí, adoptando el aire bragado que había aprendido en el bachillerato, que las putas no contaban. "Es verdad", me dijo Mesonero Romanos, y procedió a interrogarme cómo era ella, si se podía saber. Le respondí al curioso parlante que sí se podía y di una descripción tan vívida de Julieta que sentí su olor, oí su voz, vi sus ojos y sentí su vaga vagina precisa y con pelos. Casi tuve una erección. Al describir, escribir este retrato de Julieta me juré que tan pronto regresara a La Habana me iba a acostar con ella, costara lo que costara—y volví, vi y fui vencido.

Pero no fue tan fácil como lo cuento. Primero tuve que dar con Julieta. Para hacerlo llamé a su casa, diciendo que era de las oficinas del Instituto (el survey me había servido para poder impersonar a un personaje oficial: "Somos una firma de surveys de La Habana y quisiéramos...") y quería saber si ésa era todavía la dirección de Julieta Estévez (claro que no lo era ya, pero un arma admitida en la guerra del amor es la mentira), para enviarle una invitación a la fiesta de fin de curso. Julieta nunca llegó a terminar el bachillerato, así que no era raro que del Instituto preguntaran por ella. La voz al otro lado de la línea (me pareció que era una de sus hermanas, la única que quedaba soltera) me dijo que Julieta ya no vivía allí, que se había casado y que se había mudado para la calle Lamparilla. "¿Me podría dar su número por favor?" "Ella no tiene teléfono." "No, digo el de su casa." Me dio el número, me dio dos: el del apartamento y la dirección. Como sabía que Vicente, su marido, trabajaba en un banco en La Habana y pintaba los domingos, cuando era Vincent, calculé que a las diez de la mañana no estaría en la casa pero sí estaría Julieta. Yo me puedo perder en Trinidad, que es un pueblo, pero siempre me encuentro en La Habana. Di con su dirección: ella vivía en un apartamento interior de un edificio enorme al que salvaba su aspecto de arquitectura de cajón de ser un falansterio. Toqué a su puerta con bastante nerviosismo, ya que a última hora se me ocurrió pensar que tal vez Vicente no habría ido al banco esa mañana para pintar un girasol más—pero ya estaba hecho: había tocado una vez, dos veces ahora, impulsivo, compulsivo que soy. Se demoraron en abrir, lo que me puso más nervioso y un poco desilusionado: tal vez no hubiera nadie. Pero sí había alguien. Me abrió la puerta la propia Julieta, más linda que nunca, bronceada, oro bruñido su pelo y su cuerpo, con su sonrisa más abierta y luminosa que antes, usando un delantal, ceñido por debajo de sus senos que abultaban bajo la blusa. Se había sonreído, reído casi desde que me vio, tal vez con cierto asombro, pero no preguntó cómo yo había encontrado su dirección. Tal vez le pareciera natural: muchas cosas que a mí me parecían extraordinarias le parecían naturales a ella. Me dijo solamente: "Pasa, pasa", y cerró la puerta detrás de mí. El apartamento era bastante reducido: al menos lo que yo veía, que era la sala, era bien pequeña. Ya me había sentado cuando ella me dijo: "Siéntate, siéntate". Julieta hablaba así a veces, repitiendo una sola palabra para darle énfasis: en eso era bastante habanera, aunque ella no se consideraba una habanera cualquiera—y en realidad no lo era. Del montón de habaneras, digo. He conversado de Julieta con Germán Puig, que también tuvo que ver con ella (o al revés), y llegamos a la conclusión razonada de que era excepcional. Además de la importancia que tuvo en nuestras vidas, hablamos de sus cualidades intrínsecas (por supuesto no usamos esa palabra), los dos recordando ese pasado común marcado por la presencia de Julieta, aunque la relación de Germán con Julieta terminó tragicómicamente, en una discusión en el Malecón, años antes, Julieta aspirando profundo, como hacía siempre que estaba furiosa, y diciéndole a Germán como una maldición meditada: "Tu vida es un fraude: ya tú no lees", que es una frase feliz que Germán y yo solíamos repetir en La Habana, tiempo después, a dúo, como el colmo de la comicidad, un lema lamentable. Pero tengo que volver a esa mañana marcada con una enorme piedra blanca, Julieta entre las sábanas como un monumento memorable.

Ya me había sentado y Julieta (que tenía una escoba en la mano pero parecía más un hada que una bruja), detenida en su quehacer, divertida y al mismo tiempo atenta, me preguntó que si quería tomar café. Claro que yo quería tomar café, siempre quiero tomar café, no tomo más que café, pero ahora me estaba riendo, sonriendo, mirando a Julieta, que parecía casi estar jugando a las casitas, de ama de casa ella que era evidente que no había nacido para serlo, innata innamorata: Laura de todos los sonetos, Beatriz de todas las comedias, Julieta se fue a hacer el café y cuando volvió con una taza en la mano venía sin el delantal casero y ahora se veía mejor su cuerpo bien hecho solamente contenido por el vestido que moldeaba tan bien sus muslos y sus caderas. Tomaba el café claro y frío aparentemente saboreándolo pero en realidad calculando cuál era el próximo paso a dar, y hubo un silencio entre los dos ("Pasó un ángelus", dijo Carmina en otra ocasión parecida), Julieta sentada en otro sillón que hacía pareja con el mío, a cual más feo: Vicente debió escoger el mobiliario. Allí estaba yo, tomando el brebaje sorbito a sorbito, como concentrado en el café, pero pensando en otra cosa: en la única cosa que podía pensar frente a Julieta, en lo que había pensado aquel día que la encontré cogiendo el tranvía, pensado mucho antes cuando pisaba las uvas poéticas en el estrado del aula 2, al verla en el Instituto en otra clase, tal vez pensado antes de conocerla, cuando los dos éramos unos niños pero ella ya parecía una mujer: la muchacha más bella del bachillerato. Yo no sé en lo que estaba pensando Julieta pero ella me miraba y no decía nada. Yo tampoco decía nada. Tal vez los dos sabíamos qué era lo que se tenía que decir y por eso nos negábamos a hablar. Aunque por debajo de mi deseo estaba el miedo de que me pasara lo que me ocurrió—o no ocurrió—con las tres putas—o una puta repetida y la otra puta extra—pero de alguna manera yo sabía que no me iba a volver a pasar y de pronto me encontré pensando que iba a perder la virginidad (aunque no lo pensé en esos términos sino en forma más grosera, más graciosa) con la muchacha más linda del mundo—al menos de mi mundo, que era el único mundo posible para mí. De pronto Julieta habló y, como otras veces, me dejó pasmado con lo que dijo, pero no me hizo leer a Eliot ni explicar a Ezra Pound. Dijo: "¿Quieres que hagamos el amor?" Ésas fueron sus exactas palabras y así era ella: nunca la oí referirse al sexo con las palabras vulgares, como jamás dijo una vulgaridad, y su mayor insulto, ya lo han visto, era llamar a algo o alguien vulgar.

Ahora yo no estaba seguro de haber oído bien: tal vez fue una alucinación o una forma auditiva del deseo—o efectos del café. Pero ella dijo: "¿Quieres?", repitiendo la oferta: así era ella: llevaría la iniciativa en toda nuestra relación, desde el mismo principio: tomaba la iniciativa para iniciarme. Me oí diciendo "Bueno", como si ella me hubiera brindado otra taza de café y no el ofrecimiento mayor que nadie podía hacerme en mi vida, que nadie sino ella llegaría a hacer. Julieta se levantó y abrió una puerta: era el cuarto. Entró y yo la seguí al cuarto reducido, de casita de muñecas, hecho a la medida de Julieta. No hizo una ceremonia del acto de quitarse la ropa y en un instante estuvo desnuda delante de mí, su cuerpo más bello que lo que yo había imaginado o palpado o visto por encima de sus ropas. Ella no era, efectivamente, rubia natural, y eso me gustó todavía más: si algo yo hubiera cambiado en la apariencia actual de Julieta era su pelo rubio. Ella bojeó la cama, isla cubierta, descubriéndola, quitando el cubrecama con cuidado y poniéndolo doblado sobre una silla. Ahora se acostó, mejor dicho tomó una pose: una pierna medio recogida, la otra tendida a lo largo, un brazo por detrás de la cabeza, ligeramente encogido y el otro al costado del cuerpo: se hacía aún más deseable, en un golpe de teatro y pictórico a la vez, inevitables. (Lo que había hecho pude sa-

367

berlo sólo segundos después: estaba imitando a la Maja Desnuda, una maja dorada: así era Julieta, consciente del Arte aun en el momento que menos debía estarlo, el más trascendente. Aunque realmente, ésta era una iniciación sólo para mí: ella hacía rato que estaba casada y ¿quién me dice a mí que no lo habría hecho ya con otros, además de con Vicente?, pensé con celos universales.) Pero los celos no me impidieron quitarme la ropa, que hice con celeridad, es decir, con tanta rapidez como me permitían mis piernas, mis pies intermediarios. Aunque me daba pena quedarme desnudo delante de Julieta, no sólo por el pudor (convertido en sueños en pesadillas en que me encontraba desnudo en medio de la calle), sino porque entonces era enteco y no me gustaba enseñar mi cuerpo, que me parecía quedar entre Mijares y Miari. Además, no olvidaba que Julieta estaba casada con un atleta. Hubiera preferido que fuera de noche, pero no había nada que hacer: era de día y ahí estaba Julieta, la carne de promisión, la belleza que se puede hacer propia con sólo estirar los brazos—y salté sobre la cama más que meterme en ella. Hacía frío (era invierno y, aunque en La Habana el invierno es otra hipérbole, hay días en que hace un frío trinitario, con las casas preparadas solamente contra el calor) pero Julieta no parecía sentir frío en su pose casi eternizada y yo no iba a dejar de desearla aunque tiritara. (En realidad no creo que tuviera tanto frío, sino que era otra muestra del poder de los nervios sobre mi cuerpo, pero hubo otro cuerpo, el de Julieta, para hacerme olvidar del propio.) Me monté sobre ella y sin siquiera besarla, casi sin dejarla que abandonara su pose goyesca, la penetré y ella respondió enseguida, moviéndose con un movimiento que sólo años después puedo apreciar. Es entonces que caigo en la cuenta que la he penetrado, que ha triunfado el sexo, que ella me acaba de iniciar en la otra vida, allí donde vive el alter ego. Siento una enorme alegría por entre el placer que Julieta sabe darme con sus movimientos rítmicos, iguales a veces, otras encontrados, hundiéndose en mí para dejar que yo flote en ella, haciendo la cama muelle, ella ingrávida o desafiando la gravedad con su cuerpo, volviendo al trampolín iluminado desde el agua luminosa como la bañista, grávida de Jansen, levitando—y de pronto se está quejando, como herida por una daga suave, gime ahora, grita ahora, aúlla ahora y por entre los alaridos me dice muy bajo al oído, acezando, susurrando, gimoteando: "¡Acude! ¡Acude ahora! ¡Acude!", y yo no sé lo que quiere, qué cosa me pide, que me maten si sé a qué cita tengo que acudir pero le digo sí (que es mí más corto asentimiento) y le repito sí y vuelvo sí y es entonces que ella reclama: "¡Acúdela toda!", y por fin comprendo: lo que ella quiere es mi eyaculación y yo de inexperto en su vocabulario se la he negado pero en un momento puedo eyacular, precoz que soy (en realidad podría haber eyaculado antes, pero instintivamente me reprimí para demorar el placer que Julieta me regalaba: lecciones de mi mano cuando masturbatoria), estoy eyaculando, eyaculo y a pesar de mí mismo me salen de la boca gemidos semejantes a los de Julieta, sólo que más roncos y estamos atrapados en un mismo amarre, los dos uno solo, girando sobre nosotros mismos sin dar vueltas, pero rotando universales. Julieta me mira y me pregunta: "¿Puedes seguir?" "Sí, claro", le digo, y ella abre los ojos y me pregunta de nuevo: "¿Sin sacarla?" "Claro que sí", le repito, y ella no dice nada pero yo debo decirle: "Aunque prefiero parar un momento", pero no se lo digo y es que quiero detenerme a registrar esta hora eterna o por lo menos duración duradera: el momento en que perdí mi virginidad y ver si ella me hizo circunciso, si perdí el frenillo en su frenesí, si me curé de mi famosa fimosis. Pero sigo encima de Julieta que ya comienza a moverse de nuevo. Como pasará siempre, la segunda vez es mejor que la primera, ahora no tan consciente de los gritos de Julieta, sólo de los vaivenes de su vulva. A la segunda sigue una tercera vez, sin sacarla, y Julieta, vagina ávida, voz baja, besos vivos, ventosa, me succiona por todas partes: miembro, lengua, labios. Cuando termino, acabamos los dos al mismo tiempo, me bajo de ella y me acuesto a su lado, tocando con el techo pero cansado. Julieta se vuelve a mí, me mira y me dice: "¿Puedes siempre hacerlo tres veces?" No voy a decirle que es la primera vez que me he acostado con una mujer propiamente, que he sido virgen hasta ahora, que acabo de tener mi bautismo de fuego uterino y le digo, tratando de sonar experto: "Así parece". "Tú sabes una cosa", me confía ella, "Vicente no puede hacerlo más que una vez." Sus confidencias me recuerdan la existencia de Vicente y su coito único me hace acordarme de la hora y me alarmo porque como no tengo reloj no sé qué hora es: ni siquiera sé cuándo viene Vicente a almorzar pero sospecho que debe de hacerlo a la hora del almuerzo.

—¿A qué hora vuelve Vicente?

—Como a eso de las doce—dice Julieta que desmiente el tiempo.

—¿Y qué hora es?

—Como las once—dice Julieta con la misma vaguedad y con idéntica despreocupación por Vicente que por el tiempo.

—Entonces mejor me voy yendo.

—Está bien—dice ella, y yo me bajo de la cama y comienzo a vestirme, impregnado del olor penetrante de Julieta. Cuando termino de ponerme la ropa la miro y veo que sigue aún en la cama: yacente, desnuda, corpus delicia.

—¿Cuándo volvemos a vernos?—le pregunto queriendo decir otra cosa, claro.

—Oh—dice ella—, cuando tú quieras. Pero, ¿sabes una cosa? Me gustaría oír el mar mientras hacemos el amor.

—Bueno—digo yo—, tendremos que buscar un lugar cerca de la costa.

Julieta parece contrariada.

—No, no es eso.

—Una playa entonces—le digo yo, recordando que ella colecciona crepúsculos y conchas.

—Pero ¡mira que eres tonto!—me dice—. Yo quiero decir *El Mar*, de Debussy.

—Ah—digo yo afectando una actitud de no asombrarme de lo que diga esta mujer asombrosa que no se asombra jamás.

—¿No tienes quién te preste un tocadiscos? Nosotros no tenemos.

Es como si preguntara si conozco alguien que pueda prestarme un armario. Un tocadiscos es un mueble y el que tenían los Pino Zitto era en efecto un armario, con gavetas para las bocinas, anaqueles para los discos y un panel para el plato propio. Pero pronto pienso en Olga Andreu y recuerdo su tocadiscos portátil que es una maleta cuadrada.

—Tal vez—le digo—. También necesitamos el disco de *El Mar*.

—Claro—dice ella, como si fuera fácil. Olga Andreu se compró casualmente *El Mar* no hace mucho, cuando estaba en su fase impresionista, impresionada por Debussy pero sobre todo por Ravel, pero no menciono a Ravel a Julieta para no provocar su deseo de fornicar oyendo *El Bolero*, con un coito secuencia, el movimiento repetido in crescendo por mi instrumento hasta alcanzar el orgasmo en un tutti.

—¿Tú crees que lo podrías traer mañana?—ella se refiere a *El Mar*, pero su pregunta infiere tocadiscos, disco y viajes.

—Voy a tratar—le digo.

—Sí—dice ella—, trata—y nos despedimos con un beso, ella todavía tumbada en la cama, en cueros, pornográfica en vías de hacerse gráfica recobrando la pose perdida. Los celos me hacen odiar que así recibirá a Vicente.

Tuve que emplear todas mis dotes persuasivas (a pesar de que la idea de hacer el amor, como decía Julieta, oyendo el mar o mejor dicho *El Mar*, me parecía tan rebuscada como visitar el cementerio a ver tumbas, y lo intenté sólo por esprit de son corps) para conseguir que Olga Andreu me prestara su tocadiscos de paquete y el disco de *El Mar*, nuevo long playing. Ella trabajaba, propicia simetría, como Vicente, en un banco, y no podía oír música por el día y su madre, agria, era ajena a la música y su abuela Finita sólo atendía a las reuniones de su nieta por el placer de la compañía no porque oyera las conversaciones, sorda senil. Le conté a Olga que había un pobre muchacho inválido en La Habana Vieja que estaba loco con el mar, que no veía desde su cuarto interior que era una celda de retiro espiritual forzoso y ya que no podía ver el mar quería oírlo. Todo mentira, por supuesto, menos la noción de que alguien quería oír *El Mar* en La Habana Vieja. Olga bien pudo haberme dicho que le consiguiera una caracola a este ser isleño que añora el mar, lo que resultaría irónico pues era yo quien oyendo *El Mar* conseguía una caracola. Pero finalmente ella accedió al préstamo con la promesa formal de devolver el tocadiscos ese mismo día por la tarde, que era perfecto para mí: yo no iba a dejar el tocadiscos en casa de Julieta, evidencia para Vicente. Esta petición y asentimiento ocurrió ese día por la noche y la mañana siguiente tuve que ir de mi casa en la frontera habanera al Vedado, donde vivía Olga Andreu, coger bajo la mirada de Selmira tocadiscos y disco y volver a La Habana Vieja, donde vivía Julieta. Entonces yo era tan pobre que hacer todos esos viajes casi era la vuelta a mi mundo en medio día y significaban la ruina, aunque cada viaje costara nada más que cinco centavos. Así llegué a casa de Julieta arruinado, pero no se veía en mi cara por el triple triunfo: haber conseguido el tocadiscos y *El Mar* musical y tenerla a ella aunque fuera sólo una hora (los viajes habían consumido casi todo mi dinero y mi tiempo), a pesar de no estar los dos solos: acompañados ahora por Debussy, quien nunca se imaginó que su música fuera afrodisíaca. (Pero era más que un filtro de amor: en la carta que Julieta me escribió desde su luna de miel me decía: "Tú dices que el arte es mentira. ¿Es mentira el mar?", y aunque ella lo había escrito en minúsculas y no lo había subrayado, ahora estaba seguro de que ella se refería a *El Mar*, de Debussy.)

Cuando ella me vio entrar, solitario rey mago fuera de temporada, cargado de tocadiscos y disco (las portadas de los discos eran muy discretas, de uniforme azul marino, y solamente el título de la obra, del autor y del intérprete en letras legibles) que ella sabía que era el mar metafórico, sonrió su sabrosa sonrisa de dientes parejos. "De manera que lo conseguiste", me dijo, no me preguntó. "Así parece", dije yo siguiendo el consejo de Oliver Hardy a Stan Laurel y tratando de ser nonchalant. Enseguida me hizo pasar al cuarto y comenzó a hacer lugar al tocadiscos en su mesita de noche. Había un tomacorriente junto a la cama pero enchufar el tocadiscos no era todo. ¿Cómo funcionaría? Yo había visto a Olga Andreu hacerlo andar con pericia fácil pero estaba en su casa para oír no para mirar y nunca presté atención a cómo funcionaba el aparato y la noche anterior se me olvidó preguntarle.

Ahora tenía que parecer experto ante Julieta, mientras escrutaba la superficie hermética del tocadiscos (ya fuera de su estuche pero no menos impenetrable) y veía los diversos botones cibernéticos y la espiga donde colocar el disco en una cópula mecánica, sin apenas entender nada. Pero siempre viene el azar amoroso en rescate del buen amante: coloqué el disco en la espiga y accioné una de las manijas que rodeaban el plato y el brazo con la aguja vino a reposar preciso en el borde del disco y en un momento empezó "Del alba al mediodía en el mar". Pero en el recuerdo yo no oigo ni el menor juego de olas: soy sólo ojos al volverme y encontrarme a Julieta desnuda, no en la cama, no una mujer ni una maja, sino detrás de mí pero parada con una pierna delante de la otra, enalteciendo sus curvas, sus caderas suaves y a la vez destacadas, sus senos no grandes sino del tamaño perfecto para su cuerpo y al mismo tiempo redondos y parados y su cara bella (no tan hermosa como en el momento del orgasmo, como pude observar ayer, como observaré hoy, observador neutral que puedo ser en medio de toda hostilidad, aun en el combate amoroso, cuando sus ojos se iluminan y se rasgan, su cara se distiende y sus labios abultan y toda ella cambia en una belleza bárbara, ella que es la más civilizada de las mujeres, cuando conversa, en estado de reposo) y me dice: "¿Vamos?", y en menos tiempo que me cuesta decirlo, a pesar de que soy a veces tartamudo, me he quitado la ropa y abrazo a Julieta de pie y juntos caemos en la cama, besándonos como nunca antes nos habíamos besado, yo encimándome sobre ella, ella buscando mi pene con su mano, dirigiéndole, colocándoselo y con un movimiento de cadera introduciéndoselo como un supositorio sólido, y comienza a moverse como ayer, mejor que ayer, haciendo como si flotara en la cama que no es para ella una resistencia a la gravedad sino un medio propicio, otro mar, y yo siento que me voy a venir pero contraigo el vientre, pliego el plexo, retraigo el pene y la sensación inminente pasa, hasta que ella vuelve con sus movimientos de vaivén, de retracción y avance, una marea, y hoy ella no grita como ayer porque claro está oyendo *El Mar* pero yo no oigo absolutamente nada como no sea la sangre latiéndome en las sienes—y ahora sí es el momento de la gran venida, que no puedo reprimir más allá y ella siente, por encima o por debajo de *El Mar*, que ya me estoy viniendo y comienza a apresurar su orgasmo sin decir una palabra, sin alaridos de alerta, sin gemidos guturales y lo estoy sintiendo y aunque es muy temprano en mi vida sexual para saber el valor del orgasmo de dos, estoy todavía viniéndome cuando ella goza su venida, que ondula la superficie de la cama y aparentemente todo el cuarto y para mí todo el mundo, el universo, que se agita, se mueve en olas, se expande en ondas hasta el infinito. Cuando terminamos, cuando las ondulaciones han acabado y solamente me queda un latido en el pene fláccido, pero aún dentro de ella, Julieta dice debajo: "¿No es Debussy maravilloso?"—y casi puedo jurar que ella no se ha acostado conmigo sino con el viejo Claude Achille, fallido marino, triunfal Neptuno, dios de *El Mar*.

Luego ella insiste en oír una vez más *El Mar*, que ahora no le provoca efluvios eróticos sino mero éxtasis musical, pero a mí me preocupa esta audición extra porque son mucho más de las once y Vicente debe de estar ya en camino y va a ser difícil que crea que los dos desnudos estemos solamente oyendo *El Mar* en la cama. Se lo digo a Julieta (parte, no todo) y ella abre las ventanillas de la nariz y respira profundo, síntoma de molestia más que de hedor, y me dice: "¿Quieres dejarme oír EL MAR tranquila", y las mayúsculas son por su énfasis exagerado—y claro que la dejo oír *El Mar* en su orilla de la cama, pero mientras lo hace me estoy vistiendo, poniéndome la ropa y alistándome para salir del cuarto y del apartamento y de La Habana Vieja lo antes posible. Afortunadamente "El diálogo del viento y el mar" termina, como todas las conversaciones, en el silencio, pero todavía no se ha acabado la coda, sin esperar sus aplausos vehementes, cuando estoy quitando el disco del aparato, el plato aún girando, devolviéndolo a su sobre, cerrando el tocadiscos portátil, sacando su enchufe y guardando el cable en el compartimiento ad hoc. Mientras, Julieta está aún en un éxtasis que a mí me gustaría que fuera sexual pero que es estético, y efectivamente ella dice: "Es una lástima que tengas que llevártelo", y no se refiere a mi pene, por supuesto, ni al tocadiscos ni al disco sino a El Mar. "Sí", le digo yo sin afirmar que es una lástima, "pero no hay nada que hacer", como si separarse de El Mar fuera una enfermedad fatal. "De todas maneras", dice ella, "muchas gracias." Y mientras yo me pregunto si las gracias son por mi performance o la de la orquesta, sabiendo que ella debe referirse a El Mar, le digo: "No, gracias a ti", y debí agregar gracias por haberme permitido acostarme por primera vez con una mujer, gracias por tu belleza, gracias por haber repetido esa ocasión que será única, que recordaré toda mi vida, que agradeceré siempre, que lo estoy haciendo todavía ahora cuando ha pasado más de un cuarto de siglo de esa iniciación inigualable. Pero algo de profundo agradecimiento debe de haber en mi voz, cuando ella, todavía desnuda en la cama, me sonríe con esa hermosa sonrisa suya y dice: "Una gracia por otra". Pero la presencia de Vicente es abrumadora y ya lo siento llegando a la puerta, abriendo, entrando y tengo que decirle a Julieta: "Me voy". Y ella dice: "Ya lo sé". Y yo le pregunto: "¿Cuándo nos volvemos a ver?" "Mañana si quieres." "¿A la misma hora?"

"Sí." "Está bien. Te veo mañana", y esta vez me inclino sobre su cuerpo desnudo para darle un último beso. Tenía intención de que fuera un beso suave, de despedida, pero Julieta lo convierte en uno de esos besos suyos que son como devoraciones.

Al otro día recibí una lección. (Hablando de aprendizajes: la asistencia a clases a la Escuela de Periodismo es cada vez menor: estoy dejando detrás los estudios por Julieta, tanto como los dejé antes por las artes, por las lecturas, por la literatura: ésta es otra educación.) A la mañana siguiente estuve de nuevo en el exiguo (¿pero cómo puedo hablar yo de exigüedad?) y sombrío apartamento de Julieta (y de Vicente: eso no lo olvido nunca), haciendo el amor, como ella dice, no singando como prefiero decir yo. Después de la primera vez ella me dijo, con uno de sus suaves eufemismos, con su horror a la vulgaridad, dijo: "Bésame abajo". Era la primera vez que me zambullía en este beso buceo y aunque yo había leído en novelitas pornográficas detalles minuciosos de esta operación oral nunca había tenido la menor experiencia en ella, y haciendo caso a Julieta dejé de besarle la boca para bajar entre sus senos, resbalar sobre su vientre y más abajo donde fui a besarla, literalmente, y me encontré con una humedad inesperada (aun para ella, siempre mojada, pero ahora estaba anegada) y un fuerte, desagradable olor a semen. Subí súbito, buzo con calambres, a la altura de su cara, que era la superficie de mi amor. "¿Qué pasa?", preguntó ella notando mi mueca. Yo, cuidándome de decir una vulgaridad que pudiera herirla, no le dije que estaba lleno de leche o sucio de semen, sino que le expliqué: "Está muy húmedo". "¿Y qué?", preguntó ella casi amenazadora. "No huele bien." Entonces ella separó su cara, aspiró hondo y me miró con la expresión que debió mirar a Germán Puig en ese pasado pluscuamperfecto

377

cuando le dijo: "Tu vida es un fraude. Ya tú no lees", para decirme: "Querido, el amor es húmedo y no huele bien". Todavía debo darle las gracias a su franqueza que me señalaba las diversas formas táctiles y olfatorias que toma el sexo y me ayudó a superar una aversión, atavismos del pueblo. Pero en ese momento le agradecí más que se levantara y fuera al baño. Cuando regresó era evidente que se había lavado porque me dijo: "Prueba ahora". Probé, pero mi lengua se ha hecho para hablar y, aparte de la excesiva saliva, al instante tuve un pelo, apropiadamente llamado pendejo, largo, entre los labios, dentro de la boca, atravesado en la garganta como una espina suave obligándome a hacer ruidos odiosos, groseros en sociedad, y retiré mi cara de su máscara para ver, enormes a mis ojos miopes, los grandes labios y el clítoris y recité: "Señora, hay dos leopardos pardos debajo de un junípero", antes de ponerme la barba de nuevo. Su sexo, su vagina nada amenazante, su vulva: vulgo, bello bollo habanero, el primero que veía abierto, abriéndose para mí, acogiéndome como una casa, invitándome a entrar. Comencé a besarla, pero ella desde arriba me indicó precisa: "Usa la lengua". La usé y ella comenzó a moverse como si tuviera mi miembro dentro, retorciéndose, volviéndose sobre sí misma y en un momento, al descansar, rocé su clítoris accidentalmente y ella gritó: "¡Así! ¡Ahí!" Yo volví a rozar su clítoris con mi lengua, rodeándolo, dándole vueltas, frotándolo, y ella comenzó a gemir, a gritar sin palabras pero dirigiéndome con sus manos en mi cabeza en la operación de frotar mi lengua dura contra su clítoris, badajo para campana, hasta que todo estaba húmedo por mi saliva y luego por su esmegma, que brotaba de todas partes y salía fuera, fuente fragante porque olía tanto como manaba pero era un olor dulce, intenso pero nada molesto como el hedor de lejía del semen, detestable aunque propio. Ella gimió gutural, se retorció y me levantó la cara con su vulva vuelta y dijo: "¡Sí! ¡Así!" muchas veces seguidas—y finalmente se quedó quieta, totalmente inerte. Fue entonces que supe que se había venido y, como nunca le he encontrado sentido a besar un cadáver, dejé de frotar mi lengua contra su clítoris. Pero una voz dijo: "Ven arriba". Era ella que había resucitado. "Ven adentro", me ordenó con una voz que era autoritaria por entre su languidez. Como mi primer maestro fue una maestra, la obedecí para subirme por ella sobre ella y aunque se veía lánguida y estaba estirada con los brazos a lo largo del cuerpo caído, me recibió con un estremecimiento, que al momento se volvió movimiento, y antes de que tuviera tiempo de asombrarme de lo pronto que se había recobrado, sus caderas huyéndome y buscándome, su vulva resbalando hacia atrás y hacia adelante alrededor de mi pene desnudo, su vagina envolvente acogiéndolo, adoptándolo, adaptándolo, los dos unidos por ese otro cordón umbilical, moviéndonos en unísono, como la madre con su hijo en el vientre, mi feto fanoso fundido a ella, y en esta fantasía estaba cuando conseguimos el orgasmo conjunto, delicia a dúo, en la que ella me daba finalmente a luz.

Quedé derrumbado en la cama, como recién nacido y a la vez tumbado a su lado, muerto, yerto, inerte por esa lasitud que da todo post coitum, naciendo adulto, y que yo sentía por primera vez: nací de nuevo y nací muerto. Traduciendo del francés como Julieta, era la primera vez que gozaba, sufría, experimentaba esta muertecita. Antes todo había sido un continuo singar, una vez tras otra, pero hoy alcanzaba ese cantado cansancio que casi me hacía dormitar, despierto solamente por la conciencia del regreso de Vicente y pensando en Vicente casi me dormí para medio despertar todavía pensando en Vicente: el sexo había sido una sesión, esta de Vicente era una obsesión y como ella me había dicho en su carta programa, en una frase infeliz, hablando de Van Gogh: "¡Pobre Vincent!", acababa de descubrir que me daba pena con Vicente. Así me levanté y me despedí y me fui con una sabiduría nueva: la lección de amor que me había dado Julieta, la experiencia de mi nuevo nacimiento, pero también con tristeza: la idea de que engañaba a Vicente—aunque, después de todo, ¿qué me importaba a mí, amigo lejano, si Julieta engañaba a Vicente o no? Nada, me dijo mi censor, y así fue como pude enfrentar a Vicente, su compañía, mirarlo a la cara y no traicionarme.

Ocurrió que se mató María Valero, que era una actriz famosa de la radio, muy querida por damas, amas de casa y otras cubanas, por los novelones en que actuaba. Yo la había oído muchas veces y aunque tenía una voz bella no me parecía nada extraordinaria como actriz, pero mi madre creía que era Eleonora Sarah Duse Bernhardt pasada por radio. Para su gracia inmortal María Valero murió de manera trágica. Había ido, de madrugada, con un grupo de actores (entre los que estaban María Escalante y Orlando Artajo, especialista en cuerpos celestes) a ver un cometa que volaba lento sobre La Habana a esa hora y escogieron el Malecón para ir a encontrar lo que los periódicos llamaron el "cometa de la muerte". Al cruzar la avenida desierta apareció de la nada—o desde el destino— un carro a toda velocidad. El grupo de actores se dividió por el pánico y quedó a un lado de la calle el número mayor de peatones y al otro María Valero sola—y el chofer dirigió el auto, aparentemente sin control, hacia donde había menos gente, donde apenas había nadie excepto por esta mujer de pelo negro, vestida de negro, casi invisible en la noche. La máquina la arrastró más de cien metros y, según Orlando, se oían sus huesos estallando como disparos, su muerte sonora como su vida radial. Hubo una suerte de conmoción nacional y en la emisora CMQ decidieron rendirle homenaje póstumo pero macabro: consistió en hacer un programa radial en que María Valero hablara por última vez y el discurso de ultratumba estaría compuesto por muchos pedazos de grabaciones dramáticas de la actriz. Este programa fue anunciado insistentemente por la emisora. Julieta, que conocía a la actriz, actriz ella misma, quiso oírlo, pero ella no tenía radio y me pidió venir a casa. El aparato nuestro era viejo y peor aún, dado a las más extrañas emisiones, dejándose oír cuando quería y perifoneando claro cuando menos uno lo esperaba. Pero le dije a Julieta que sí, que podía venir a casa. A mi madre le pareció bien que ella viniera: yo le había dicho que Julieta era actriz y ya se sabe que a mi madre le encantaban los actores, en el cine, sobre la escena y por radio—pero especialmente en persona. Junto con Julieta vino Vicente.

Cuando llegó la hora del programa, encendimos el radio y se oyó muy clara la presentación, con un eco que resonaba no desde la emisora sino del otro lado de la laguna Estigia. Pero no bien tomó la palabra desde el más allá María Valero, el radio, mal médium, empezó a emitir unos extraños ruidos, gorgoritos, frituras, zumbidos: toda la gama, pero la voz de ultratumba apenas se oía: fue una media hora de ruidos parásitos y una que otra intervención extraña de María Valero. Al fin se acabó el programa y terminó la tortura radial—pero comenzó otra forma de ordalía. Vicente hablaba conmigo de paletas y pinceles y pintores, y yo me esforzaba en mirarlo cara a cara mientras conversábamos. Para colmo, Julieta, a quien gustaba jugar con el peligro, había cruzado las piernas y dejaba ver un pedazo de muslo desnudo, luego descruzó la pierna lujuriosa, y al hacerlo me pasó el pie por toda la pantorrilla, deliberadamente, su zapato rozando fuerte mi pantalón.

Yo creía que todo el mundo en el cuarto se había dado cuenta de lo que ella había hecho, pero afortunadamente nadie advirtió nada, mientras Vicente seguía hablando de pintura. Por fin, después de un penoso momento en que Vicente casi confesó que estaba pensando dejar el banco para dedicarse a pintar todo el tiempo—"No quiero ser un pintor de domingo toda mi vida"—, Julieta y Vicente se despidieron. Mi madre me dijo, como colofón de la visita: "Es muy bien parecido el marido de Julieta", y sentí unos celos bienvenidos porque me permitieron olvidar el embarazo de su presencia. Al día siguiente fui a casa de Julieta, como siempre. Le hablé, mientras se desnudaba, de mi incomodidad de la noche anterior. "Sí", dijo ella, "ese radio no funciona nada bien." Tuve que hablarle claro y decirle que no hablaba del radio sino de que yo estuve amoscado ante Vicente y que ahora mismo me sentía culpable. Dejó de desvestirse para mirarme: "¿Culpable de qué?" "De lo que le hacemos a Vicente", le dije. "Es una canallada." Ella aspiró profundo, y cuando pensé que me iba a apostrofar, decirme que ya yo no escribía, que mi vida era una falsificación, me dijo: "El amor no tiene moral". Me calló con aquella respuesta, y no contenta con enmudecerme, añadió: "Pero ya que te sientes así, creo que debes irte", y comenzó a vestir su cuerpo ahora declarando que la moral no tiene amor. Supe que mis escrúpulos me iban a privar de mi vida con Julieta, que era lo mejor que me había pasado en mi vida, y no me moví. "Si no te vas", dijo ella casi vestida, "es que eres un hipócrita." Esta vez ella tenía toda la razón: yo sentía escrúpulos en acostarme con Julieta y al mismo tiempo lo que más deseaba en el mundo era acostarme con ella. "¿Por qué debo irme?", le pregunté, creyendo que ella estaba enojada conmigo. "Es bien claro: por Vicente. Tú te sientes culpable por lo que le haces a él, entonces debes dejar de hacerlo." Decidí una variante ladeada: "¿Y tú no te sientes culpable?" "¿Yo?", dijo ella, luciendo verdaderamente asombrada. "¿Por qué me iba a sentir culpable? Vicente no es suficiente hombre para mí en la cama. Lo más natural es que busque mi satisfacción con otro." Su lógica es irrefutable, dijo mi censor, ¿por qué otros demonios tuviste que hablar de Vicente? Ahora tenía que irme, no forzado por mi censor sino por compulsión de mi orgullo. "Bueno", le dije, "me voy", más triste debí añadir pero también más tranquilo—y me fui, dudando sólo un momento ante la puerta para ver si ella me detenía, tenía algo que decir. Pero no dijo nada que me detuviera.

¿Pero cuánto duró esa tranquilidad? Ya al otro día me sentía intranquilo recordando, viendo ese cuerpo desnudo cubierto de deseo. No era amor lo que yo sentía por Julieta sino deseo. Una diosa era el nombre de mi deseo. No tardé en volver a venerar esa diosa venérea. Pero la próxima vez que volví a ver a Julieta no me aguardaba el amor sino el asombro. Ella no me esperaba porque fui de mañanita, pero en vez de su extrañeza produje la mía propia. Me encontré con otra visita más temprana que la mía. Allí en su sala, sentado en un sillón estaba Max Maduro, que me saludó con una sonrisa suspicaz. Max Maduro era un viejo comunista, mejor dicho, no era viejo (aunque sí mucho mayor que yo) ya que pertenecía a la juventud del partido. No recuerdo dónde lo conocí, tal vez fuera en el periódico *Hoy*, o tal vez preparando la toma de *Nuestro Tiempo* por asalto hegeliano. Lo cierto fue que mi molestia por encontrármelo en la casa de Julieta (que había creído mía sola, después de Vicente) se extendió en una discusión sobre las virtudes del partido Ortodoxo y Eddy Chibás, que Max Maduro ganó nada más que con usar su tono tranquilo, su dialéctica de partido, pausado, preparado para el poder, y yo perdí al perder el control de mí mismo, casi gritando como Eddy Chibás con su histeria histórica. Pero no era la política lo que estaba en juego, por supuesto, no quien era amo de las palabras sino siervo de Julieta. Al entrar había observado una mancha en el labio de Max Maduro y podría jurar que esa mácula se extendía hacia abajo, que era una gota lenta de sangre—y nadie se afeita el labio por muy inferior que sea. Ya yo conocía la manera de besar de Julieta como para ignorar que ese coágulo surgió de una mordida: en una frase, que se volvía una imagen perturbadora, yo los había sorprendido infraganti, delegado de Vicente. De esa comprobación venía la rabia que tenía, que no podía contener y que me hizo mostrarme como un imbécil político delante de este hombre que no era contendiente para mí en una discusión, ni él ni su ideología ni su dialéctica rígida. Por otra parte, además, ¿por qué mostrar tanta simpatía, hasta apoyo, por el partido Ortodoxo cuando ni siquiera Eddy Chibás, con su locura sin método, me importaba realmente? Era, como hubiera dicho Julieta, la huella de un beso lo que me desquició, me hizo un doble erótico de Chibás político. Tan arrebatado estaba que ni recuerdo como salí de aquella casa, pero debí irme odiando a Marx Maduro y todavía odiando más a Julieta, doble engañadora, de su marido y de su amante. Pero yo no podía odiar a Julieta mucho tiempo porque ella era el amor—era la diosa del deseo.

No recuerdo cómo volvimos, es decir cómo volví yo solo. Solamente sé que se organizó un encuentro en tierra de nadie pero territorio del amor. Julieta quería ir a una posada tanto como quiso en el pasado ir al cementerio y oír *El Mar* mientras amaba. A mí me parecía tirar el dinero (que por otra parte no tenía: era como derrochar la nada) cuando tan bien se podía estar en su casa, ahora que había vencido el miedo al regreso repentino de Vicente. (A eso por lo menos me ayudó la polémica inmadura con Maduro: al estar allí media mañana discutiendo como si estuviéramos en el Parque Central o en una oficina del partido, me convencí de que se podía hacer de todo en casa de Julieta con impunidad: hasta el amor. Vicente jamás desbancaría a destiempo: ¿qué mejor prueba que aquella discusión, cómo imaginarse la cara de Vicente al regresar repentinamente del banco y encontrarse su casa convertida en local de una convención política?) Pero Julieta insistió (sus deseos son mis órdenes, oh diosa) y tuve que complacerla. Debí pedir dinero prestado y aunque una posada no costaba mucho (casa de citas, insistía en llamarlas Julieta) cualquier cosa era mucho para mí entonces, pobre periodista en cierne. Fuimos a la posada (Julieta me dejó escoger a mí y yo escogí la fabulosa—estaba en todas las fábulas sexuales de la época—posada de 2 y 31) por la tarde, no muy tarde. Caminamos desde donde nos dejó la guagua en 23 y Paseo. Nos bajamos discretamente para no dar nada a sospechar y paseamos Paseo arriba hasta encontrar como por casualidad (las precauciones eran propias, Julieta tenía otras ideas sobre el deseo y la decencia) la calle 31, que a esa hora, bajo ese sol, reverberaba, el polvo hecho arena reflectora, las aceras espejos tumbados. Cerca del portón de la posada había un grupo de muchachones, mirones, evidentemente fichando a todo el que entraba y salía—sobre todo a todas. Pero Julieta caminó muy reina las pocas cuadras hasta el edificio encantado (para ella) y pasó soberana por la entrada grande de automóviles y hasta fue conmigo a la taquilla (¿es ése el nombre?) para pedir el cuarto, sin quedarse detrás discretamente como me habían instruido que debían hacer las mujeres según la convención amatoria habanera. Nos dieron un cuarto abajo y entramos, ella primero, yo primerizo. Julieta recorrió la habitación no sólo con su mirada sino que caminó por ella, como si midiera su exacta simetría, revisando cada rincón, separando los cortinones que impedían la entrada de la luz de la tarde violenta, yendo al pequeño baño, abriendo las llaves de agua, regresando al cuarto: una inspección completa, mientras yo esperaba que ella se quitara la ropa. Pero en vez de desnudarse se reveló: "Tú sabes", me dijo, "yo nunca había estado en una casa de citas". Hecha por Eliot, debí decirle, pero me sorprendió y más que sorprenderme me agradó: era violar una virginidad con ella. Franqueza que me llevó a mi vez a preguntarme cómo Vicente no la había llevado a una posada y respondiéndome yo mismo que me olvidaba que ella reservaba su virginidad para el matrimonio y volviéndome a preguntar dónde se había acostado con Félix, sin hacer nada, respondiéndome que inFélix tal vez tuviera escrúpulos en llevarla a una posada, añadiendo que era tal su pobreza que quizá no pudiera permitirse una posada—en esas preguntas y respuestas estaba cuando oí una orden en una voz dulce, bien educada pero perentoria: era Julieta, no los espíritus, que me decía no vas a venir y vi que ella se había quitado toda la ropa (no llevaba mucho esa tarde calurosa: sólo sostén y una bata) y se había acostado en la cama, completamente desnuda, menos maja que mujer. Me pregunté cuándo se habría desnudado pero no perdí tiempo en contestarme y me uní a ella, minoría absoluta, poniendo en práctica in corpore toda la teoría que ella me había enseñado. Esta vez Julieta (a quien le gustaba quejarse, no lamentarse sino exclamar en éxtasis) soltó las amarras no bien empezó mi lengua lábil, hábil ahora, a rozarle el cuerpo, y comenzó a navegar por otros mares de locura: a quejarse, a suspirar hondo, fosa sin fondo, y de allí pasó a gemidos, luego a alaridos, después a aullidos, y mientras se revolcaba haciendo más difícil mi labor, maullaba a todo pulmón, gato gutural, sus gritos llenando el cuarto y ululando en todo el universo, colmando el cosmos. Fue por estas causas de coloratura, que no oí que tocaban sino cuando el toque se repitió dos, Dios sabe cuántas veces y se hizo un tumulto junto a la puerta que nos despertó a los dos. Julieta dejó de perifonear desde el más acá y yo fui a abrir a ver que pasaba. No eran los bomberos era el hombre de la taquilla, el encargado, el posadero que en voz muy baja (cualquier sonido humano era bajo después de los alaridos astrales de Julieta), me dijo que si no podíamos hacer menos bulla—y esa petición me sorprendió de veras porque en aquel lugar debían estar acostumbrados a esta clase de ruidos románticos, pero al mismo tiempo no me sorprendió después de todo, considerando que los aullidos amorosos de Julieta bien podían acabar de establecer un récord de decibelios en la casa de cuitas. Cuando volví a Julieta no le expliqué lo que pasaba a su pregunta: "¿Qué ocurre?", sino que le dije: "Nada, un error", cuando debía haberle dicho: "Todo, un horror". Juego semántico del que me sacó la sonrisa de Julieta, que no era un comentario a lo sucedido sino una expresión que guardaba hacía rato, antes de cerrar la puerta, y me dijo: "Me ha ocurrido". No entendí sino hasta que continuó: "Sola, yo sola. ¿Sabes por qué?" No, le dije, asombrado ante su declaración: sabía que Julieta podía ser turbadora pero no masturbadora. Pero el orgasmo no se lo había procurado la mano sino la mansión: "Es este lugar", me dijo, "me excita. Desde que entré estaba mojada. Me excita la idea de saber que este edificio está hecho exclusivamente para el acto de amor, que los que vienen aquí vienen nada más que a hacer el amor, que todo aquí está organizado para estar un rato haciendo el amor. Es la arquitectura en función del amor!" Esa declaración era típica de Julieta por esa época. Nunca le dije que nos habían

387

llamado la atención los posaderos. Supuse que era la primera vez que pasaba. Luego pensé que Julieta había gritado tanto para establecer su estancia en la posada—¿o tal vez fuera para excitar a los otros huéspedes? (¿Se puede llamar huéspedes a los que van a una posada? No sé. Yo no tengo otro nombre que darles, pero vagamente me parece que huéspedes no es el término adecuado. Tal vez Julieta con su dominio de la nomenclatura amorosa supiera qué nombre darles, darnos. Pero nunca le pregunté.)

No sé cómo me supe pensando (un dedo sobre la frente, la mano en la sien, el pulgar en la mandíbula) que yo debía estar leyendo demasiado a D. H. Lawrence. (De hecho, Julieta me prestó, cuando todavía vivía en pecado con sus padres, la traducción de *El amante de Lady Chatterley*, libro que era muy difícil de conseguir entonces en La Habana. Hoy pienso que ella me lo procuró como afrodisíaco, pero en ese momento creí que era su interés por la literatura inglesa. Aunque su comentario cuando le devolví el tomo podía ser o no ser literario. "¿No es verdad que es poderoso?", me dijo. Después de iniciarme ella yo me di a buscar todo lo que escribió Lawrence que estuviera traducido al español, ya que era más fácil conseguir libros en español que en inglés: no había ninguna biblioteca circulante en inglés que yo recuerde en La Habana y sí había por lo menos una que circulaba libros en español —Lawrence en el Lyceum. Leí todo lo viable, hasta las cartas de Lawrence, profeta postal.) Tal vez yo estuviera excesivamente influido por Lawrence o no, lo cierto es que, sin estar verdaderamente enamorado de Julieta, le dije un día que nos fugáramos, que nos fuéramos a una isla desierta (en este caso, en Cuba, ya una isla, debía ser un cayo callado), a vivir en comunión con la naturaleza, abandonando La Habana y sus cosas vanas. No sé si por esta página ya ustedes me conocen, pero si me conocieran sabrían que soy incapaz de sobrevivir no en una isla (o cayo) desierta, sino siquiera en la ciudad sin auxilio de la familia, que yo, a pesar de mis orígenes obreros, de la pobreza de entonces, de la miseria más bien, soy un hijo de mamá, refugiado en casa al menor contratiempo, metido en la cama temprano. Pero también soy arriesgado en teoría y a lo mejor me hubiera ido con Julieta a una isla—a un cayo desierto. A Julieta esta proposición escapista tuvo la perpleja virtud de devolverla a la realidad de la cama. Se apoyó en la almohada, saliendo por debajo de la sábana, sus senos islas colmadas de carne flotando doradas por sobre el borde blanco, la espuma de Venus, y me dijo: "¿Tú estás loco?" "No, loco, no", le dije. "Simplemente enamorado." Ella no atendió a la expresión amorosa sino a la impresión anterior: "Solamente a un loco se le ocurre semejante idea. ¿Una isla desierta? ¿Tú sabes lo que estás diciendo?" "Bueno, sí. Irnos, los dos, a una isla desierta." "¿Cómo? ¿Nadando?" Sospeché que ella sabía que yo no sabía nadar. "No, caminando sobre las aguas. ¿Tú no crees en los milagros?" "Tú no estás bien de la cabeza", me dijo ella, y con ese diagnóstico fue verdaderamente que empezó nuestra separación—aunque, pensándolo bien, nunca estuvimos juntos: sólo nos unía el sexo: mi pene, mi lengua, mis brazos: mis miembros—y aunque entonces yo pensaba que podía unirnos el amor, creo que habría aceptado esa idea si alguien la hubiera propuesto. "A ver", dijo Julieta, lógica, "¿qué íbamos a hacer nosotros en una isla desierta que no podamos hacer aquí en la cama?" El argumento era irrebatible (es más, podría ella haber añadido que en la cama yo podía hacer algo que no sabría hacer en una isla desierta: nadar), pero, discutidor que soy, se me ocurrió un contraargumento: "Estar todo el tiempo juntos". Por la mirada de Julieta supe que ella me iba a decir que no quería estar todo el tiempo junto a mí. Pero dijo: "Aquí podemos estar mucho tiempo juntos los dos", explicando casi como una maestrica de los obreros, cosa que odio. "Si tú quieres puedes venir también por las tardes." "¿Y las noches?", pregunté yo, totalitario. "Eso deja solamente las noches fuera y por las noches se duerme." Ella, por supuesto, no me iba a hacer creer a mí que ella de noche nada más que dormía, quiero decir que las noches eran empleadas por ella (y por Vicente) solamente en dormir. Se lo dije: "¿Y tú empleas las noches sólo para dormir?" "Claro que sí", me dijo ella con Vicente, convincente. Pero le dije: "No te creo". "Además", dijo ella continuando su argumentación sin admitir mi negación, "¿cómo íbamos a vivir? Si ni siquiera aquí en La Habana Vieja tú puedes mantenerme. ¡Una isla desierta!" Esto último no lo dijo con sarcasmo sino que le salió como un suspiro después de aspirar profundo y casi exclamar: "¡Tu isla es un fraude!" Pero a mí me sonó sarcástico y zumbón: es que en ese momento, con mi idea de la isla desierta flotando en la mente, Laputa tropical, había perdido toda noción del sentido de las palabras, completamente desorientado. Más particularizado, había perdido el oriente de las preciosas palabras de Julieta. "Además", dijo ella con un además de más, "aunque pudiéramos vivir en una isla desierta, *yo* no quiero vivir en una isla desierta." No dijo: "Y punto" o "Punto final", o el habanero "Sanseacabó", pero así sonó de definitiva. Y esa mañana me habría quedado yo sin mi cuota de carne si no fuera porque la proposición de irnos a una isla desierta se la hice precavido después de hacer el amor, como decía ella, no antes.

Pero esta discusión no puso fin a mi relación con Julieta, lo hizo el hecho real de que ella cambiara de casa y una sabiduría de nación falsa. Se mudó a la calle 28 casi esquina a 23, y allá fui a visitarla por última vez una tarde. No fue como al principio una de las mañanas de frío en La Habana Vieja, con sus calles estrechas, sombrosas, sinuosas, sino la tarde calurosa de El Vedado, con sus rectas avenidas anchas, soleadas, demasiado expuestas al sol. El apartamento—mucho más espacioso que el de La Habana Vieja—quedaba en un primer piso, y cuando toqué el timbre (había timbre eléctrico, no el timbre torcido de casa de Catia ni los tres toques teatrales —"Es el destino que llama a Beethoven", habría explicado Queta—en la puerta del anterior apartamento), Julieta vino a abrirme: estaba vestida, como la primera vez que la visité, con un delantal, pero había una diferencia ahora. No llevaba otra ropa que el delantal que la cubría del ombligo abajo hasta casi llegarle a las rodillas—y ése era todo su vestido. Arriba estaban exhibidas sus tetas torneadas, y cuando cerró la puerta y se dio vuelta, estaban expuestas sus nalgas nudas. Me pregunté qué habría hecho uno de los obreros que construían un enorme edificio en la esquina de haber tenido acceso al apartamento de Julieta, tocando el timbre, y la maestrica seguramente abriendo la puerta llevando nada más que esa hoja de parra paródica, como hizo conmigo. Pero el despliegue físico acompañado del toque doméstico del delantal era para mí: ella me esperaba. "Perdona un momento que enseguida termino", me dijo. "No te esperaba tan temprano." Ella no me esperaba—entonces estar vestida o desvestida así no era más que una reacción al calor de la tarde, exorcizando el estío. "Está bien", le dije. "No te preocupes. Termina con calma." En el cuarto ella iba y venía hablando de Miguel Ángel, aunque bien podría haber hablado de Rafael o de Leonardo porque no atendía a sus palabras pictóricas. Me senté a verla trapear, pasando el trapo mojado sobre las losas del piso y venir casi hasta mí y darse vuelta para mostrar su culo redondo, dobles esferas truncas que contemplé por espíritu de geometría. Al fin terminó. Es decir, se quitó el delantal en señal de que habían terminado sus labores domésticas y podían comenzar sus trabajos de amor. Vino hacia mí y se paró frente a mi cara, completamente desnuda. "Ven para el cuarto", me dijo, cuando di señas de ser capaz del coito sur place, como decía Silvio Rigor.

Tienen esta superstición sexual los habaneros, aparentemente respaldada por los hechos o los mitos, de que fornicar acabado de comer puede conducir a una embolia segura y tal vez a los estertores y a la muerte. La Habana me había adoptado, fue por esto que me vi obligado a decirle a Julieta: "Acabo de almorzar, pero vamos", y fue como si hubiera mencionado una charla con el diablo en casa del cardenal. "¿Qué?", exclamó preguntando Julieta. "¡Tú no te vas a acostar conmigo acabado de comer!" "Pero si no tiene importancia", le contesté. "¿Que no tiene importancia? No, mi vida, de eso nada. No te me vas a quedar muerto en los brazos." Yo creía que ella, en su súbito acento habanero, lo decía con amor, cuidadosa de mi salud, vigilante de mi vida. Pero añadió: "Yo no corro ese riesgo". Fue en esa frase fatal que vi que a ella le importaba poco que me muriera, con tal de que no lo hiciera en su cama: la verdad fue más brutal que sus palabras. Yo no sabía aún si estaba o no enamorado de Julieta, pero ahora acababa de saber que yo era poco más que un pene de más de una erección: para ella el Homo erectus, criatura del pleito obsceno. La escena hubiera sido divertida para un tercero objetivo: vean a esta mujer desnuda, con su cuerpo bien hecho—más que bien hecho: perfecto—y su cabeza bella discutiendo con su amante mal hecho, no asuntos de amor sino sobre la conveniencia o no de morirse de amor en su cama. Supongo que ella ya estaría calculando cómo deshacerse del cuerpo del delito, imaginando una coartada per fecta, ideando cómo parecer inocente. Ésa es mi imaginación pero la discusión verdadera fue cansona porque no era dialéctica, ni siquiera didáctica, según acostumbraba Julieta, sino repetitiva, y duró demasiado. Pero a Julieta no había quien la moviera, mucho menos conmoviera: ella no se iba a acostar conmigo por todo el oro de El Dorado ni por un Potosí de plata (es mi decir, porque a Julieta, virtuosa verdadera, no la motivaba ni el oro ni la plata: a ella no le importaba nada el dinero: sólo la carne, pero la carne viva, no la carne muerta o moribunda) si yo había comido hacía poco. Finalmente, fatigado, le dije que me iba y me despedí con un adiós agorero —que ella no registró: me dijo que estaba bien, que volviera otro día—en ayunas, supongo. Pero, añadí yo, si salgo por esa puerta no vuelvo, casi señalando como un marido teatral. "Me parece perfecto", dijo ella tomándome la palabra. "No vuelvas"—y no volví ni a su vulva ni a sus besos. Odiosa Julieta, no verla clave de mis sueños.

Luego, al poco tiempo de nuestra ruptura (o como se llame aquella discusión y despedida), Julieta conoció a Pablo Perera, pianista aficionado a los muchachos, y ella decidió, como no era Virginia, que si Pablo quería ser concertista debía llamarse Paul y a Pablo le sonó eufónico su nuevo nombre, Paul Perera. (Es curioso que Julieta no intentara cambiar mi nombre o afrancesarlo: resultaría cómico que me hubiera convencido de llamarme Guy.) Pablo Perera decidió llamarse Paul desde entonces, y al mismo tiempo que de nombre cambió de objeto sexual y se hizo amante de Julieta. (Seguramente Julieta lo inició en los misterios de la Bona Dea sexual, como a todos nosotros.) Aparentemente Pablo, Paul, no almorzaba y pasaba todas las tardes con Julieta. Pero sucedió que Vicente, previsto pintor pero pagador imprevisto, regresó del banco a destiempo un día y descubrió a Julieta con Pablo, Paul. No los atrapó en la cama, sino, lo que le pareció peor a Vicente, sorprendió (no sé quién fue más sorprendido, si Paul o Vincent) a Pablo vistiendo su bata de casa, decorada por él, a petición de Julieta, con olas japonesas en el mar de la China, amarillo y magenta. Vicente le dio de trompadas a Paul y en la trifulca Paul mordió una oreja a Vicente (tal vez sea al revés, no sé: fue una pelea confusa o confundido el relato), quien no tocó un pelo dorado, adorado de Julieta. Vicente se fue de la casa sin llevarse nada, ni la bata pintada a mano (sobre todo no la bata de andar por casa), mientras Julieta se quedó a curar amorosa las heridas de Paul, que ni siquiera se quejó—that's a Perera: así eran los Perera. Cuando me enteré de la bronca (por la propia Julieta, que me contó todo y al final añadió, aspirando al expirar: "Imagínate, ¡qué vulgaridad!", acusando a Vicente, cuya vida era sin duda un fraude bancario) pensé que yo podría bien haber estado en el lugar de Pablo, de Paul, de Popol Perera, y que solamente me salvó del embarazo culpable y la paliza (Vicente Vega, pagador diario, Vincent pintor de domingo, era también el Vicente vengador, el atleta del bachillerato), de esa doble afrenta, una curiosa superstición habanera—mejor dicho, la creencia firme de Julieta Estévez de que hacer (después de comer) el amor mata.

LA VISIÓN DEL MIRÓN MIOPE

Viviendo en El Vedado, por azar o por designio de dioses irónicos, nos habíamos mudado justamente en la cima de la loma (otra colina habanera) en que culmina la Avenida de los Presidentes, junto al monumento que domina los jardines centrales, a cuya augusta altura habíamos ascendido un día para recordar el gibareño Gildo Castro y yo, escalando el pórtico pretencioso, académico, híbrido: clásico en su arcada pero rococó en los detalles. Mi primo Gildo, de visita del pueblo a comprar soldadores para su taller, recorrió conmigo los barrios de La Habana y nada le pareció tan inaccesible como este sepulcro blanqueado a la memoria de todos los presidentes muertos. Mi primo Gildo, que era un mago mecánico, había traído consigo una cámara de cine que él mismo había construido y encuadró tomas que nunca vi reveladas. Mi primo Gildo Castro, como todo inventor un ingenuo, dijo del monumento fijado en film: "Es de mármol macizo", aunque añadió al darse vuelta para admirar la avenida que bajaba hasta el mar a lo lejos, a sus adornos arbóreos: "Todo esto está hecho por el hombre, caray!"—que era el más alto cumplido que podía hacer a la vista, habiendo heredado de Pepe Castro, su padre naturista y mi mejor influencia infantil, el genio para la mecánica y su admiración mayor por la obra del hombre que para la naturaleza. En esta misma área vivió, vivía todavía Catia Bencomo, vivía Olga Andreu, en el Palace y frente, en el edificio Chibas, vivía Tomás Alea, conocido como Titón y a quien yo llamaba Tomás Alea Jacta aunque era lo contrario de jactancioso: era gris a fuerza de ser modesto. Fue Néstor Almendros, ya fotógrafo, quien me presentó a Titón y por éste había conocido a Olga Andreu y, en cadena de conocidas, a Catia. Titón—a quien yo visitaba a menudo en su apartamento amplio, ordenado y burgués—era ahora un amigo que pronto daría un viaje doblemente deseado a estudiar cine en Roma. Todo eso—las visitas del pasado, los viajes al futuro—hacía la zona gratamente glamorosa y aquí habíamos venido a vivir del solar de Zulueta 408 (difícil de abandonar, imposible de olvidar porque había sido no una temporada ni una turné sino una vida entre círculos concéntricos) gracias a un milagro menor propiciado por mi mentor: se iba para Puerto Rico un paisano suyo y nos cedía el apartamento.

Pero seguíamos siendo tan pobres como antes y pronto, con mi padre sin trabajo, seríamos todavía más pobres. Mi hermano continuaba estando, siendo tuberculoso y se pondría peor, con la tisis extendida a los dos pulmones y casi se muere. Así resultaba yo el protagonista de la película de un joven pobre. Después de la aparición de mi abuela, habíamos dejado detrás otro residente del increíblemente elástico cuarto (prácticamente habíamos resuelto el insoluble problema metafísico del número de ángeles que se pueden parar al unísono en la cabeza de un alfiler, al probar que seis personas lograban vivir al mismo tiempo en un cuarto) de Zulueta 408. Mi prima había cautivado con sus ojos verdes a un vecino bueno y (casados, ambos aventureros) se habían ido a vivir al extranjero. Nuestra mudanza fue una fuga y gracias al auxilio (siempre dependiente de la caridad de los amigos) de Carlos Franqui y a una furgoneta del periódico *Mañana* y un camión que no sé de dónde sacó mi padre (tal vez ayuda de

Eloy Santos, motorizado todavía, siempre conspirador) nos mudamos furtivamente de noche, como contrabandistas que cruzan una frontera. Con todos los azares del viaje estábamos en un apartamento amueblado, con teléfono y, sobre todo, baño propio, lo que después del colectivismo forzado del solar era un lujo aseado: un baño para nosotros solos. "Y con bidé", completó mi madre el anuncio, añadiendo la palabra bidet a mi vocabulario habanero, aunque no especificó nunca la naturaleza o la historia de su uso. El apartamento todo olía a rosas y era que su antiguo inquilino, químico aficionado, fabricaba perfumes en casa, la que dejó envuelta en esencias. Mi madre se veía más joven ahora, no sólo por el nuevo hábitat sino porque pasó de usar el tinte negro barato que la hacía lucir sombría con tanta negrura alrededor y sus canas prematuras eran un marco adecuado a su cara dura y recta y su cutis oliva. Completó su retrato oval no un Poe del pobre sino nuestro Cocteau, Germán Puig, esteta como siempre, halagador como siempre, que le dijo: "Zoila, ahora eres una rubia platino, como Harlow, mejor que Harlow", y aunque el ideal femenino de mi madre era Joan Crawford y no Jean Harlow, aceptó agradecida que Germán la bautizara La Platinada.

Fue en este nuevo medio, disfrutando la privacidad y la comunicación al mismo tiempo, con una puerta cerrada, raro privilegio, en este edificio—al que se entraba por una alta puerta de madera y cristales y se subía por una escalera de mármol sencilla, con pasamanos de hierro—aunque no tenía más que cuatro pisos (nuestro apartamento quedaba en el último) estaba en la cumbre de la colina del Alto Vedado y dominábamos todos los edificios de la zona y la vista del mar lejano, acariciados por la brisa marina en la mañana, golpeados por el sol directo por las tardes, poniente pero poderoso: nuestro cielo era nuestro infierno. En esa atalaya amorosa por la noche descubrí el arte de mirar.

Debo decir que no fue un verdadero descubrimiento sino que se hizo arte lo que antes era mera afición. Me inicié en su cultivo, en su culto, ya en el segundo año del bachillerato, cuando apenas tenía trece años, gracias a la displicencia (me resisto a creer que fuera un descuido y debo decir que parecía una gracia natural no manía deliberada) de nuestra profesora de anatomía. Era la maestra más joven del plantel. Se llamaba (ojalá que se llame todavía, aunque sea ahora una anciana: siempre tendrá mi mirada) Isabel Miranda o, más respetuoso, la doctora Miranda. En el Instituto los profesores montaban a un estrado (lo que era para mí, viniendo de la informal escuela primaria, de un asombro y de un respeto que dura todavía) que los mantenía a una elevación de más de medio metro por sobre el nivel intelectual de sus alumnos. En el estrado había una mesa y una silla, que aumentaban las distancias, pero la doctora Miranda, disintiendo de sus colegas, se separaba siempre de la mesa y se mantenía sentada a un costado. Allí solía cruzar la piernas y dejar que la falda se le subiera al azar, mostrando no sólo sus piernas completas sino zonas de sus muslos macizos, como el mármol del monumento. Debía de tener entonces unos treinta años, lo que era para todos nosotros una edad abismal, pero ella hacía un puente de carne entre sus años y los nuestros. Ese curso me tocó el aula 2 y, doble suerte, la primera fila, muy temida por todos los alumnos en la clase de álgebra (de allí se subía a la pizarra como al patíbulo matemático), pero deseada por los varones durante la lección de anatomía gracias a la generosidad—¿con su anatomía?—de la doctora Miranda. Ella solía, como las mujeres de su generación, no llevar debajo más que un refajo. A veces los vestidos eran lo suficientemente escotados como para dejar ver algo más que el nacimiento de sus senos, que eran pequeños pero se veían insólitos y sólidos, y cuando tocaba trabajar con el microscopio (que se colocaba en la mesa sobre la que la doctora Miranda, didáctica, se inclinaba para enseñarnos mejor su manejo) atendíamos naturalmente más a la contemplación de sus senos magníficos que a la visión de la vida microbiana magnificada. Entonces sus senos perdían el carácter mítico que tenían desde el pupitre para hacerse asequibles, al alcance de la mano impaciente casi. Pero pronto recobraban su distancia profesoral y la doctora Miranda (con sus espejuelos verdes que ocultaban sus ojos miopes, desde entonces asociados por mí con una sexualidad femenina controlada pero peligrosa por ser capaz de desatarse en cualquier momento: ya los había conocido en el solar de Zulueta 408, en Edith, la muchacha miope que se había enamorado locamente de Arturo Rodríguez, que era de la familia que nos prestó el cuarto cuando vinimos para La Habana, a la que su racista madre mudó del solar, opuesta a su relación con Arturo, Edith jurando que se suicidaría: lo que tranquilamente procedió a hacer a los pocos días de mudada, dándose fuego encerrada en el baño de su nueva casa, cuarto, muerte que Arturo tomó con calma como para que fuera la tragedia de Julieta sola) volvía a hacerse de la materia de los mitos, nombrada en los grupos que hacíamos en los pasillos del plantel, algunos de los estudiantes de anatomía comparada llegando a jurar que la profesora, que sabíamos soltera, era fácil—cuando en realidad era bien difícil. Ninguno de nosotros acertó entonces con su verdadera naturaleza: Isabel Miranda, la doctora Miranda, era admiranda, lo sé ahora, una exhibicionista extraordinaria.

El segundo encuentro con la manía de mirar fue más bien el primero y ocurrió aquel día que subí achacoso a la azotea de Zulueta 408 y mirando aburrido hacia el hotel Pasaje, fachada de cuartos vacíos, descubrí a la muchacha durmiendo desnuda, toda yodo y algo oxígeno, y su sola visión me devolvió la vida. Ella se ve como a través de anteojos invertidos, alejada por el tiempo pero también por la distancia a que dormía desnuda: ésa fue la verdadera lección de anatomía amorosa y no las de la doctora Miranda, mirada de cerca. Paradójicamente, mientras más lejano el cuerpo, más próxima está a la revelación de la carne. En La Habana, donde el voyeurismo era una suerte de pasión nativa, como el canibalismo entre los caribes, no había una palabra local para describir esta ocupación que a veces se hacía arte popular. En La Habana Vieja, con su profusión de balcones abiertos, protegidos solamente por una baranda de hierro forjado, solía haber fijada a la altura de las piernas una tabla—conocida como la tablita—que guardaba los muslos codiciados de la aguda mirada de los mirones, halcones a ras del suelo. Esta protección llegaba al colmo de extenderse hasta la altura de tres y cuatro pisos, donde la visión era si no imposible ciertamente difícil aun para las vistas más certeras. ¿No sería tal vez que las habitantes de esos apartamentos, las visitantes de esos balcones estaban provocando más que evitando el golpe de ojo avizor? Había en el dialecto habanero una palabra para los tocadores, los exploradores carnales tácticos, rascabucheador (una etimología risible la hacía derivar de rascar y de buche, pero prefiero conservar su tenue misterio local que se hace espeso en el extranjero) y esta voz se extendía al mirón, pero era una aplicación inadecuada. La palabra mirón señalaba al que miraba mucho o insistentemente, pero nunca al *voyeur*, eso que en inglés tiene el cómico nombre dos veces legendario de *peeping tom*, y en los manuales de sexología se llama escoptofílico. Pero bajo cualquier nombre existe esa actividad amorosa y fue en el apartamento de la calle 27 y Avenida de los Presidentes que me volví un mirón minucioso, activo en mi pasividad.

El edificio de apartamentos justamente enfrente quedaba debajo del nuestro porque estaba en la pendiente y era llamado Santeiro, donde iba a vivir un día y que he descrito en otra parte antes pero no en esta crónica de amores. Muchos balcones se abrían a la parte trasera del edificio que daba a nuestro apartamento del fondo. Ambos edificios, el nuestro y el ajeno, estaban separados por apenas veinte metros de casas de un solo piso. La visión de los apartamentos del Santeiro, aunque inclinada, era completa. De noche solía sentarme en nuestro balcón, como cogiendo fresco, las puerta-ventanas de la sala cerradas, solo en mi acecho. Curiosamente esto era lo más excitante de la caza visual: aguardar a que se produjera un desnudo, no importaba si parcial o total, ofrecido a la vista, era más excitante que la presencia del cuerpo desnudo. Era esta espera el arte a aprender. Antes los cuerpos desnudos que se me habían hecho propicios—el de Etelvina enfermo, el de la puta negra invisible en la oscuridad, las breves visiones blancas de Xiomara, la más repetida contemplación dorada de Julieta en que yo no me demoraba urgido por la fuerza de la fornicación—y el cuerpo anónimo exhibido inocentemente en el hotel Pasaje, no fueron perseguidos por mí para deleite en su desnudez: no eran un fin sino un principio. Pero ahora yo buscaba expresamente esa exhibición que era, por supuesto, ignorada por esas mujeres, esas muchachas que yo iba a sorprender en su intimidad sin siquiera sospecharlo, víctimas de la violación visual del voyeur. Creo que de haberse exhibido cualquiera de ellas ex profeso, la visión habría perdido ipso facto todo su encanto. Ésas eran las reglas del juego—mejor dicho, los preceptos del arte de la mirada.

Había fijado mi atención, que era como decir toda mi

conciencia, aun mi físico, mi cuerpo, mis ojos en el edificio Santeiro. En el apartamento frente al nuestro vivía una mujer (no puedo decir su edad pero era evidente que no era una muchacha) que a menudo ofrecía grandes griterías, sonatas para la voz sola. Yo esperaba que estos escándalos se produjeran, digamos, en Zulueta 408 pero no en El Vedado, en uno de sus edificios aparentemente más decentes. (En realidad estoy sugiriendo que el edificio no estaba habitado por gente decente cuando sí lo estaba: pude comprobarlo en el tiempo que viví allí años después. También les pido que olviden la frase edificio decente porque es una personificación torpe, pura prosopopeya.) Pero esta mujer hablaba en alta voz, voceaba, daba gritos espantosos en las discusiones de un solo lado que tenía con un hombre siempre silente. Después supe que este marido mudo no era su esposo sino su amante y que era un cómico famoso por su garrulería radial. También se supo que la mujer era una drogómana dura y que muchos de sus ataques de furia se producían cuando le faltaba no mariguana que fumar sino morfina que inyectar. Es curiosa la cantidad de cosas que uno se podía enterar salidas de esos compartimentos aparentemente estancos que eran los grandes edificios del barrio: Santeiro, Palace, Chibás, tan elegantes de arquitectura, tan herméticos de aspecto, tan buenos burgueses de apariencia sus inquilinos. Tal vez influyera el clima, el hecho de que en estos apartamentos se vivía si no con las puertas sí con las ventanas abiertas para mitigar el calor—todavía no se había generalizado el uso del aire acondicionado, aislante. Pero la explicación quizá fuera más histórica que geográfica: no era el trópico sino el carácter cubano que hacía que la gente se explayara, real y metafóricamente. Los mexicanos, por ejemplo, que viven en el mismo clima son mucho más reservados: es que el indio es inescrutable mientras el negro es siempre expansivo, y aunque todas las familias del barrio eran blancas, tenían más de andaluces parleros que de parcos castellanos. Debo señalar que la vecina del frente era tan exhibida físicamente como exhibicionista de sus emociones. No faltaba más que aprovechar el momento adecuado, aunque fuera una presa fácil (es inevitable, creo, usar el lenguaje del cazador), y pronto tendría que aparecer más o menos desvestida, tal vez desnuda. Pero tuve que esperar varias veladas, en que no bien anochecía, después de comer, me disponía a mi apostadero en el balcón. Esto sucedía, por supuesto, solamente los sábados y los domingos, ya que el resto de la semana seguía trabajando como secretario privado y nocturno y cuando regresaba del trabajo era ya demasiado tarde. Pero en estos dos breves días de fiesta febril el tiempo se estiraba por la espera, mientras que el acecho se convertía en una obsesión, dejados a un lado el cine, las muchachas, los amigos, los congresos culturales, la literatura misma por esta vigilia, palabra que con ironía impensada el diccionario define como labor intelectual que se ejecuta de noche—no a otra hora ejecutaba yo estos trabajos de amor y no podía decir que no fueran intelectuales pues toda mi actividad era puramente mental.

Una noche—no se puede medir la duración del tiempo para el mirón—vi salir a esta mujer del cuarto (entonces creía que cada apartamento del Santeiro tenía muchos cuartos: mi hábito cogido en Zulueta 408 de otorgar más comodidad doméstica al prójimo que a uno mismo—la casa ajena en el ojo propio—, pero cuando me mudé para allí, ya casado, mi apartamento sólo tenía un dormitorio) y entrar a la sala. No llevaba más que una corta bata de casa—lo que se llamaba entonces bobito—transparente, y lo que no pude ver lo adiviné debajo de la gasa (era tal vez una tela menos antigua, el odioso y recienvenido nylon) y así sus tetas me parecieron pa-

403

radas, los muslos lisos, la espalda dividida por la canal que es la única ausencia de carne que es más erotizante que la carne misma. Fue nada más que un paseo pero justificó mis horas gastadas observando su casa, aguardando su aparición, deseando su desnudez: no había aparecido desnuda pero para mí fue como si hubiera bailado la danza de los siete velos, Salomé salaz, Herodiándome, y le habría dado no sólo la cabeza del Bautista sino las dos mías. Era mi primera pieza cobrada como mirón dedicado: no había intervenido el azar como cuando la aparición de la muchacha dormida químicamente (tres cuartos yodo, un cuarto oxígeno) en el hotel Pasaje y ella no dejó nunca lugar al mirón—que yo no era todavía. Ahora sí, con este desfile desvestido o a medio vestir de esta noche, me había hecho un adicto incurable de su vicio.

Esperé pacientemente otro momento parecido. (Sabía que no se daría una ocasión idéntica: no hay dos miradas a una mujer desnuda iguales, no hay dos desnudeces exactas, como no existe la misma ave a cazar, aunque haya sido cazada antes, escapada y vuelta a cazar en el mismo sitio, el momento las hace diferentes.) Ocurrió un fin de semana más tarde (o varios fines de semana después), cuando yo menos lo esperaba. La sala estaba encendida (la vez anterior toda la luz venía del cuarto y después hubo otra fuente de luz en la cocina) y desordenada y vacía. Yo esperaba en el balcón, agachado lo bastante como para no ser visto por mi presa, no tan acurrucado como para despertar sospechas en los vecinos contiguos que solían salir al balcón a coger el fresco. De pronto esta mujer salió del cuarto—completamente desnuda. Mi primera reacción fue de asombro, al producirse lo que había esperado tanto tiempo (o ninguno), también tuve un movimiento reflejo (como lo había tenido años atrás cazando en el monte cercano al pueblo) y me aplasté contra el borde del balcón, que era mi parapeto y mi protección, tratando de hacerme invisible—es decir, inexistente. Pero mis ojos estaban por encima del borde, mirando, mirando. Lo que vi fue una mujer que era muy mayor (para mi edad), con las carnes desbordantes que tanto gustan a los habaneros en la calle pero aquí desprovistas de la contención del vestido, con caderas enormes que se movían a un lado y otro al andar, formando una doble cadera en la terminación de los muslos, y éstos estaban lamentablemente capitonés. (Es ésta una útil palabra que debo a Juan Blanco y designa esas carnes que forman olas, adiposidades que se hacen rajaduras nada visibles, con las divisiones que abultan como un acolchado.) Sus piernas, que había visto antes con medias, se me revelaron como botellitas (mejor dicho, botellones) varicosas y la espalda carecía de canal por la excesiva gordura y al final las nalgas tendían a caer sobre el comienzo de los muslos, como medios asientos de inodoro hecho de carne grasa. Fue hasta sabe Dios dónde en la casa y regresó, mostrando su vientre que era una barriga y las tetas que caían fláccidas hasta cerca del ombligo hondo. Era un espectáculo absolutamente anafrodisíaco, antierótico, y no me expliqué por qué el cómico amante soportaba las rabietas rugientes de aquella mujer que era todo menos mi idea de una querida. Hacía tiempo que no sufría tal decepción.

Pero este fracaso del arte de mirar ante su modelo no me curó del hábito del mirón. Al contrario, no contento con mirar a través de espejuelos oscuros, conseguí con Pino Zitto, que vivía en la calle F, al doblar, que me prestara unos anteojos, poderosos binoculares militares que pasaron a mi poder por tenencia tenaz. Estos anteojos me permitieron acercar a los vecinos en una proporción de ocho a uno. Así el edificio Palace, que estaba a unos buenos cien metros al otro lado del parque, quedaba ahora a una distancia visual de apenas doce metros—más cerca que el Santeiro con la vista desnuda. Para conformar la topografía que me rodeaba había a la izquierda (cerrando un cuadrado de edificios alrededor de las casas particulares que quedaban debajo, dejando un espacio abierto arriba, que por la derecha limitaba el edificio Chibás—inexplicablemente lejano aunque quedaba frente por frente al Palace—, y en el extremo del campo visual, el deprimente hospital Calixto García, al que nunca se me habría ocurrido examinar con el telescopio) un edificio de tal vez de cuatro pisos, por cuyas ventanas no se veían más que sombras, mujeres escurridizas que empezaban a disponerse para ir a la cama a media luz y que invariablemente las apagaban del todo al llegar el momento de desvestirse. Por el parpadeo parecería que se alumbraban con velas. Todo daba al edificio, aunque estaba compuesto por muchos apartamentos diferentes, el aspecto de un convento seglar, donde idénticas monjas o internadas completaban su mismo tocado (o mejor, su ausencia de tocado) para la cama invariablemente a oscuras. (Un examen más prolijo de la situación inmediatamente previa a acostarse, mostró que no todas las mujeres habitantes de este edificio apagaban las luces en el momento de desvestirse, otras simplemente cerraban las ventanas, pero la oscuridad reinante en aquel encierro de fondos de edificios—porque nuestro apartamento, a pesar de su vista al océano y a lo largo de la avenida, era un apartamento interior y el balcón no era otra cosa que la parte trasera del edificio—no permitía ver bien claro lo que pasaba. Hay que considerar también que para observar estos edificios tan próximos había que adoptar la postura de francotirador a que me referí antes.) No quedaba otra alternativa exploratoria que el edificio Palace. Al principio me concentré en los pisos bajos evitando sobre todo las ventanas del séptimo piso porque ahí vivía Olga Andreu y no iba yo a fisgonear el dormitorio de una amiga a quien veía en su sala casi todos los días. También vivía a esa altura Catia Bencomo, al menos vivió todavía ahí por un tiempo y aunque estaba en el piso seis, asequible, nunca me dio por mirar para su apartamento (tal vez para no descubrir al maligno Jacobsen), aunque yo sabía que ella, como Olga, dormía en el cuarto que daba al parque—es decir el que quedaba precisamente a mi alcance visual. (No me pregunten cómo supe en qué cuarto dormía Catia, a quien nunca siquiera visité en su sala. Tal vez lo oyera decir a Olga Andreu, dándome direcciones, pero lo más probable es que fuera una deducción: Olga dormía en el cuarto que daba a la calle y al parque, es decir, el mejor dormitorio del apartamento, y no era difícil inferir que los padres de Catia—buenos padres habaneros—cedieran a su hija única el mejor cuarto para dormir refrescado por la brisa del golfo. Este hábito o política doméstica me permitió tener la más memorable visión de ese tiempo—y de todos los tiempos.) Concentré mis binoculares en el extremo cercano del edificio, en las ventanas bajas, lo que me permitía dominar perfectamente el interior de los apartamentos. Descubrí varias escenas caseras (ninguna tan interesante como las que se revelaron a James Stewart, inválido con un ojo único de largo alcance, en *La ventana indiscreta*, pero tampoco tenía yo una Queen Kelly, Grace under pressure, que viniera a darme un blondo beso lento para distraerme de los diversos espectáculos vistos por las ventanas, y así me pasaba las noches libres ejerciendo mi solitaria afición voyeurista) que podían ser patéticas o dramáticas pero que a esa distancia, sin el auxilio del sonido, resultaban terriblemente aburridas. Aun de haberlas podido oír con oído telescópico, sé que habrían sido diálogos como éstos: "¿Trajiste el pan?" "No, mi amor. Se me olvidó, perdona." "¡Comemierda! ¿Cuántas veces voy a decirte que debes apuntar los mandados?" "Ya lo sé, mi vida, pero es que con tantas cosas en la cabeza"—que serían otra tanta basura en mi cabeza: neorrealismos, mientras yo buscaba lo extraordinario en la vida cotidiana.

En el mismo borde sur del edificio (cuyas ventanas no daban al parque sino al patio del hospital pero que por la disposición del Palace eran perfectamente visibles desde mi balcón) descubrí, por azar o voluntad, una mujer que volvió a recordarme a Madame de Marelle. Ahora (olvidada la rubia Rosita, rosa de papel pintado) tenía una verdadera versión de Clotilde ahí, ante mi vista, casi al alcance de la mano, cada noche. Consumí muchas veladas observando las idas y venidas de esta Clotilde. A veces estaba mirando por sus ventanas hasta las dos de la mañana: mi Clotilde se acostaba tarde. No me importaba: por ese tiempo no había clases que me obligaran a levantarme temprano, las horas de la Escuela de Periodismo eran de dos a seis de la tarde: bien civilizadas, de hecho, lo único civilizado en aquella escuela de cretinos, para cretinos, por cretinos: verdadera memocracia. Pero ahora es hora de escribir mi versión de Clotilde. Nada más que había que olvidarse de la moda *fin de siècle* (la que nunca reconstruí porque hubiera sido necesario invocar más a Renoir que recordar a Maupassant) y de la perla que vio Georges Duroy colgando de su oreja con un hilo de oro deslizarse en su cuello como una gota de agua sobre la piel—y ya esa primera visión de la carne es promisoria: *la chair etait fraîche, hélas, quand j'ai lu ce livre!* Está la ropa de los finales de los años cuarenta (estábamos ya en 1950, pero esta Clotilde todavía viste atrasada: se ve que no le concede mucha importancia a la moda, es decir, al vestido: debe pues darle primacía al desvestido: es una promesa de que la veré desvestida, sin vestido, desnuda)

408

y su andar nervioso, también propio de la otra Clotilde. No sé si está casada o no, pues a menudo se ve un hombre menudo en el apartamento que desaparece tarde en la noche. Tal vez sea un marido cansado, que se retira antes que la incansable Clotilde. Ella lleva el pelo a la moda de los años cuarenta, no peinado hacia arriba descubriendo el cuello como Clotilde, sino a la manera de las estrellas del cine mexicano, lo que la acerca a Elvira, la vampiresa vestida de Zulueta 408. La observé durante noches enteras, iluminada como con luz de gas, sentada en su *fauteuil* favorecido o caminando arriba y abajo de la sala (esa debía ser su forma favorita de ejercicio) o detenida por la conversación con ese hombre que parece visitar más que habitar el apartamento. Intenté verla de cerca (violando las leyes estrictas del voyeurismo, violentando mis propias convicciones de que aquellas mujeres, las que descubriera desde el balcón—como Rodrigo de Triana del palo de mesana o de la cofa—debieran permanecer vírgenes, quedar siempre lejanas, verdaderas horizontales, como la muchacha dormida del hotel Pasaje: este intento de acercamiento hacía inútil mi precioso instrumento casi científico: mi macroscopio) y muchas veces me fui hasta la entrada del Palace cuando veía que su luz de gas se apagaba, pensando encontrarla al azar forzado. Rondaba las inmediaciones del edificio, arriesgando la especie de peña, más bien roca, de los ruidosos muchachones del barrio que se sentaban y congregaban alrededor del primer banco de la penúltima sección del paseo, el que quedaba a la derecha para quien como yo bajaba de lo alto de la avenida. Comía redundantes queques en el Bakery, que era en realidad una reducida cafetería en los bajos de Clotilde, contagiada (la cafetería, no Clotilde) con la epidemia de nombres en inglés que comenzaba a infectar los establecimientos de La Habana y que se hizo verdadera pandemia en los años cincuenta. Pero nunca la vi, quiero decir de cerca, ya que todas las noches estaba a plena vista gracias a mis binoculares. Entonces sufrí una frustración por no haberla visto en primer plano, pero ahora tiendo a pensar que fue mejor así y Clotilde, la reflejada en los prismas de mis anteojos, es tan real como su doble literario.

Si mis espejuelos eran una extensión de mis ojos, los anteojos se volvieron una proyección de mi cuerpo, haciendo la mirada táctil. Podía tocar a las prisioneras de mi mirada y al desnudarse ellas era yo quien les quitaba con mis dedos extendidos la prenda cuya ausencia las convertiría en preciosas. Pero tuve mi merecido en un proceso inverso del intentado con la cuasi Clotilde. Vivía en el edificio Palace un hombre de mediana edad, rubianco, de facciones borrosas, de aspecto nada inteligente, al que para colmo llamaban Comemoco. Pocos sabían su verdadero nombre y nadie lo usaba. Comemoco tenía una mujer que debió ser bella alguna vez pero ahora la medianía de edad, tal vez la menopausia, había opacado su lustre. La familia se singularizaba por su hija única, que era de una belleza deslumbrante: alta, delgada (pero no como para que los inevitables habaneros que la rodeaban la tildaran de flaca, un insulto nacional), tenía un pelo (al hablar de ella hay que decir inevitablemente cabellera) rubio, que le llegaba más abajo de los hombros, casi a media espalda, que llevaba radiantemente suelto, volando al viento que siempre soplaba en lo alto de la avenida, haciendo de ella su monumento vivo. Ella había heredado algo de la idiotez del padre o tal vez fuera la lejanía a que le daba derecho su belleza. Lo cierto es que ninguno de los muchachones, todos tan atrevidos de palabras con las mujeres que cruzaban por su zona, osaban acercarse siquiera a ese altivo iceberg en el trópico. Para colmo ella tenía el apropiado nombre de Helena, con su cara capaz de echar al mar mil buques, iniciar una guerra mítica y hacer inmortal a cualquiera de nosotros (aquí tengo que unirme a los muchachones admirantes) con un beso. Conmigo pienso que consiguió ese efecto eterno sin siquiera tener que acercarse a más de cien metros: ésa es la distancia que nos separó a partir de una noche fausta. Es evidente que mis anteojos (que se habían convertido en lorgnettes de teatro, permitiendo observar el comportamiento humano dramatizado) me concedían una cercanía al Palace, una suerte de intimidad que pocos podían gozar. Así no me sorprendí (aunque sí mi corazón dio un vuelco) descubrir que el apartamento de Helena estaba en el octavo piso, enfrentando la avenida: es decir, casi de frente a mi observatorio. La vi conversando con sus padres (estaba en realidad hablando con su padre y presumo que no hablaba mucho con su madre), ella levantándose de su asiento (que yo no alcanzaba a ver) en el justo momento que escrutaba esas ventanas abiertas, su padre ya de pie, los dos casi de la misma estatura. De momento no lo reconocí como el cómico Comemoco, pero cuando ella se puso de espaldas a la ventana, a la noche y a mí, su cabellera (esta palabra no la usa nadie en serio desde los tiempos clásicos, cuando, singularmente, las mujeres solían ser animales maravillosos, preciosos, unicornios de marfil: es precisamente por esto que la uso, que la he usado, que la usaré al hablar de ella) brilló a la luz de la sala y el reconocimiento fue instantáneo: había dado con la casa de Helena: allí fue Troya. Calculando que los padres de ella seguirían la costumbre habanera que había visto originada en casa de Olga Andreu y presumida con Catia, era seguro que la perla de esta ostra casera tuviera el mejor estuche, aquel cuarto cuya ventana daba al aire libre, a la avenida y a la vista del barrio, de la costa y del océano, convertido por ella en mero mar Mediterráneo.

Esa misma noche vi encenderse la luz del dormitorio y luego apareció ella, recorriendo varias veces el recinto, desapareciendo, reapareciendo. Luego debió de ir al baño porque regresó vestida con una bata de noche, que presumo larga, helénica. Debió colocarse frente al espejo pues comenzó a peinar su memorable cabellera rubia. La peinaba una y otra vez, a todo lo largo, con la mano detrás sobre su espalda, arriba con el cepillo frotando la cabeza, a los lados recorriendo las guedejas que no eran exactamente amarillas sino de un color más claro que la arena pero más oscuro que el trigo, como de miel hiblea: esa rara avis en La Habana, una rubia natural. La cabeza de Helena brillaba bajo la luz a cada golpe de su evidente aunque invisible cepillo, un punto focal en la noche, repitiendo los pases encantatorios una y otra vez y luego se peinaba al revés, bajando la cabeza, dejando que el cabello le cubriera la cara, la cabeza toda cabellera, para erguirse y comenzar a cepillarse de nuevo. Cuando terminó la operación, que debió durar muchos minutos (pero que a mí me parecieron sólo segundos), ella se miró bien al espejo y aun a la distancia se veía que estaba contenta con su cabellera, que admiraba su cara, que le gustaba el conjunto, mirándose, regodeándose en la mirada, con un narcisismo que resultaba encantador porque ella era realmente bella y además inocente. Lo que no le había perdonado a Beba lo celebraba en ella porque no era objeto de mi amor sino sujeto de mi mirada. Luego procedió a bajar la persiana veneciana (esa ciega invención americana—Venetian blinds—que habían adoptado tantos habaneros para dejar entrar el aire en sus habitaciones, guardándose del sol pero también, tal vez, de miradas indiscretas—otra tablita, ésta en La Habana Nueva) y desapareció de mi vista su visión encantadora.

Muchas noches esperé la aparición de Helena, futuro

fantasma, aunque a veces ella bajaba las persianas antes de acostarse. Otras ocasiones bajaba las persianas antes del tocado pero no las cerraba y a través de las varillas—barras amarillas para aprisionar este animal mitológico—podía verla frente al espejo, cepillándose incesante, haciéndome componer un verso plagiando a un maestro: "Peinaba al sol Helena sus cabellos", aunque el sol fuera esa bombilla colgando del cielorraso que era de seguro la sola fuente de luz en su habitación. Seguí observando a Helena muchas noches cuanto ella me permitiera ver de su tocado de medianoche, su ritual para embellecer aún más su cabello, punto focal de mi mirada, y las noches se hicieron semanas y las semanas meses, esperando pacientemente un milagro revelador, que me hiciera adorarla. Hubo una noche, una medianoche en que ella dejó las persianas bajas pero permitiendo la visión (después de todo, se preguntaría ella, ¿quién iba a verla a tal altura?) y luego de haberse peinado, cepillado, tratado el pelo hasta transformarlo en su maravillosa cabellera rubia, mientras miraba su cara rodeada por el cabello que le corría a los lados, como un marco dorado, bajó uno de los tirantes de la bata de dormir y dejó el hombro libre, luego repitió la operación en el otro hombro y la bata le cayó a los pies invisibles. Ella, Narciso de noche, se contempló en el espejo desnuda. Su desnudez tenía que imaginarla pues siempre me dio la espalda cuando estuvo frente al espejo, viendo su canal dorsal larga, sus hombros modernos (quiero decir que no eran redondeados como los de la falsa Clotilde sino más bien cuadrados, delgados y rectos) y la punta del seno izquierdo, cuya perfección impedía imaginar que el otro que ocultaba su cuerpo fuera idéntico: tan singular era. Cuando terminó de examinarse (sin duda aprobando: yo hubiera aplaudido de no habérmelo impedido mis anteojos espectaculares) en el espejo,

413

desapareció de mi vista y la luz se apagó casi inmediatamente. Puedo imaginar que esa noche la legendaria Helena (por el barrio corrían las más diversas leyendas sobre ella, algunas absurdas, como esa de que su padre estaba locamente enamorado de ella y sufría celos incoercibles: su lejanía de los muchachos no era natural sino impuesta) durmió desnuda.

Sin embargo me quedé a la espera, no contento con una única aparición, observando, en mis manos el telescopio que alcanzaba cuerpos celestes. Cerré los ojos fatigados un momento y los volví a abrir enseguida. Quiero creer que todo fue imaginación o una invención del recuerdo, pero la luz se volvió a encender y me llevé los anteojos a los espejuelos. Helena apareció en el campo visual. Estaba en el extremo opuesto del cuarto y ahora la podía ver entera (menos las piernas), de frente, ocupada en un trajín extraño. No pude notar su seno segundo porque estaba fascinado por la parte inferior de su cuerpo: no usaba pantaloncitos para dormir (lo que era lógico) y sin embargo no podía ver su sexo: llevaba desde más abajo del ombligo un aparato ortopédico, aparentemente de cuero por su color pardo, atado con correas alrededor del talle, que se continuaba hasta cubrirle el monte de Venus como una caparazón, desapareciendo en la entrepierna, protegiendo—¿de qué? ¿de quién?—su vagina como una costra. Ella lo ajustaba, tirando por los bordes superiores, como una faja, tratando de levantarlo y en un momento que se dio vuelta pude ver que la armazón cubría su culo para terminar poco más arriba de sus nalgas largas. Ahora ella afirmaba las correas, también de cuero, sobre su espalda, como si se ajustara un corset oscuro y demasiado bajo: en su conjunto era una máquina malvada. Después de estas operaciones de ajuste apagó otra vez la luz y de nuevo se fue a la cama, supongo, a dormir de seguro. Pero yo apenas pude hacerlo esa noche pensando en el aparato arcaico que acababa de ver cubriendo y al mismo tiempo mancillando esa versión de la virgen. Tarde en la madrugada soñé que veía a Helena cubierta por una armadura atroz que le llegaba de la barba blanca a la vulva velluda, con correas, amarres y ataduras que impedían cualquier movimiento hasta su carne, aun los propios, no hablemos de los impropios, y, lo que era peor, eclipsaban la contemplación de su desnudez espléndida. Fue entonces que comprendí lo que era este objeto obsoleto contrario al deseo: ¡era el cinturón de castidad diseñado por Goya! No volví nunca más al balcón con mi instrumento fabricado para la guerra, que yo había utilizado para acercar el sueño del amor del mirón y sólo había servido para crear pesadillas. Poco después lo heredó mi padre.

FALSOS AMORES CON UNA BALLERINA

¿ALGUNO de ustedes, señoras y señores, ha intentado hacerle el amor (a la francesa) a una ballerina fuera de la escena? Quien haya iniciado esa aproximación habrá descubierto que es un acto virtualmente imposible de consumar, que las ballerinas (no me refiero a las bailarinas: esas resultan, por contraste, fáciles) son en realidad vestales de Terpsícore, casadas con el ballet como las monjas con Cristo, devotas de la danza. "La barra de práctica es su pene", me aseguró Juan Blanco, compositor de música para ballet, de *ballets blancs*. A mí me parecía que ahogaban sus penas de amor en la barra horizontal. He conocido a más de una ballerina (algunas tienen fama internacional ahora, por lo que no puedo nombrarlas: caballerosidad, además de miedo a las leyes contra libelo), jóvenes, simpáticas, aparentemente accesibles—y subrayo *aparentemente*. No hay nada más elusivo, siquiera a una invitación al baile, que una ballerina. Las he tratado con nombre corriente y nombre extraño, y la de nombre común insistía en hacer un *pas de deux* con el espejo, mientras la de nombre exótico afectaba un romanticismo lánguido que hacía de sus ojos lagos de los cisnes. Todas tenían la virginidad por sagrada, no sacra-ilíaca, y el menor movimiento que atentara alguien (en un cine, por ejemplo) contra su integridad virginal (no, por favor, vaginal) era acusado de obsceno y el autor de la movida en falso y en falta condenado al fin de la función. Esta fatal caída en desgracia me ocurrió varias veces más tarde en mi vida de balletómano, cuando me tuteaba con los tutús. Pero en el tiempo en que todavía era posible la iniciación tuve relaciones que puedo llamar, contradiciendo al título, "Amores con una falsa ballerina". Ella se llamaba Dulce (a quien yo llegué a llamar Rosa) Espina y la conocí en el salón de exposiciones de *Nuestro Tiempo*, cuando esta sociedad cultural vivía su época heroica en la calle Reina y no se había convertido en la organización pantalla comunista del mismo nombre pero de diferente dirección que tenía su sede en El Vedado—no lejos, apenas dos cuadras, del paseo que se llamaba, tautológicamente, Paseo, avenida que vino a tener una gran importancia en mi vida amatoria y nocturna y que me gustaba porque era una alameda que se extendía sobre sucesivas terrazas naturales hasta el mar. Muchas veces la recorrí con mi falsa ballerina, aproximándome a la posada que queda a una cuadra del final del paseo, tratando de convertir en amante a mi amorcito—cariñoso diminutivo habanero cuyo uso debo a mi amigo Calvert Casey, muerto de amor en Roma.

A ella la conocí en *Nuestro Tiempo*, pero debo decir mejor que la vi en *Nuestro Tiempo*. Fue en una exposición de cuadros cubanos donde fijé en mi retina romántica a una muchacha delgada (después sabría que era flaca), de senos sobresalientes (luego vería que era toda tetas) y rubia (más tarde descubriría que era una seudorrubia) y una celestina se encargó del resto. Una amiga, Cuca Cumplido (cuentista que derivó hacia la novela rosa radial con previsible facilidad) nos presentó y retuve la visión rubia, tetona, casi teutona—con las coñotaciones de su nombre en mente. Dejamos de vernos un tiempo, cuando pasé por una época de extrema tensión sexual (abandonado en mi isla por Julieta, sin Venus Viernes en mi naufragio nocturno) y solía recorrer la Avenida de los Presi-

418

dentes de noche—versión joven del viejo con el gabán sucio—vistiendo una capa de agua de nylon verde transparente a la que la oscuridad de la avenida hacía impenetrable, buscando una mujer solitaria sentada en el paseo, una peatona propincua, una paseante (que yo soñaba con mi misma ansiedad amorosa) que nunca pude encontrar y el recorrido incesante en mi jaula plástica terminaba en masturbaciones móviles bajo el impermeable, que así servía no para guardarme de la lluvia (imaginaria, existente: *season* seca) sino para proteger el pavimento de las poluciones, el esperma escurriéndose por la capa—que siempre acababa por limpiar cuidadosamente, de regreso, en secreto, en el baño privado. Uno de los enigmas de esta época esotérica consiste en saber por qué mi madre, que me veía salir con impermeable en buen tiempo, no se preguntaba la razón de mi comportamiento cuando menos excéntrico—Mornard de medianoche en busca de un Trotsky trasvestido que penetrar con mi pico febril.

Fue por entonces que completé mi segundo survey, esta vez limitado a la zona de La Habana y sus barrios vecinos, como Marianao, Regla y Guanabacoa, al otro lado del río uno, cruzando la bahía los otros dos. Yendo de puerta en puerta haciendo preguntas políticas (en el survey nacional) o sobre la frecuencia con que se veían ciertos programas de televisión (en el survey local), pude encontrarme con los personajes más perversos, siendo perseguido por perros peligrosos y casi terminando, en Guanabacoa, tarde una tarde, por acostarme con una negra que era una verdadera mujer de Maillol, pero que podía estar o no estar casada con un negro estibador capaz de aparecerse en cualquier momento: fue la figura formidable de este Lotario (como el negro enorme de los muñequitos de Mandrake) lo que me impidió convertirme en Lothario (como se entiende en inglés: el alegre libertino) que fue lo que siempre quise ser. Cuando fui a cobrar el dinero por mi trabajo tenaz casi al final de Galiano, sorprendido me encontré en las oficinas a Dulce (a quien todavía no podía llamar Rosa) Espina: ella también trabajaba para la firma de surveys. Cuando yo entraba ella salía y le dije que me esperara, que no me demoraría nada—todo con una áspera audacia de mi parte pues apenas la conocía. Ella accedió a mi ruego que fue casi una amenaza y después de completar complicadas transacciones (esa compañía era remisa en pagar, tanto que mis interrogaciones acerca de la audiencia—tengo que usar la palabra para el teatro o la radio, ya que no puedo decir la visión—de la televisión fue mi última labor—resolución que llevé a cabo después de haberlo jurado varias veces—como investigador, a pesar del glamour del oficio, que casi me convertía en una versión verde de Philip Marlowe) pude reunirme con Dulce que estaba leyendo un libro. Creo haber olvidado decir que ella tenía pretensiones literarias: fue esto lo que la hizo amiga de mi amiga, la escritora de cuentos cubanos. Dulce, inevitablemente, quería componer poesía. Leía un tomo de poemas, tal vez las *Veinte canciones de amor* porque cuando dejamos la FE (Firma de Estafadores) y caminamos hasta la calle Galiano, en busca de la guagua (tal vez era yo solo el que necesitaba coger la guagua: después supe que ella vivía en San Lázaro casi esquina a Galiano: a unos pasos de allí), hice una referencia atroz y atrevida a los poemas de Neruda. Entonces yo era lo que se llama opinionado: tenía opiniones contundentes sobre el arte y sobre la literatura y la poesía. "Un poema de amor es una declaración impotente", le dije, y ella me respondió rápida: "Creo que estás equivocado". Se detuvo un momento, tal vez a considerar mi referencia a la impotencia poética y continuó, pasándola por alto o quizás olvidándola (después de todo es posible que no hubiera entendido bien: era pura provocación), "un poema de amor es una proeza de amor". No sé si lo estableció como un reto, provocándome a su vez a que yo (le) escribiera un soneto subido o era una muestra de su inocencia literaria. Sé que casi siguiendo yo los pasos perdedores de Julieta le presté mi ejemplar (entonces yo tenía la noción necesaria de que no había muchas copias en La Habana) de *El amante de Lady Chatterley*. Tengo que confesar que todavía era lector de Lawrence y me leí hasta su falaz *Fantasía del inconciente!* Dulce leyó *Lady Chatterley* (según ella, para mí era *El amante*) y me devolvió la novela toda rayada y llena de anotaciones, como tomando posesión de mi libro. Los subrayados eran ciertamente imprevistos pero no tanto como las notas. Por ejemplo había marcado la frase "Se ponía el sol" y al lado anotó: "Plagio de Horacio Quiroga". Cómo ella había podido conectar a Quiroga con Lawrence, era tan misterioso para mí como evidente la banalidad de la línea que había escogido y señalado como copiada. Pero esta ocurrencia (lo digo en los dos sentidos de la palabra) muestra la clase de relación que tuvimos al principio.

No la traje a casa nunca pero pude llevarla a un sitio que se haría recinto ritual: uno de los night-clubs que habían proliferado en La Habana en la última década y que tenían una función diferente de los cabarets. A estos últimos (sitios como el Zombie Club, el Montmartre, a los que yo no había ido nunca, el Zombie Club muy cerca de Zulueta 408, en la misma calle, el Montmartre no lejos de la Avenida de los Presidentes, en lo que luego se conocería como La Rampa, los dos destinados a desaparecer dramáticamente, uno, en los años cuarenta a causa de un incendio, el otro, en los años cincuenta, después de un atentado político) se iba a bailar y a comer y eran lugares limpios, bien alumbrados, espaciosos, con una orquesta que era más bien una banda. Los night-clubs (muy diferentes de otros night-clubs que surgieron después, casi en los sesenta, a los que se iba a oír música y canciones) eran lo que se conoció como mataderos, sitios a los que iban las parejas a matarse, a darse mates, a besarse y algo más: tanto que algunos, como el Turf, tenían asientos pullman en los que uno prácticamente se acostaba y se podían hacer oto-manías—menos quedarse completamente en cueros, todo va-lía. Gracias a Juan Blanco, que era consultor legal del club, conocí las excelencias del Mocambo, que estaba en la calle L, a muy pocas cuadras de casa. Fue Juan Blanco quien me reco-mendó que en el Mocambo se lograban "hacer filigranas" (yo no había oído la frase más que como un término de narra-dor deportivo, hablando de pelota), añadiendo que se podían emplear, en su fraseología, "Todos los órganos sin hueso, me-nos uno", queriendo decir, según tuvo que explicarme (yo era espeso para mi peso), que te dejaban usar la lengua—y no sólo para conversar.

Debería hablar más de Juan Blanco, abogado singular (que me liberó y me apresó: me sacó de la cárcel, sí, pero también me casó), compositor único: la sola composición suya que yo admitía como conocida era su "Canción triste", que él siempre quería olvidar. Con Juan Blanco iba yo de mi-litante artístico a los conciertos del Auditorium, a reclamar que se tocara más música moderna. También iba al ballet o mejor sería decir danza, ya que yo había comenzado a detes-tar a la eterna Alicia Alonso (a la que Juan Blanco llamaba "Giselle sin pausa y con menopausia") y en una de las funcio-nes me aparecí llevando una elaborada, larga cachimba checa, mi pipa de la guerra que tenía que sostener con la mano para poder fumar, y desde el balcón en bravata gritábamos: "Ra-miro Guerra, el verdadero, no el de las guerras", aludiendo al historiador del mismo nombre que el coreógrafo, entonces creador del colmo de la danza audaz en La Habana, tímido Terpsícore ahora. Fue en una de estas excursiones al Auditorium, de regreso a casa (todavía vivía yo en Zulueta 408), que subió a la guagua en la calle Línea una mujer alta, de pelo claro pero no rubia, con un gran cuerpo y una cara que no era bella pero sí atractiva. Ella vio a Juan Blanco y lo reconoció pero solamente inclinó la cabeza, un poco a la manera de Lauren Bacall en *Tener y no tener*, que no es un saludo muy enfático, nada habanero, y se sentó en la parte delantera. Nosotros (íbamos en un grupo, entre ellos mi hermano) estábamos sentados en el último asiento, que permitía el concurso de varios. "¿Tú la conoces?", le pregunté a Juan Blanco, y éste me dijo: "Sí, vagarosamente". Era evidente por su tono que había una historia detrás de ese adjetivo barroco. "Cuenta, cuenta", dijo alguien, tal vez Roberto Branly. Juan Blanco se mostraba al principio un poco reticente, pero era puro histrionismo, y finalmente dijo: "Tuve que ver con ella". Juan Blanco, todos lo sabíamos, resultaba inexplicablemente atractivo a las mujeres. Pero siguió muy serio y después dijo: "Luego no nos vimos en mucho tiempo. Un día, años más tarde, vino a verme al bufete y sin decir ni hola, me espetó: 'Tengo un problema sentimental', y sin un compás de silencio añadió", Juan Blanco se detuvo un momento, más serio que nunca: "me dijo: 'Dame treinta pesos para un aborto', y no dijo más". También se calló Juan Blanco pero lo había dicho tan bien, haciendo las pausas necesarias y sin tregua, sin transición entre problema sentimental y aborto como si la frase y la palabra tuvieran idéntico valor, que soltamos a coro una carcajada que hizo volver a todos los pasajeros—menos la aludida. Pero creo que hasta la extraña viajera se sintió sacudida por nuestro alborozo que movió los muelles del vehículo. Muchas ocurrencias pasaron de la boca de Juan Blanco, no a su papel pautado sino a mi estructura sobre la página en blanco. Pero hay una bon mot que no he citado nunca, entre otras cosas porque tiene que ver con Julieta Estévez y no había hablado de ella antes de ahora. Ya dije que Julieta se convirtió no en nuestra musa de masas sino en la Iniciatriz: sería larga la lista de amigos y conocidos que fueron iniciados sexualmente por Julieta, que se acostaron por primera vez (y, tal vez, vez única: algunos escogieron los penes para penas de amor que no cesa de decir su hombre, pero no digo ni siquiera implico que fue por culpa de Julieta o a resultas del encuentro con ella, Julieta clave de pesadillas) con una mujer lo hicieron con Julieta, unos en parajes tan remotos y exóticos al amor como el laguito del Country Club o las canteras de Cojímar, este lugar, el puerto no la pedrería, puesto de moda en los años cincuenta con *El viejo y el mar*. El otro lugar, el laguito, paraje de una calmada belleza fue escenario de un notorio doble asesinato político. Pero no quiero hablar ahora de los muertos, justos o injustos pero jóvenes en la calma del Country Club, sino de Julieta, amante de los cementerios y de la naturaleza, real y falsa, de *El Mar* de Debussy y de Van Gogh, que pertenecía ahora a la mitología sexual habanera—quiero decir que ya ella no me pertenece exclusivamente: el mito es de todos, de los muertos y de los vivos, del folklore. Por ello puedo referir este cuento que no es siquiera un cuento, es una frase, una salida (y como Juan Blanco es músico), una salida de pavana. Se hablaba de la belleza de Julieta, de la perfección de su cuerpo, de sus senos sagrados, de sus muslos dorados que encajaban en caderas bien torneadas. "Sí", asintió Juan Blanco a la descripción, "pero abre las piernas y de la vulva le sube un humo verde." Esta visualización de la promiscuidad de Julieta en un infernal humo verde confería a su sexo una calidad de ciénaga, de pantano pútrido, de foresta feral y por lo tanto enemiga de toda vida humana: Lasciate ogni spelato voi ch'entrate. Fue una ocurrencia feliz de Juan Blanco, inolvidable, y el humo verde pasó a ser parte de nuestro vocabulario escogido: cherchez la phrase.

Este mismo Juan Blanco me recomendó el Mocambo como matadero (no estoy seguro de que él dijera matadero, ya que esta palabra, tan brutalmente habanera, estaba más en uso a finales de los años cincuenta y Juan Blanco había fijado su glosario hacia el fin de los años cuarenta, tanto que su apodo de sus días estudiantiles, cuando campeón de trampolín, era Crema de Hierro, por un refresco popular entonces en La Habana que yo ni siquiera llegué a conocer, alcanzando la caficola, el Ironbeer y la Rootbeer pero no la era de la Crema de Hierro) y él debió decirme una guarida o un cubil o mejor una gruta de Fingal, con sus connotaciones. Con todo él me dio instrucciones precisas sobre el Mocambo (que por otra parte yo no necesitaba, ya que podía haber entrado tan campante como cualquier otro parroquiano: no era un club privado sino el más público de los night-clubs, pero Juan Blanco me consideraba un Joven Verde) y yo invité a Dulce, que se arregló con todos sus alfileres—y lucía bastante bien bajo la luz artificial. Ahora debo hacer dos revelaciones, una de las cuales tuvo lugar esa noche, la otra descubierta desde que la vi en las oficinas de esos piratas de encuestas. Ella era blanca de piel, casi lívida, pero se veía que tenía de negro. Su composición racial era indeterminada, pero como Cuba es un país de muchas mezclas tal vez su negro estuviera más lejos que ese abuelo que asoma detrás del árbol genealógico, aunque estaba presente en su pelo, al que el teñido amarillo no llegaba a impedir su tendencia a ser pasa, pese a parecer lacio. Como

425

yo en mis años adolescentes de Zulueta 408, Dulce evitaba dar su dirección precisa. Pero esa noche que la fui a buscar insistí en encontrarla en su casa. Antes la había visto en una esquina o había tenido que mandarme hasta la casa alejada de nuestra amiga escritora, Cuca ahora más Cupido que Cumplido, o simplemente ella me había llamado a casa, y pasé a recogerla a la puerta de un cine: en realidad habíamos salido pocas veces. Al subir ahora la desnuda escalera de su edificio (que no era en modo alguno el fantástico falansterio fatal) me golpeó la similaridad de atmósfera con Zulueta 408. Dulce Espina, la exquisita lectora de poesía, la erudita anotadora de mi novela de D. H. Lawrence, la descubierta en una exposición de pintura, vivía en un solar, como las obsesivas mujeres de mi pasado. No era un gran solar, sin embargo, sino lo que hoy, que se ha puesto de moda el prefijo mini hasta hacer parecer un ministerio como un breve misterio, se llamaría un minisolar. Conocí esa noche a su hermana menor que en un salto atrás, en una regresión racial, se revelaba como una verdadera mulatica, mucho menor que Dulce pero de una belleza polinésica que habría entusiasmado a Gauguin (y que pocos años después, al verla de nuevo, ya una muchacha, me hizo lamentar no haber cultivado la relación con la familia: era una mulata que prometía una pasión habanera), pero nunca llegué a ver a su madre mestiza. En realidad yo no había ido a su casa a establecer lazos familiares sino a buscar a Dulce, la única promesa real. Fue su hermana la que me esperaba en la escalera como un comité de recepción, para decirme que Dulce venía enseguida. Como hizo efectivamente—media hora después.

Llegamos temprano al Mocambo, que de noche no auspiciaba las tinieblas como de día (ese auspicio ocurriría una tarde, mucho tiempo después), pero sí ostentaba una media luz si no alcahueta por lo menos complaciente. Nos sentamos (novato que era yo) en una mesa en la parte alta del club, encarando ostensiblemente (o por lo menos visibles) el bar, en una mesa de dos personas enfrentadas y no en las mesas, que luego advertí, en que se podía sentar una pareja uno al lado de la otra, como en un confidente. En vez de la orquesta que yo había esperado estúpido había una victrola central, tan ostentosa como la que se convirtió en mi objeto de pasión musical en el vestíbulo del teatro Martí, pero era, lamentablemente, mucho más moderna, dejando detrás las formas de volubles volutas, de concha coral, de curvadas capicúas de los primeros años cuarenta para avanzar casi hasta el odioso diseño de gabinete cuadrado, cajón de música, de los cincuenta. Todavía no había, como hubo pocos años después en el Turf, por ejemplo, un sistema de escoger los discos desde la mesa por control remoto. Así me tenía que parar para seleccionar lo que queríamos oír (que era casi siempre lo que yo quería oír: Dulce, al revés de Julieta, no tenía oído musical, de lo que me alegré, quiero decir que ella fuera Dulce y no Julieta, pues la última habría insistido en escuchar a Debussy en el Mocambo, y si me fue posible un día oír un fragmento de la obertura de *Lohengrin* en un bar del barrio Colón—Wagner sonando entre las pupilas—, descubierto por Carlos Franqui, amante de la música romántica entre la decadencia de la carne perfumada, estaba seguro de que nunca encontraría en ese club una sola onda expansiva de *El Mar*) y yo, convencido de que todo el universo me observaba por un telescopio invertido, debía caminar entre nuestra mesa y la victrola, reunir el suficiente ánimo para marcar los números que me gustaría oír—que eran en ese tiempo, mayormente, canciones de Olga Guillot. O podría ser Beny Moré, saliendo de la órbita del mambo para lograr el apogeo del bolero (entre los cantantes masculinos, pues la expresión femenina parecía pertenecer por entero a La Guillot, cuyos éxitos contenían letras que eran nuestros refranes satíricos: "Miénteme más, que me hace tu maldad feliz", "Siempre fui llevada por la mala", "Tú seras mi último fracaso", etc.) y aunque ya estábamos en la elipsis del chachachá nadie iba a oír chachachás, con su ritmo compulsivo, en un club donde el objetivo era todo menos bailar. La otra selección ineludible era Nat King Cole, favorito desde los días de mi breve impersonalización (no hay otra palabra posible: yo hacía ver que era capaz de ejercer mi oficio para el que estaba tan capacitado como para cantar torch songs) de un corrector de pruebas, ¡en inglés!, en el periódico *Havana Herald*, cuando estaba de moda su "Mona Lisa", ilustración sonora que yo encarné brevemente (ése fue el tiempo que duró el trabajo) en una enigmática correctora americana que leía pruebas en silencio a mi lado y que nunca siquiera sonrió, esfinge sin erratas. Ésa debió ser mi selección (un número o todos ellos) que debía esperar su turno de audición en la memoria automática de la victrola, inescrutable en sus designios musicales.

Regresé a la mesa y a Dulce (todavía no Rosa) Espina. Reparé por primera vez en la noche enclaustrada en su maquillaje, que era considerable. Usaba los labios dibujados a la manera de los finales de los años cuarenta, que eran los plenos cuarenta en el cine, y así llevaba otra boca pintada sobre la suya con mucho creyón, los labios falsos agigantados y superpuestos a sus finos labios reales. Si su boca recordaba a Joan Crawford, su nariz (que también estaba maquillada: ella era una de las primeras muchachas muy maquilladas que conocí, excepto por Carmina, que luego elevó su maquillaje a máscara) era casi exacta a la nariz de Marlene Dietrich—lo que no es extraño si se piensa que la nariz de la Dietrich es bastante negroide; muchas narices alemanas lo son, lo que debió molestar no poco a Hitler: arios afroides. Dulce a su vez era una afroide aria. Pero sus ojos muy negros (que no producían asombro porque en Cuba abundan las rubias con ojos negros, pero también serían los de un arquetipo de la rubia pocos años después, de una seudorrubia: pelo pajizo, ojos oscuros: me refiero a Brigitte Bardot, que tuvo en La Habana una doble inolvidable, pero todavía faltaban siete años para encontrar a quien nunca, ay, llegué a conocer carnalmente) tenían una dulce mirada franca: sabían mirar fijo de frente y, a veces, producían un pestañeo que podía ser de falsa modestia o de verdadera timidez y que la hacían parecerse increíblemente a Marlene Dietrich, con ese recato poco auténtico que ella asume a veces en el cine: estoy seguro de que Dulce imitaba a Marlene mímica, que sacaba ventaja de su nariz de aletas abiertas, que los mismos labios que se pintaba exageradamente no seguían el modo de Joan Crawford sino que eran un facsímil del trazado de la boca de la Dietrich. Pero tal vez me equivoque y Dulce no hiciera más que seguir la moda, es decir, ser esclava de la época.

No recuerdo mucho de qué hablamos (como ven, recuerdo más su aspecto que su conversación, aunque estoy seguro de que Dulce habría querido entonces ser recordada más por su discurso que por su apariencia, ella segura de que su personalidad era la realidad de su persona, no su máscara) pero sí sé que hablamos mucho, estuvimos horas hablando por encima de la música, que de fondo pasaba a primer plano, la danza de las horas. No usaba reloj entonces (no podía permitirme tener uno y, ahora que puedo, no me lo permito) y hablamos y hablamos y por entre los intersticios más que los intervalos musicales yo oía (o hacía como que oía) lo que ella me decía. Pero lo que quería era aproximarme a ella, tenerla

429

en mis brazos, besarla—a pesar de su boca pintada. Siempre he detestado el creyón de labios y las medias de nylon y Dulce tenía ambos cosméticos como obstáculos entre su cuerpo y el mío. Pero por fin pude darle un breve beso, un mero contacto con su lipstick, que es la palabra perfecta para el carmín, ya que participa de la condición de labio y pegajoso. Al término del beso, que duró si acaso segundos, ella miró alrededor, pestañeando modosa, como para saber si alguien la había visto, pero la concurrencia, ya poca, que nos rodeaba estaba solamente interesada en ella misma, cada uno con su pareja, narcisos íntimos, y no iban a ocuparse de nosotros para componer un menage à quatre. Fue entonces que me animé a pedirle que bailáramos. Yo no había bailado en mi vida, aunque siempre, desde niño, me ha gustado ver bailar. No sé de dónde he sacado esa pasión por el baile como observador y en tiempos de carnaval me iba con algún compañero de bachillerato, Silvino Rizo, por ejemplo, al Centro Gallego o al Centro Asturiano, sólo a ver bailar las parejas enmascaradas, las máscaras incapaces de velar su arte. Cuando después de la guerra permitieron de nuevo el carnaval público, a veces mi padre me conseguía un pase para la tribuna de la prensa junto al Capitolio y me deleitaba con las comparsas los sábados por la noche en un paso de baile por el Prado. Los domingos, claro, me divertía—la palabra es me excitaba—con el paseo de carrozas, decoradas extravagantemente pero adornadas con mujeres en malla, bellas en bikini, mostrando los muslos espléndidos en la tarde de primavera precoz, que era como decir verano visual.

Ahora saqué a Dulce a bailar. Sonaba un bolero lento y todo lo que tenía que hacer era pegarme a ella y simular que movía los pies, imitación de unos pasos de baile que con el tiempo devendría técnica y vendría a parecerse extraordina-

riamente al baile, sin llegar a serlo nunca. Esta ocasión me
llevó a recordar por primera vez (yo estaba bailando por la
primera vez) el intercambio memorable de un sketch de Abbott y Costello en que Costello declara enfático que no le
gusta el baile. "¿Por qué?", pregunta Abbott extrañado.
"¿Qué es el baile?", responde Costello con una pregunta.
"Un hombre y una mujer abrazados a media luz, con
música." "¿Y qué hay de malo en eso?", quiere saber Abbott,
y aclara Costello definitivo: "La música". Lo único malo entre Dulce y yo en ese momento era la música. Pero no estoy
siendo justo con la música. En este mi primer paso en una
larga carrera de boleros más que lentos o, todavía mejor, still
slows, en que llegué a alcanzar la pericia de un bailarín profesional sin saber siquiera dar dos pasos (no: ni siquiera uno:
todo lo que hacía era mover mi plexus dorremifasolar contra
las caderas de mi compañera de baile, si ella me lo permitía:
encontré ocasiones en que este frote era atrevido para mi bailarina y al separarse ella de mí me dejaba solo y moviendo las
caderas al aire), no oía la música, sólo atendía al contacto del
cuerpo de Dulce, atrayéndolo hacia el mío con una lentitud
pareja a la de mi rotación pélvica, deseando que se pegara
contra mí, al mismo tiempo que tenía cuidado de que ese jun-
tamento que quería ser ayuntamiento se produjera mientras
estaba sonando todavía la música. Pude no sólo acercarla
tanto a mí que cualquier otro movimiento que no fuera la fro-
tación (que también participaba de la calidad de rotatorio) de
mi cuerpo contra el suyo resultaba prácticamente imposible.
Ya desde el momento en que la cogí plenamente en los brazos
(había algo cómodo en su estatura, en la delgadez de Dulce
para tenerla entre las manos—que es algo más que una metáfora), sufrí una erección. Padecía entonces de la embarazosa
condición de erección precoz y puedo usar los verbos sufrir y

padecer porque estas erecciones apenas me dejaban conversar con una mujer o una muchacha sin ser víctima de ellas—de las erecciones precoces, no de las mujeres ni de las muchachas. Muchas veces me ocurrió que, yendo en una guagua sentado al lado de una mujer que no era bella ni tampoco joven, la sola vibración del chasis me producía una erección, lo que hacía en extremo difícil el acto de ponerme de pie, pedirle permiso a la viajera, pasar por su lado de espaldas y bajarme con un bulto entre las piernas que ni siquiera la mano en el bolsillo (lo que complicaba bajarse del vehículo teniendo una sola mano libre, falso manco del levante) disminuía su grosor, por mucho que tirara yo del miembro erguido en rebeldía. Así me pasaba muchas veces que viajaba a zonas desconocidas (y para nada incluidas en mi itinerario) de La Habana—Arroyo Arenas, el Diezmero, Nicanor del Campo—esperando vanamente que la tumefacción se desinflara, ocurriendo lo contrario: el largo del viaje aumentaba el tamaño del pene en dimensiones desvergonzadas. A veces conseguía dejar la guagua porque mi compañera de viaje se había bajado primero. Otras me arriesgaba a sufrir la acusación de exhibicionista (en realidad ésta era más improbable porque la palabra no estaba en el léxico popular, pero sí era usable la de cochino), descendiendo del vehículo en una parte imprevista de la ruta. Pero las más me veía llegando al paradero sin haber conseguido disminuir las dimensiones de ese órgano para el que inventé tantas fugas.

Ahora, bailando con Dulce (tengo que decir que ella no era tampoco notable como bailarina, a pesar de una declaración propia posterior), frotándole mi bulto, casi mi cosa cruda por lo fina que era la tela de mi pantalón (debió de ocurrir esta iniciación de la danza en verano o al menos en los días de calor que se aparecen en La Habana cuando menos se es-

432

peran—aunque siempre hay que esperar el calor en zona tórrida—, convirtiendo las Navidades en un horno para el lechón y para quienes lo comen, todos asados o con el viento sur que es un siroco que sopla en Cuaresma: de manera que pudo ser en cualquiera de esas ocasiones, ya que tenemos solamente dos estaciones: la estación apacible y la estación violenta), contra su vestido vivo y siendo más baja que yo, friccionando su vientre—porque no puede decir que ella, al menos en esos años, tuviera barriga. Dulce no sólo se dejaba frotar mi foete sino que a su vez se pegaba a mí y debíamos formar, para un tercero en concordia, una pareja muy unida. Estoy siendo irónico, ya lo habrán notado, pero de verás que estábamos adheridos el uno a la otra, bailando sin movernos, yo francamente (debí decir descaradamente) fregando arriba y abajo de su vestido, de su vientre, ella dejándose llevar por mi movimiento perpetuo, casi colaborando conmigo en esa labor de amor frontal, vertical, ventral. No oímos cuando terminó el disco pero, a pesar de que serían las tres de la mañana (o una hora próxima), un número siguió al anterior, también lento—y ni siquiera tuvimos que separarnos a esperar para continuar la danza de Dulce y el goloso. Así estuvimos bailando (es un decir) todo lo que quedaba de la noche, que no era mucho.

Cuando salimos estaba aclarando (insisto en que era verano, cuando los días son más largos, aunque ésta es la tierra del eterno equinoccio) y decidí acompañarla a su casa, caballero que era esa primera noche. No había más que caminar unas cuantas cuadras calle L arriba y luego bajar por San Lázaro hasta encontrar Galiano: éste era el proyecto: un viaje bien largo de la noche al día. En Infanta y San Lázaro (hay una cierta sutileza de la calle L al convertirse en San Lázaro en la universidad sin que apenas se advierta la grada-

433

ción: ésta es, estoy seguro, una gentileza de la calle L, que es moderna y agradable desde su mismo principio, mientras San Lázaro es una calle sin carácter, fronteriza, que no está en La Habana Vieja y sin embargo no es de La Habana Nueva, y subir por ella hacia la colina universitaria es ver cómo el pato feo se convierte en cisnecito) supe una vez más que el hombre propone y la mujer, diosa, odiosa, dispone. Allí Dulce decidió que tenía que regresar temprano—¡a esa hora! Era inútil argüir que ya era temprano, amaneciendo casi, de manera que nunca llegaría tarde, pero ella quería regresar enseguida, ahora mismo. Tampoco había modo de hacerle ver que era imposible encontrar un taxi a esa hora, y como al que madruga con una diosa imperiosa, esa diosa lo ayuda, apareció como creada de una calabaza seca una vieja máquina de alquiler, que era como se llamaban entonces los taxis. Era la primera vez que cogía un taxi en La Habana. En Gibara, con ser tan pequeño pueblo, mi madre se vio obligada a llamar una máquina de alquiler porque yo no podía dar un paso. Temprano esa noche, a la salida para el cine, me tiré de la acera alta a la calle empedrada y me torcí un tobillo, aunque seguí hacia el cine, cojeando un poco pero como si no hubiera pasado nada: inmune, bravo, determinado a ir al cine a todo costo y fue allí que el pie se me hinchó hasta no poder soportar el zapato y tuvimos que dejar la función por el dolor que era el mayor que he sufrido en mi vida llena de dolores de muelas, de migrañas (tal vez debiera decir que el mayor dolor lo iba a sufrir de adulto, con un absceso dental, pero éste no me impedía caminar) y que el médico de la familia, que era como quien dice el médico del pueblo, diagnosticó no una fractura sino un novedoso derrame sinovial. Sin sufrir un oneroso derrame seminal, este segundo viaje en taxi fue feliz, aprovechando la lentitud del vehículo (yo, que luego me iba a convertir, aun en La Habana, en un vicioso viajero de taxis, he descubierto que no hay más que dos tipos de taxis: los que van muy lentos y los que van excesivamente rápidos, sus respectivos choferes afectando la paciencia o los nervios del pasajero: pero esa noche no me importaba si el taxista de turno era cauto o temerario) para apretar a Dulce: y era eso lo que hacía ahora, no sólo arrinconarla en un extremo del asiento sino manosear sus tetas, tocar sus caderas, pasar mis manos sobre sus muslos, al mismo tiempo que la besaba—y ella me besaba a mí. Afortunadamente—desgraciadamente esta vez— San Lázaro no es una calle muy larga, o no fue suficientemente extensa para mí esa madrugada, y llegamos demasiado pronto a su casa. Ahora la veía bien, no impedido por la noche sino ayudado por el amanecer en el tópico: nada grande, tendría tal vez dos pisos, pintada la fachada fulastre de ese amarillo casi mostaza con que están encaladas tantas casas en La Habana Vieja y Media (la ciudad tiene edades, como la historia: hay una Habana prehistórica más allá del muro del Malecón), modesta, sin el temible aspecto de falansterio fecal de Zulueta 408, pero una casa de vecindad ni más ni menos: el presente de Dulce era mi pasado y nos unía un común lazo de pobreza—a pesar del taxi, a pesar de la noche en el Mocambo, a pesar de la ropa que ella llevaba, vestida como para una gran ocasión, su bata ahora ajada por las demasiadas manos mías. Pero ella tenía que irse, entrar al edificio, llegar a su cuarto cuanto antes. Abrí la puerta del taxi mientras la besaba y la acompañé hasta la acera, tal vez un poco más allá, junto a la alta puerta abierta. Nos besamos por última vez y ella desapareció de mi vista sin dejar detrás una zapatilla rota, en un cuento de hados. Pero como una estela dejó su esquela prometiendo que nos volveríamos a ver—a la semana siguiente, por culpa de mi trabajo de noche. ¿Habría alguien que tuviera un trabajo más improbable que secretario nocturno? Eso es lo que era yo. Pero después de todo, muchos de mis trabajos han tenido lugar de noche: corrector de pruebas de madrugada, crítico de cine, que implicaba ir al cine de noche y escribir después de la función, y casi fui sereno en una fábrica. Solamente la obligación de llevar un revólver como instrumento de trabajo me impidió aceptar ese puesto peligroso en un tiempo en que habría sido un salvavidas para el mar de la miseria, cuando llegué a envidiar a un amigo—actor amateur olvidado, inolvidable porque tenía el simétrico nombre de Jorge Antonio Jorge—su trabajo de noche en un hotel, que no es lo mismo que un trabajo en un hotel de noche.

Solo, ante la puerta, en la acera, dejándola para ganar la calle, no iba a regresar caminando a todo lo largo de San Lázaro, subir la cuesta para bajar por la calle L a la calle 25 y enfilar hasta la Avenida de los Presidentes, por lo que decidí volver a casa en taxi, extravagancia permitida por mi afluencia actual gracias a las entrevistas encadenadas que componen una encuesta, a lo bien pagadas que eran (aparentemente: mis empleadores se aprovechaban escandalosamente de lo que entonces yo, mero marxista, habría descrito como plusvalía y que hoy tiendo a llamar, con el diccionario no con Marx, mayor valía), mi riqueza repentina. Nos demoramos un buen rato el taxi, el taxista y yo hasta acceder a la calle 27 y cuando entraba al edificio era ya de día. Al abrir la puerta me encontré a mi abuela levantada (lo que no me asombró: en mi familia, excepto mi bisabuela que se levantaba al mediodía y ahora dormía el sueño eterno, solían levantarse todos temprano, mi abuela y mi padre, y mi madre era una inveterada insomne que dormía a retazos cada vez más cortos—yo era el único que se levantaba tarde en la casa) pero sí noté su expresión de malvenida, mi abuela oriental casi tan escandalizada como la abuela habanera de Catia ante el timbre de alarma. Su susto aumentó al decirme: "Muchacho, ¿dónde tú estabas metido?" Le dije que por ahí, haciendo un gesto vago con la mano fatigada: tocar cansa. "Pues por ahí mismo", dijo mi abuela, "anda tu madre con tu padre buscándote!", y añadió: "No han dormido en toda la noche", implicando que ese doble insomnio era culpa mía. Esto sí que era noticia: yo, mayor de edad ya, siendo buscado por mi madre como si fuera el niño perdido. Es cierto que ella solía estar despierta hasta que yo regresara de un concierto o una obra de teatro (si no me acompañaba), pero esto era demasiado: era para ponerse furioso, pero yo estaba más preocupado que iracundo. "¿Por dónde fueron?", le pregunté a mi abuela Ángela. "¿Qué sé yo?", dijo ella. "Por ahí. Hace rato que salieron a buscarte." Pero, ¿dónde diablos iba a ir mi madre a encontrarme, arrastrando con ella a mi padre, tan fácil de mover, difícil de conmover? Recordé su salida a buscarme el día que descubrieron al descuartizador en Zulueta 408, pero yo tenía entonces dieciséis años y además era de día. Salí de la casa de nuevo, a buscar a mis buscadores—no iba a quedarme sentado esperando a que regresaran. Además, conociendo a mi madre sabía que no regresaría hasta haberme encontrado, como un corpus delicti. En la calle sólo se me ocurrió bajar la avenida, ya que pensaba que no me iban a andar buscando avenida arriba, entre los hospitales y la cárcel del Príncipe, aunque un día del futuro iba a ser paciente en uno y preso en la otra. No sé por qué me dio por coger por la calle 25, enfilando hacia el Mocambo—tal vez querencia. Fue una excelente elección: por la calle 25, pasando junto a las lanzas del enrejado de la escuela de medicina venía mi madre, Raquel comunista, seguida por mi padre, que se veía todavía más pequeño—tal vez fuera la altura de las rejas, la distancia o la es-

437

tatura de mi madre, crecida con la búsqueda, acrecentada por el enojo de buscarme, agigantada en su furia al verme aparecer, sano y salvo: mi madre la loca. El encuentro entre las lanzas habría parecido una versión en El Vedado de la Rendición de Breda, pero la condescendencia del buscador con el buscado se convirtió en una invectiva que era más bien una sarta de insultos, dirigidos contra mí pero también contra mi madre misma por su obligación no sólo de esperarme despierta sino de buscarme tarde en la noche (contradicción de su argumento: era ya de mañana) y yo no sabía cómo apaciguarla: mi madre era capaz de un verdadero mal genio. Cuando terminó, tranquilizada no por mí ni por sus palabras sino por algunos viandantes tempraneros, me preguntó: "¿Dónde estabas metido?" Le dije la verdad: la vida no es la literatura: "En el Mocambo". Ella sabía lo que era el Mocambo: mi madre parecía saber todo lo humano—y a veces lo divino. "¿Tú solo?" "Por supuesto que no", le dije, "con una muchacha." "¿Con una muchacha?" Esa pregunta que era un eco cercano de mi respuesta pareció volver a aumentar su furia. "¿Con una muchacha?", repitió. "¿Y yo me he pasado la noche sin dormir y he tenido que salir a buscarte como una loca, mientras tú estabas con una muchacha?" Es curiosa esta reacción rabiosa de mi madre al saber que había estado toda la noche con una muchacha. No hacía mucho, en nuestra última visita al pueblo, estaba ella hablando con una muchacha en el parque de Colón (el mismo descubridor, distinto parque) cuando acerté a pasar con mi hermano rumbo al parque principal. Mi madre me vio y me llamó y me presentó a la muchacha con que hablaba. No era particularmente bonita aunque tampoco era fea, pero no sé por qué razón (tal vez mi timidez) todo lo que hice fue darle la mano, decirle mucho gusto y marcharme. Evidentemente mi madre esperaba mucho más de mí (no sé si la muchacha también), porque más tarde esa noche, ya en la casa, me regañó (mi madre podía ser bastante cáustica y regañaba a todo el mundo en la familia, incluyendo por supuesto a mi padre, a quien no sólo aventajaba en estatura sino en carácter, sobre todo en un dinamismo vital que conservó toda su vida, contrastando con la pasividad de mi padre, esa paciencia casi oriental que le ha permitido sobrevivir a las más crueles catástrofes desde que era niño), mi madre llamándome la atención por no haber hecho caso a la muchacha que le acababa de comentar lo bien parecido que era yo, y yo todo lo que hice fue ofrecerle una mano tiesa y con la misma darle la espalda. "Tienes que hacerle más caso a las mujeres", terminó, olvidándose que ya una vez me había regañado con igual vehemencia por prestarle demasiada atención a Beba y descuidar las clases de inglés. Tal vez fuera que ya (cuando el encuentro con la muchacha en el parque del pueblo) había cumplido dieciocho años y con la mayoría de edad legal empezaban mis obligaciones de atención al sexo opuesto. Pero ahora, esta noche, esta madrugada, no: esta mañana, ya que la discusión discurría entre peatones con panes que pasaban a nuestro lado mirándonos curiosos, a la luz del pleno día, su pelo en desorden, parecía una furia de platino, iracunda por haberle dicho yo que estaba hasta esa hora con una muchacha, tanto que pensé que mejor sería haberle dicho que estaba con Juan Blanco o con Franqui o con Rine Leal, o con un grupo indistinto de *Nuestro Tiempo*. No sé si fue la demasiada luz o los muchos viandantes indiscretos o que mi madre había consumido toda su energía para la invectiva, pero se calló de pronto, se detuvo como si hubiera tenido cuerda hasta entonces y arrancó a caminar, otra invención de Maelzel: la madre mortificada. Mi padre, siempre conciliador, dijo: "Ven, vamos para la casa a desayunar". ¿O

439

sería que él, mujeriego secreto, revelado por mis anteojos, comprendía mi situación? Si ésta fuera una crónica familiar y no una retahíla de recuerdos relataría cómo mi padre, a pesar de su moralidad (o por ella misma) era un loco por las mujeres, cómo al saludarlas las tocaba—una presión de la mano, un toque en el brazo, hasta una palmada en el hombro: aproximaciones—y cómo tenía secretas conferencias con algunas mujeres que trabajaban en *Hoy* o, luego, vivían en el barrio, por lo regular aprendices de redactoras en el periódico (camarada viene de cama), criaditas de la barriada. Fina, la mujer de mi tío el Niño, que tenía muy buen humor, cuando venía de visita a casa solía siempre decir a mi madre: "Zoila, ya tu marido me está toqueteando", a lo que mi madre no hacía caso, desinteresada si era verdad o burla, y mi padre sonreía con su sonrisa tímida—pero continuaba su política sexual por otros medios. Mi madre solía refugiarse en la lectura de novelas románticas (antes había sido la audición de novelas radiales o ir conmigo al ballet, al teatro o a la filarmónica, ahora al mudarnos para El Vedado las novelas del radio habían quedado relegadas al pasado, íbamos cada vez menos juntos a la filarmónica y al teatro porque salía con mis amigos artistas, estaba más envuelto en tareas culturales, escribiendo o porque por mi mayoría de edad real había roto el cordón umbilical afectivo adolescente), volviendo ella al refugio de su juventud, pero bien por mi influencia o porque su gusto había avanzado, leía en vez de El Caballero Audaz o el curioso colombiano Vargas Vila a las hermanas Bronte (no sé cuántas veces se leyó *Cumbres Borrascosas*), *Rebeca* en una regresión o en un juego de ruleta rusa romántica *Ana Karenina*, libro que leyó una y otra vez, hasta hacer pedazos mi edición en dos tomos, cuyas tapas verde viejo se hicieron glaucas, metáforas del ajenjo de mi madre. Mi padre, por su parte, armado con mis antiguos anteojos, en secreto, tarde en la noche, encerrado en el balcón, escrutaba los edificios enfrente, tal vez sin participar de mi prejuicio contrario a fisgonear las ventanas de Olga Andreu, amiga amable.

La siguiente salida con Dulce (pero no Rosa) Espina la hice más barata que la estancia en el Mocambo, porque reservaba mi dinero para una posada prójima. La convencí de que debíamos mirar juntos la luna desde el Malecón. No recuerdo sin embargo cómo logré persuadirla de que la luna se veía mejor no del Malecón a mano (ella vivía a una cuadra apenas del mar) sino más arriba, en El Vedado. Caminamos Malecón arriba más allá del Parque Maceo y del Torreón de San Lázaro, pasamos frente a la rampa de la calle 23 (que comenzaba a ser La Rampa) y la farola fastuosa, obra maestra del Art Deco desconocida y el promontorio rocoso en que se asienta el Hotel Nacional, seguimos hasta ver el final de la Avenida de los Presidentes, yo mirando siempre al mar, al horizonte hecho visible por la luna fluorescente, ella haciendo no recuerdo qué analogía (tal vez de la influencia del *Martín Fierro* en Thomas Mann: "Brillaba la luna llena") y continuamos caminando gracias al previsor ministro de Obras Públicas que extendió el Malecón, si no hubiéramos tenido que detenernos en ese punto, llamado El Recodo, por el recodo que hacía allí antes la avenida, y por la compulsión del momento y del lugar tomar un batido en el bar ambulante llamado, sin mucho esfuerzo mental, El Recodo. Allí donde una tarde estuvimos mi hermano y yo con Haroldo Gramadié, compositor de música seria, no serial. Esa tarde en El Recodo, Haroldo terminó de beber su Pepsi-Cola (o tal vez fuera un refresco habanero, como la Materva), pero todavía con sed cogió mi botella y bebió del mismo pico que yo había bebido. Debió ver mi cara de horror (siempre he sentido asco de compartir algo que llevarme a la boca con otra gente) porque me dijo: "Sé que tú no serías capaz de hacer lo mismo conmigo. Pero tienes que aprender que cosas más sucias se hacen con el sexo". Lo que era una prefiguración de la lección que conducía a lo peor que Julieta Estévez me dio acerca del amor y el humor—o cosa parecida. Tal vez pudiera darle yo lecciones a Dulce esa noche y conducirla a lo mejor.

Nos sentamos en el muro del Malecón. No podría decir cuántas veces me había sentado en el muro del Malecón desde esa luminosa tarde de verano de 1941 en que lo había descubierto, Colón de la ciudad, y me había encantado para siempre, los hados convirtiendo a La Habana en un hada. Me senté entonces en el muro con mi madre y mi hermano, ella mostrándome a Maceo en su parque, mientras mi padre y Eloy Santos hablaban posiblemente de política. Me senté en el muro con mi tío el Niño en las tardes transparentes, dulces, sin nubes del otoño de 1941. Después fue con compañeros del bachillerato, esta vez sentados en los parques frente al Malecón, a mirar pasar las muchas muchachas rumbo al anfiteatro o de regreso al Prado. Volví al muro con colegas literarios de la revista *Nueva Generación*, de noche, a veces acompañando al viejo Burgos (que en realidad no era viejo: estaba envejecido por el exilio), a oír sus cuentos eróticos pero patéticos, relatados en primera persona, un imposible Casanova no sólo por su fealdad (su nariz española, enorme, lo hacía más próximo a Cirano que a Don Juan) sino por su pasividad, su vida sedentaria entre libros, primeras ediciones y cuadros cubanos en el modesto apartamento de la calle Galiano que ocupaba con su madre y con su hermana (aún más fea que Burgos porque era la versión femenina de Burgos), relatando ocasiones en que mujeres virtuosas se le habían regalado (había un cuento que ofrecía el erotismo por espejos: a través de una luna, no bajo la luna, veía Burgos cómo esta mujer se desvestía descarada, la hoja especular propiciando cómplice la visión de la carne desnuda) y no las había aceptado porque eran esposas de amigos. Pero un día su virilidad no iba a soportar pasiva estas visiones. Estas veces adoptábamos la costumbre de los habaneros de sentarnos de espaldas al mar, mirando pasar los carros, hábito que me asombró tanto la primera vez que lo noté pues para mí, a pesar de la fascinación que ejercían en mí los automóviles corriendo, que eran la velocidad, el espectáculo estaba del otro lado de la barrera, era el mar, la costa escasa, de arrecifes, la marea fluyente y un poco más lejos, apenas un kilómetro mar afuera, la Corriente del Golfo, la masa morada, casi sólida pero fluida que se desplazaba incontenible de sur a norte pero que parecía moverse de oeste a este, contraria al sol, un río dentro del mar, de noche una negrura misteriosa donde brillaban los faroles de los pescadores del alto, de día un hábitat fascinante por los peces que emergían de ella: las flechas rápidas de los pejes voladores, el vuelo entre dos aguas como a cámara lenta de las mantas, las aletas temerosas de los tiburones. Esas noches de conversación literaria o erótica a nuestro lado estaban los pescadores de ribera, que pescaban desde el muro, con largas líneas cien o doscientos metros en el mar, llevadas hasta allá por botes especializados en tender curricanes para la pesca del alto desde la orilla. Este espectáculo variado, cambiante y eterno, se lo perdían los habaneros por los raudos autos que pasaban de largo, el Malecón una pista donde toda velocidad era posible, y cruzar la vía en un acto temerario: crucero indiferente de la civilización despreciando a la naturaleza, la verdadera visión desde la isla. Aquí en La Habana, en el Malecón, su avenida más propia y en la que el punto focal era el parque Maceo, con su monumento al Titán de Bronce, donde el guerrero mambí, machete marcial, mortal en alto, daba la espalda al paseo, su caballo piafante ofreciendo su grupa al mismo océano, cagándose en el mar, convirtiendo la Gulf Stream en la corriente del Gofio.

Estábamos sentados Dulce (la tuve que dar vuelta para que encarara al mar) y yo en el muro mirando la noche marina, viendo cómo la luna llena se reflejaba en el océano liso, tranquilo, apenas con esbozos de olas, la luna brillando en un cielo sin nubes. Recordé la luna de Earl Derr Biggers luminosa sobre Honolulú, recordada de una de las primeras novelas policíacas que leí, luna más memorable en aquella historia de engaño, de misterio y de muerte que en la vida ahora. Le iba a hablar a Dulce de la luna en Hawaii pero me asaltó el temor de que ella al oírme hablar de la luna literaria arguyera enseguida que la descripción de Biggers estaba calcada de otra de Ricardo Güiraldes en *Don Segundo Sombra*, la luna reflejada en un charco de la pampa convertida en el antecedente escrito de la luna en el cielo del Pacífico. Dulce (Rosa de los vientos literarios) Espina tenía una inquietante cultura de la literatura latinoamericana, conocimiento que la llevaba no a encontrar analogías, que era permitido, sino a descubrimientos instantáneos de robos inusitados, ella la versión femenina y habanera del detective asiático. En realidad ella estaba adelantada (era una adelantada) a su tiempo, y lo menos que ella y yo sospechábamos es que esa visión de antecedentes sudamericanos en otras literaturas se iban a poner de moda un día—aun entre los críticos, especialmente entre los críticos. Así, yo estaba sentado, sobre el duro cemento del muro, junto a una erudita editorial. Por supuesto no le dije nada de la luna reveladora de Charlie Chan y me limité a preguntarle si no era bella la noche y casi desencadené una rapsodia habanera: "Está bella, bellísima", dijo, "una de las noches más bellas de mi vida!", mirándome con sus ojos negros debajo de la melena rubia (ella llevaba una suerte de peinado paje, ése con el cerquillo, que le llegaba casi hasta los ojos, que se iba a poner de moda—el peinado, no sus ojos—tres años después: adelantada en el pelado, y esa noche iba yo a averiguar si era también adelantada en el sexo: no todas las muchachas de La Habana, de las que tenía a mi alcance, eran tan atrevidas como Julieta Estévez: ¿sería Dulce Espina una de las rosas audaces?) y le iba a decir que esa noche no se repetiría jamás, con mi teoría de entonces de que nadie mira dos veces la misma luna, que unía mi devoción por el Carpe Diem—en este caso, aprovechar la noche. Pero no se lo dije por temor a asustarla: después de todo era la segunda vez que salíamos. O tal vez temiera desencadenar otra avalancha extática.

Pero mi cautela no impidió que Dulce se extendiera en largas tiradas que eran disertaciones sobre la belleza de la noche (mi culpa), la vida en La Habana, su dificultad (nada mi culpa) y la literatura (en parte mi culpa porque Dulce sabía que yo escribía, que había ganado varias menciones y una vez casi el premio en el concurso literario que se había ganado nuestra mutua amiga, la que nos presentó, la que me animó para que saliera con Dulce, la que estoy seguro que alentó a Dulce para que aceptara mi invitación, aquella que detrás de su reserva y sus gruesos espejuelos de miope ocultaba una sexualidad revelada en el hombre que escogió para marido, un brutal, una especie de bestia: un caso de Mrs Jekyll y Mr Hyde) ella misma, Dulce, aprendiza de escritora, y su larga conferencia esa noche sobre *La vorágine*, otra de sus obras maestras sudamericanas, me extravió completamente, perdido yo entre la maleza al interrogarme acerca de qué tenía que ver el mar con la selva y no poder responderme, pero intervino

445

mi censor literario respondiendo por mí a medias, conectando el mar con el desierto, los dos una cierta medida de la eternidad—aunque tal vez la selva fuera, citó mi censor, la tercera medida de la eternidad en la tierra. "El mar y el desierto y la selva son laberintos naturales", expresó mi censor salvador. Pero yo, yo mismo, no aceptaba la selva más que como fantasía: la selva de Tarzán, la jungla de *El libro de la selva*, pero nunca pude aceptar la selva sudamericana, ni siquiera la de Horacio Quiroga, autor favorito de Dulce. "Es como Poe, mejor que Poe", me dijo Dulce. "Es Posible", le dije yo. Si ella hubiera hablado del mar, aun de la literatura del mar, no de Conrad, que Dulce no conocía, hasta del mar de Lino Novas Calvo, podría haber conversado con ella, pero a ella el arroyo de la selva la complacía más que el mar, mientras que para mí el campo fue un sueño que tuve cuando niño y la selva hacía tiempo que había desaparecido de la isla, la geografía devorada por la historia. Además, yo no hablaba de literatura con las mujeres: en ese tiempo no había otra cosa que hacer con las mujeres que hablar de amor, tratar de hacerles el amor, de hecho singar—palabra que detestaba Julieta, que horrorizaría a Dulce. Pero he aquí que siempre venía a juntarme con mujeres que eran, de una manera o de otra, sacerdotisas de la literatura: la literatura fue culpable de que la relación con Julieta no fuera más profunda, más satisfactoria, ella loca por la poesía, viviendo una vida literaria por la demasiada lectura de la autobiografía de Isadora Duncan, no sólo haciéndome leerle a Eliot, ponderarle a Pound, sino reaccionando literariamente, poéticamente, entre comillas, a la vida diaria. Ahora estaba Dulce disertando sobre la vorágine de la selva en la noche habanera (donde los árboles de las avenidas que daban al Malecón, las palmeras domésticas en ese tramo del Malecón llamado la Avenida del Puerto estaban quemadas por el salitre que venía del mar, donde el mismo Malecón había sido robado al mar) y yo tenía que oírla o, lo que es peor, hacer como que la oía, dando a mi cara el aspecto de la máxima concentración en sus palabras, pura perorata. (Una Venus futura escogería como una de sus despedidas de mi vida una fórmula—eso fue lo que fue—absolutamente literaria y ella era la menos poética de las mujeres que había conocido hasta entonces.)

—¿Por qué no caminamos un rato?—le pregunté aprovechando un descanso de su paseo por la selva que me temía que llegara hasta la sabana y nunca a la sábana. Además ya yo tenía una idea de qué rumbo iba a tomar el paseo: se haría Paseo, en dirección horizontal. Afortunadamente no preguntó por dónde íbamos a pasear.

—Si te parece—me dijo. Eso era bueno: una doncella dócil.

—Sí—le dije—estoy un poco entumadrecido—pero la literatura le impedía coger los juegos de palabras, aun los fáciles y folklóricos—. Me he entumecido un poco de tanto estar sentado—me refrené de decirle dónde se localizaba mi entumecimiento.

Se levantó. Es decir, giró sobre sus nalgas y se dio vueltas en dirección a la acera, la calle y el paseo. La ayudé a bajarse del muro aunque en realidad no hacía falta mi ayuda pues esta muralla del mar, que tiene tantos diferentes niveles en su extensión, era aquí bastante baja pero no tan baja como donde el Malecón orillea el canal de entrada al puerto. La cogí del brazo para atravesar la avenida, que era en sí una hazaña, sin semáforo, esperando que se detuviera el fluir denso, intenso del tránsito. Por fin pudimos cruzar y comenzamos a caminar Paseo arriba, la cuesta aliviada por las sucesivas terrazas que la interrumpen. Este paseo, esta calle, como la avenida gemela de los Presidentes, es bastante oscura, pero todavía la luna, ya no más del Pacífico ni siquiera del Caribe sino del Atlántico, todavía alumbraba, haciendo visible el camino—aunque me habría gustado que hubiera menos luz lívida. Con todo, una vez pasada la calle Línea, casi en el tramo del paseo que un día, una noche, unas noches de 1958 se iba a hacer inolvidable, me atreví a pasar una mano por la cintura de Dulce—y ella no opuso la menor resistencia, ni siquiera verbal. ¿Significaba esto que había tomado posición de mi territorio carnal? Avanzamos de terraza en terraza, unidos por mi brazo. Un poco más arriba de la calle 17 me incliné (a pesar de sus tacones de noche ella era todavía más baja que yo) y la besé. Se dejó besar. Era la primera vez que la besaba desde nuestra estancia en el Mocambo y allí y en el taxi tolerante podían haberla afectado los varios rones y Coca-Colas (Cubalibres, como ella decía correctamente) que había bebido. Pero no quedaba mucho tiempo—¿o era espacio? Antes de llegar a la calle 23 le di vueltas y la besé fuerte. Ella me devolvió el beso, con pintura pegajosa de extra. Ahora tengo que explicar que un poco más arriba de la calle 23, Paseo, se hace más oscura y la avenida, en vez de terminar como un monumento—después de todo es otra de las colinas de La Habana—, simplemente se acaba, y más allá, en ese tiempo, bien podía quedar la selva salvaje de Dulce y sus sudamericanos. En realidad lo que hay es un gran placer yermo, con chivos dormidos, que un día futuro se convertirá en una calle ancha de hormigón armado y sin luces lucirá tan oscura como hoy y llevará a los autos a la Plaza Cívica. Pero ahora, es decir entonces, avanzábamos hacia el fin de la calle y Dulce, al ver que pasamos el edificio Paseo, gemelo del Palace, comenzó a demorar su marcha que pasó de paso despacio a caminar en cámara lenta. Quería apurarla pero no espantarla, y así, inadvertido avisado que era, hice una cita cerca de la casa de citas:

—Tenemos que llegar a donde vamos antes de que comience el monzún.

—¿Cómo?

—Nada, una frase del viejo Carl.

—¿Karl? ¿Karl Marx?

—Marx o menos.

Pero Dulce estaba inoculada contra la paronomasia y pude precisar nuestra exacta latitud y mi longitud con sus astrolabios pintados.

—¿A dónde vamos ahora?—me preguntó.

¿Cómo explicarle? Opté por el subterfugio, refugio subterráneo.

—Es aquí cerca.

Ella se detuvo, se soltó de mi brazo y me enfrentó:

—¿A dónde?

No creo que Dulce supiera dónde terminaba para mí la calle Paseo. Me parece (es típico de las memorias que uno las escriba cuando comienza a perder la memoria) que ya he hablado de la inolvidable visita con Julieta Estévez a la posada de 2 y 31, que parece una suma arbitraria y se llama así porque está justamente en la esquina de las calles 2 y 31. (Hay o había una posada en Miramar en la calle 87, y siempre me pareció un olvido de los relajados habaneros que habían bautizado la confluencia de Neptuno y Galiano como la Esquina del Pecado—simplemente porque muchos habitués se instalaban allí para ver pasar a las mujeres populares, todas grandes nalgas y caderas inmensas y muslos enormes exhibiéndose a través de sus vestidos apretados más que si estuvieran desnudas—y el antiguo cine de Neptuno y Belascoain, cuyo nombre no recuerdo pero sí su apodo: el Palacio de la Leche, si estos habaneros galantes—en el sentido que le daban al adjetivo galante las novelitas pornográficas—eran tan dados a las alusiones sexuales aplicadas a la arquitectura, ¿por qué uno de ellos, emprendedor, no construyó una posada en la calle 69?) Esto lo pienso ahora, entonces todo lo que pensaba era cómo llevar a Dulce, entre eufemismos, engañifas y escaramuzas hasta la misma posada.

—Bueno, tú verás, vamos a subir hasta el final de esta calle, del paseo—iba a agregar: "Donde la luna más clara brilla", pero me pareció demasiado donjuanesco—y luego doblamos a la derecha por la calle dos.

Me detuve.

—¿Y entonces?

Ella quería conocer la exacta topografía de los alrededores, pero yo no podía darle más información. Era estar en tiempo de guerra y sería peligroso que conociera mi destino.

—Vamos a caminar un poco más y verás—le dije.

Dulce pareció aceptar esta proposición que estaba evidentemente coja de sujeto. Reanudamos el paseo por Paseo, aunque en realidad yo quería apresurar el paso, pero Dulce, esta Dulce, que era como una caricatura casual de Julieta, flaca, casi sin caderas, de pelo absurdamente teñido de rubio, imitaba de pronto a Julieta en su renuncia a subir la cuesta, la última terraza del paseo, de prisa, aunque aquélla iba ávida. La tenía cogida del brazo y trataba de que caminara rápido pero no quería asustarla en lo más mínimo: eso era lo último que yo deseaba, pues Dulce ya estaba bastante arisca. Terminamos el paseo y ella se volvió hacia mí como diciendo "Quo Vadis", pero antes de que hablara latín la interné en el terreno escabroso que conducía a la calle 31. Yo podía haberla llevado por la calle Zapata—que acabábamos de cruzar—hasta la calle 2 y por allí bajar hasta 31, pero vi un bar abierto en la esquina (para colmo había hasta una gasolinera pequeña pero bien alumbrada) y tal vez gente y decidí tomar el camino más difícil, desde el punto de vista físico, pero a la vez más fácil, desde el punto de vista social. Afortunadamente la luna (que había dejado de ser de Earl Derr Biggers, de Charlie Chan y de misterio para volver a ser una luna luminosa) alumbraba aquel descampado. Dulce seguía dejándose llevar por mí, no sin dar varios traspiés y otros tantos tropezones en sus tacones altos, caminando sobre lo que debió ser todo terreno baldío o, en el mejor de los casos, el proyecto inacabado de una calle. Pero estos rejendones (palabra del campo adoptada en el pueblo y tan útil ahora: no había manera de describir aquella profusión de árboles, tierra que la noche hacía virgen y negrura que, comparándola con la espesura del monte: sin saberlo Dulce estaba en medio de la selva habanera) nos acercábamos fatalmente al edificio erótico de la posada, guardado por su muro alto abierto por dos lados, brechas que no eran puertas sino accesos para autos y taxis y la posible pareja peatona—es decir, nosotros dos. Por fin llegamos—y sucedió lo que más temía.

—¿Qué es esto?—preguntó Dulce sin levantar la voz pero con el tono de alguien que ha sido atrapado en una emboscada. Traté de explicarle, explicación que debía haber hecho antes. Después de todo ella me había dado una imagen suya (desde el día que la conocí, aumentada la vez que la vi en las oficinas de los surveyeros bandoleros) como una muchacha, casi una mujer emancipada, liberal, abierta a la vida—si no, de piernas, al sexo.

—Bueno, tú verás—comencé, con dificultades aun antes de comenzar—, éste es un lugar donde podemos pasar un rato—.

No me dejó terminar.

—¿Qué? ¿Tú me has traído a una posada?

En su voz parecía que yo había cometido el crimen que no tiene coartada.

—No es más que para pasar un rato—insistí: era lo único que se me ocurría.

—Pero es una posada, ¿no?

—Bueno, en realidad, es un hotel.

Nada podía tener menos aspecto de hotel tradicional que aquel lugar amurallado, casi fortificado, oculto por la tapia y por los árboles: maison de rendez-vous en Hong Kong sí parecía, casa de escondida en México podía ser. Pero algo tenía que decirle.

—¿Un hotelito?—dijo ella y, como siempre, los diminutivos sonaron más siniestros que la palabra propia.

—Bueno, sí, vaya.

Este último vaya, tan habanero, que se me había pegado de mis años en La Habana Vieja, completó la oración y concluyó la ocasión sin emoción.

—Pero yo no puedo entrar en un hotelito!—y coloco la admiración solamente al final porque Dulce había comenzado en un tono casi neutro y fue al completar la oración que pareció escandalizarse.

—Pero si no es más que para pasar un rato, conversamos—como si no hubiéramos conversado ya bastante, sobre todo ella—, en privado y luego nos vamos.

—Pero yo no puedo—insistió ella. Todo este tiempo, mientras duraba la discusión (en eso se había convertido nuestro intercambio), la fui llevando del brazo cada vez más cerca de la entrada de la posada, hotelito, casa de citas o lo que fuera, cruzando la calle sin asfaltar, con piedras que la hacían parecer una calle colonial, empedrada, Trinidad trocada. Llegamos al mismo muro de la fortaleza del amor. (Cómo le habría gustado este enclave erótico al viejo Ovidio, que hablaba del amor como campos de batalla.)

—¿Por qué?—le pregunté de una manera casi definitiva, conminándola a que definiera la causa por qué no podía entrar conmigo a la posada: un desamor que se atreva a decir su nombre.

—Soy una virgen—dijo ella.

—¿Cómo?—le pregunté yo, aprovechando su inclusión innecesaria del artículo indeterminado—. ¿Eres *una* virgen? ¿Una de las once mil vírgenes? ¿O la Virgen transubstanciada?

Pero ella no estaba para ironías, mucho menos para gracias gramaticales o la gracia divina.

—Quiero decir que soy virgen—dijo ella, un poco confundida.

—Eso no tiene la menor importancia—le dije yo, hipócrita—. No vamos a hacer nada. Solamente vamos a estar en un cuarto, solos los dos—¿quién más, si no?—un rato y luego nos vamos. No va a pasar nada que no podamos reparar.

Ella pareció pensarlo y lo estaba haciendo a menos de un paso de una de las puertas—o de una de las aberturas a manera de puertas: las puertas verdaderas estaban ocultas como closets.

—No—dijo ella—. No quiero.

—Lo más que haremos es darnos unos besos. Te lo prometo.

—Son demasiados besos por una noche.

—Eduardo Mallea, *Historia de una pasión argentina*, che.

—¿Qué? ¿Qué?—preguntó ella, totalmente perdida. Seguramente que ni siquiera había oído hablar de ese autor argentino: no era de sus sudamericanos selectos: no escribía sobre la pampa, mucho menos sobre la selva y los ríos.

—Nada, nada. Quiero decir que no estoy de acuerdo que son demasiados besos por una noche. Nada más que nos besamos en el último tramo de Paseo.

—Bueno, pero yo no quiero entrar—y sin embargo no se movía de la puerta. Estaba pensando yo, más bien recordando una tarde en que estaba trabajando—no hacía mucho tiempo en realidad por lo que no era una hazaña de mi memoria—en el periódico *Mañana*, sustituyendo a un corrector conocido. Ya lo había hecho antes pero ese día era memorable porque a este amigo anónimo le había ocurrido un accidente embarazoso: se había tragado su puente dental y dado el ambiente burlón que siempre había en el taller de un periódico en La Habana, me había pedido por favor que no dijera nada de lo ocurrido. Le expliqué que había tenido un antecedente ilustre en Sherwood Anderson, aunque no le dije que Anderson había muerto a consecuencia de. Mi predecesor insistió en que guardara silencio y yo le prometí que sería una tumba. Pero no sé cómo se habían enterado de la devoración dental y no sólo los tipógrafos y los linotipistas sino hasta el viejo portero me hicieron preguntas capciosas y el más atrevido de ellos, que era también el más ingenioso, habló de que sería el único caso en que una persona fuera capaz de morderse su propio culo. Sin embargo enseguida se olvidaron todos de mí como fuente de noticias divertidas pero impublicables y comenzaron con su deporte de la tarde, que era vigilar la entrada de la posada que había en la esquina de Amistad y Barcelona, atentos a la entrada que estaba en la calle Amistad, mirando a la acera de enfrente y esa puerta siempre abierta. Empecé mi trabajo y continué leyendo galeradas tras galeradas, la mesa de corrección a un costado del taller, no muy lejos de la puerta enrejada por la que se sacaban los periódicos en bulto a los camiones de reparto. De pronto hubo un escarceo entre los impresores—aunque ése no era el nombre que ellos se daban a sí mismos: pertenecían al sindicato de artes gráficas—, que se regocijaban con algo que sucedía en la calle y no cesaban de llamarme para que me conjuntara. Ya yo era un tipo raro en los talleres, con mi aspecto de estudiante eterno, mi aire de adolescente retardado, mi práctica periodística (los correctores éramos considerados periodistas), como para permitirme no participar en sus fiestas familiares y tuve que unirme a ellos. Me levanté y fui hasta el sitio en que se congregaban todos, la confección del periódico totalmente detenida: estaban cerca de las rejas pero lo suficientemente alejados como para no ser detectados desde la calle (además de que la luz del mediodía afuera hacía el interior del almacén de reparto tenebrosa tiniebla) y vi lo que estaban mirando con interés intenso y regocijo rijoso. Los intérpretes del sainete eran una pareja aparentemente a punto de entrar en la posada, pero algo los hacía incapaces de penetrar ese arcano amoroso: ella era una amante renuente y se negaba a entrar con la misma terquedad con que su acompañante trataba de hacerla cruzar el umbral. Pronto la discusión, que en un principio debió de ser verbal, se convirtió en una versión venérea del juego de tieso-tieso. Él tiraba de ella por un brazo, uno de sus pies en el quicio de la puerta, halándola con vehemencia, pero ella se agarraba con todas sus fuerzas de cada punto de apoyo: la pared lisa, el marco exterior de la entrada, la puerta misma. Sus pies resbalaban sobre la acera, mientras la pierna del hombre parecía bien afianzada en la parte interior del quicio—y ambos, lo que era curioso (y cómico para los mirones de *Mañana*), parecían completamente olvidados de los viandantes que pasaban por su lado, algunos mirándolos antes de llegar a ellos, al cruzar y después que habían pasado. Pensé que algún hombre (todavía quedaban caballeros cubanos) in-

455

tervendría en favor de la doncella en apuros, pero el amante casi frustrado sabía mejor y siguió tirando de la amante indócil. Finalmente triunfó la perseverancia o tal vez fuera la fuerza bruta y la mujer fue arrastrada hasta la puerta por el hombre de las cavernas y los dos desaparecieron en el hueco negro de la puerta eternamente abierta que escondía (como iba a saberlo años más tarde) otra entrada que ingeniosamente impedía ver desde la calle el interior de la posada—que a partir de allí era una escalera hasta el primer piso donde estaba la taquilla (no hay otra manera de llamar al cubículo del cobrador) y los cuartos: la doble puerta en realidad aseguraba una salida y una entrada discretas—en este caso, teóricamente.

Recordando aquella situación (en que seguramente la amante remisa no tardó en dejarse gozar y gozar ella al mismo tiempo), recordando más bien mi reacción a la brutalidad, a la falta de elegancia de aquel habanero halador, no quise imitarlo y hacer entrar a Dulce a la fuerza en lo que no era una puerta con marco a que aferrarse sino la lisa abertura del muro, que me habría facilitado lo que los obreros del taller tipográfico de *Mañana*, Wanton y Tagle, habían calificado, no sin admiración, como "¡Tremenda cañona!"

—Está bien—le dije—. Vámonos—y eché a andar rumbo a las calle Zapata. Ella debió rescatarse a sí misma de las fauces de una suerte peor que la muerte, salir de entre las sombras celestinas de la arboleda alrededor de la posada para escurrirse a lo largo de la tapia (mejor el muro, por las connotaciones que la palabra tapia tiene con el cementerio y con la muerte: allí atrás de aquella alta pared estaba la vida o, por lo menos, lo contrario de la muerte) y caminar frente a las humildes casas vecinas de la posada por la calle 2. Justamente en la esquina de Zapata me alcanzó, dando tal vez a los habitués (o tal vez a los clientes casuales) del bar-bodega la rara oportunidad de ver a una pareja que salía de la posada—sin haber entrado. Porque yo no dudaba que los tomadores tardíos, que ahora nos miraban mientras bebían cerveza o aguardiente, sabían: estaba seguro de que ellos adivinaron por la posición vertical de los cuerpos—yo delante desalentado, ella atrás ansiosa—que no habíamos hecho nada. Sin duda eran conocedores de los veloces inquilinos de la posada como los tipos gráficos del periódico *Mañana* lo eran del hotelito de Amistad y Barcelona, que siempre conocían cuando una pareja se dirigía a la posada por muy inocentes que caminaran ambos por la calle, por muy respetable que pareciera ella, por muy desinteresado que se viera él, capaces, Tagle y los otros, hasta de adivinar cuándo se produciría un incidente, una "trifulca sesual", como decía Wanton, las que, según supe en los dos años que estuve de corrector en el periódico, eran más frecuentes de lo que se pudiera pensar, la educación religiosa, las convenciones sociales y el miedo sexual más fuertes que el poderoso temperamento sensual, que la herencia, el clima y las costumbres daban a la habanera un "impulso a pecar", como me diría otra mujer, otra muchacha en el futuro cercano. Y yo acababa de ser intérprete de uno de esos fiascos. La decepción dando lugar a la rabia me hizo cruzar Zapata sin ocuparme para nada de Dulce, bajando rápido por la cuesta de la calle 2 hacia la calle 23—hasta que oí su voz detrás de mí diciendo: "Espérame, por favor". Lo que me hizo detenerme y esperarla, movido a pararme—buen sitio para un oxímoron—por su tono. Cuando estuvo a mi lado pude verla, a pesar de que la luna había desaparecido y la calle era más oscura que el final de Paseo. Noté por primera vez su cara de oveja odiosa. No me miraba pero no podía ser por pudor sino por miedo a mi reacción, aunque ella debía suponer que sabía ser un amante amable. Esa amabilidad sin embargo podía disolverse en enojo: no hay ser capaz de mayor furia que el hombre tranquilo—tal vez pensaba ella esto. ¿O sería su experiencia la que dictaba su comportamiento conmigo? Me di cuenta de que conocía poco a Dulce. Excepto su apellido, la casa en que vivía y una de sus amistades o de quien ella decía ser amiga (aparte de los autores americanos, todos muertos, con quienes parecía tener comercio carnal), nada sabía de su pasado, cuántos novios tuvo o no tuvo, si había estado en esta misma situación antes. A lo mejor había enfrentado anteriormente a un posible amante desairado y, por ende, iracundo. Nunca le había preguntado por su pretérito—tal vez (ahora lo veo) porque no teníamos mucho futuro. O quizá fuera porque temiera desencadenar otra de sus conferencias críticas, una serie de acotaciones como con las que ella había adornado mi libro y así tener sus años "copiados de Horacio Quiroga", su pasado "sacado de José Eustasio Rivera", y verme perdido para siempre en las sucesivas selvas sudamericanas de sus secretos. Pero ella tenía que tener su vida vivida porque ciertamente no era una niña. Era, sí, más joven que yo pero bien podía tener dieciocho años o tal vez más— lo que la hacía entonces una mujer adulta, sobre todo en La Habana, esa ciudad madura por el trópico en una nación nacida con el siglo.

Mientras reflexionaba en la oscuridad había seguido caminando y fueron las luces lechosas de la calle 23 (aunque todavía no tenía su alumbrado actual: siempre me pareció odioso ese tungsteno cenizo), que me sacaron de mi meditación, al detenerme en la parada de las guaguas. Ya habían eliminado los tranvías (desaparición que siempre lamenté) y sustituido por autobuses ingleses, blancos, banales, que hacían el mismo recorrido con menos ruido, pero ninguno pasaba por casa de Dulce. Había que tomar la ruta 28, la misma que me llevaba a mi trabajo en Trocadero. Tuvimos que esperar un rato y en todo este tiempo no hablamos: yo estaba todavía rabioso (o mejor sería decir enojado) y Dulce debía temer mi posible reacción a sus palabras, al mero sonido de su voz, por lo que no abrió la boca. Finalmente, después de pasar varios autobuses y rutas 32, suntuosas, ubicuas, vino la ruta 28, siempre modesta, atrasada. La cogimos, yo dejándola que subiera ella primero pero sin ayudarla. Pocas cuadras después, llegando a la Avenida de los Presidentes, le anuncié que me quedaría en la esquina de mi casa pues tenía que levantarme temprano. Al disponerme a bajar, casi sonriendo, con esa semisonrisa ovejuna que ella asumía ahora, me dijo:

—Hasta mañana.

Yo le respondí:

—Hasta luego—que en La Habana era sustituto del adiós. Extraña la renuencia habanera a decir adiós porque podía implicar una despedida definitiva, una separación y acaso la muerte, y era sustituido por el hasta luego en situaciones que no se esperaba volver a ver a la persona a que se dirigía este agur agorero. Ahora yo le decía así a Dulce pero en realidad quería decir hasta la vista con mi adiós adoptado. Creo que ella lo entendió bien porque al día siguiente, poco antes de irme para la Escuela de Periodismo, me llamó por teléfono a casa:

—Perdóname—me dijo—. Me porté como una ingenua anoche—sus lecturas le permitían decir ingenua en vez de boba, como habría dicho una habanera actual. Yo prefería que hubiera dicho boba o todavía tonta, pero no la rectifiqué. Ella siguió—: No debí haber hecho lo que hice. Fue muy inmaduro de mi parte—era ella quien calificaba sus acciones de inmaduras: para mí eran absolutamente burguesas, es decir, más maduras que inmaduras, más bien podridas: en esa época ser burgués era para mí casi peor que ser académico: éstos atentaban contra el arte, los otros vilificaban la vida. No dije nada, fue ella la que habló siempre—: Pero no va a·volver ocurrir. Te lo prometo. ¿Salimos esta noche?

Dudé un momento antes de contestar:

—Esta noche no puedo. Tengo que trabajar.

No era que me hiciera difícil sino que de veras tenía que trabajar. Podía escaparme una noche que otra, también salir del trabajo más temprano, lo que había hecho para ayudar al Cine-Club de La Habana. Pero no podía hacerlo dos veces seguidas en nombre del amor, esa causa perdida: ya me había furtivado la noche anterior.

—¿Cuándo entonces?—preguntó ella casi con un balido. Se estaban invirtiendo los papeles: ahora era Dulce quien me asediaba. Debí decirle que era virgen de vírgenes: nunca lo había hecho con una virgen. Pero le respondí:

—Tal vez el sábado.

—¿El sábado?—dijo ella, con una pregunta tan desolada como si el sábado estuviera en el tiempo de nunca jamás. De pronto estaba contento: sabía que el sábado sería sábado de gloria.

—Saturday night is the loveliest night in the week.

Pero el inglés era griego para ella.

—¿Cómo dijiste?

—Que el sábado sí.

—¿Me vienes a buscar?

No, sería una concesión y no pensaba hacerle ninguna, no todavía. Además ir a buscarla significaba llegarse hasta San Lázaro, esa calle callonca, enfrentar su enemigo edificio. Me decidí por una tierra de nadie.

—¿Por qué no nos vemos en Radiocentro, en la esquina

460

del cine, a las ocho?

Ya yo había empezado a gustar los aires urbanos de La Rampa, marginales ahora pero que luego se harían centrales, tramo de la calle 23 que iba desde la calle L hasta el Malecón y que se haría independiente, una avenida aventurera, que descubriría, en el que terminaría viviendo, con el que soñaría. Recuerdo una noche en que regresé de mi empleo temprano en la noche (mis horas de trabajo eran variables por no decir caprichosas, mi empleo una fecha movible: lo mismo podía comenzar a las ocho de la noche y terminar a las diez, que empezar a las ocho y media y quedarme hasta las diez y media, a veces hasta las once, conversando con Ortega, que era en lo que consistía mayormente mi labor, aunque ya leía cuentos cubanos enviados a *Bohemia* y sugería posibles traducciones de literatura extranjera y escribía algunas notas para La Figura de la Semana), esa noche de noches en vez de apearme (cómico verbo habanero) de la guagua en la Avenida de los Presidentes, me bajé en la calle L y 23, junto al parque de diversiones, donde se levantaría en unos años el Habana Hilton, y bajé hasta la cafetería Radiocentro para darme el lujo iniciático de comerme un bocadito (debía haber pedido una medianoche, ese sandwich habanero) de jamón y queso y tomar mi favorito batido de papaya—y la ocasión se hizo memorable por el decorado (la cafetería era entonces nueva, con lustrosos asientos pullman, relucientes cromos en la barra, y la luz indirecta eliminaba las sombras y daba a todo una lucidez radiante que alucinaba como una droga suave), por la comida y la bebida y el ambiente, y fue para mí un lujo nuevo, que me pude permitir porque acababa de cobrar mi magro sueldo que se hizo una fortuna crásica. Otro lujo recordable de aquellos tiempos tuvo lugar antes de que nos mudáramos para El Vedado. También acababa de cobrar y por esa época el di-

461

nero ganado era todo para mí. Hacía una tarde dorada (al menos así me pareció: tal vez estuviera nublada, pero era octubre cuando el cielo suele estar siempre despejado en La Habana y hace menos calor y si no hay huracanes la lluvia es un recuerdo de abril), casi mediodía, antes de ir a clases, entré en el Carmelo de 23, en el que nunca había estado antes y que luego sería el restaurant-bodega de la esquina, y pedí un café con leche y tostadas, que vinieron envueltas en inusitadas servilletas de papel, calientes y levemente barnizadas de mantequilla holandesa—nunca antes había comido una merienda semejante y aunque la repetiría en el futuro en el mismo lugar a la misma hora, no volvió a ser ninguna de esas meriendas múltiples tan memorable: ésos son los tesoros de la pobreza, en que un simple café con leche y unas tostadas con mantequilla forman un festín luculento. Bien puedo comparar esos momentos y ese manjar de aquel restaurant y aquella cafetería con otra fuente de placer solitario: la masturbación, con las primeras manipulaciones que tampoco puedo olvidar. Mis masturbaciones memorables conducen a mi carencia de mujer y me hacen regresar a Dulce y a nuestra cita: era evidente que sus palabras suspiradas por teléfono equivalían a lo que ella llamaría una entrega. Así al menos se refirió a esa acción, a ese acto, hablando en el Malecón, sentada en el muro, sus palabras opacadas por una reflexión brillante sobre la luna literaria, oyendo mientras miraba la luna de Hawaii. Ella hablaba entonces de otra mujer, en otro tiempo: debía de ser una de las innúmeras poetisas uruguayas en cuyas vidas ella habría modelado la suya, todas letras y locura.

La llevé de Radiocentro directamente al hotelito, esta vez utilizando un taxi, sin correr el riesgo de que la larga caminata a la cama la disuadiera. Al bajar del taxi tuvo un momento de indecisión o más bien de decisión inversa, como si quisiera quedarse dentro del auto, como si se negara a bajar del todo, Celia Margarita Mena moral, la trucidada por el terror: primero un tobillo, luego la pantorrilla, después un pie, más tarde la pierna—pero fue sólo un momento. Los dos entramos en la posada, yo de guía, como conocedor de aquel antro (y uso el término no en el sentido social que se le daba en La Habana sino poéticamente: era verdaderamente una cueva), un espeleólogo experto. En realidad yo había estado en esa posada solamente una vez, con Julieta Estévez, y la visita ocurrió de día. Ahora, de noche, los profusos pasadizos parecían más estrechos y se veían más iluminados. El interior estaba diseñado (y construido) para proteger a los visitantes de miradas indiscretas, con un pasillo que conducía hasta el cubículo donde se pagaba (éste parecía más que nunca la taquilla de un cine barato), y después había otro pasaje que llevaba a los cuartos. Nos tocó, por lotería lúbrica, el cuarto número 7 (el siete era en La Habana el número del sexo: nunca pude descubrir la conexión entre ambos: Pitágoras solía ser más claro), que era el primero de arriba, y así Dulce pudo seguirme sin mayor inconveniente, el cobrador desapareció de su puesto momentáneamente con discreción de alcahuete—o tal vez requerido por la tarea de guardar el dinero. Antes le había pedido y pagado dos Cubalibres, sabiendo que la combinación agradaría a Dulce y que ayudaría a vencer su timidez—y la mía. Sí, todavía era tímido con las mujeres. Abrí la puerta y encendí la luz. La posada aún no había caído en la decrepitud (la vegetación ganando a la carne en reclamar el edificio) que se apoderaría del hotelito en los años sesenta, y la cama se veía limpia, bien tendida: como si nunca hubiera dormido nadie en ella—aunque posiblemente hubieran hecho el amor (todavía soy discípulo de Julieta en mi vocabulario erótico) sobre ella apenas unos minutos antes y sabe

463

Eros cuántas parejas fornicaron allí ese día, más incontables serían todavía las que se habrían gozado sobre ella esa semana, innúmeras fueron las yuntas que se revolcaron sobre ese colchón este mes, haciéndose infinito en número las que mecieron la cama en un año: era el vértigo del coito cósmico que embriagó a Julieta hasta provocarle un orgasmo ontológico. El cuarto estaba acomodado, con su puerta lateral que daba al baño y la gran ventana de celosías y Dulce entró detrás de mí mirando la habitación como si la viera por primera vez en su vida. Si no era verdadera su reacción acababa de descubrir una gran actriz. Cerré la puerta y nos quedamos los dos sin saber qué hacer el uno con la otra. Me moví hasta el centro del recinto y miré atrás a Dulce que había permanecido junto a la puerta, convertida en estatuilla de sal. Preví otra noche como la anterior, una crisis de inocencia, pero ella abrió la boca para decirme, pedirme:

—Por favor, ¿no podías apagar la luz?

No esperaba que dijera eso exactamente, pero de alguna manera no me sorprendió, aunque sí me sentía un poco defraudado: yo quería verla desnudarse más que desnuda.

—Por supuesto—le dije, y apagué la luz. El mundo se quedó a oscuras unos momentos, pero cuando ya me acostumbraba a la oscuridad y me iba a quitar la ropa, tocaron a la puerta del cuarto.

—¿Qué es eso?—preguntó Dulce con mucho miedo en su voz descarnada.

—La policía, probablemente.

—¿La policía?—repitió ella, pero en su repetición había alarma. No sé por qué tenía ella que tenerle miedo a la policía: no había entonces nada que temer de la policía: la policía del sexo no se había creado todavía: faltaban años para esa invención infernal. (Aunque confieso que yo siempre le tuve miedo a la policía, por lo que la mía resultaba una alusión doblemente torpe.)

—Es una broma. Deben de ser los tragos.

Fui hasta la puerta lo mejor que pude y la abrí y desde nuestra oscuridad recobré del pasillo iluminado una bandeja y dos vasos llenos hasta el borde de un líquido de color de Coca-Cola, aspecto de Coca-Cola y olor a Coca-Cola: debían de ser Coca-Colas con ron Castillo incoloro, inodoro, intoxicante.

—Cubas libres—anuncié—. Rescatados de las garras de la ley seca.

Estaba contento. Desde los días que me parecían violentamente lejanos de Julieta ¿Quéhayenunnombre? y sus amores matutinos y marinos, dominados por el temor de que se apareciera el vindicador Vicente—que sería siempre inoportuno—no había estado con una mujer en un cuarto, todo listo para singar—o al menos, dispuesto para. Le entregué a Dulce su vaso, en la oscuridad que era ahora menos espesa. Dejé la bandeja en una de las mesitas de noche y tomé un sorbo, más bien un trago de mi Cubalibre.

—¿No debíamos brindar por algo?—preguntó Dulce con lo que era a veces una conmovedora ingenuidad, al menos en el recuerdo.

—Por supuesto—le dije yo, y me acerqué a ella—. ¿Por qué brindamos?

—Por nosotros dos—dijo ella—. ¿Por qué otra cosa iba a ser?

—Por nosotros—dije yo, mientras ella chocaba su vaso con el mío.

—Por nos—comenzó a decir ella pero no la dejé terminar, besándola—. Déjame acabar—insistió ella—. Por nosotros dos!—exclamó por fin, y bebió de su vaso. La dejé que bebiera más. Después le quité el vaso de la mano y lo devolví, junto con el mío, a la bandeja. Regresé a ella y la abracé. Ella me abrazó. Las nueve en punto y sereno y todo va bien. La besé duro olvidando su boca pintada a lo Joan Crawford tardía o Marlene Dietrich temprana—y allí, en la penumbra vaga de nuestra pequeña alcoba, la dominaba toda.

—Pera—dijo ella, que olvidaba la lección que le habían dado sus lecturas latinas (americanas) para demostrar su origen habanero, mostrándose incapaz de decir espera nada más que cuando se vigilaba como hablaba, policía de su dicción. Ese pera además era casi como una descripción en un pasaporte o cualquier otro documento personal: Dulce era, además de habanera, humilde—. Que me estás ajando el vestido—añadió, y para sorpresa mía comenzó a quitarse la ropa, no a mi lado sino colocando sus diversas piezas en una mesa baja que en otra posada más cara sería seguramente una cómoda, pero igualmente intrigante. Todavía sumido en la oscuridad la miré mientras se quitaba un medio refajo (Dulce era más moderna que las mujeres de Zulueta 408 pero aún no había llegado la época de las sayas interiores que levantaban la falda) primero y luego los ajustadores y finalmente el pantaloncito. En vez de venir a mí corrió corita hacia la cama y se metió en ella, cubriéndose con la sábana. No dijo nada, embutida entre sábanas hasta la barbilla, envuelta en su sudario suave, inmóvil, mirando muerta de miedo a la pared o al techo porque ciertamente no podía ver sus ojos: puntos negros en el cuarto a oscuras. Me quité la ropa (tenía ahora la costumbre, que no perdía siquiera en lo más caluroso del verano, de usar saco: rara vez andaba en mangas de camisa o en camisa deportiva, y solamente lo hice forzado por los tiempos terribles en que no tenía dinero para comprarme chaquetas o su equivalente de moda, las chacabanas: tal vez fuera para

466

ocultar lo flaco que era entonces o hacer mis hombros más anchos, parecer más maduro) todo lo rápido que pude, pese a mis pies, para no asustar a Dulce, mi hada, con mi ardor, pues aunque estuviera ya debajo de una sábana y sobre una sábana, en la cama, dentro del cuarto, en el interior de la posada, tras los muros inmorales, no quería que se repitiera su renuncia de la otra noche o, lo que era peor, que padeciera una versión de ese mal de desamor ahora. Cuando terminé de desembarazarme, las piernas por fin libres, el cuerpo desnudo, mi pene ondeando como una bandera toda asta, me senté cuidadosamente en el borde de la cama (Dulce había ocupado el lado más próximo a la puerta, lo que no dejó de intranquilizarme: veía a esta virgen salir corriendo desnuda ante la penetración inminente, abrir la puerta sin que yo pudiera impedirlo y abalanzarse hacia las escaleras, el laberinto de pasillos, las sucesivas puertas, la abertura en el muro y finalmente la calle, citando a toda voz un pasaje de Rómulo Gallegos: *Cantaclaro* cantado en lo oscuro. Pero esta visión virginal y espantosa de Dulce desapareció al momento siguiente cuando) acto seguido estaba debajo de la sábana solícita, tal vez porque era única. Ella seguía sin decir mis labios están sellados. Estiré un brazo y la mano al final del brazo (que debía estar húmeda de sudor) y se la puse sobre el vientre, plano pero blando. Ella siguió sin decir nada: una esfinge estática. Subí la mano (no quería bajarla demasiado, demasiado pronto) y más que encontrarme tropecé con una de sus tetas: era grande. Las tetas de Dulce abultaban debajo del vestido pero no se veían demasiado grandes. Ahora bajo la mano, sin vestido, parecían haber crecido—al menos una de ellas, la derecha, que era la que quedaba más lejos de mi cuerpo y por tanto accesible al brazo estirado. Busqué la otra teta con la misma mano (no quería volverme todavía todo hacia ella: era la seducción de Dulce) y la encontré igual de grande: era simétrica: sus dos tetas eran grandes. Comparadas con las tetas que había visto hasta ahora las aventajaban (tal vez porque en realidad no había visto las tetas de Dulce) solamente las tetas precoces pero prohibidas de Etelvina. Las otras tetas que había tocado desnudas eran las de Julieta y ésas eran perfectas: tenían el tamaño adecuado a su estatura, a sus dimensiones más bien, y no eran grandes, porque Julieta misma era pequeña. Pero las tetas de Dulce, las dos, rebasaban la medida de las tetas conocidas: era teta incógnita: mi primer encuentro físico, palpable, tridimensional con las mamas mayúsculas, orbes de las ubres. Esa primera vez me gustó encontrarme con tanta abundancia mamaria, aunque un día (tal vez volviendo al seno materno: mi madre tenía las tetas pequeñas, que conservó hasta bien entrada en la madurez) me sorprendería saber que mi ideal verdadero eran los senos secantes, más bien las teticas—pero esa sabiduría pertenece al futuro. En este momento en que mis manos se ocupaban en hacerles pezones a las tetas de Dulce (fue mi primer conocimiento de que las tetas grandes a menudo carecen de pezón, o tal vez fuera que las últimas tetas que tuve entre las manos, las de Julieta, eran de pezones punzantes) sus senos eran demasiado grandes y, como las tetas de Etelvina, con cierta tendencia a desparramarse, a ir improbablemente cada una por su lado, desbordando los costados del cuerpo. Dejé de acariciarle los pezones (asiendo lo inexistente) y bajé la mano por su vientre, de ombligo ovoide, hasta encontrar su pubis, que era erizado, de pelos muy rizados. Después aprendería que los pubis (esa palabra singular no tiene plural) tienden a tener los vellos encrespados, al menos en La Habana, con contadas excepciones. El pubis de Dulce denunciaba al negro que había entre sus antepasados. Pero aun a las rubias habaneras (falsas o verdaderas) les crecían crespos en el monte de Venus. Me imaginé a Gulliver tratando de masturbar (otra cosa no podía hacer: su pene sería un pin) a una colosal brobdingnaga y tener que abrirse paso por entre el pinar de pendejos, cada uno alto como un pino pero trabados en enmarañada manigua. Regresé del segundo viaje para introducir un dedo entre los labios mudos de Dulce, que se abrieron fácilmente. Podía sentir su clítoris (que la teoría diversa y la única práctica de Julieta me permitieron distinguir) y traté de seguir profundizando cuando ella cerró las piernas, casi una arriba de la otra, vedándome la entrada. Pero para entonces estaba lo bastante excitado como para no detenerme en preámbulos, en vestíbulos, en pórticos, y diestramente, como si fuera mi oficio del siglo, subí sobre ella. Comencé a besarla y ella me devolvió los besos, sintiéndome acolchado por sus tetas bajo mi pecho plano pero frotando mis caderas contra las suyas, que eran casi tan flacas como las mías, pelvis sobre pelvis, huesos contra huesos, al tiempo que mi pene rondaba su vagina. Mientras la besaba trataba de separar sus piernas con una de las mías, haciendo palanca blanda. Me costó muchos besos, saborear su pegajosa pintura de labios, sentir sus dientes, separando sus mandíbulas para penetrar mi lengua dentro de su boca, buscando su lengua, que encontré, y me tomó el tiempo de repetir o prolongar el beso húmedo, función continua, para lograr meter mi pierna por entre sus muslos, Arquímedes del amor. Pronto tenía mis dos piernas entre las suyas, mi pene buscando su entrada. Ella ofrecía cierta resistencia a la completa abertura de la vulva, mucho más a la penetración—¿pero cómo iba a ser de otra manera si se trataba de la virgen, quiero decir de una virgen? Insistí sin dejar de besarla, con una mano acariciándole sus senos—o tal vez un solo seno—y la otra todavía sujetándola, temiendo que su resistencia se convirtiera en una rebelión y luego en una fuga. Después de todo, ¿no lo había hecho ya una vez? Ése es el primer paso para la repetición. Pero ahora sus esquivos se hacían poco a poco movimientos mullidos. La cabeza de mi polla (el lenguaje de la novela de relajo más que la prosa de los manuales sexuales era necesario para describir mi situación) se frotaba contra su crica y entre vellos y besos encontró por fin la abertura y al mismo tiempo hice un esfuerzo hacia delante, dejándome caer, empujando horizontalmente—y entré en Dulce morada con asombrosa facilidad. ¿Era así cómo se hendía un himen a una virgen? ¿Era aquello un desvirgamiento? ¿Había hecho yo añicos la virgo intacta de Dulce con mi empuje? Yo no sabía nada de nada: nunca me había acostado con una virgen, solamente con dos putas—si aquellos fiascos se podían llamar acostarse—y con Julieta que estaba lejos de ser virgen. Sabía—por charlas y chacotas con compañeros de bachillerato, por otros amigos, pero mayormente por los manuales de sexología—que al extender bruscamente la membrana el himen se rompía y esa rotura ocasionaba sangramiento y a veces hemorragias. Pero yo no sentía sangre sobre el pene, solamente lo rodeaba la lubricación de Dulce que lo hacía más resbaloso, penetrando profundo con facilidad, entrando y saliendo a medias con un acceso aceitoso. También sabía (por los libros) que debía haber habido una mayor resistencia a la penetración, que al distenderse su vagina Dulce debía—tenía que—haber sentido dolor y hasta gritado ("Las mujeres tienen una gran sensibilidad en el grito", dijo Manuel el Malapropio, confundiéndolo con clítoris) pero de ella sólo salió un gemido leve que se hizo rítmico a mis entradas y salidas sin permitir yo que el pene dejara su vagina completamente (todavía el temor a su fuga), ella moviéndose junto conmigo, no con la sabiduría de Julieta, que movía sus caderas verticalmente mientras yo me movía horizontalmente, penetrándola, pero ella, Dulce, se movía mucho y pronto. me olvidé de mis acuciosas investigaciones vaginales sobre su virginidad, que de todas maneras había quedado en el pasado, para gozar el presente, su presencia que eran sus labios y su lengua entrando en mi boca remedada por sus otros labios (yo sabía por la *Enciclopedia del conocimiento sexual*, de Coster y Willys, cómo estaban dispuestos los órganos sexuales femeninos y no sólo conocía la existencia de vulva, vagina y clítoris—con estos nombres técnicos, pálidas palabras comparadas al lenguaje popular y a la literatura erótica que lo imitaba—sino la existencia de los grandes labios, y años después iba a comprobar lo justa que era la metáfora de la sonrisa vertical) acariciando mi otra lengua, como ella horizontal, como ella sin hueso, como ella capaz de producir otra saliva, más viscosa, más blanca, más olorosa, un chorro rápido en vez de la secreción lenta: disparo que se producía en este momento, mi eyaculación igualada por el orgasmo de Dulce que, discreta, se quejaba en voz baja, como de un dolor leve, en vez de los gritos, los aullidos, el clamoroso gemido apache de Julieta. Dulce y yo nos vinimos a un tiempo, lo que hablaba en favor de su función para ser la primera vez. ¿Pero era la primera vez? Cuando terminaron los espasmos y su quejido, Dulce me dijo:

—¿Puedes bajarte de arriba de mí?—lo que me pareció una alusión directa a mi peso, pero yo era todo menos pesado, y cuando más me consideraba una carga preciosa. La complací enseguida y me acosté en mi lado, satisfecho, sonriendo al cielo (raso), sin sentir la tristeza que la frase clásica atribuye a todo postcoito. Dulce salió disparada de la cama y se fue hacia la ventana. La abrió y por ella entró la luna, todavía llena, *like the moon that cursed Larry Talbot*. Vi a Dulce

471

iluminada, lechosa, sus senos en este momento enormes ubres comparados con su cuerpo menudo, con sus caderas breves y sus piernas delgadas. Me levanté y fui hacia ella con otra intención que acompañarla: le acaricié sus sendos senos. Hubris de la ubre.

—¿Puedes dejarme tranquila ahora?—me dijo no con enojo sino casi con pena. Fue tan persuasiva que la dejé junto a la ventana y regresé a mi lado de la cama. Estuvo ella allá, entre la luz de la luna y el olor de la madreselva en el patio, su madre selva, un rato, minutos que entonces me parecieron sigilos. Al cabo dejó la ventana y sin cerrarla volvió a la cama. No bien se acostó comencé a acariciarla, pero me detuvo, primero con su mano, luego con la voz:

—¿Puedes esperar? Tengo algo que decirte.

—Por supuesto—le dije, sonriendo. Pero no habló inmediatamente. No me tenía en suspenso emocional pero sí suspendido sexualmente.

—Quiero que sepas—dijo seria—por qué no pasó nada esta noche.

Pensé enseguida que ella no había tenido una verdadera venida, su orgasmo oficial no real, fingido.

—¿Que no pasó nada?

—Quiero decir—me dijo ella—conmigo. Si buscas en las sábanas no encontrarás sangre.

¿Por quién me tomaba, un árabe amoroso? Ni siquiera se me había ocurrido buscar huellas de sangre en las sábanas, señales del crimen. O tal vez lo pensara un momento y lo olvidé al ver sus senos, satélites a la luz de la luna.

—Pero yo era virgen. He perdido mi virginidad contigo esta noche. Lo que pasa es que yo estudié balé.

¿Ballet? ¿De qué estaba hablando? ¿Qué tenía que ver el ballet con nosotros ahora, horizontales, en este mi alegre pos-

472

palo, con su preocupación, después del orgasmo y de la luna?

—¿Estudiaste ballet?—tenía que preguntarle algo pues había dejado la implicación en el aire, como sus senos, al callarse.

—Sí—dijo rápida—, di clases de balé, pocas pero suficientes. Yo no sé si tú sabes que ciertos ejercicios de balé, las posiciones, la extensión de las piernas distienden las membranas.

"Distienden las membranas"! Mierda, me había olvidado, con lo que se llama la singueta, que Dulce era una literata. No hay peor riqueza aparente del vocabulario que su uso por una mujer literaria. Había conocido algunas—la misma Julieta, aunque era solamente una lectora, era capaz de giros literarios—pero Dulce era una practicante del ballet y de la literatura y extendía tanto su vocabulario como las piernas. Siguió con la explicación extraña.

—Esa distensión hace que el himen se abra totalmente, como un diafragma, y así en la primera penetración no hay sangre ni dolor ni dificultad para el hombre—se volvió hacia mí pues hasta ahora había estado hablando con el cielorraso tanto como conmigo—, en este caso tú.

Carajo (usualmente destesto las obscenidades pero cuando las empleo es que las otras palabras no sirven para nada: donde mueren las palabras, nacen las malas palabras), ¡ésa sí era una buena coartada para el crimen peor que la muerte! Ella no me debía nada. Yo estaba preparado para aceptar el hecho de que Dulce no fuera virgen, pero no me sentía dispuesto a admitir su excusa. Es más, ni siquiera creía su explicación. ¿A qué tenía que venir con semejante teoría sobre la desfloración incruenta? Para colmo ella se me había quedado mirando muy de cerca, bizqueando sus ojos a la luz de la luna reflejada en el piso pulido, su cara de oveja convertida en un carnero degollado—sin sangre—, esperando que le

473

hablara. Algo tenía que decir y por poco le digo que era un esfínter sin secreto, pero le dije:

—Eso no tiene importancia.

—Sí, sí tiene. Yo quiero que tú sepas que tú eres el primer hombre con que me he acostado.

Ése bien podía ser uno de los juramentos falsos de Isolda la rubia: yo era el primer hombre con que se había acostado, con los otros que había singado lo había hecho de pie—o en cuatro, posición muy favorecida por el folklore sexual habanero. Pero ella siguió:

—Te lo juro por mi madre.

¿Qué iba a hacer yo? También le habría jurado por mi madre que era virgen a Julieta con tal de acostarme con ella —y de cierta manera era verdad: Julieta era la primera mujer con que había singado realmente, pero no la primera persona con que me había acostado. En cuanto a Dulce y su virginidad podría haberle dicho aquella noche de luna y de leche que yo no le concedía ninguna importancia a la condición de virgen—ni siquiera a la virginidad de la Virgen. Al decirlo no estaba mintiendo: yo sabía que Julieta era todo menos virgen, y eso no disminuyó mi entusiasmo por acostarme con ella ni mi placer, como no importó la noción de que yo le estaba entregando mi virginidad a ella, invirtiendo los papeles. La mayoría de los habaneros le daban una gran importancia al hecho de que la mujer—es decir, su mujer, la esposa—llegara virgen al matrimonio, herencia española. Yo mismo, cubano al fin, estaba gratamente convencido de que mi futura mujer fuera virgen. Pero ahora, esa noche en que me había acostado con Dulce, lo menos que entraba en mis consideraciones era que ella fuera virgen, excepto por la dificultad no de su himen sino de ella toda la vez anterior, al tratar yo inútilmente de que entrara conmigo a la posada y lo que yo presumía que sería un obstáculo físico a mi penetración para distender lo que ella llamaba su diafragma. De la vagina considerada como una cámara fotográfica: el himen el foco, la vulva el lente, el clítoris el obturador, el esmegma las sales de plata, la pelambre el fuelle. No en balde popularmente se llama a ver un coño desnudo retratarse.

—No tienes que jurármelo—le dije, hipócrita lector libidinoso, semejante a la lectora latinoamericana—. Te creo.

—¿De veras?—ella no me creía que yo la creía. No la culpo: soy el peor actor del teatro del mundo.

—De veras.

—Gracias—me sonrió—. Yo que estaba tan preocupada. Cuando me explicaron lo que hacía el balé—

—Más daño hace el tabaco.

—¿Cómo dices?

—Nada. Considéralo un aparte.

Pero una digresión no sería nunca una agresión para ella.

—Como te iba diciendo, dejé el balé enseguida. Pero ahora veo que ya era demasiado tarde.

—Evidentemente.

—El mal estaba hecho.

Movido más que conmovido por su explicación de cómo una virgen fue desflorada por una pirouette, le puse una mano en la cabeza. Era la primera vez que lo hacía y sentí mis dedos pasar sobre una peluca perversa, barata y tosca: su pelo era su espina.

—Mi Rosa Espina—se me fue, realmente, créanme, no lo dije: no suelo ser cruel con las criollas.

—Dulce—dijo Dulce ratificando su nombre como su identidad.

—No, Rosa. Para mi eres mi Rosa Espina—tenía que justificar con flores mi desfloramiento de su sexo y de su ser.

Pensé hacerle un poema improvisado, pero mejor que un poema apenas eran las seguras citas, citarle diversos versos a la rosa: eso le gustaría más. El primero que recordé fue lamentablemente ese "De donde las vírgenes son suaves como las rosas que trenzan", que tenía una referencia si no a la virginidad directa por lo menos indirecta a las vírgenes. Más fácil que Byron sería un bolero: "Una rosa de Francia, cuya suave fragancia", pero el perfume francés avivó mi olfato y sentí como de ella subía un vaho profundo. ¿Huele la rosa a rosas en la oscuridad? Esta Rosa exhalaba esmegma, esencia que los sexólogos insisten que es fétida. Asafétida. Rosa rotunda, peligroso perfume, y de entre poemas extraje una cita esencial, un attar:

—No hay espina más dolorosa que la de la rosa —recitando yo como con voz propia. Dulce me miró:

—¿Soy yo dolorosa?

No le iba a decir que era olorosa.

—Por lo menos eres Espina.

—Sí, soy una Espina —admitió ella.

—Una espina es una espina es una espina.

—¿Qué es esa letanía?

—Una cita de doña Gertrudis.

—¿De Avellaneda?

—De bella nada —le dije.

Por respuesta ella soltó una risita que se resolvió en sonrisa distendida, su boca una membrana abierta. Se acercó a mí y sentí que antes que sus labios horizontales rozaran los míos sus senos se pegaron a mi pecho: eran sin duda las tetas más grandes con que había tenido que ver nunca. Ella me pasó uno de sus brazos por sobre mi hombro y yo la abracé, colocando mi brazo derecho por debajo de su teta izquierda, que reposaba, cansada de su propio peso, sobre la cama, y rodeando su cuerpo tan menudo—estrecho de hombros, delgado de cuello, con piernas como ancas de rana—que hacía parecer sus senos todavía mayores y recordando que junto a la ventana se veían erguidos a la luz de la luna de los caribes, sentí que se me paraba de nuevo y pegué mi pelvis contra sus caderas, mientras me daba vuelta suavemente para ir encima de ella. No hay cosa más parecida a un coito que otro coito —por lo que dispensaré al lector de la repetición. Solamente añadiré que estuvimos mucho tiempo en el cuarto de la posada y que no pasamos el tiempo hablando, a pesar de lo habladora que podía ser mi ballerina. No creo que sobrepasé mi actuación (el sexo es otro teatro: le ballet du coeur, la sinfonía de los sordos, el cine de los ciegos) con Julieta, pero el resto de la noche estuvo exenta de la tensión que creaba ella con su manía de enseñar su sesión de sexo, dando órdenes coitales que uno debía ejecutar como un perro amaestrado en el circo, y fue una unión, una verdadera colaboración, en la que Dulce y yo aprendíamos juntos—evidentemente el ballet o un mal paso de dos la había eximido de su virginidad pero ella no sabía mucho más que yo del arte de amar. El resto de nuestra relación no fue siempre plácido pero todavía tiendo a recordar esas noches con Dulce Rosa Espina, la ballerina renuente, singante propicia, tetona esencial, con afecto, sobre todo con un cierto cariño por ella aunque nunca estuve enamorado: desde un principio fue una relación solamente sexual, de mi parte. De la suya, es probable que ella estuviera enamorada de mí, pero no estoy muy seguro. Probablemente me habría comparado con algún personaje sacado de la selva sagrada y llegado a la conclusión de que a mí me había tragado la ciudad profana para siempre.

Esa noche fue la última que llevé a Dulce en un taxi a su casa. Mejor dicho, el taxista se encargó de depositarla en Galiano y San Lázaro, ya que yo me quedé en la esquina de la calle 27 y Avenida de los Presidentes, despidiéndome de ella con un beso dado por su boca que de nuevo estuvo pintada en exceso: lipsticky, rouge subversif, by Marx Factory. Volvimos a la posada de 2 y 31 por supuesto, como recuerdos recurrentes. No había la luna propicia de las veces anteriores (la luna de La Habana dura menos que la luna lupina de Larry Talbot), cuando ella abrió la ventana de nuevo y permaneció junto a las celosías, pero hubo siempre el olor de la madreselva, que formaba parte de la vegetación que rodeaba el hotel, y tal vez de las aralias, una planta menos literaria que la madreselva pero que era para mí más memorable. Una noche tuve una revelación que me impresionó como si saliera del Apocalipsis. Dulce se quejó de no haber tenido tiempo de afeitarse las piernas y me pidió que la perdonara. No vi ninguna culpa en su descuido y le dije que no tenía importancia.

—Pero pinchan—dijo ella—. Toca—y dirigió mi mano no a sus piernas sino a sus muslos. Sabía que las mujeres se afeitaban las piernas, aunque mi madre no tuviera necesidad de hacerlo, pero nunca había oído hablar de nadie que se afeitara los muslos. Dulce no sólo me hizo verificar que era posible tal depilación sino que me reveló también que se afeitaba la zona que queda entre el ombligo y el pubis—: Toca, toca—insistía, llevando mi mano a su bajo vientre, como un guía conduciendo a un visitante hacia una obra maestra desconocida: la Venus hirsuta. Toda la piel pinchaba: era verdaderamente Rosa Espina, pero no me dio risa sino repulsión. Veía sus muslos lívidos a la luz de la luna cubiertos por pelos y su vientre plano y lechoso, que hacían agradable contraste con sus enormes senos blancos, también velludo, como el de un hombre. O peor, la mujer-loba, Laura Talbot. Ese horror lupino no me impidió sin embargo acostarme con ella esa noche reveladora. Pero había algo peor que los vellos ubicuos: una falla en su carácter. Dulce tenía un defecto de educación que se manifestaba como un gesto infantil: era muy malcriada y cuando se molestaba (casi siempre por una nadería: ella sabía que tenía la clave del sexo, o mejor, yo tenía la llave pero ella era dueña de la puerta al jardín de las delicias y con sólo juntar las piernas podía controlar nuestra relación, llegando a acostarse conmigo pero literalmente cerrando su vagina con una contracción) al tratar yo de ganarla para el amor pidiéndole un beso, apretaba los labios (ya por este tiempo sin pintura), y los volvía hacia adentro, prácticamente se los tragaba y se quedaba su boca sin bordes. El efecto era cómico, casi ridículo, pero al mismo tiempo grotesco, como un payaso pudendo, y tan oneroso como un ojal cerrado, como un buzón sellado, como un sexo sin acceso.

A pesar de sus lecturas (o tal vez por ellas mismas) Dulce no era muy inteligente, en la medida que lo era Julieta, por ejemplo. Sin embargo ésta también participaba de esa cursilería exacerbada que se llamaba en La Habana picuismo, palabra intraducible al español. Carmina, Julieta y Dulce eran picúas, cada una a su manera. Pero Dulce añadía de su parte un extra: cierto infantilismo que habría sido delicioso en otra mujer, pero que en ella llegó a convertirse en cretinismo casi. Hubo situaciones en que yo podría haberme sentido ofendido, pero ella se ofendía por muy poco y sin embargo a menudo resultaba humillada sin ofenderse. Ocurrió en ese laberinto en que los dos jugábamos a hacer el monstruo central, siameses sexuales unidos por mi cartílago poroso. Una noche (remedando la visita bucal que hice a Julieta una tarde bajo el signo de Libra) le pedí a Dulce que practicara la felación conmigo—usé otras palabras, por supuesto: éstas no las habría entendido: no forman parte del vocabulario sexual de la

479

selva. Ella tenía tal control sobre sus labios que podría ser una succionadora sabia. Pero me dijo que nunca lo había hecho, a lo que repliqué que esa era una razón de más. Añadió que tenía miedo y yo le aseguré que no tenía nada que temer, convertido en el temerario Jules Leotard, inventor de la malla de ballet y del trapecio volante, aerialista del amor.

—Tú misma puedes controlar la inmissio penis.

—¿Qué cosa?—se espantó ella, como si el latín doliera.

—La entrada y salida del pene—le explique—. ¿Tú sabes lo que es el pene?

—Claro—dijo—, esa cosa—y señaló para salva sea la parte.

—¿Lo hacemos?

Después de pensarlo un poco, dijo:

—Está bien, pero sólo la puntica.

Introduje todo el glande en su boca, que inevitablemente hizo una mueca, pero ahora no se podía comer los labios sin tragar mi miembro: purga pudenda. Comencé a moverme y ella quitó su boca:

—Dijiste que yo lo iba a hacer sola.

—No hay nada en el sexo que puedas hacer solo. Hasta la masturbación necesita de tu mano.

Ese argumento ad hominem—calcado de Julieta o copiado de Haroldo—la calló. Volví a insertar mi mensaje en su nuevo buzón y ella aprendió enseguida los movimientos rítmicos, rituales. Pero de pronto, al hacer yo un giro horizontal, separó su cabeza.

—¿Qué pasa ahora?—le pregunté.

—Emasiado glande.

—¿Qué pasa con el glande?

—Es toda demasiado grande—me dijo.

—Son imaginaciones—le expliqué—. El sexo aumenta con el seso.

—Me da náuseas.

—Tú quieres decir que le tienes asco.

—No, asco no. No le tengo asco pero me da náuseas.

—Quiero que sepas que el amor da vértigo pero nunca náuseas.

Ese argumento ad nauseam la convenció y de nuevo conformamos ese malvado monstruo con una cabeza en el pubis: el amor en el lugar de las heces, como habría citado Julieta al darme su lección de besar poético. Para asegurarme que Dulce no volviera a interrumpir el acto único con su soliloquio, la cogí por la cabeza con mis dos manos y mientras ella lamía mi lengua otra, yo movía mis caderas, verticales, tomando su pelo pajizo como punto de apoyo. Me meneaba ahora mientras ella succionaba como un súcubo mi íncubo, moviendo más, rápido, de seguido, coito de cabeza. Pero ella trató de separarse, lo que impedí sosteniéndola en su lugar, firmemente agarrado a los pelos, alambres conductores de su resistencia, luchando contra mi amarre mientras me movía al borde del orgasmo—pero ella logró zafarse y al tiempo que lo hacía vomitó, llenándome el vientre, los vellos, la verga de una viscosidad vitriólica, casi coloidal, sin restos de alimento (tal vez su pobreza no le habría permitido comer esa noche y todo lo que tenía en el estómago era el conyugal Cubalibre) pero de aspecto asqueroso.

—Perdona, perdona—dijo ella, limpiándose la boca con la mano—. No pude evitarlo.

Trató de disculparse una vez más, pero la próxima vez que abrió la boca introduje mi pene por ella y la afirmé por el cuello y la cabeza, como cepo suave, ordenándole: "¡Mama! ¡Mama!", que casi parecía el clamor de un hijo hebreo perdido. Volví a moverme dentro y contra su orificio oral, debatiendo mi bálano entre la lengua mullida y la laringe velar, evadiendo los colmillos lupinos—y el cielo de su boca fue testigo de mi eyaculación, que inundó su cavidad bucal, haciéndole los dientes de leche de nuevo.

Aprovechando mi lasitud norte y el abandono de mi presa, ella se separo de mí y corrió no fuera del cuarto, como ya no temía, sino al baño, tal vez a lavarse la boca poluta, tal vez a vomitar. Pero al salir vino amorosa a mi lado en la cama. Así era de leal amistosa Dulce, el mejor amigo del hombre después del Ready. Sin embargo, al tratar de iniciar yo otro coito—o tal vez debiera decir mejor el coito, el coito circuito—ella cruzó sus piernas, trabando sus rodillas, apretando sus muslos. Pero no era una ballerina preparándose para un fouetté (no había nada que recordara al ballet en sus piernas) sino un atado de sus miembros que hacía la penetración de un tercer miembro improbable para mí y para nadie que no fuera una pata de cabra esa noche. Al mismo tiempo clausuró su boca, al tragarse los labios y hacer de ella una cerradura hermética no sólo hizo imposible el beso, casto o cáustico, sino siquiera mirar aquella mueca de maniquí de cera derretida, completando la impenetrabilidad de su cara al cerrar los ojos deliberadamente. Como siempre he detestado la sodomía, no dejaba ella más que los virginales oídos abiertos, ofreciéndome sus orejas para penetrar, sus tímpanos como la sola membrana distendida que era posible desflorar, sangrando al romperse ya que nunca participaron de los rituales del ballet—aparte de que de las ballerinas que conocí ninguna tenía oído musical: eran meras gimnastas acompañadas en su movimientos eurítmicos por algún Chaikovsky más o menos sincronizado.

Pero no fue esa noche ni otras semejantes en su curso

cursi lo que terminó nuestra relación, porque a pesar de sus defectos de carácter estaba su cuerpo (como el diablo carnal del cuento, parodia pederasta popular de Fausto, no era su alma lo que yo quería sino su cuerpo), iba a decir sus tetas grandiosas pero implicaría que yo no gozaba también todo su cuerpo, aun su boca virgen o su raja renuente y el aprendizaje sexual que iniciamos juntos y casi completamos. Vino a interrumpir el sexo no el amor sino el matrimonio—no, cosa curiosa, su matrimonio sino el mío. Dejé a Dulce (a veces llamada, burlón, Rosa) Espina porque, sin saberlo, me preparaba para casarme. El declinar de nuestra relación habría sido detectado por un tercero en Concordia con sólo conocer la clase de vehículo en que nos desplazábamos—y la ausencia de medio de transporte sexual. Comenzamos en taxi, continuamos en guagua y terminamos a pie. Al final yo no la llevaba siquiera a la remota, romántica posada de 2 y 31, sino que íbamos, cosas del destino, del deseo o de la voluntad venérea, ¡al hotelito de la calle Amistad! Ella venía de su casa y yo salía de mi secretaría nocturnal y, vías paralelas, nos encontrábamos por el camino, apurándonos por la gran Galiano hasta la estrecha Barcelona. Dejé a Dulce definitivamente después de una de esas noches, o medias noches, en Amistad, y nuestra separación participó del simbolismo de los nombres: terminamos en mutua amistad. El lugar pudo servirme también de augurio alfabético, de grafomancia, de haber atendido al sentido correcto de una errata que cometió Tagle, el linotipista veterano del periódico *Mañana*, quien por prestar atención a la visión de los visitantes de la tarde a la posada apenas hacía caso a la materia escrita y así en una crónica de sociedad en vez de componer el nombre Matrimonio formó el neologismo absoluto *martirmonio*, que yo utilicé una vez como parodia—pero debía haber sabido que las palabras son la materia de que está hecho el pasado pero también forman el futuro compuesto, son dos destinos distintos y una sola dirección verdadera. Así no comprendí que mi matrimonio sería de veras un martirmonio.

La última noche con Dulce que recuerdo íbamos por la calle Águila casi volando obligados por el tempus fugit —cuando nos tropezamos con Germán Puig, acompañado por alguien que yo no conocía, un joven desconocido, de aspecto discipulario. Germán nos presentó pero su nombre no tenía consecuencia. Estaba él, Germán, a punto de irse a París, a consolidar la Cinemateca de Cuba por la Cinemathèque Française, y para su educación sentimental. Pero lo que recuerdo de esa noche no es la despedida a la francesa de Germán, que nos llamó *Les visiteurs du soir*, sino mi apuro por llegar a la posada, que se hacía tarde, que el lujo de la lujuria se volvía necesidad vital con los minutos contados, y Germán, tan inocente como siempre, nos tomaba por paseantes perdiendo el tiempo, y tan apasionado del cine como era insistía en hablarme de cine silente y yo lo que quería era oír la banda sonora de sollozos de Dulce, tal vez coreada por voces vecinas. Mientras Germán hablaba de films franceses, Dulce, muda a mi lado, me apretaba el brazo indicando que, como otras veces, mi turgencia era su urgencia. Finalmente nos fuimos, obligados socialmente, en dirección contraria a nuestro destino delicioso. Pero por fin, al fin, dando un rodeo romántico por Juan Clemente Zenea (calle a la que todos llamaban Neptuno, hasta la musa marmórea del poeta convertida en Náyade del viejo con el tridente), llegamos a la posada roja, también llamada hotelito o casa de citas, ninguno de cuyos nombres asustaba ya a mi vieja virgen. Subimos las escaleras estrechas, Dulce delante, yo detrás, y pude observar que ella ascendía cada escalón con los pies ladeados, la punta señalando hacia afuera, los tobillos paralelos—y por un momento me pareció que llevaba zapatillas de raso y al ver su mano derecha deslizarse distendida por el pasamanos de madera juraría que lo agarraba como una barra de práctica.

CASUALES ENCUENTROS FORZADOS

Le dije a Rine Leal: "Ésa camina", señalando casi con un dedo (solía ser sutil) a una muchacha que viajaba en nuestra guagua. Rine miró y vio la media docena de mujeres entre los pasajeros y me preguntó: "¿Cuál?" "La rubia", le dije, "la que tiene el niño al lado." Era una muchacha levemente rubia (tal vez en otra isla que no fuera ésta, con tanta gente oscura, sin contar indios ni negros, ni siquiera fuera catalogada como rubia en ese libro censual, pero aquí en La Habana era rubia y las rubias eran piezas de caza entonces), delgada, pequeña, muy joven, de facciones regulares—un si es no es bonita. "¡Es una niña!", casi protestó Rine. "Pero camina", insistí yo imitando a ese José Atila todavía en el futuro potencial que entonaría una cantilena alegando que una amiga mutua, admirada de todos, *innamorata* mía (y si uso el italianismo es porque su pelo, largo y sedoso y del color de la miel, la señalaba como una rubia de Ticiano) y futura fruta prohibida, era fácil, gritando por las calles de La Habana: "¡Ésa se acuesta! ¡Se acuesta, coño! ¡Se acuesta!", cuando éramos tan inocentes, ingenuos o inferiores para creer que las niñas de sociedad sólo se acostaban para dormir.

Ahora Rine me decía: "Tu técnica es hit or miss", y sin dejar de apreciar su paronomasia lo rectifiqué: "No, es heat and myth", y supe que era una declaración ex cathedra. En realidad el matrimonio me había hecho experto en mujeres —en otras mujeres, quiero decir, no en la mía. Tal vez el respaldo de una crica (crica: esa dulce palabra a la que un día el Diccionario de la Real Academia Española sabiamente cambió de sentido pero no de sonido y de parte parcial, de clítoris, la extendió a un todo esencial y la definió como partes pudendas de la mujer) segura en casa me volvió audaz cuando no lo era antes y así me hice perito en levantar mujeres dondequiera: en el cine, claro, en la calle (caminando, parado, inclinado en plano oblicuo a la vida), en guaguas y autobuses en ruta hacia mi casa. Ahora el levante ya no era parcial sino total, totalizador, totalitario. Hubo una solamente que fue "The one who got away". (Para decir verdad fueron cuatro más que una sola las que se me escaparon.) El primer levante fue de una muchacha (también una viajera pero no exótica: era una campesina, una guajirita evidente) de bella cara perfecta a la que daba un toque tentador una larga cicatriz que le llegaba de la nariz a la oreja derecha. Yo viajaba de pie junto a ella y la miraba, fascinado por aquella mácula en su mejilla. Ella me devolvía la mirada y cuando el pasajero sentado a su lado se levantó y yo me senté en su lugar, dijo, sin que mediara otra palabra: "Sabe, me tumbó un caballo", aludiendo a su cicatriz como una marca medieval, sin saber que era precisamente su costurón rosado lo que me atraía en ella, me fascinaba. Supe que allí mismo me la hubiera llevado a donde hubiera querido—tal vez no a una posada pero sí a un parque, a una avenida oscura (ya anochecía), al Malecón. Pero me dio pena la humildad que había en la voz de esa bella viajera y aunque Rine con su cinismo imitativo (él no era realmente un cínico sino que lo había aprendido tal vez del cine, aunque prefiriera el teatro a las películas: tal vez viniera de Wilde, que para él significaba siempre Oscar pero para mí quería decir Cornel) me habría inducido a que prosiguiera, que la levantara, le metiera mano, pero decidí en su contra (que era en

488

realidad la mía) y la dejé escapar.

La otra que se me fue de entre las manos fue la mujer que conocí cuando todavía era una muchacha, la figura famosa encontrada cuando era una anónima ambulante, el futuro ídolo venéreo cuando era—¡quién lo diría!—nada más que una criadita. A ésta la encontré de regreso a mi casa a pie desde Radiocentro donde había estado tomando una merienda nocturna que no era memorable por repetida. No creo que estuviera casado todavía porque entonces levantaban las líneas del tranvía en la calle 23 y el barrio estaba a oscuras. Sentí pasos a mi espalda y con instinto más que con sabiduría supe enseguida que eran tacones de mujer, ingrávida sobre la grava, y me volví. En la oscuridad pude ver una figura alta, trigueña, vestida de blanco, y me detuve para esperarla. No era una mujer, era la belleza: tanta perfección surgiendo de entre su ropa ectoplasmática la hacía una visión. Era además accesible. Entablamos una conversación trivial (después descubriría que no era posible tener otra conversación con ella) y caminamos casualmente hasta las que eran nuestras casas respectivas: ¡éramos vecinos! ¿En qué ostra obstruida había estado escondida esta perla hasta esta noche? Claro que no se lo dije así: la metáfora desaforada la habría asustado como un vehículo sin control. Oh por ahí. ¿Cuál sería el nombre memorable de esta muchacha? Se llamaba Magaly (nombre vulgarmente habanero) y su apellido era Fe. Ella no me lo dijo entonces pero era manejadora de los niños en los mismos bajos de al lado. Lo que me dijo esa noche es que estaba en la TV (así dijo). Muchas veces nos vimos en el futuro, mientras ella ascendía de mera extra de televisión (ya había dejado de ser niñera) a modelo de publicidad, donde, con conocimiento cubano, le cambiaron su Magaly por Roda de la Fe. También le perfeccionaron los dientes postizos, su única imperfección.

Una noche, tiempo después, la vi de nuevo por la Avenida de los Presidentes (por una extraña querencia casi animal ella vivía ahora en una casa de huéspedes en la calle 29, en el mismo barrio, casi en la misma manzana) y yo conversaba con Fausto en su auto en la calle 27. Fausto era un amigo nuevo. Dicen que los amigos que se hacen antes de los veinte años son siempre condiscípulos y los que se hacen después de los veinte son maestros o discípulos. Fausto tenía más que aprender que qué enseñar y tal vez yo fuera su Mefisto feliz en esa ocasión. Dejé mi asiento para salir a acercarme a Magaly y saludarla—más que decirle hola la invité al auto como si fuera mío, casi como si máquina y mujer me pertenecieran. Enseguida, con la autoridad que me confería mi edad (le llevaba cinco años a Fausto, más mi experiencia con las mujeres) le dije que si no iba por fin a la botica a buscar mi medicina. Infausto por supuesto no supo de qué hablaba. ¿Qué medicina, si ni siquiera estaba enfermo? Podría haberle hablado de mi hipocondría pero lo que hice fue repetirle la petición hasta hacerla casi una orden y el alumno entendió al maestro: yo quería que nos dejara a dúo en su carro deportivo, tan incómodo antes pero tan íntimo ahora y siempre peligroso, aun detenido: estaba parqueado casi debajo de mi casa, a una mirada tan sólo de mi mujer. Me quedé solo con Magaly, una estatua de bronce vivo, que me había confiado que regresaba de la playa. Sin mediar palabras ni gestos nos besamos y al extender mis besos por su cuello, vampiro benigno, supe que ella no mentía: venía del mar: sabía salada. Entre besos sabios (suyos) me dijo que estaba a punto de dejar la barriada (triste) por una casa (contenta) que le ponía un magnate cervecero, viejo connoisseur, conocido gourmet y ahora goloso de Roda (ése era su nombre para la fama y la cama), la antigua Magaly popular casi irreconocible en su vestido a la última moda, también blanco, que le dejaba los hombros desnudos para los hombres y, como siempre, sin sostén, sus senos salientes (lo supo mi mano en ese mismo momento) y ahora ella devolvía mis besos con más técnica que pasión, lo que no me impidió gozar sus labios latinos, bien besados, y admirar de vez en cuando su perfecto perfil: toda la belleza que la hacía una copia cubana de Hedy Lamarr, cargamento amoroso en el auto apropiado aunque ajeno. Ella, con su pelo partido al medio, para ser la más exacta versión de la Venus vienesa, hasta se había agenciado un millonario que la compraría en cuerpo y cara—porque alma nunca tuvo. No me asombró que tuviera tanto éxito ni que llegara a ser una actriz de nombre, de renombre, sino que se hiciera tan difícil cuando era tan fácil. Nunca fuimos más lejos que aquellos besos bruscos—con Fausto al fondo, atisbando desde la esquina como si Magaly fuera Margarita (hay aquí una ironía futura, no para Fausto sino para su Mefisto sin ese infierno que me tienen prometido: ¡ah, arder de amor eternamente!) En realidad la mala Magaly no fue la que se me escapó sino la que nunca tuve. Más tarde, ya toda Roda, cuando yo estuve en televisión también, coincidimos en la cafetería de Radiocentro, ya no la gloria sino comedor de trabajo (sospecho que el Paraíso fue un lugar muy aburrido para Adán, hasta que lo perdió), y ella mostró una amistad amable pero nunca me permitió pasar más allá del saludo—que yo no quise, Silvano Suárez súbito, que fuera el consabido beso en la mejilla o al aire al lado que ella ofrecía a todos ahora, en vez de la falsa facilidad de antes, tan postizo como su sonrisa.

La tercera escapada (un poema del siglo pasado, escrito por un poeta romántico y retórico, dice: "¿Qué fuga es ésa, / Cimarronzuela de rojos pies", aludiendo el bardo barato a una tórtola, ave asustadiza, pero esta muchacha de ahora de

veras tenía los pies rojos cuando la conocí: no que padeciera
de flebitis o elefantiasis sino que llevaba zapatos rojos: no
puedo recordar el resto de su vestuario ese día pero no olvido
los zapatos carmesí, encendidos, peligrosos como las zapatillas rojas de la ballerina del cine—¿sería ese calzado colorado
lo que me atrajo?) no la encontré de pasajera en una guagua o
deambulando por las calles oscuras sino muy bien instalada
en el lujoso apartamento de su tía en El Vedado. La muchacha de pies punzós, más que rica era miembro de la arisca
aristocracia habanera, su abuelo famoso en el siglo pasado y
aun en este siglo por una hazaña de ingeniería (construir el
acueducto de La Habana) que fue una labor de Hércules hidráulico en esta isla tan poco dada a cultivar científicos, si se
exceptúan los médicos. Ella usaba su apellido con la sans fa-
çon que utilizaba su pelo como tramoya de belleza: era un
tipo de habanera que se regodeaba en declarar que ella era
una típica criolla—y tal vez lo fuera. Era muy morena pero no
había nada de negro en los componentes de su belleza. Llevaba el pelo partido al medio también, pero le caía en ondas
cortas, melena marcelizada por la madre Natura, hasta me-
diado su cuello largo. Delgada, de mediana estatura, tal vez
tuviera debajo de sus vestidos (usualmente negros) un cuerpo
de la perfección de sus manos, que eran largas y huesudas
pero extremadamente bien hechas. Un día, cuando me atreví
a pasar de la relación de mero conocido, le alabé las manos y
me respondió: "Y eso que no has visto mis pies". No soy un
fetichista de pies, más bien las manos son mis extremidades
preferidas—después de las piernas, pero las piernas no terminan en el tobillo. Otro día, un día que estábamos ambos de
visita en casa de su tía, los dos solos en la sala decorada con
cuadros cubanos, ella mirándome con sus ojos sonrientes (y
esos ojos negros de largas pestañas y sus miradas en que son-

reía sin que los gruesos labios se movieran eran su característica), sonriendo sorpresivamente con los labios al hablar, me dijo: "¿Quieres ver mis pies ahora?", como si me ofreciera el tesoro más oculto de su cuerpo. Le dije que sí, por supuesto que sí, sí, claro, pero antes de decirlo ya se estaba descalzando y mostrando unos pies perfectos, los mejor hechos que he visto en mi vida: delgados, largos, de dedos que ascendían del meñique o como se llame el dedo menor del pie, por los otros dedos hasta llegar al dedo gordo, que no era gordo en absoluto sino flaco, no huesudo pero con la escasa grasa capaz de mostrar su forma de espátula, y todo el pie era estirado, elongado, no en el sentido médico sino en un alargamiento natural. Era un pie de El Greco si El Greco en vez de ascético fuera un pintor pornográfico, porque era un pie excitante en un sentido sexual. Claro que el efecto estaba ayudado por la curvatura que ella le había dado al arco del pie, que no era ni pronunciado ni plano (había una fijación con los pies en su familia porque su tío político aseguraba que su descendencia dálmata era visible en el arco pronunciado de su pie, que era en extremo pequeño para un hombre, pero la obsesión de su tío no eran los pies sino la Dalmacia: llegó a tener un perro dálmata, un hermoso animal exótico al que el clima de La Habana convirtió de can calmado en una fiera frenética feroz) y al mismo tiempo ella había arqueado las piernas, tan bien hechas, y dejado ver el nacimiento de sus muslos, que debían ser tan largos, lisos y lascivos como sus piernas y, por supuesto, sus pies. Todas sus extremidades —principio de los muslos, piernas y pies perfectos—tenían el mismo color de su cara y, a no ser que se diera baños de sol regularmente o fuera todos los días a la playa, su tez tostada debía estar dada por algún andaluz oculto entre su familia "criolla pura", como ella decía, queriendo decir, en contradicción con el diccionario, no que fuera hija de españoles sino que su sangre era toda cubana, y remachaba el aserto al añadir: "Criolla reyoya", queriendo decir rellolla.

La relación de mirón y exhibicionista de pies morenos se convirtió en una suerte de amistad privada, en la que sin saberlo su tía ni su prima, y mucho menos el ala aristocrática de su familia, de tan alto vuelo, tan estirados según ella misma, a los que afortunadamente nunca conocí, así casi en el incógnito me iba ella a buscar todos los días a las clases de francés, en la sede provisional de la Alianza Francesa, que era un laberinto todavía sin terminar, y me traía a casa, a la calle 27. Fue en este vehículo tan privado, totalmente lo contrario a una guagua, que la conocí y supe que ella quería tener conmigo una relación más íntima que la ya estrecha amistad que compartíamos, ella al timón de su Henry J. (un automóvil tan escaso entonces como extinguido ahora, que no quedan facsímiles más que en el recuerdo o en ese archivo de ayer, el cine, y en algún museo Ford), rojo, pequeño y que por un momento me pareció el colmo de lo chic: aún siento su olor a auto nuevo, tan poderoso como el aroma de la aralia. Fue en este carrito que la encontré y la perdí. Subíamos la Avenida de los Presidentes, que es casi toda cuesta arriba, hasta llegar a la cima donde yo vivía y ella llevaba el radio encendido pero no debía estarlo oyendo porque dieron un anuncio de Marie Brizard que remataba un slogan en francés y, al terminar el locutor, yo, por mero mimetismo, tal vez influenciado por las lecciones de francés (como se ve todavía me influyen: la prueba es ese influenciado en vez de influido), repetí: "Marie Brizard", tratando de que sonara lo más cercano posible a Charles Boyer, el amante perdido por Hedy Lamarr, y ella se volvió hacia mí (estábamos detenidos por el semáforo de la calle 23 o tal vez fuera el de la calle 17) y me dijo, mirán-

494

dome con sus ojos siempre tiernos, sempiternos: "Ay, ¿pero cómo tú sabías que ése era mi segundo nombre?" Hasta el día de hoy no he sabido cuál era su segundo nombre y es obvio que no se iba a llamar María Brizard. No lo supe nunca porque no me detuve a averiguarlo: había un canto cursi en su voz que resultaba una revelación: era verdaderamente el graznido de un pavorreal. Olvidé sus pies (de dedos dátiles), sus piernas, sus manos, todos perfectos, sus ojos hermosos y expresivos, su pelo cortado en melena dulcemente anacrónica, todo lo que me había parecido encantador el día que me enseñó sus pies como otras mujeres me habían enseñado otras partes del cuerpo, tal vez mostrando una más recóndita intimidad, un mayor exhibicionismo al hacerlo—para tener presente para siempre ese momento revelador de su profundo picuismo, esa mácula que se extendía por sobre toda la pasada perfección—pero esas ridículas me eran de veras preciosas. Ella fue también la que se me escapó, pero en realidad yo la dejé ir, la solté, la liberé a su destino deplorable. Tengo entendido que, con los años, se hizo fea (había algo en su cara, alrededor de la barbilla, que era fugitiva, y que ella tendía a unirla con el cuello cuando hablaba, que le ganó todo el rostro, el pavorreal hecho pelícano) y que exilada ex tempore desapareció de La Habana y apareció en Nueva York y la ganó definitivamente la cursilería y hasta perdió su orgullo de criolla, vistiendo en Manhattan improbables batas que eran más de chacona que de rumbera (otro tanto improbables: ese presente no era su pasado) y llevando mantillas y coronándose con peinetas sevillanas. Nunca supe qué hizo con sus pies, calzados o descalzos.

La cuarta cimarrona fue una hija o nieta de Confucio y la perdí en la confusión, casi en el casorio más que en la cacería. Ya yo estaba casado y esta novia china era un extra. Solamente el recuerdo dulce de Delia me hizo caer en esta trampa tierna. Pero mentiría si no dijera que el primer impulso me lo dio su belleza, que me llevó del conocimiento fugaz a una relación fugaz—y a una confusa conclusión que, como todo lo chino, se hizo eterna. Para poder entender lo poco de entendible que hay en este juego de identidades tengo que hacer aunque sea un esbozo de mi cara. Era entonces delgada y más bien larga (los años y la gula, ese vicio oral, se han encargado de convertirla en corta y redonda), con labios prominentes, el superior más saliente que el inferior de forma que podría llamarse asiática, aunque la fisiognomancia se empeña en tildarlos de sensuales. Por una mutación misteriosa mis ojos son bastante achinados (no hay chinos en mi familia, aunque es probable que haya indios y hasta negros entre mis antepasados: mi árbol genealógico es una manigua espesa), rasgados desde niño, y luego los lentes de miope aumentaron su inclinación al oriente. Mi pelo es lacio y era muy negro y al cortarlo se paraba en punta. Así en el bachillerato, centro universal de los apodos adolescentes, vine a ser conocido como el Chino por muchos de mis condiscípulos que no eran mis amigos. Con mi apariencia oriental (sobre la que yo solía bromear diciendo que venía del Oriente, refiriéndome a la provincia cubana de ese nombre y no al Lejano Oriente) me acerqué a una muchacha china que esperaba como yo la guagua en la esquina de Carteles. Ella era un verdadero cromo chino, no como los que yo había visto en el pueblo en la fonda La Marina, sino en el sentido habanero en que cromo quiere decir una mujer bonita. Era pequeña y aunque también tenía sangre cubana, era muy china, con cutis de camafeo, pelo muy negro muy lacio y labios exquisitamente dibujados. Su cuerpo estaba perfectamente proporcionado, no como ciertas chinas que son de grotescas piernas cortas: sus piernas, por el contrario, pedían la importación inmediata de la costumbre hongkonguesa de dar un corte erótico a la falda y mostrar un muslo terso—que hacía soñar con el otro muslo cubierto. Pero, contraria a muchas muchachas chinas, ésta tenía senos grandes, heredados evidentemente de su madre cubana. Era por supuesto una versión joven de la Delia indeleble. La abordé con una técnica pirata que había perfeccionado durante años, usando mi timidez como motor y como *charm*. Ella se veía seria, casi inescrutable, pero respondió a mi saludo. Así establecimos un contacto social que era la primera cláusula de un contrato sexual. Cuando hizo la señal para parar la guagua (que no era la mía), la cogí yo también. También me las arreglé para sentarme con ella. Fui sentado junto a la bella china (yo conversando trivial, ella inmutable) hasta mis antiguos predios: la calle Virtudes. Ella trabajaba allí en una cafetera, que se diferenciaba de una cafetería en que sólo se servía café. Para ser entonces una vendedora de café, en Virtudes (que era todo menos una calle virtuosa) sería sorprendentemente seria. Nos despedimos, no sin antes sacarle yo casi con tortura oriental una cita próxima—y ella cumplió con su compromiso. La llevé al cine, a ver—incongruencias mías pero también gaje del oficio: tenía que hacer la crónica para Carteles—*La fiebre del oro*, y como buena china no se rió una sola vez con Chaplin, y hoy tiendo a considerarla como una crítica de cine secreta. Tampoco me dejó tocarla. Lo más que logré entonces fue que me permitiera pasarle el brazo por sobre la espalda, nada desnuda. Salimos otras veces, a pasear por parques que estaban cerca de su casa (y lejos de la mía) o por el Prado, el tramo próximo a su trabajo. Todo lo que conseguí de ella fue un beso apresurado y casto o supongo que chino: sus labios botados casi borrados por apretar la boca. Finalmente un día me dijo súbita que ella quería que yo conociera a su padre chino—por afán de simetría había acertado al pensar que su madre era cubana. ¿O era un rezago de la certeza infantil de que no existían las chinas. Su padre tenía una tienda en El Cotorro, cómica comunidad, pero iba a venir a La Habana a conocerme. Ella me dio a entender que de este conocimiento dependía que llegáramos a algo. En un principio creí que ella sugería something sexual, pero luego, según se aproximaba la fecha del encuentro con su padre, me di cuenta de que quería decir un compromiso, hacernos novios formales. Me atacó entonces algo parecido al pánico: ¿cómo iba yo a decirle a ella que era casado? (Una de las técnicas que adopté al poco tiempo de estar casado fue decirle a la muchacha o a la mujer con que salía por primera vez que estaba casado y esperar la reacción, positiva o negativa, para proseguir mi avance: la batalla de los sexos se convertía así en guerra avisada.) Pero con el carácter tan grave de esta casi cantonesa era evidente que con sólo iniciar mi declaración la habría perdido. ¿Qué hacer? En la cavilación de esta gran pregunta pragmática llegó el día de la cita con su padre y fui a su casa, que no estaba lejos de Carteles, pero demasiado cerca de un lugar que detesto: el hospital de enfermedades infecciosas Las Ánimas, temible ya desde el nombre. Subí a su apartamento (el chino se ocupaba de su familia con devoción confuciana), lleno con sus hermanos, todos menores que ella, y su madre hermética: no habló una palabra: era obvio que sus relaciones con el chino eran fronterizas. El padre de esta Delia delicada resultó un chino nada inescrutable, conversador, venciendo su fuerte acento cantonés con cubanismos. (No sé nada de las lenguas chinas pero todos los chinos de Cuba venían de Cantón.) La temida visita terminó con un efusivo apretón de manos del chino, y su hija bajó en silencio conmigo hasta la calle. Me habló abajo pero no me habló de su padre ni de su madre (no creo que su madre contara mucho para ella) ni de nosotros dos—sino de mi padre, mejor dicho de mi ascendencia. "Quiero conocer a tu padre", me dijo, lo que hasta ahí era irracional desde mi punto de vista pero razonable para ella: intercambiábamos conocimientos familiares. Pero agregó: "chino". Creí que no había oído bien. "¿Chino?" "Sí", dijo ella claramente, específicamente: "tu padre chino." Tuve que decirle la verdad: yo no tenía un padre chino. Ni una madre china. "Entonces a tu abuelo chino", me dijo, más seria que antes, y antes ella había estado siempre seria. Era evidente que no se trataba de una broma: ella no bromeaba, ni siquiera se reía, ni se sonreía. Pude haberle dicho que mi abuelo, todos mis abuelos estaban muertos, de haber sabido lo que vendría después—¿pero quién puede prever el futuro: todavía más difícil, el futuro chino? Le dije de nuevo la verdad: "Yo no tengo un abuelo chino". "¿Cómo?", exclamó más que preguntó ella: "¿No hay nadie chino en tu familia?" "Nadie." Se quedó callada un momento y luego dijo: "No podemos seguir". Por un momento pensé que se refería al camino, a la acera, aunque estábamos parados a la puerta de su edificio. "¿Cómo?", pregunté. "Yo no puedo tener que ver con alguien que niega a sus antepasados", dijo definitiva. Se me hizo evidente que me había dejado abordarla el primer día y salir con ella después porque creía que yo tenía de chino: padre, abuelo, bisabuelo: alguien de un cantón de Cantón. También era evidente que ella consideraba tener sangre china una herencia superior—en lo que no estaba equivocada. Era asimismo evidente que ella quería decir exactamente lo que decía. No hubo manera de convencerla de que me aceptara como un chino aparente (lo dije, por supuesto, no sin cierto humor, pero ella no sabía lo que quería decir aparente y no tenía ningún humor). Traté de adoptar unos padres chinos, padre y madre (Papá Chang, Mamá Fong) imaginarios—pero ella tenía que conocerlos personalmente, por lo que esta treta estaba condenada al fracaso antes de ensayarla siquiera. Tal vez aceptara como noticia el canard laqué de que toda mi familia china había perecido en una catástrofe natural—por ejemplo un ciclón. (Por supuesto que tenía que haber sido un tifón.) Yo, único sobreviviente, había sido adoptado por un marino cubano que navegaba atento por el mar de China. Pero tampoco era una buena historia, ni siquiera era una buena excusa. Finalmente, hosca, se despidió de mí y entró en su casa. Lo último que vi de ella fueron sus pies pequeños escaleras arriba, triunfalmente chinos, aunque no deformados. No la volví a ver. No sé cómo se las arregló para ir desde entonces a su trabajo sin tener que coincidir conmigo—a lo mejor cambió de parada de ómnibus o de trabajo, o tal vez (es lo más probable) se fue para China a vivir orgullosa rodeada de chinos por todas partes menos por el cielo oriental, ochocientos millones de maoístas a su alrededor—¿o eran solamente quinientos entonces?

Todavía le estaba señalando a Rine con la cabeza la rubita seguro de que él no tendría la menor duda de que mi declaración de dependencia debía ser tomada por una constitución: esta verdad era evidente en sí misma: todos los hombres somos criados iguales, estamos bien dotados por nuestro criador con cierto derecho que cabe: también propiedades inalienables: esposa, libertinaje y la persecución de Felicidad: confiaba en que esta rubita se llamara Felicidad o la procurara por lo menos. Me había vuelto un experto en levantar mujeres en toda clase de vehículos—aun en autobuses, acelerados enemigos del amor—que siempre significaba sacarlas de su asiento directamente (más tarde o más temprano) para la cama. La rubita marcada viajaba con un niño, lo que presentaba una dificultad adicional, aparte de su modestia visible. Así no fue extraño que cuando ella se levantó y al mismo tiempo anunció: "En la esquina", yo formara parte de su acción, de su indicación, y comenzara a bajar aunque esa esquina de Infanta estaba lejos de ser la mía. Al pasar ella junto a nosotros Rine susurró un innecesario: "Buena caza", al que no tuve que dar gracias sino tomarlo como un cumplido a mi eficacia de Casanova casado: el cazado caza quiere. Era realmente para reflexionar: parecería que el matrimonio me hubiera conferido una especial cualidad en mi habilidad de levantar mujeres en la calle, que antes se mostraba una actividad azarosa por no decir difícil. Verdad que eran casi mediados los años cincuenta ahora y que la habanera tu había cambiado mucho desde los días en que le cantó Sanchez de Fuentes. En apenas cinco años había pasado la habanera de la pasividad y la sumisión a la moral machista a una actividad sexual marcada por el número de ellas que viajaban solas, iban al cine solas: salían solas y aceptaban invitaciones instantáneas de un extraño que ya no era el enemigo, para pasear, para comer (borrando el habitual aviso: "Sólo para familias", convirtiéndolo en un letrero apagado), para ir a beber y a bailar en los más recónditos night-clubs, movimientos que conducían a lo peor (o a lo mejor, según se mire) y una posada ya no era la antesala del averno. Pero mi aproche se había vuelto atrevimiento, y esa audacia extra me la había prestado la seguridad de tener una mujer dispuesta en la casa que no corría el riesgo de dejarme de un momento a otro, como Carmina y Virginia y la misma Julieta o tener que hacer la vista gorda a las muecas malcriadas de Dulce (por siempre Rosa) Espina. Eso que Silvio Rigor llamaba tan bien una "crica propia", producía la base de la seguridad de un cuarto de uno. Ésa fue la explicación que yo también le di entonces a mis tropismos tropicales, aunque no dejaba de maravillarme que apenas ocho años antes fuera tan ardua no la comunión con una mujer sino la mera comunicación.

Ahora la rubita con el niño se paró a esperar su otra guagua con la transferencia en la mano (yo ni siquiera tomé la precaución de pedir una transferencia creyendo que ella viviría por los alrededores, pero al verla detenerse en la parada mucho más tiempo del que le tomaría cruzar la calle, comprobé que estaba esperando una nueva guagua aun antes de ver el papelito perforado entre sus dedos minúsculos) y como no había más nadie debajo de la P procedí a abordarla allí mismo. No empleé en mi aproche el usted que era el rezago social de la provincia, del pueblo, donde todo el mundo era tan formal con los mayores y los extraños (donde mi bisabuela llamaba a su marido de usted y usaba no su nombre sino su apellido!) y le dije de entrada: "¿Qué tal?", y al responderme ella: "Bien", proseguí: "¿Para dónde vas?" (En otra época habría sido un principio demasiado confianzudo, una introducción íntima, sobre todo por su aspecto de muchachita decente, pero me respondió automáticamente:) "Voy a la calle Cienfuegos", y añadió lo que era casi una invitación impresa: "A dejarlo allí", refiriéndose al niño, que evidentemente no era su hijo, casi como una carga. (No sé por qué conservaba aún la noción de que era más complicada la relación con una mujer casada, todavía más si tenía niños, cuando el futuro—y aun el pasado, el de Zulueta 408 por ejemplo—me demostraría lo contrario.) No dije más porque ella no hablaba con soltura, lo que podía indicar que era del campo, tal vez de uno de los pueblos cercanos a La Habana o tal vez fuera tímida—pero su facilidad para el abordaje no indicaba precisamente apocamiento. Estuve junto a ella hasta que vino la guagua, sin que se nos uniera otro futuro viajero, por suerte. Digo por suerte porque un tercero habría complicado la relación, convirtiendo en embarazo gestos como ese que hacía ahora de ayudarla a subir (a pesar de que su agilidad adolescente no precisaba de mi ayuda) al vehículo cogiéndola por un brazo, que comprobé suave al tacto, blando a la presión, fácil a la aprehensión. Nos sentamos juntos y nada delataba que no fuéramos una pareja (o mejor un trío, contando con el niño que de silente se me hacía invisible a veces) si no hubiera sido que ella entregó su transferencia y yo tuve que pagar. Nos bajamos bastante lejos de la calle Cienfuegos y recuerdo haberme preguntado por qué ella no había cogido otra guagua que bajara por la calle Reina, por ejemplo, que quedaba más cerca de su destino. De todas maneras la lejanía de la calle San Rafael de la calle Cienfuegos me permitió no tanto hablar con ella (en realidad nunca hablé menos con una mujer o con una muchacha acabada de conocer: me habría visto impulsado a actos de desequilibrio verbal de haber sido ella una de esas habaneras todas si no elocuencia al menos oralidad, simpática garrulería, que por mera simpatía inducía a la propia verborrea) como acariciarle más que tomarle el brazo, comprobar su estatura escasa (era la muchacha más menuda que había conocido) y hasta calcular su facilidad— que confieso que era para mí una intriga no sólo en ese viaje de entrega del niño adoptado, sino aun cuando regresábamos los dos solos. La esperé en la esquina de Cienfuegos y Apodaca, calle con que me había encontrado desde el principio de mi llegada a La Habana y que siempre me sonó a algo indefinido entre una fruta desconocida y una mala palabra. Me dispuse a esperarla pero sin darle mucho tiempo porque no tenía gran esperanza de que reapareciera (mi vieja duda) y ya me iba a ir, al rato de desaparecer en una de las puertas de esa cuadra de Cienfuegos, cuando reapareció, rubia y rápida, caminando hacia mí ligera, y al llegar me sonrió: menos que eso: el esbozo de una sonrisa bajo el bozo, una tentativa de sonreír que tal vez su timidez le impedía completar: ni siquiera Leonardo habría llamado a aquella mueca una sonrisa. Echamos a andar, desandando el camino que habíamos hecho antes, recorriendo a la inversa la Plaza de la Fraternidad, ese enorme espacio abierto que es algo más que una plaza, un descampado que apropiadamente se llamó en la colonia y primeros tiempos de la república Campo de Marte, marcialidad copiada pero más apta que el pomposo nombre nuevo, sitio notable únicamente porque contiene en su centro esa admirable ceiba, fatalmente acorralada en su cerco de metal, el parque propio refugio de mendigos y desahuciados, esos vae victis que en los años cuarenta se llamaban, casi irónicamente, habitantes. Habíamos dejado los dos a un lado lo que era una de las esquinas pecadoras de La Habana, donde estaba la vieja academia de baile de Marte y Belona, y por ese tiempo, por el tiempo en que esa muchacha silenciosa y yo atravesábamos la complicada madeja de calles y tráfico encontrados, era una ruina vacía, un hueco que condenaba las deliciosas veladas bailables pasadas (conocidas de oídas, pero no, ay, de vista) por tantos habaneros correntones, corridos al olvido o al recuerdo—que es lo mismo: sólo se recuerda lo que está olvidado. Seguimos por la acera de los jardines del Capitolio, recibiendo las emanaciones edílicas de su parte trasera, pedos políticos, que era la entrada de senadores y representantes en tiempos republicaos y reducidos ahora a meros consejeros consultivos batistianos. Pero yo no pienso en posiciones políticas sino en la estrategia erótica de cómo coger por la calle Barcelona y hacer entrar a esta muchacha en la posada que queda, conocida casa de citas, frente al periódico *Mañana*, pero yendo ahora por Industria, no por Amistad, caminando con ella bien cogida de mi mano por su brazo inerte: porque ella no intenta irse y se deja llevar. Cruzamos la calle y cogemos la acera indicada de Barcelona: no faltan más que unos pasos para encontrar la entrada discreta. Afortunadamente no viene nadie por nuestro lado ahora y, cuando ya estoy a un paso exacto de la puerta, la fuerzo a doblar como si fuera la esquina para entrar por la puerta, desviándome lateralmente, dando un paso hacía el lado—y ella entra en la posada, en pleno día, como si lo hubiera hecho toda la vida. Pero ¿quién me dice que no lo había hecho? Es verdad que es muy joven, una niña, como protestó Rine: es lo que pensé y casi simultáneamente, inmediatamente me acordé de que no le había preguntado su edad. Por otra parte, ¿cómo iba a hacerlo? Tratar de saber cuántos años tenía hubiera sido delatarme, aunque yo les había preguntado a otras mujeres jóvenes la edad antes sin crear conflicto. De todas maneras era muy tarde ahora: si era menor o mayor de edad era mero debate, pero las consecuencias negativas serían un juicio, un veredicto y una sentencia: un año, ocho meses y veintiún días. Silencioso (yo) y dócil (ella) subimos los pocos escalones empinados, yo calculando cómo reaccionaría ante la taquilla y el cuarto, ella pensando sabe Dios qué—¿qué piensa la mujer cuando va a acostarse por primera vez con un hombre, sobre todo cuando ese futuro compañero de cama, no es un camarada ni siquiera un conocido sino un completo desconocido? En otra época se me ocurriría que habría podido matarla y nadie hubiera encontrado al asesino, Jack the R.I.P., los únicos posibles testigos un niño sin mucho juicio, casi un morón, no un mirón, y un empleado de una posada cuyo oficio consiste en no ver nunca la cara de los clientes. Pero no hay crimen perfecto: Rine, a pesar de ser Leal, será mi delator. "Sí, señor juez, vi al acusado levantar a una mera niña a alturas de vértigo virginal." Exclamaciones y miradas culpables del juez. En ese día, en esa tarde, en ese momento lo que se me ocurrió fue buscar ese habitáculo cuyo nombre nunca aprendí de la lengua libidinosa habanera y que se podría llamar taquilla (como en los cines: a cambio de dinero propician un espectáculo) o carpeta (como en los hoteles mayores) o tal vez portería (en un edificio de lujo), y al encontrar el cubículo casi obsceno pedir una habitación y añadir automático: "Por un rato". Me dijeron el número de la habitación disponible después de decir el Caronte en tierra: "Dos pesos" (la carne es cara, ay, aun para el que lee libros), yo tratando de mantener a mi compañera en el anonimato, añadiendo a su sempiterno silencio (debe ser de familia) la ocultación por mi persona interpuesta. Caminamos hacia la habitación, que estaba abierta, esperándonos, la hice entrar a ella primero y luego entré yo, como depredador por su casa, cerrando la puerta. No me había molestado en pedir tragos no sólo porque era tarde (no porque mi mujer pudiera sentirme aliento a alcohol: después de todo siempre podía culpar a unos rones con Rine), sino porque ella, esta muchachita, en su apariencia de extrema juventud, de niñez ñoña, no parecía ser capaz de disfrutar mucho la bebida.

Cuando cerré la puerta detrás mío nos quedamos enfrentados por la cama que ocupaba casi todo el cuarto: se veía enorme, un leviatán blanco, pero no era porque la cama fuera en realidad grande sino porque el cuarto era minúsculo: nos habían dado la habitación más exigua del hotel, casi un closet para el coito. Además de que contenía el usual mobiliario de coqueta, banqueta, dos sillas y esa mesa baja extra que siempre me pregunté para qué servía en los cuartos de posada. No tuve que decirle nada a ella: al volverme de mi inspección, la encontré enfrentándome: ni siquiera había mirado el cuarto.

Ahora me pareció más pequeña que antes—era porque se había quitado los zapatos y, descalza a mi lado, se pegaba a mí, buscándome, cariciosa. Nos besamos: ella besaba bien, sin demasiada avidez pero con sabiduría aprendida sabe Dios dónde o tal vez en ninguna parte: nacida con ella en ese pedazo de campo de Eros de donde era. Bajo la mano experta tenía una tetas duras y pequeñas, no como limones sino como bolas de cristal, abalorios de deseo, y yo ansiaba que la experiencia de la mano se convirtiera en testimonio del ojo. Como si le hubiera dado una orden en silencio ella se desprendió de mi abrazo, se hizo a un lado y comenzó a desvestirse. Bien porque estuviéramos en lo más fogoso del verano (era raro que una posada de La Habana Vieja tuviera aire acondicionado: ése era privilegio de El Vedado y Miramar) o porque ella fuera pobre, lo cierto es que no tuvo mucha ropa que quitarse: desnuda era aún más baja y más bella: tenía un cuerpo de una perfección reducida, no con las proporciones clásicas de una Julieta (Estévez, para diferenciarla de la Julieta isabelina) sino más cerca del fin de la Edad Media, sin ninguna de la amplitud del Renacimiento, en que el ideal se confunde con la realidad: era de veras una virgen, fugitiva ahora, de rodillas en el borde de la cama, ahora, luego en el centro de aquella ballena blanda, tendida a todo lo largo, mostrando algo que ya era evidente antes de desnudarse: no era rubia natural y tenía un triángulo negro, bien colocado, solamente que demasiado profuso: aquella extraordinaria cantidad de pelo oscuro contrastaba con su cuerpo diminuto, con su blancura, con su misma melena corta, que la hacía una muñeca, tanto que pensé que podía jugar con ella en mis manos. La estuve mirando callado, mi silencio del momento haciendo parejas a su silencio de siempre, eterno. Empecé a desvestirme, contrariamente a lo que haría en el futuro, que me quitaría la ropa y esperaría la aparición de mi compañera de turno, desvestida en el baño o en un rincón oscuro, apareciendo ella entonces en todo su esplendor, iluminada por mi linterna. Pero antes de quitarme la ropa, aún sin haberme librado de los pantalones, todavía con los calzoncillos puestos, me imagino que desde el momento en que se separó de mí, tal vez antes: desde la entrada en la posada o durante la caminata por las calles de La Habana capitolina o quizás ya en la guagua, cuando la distinguía entre las otras pasajeras, señalándola a Rine y declarando: "Esa camina"—sabe Dios desde cuándo supe lo que iba a pasar, lo que me pasaría, lo que me pasó. No lo remedió que terminara de quitarme la ropa exterior, que me quitara los calzoncillos, que me quedara completamente desnudo (se me olvidaron los calcetines: me los quité) y me colocara, más que me tirara, encima de aquel cuerpo menudo que era tibio en la calle pero a pesar del calor del cuarto estaba frío ahora: nada logré con restregarme contra su bajo vientre: no ocurría nada y nada ocurriría: no se me paraba: como con la primera puta profesional, como a medias con la trotacalles negra, estaba atravesando una inhibición total: a todos los efectos era un impotente. No lo pensé entonces si no ahora: he aquí que como King Kong sabía levantar a la muchacha, llevarla a un lugar conveniente y escondido y oscuro—y no poder hacer nada con ella. Ésta era una falsa rubia, pero ¿quién me dice que Fay Wray en la cueva del simio sexual y, en lo alto del Empire State, no fuera igualmente rubia pública?. Fue un momento de embarazo, pero esta vez ante mí mismo solamente: no había compañeros esperándome a la salida del cuarto ni iniciador a quien tener que referir mi actuación. Solamente yo y mi ego del tamaño de un gorila gigante: ni siquiera mi conquista diminuta contaba, porque ella se había quedado yerta bajo mi cuerpo, sin moverse, sin hacer nada, sin buscar nada, sin esperar nada. Salí de encima de ella y le dije que nos vistiéramos. Lo hizo con la misma pasividad (o la misma obediencia) con que se convirtió en mi compañera, con que me acompañó a la posada, con que se desnudó y se metió en la cama enorme, inerme. Era casi de noche cuando cogimos una guagua que subía por Reina por un día. Estaba llena y ella se sentó en el único asiento atrás, viajando yo de pie a su lado. Ya llegando a Carlos III me dijo: "No me has dicho tu nombre", casi como una queja social. Se lo dije pero solamente mi nombre de pila. Volvió a hablar, esta vez para hacer una pregunta: "¿Dónde te puedo llamar?" Le dije que al trabajo y al pedirme el teléfono le di no el número de Carteles sino del periódico *Mañana*—donde hacía casi cinco años que no trabajaba.

Domésticas, manejadoras, sirvientas, cocineras y hasta institutrices quedaban englobadas en La Habana en una sola palabra casi mágica en el glosario amoroso: criaditas. Para mí eran el Sato Grial y las buscaba por todo el mundo conocido hasta encontrarlas. (Ya conté cómo hallé el pájaro azul, esa ave feliz, en el patio de mi casa: una belleza extraordinaria, Hedy Lamarr habanera, niñera que luego sería una modelo notoria, mantenida de un magnate, actriz de fama, finalmente la esposa siempre presente en todas las recepciones diplomáticas de un militar de alta graduación y, como colofón, amante del máximo macho—más lejos no podía llegar en posición horizontal—, en lo que sería por el tiempo de mi hallazgo un futuro tan infinito como el más remoto pasado ahora.) Ese orbe oscuro eran los parques cercanos a casa, a veces ahí mismo en la avenida apagada o por la Quinta Avenida—criaditas de postín como quien dice. El matrimonio no me hizo perder la costumbre, esa querida querencia de derivar por las noches a los posibles sitios de reunión de lo que Silvio Rigor, con argentinismo de lecturas bioycasariegas pero también con intención drolática, llamaba mucamas, a veces, otras mucameras y, todavía otras, mucamables. El oro potable de los alquimistas que yo buscaba era encontrar una criadita, que trabajara y viviera de preferencia en Miramar, que tuviera un cuarto propio sobre el garaje y que me invitara a pasar la noche en su cama, mucama encamable, y por la mañana, como una imagen de una película de la que no recordaba más que esa escena o, mejor dicho, ese shot selecto, al vestirme, mirar con disimulo por entre las celosías y ver debajo de la ventana el auto flamante, con el chofer ya engorrado (preferiblemente entrado en años, de preferencia español para evitar a los habaneros rijosos aun en la edad provecta), esperando uniformado a la señora (ese apelativo unía a todas las variedades de criados, el chofer y el mayordomo incluidos, juntos en el hábito social servil de llamar a la mujer de la casa, por puta que fuera, la "Señora", y el hombre que pagaba esos servicios, cornudo cubano, el "Caballero", manera de señalar que incomodaba en extremo a Eloy Santos, que fue el primero en avisarme de esta costumbre para él corrompida, al contar cómo fue a ver a su hermano, que vivía muy bien, y al ser recibido por la criada con la frase: "El Caballero no está. ¿Desea ver a la Señora? ¿A quién anuncio?", respondió el Iconoclasta: "Dígale a esa plebeya que, ya que no está su eunuco, este ciudadano regresa a su morada"), con la puerta abierta sostenida por una mano, la otra quitándose la gorra y esperando el paso entaconado de la mujer bien servida, bien vestida, bien calzada, adelantando una pierna torneada lustrosamente por el nylon lejano, sentarse a medias en el asiento trasero y al alzar la otra pierna para entrar completa al auto, dejar ver tal vez el nacimiento del muslo, la terminación de esa media y, si esa visión era afortunada del todo, el pedazo de carne, tibia al tacto, entre el final de la falda y el comienzo (ahora visto desde arriba) de la liga negra. Esa ocurrencia pudo tener lugar a fuerza de ser buscada, pero en verdad nunca se hizo posible, las criaditas viviendo en su casa en zonas pobres de la ciudad, como Lawton Batista, Arroyo Arenas, Mendoza o habitando el interior de las mansiones donde servían. Pero no pocas pasaron del parque solitario, del mismo paseo central en la Quinta Avenida o en la Avenida de los Presidentes o en Paseo, que esas tres avenidas tienen como característica estos jardines centrales que son paseos floridos, entre la vegetación tropical controlada por jardineros, arboleda abundante en la Quinta Avenida, escasa en Paseo y de término medio con palmeras en la Avenida de los Presidentes: lo único que las diferencia en la topografía del recuerdo es que las dos avenidas de El Vedado corren de norte a sur, desde el mar o hacia el océano, y la que queda en Miramar va de este a oeste, empezando en el río Almendares y terminando en la zona modesta y musical de Marianao, llamada extrañamente Las Playitas, porque las playas no son visibles desde la avenida.

Pero no puedo recordar en cuál de las tres avenidas, todas convenientemente a oscuras, hice el levante que me enfrentó con el epítome de las criaditas, su arquetipo: la Criadita. Tiendo a pensar que fue en Paseo, o tal vez hicimos la cita para encontrarnos allí. Sí sé que ya llevaba algunos meses de casado pero no estaba cansado de mi búsqueda constante. Era rubia (teñida) y llevaba el pelo corto no porque siguiera la moda sino porque su pelo crespo, tal vez endurecido por demasiados tintes baratos, no favorecía la melena. Se lo peinaba hacia arriba y hacia atrás, por detrás de las orejas que eran, como las de muchas mujeres en La Habana, pequeñas y pegadas al cráneo. A pesar del pelo corto no tenía mucho cue-

511

llo. Es más, no era esbelta: como tantas criaditas era más bien gorda, lo que ayudaba al parangón. Tenía grandes tetas que ella dejaba descubrir en descotes (o al menos descubrió la única noche que salimos) y no era nada fea. Tampoco era linda, si mi canon de criadita era Magaly Fe, pero para la criadita por antonomasia era atractiva. Tenía una nariz respingada y su boca era de labios demasiado finos para mi gusto. Sus ojos eran castaños claro, más bien pequeños y, sobre ellos, sus cejas afeitadas y pintadas de nuevo descubrían unos arcos superciliares redondos, bien cubiertos. Con todo era muy llamativa, y todavía falta una característica a su favor: sus piernas, que casi descubrí demasiado tarde.

Lo bueno que ocurría con las criaditas era que no había que perder mucho tiempo en preámbulos: nada de masacres de Eliot en un inglés que es un cuchillo romo, ni de letras latinoamericanas que oír alabar como si fueran cultura clásica. No había night-clubs a que llevarlas ni cine a que invitarlas ni conversación culta que iniciar: ellas sabían para qué era la salida, a dónde se iba y cuál era su motivo único—y aceptaban de entrada. Así cargué con esta criadita—que se llamaba con un nombre que todavía no tenía ninguna connotación ulterior: Lolita: además ella no era una niña y yo no era Humble Humble—para la posada más a mano. Es decir, debía haber ido a la de 2 y 31 que estaba ahí apenas a unas cuadras, pero como nuestra reunión tuvo lugar en la parte baja de Paseo, llegando a Línea, decidí no subir la cuesta sino caminar con ella por toda Línea, hasta que la calle se encontrara con el río, y muy tranquilamente recorrer la escasa media cuadra que nos separaría entonces de la posada de 11 y 24. En realidad ésta era más cara y, de haber tenido que escoger, habría ido a La Habana, a visitar de nuevo los predios del Capitolio, adversos pero diversos.

Debí notarlo antes pero ni siquiera lo advertí cuando cerré la puerta a mis espaldas y ella se volvió hacia mí, rápida, y me preguntó:

—¿Has cerrado la puerta debidamente?

Todo lo que hice, de estúpido, fue responderle:

—Claro que sí.

Avancé hacia ella para hacer lo que no había hecho antes, cosa curiosa: darle un beso: excepto en Dulce y en mi mujer no me había encontrado con esos labios asombrosamente finos en un país como Cuba donde abundan, doble herencia andaluza y africana, los labios gordos, donde hasta tienen un nombre particular, únicos en español, cuando son de veras gruesos, de llamarse bemba la boca, palabra que el Diccionario de la Real Academia ha cogido por su sonoridad, no su sentido, y la limita a los labios de los negros solamente: mucha mulata, mucha blanca (Magaly es un ejemplo inmediato: su gloriosa boca era una bemba blanca), hasta rubias he visto desplegando sus bembas rojas al ojo avizor, mucho antes de que Marilyn Monroe pusiera el *pout* de moda en todo el mundo. Pero esta compañera de Paseo mía hasta hace poco, compañera de cuarto ahora y compañera de cama en un momento (espero), tiene los labios finos que deben venir de antepasados gallegos, de celtas en que el bezo no se hizo para el beso, los labios recogidos hasta convertirlos en dos horizontes paralelos. Es en este paisaje imposible que la cojo entre mis brazos y la beso, pegando mis labios gruesos a los suyos finos, frotando mi boca contra la suya, abriendo más esas dos rayas que son toda su boca, metiendo mi lengua hasta tropezar con su lengua que viene a buscar la mía y en el beso largo, que desparrama más sobre su cara la pintura que no llevaba en los labios que no tenía sino en la zona nada erógena que rodea la abertura antes alimenticia, formando un falso borde que no por rojo vivo llega a ser labios, y se retira un momento para murmurar dentro de mi boca:

—¡Ay, chino!

He sentido su olor pero no es esencia sino perfume de talco, el mismo talco boratado que compraba mi madre en Monte 822 para atenuar el olor extraño que se adhirió a nuestra ropa, a nuestro pelo y, sobre todo, a nuestro cuerpo en el cuarto prestado de Zulueta 408: ese talco barato es el perfume de La Habana pobre. Pero ha sido un viaje momentáneo porque estoy en transporte amoroso y con una mano le he cogido a esta Lolita descomunal la mayor cantidad de teta posible (que basta con cogerle una sola) mientras con la otra mano, bajando el brazo, le agarró las nalgas gordas (éstos son sus labios traseros: una bemba vertical), mientras la empujo hacia mí por debajo, pegándola contra mi elevación frontal, frotándola contra su bajo vientre (que queda realmente debajo de su vientre, abultado, haciendo pareja con su nalgatoria prominente), moviendo mis caderas contra las suyas también en movimiento casi circular—y de pronto ella consigue zafarse de este doble abrazo, separar mi mano de sus tetas, quitar la otra mano de su culo y, echándose hacia atrás, me mira y me dice:

—Júrame que me amas con todas las fuerzas de tu corazón.

Me quedé completamente pasmado: no sólo por la declaración, hecha con una pasión falsa, sino por la enunciación clara, distinta, ella que hasta hace muy poco, por Paseo, en el camino, hablaba con la ausencia de ese habanera y además de un dejo popular que no sólo convenía a su tipo sino a su oficio. Casi iba a decir: "¿Cómo?", cuando ella volvió a hablar:

—Tienes que jurarme amor eterno o no conseguirás seducirme, Rodolfo.

¡Era el colmo! Dejé de mirarla, de tocarla (imposible hacerlo ahora con la doble separación semántica y física), de desearla casi para admirar su metamorfosis. Entonces fue que dio dos pasos hacia atrás, con la misma manera de caminar contoneándose que recordaba una versión vulgar de Julieta Estévez, para volver a hablar:

—¡Ah! Tal como lo sospechaba. No puedes pronunciar palabra. Eres un falso y un vil. Sí, un vil.

Y caminó un paso más, se volvió y se echó sobre la cama, bocabajo—y rompió a llorar. No, a sollozar sin mover apenas el cuerpo pero haciendo un ruido extraño con la boca y tal vez con la garganta, tan profundo era. En ese momento, entre mi asombro absoluto—¿qué le había hecho yo para causar tal desconsuelo?—pude ver sus piernas, el vestido recogido mucho más arriba de la rodilla, las sayuelas o la sayuela doble revelando el nacimiento de sus muslos y haciendo más largas sus piernas, que se mostraban gordas, lo que no me sorprendió, pero delicadamente torneadas, insospechadamente construidas con esmero, en una mujer, más bien una muchacha, que no tenía nada delicado en su cuerpo. Sentiría la misma sorpresa muchos años más tarde al ver una foto de Mae West mostrando sus piernas perfectas. Me acerqué a ella, a la dueña de aquellos miembros bien formados, absolutamente fuera de contexto, inclinándome sobre la cama, tratando de saber cuál era el origen de que se sintiera tan miserable.

—¿Qué es lo que pasa?

No dijo nada pero dejó de llorar.

—¿Qué he hecho?

Se volvió hacia mí y pude ver su cara: no había el menor asomo de llanto. Pero fue más asombroso lo que dijo:

—Dice mami que cuando un hombre nada más que desea a un mujer no puede haber amor entre ellos.

Las palabras seguían a medias el discurso anterior, pero la enunciación había cambiado, el tono no era el mismo.

—Pero si yo te quiero—le dije, mintiendo obviamente: la acababa de conocer, había hablado nada más que otra vez con ella antes de concertar esta cita que era obviamente (tan obvio para mí como para ella) sólo para meternos en la cama.

—Mi marido, quiero decir mi ex esposo, no me amaba lo suficiente, por eso tuvimos que romper definitivamente.

—Sí, me doy cuenta—no me daba mucha cuenta. La vez anterior ella había hablado de que se había fugado con alguien y ahora estaba sola. En este momento ese amante se convertía no sólo en su marido sino en su esposo.

—¿De veras que comprendes?

—Sí, amor, te lo juro—algo de su tono se había contagiado al mío porque se sentó en la cama y me echó los brazos al cuello y me besó, no sin decir después, en otro tono, en el suyo:

—¡Ay, mi chino!—y agregar enseguida—: ¡Te quiero más que el carajo!

Cuando me besó yo salí de mi asombro pasando mi mano por una de sus piernas y subiendo enseguida más arriba hasta los muslos, llegando a los pantaloncitos. Ahora ella dijo:

—¿Mi chino me quiere ver encuerá?—que era el colmo de la expresión popular habanera, pero no perdí tiempo en decirle que sí. Mi asentimiento mudo—bajar la cabeza—fue para ella como apretar un botón y comenzó a quitarse la ropa con tal velocidad que yo no pude seguirla con la mía, a pesar de que no llevaba mucha ropa esa noche calurosa. Enseguida estuvo desnuda. Aparte de las piernas largas y bien torneadas y los muslos que repetían el dibujo de sus piernas—que hacía su torso aún más breve—todo lo demás era grasa, las grandes tetas contribuyendo al aspecto de gordura, y aunque su vientre era demasiado amplio para mi gusto, había en ella una belleza cruda que de inmediato acerté de qué naturaleza era, a qué recordaba. No, de quién era calco: de Bola de Sebo: el original había desaparecido en la literatura pero ésta era una copia fiel: era mi bola de sebo. Ya desnudo, dejando caer pantalones, calzoncillos y camisa (no se lleva chaqueta a la caza de criaditas) en cualquier parte sin tener, como el Duque de Windsor, alguien que los recogiera por mí, los ordenara y los planchara después de quitarle el polvo del piso de la posada, me metí en la cama. Ni siquiera había apagado la luz (ella no había sido innecesariamente púdica) y ahora veía toda esa carne pálida (no era tan lívida como Dulce (nada Rosa) Espina, o dorada como Julieta Estévez, pero sí era más clara que mi mujer) que aumentaba en espesor desde los muslos, con un monte de Venus que era un promontorio que se continuaba sin solución en la montaña de su barriga (aun en posición horizontal era prominente y nada fláccida), y el estómago abultado daba paso a las dos tetas que ni siquiera el escote anterior hacía prever su enormidad, su descomunal tamaño, una rivalizando con la otra por ganar la eminencia de masa en su pecho, las dos dirigidas al frente todavía, sin dejarse caer por la fuerza de la gravedad a los lados. ¡Dios mío, nunca había visto tanta cantidad de carne viva! Hundí mi cabeza (no podía decir que fuera mi boca solamente la que se engolfara en tanta obesidad obsesiva) entre los senos, dirigiéndome del uno al otro, para tratar de mamar lo más posible, mientras la penetré con extrema facilidad, mi miembro avanzando apenas por entre desfiladeros blandos hasta su cueva anegada. Ella había comenzado a moverse con fuerza rotatoria, cada vez mayor ahora, en giros amplios, en convulsiones cóncavas, haciendo que se me saliera casi en cada rotación, al tiempo que decía las obscenidades más minuciosas. No gritaba como Julieta, mujer en celo, ni exclamaba como Dulce, pseudopoéticamente (tal vez buscando todavía equivalencias literarias entre la selva y singar) pero sí se refería ella a mi pene, a su vagina, a la unión de los dos, a la cópula con una variedad de nombres suficientes para componer un diccionario de malas palabras—si no fuera que luego, al tratar de enumerar lo que había dicho exactamente, me encontré que eran solamente una o dos palabras repetidas, (pinga, bollo, métemela más: sobre todo esta última frase dicha como una sola palabra) y que la variedad era una mera ilusión producida por su pronunciación, por el tono de su voz, por los quejidos con que acompañaba cada eyaculación (y no le doy el sentido genital, por supuesto, sino gramatical) y que era otro triunfo de su enunciación: la carne hecha verbo.

Cuando terminamos, aun sin terminar casi, comenzamos de nuevo y lo hicimos tres veces. No puedo decir cuántos orgasmos tuvo ella pero por sus nombres los conoceréis y sus apelativos fueron constantes, mientras se movía sin cesar en rotación recurrente. Fue al final que ella me concedió:

—Unca gosé así con mi marío!

Estaba descifrando su mensaje cuando me dijo, me preguntó:

—¿Qué hora es?

En esa época—exigencias del oficio—ya usaba reloj y le pude decir:

—Las diez y cuarto.

—¡Mierda!—exclamó ella—. Se me hizo tarde, coño—y yo creí que tenía alguna otra cita y ya iba a dejarme ganar por unos celos que no por absurdos eran menos verdes, cuando añadió—: ¡Se me pasó la Novela del Aire!

La Novela del Aire comenzaba su radiación con un lema

meloso declamado por el locutor que era a la vez el narrador, que decía: "Ábrense las páginas sonoras de la Novela del Aire para brindar a ustedes la emoción y el romance en cada capítulo", y al venirme automáticamente a la mente este introito ad altare Dea descifré enseguida el enigma de mi interlocutora, ésta que me había enviado el incomprensible mensaje en clave de sol:

—Serás en mi vida un amante único porque has logrado tocar las fibras más íntimas de mi corazón!

¡Era de ahí de dónde ella sacaba su vocabulario extraordinario y más aún su enunciación perfecta, inusitadamente culta! Todo su diálogo (es decir, su parte alícuota) estaba tomado de la Novela del Aire, de la Novela de la Una y hasta tal vez de la memorable Pantalla Sonora: el cine del ciego radial. No me quedó duda: mi amante actual, ese montón de carne y extrañas declaraciones de ahí al lado, pedía prestado a la radio no sólo su lenguaje sino sus sentimientos—o mejor, subordinaba sus sentimientos aparentes a un lenguaje que era para ella ideal. Solamente me extrañó que lo obtuviera, casi clandestinamente, de la radio y no de la televisión ubicua. Pero no duró mucho mi asombro al comprender que eran las palabras las que ella tomaba prestadas para acomodarlas a las situaciones de su vida y la televisión, al ser un medio visual, interfería con su necesidad verbal. Me volví a ella para mirarla con otros ojos, para admirarla, y fue entonces que pronunció su declaración más contundente:

—Tú singas bien, chino—me dijo, como el colmo de un cumplido—, ¿pero tú sabes cuál es tu dilema?—y antes de permitirme preguntarle cuál era mi dilema sexual, siguió con su último veredicto—: La tienes muy chiquita.

No es por barajar arbitrariamente las cartas del recuerdo (la memoria es una traductora simultánea que interpreta los recuerdos al azar o siguiendo un orden arbitrario: nadie puede manipular el recuerdo y quien crea que puede es aquel que está más a merced del arbitrio de la memoria) sino porque la he recordado última que relato ahora la que fue mi primera escapada—llamarla aventura sería insultar a Julio Verne—después de casado. Debió de ocurrir dentro del mismo mes de mi boda, apenas unos días después de haber regresado de la luna de miel (un viaje a Trinidad, ruinas recurrentes, rodeando un centro de sangre, desfloramiento y ataques de histeria), mejor llamarla la sangrienta luna. Al volver a trabajar, esa ocurrencia temprana, cuando no había la exigencia tiránica del sexo periódico, del hambre de hembra (frase que si fuera homosexual hubiera quedado mejor en hambre de hombre) que había padecido antes, lo que demuestra que detrás de mi timidez paralizante (o a veces impelente), de mi búsqueda incesante de una mujer, preferiblemente una muchacha, había un donjuanismo latente. Yo estaba, por supuesto, mal equipado para el papel de Don Juan: no era bien parecido, nada bizarro, y solía sentir pena por las mujeres. Aunque mis lecturas, mi contacto con la cultura, el mismo hecho de que escribiera me confería cierto carácter aristocrático adquirido con respecto a las mujeres que frecuentaba—al menos en esta época. Era mi relación con las muchachas de Vanidades, revista femenina que tenía que corregir, lo que me daba acceso no sólo al sancta sanctorum de las mujeres sino atisbos de su mentalidad. Había en este harén hacendoso varias muchachas atractivas, y tal vez la más atractiva era la secretaria de la Directora: he aquí alguien con quien podía hacer pareja, si no intelectualmente, al menos afectivamente.

Pero mi matrimonio a destiempo vino a interrumpir mi desarrollo.

Pero esta mujer que conocí (porque era decididamente una mujer, mucho más madura—aunque no tuviera treinta años—que las otras mujeres con que había andado, meras muchachas, y su carácter estaba sólidamente formado: al menos sus carnes eran sólidas y, ya se sabe, la carne es como el carácter), la encontré en una guagua. (Al revés de lo que auguraba Silvio Rigor sobre lo que iba a encontrar un día en una guagua, en realidad llegué a hallar a la diosa blanca en una guagua un día, pero ese encuentro pertenece al futuro.) Venía de regreso de Carteles y, como muchas veces, viajaba de pie. La vi enseguida y respondí al llamado de la savia. Logré avanzar por el pasillo colmado hasta estar cerca de ella, no sólo porque era atractiva (después descubriría que era muy atractiva) sino porque era la única mujer visible en el vehículo y además, al mirarla, ella me devolvió la mirada, interesada. Iba sentada fatalmente en el asiento de la ventanilla, por lo que no pude acercarme más, tal vez rozar su cuerpo con mi pierna y mucho menos hablarle de gladiadores y de fieras, como recomienda Ovidio. Pero nos miramos. Era rubia, teñida pensé primero, pero pude luego rectificar esa idea errónea. No llevaba los hombros fuera sino que iba vestida con dulce decoro y se sentaba casi modosa. De no haber sido por su mirada de ojos claros que se fijaban en los míos habría pensado que era demasiado seria, una institutriz inglesa en el trópico. Viajamos todo el tiempo sin cambiar de posición y la habría dado por perdida, es decir por olvidada, si al llegar a mi destino y disponerme a abandonar aquella comunicación de miradas telegráficas, ella se levantó y anunció al conductor con voz clara: "En la esquina". Así bajaríamos en la misma parada.

Yo salí primero pero esperé a que ella se bajara y, cuando las luces del semáforo permitieron cruzar la calle, ella lo hizo, prácticamente en la misma dirección que yo debía tomar. Fue ya en la acera contraria que la abordé. La saludé y ella me respondió el saludo con una voz más agradable que aquella con que se dirigió al conductor: su voz era baja y bastante cultivada. Ya adivinaba su profesión: aya madrina. Inmediatamente empecé a tutearla (aprovechando el avance no social sino sexual que significaba comenzar por tutear a una mujer desconocida) y le pregunté: "¿Vives por aquí?" Enseguida me respondió, sin la menor molestia: "No, vivo en La Víbora". Venenoso barrio, pensé antes de que ella agregara: "Pero trabajo por aquí". Le iba a preguntar que en dónde cuando ella voluntariamente me ofreció toda la información: como espía del sexo no tenía precio. "En el Hospital Infantil", dijo. "Soy telefonista. Ahora hago el turno de la noche. De seis a doce." Me vi obligado a interrumpirla: eran más datos de los que podía controlar.

—Ah—le dije—, por eso es que me parecías conocida. Yo vivo por aquí—gesto vago de la mano, parte prudente que no quería decir exactamente dónde.

—Tal vez te recuerdo a mi hermana.

—¿Tu hermana?—¿serían telefonistas gemelas? Las hermanas Bell: ella sería Gloria Graham Bell.

—Sí—continuó ella seria—, yo soy hermana de Gladys Ronay.

No añadió la pregunta de si la conocía porque Gladys Ronay era muy conocida. Se trataba de una modelo que había sido una vez rumbera y ahora anunciaba una marca de cigarrillos y estaba en todas las revistas y en la televisión y en vallas ubicuas, y tenía una cara tal vez bella pero un cuerpo decididamente espectacular. Su hermana—que se llamaba Deborah Delia, me dijo—no tenía la belleza de Gladys Ronay, pero me gustaba más: en su versión menos llamativa, ella era mucho más atractiva. Además, yo no podía aspirar a obtener de Gladys Ronay algo más que un autógrafo. Se decía que ella era de origen húngaro y tal vez esto explicara los ojos rasgados en medio de una belleza rubia, genéticamente genuina, pero Deborah (me deshice del Delia) tenía unos ojos redondos, algo grandes y nada exóticos. No era muy alta, aunque ahora, caminando a mi lado por la calle F, pasando frente a los Pino Zitto, dálmatas (pensé que no faltaba más que encontrarme con Sandú Darié, pintor rumano, para tener mi balcón a los Balcanes), tampoco era demasiado baja. La acompañé hasta la puerta del Hospital Infantil, no sin cierta cautela de casado pues estábamos no sólo en la misma calle 27 (aunque la entrada del hospital quedaba un poco más arriba) sino a una cuadra casi de mi casa. Le dije mi nombre y quedé en que la llamaría—pues a mi nombre respondió ella con su número de teléfono para infantes enfermos.

La llamé desde Carteles, quedándome tarde a propósito más de una vez. Su voz más clara y distinta por teléfono y no habiéndola visto de nuevo, me la imaginaba no sólo alejada de su hermana, reproducida rubia, sino más húngara de lo que nunca podría ser ella. En una de las llamadas quedamos que nos veríamos, que iríamos al cine juntos, y acordamos que el sábado siguiente, por la tarde, me esperaría a la entrada del cine Radiocentro. Ella no trabajaba los domingos pero, por supuesto, el domingo era un día complicado para mí, mientras que en Carteles no se trabajaba más que medio día el sábado: así el sábado por la tarde era una ocasión perfecta para una cita judía. ¿Era ella judía? No, ella era católica húngara: la cruz la defendería del vampiro.

Acudí temprano a la cita pero ya estaba esperándome ella

bajo la marquesina, protegiéndose del sol de la tarde que era más bien de mediodía (¿será por ese sol vertical que los cubanos tienden a llamar mediodía a la tarde?), puntual como buena telefonista acudiendo a la llamada, yo convertido de la impuntualidad misma que era a la exactitud en persona por obra y gracia del amor, frase que se convertía de dicho en hecho: la obra de amor ganada, la gracia del amor buscado. Cuando llegué a ella (o tal vez mucho antes: al cruzar la calle no en diagonal como dictaba mi anhelo sino en forma de L, obedeciendo al semáforo o más bien al policía celoso que guardaba el tránsito como si los autos fueran su amor) vi que aunque era sábado llevaba su vestido dominguero: tan espectacular era: dejaba fuera los hombros redondos, macizos, bajando en escote hasta mostrar el inicio de sus senos que el otro día adivinaba bajo el bulto de la blusa, descubriendo su espalda tersa. Al saludarla no eché una mano sobre toda esa carne desnuda sino que la cogí del brazo torneado, aunque no había calle que cruzar y solamente nos separaban del cine unos pocos pasos hasta llegar a la taquilla—donde el letrero que decía "Las puertas se abren a las tres" seguía imponiendo su advertencia de apertura como el día de 1948 que lo descubrí y me impresionó su extraña calidad literaria. No tuvimos que esperar mucho para poder entrar al cine, pero en ese poco tiempo a la intemperie de una mirada interesada (tenía que contar no sólo con los posibles parientes de mi mujer sino también con sus amigas, a las que tuve que conocer mucho antes de la acostumbrada y odiosa despedida de soltera, que mi mujer me resumió con una frase que revelaba su escándalo de alumna de convento: "¡Las cosas que he tenido que oír!"), colocándola de espaldas a la entrada, yo mismo dando el frente al cine, conversamos de inanidades que su voz, tan bien cuidada como cuando estaba al teléfono, hacía interesantes porque había siempre en ella un dejo promisorio: lo que suena bien, empieza bien. Había escogido el cine y no un club porque el Radiocentro tenía fama de que en su parte superior (no había tertulia allí: todas las entradas valían el mismo precio, pero esa zona elevada equivalía al paraíso), en la última fila, ocurrían las transfiguraciones que Silvio Rigor prometía como posibles en varias partes del mundo pero, principalmente, en la literatura.

En cuanto entramos, a las tres en punto, nos dirigimos escaleras arriba, subiendo las terrazas artificiales que forman la platea extendida del cine y nos sentamos exactamente en la última fila, al medio, justo debajo de la caseta del proyeccionista, allí por donde salía el chorro de luz indistinto que mágicamente se convertía a lo lejos, sobre la sábana blanca distendida (y vertical, contrariamente a la función horizontal de todas las sábanas que en el mundo fueron hasta que la inventiva de los hermanos Lumière decretó su verticalidad milagrosa), en sombras que habían sido siempre para mí más verdaderas que la realidad con todos sus colores, su tercera dimensión, sus diversos planos sucesivos. No bien empezaron los avances, aun antes, cuando el Noticiero Nacional ofrecía noticias sabidas de sobra por los periódicos o por la televisión o más frecuentemente por radio, y cuyo único encuentro con el interés y la novedad eran los sainetes al final, en los que Garrido y Piñero eran los sempiternos Chicharito y Sopeira, el primero con la cara pintada de negro, con una peluca lanuda, con la boca blanca para imitar la bemba, y el segundo con su imposible, increíble acento gallego—pero no creo que siquiera fui espectador de ese eterno pero invariable intercambio semanal, de chistes y chascarrillos, porque estaba más interesado en pasar el brazo más posesivo que protector, la mano acariciante sobre aquella carne desnuda que prometía extenderse a todo el cuerpo tal vez aquella misma tarde. Pronto pasé la otra mano hacia los senos que aun en, la oscuridad del cine se veían prominentes, Cárpatos de carne, y enseguida metí la mano por entre el elástico que conservaba la blusa en su lugar, precaria, llegando a tocarle casi toda la teta, sin poder llegar a los pezones que tendría túrgidos como en toda literatura (o imaginación) erótica que sabe lo que hace. Ella se volvió a mí, y de estar de perfil pasó a ofrecerme su cara llena y de ella la parte de mayor ofrecimiento, los labios. Comenzamos a besarnos sin ningún preámbulo, con una avidez que se reveló desde el principio. Sus besos no se parecían a ningún otro: la manera en que brindaba su boca, cómo tomaba mis labios, su búsqueda de mi lengua eran de distinta madurez: no había en ella nada de muchacha. Entonces decidí extender mis besos a su cuello, a sus hombros desnudos, a su espalda descubierta porque había hecho bajar más el borde del vestido. Ése fue mi error, aquí sufrí mi derrota. En vez de besarla, llevado por la inercia de los besos (lo que comienza como caricia termina siempre como herida), pero tal vez para mostrar una pasión posible, mordí su espalda. Ella se retorció en el asiento y la volví a morder, esta vez más fuerte—y se produjo un sonido inesperado, un crac que me resultó agorero porque enseguida supe lo que había pasado: no le rompí la nuca sino algo más terrible: se me habían partido los dientes. Claro que su espalda no era de hierro y mi mordida mecánica: los que se partieron fueron mis dientes postizos. Me retiré de su cuello y de su cuerpo con mis dos dientes en la boca, tratando de evitar que los viera, que supiera lo que había pasado, pero no pude reprimir una maldición.

—¿Qué pasó? ¿Qué pasó?—preguntó ella, asustada.

—Nada, nada—le dije yo, imitando su repetición nada húngara, habanera.

—¿Te pasa algo?

—No—le dije—, vámonos. Me tengo que ir.

Ella, la pobre Gladys Ronay del pobre, no tenía idea de lo que había ocurrido y así, cuando me vio levantarme, me siguió. Salí, salimos del cine, yo guardando en mi bolsillo los dientes falsos, ella detrás de mí preguntando todavía qué había ocurrido. Insistí en que me tenía que ir y la dejé allí bajo la marquesina, esperando una explicación como había esperado mi llegada, sólo que en su cara debía de haber duda, extrañeza. Digo que debía de haber porque no miré hacia atrás a verla una vez más: la vez que la había visto esperándome fue la última: más nunca volví a saber de ella y, por supuesto, aunque mis dientes fueron reparados y pudieron mostrar una vez más su eficacia a la hora de la comida y en la sonrisa prácticamente perfecta, nunca intenté utilizarlos en menesteres para los que no habían sido hechos: es evidente que no eran dientes eróticos: no servían para morder la carne cruda.

LA AMAZONA

HAY ALGO vulgar en el amor, sin siquiera señalar al sexo. Quiero decir, en su expresión que se convierte invariablemente en una relación de vulgaridades. Un gran poeta griego compuso o recitó dos poemas: uno parece celebrar la guerra, el otro la persistencia en la intención del regreso al hogar. El primer poema en realidad expresa emoción ante la ira, la voluntad de venganza y la piedad, y su tono es elevado, heroico. El otro poema exalta a un héroe extraviado que no puede volver a casa y a su esposa porque en el camino otras mujeres le ofrecen diversas formas de amor y hasta le cantan canciones eróticas. Este poema es por supuesto inferior al primero en su intención épica y más que una epopeya parece pertenecer a un género que se inventará mil años más tarde, la novela. El amor ha debilitado el tono épico del segundo poema. Si en vez de amor hablamos de sexo nos encontramos que la vulgaridad es rampante aun en la nomenclatura actual o popular. La palabra más a mano, pene, que parece pertenecer a la jerga médica, significa en latín rabo, y el uso de la palabra vagina para el sexo femenino viene de una vulgar comedia romana y quiere decir, sin asombro ni imaginación, vaina—que según el Diccionario de la Real Academia describe también, en sentido figurado y familiar, a una persona despreciable. (Es curioso que en francés un con sirva para designar un estúpido, y cunt en inglés se aplica también a un tonto miserable: ambas palabras significan en español coño.)

A su vez en toda el área del Caribe un vaina es un idiota, aunque de niño me estaba permitido decir idiota pero no vaina, por vulgar! Por otra parte la literatura erótica (con excepciones brillantes en el mundo romano, algunos ejemplos renacentistas y las conocidas aves raras del siglo xviii) siempre ha estado condenada a la vulgaridad, aun editorial. Esa condena me parece implícita en la expresión del amor, en el amor mismo. En otro gran poeta griego (todos los poetas griegos son grandes) veinticinco, veintiocho, treinta siglos después, que cantó a su vez al amor y a la historia, no asombra que sus poemas históricos sean superiores en su expresión, mientras sus poemas de amor resultan fatalmente vulgares.

No es que yo tenga nada contra la vulgaridad. Al contrario, nada me complace más que los sentimientos vulgares, que las expresiones vulgares, que lo vulgar. Nada vulgar puede ser divino, es cierto, pero todo lo vulgar es humano. En cuanto a la expresión de la vulgaridad en la literatura y en el arte, creo que si soy un adicto al cine es por su vulgaridad viva y cada día encuentro más insoportables las películas que quieren ser elevadas, significativas, escogidas en su expresión o, lo que es peor aún, en sus intenciones. En el teatro, que es un antecedente del cine, prefiero la menor comedia de Shakespeare a la más empinada (ese adjetivo me lo sugieren los coturnos) tragedia griega. Si algo hace al *Quijote* (aparte de la inteligencia de su autor y la creación de dos arquetipos) imperecedero es su vulgaridad. Sterne es para mí el escritor del siglo xviii inglés, no Swift, tan moralizante o, montada en el fin de siglo, Jane Austen, so proper. Me encanta la vulgaridad de Dickens y no soporto las pretensiones de George Eliot. Dado a escoger, prefiero *Bel-Ami* a *Madame Bovary*, como ejemplo de ese artefacto vulgar que es la novela. Afortunadamente Joyce es tan vulgar como innovador, mejor que

Bel-Ami casado con *Madame Bovary.* En la segunda mitad del siglo xx la elevación de la producción pop a la categoría de arte (y lo que es más, de cultura) es no sólo una reivindicación de la vulgaridad sino un acuerdo con mis gustos. Después de todo no estoy escribiendo historia de la cultura sino poniendo la vulgaridad en su sitio—que está muy cerca de mi corazón. En otra parte he exaltado el carácter precioso del lenguaje habanero, tan vulgar, tan vivo, tan sentida su desaparición. Es de ese lenguaje ido con el viento de la historia, una lengua muerta, que he exhumado una frase que parece ser cosa de cazador, cuando se refería a la conquista de una mujer—¿pero quién me obliga a no creer que la frase de andar por caza sea apropiada hasta el extremo de aparejar el ganar el amor de una mujer a una cacería? Ya los griegos usaban esta metáfora del amor como cacería y los romanos proveyeron a Cupido con un arco y una flecha. Esa frase, venatoria y venérea, es "El que la sigue la mata". No recuerdo cuando la oí por primera vez, pero sí sé cuando me la dijeron a mí, como consejo de montería de amor. Fue expresada por el hermano mayor de un compañero del bachillerato, a cuya casa yo iba a estudiar muchas tardes. Ese estudiante graduado me la dijo al oírme hablar de una muchacha lejana que era conocida por mí solamente como la Prieta del Caballo. He hablado de ella y de su cercanía distante. Esa muchacha miraje permaneció tan inalcanzable después como antes del consejo amatorio—que tal vez fue dado con un gran grano de sal. Pero la frase se probó sabia, aunque entonces yo la creía meramente apropiada para alentarme en mi persecución del amor, en esa época depositado en una muchacha prieta con un prendedor en forma de caballo. Fue muchos años más tarde que la puse en práctica sin saberlo y sucedió que solamente cuando se probó un axioma de amor que la recordé.

Solía anotar en mi memoria las características vitales de muchas muchachas (mi materia gris era mi libro negro), teniendo en mente el momento en que me sería útil ese conocimiento—que en muchos casos se limitaba a una mera visión persistente. Sabía o sospechaba que en los medios artísticos había muchachas que eran más o menos fáciles. Muchas no habían leído a Isadora nunca y mucho menos estudiado el *Ananga Ranga*, pero estaba mi relación literaria-erótica con Julieta Estévez, que amaba tanto el teatro, que cuando su matrimonio fracasó en el sexo decidió tomar en serio la actuación—ella, tan accesible aunque todavía no había pasado de la mutilación común de Eliot, ya frecuentaba los medios teatrales. Estaba además mi propio contacto con el Grupo Prometeo, del que estuve tan cerca que solamente mi timidez (o una incapacidad innata para expresar emociones) me impidió convertirme en actor, aun en actor aficionado. Pero allí no encontré ninguna muchacha asequible, aunque muchas lo parecieran (videlicet: la espectacularmente bella María Suárez, tan campechana, vulgar y notoria por sus expresiones carentes de inhibiciones, como aquella declaración cuando recibió de su novio, en el hospital, convaleciente de una operación de apéndice, un ramo de flores con una tarjeta que decía Señorita María Suárez, y ella exclamó: "*¡Señorita!* Esas flores no vienen de mi novio. Él sabe más que eso para venir a llamarme señorita a estas alturas") y lo más cerca que estuve de llegar a enamorarme de una actriz fue de la menuda, melenuda Elizabeth Monsanto (en mi pasión onomástica su nombre parecía lo más enamorable de ella), pero estaba siempre escoltada por su madre, vieja majadera empeñada en que me hiciera actor, insistiendo que yo tenía la voz y la presencia escénica (¿cómo lo sabía? nunca había subido a un escenario) de un galán, aseveración que repetía tan a menudo, acompañada ahora por la hermosa Elizabeth Monsanto, que llegué a la conclusión de que había una veta de locura en la familia, tara teatral.

Podía haber tenido en mi caza acceso a los ensayos de otro grupo, el Teatro ADAD, porque era una empresa casi familiar, llevada a cabo cada mes, mimos menstruales, por unos vecinos de este compañero de estudios cuyo hermano me dio una frase para que la hiciera mi divisa. Pero allí, en la familia ADAD (nadie usaba su nombre modesto), había demasiadas mujeres mayores, casi contemporáneas de mi madre: aunque el que hace incesto hace un ciento. La tercera posibilidad, antes de descubrir la cantera inagotable de la Academia de Arte Dramático, fue el Teatro Universitario, que tenía sus oficinas (en realidad reducidas a un cuarto o dos), frente al anfiteatro Varona, que conocía bien por las funciones de cine (apodadas de arte) y por las clases a que concurrí en el curso de verano sobre cine cuando me gané la beca con que me adelanté a Carmina por una cabeza toda la locura. Con esa mezcla de timidez, astucia y audacia que caracterizan el comportamiento del zorro, me acerqué al gallinero del Teatro Universitario—donde pronto fui recibido como un intruso. No era que lo intuyera, lo sentía, lo sabía, me lo decía cada mirada de actores y actrices en cierne, de estudiantes con dotes dramáticas, de profesores de historia del teatro que detestaban mi desdén por la tragedia griega, mero Homero con diálogos, de directores dictatoriales (no he conocido un solo director, desde una banda hasta un banco, que no sea un dictador: Sick semper tyrannis!) y solamente me permitió merodear por aquel predio promisorio mi relación con Juan Mallet, que bien se podía llamar Johann Malletus, con su delgadez tensa, su pelo rubio cortado en cepillo prusiano y su porte militar. Mallet estaba por fortuna completamente loco, a pesar (o por ello mismo) de que estudiaba psiquiatría, y era esencial al Teatro Universitario porque era su único luminotécnico. La noche de la función, alambrado, aparecía más activo que el más principal de los actores, yendo de un reflector a otro y cuidando la luz de cada escena, protagonista en la oscuridad. Manejaba con mano tan experta como desnuda cables, interruptores y pizarras eléctricas y con tal descuido que yo temía a cada instante su electrocución inminente, sin haber cometido otro crimen que hacer posible la ilusión escénica. No sé si fue mi admiración de siempre por los electricistas (su luminotecnia estaba más cerca del mero electricista que del artista de la iluminación) o el magnetismo negativo de su locura lo que nos relacionó. Tal vez fuera el ajedrez, polo positivo de mi juego errático, Capablanca del peón de albañil. Mallet, un maníaco del jaque mate, que yo debía propiciarle no sin resistencia, admiraba mi capacidad de juego para perder.

Pero con Mallet por Virgilio pude descender al domicilio dantesco del Teatro Universitario y, si no fui aceptado por los que ocupaban aquellos habitáculos ardientes debajo de una facultad (prácticamente un sótano), al menos no fui mirado más como un intruso y pude ojear el catálogo de bellezas que ofrecía el elenco escénico. Una entre todas aquellas beldades (había también, por supuesto, fealdades, pero supongo que es el despliegue de su belleza, el exhibicionismo, lo que hace que alguien quiera ser actor o actriz, sobre todo las mujeres, y así había más sirenas que gárgolas en aquel recinto mitológico: ésa es la palabra: allí se tuteaban con el complejo Edipo, habitaban la casa de los Atridas, merodeaban entre Medea y Jasón y conversaban con la Esfinge), vestal de Talía, atrajo mi vista, primero, y luego toda mi atención. (Todavía no conocía a Juan Blanco para preguntarle qué habría pensado él de la relación entre las actrices clásicas, siempre de pie, si esa verticalidad propiciaba la horizontalidad—o cuando menos un plano medio inclinado.) Ella era de mediana estatura (tal vez fuera más pequeña que yo, pero no me lo pareció entonces) y no muy proporcionada. Sus facciones más destacadas eran unos grandes ojos verdes. (Ya he hablado de la mitología de los ojos verdes en Cuba, donde una canción, "Aquellos ojos verdes", ha hecho por ellos lo que otra canción, "Ojos negros", hizo, supongo, por los ojos negros en Rusia. Además está mi prima ópera, ahora tan lejos en el espacio como antes en el tiempo: un amor que sufrí de niño.) Aparte de los ojos estaba su boca, pintada, pero que se mostraba llena por debajo de la pintura, con labios bien formados, con ese arco doble en el labio superior y la larga onda ininterrumpida del labio inferior, que es tan común en las heroínas de los muñequitos y, muchas veces, del cine. De su cuerpo lo más extraordinario eran sus senos soberbios que sin embargo guardaban una proporción exacta con su figura. Tanto llenó mi vista su visión que no puedo recordar a ninguna otra muchacha vista aquel día y así, cuando pasó por mi lado, vistiendo un traje que se cerraba hasta el cuello, inusitado por el calor de la estación ardiente pero que hacía resaltar sus senos como si fuera un sweater, la miré tan intensamente que ella, sintiendo la mirada, me la devolvió pero no me vio. Quiero decir que miró en mi dirección pero su mirada atravesó mi cuerpo, me hizo aire, invisible, y ni siquiera notó mi presencia intrusa: el foco de mi mirada (mis ojos detrás de mis espejuelos oscuros) no existía para ella. Esa reducción al absurdo de la nada con una mirada aniquiladora porque no me veía la convirtió en inolvidable: no la vi en mucho tiempo pero no la olvidé: es imposible olvidar los ojos de la gorgona que se ignora.

No sé si estuvo en alguna de las producciones universitarias (invariablemente dramas en verso: Lope, Calderón o el trío de griegos implacables: a cual más insoportables) pero sí se ganó un puesto menor en la televisión. Un día (todavía vivía yo en Zulueta 408) la vi caminando calle Obispo abajo, despacio, casi paseando, y me acerqué y la saludé. Ella me miró y no me devolvió el saludo: pero esta vez me vio bien. Le pregunté que si no se acordaba de mí (¿cómo iba a acordarse del éter, no de l'être?), que nos habían presentado en el Teatro Universitario (cité el nombre luminoso de Mallet, que arrojó luz sobre mis credenciales) y ella entonces exclamó:

—Ah sí, perdona—y me gustó que me tuteara y también que me mintiera—: No te reconocí—¿cómo me iba a reconocer si nunca me había conocido? Su voz (que no había oído antes) iba bien con su cuerpo: era baja, cultivada a la manera que es educada la voz de los actores: no aprendida en la niñez, por buena cuna, sino de adulto, por buena dicción. Llevaba un libreto en la mano y era obvio que era un guión de televisión, pero le pregunté que si iba a trabajar en el teatro, perverso que puedo ser.

—No, en el teatro no. En la televisión—me dijo, y nombró al autor mediocre que había escrito el libreto.

—Lo conozco—lo conocía solamente de nombre, entonces para mí meramente despreciable desde un punto de vista literario, no político ni personal, como ocurrió después.

—¿Ah sí?—dijo ella—. Yo no lo conozco.

El paseo—caminar se hizo de veras pasear a su lado— Obispo abajo, tan agradable, sólo los dos entre tantos peatones desconocidos, se hacía desagradable por la conversación y su sujeto, ese tercer hombre del tema. Pero de pronto ella tenía que irse; me dijo, y no le pregunté ni su dirección ni su teléfono—falla catastrófica en mi carácter que provocó un terremoto emocional y me maldije mil veces cuando ella desapareció, no porque desapareciera sino porque no dejara detrás otra estela que el recuerdo. Es decir, desapareció literalmente porque pasó mucho tiempo y no la volví a ver ni en persona ni por la televisión, intruso intermediario. Pero una noche, poco antes de mudarnos para El Vedado, la capté caminando por los portales de la Manzana de Gómez. (Digo que la capté, no la cogí, porque hubiera implicado sorpresa pero también su atención a mi acción. La capté porque no soy una cámara sino una cámara de cine: de haber sido una cámara de foto-fijas la habría capturado, fijado para siempre. Ahora la había captado, la tenía móvil pero en foco entre columna y columna de la arcada: se veía, vista de noche, con el alumbrado de las bombillas frente al Centro Asturiano, iluminada parcialmente, mostrada de noche por primera vez, más bella que nunca, ahora visible, ahora no visible, de nuevo visible.) Pero desgraciadamente no estaba sola: iba del brazo de un hombre alto, bien parecido, con un vago aire extranjero, no europeo ni americano, pero sí definitivamente nada cubano. Era obvio que ella estaba muy enamorada de ese hombre porque caminaba casi cosida a él y al mismo tiempo miraba su cara, sonreía de contento, aparentemente dependiente más que pendiente de la menor palabra de su conversación, que era un monólogo masculino y minucioso que parecía extender la columnata hasta el infinito—y yo los acompañaba, alegre y triste por la misma visión. Los seguí de cerca, para verla bien a ella y ella por supuesto ni siquiera sospechó que yo estaba casi a su lado, que la miraba con intensidad discreta, ya que esta discreción me aseguraba no ser detectado por ella pero también me protegía de la estatura y la fortaleza de su compañero: es bueno poder ser a veces el hombre invisible.

Pasaron años y pasaron muchas mujeres por mi vida, hasta pasó mi matrimonio. De algunas de esas mujeres, de esas muchachas más bien, he hablado ya, pero en todo este tiempo no olvidé a esa Venus desvelada en las honduras del Teatro Universitario, vista otras veces, pero aparentemente desaparecida, devuelta al mar Caribe. Solamente me quedaba su nombre, que averigüé con mi pericia para estas investigaciones, después que ha desaparecido el cuerpo, que me hacían una especie de minúsculo Marlowe del amor. Ella se llamaba (y el nombre tenía que ser, como se dice, de todas todas un seudónimo) Violeta del Valle. No olvidé su cara—su boca besable, sobre todo sus ojos—, ni mucho menos su cuerpo—sus senos sinuosos: ellos eran mi mamoria—y tampoco, ¿cómo podía hacerlo?, olvidé su nombre nemotécnico. Así, cuatro, cinco, tal vez más años después la volví a encontrar, de entre todos los lugares del mundo—es decir, de La Habana—, en ese sitio de reunión que parecía ser para mí el vórtice del conocimiento, del reconocimiento esta vez—en un ómnibus, vulgo guagua. Yo iba, como todas las noches o como casi todas, a mi notaría nocturna, convertida en otro hábito, como el coito casero, una malquerida costumbre. Había cogido como siempre la ruta 28, domada, doméstica, incapaz de sorpresas, pero a unas pocas paradas subió ella (la reconocí enseguida: uno siempre recuerda sus sueños) y la vi caminar por el angosto pasillo y, entre bandazos de esta barca que tiene que partir, tomar asiento como quien accede a un trono—sin verme, como siempre. Se sentó sola y, no bien hubo pagado y eliminado así la interferencia del conductor, me levanté y me senté junto a ella, saludándola con mi acostumbrado hola que por alguna razón resulta exótico en La Habana. Ella me miró y no dijo nada, ni siquiera respondió a mi saludo ni retuvo mucho tiempo la mirada: el hombre invisible apenas visible por entre la lluvia del tiempo—Cloaked Rains.

—¿No se acuerda de mí?

—Por favor—empezó ella como dispuesta a quejarse a la primera autoridad posible (el conductor, probablemente) de mi frescura. ¿Cómo iba un vasallo a sentarse en el trono junto a la reina? Fue tal la distancia que puso entre ella y yo en ese mismo asiento que me pregunté si no me habría equivocado. Pero no tenía duda: era ella: esa combinación de grandes ojos verdes, boca bella y en medio una nariz con ventanas dilatables no para dejar pasar el aire sino para dar más expresividad a su cara, no podían pertenecer más que a la belleza aliterante, tantas veces vista, descubierta con deseo, tantas veces deseada.

—¿Violeta del Valle?

Me volvió a mirar, esta vez sin hostilidad pero con atención.

—¿Yo lo conozco a usted?

Aunque el pronombre era distanciador su tono era amable.

—Claro que sí. Del Teatro Universitario. Hemos hablado muchas veces, conversamos una tarde que nos encontramos por Obispo de televisión y del teatro y de los libretos.

No arriesgué un tuteo inmediato que pudiera parecer demasiado avanzado, pero ella dio el primer paso:

—Ah sí, claro que sí me acuerdo. Perdona que no te reconociera, pero ha pasado tanto tiempo.

Sí, había pasado tiempo, no mucho tiempo porque yo la había visto en su arrobado paseo por los portales columnados de la Manzana de Gómez y pensé en ella muchas veces, deseando volverla a encontrar un día, deseándola. Por supuesto que no se lo dije.

—Sí, bastante—dije—. Como tres años de esa conferencia que pronuncié Obispo abajo sobre la televisión y el teatro y la actuación.

Ella se rió. Más bien se sonrió, pero sus labios eran generosos y su sonrisa pareció una risa. Todavía sonriendo me dijo que había dejado el teatro pero no la televisión. Ahora era actriz en Caracas. También me contó que se había casado con un venezolano—sin duda el hombre alto, bien parecido, de aspecto no del todo extranjero, no exactamente habanero, con quien la vi del brazo—y sin yo preguntarle añadió que se había divorciado y estaba aquí por el verano. Le dije que siendo Caracas una ciudad de meseta era más fresca que La Habana en verano y lo lógico sería pasar el invierno en Cuba y el verano en Venezuela. Estuvo de acuerdo conmigo, pero de una manera evasiva y sin decírmelo me dio a entender que era su divorcio y no el verano que la había hecho volver. Lamentablemente su parada estaba demasiado cercana, ahí mismo, y yo no podía esa noche bajarme con ella porque debía aunque fuera hacer acto de presencia en un trabajo que mi actividad como crítico de cine y mi labor diaria de corrector de pruebas iban haciendo cada vez más obsoleto—por no decir redundante, ya que veía a Ortega todos los días en su despacho de Carteles. De todas maneras, aunque no pude abandonar el vehículo ella antes de bajarse me dio su número de teléfono y yo le repetí mi nombre. Para que no lo olvidara le di en realidad mi seudónimo. Siempre he sentido que mi verdadero nombre, largo y farragoso, es además olvidable. También le di mi número, pero, cauteloso que avanza, le di el de Carteles, tierra de todos en la guerra del amor, donde quedaba mi trinchera ideal.

La llamé, por supuesto, al día siguiente según amaneció: mi patrulla de la aurora. Hablamos un rato y su voz sonó aún más cautivadora por teléfono (esa malvada invención para hablar que convierte las características en caricaturas: el teléfono es a la voz lo que la fotografía a las facciones) que en persona, tal vez porque ella quería sonar cautivante. Le pregunté dónde vivía y me lo dijo, y aunque en su calle había buenos edificios, me explicó con detalles que vivía del costado cercano al cementerio de Espada. Me asombró que siendo actriz de televisión venezolana viviera en una zona más bien modesta, del lado pobre de la calle San Lázaro, que no es una calle que se pueda llamar elegante. (Estoy siendo irónico, por supuesto, con San Lázaro, calle cariada.) Pero añadió, enseguida que vivía ahora con su hermana ya que pensaba regresar pronto a Caracas. Volví a llamarla otra vez otro día (el teléfono convertido en un melófono, campanas de Bell) y quedamos en que saldríamos. No me alentó a ir a buscarla a su casa, aludiendo más que aduciendo el carácter de su hermana—¿cómo sería, una megera mayor?—y quedamos en que nos veríamos en el lobby del Rex Cinema, ese sábado a las cuatro. Ella me dijo antes de colgar que estaría encantada de verme otra vez—y me pareció una adenda adecuada. Ese sábado dejé Carteles sin perder el tiempo con ninguno de mis amigos, antiguos o actuales, y me fui a casa a bañarme, a afeitarme, a acicalarme, preparándome para una cita que había hecho hacía años. A mi mujer le dije que había una preview de una película japonesa y, como de costumbre cuando se trataba de ejercer mi oficio del siglo, no la llevaba al cine: el crítico como cura, célibe celebra la comunión. Estuve en el lobby del Rex Cinema (mi antigua querencia, en un tiempo el colmo de la elegancia y del glamour, donde encontré un amor fugaz, de un solo lado, pero ahora, cosa curiosa, sabía que no iba a llevarme un desengaño, ni siquiera un chasco: tetas a la vista) exactamente a las tres de la tarde, cuando mataron a Lola por infiel, para que no hubiera lugar a la menor confusión de presentimientos. Me senté en un sillón que dominaba las puertas de cristal y me dispuse a esperar. Antes miré el re-

loj y vi que eran las tres y media y no las tres como había
creído antes, evidentemente confundiendo el segundero con
el minutero. Todavía tenía problemas con la lectura del
tiempo. Me dispuse a disponerme a esperar. Entre las tres y
media y las cuatro hubo un espacio que duró más de media
hora. A las cuatro ella no llegó y yo no esperaba tampoco que
fuera muy puntual, a pesar de trabajar en televisión. Después
de todo, me dije, antes que actriz es habanera, y ella tenía
cara de mujer que se hace esperar. Pero entre las cuatro y las
cuatro y cuarto el espacio se hizo una separación. A las cuatro
y media comencé a temer que no vendría, pero me dije que
eran temores infundados, pura paranoia. ¿Por qué no iba a
venir? Después de todo ella no podía haber sido más amable
por teléfono, más asequible en persona, más propicia en el
tono de su voz y aun en la amplia sonrisa acogedora cuando
nos encontramos de nuevo, después que presenté mis cartas
credenciales. (Esta metáfora se iba a mostrar irónica dentro
de un rato.) Pero eran las cinco de la tarde y ella no había venido. Cada vez el tiempo se hacía más largo y al mismo
tiempo más corto: ambigüedades del tiempo, hijo de la eternidad y del momento. Esas horas sentado en el lobby del Rex
(aunque me puse de pie una o dos veces y fui hasta la puerta
de cristales, no confiando siquiera en su translucidez pero sin
llegar a salir a la calle) me hicieron sentirme defraudado, más
bien como alguien que recibe un billete falso: burlado y furioso por la burla—aunque estos sentimientos se atenuaban
por la esperanza de que todavía viniera ella. Pero a pesar de
la lentitud del paso del tiempo en mi espera, en la esfera dieron las seis de la tarde—y entonces fue obvio que ella no vendría. No sufrí una decepción, como me había ocurrido en situaciones semejantes unos años atrás (como la padecí en este
mismo cine cuando Esther Manzano se redujo a un nombre)

sino que fue un desengaño o, mejor, un engaño. ¿Por qué haber hablado en ese tono íntimo por teléfono y prometido venir al cine conmigo y dejarme plantado? ¿No habría sido más directo y más simple decirme que no podía venir, darme una excusa, ponerme una exclusa? ¿Es que esta fácil reidora era una mujer difícil? ¿Acostumbraba ella a este tipo de timo? Era muy frecuente en La Habana y curiosamente solían practicarlo las actrices. Recuerdo una actriz, Esperanza Isis, particularmente notoria por su versión de *La ramera respetuosa*, actuaba en teatro arena, donde prácticamente se quedaba desnuda en escena, rodeada de ojos ávidos, puta irrespetuosa, de fama nacional. Ella había sido una vedette célebre y se convirtió en actriz entre las manos sucias de Sartre. Había un crítico teatral, especialmente adicto a las actrices, casado con una antigua belleza de sociedad, que se enamoró de esta encarnación escénica de *La putain* después de Petain y ella le daba citas respetuosas en sitios concurridos, como Prado y Neptuno a las doce de la noche, en la esquina no del restaurant Miami sino del bar Partagás, justo debajo de la bañista en maillot de lumières. Como ella era amiga de Rine Leal (por la crónica celebratoria que Rine había escrito en su estreno), lo invitaba a dar una vuelta en su automóvil con chofer (era doblemente rica como vedette) y señalándole a una figura solitaria parada en la esquina antes luminosa y ahora hasta la bañista tenía su traje de luces apagado. "Mira, mira, ahí está", le decía a Rine, mencionando el nombre del crítico por su apodo íntimo. "Lleva esperando en esa esquina desde las doce. ¿No verdad que es cómico?" Rine me contaba que a veces daban estos paseos a las dos y las tres de la mañana y allí estaba el crítico teatral esperando a su actriz actual. Lo más singular es que esta vedette devenida actriz por un golpe de teatro arena solía cambiar a menudo el lugar de la cita y allá iba el crítico a encontrarla—siempre en vano. Frivolidad, tu nombre es Esperanza. Sin embargo tanto esperó su cita que llegó su oportunidad y la actriz-cum-vedette se acostó finalmente con ese crítico constante, como premio a su tenacidad—que era para Esperanza Isis como una forma de fidelidad.

Pero yo no conocía entonces la fábula nocturna de la actriz voluble y el crítico tenaz (ésta ocurriría en el futuro próximo) y estaba realmente furioso. No sé de dónde saqué papel de escribir (tal vez regresara a Carteles, no recuerdo: el frenesí tiene mala memoria) y le escribí una nota que comenzaba por decir simplemente Violeta del Valle, que era lo menos que podía llamarla, y seguía diciendo que lamentaba haberla hecho perder su tiempo en su afán de dejarme plantado y hacerse esperar, tiempo que debía ser precioso para ella y por tanto me consideraba en el deber de pagar por él. Ponía punto final y la firmaba con mi maldito nombre. La carta era un sinsentido pero lo que hice después fue un desatino. Incluí todo el dinero que llevaba (había cobrado ese sábado como siempre) y se lo incluía (le decía yo) como forma de pago por mi espera. Es evidente que Stan Laurel no habría escrito una carta mejor. Conseguí un sobre y metí en él la carta, incluyendo el dinero. Acto seguido me dirigí a su casa, la que me costó trabajo encontrar (para colmo, metáforas metropolitanas, ella vivía en la calle Soledad) ya que quedaba al final de la calle, como ella me había dicho, y yo había olvidado, o confundido o traspapelado, entre mi papel y la tediosa (ya nada más que ella podía ser odiosa) calle San Lázaro, donde me bajé. Di con el número. Pertenecía a un edificio relativamente nuevo (tal vez hasta hubiera sido construido al principio de los años cincuenta), bastante limpio, bien alumbrado (ya para entonces, entre mi carta y mi búsqueda, había oscurecido) y bien cuidado, con una puerta no muy ancha abierta y una escalera angosta que arrancaba a un costado de la entrada, mientras al otro se abría un pasillo largo. ¿Cómo encontrar su apartamento? No había pensado en una casa cuando ella me dio su dirección pero tampoco en un edificio de apartamentos. ¿En qué habría pensado? ¿Una suerte de palacio en ruinas? ¿Una casa solariega degradada? No sé, y en ese momento no me preocupaban mis pensamientos—o mejor dicho, sólo pensaba en su puerta. Traté de hallar su nombre en el casillero de las cartas, visible a un costado del pasillo, pero no había más que números sin un solo nombre. Era evidente que nadie esperaba cartas nunca: allí el cartero no llamaba jamás. Finalmente decidí buscar la ayuda de esa institución habanera, la encargada, que es una invención infernal sin la que no se pueden pasar ni los edificios más humildes: el lema parecía ser: "Que no haya Hades sin cerbero". Encontré su habitáculo sin necesidad de letrero: era el único apartamento de los bajos que tenía la puerta abierta. Por alguna razón misteriosa, según se avanzaba en la escala social, más se cerraban las puertas y en algunos edificios la encargada también vivía encerrada, a pesar del calor y de que el aire acondicionado nunca llegaba al hábitat ardiente de ese equivalente habanero del can con tres cabezas. La encargada era una mujer de mediana edad, trabada, evidentemente acostumbrada al trabajo y atenta a lo que pasaba a su alrededor: su oficio no era sólo vigilar el orden higiénico y social de su barco sino, verdadero Caronte, vigilar las almas a bordo. No tenía en mente entonces estas alusiones como alucinaciones, sino extraer de ella la información necesaria a mi misión. Le pregunté por el apartamento de Violeta del Valle. Casi me respondió: "En la vida", que es una forma habanera de declarar que nunca se ha oído y mucho menos conocido a semejante persona. Le dije que ella era actriz de televisión. Menos la conocía, es más: no tenía televisión. La describí con ojos verdes y boca botada en un último esfuerzo por dar con su apartamento, convencido de que ella no me había mentido, de que efectivamente vivía en esta casa. La encargada se tomó su eternidad para responder esta vez. "Ay", dijo finalmente, como si le doliera el recuerdo, "la que vive en Venezuela." ¡Ésa misma! Pero agregó: "Ella no vive aquí", y hubo una pausa antes de añadir: "Aquí la que vive es su hermana". ¿Cómo preguntarle dónde vivía ella entonces? Momento en que añadió: "Claro que ella vive con su hermana ahora". Estaba acertado: se trataba de ella, de Violeta del Valle, que vivía en Caracas y ahora estaba pasando el verano con su hermana. Es evidente que me estaba contagiando con la encargada en su proceso mental. La interrumpí en otra de sus aclaraciones ("Claro que ella no se llama así. Al menos así no se llama su hermana") para pedirle el número de su apartamento. "Será del apartamento de su hermana", me dijo la encargada, enmendadora. Ése mismo, y casi iba a añadir un por favor cuando recordé lo peligroso que puede ser ese extraño extra en La Habana. Me dio el número del apartamento y me dijo dónde quedaba: el primero en el descanso. Se refería a la escalera, no a mí. Antes de irme añadió conocedora de idas y venidas y vecinos: "Pero a lo mejor no hay nadie ahora". Le di las gracias por la información, también di media vuelta, recorrí el pasillo de la calle, llegué a la puerta abierta, pero en vez de salir subí los escalones y en la puerta del rellano de la escalera me detuve ante una puerta cerrada, me agaché y sin trabajo introduje el sobre (que ahora me daba cuenta de que había tenido en la mano siempre) que contenía mi Marxista misiva, toda non sequiturs, y todo mi dinero. Afortunadamente no tendría que explicar a mi mujer, que llevaba las cuentas de la casa, qué había pasado con mi sueldo de esa semana: el lunes, con la ayuda del garrotero, verdugo habanero, viejo prestamista, íntimo enemigo, tendría dinero y tal vez una explicación creíble de por qué no me habían pagado el fin de semana sino al principio.

Ese lunes, antes de entrevistarme con el gárrulo garrotero, corrigiendo una novela de amores posibles por imposibles de Corín Tellado (Carteles había cambiado de dirección y también Vanidades, y ambas revistas de dueño, pero Corín Tellado, novelista rosa pálido, permanecía, como la tierra, al salir el sol y al ponerse: siempre estaba allí, eterna, sobre ella el mar de galeras en que naufragaba mi Titanic literario: la nave a prueba de hundimientos, hundida en su viaje inaugural), en esa labor de odio que es amor estaba cuando me llamaron por teléfono. Ya no había las restricciones arbitrarias de la antigua empresa y pude recibir la llamada. Oí una voz clara, tal vez un poco burlona, que decía, evidentemente contaminada por mi lectura enferma (la corrección es una forma de traducción) de Corín Tellado:

—Hola. Te habla la venus de los ojos verdes.

Era ella. Había evidentemente ironía en llamarse a sí misma la venus de los ojos verdes, pues en la guagua, al preguntarme cómo me acordaba de ella años después de esa caminada Obispo abajo, le dije yo (sin admitir nunca que la había visto otra vez) que cómo iba a olvidar aquellos ojos verdes, un poco a la defensiva, citando la canción de Gonzalo Roig pero diciéndole de veras Venus. Si no lo conté antes es porque la frase era en realidad tan literaria (una cita de amor de un poema maldito) que sólo me hacía perdonar el preciosismo para, permitirme aproximarme sin ser visto a esta criatura, a mi pieza a cobrar, yendo tras sus huellas intermitentes, tanto tiempo de cacería en coto Vedado y en La Habana.

Además, el ruido del motor apagó un poco mi voz venatoria.

—Ah, que tal—dije yo, con un tono apagado a propósito aunque por debajo hubiera una ansiedad que trataba de disimular malamente. Debía ser obvio para ella.

—Nada, te llamaba para decirte que recibí una carta y la abrí. Era tuya pero no era para mí, aunque la leí por curiosidad. Tú sabes, la mujer de Barbazul, el cuarto cerrado y todo eso. Me pareció muy interesante carta aunque no era para mí, ya te digo. Pero te quiero decir algo que es mejor que te lo diga en persona. Además tengo una cosa que devolverte, ya que es tuya.

—No tienes que devolverme nada.

—Sí, yo insisto—dijo ella con un tono teatral. Me sentía embarazado.

—Yo quiero que me excuses por la carta—le dije.

—Ya te dije que no era para mí—me dijo—. Pero quiero verte. ¿Cuándo tú crees que podemos vernos?

Era mi momento de hacerme difícil, además de postergar el embarazo de enfrentar su cara y mi carta.

—No podré hasta el sábado. Trabajo todo el tiempo.

—Ya sé que es usted un hombre muy ocupado—volvió a usar su tono levemente irónico—. Pero supongo que podemos por lo menos vernos, ¿no?

—Sí, claro, por supuesto.

—¿Podemos vernos el sábado?

—Sí, por la tarde podemos. O por la noche. O el domingo.

—No, el sábado está bien. ¿En el mismo lugar?

Me quedé callado un instante. Superstición de los lugares. Pero no fue más que un instante porque ella agregó:

—Prometo que estaré allí puntual. Como para la televisión. El sábado, a las cuatro, en el vestíbulo del Duplex entonces.

—Sí, está bien. El sábado a las cuatro—acordé con cierto temblor en la voz que aumentaba con las palabras. Pero ella no sonó triunfal al despedirse con ese vale odioso:

—Chao.

Colgué y me quedé mirando al teléfono, que es un acto no sólo inútil sino estúpido. No lo quería creer. No quería creer ni su llamada ni su tono ni su voz ni sus palabras. No quería creer lo que me dijo, mucho menos la cita concertada con certeza. No quise creerlo en toda la semana ni tampoco el sábado y mucho menos lo creí cuando entraba al lobby (que ella llamaba vestíbulo: no por su cultura que por alguna razón me pareció menor que la de Julieta Estévez—impulsiva lectora de Eliot con voz ajena—o aun de la de Dulce Espina—sus lecturas comparadas de toda la literatura a su alcance con las escasas obras de tres o cuatro autores americanos—y pensé que se debería a su estancia en Venezuela, Sudamérica más lejos de los Estados Unidos que La Habana) a las tres y media exactas para impedir que un fallo cronométrico hiciera que se me escapara de la trampa tenue. Además eludía la hora fatal para Lola. Me senté no en mi asiento de la vez anterior (no por superstición sino porque estaba ocupado por una vieja gorda) y me dispuse a esperar—soy el hijo Esperante—la vista fija en la entrada, observando las dos hojas de cristal desgraciadamente decoradas sobre el mismo vidrio con hojas de una vegetación opaca, impidiendo la visión penetrante, pues el Rex era como el América y, un poco más modestamente, como el Fausto, típicamente años cuarenta, un cine hecho a la manera Art Deco tardía—sólo que nadie lo sabía, ni siquiera yo que creo que la arquitectura siempre aspira a la condición de historia.

El tiempo pasó con su extraña combinación de lentitud indiferente que no podía menos que ser intencionada. Muchas personas y no pocas parejas entraron y salieron por las dobles puertas grabadas tautológicamente: hojas sobre las hojas. Ya eran casi las cuatro y me disponía a idear un nuevo golpe de teatro (más bien literario) que aboliera el azareo y me acercara a aquella muchacha tan elusiva, cuando justamente a la hora señalada (no puedo evitar sonreír al escribir la frase que era el título habanero para *High Noon*: como si la confrontación de Gary Cooper y los cuatro villanos fuera una ocasión amorosa o como si mi cita cuasi amorosa fuera un duelo del oeste) ella hizo su entrada. Empujó una de las puertas vaivén y por un momento se extravió, casi como si no supiera a quién buscar entre el público del lobby (debía de acabarse una tanda), hasta que sin moverse de la entrada, dejando que los futuros espectadores y los pasados parroquianos la envolvieran en su ajetreo, me vio porque yo me ponía de pie después de haberla mirado bien: más que linda estaba (o tal vez era) bella, con su pelo castaño en ondas que bajaban desde lo alto, como una corona suave, por los lados de su cabeza y de su cara. No podía ver por supuesto (debido a la distancia y a mi miopía) sus ojos violentamente verdes, pero sí contemplé por un momento su figura, fijándome por primera vez creo en sus piernas, que eran tan perfectas como las de Julieta, tal vez más llenas, pero siempre bien hechas, con tobillos largos (no tan largos como los de una muchacha que todavía no ha cruzado mi camino, no ha entrado en mi campo de visión, que encontraré más tarde en mi vida cuando sabía apreciar la belleza de un tobillo per se no porque formara parte de las piernas) y la falda a la moda no dejaba ver sus rodillas, y me alegré porque siempre encuentro las rodillas feas, al menos grotescas, excepto cuando las mujeres están sentadas. Venía vestida con un vestido, no con blusa y falda, sino con un traje de salir cuya parte superior le llegaba hasta el cuello y al tiempo que dejaba ver sus senos bien colocados, sin la desmesura de Dulce y sin la perfección de Julieta, que había que verla desnuda para apreciar sus tetas tiernas, le descubría los brazos que estaban tan bien modelados como sus piernas, asombrosamente curvos para no ser delgados. Tal vez su talle fuera demasiado corto—pero ésta era una apreciación de concurso de belleza y yo no era un juez, ni siquiera un jurado, sino un testigo tímido. Su color claro (y lo que yo más podía apreciar desde mi punto de mira miope eran colores), su piel trigueña pero sin la palidez de Dulce, aunque carecía del dorado delicioso de Julieta, era de una belleza habanera y el tono del traje verde claro, con algo de gris, estaba evidentemente escogido para realzar sus ojos—lo que comprobé momentos más tarde cuando me acerqué a ella a saludarla—tanto como su boca escarlata. Me sonrió y sus labios fueron tan acogedores y vulgares como las palabras que salieron por entre ellos:

—Hola, ¿qué tal?

—Bien, antes—le dije—. Ahora muy bien.

Ella cogió la alusión sin tener que hacerle la historia de Esperanza y el crítico esperando—que además yo no conocía.

—Lamento en el alma lo del sábado pasado. Créeme, no fue culpa mía.

—No tiene importancia ahora. Lo importante es que estás aquí, que existes.

Iba a decirle que el sábado pasado no ocurrió nunca: ella lo canceló con su presencia ahora. Pero me temí que era algo para decirle a Julieta (que me obligaría a leer: "Aldous I do note Hope to turn a game") o tal vez a Dulce (que sin duda encontraría que ya había sido dicho antes por Jorge Isaacs en

María), pero ella era alguien demasiado práctica, me parecía, intensamente terrenal y tal vez muy popular para hacer ninguna declaración literaria.

—Bueno, aquí estoy—dijo—. ¿Cómo hacemos?

—¿A dónde quieres ir?

—Donde tú digas. Decidí dedicarte todo el sábado. La mañana me la pasé embelleciéndome, la tarde esperando para llegar a tiempo. Di tú.

Por supuesto que de ser yo más joven (y ni tanto: ya había concertado esa clase de cita no hace mucho, meses apenas) la habría invitado al cine, pero no la veía a ella mirando noticieros y cortos en el Rex Cinema o contemplando la película de arte del Rex Duplex—¿estarían todavía pasando pedazos de *Fantasía*? Afortunadamente yo me sabía la topografía de la zona al dedillo, como la palma de mi mano y todas esas otras metáforas manuales: no por gusto había crecido a pocas cuadras de allí.

—¿Qué te parece el Ciro's?

—¿El Ciro?—ella, que no sabía inglés, se comía la ese posesiva, ese confuso equivalente del *chez* francés y dejaba al night-club desnudo como un bar—. No lo conozco.

—Yo tampoco. Supongo que es nuevo. Está aquí cerca. Podemos ir y si no te gusta nos vamos con la musa a otra parte.

—Perfecto—no cogió la alusión pero yo sí oí su dicción. Ella tenía la pronunciación de esas ces que raras veces se oyen como kas en Cuba entre una vocal y otra consonante que delataba su educación teatral para la televisión. Julieta las pronunciaba pero suavemente, excepto cuando estaba disgustada—lo que no era raro en Julieta, furia frecuente. Pero era el culteranismo de Julieta lo que la llevaba inclusive a hacer sonar las eses como raramente las suena un habanero—o siquiera una habanera. Dulce estaba marcada por su habitación: había vivido demasiado tiempo en un solar. Mi mujer, a pesar de su educación de convento, las pronunciaba con desgano—tal vez porque el Dios de los católicos no es abstracto. Solamente quedaba esa criadita curiosa, que era un monumento vivo al radioescucha total, cuando la asaltaba su otro yo radial, su falso Hyde radiofónico para convertir su verdadero Jekyll vulgar. Ahora oyendo a Violeta del Valle pude reflexionar sobre estos matices de pronunciación femenina. La había tomado del brazo y desplazado hacia un lado del lobby y mirado atentamente, casi intensamente, esa cara bella y en su nariz que se dilataba al hablar (equidistante de las dilataciones de Dulce y de Julieta), en su boca llena, aun en los ojos verdes pude ver por primera vez qué tenía de negro: muy leve acento racial, un antepasado remoto pero, parafraseando un poeta popular, había si no un abuelo por lo menos un tatarabuelo que había dejado su marca africana en esos rasgos deliciosamente imperfectos, una genuina trigueña que sin embargo recordaba a la falsa rubia de mi niñez, Jane Powell, toda tetas y ojos verdes. Tal vez alguien, en otra parte, no lo notara, pero sé de otro escritor que lo hubiera detectado en su Sur, poblado de mulatos mutilados. Al mismo tiempo era tan sutil mezcla que resultaba un espejismo: ahí estaba debajo de su cara otra cara y al mismo tiempo no estaba la cara oculta si se la escrutaba: ella era como la sexta esencia de la mulata y al mismo tiempo era completamente blanca. Me interrumpí en estas reflexiones—que duraron menos tiempo que el que se tomó ella para completar la palabra perfecto con perfección— para volver a coger aquel brazo acogible (no sin antes pasarme la mano levemente por el pantalón para hacer desaparecer de la palma el sudor posible), empujé con la otra mano la segunda puerta giratoria, la de salida, y dejamos el lobby que me había hecho desgraciado una semana antes y feliz ahora, para abandonar los recintos del doble cine, torcer a la derecha, caminar unos pasos sobre la acera tatuada de exóticos (efectivamente, copiados de las calles de Río de Janeiro) dibujos, girar una vez más hacia la derecha en la esquina de la joyería Poética de Cuervo y Sobrinos, dando la espalda al hotel Royal Palm y su elegancia año treinta, marchar casi al mismo paso frente al bar abierto (que ella miró como con desconfianza), caminando un poco más abajo por Industria opuestos a Glamour, la boutique decididamente afrancesada (la primera en declararse francesa en La Habana, una ciudad llena de tiendas cubanas, de almacenes españoles, de *stores* americanizados) y antes de quedar atrapados en los predios enfrentados del Teatro Campoamor y del cine Lira (tal vez ya se llamara Capri), la hice descender la escalera abrupta que llevaba al sótano que se anunciaba como el Cabaret Ciro's y era un mero night-club, ahora de día un club regalándonos con su perfume que me era desconocido (no había estado en otro night-club en mi vida que el Mocambo y fui de noche) y sería tan recordable como el olor (los extraños lo llamarían hedor) del Esmeralda: esencia de cine barato, con su mezcla intoxicante de licores embotellados pero destapados, aire acondicionado rancio y humo de tabaco estancado. Recuerdo casi más ese olor que el perfume que llevaba Violeta del Valle porque era *Colibrí*, tan en boga a fines de los años cuarenta y ahora un poco fuera de moda al llevarlo ella que estaba vestida como dictaba Dior a mediados de los años cincuenta.

Ciro's estaba, por supuesto, desierto a esa hora, excepto por el barman y uno que otro camarero—o tal vez el barman se desdoblara en camarero espiritista. Pero esta soledad me colmaba: yo todo lo que quería en el mundo era estar a solas con Violeta del Valle, oírla hablar, mirar su cara de una belleza que se hacía cada vez más penetrable, oler su perfume aunque fuera *Colibrí*—es más, le agradecí que me regalara de nuevo ese aroma que me recordaba la primera vez que fui al ballet, que me senté en la platea y en la luneta del frente, justamente delante de mí, estuvo sentada toda la tarde (era una matinée, la función que más me gusta en el teatro, en el cine y ahora en un club) una mujer despidiendo gases sutiles que mi madre, no recuerdo cuándo, me dijo que se llamaba *Colibrí*.

—¿Qué quieres tomar?—le pregunté a Violeta del Valle, cuando el camarero demasiado veloz y evidentemente solícito como respuesta a su soledad se acercó a nuestra mesa.

—Un margarita, por favor—dijo ella, y me gustó tanto su boca al pronunciar sus palabras, como ese por favor tan exótico en La Habana. No sé por qué razón, qué altanería urbana, qué decadencia de las costumbres, qué falta de educación hacía que en La Habana nadie pidiera nada por favor, cuando en mi pueblo era obligatorio—a mí por lo menos me obligaban a hacerlo tanto como a decir "Sí, señor", "No, señora". Recuerdo todavía el día que fui a una cafetera de esquina y dije "Un café, por favor", y la vendedora me miró fijo y me dijo "Ay niño, qué bobera es esa de por favor". Tal vez querría indicarme que ella estaba allí para servirme y yo no le debía ningún favor. Pero no lo he podido olvidar, como una marca de La Habana de indeleble costumbre.

—¿Cómo?—preguntó el camarero extrañado tal vez por el favor.

—Un margarita—repitió ella.

—¿Qué es eso?—preguntó el camarero.

—Un coctel.

—¿Un cotel? ¿Cómo se come?

—Se hace con tequila y—

—Ah, pues no tenemos tequila.

Aproveché para mediar: no quería que la ocasión comenzara con un fiasco. Si empiezan así, suelen terminar igual: fruto del fracaso.

—¿Por qué no pedimos, por ejemplo, dos daiquirís?

De los tragos creados en La Habana ése es el que mejor hacen en night-clubs y bares americanos. Además, si mis ojos pudieran trepar escaleras, cruzar calles, atravesar la manzana del teatro Campoamor, traspasar el edificio del Centro Asturiano, vadear el Parque Central y bordear el Centro Asturiano, podría ver junto al parque Alvear (constructor del acueducto recordado por una plaza exigua y una estatua seca) el Floridita, bar que se supone que es el centro universal del daiquirí, donde mana como agua coloidal. Si no lo inventaron en la fuente de juventud del Florida se comportan como si hubieran perfeccionado la fórmula: poción del Dr. Jekyll habanero que después de ingerirla varias veces se convierte en ubicuas versiones criollas de Mr. Hyde, también llamado el Señor High. (Hay diversas alusiones a Jekyll y Hyde en mi libro y es seguramente porque la fábula del intelectual y la bestia es una metáfora sexual disfrazada de dilema moral.) Me había dirigido al camarero tanto como a Violeta y ella con sus ojos verdes todavía, riendo con ellos antes de sonreír con la boca ávida de margaritas, dijo, me dijo:

—Está bien.

—Dos daiquirís—dije yo al camarero que se fue, supongo que contento de no tener que experimentar con cocktails que no conocía con bebidas que no tenía. Cuando se refugió él tras la barra de seguridad, ella abrió su cartera, sacó un sobre que reconocí al instante y me lo entregó:

—Aquí tienes tu mensaje.

Si hubiera dicho Mensaje a García habría resultado la mujer perfecta. Me alegré de que no lo dijera: detesto las perfecciones.

—Quiero advertirte—me dijo—que mi hermana estaba furiosa. Ni siquiera quería que viniera a verte hoy. Es más, no sabe que estoy contigo. Me dijo que me tratabas como una prostituta, aunque usó otra palabra.

Fue entonces que realmente me di cuenta de lo que había hecho: había sido un ardid que dio resultado, otra trampa para mi presa, trick and tits, y eso disminuía su enormidad a mis ojos, pero verdaderamente no me había portado bien —objetivamente considerada la carta era un insulto. Aunque en realidad la trataba con su contenido como lo opuesto a una puta: por servicios no rendidos. Sin embargo era una regla del juego ofrecer mis disculpas:

—Perdona—le dije—, pero estaba furioso. Te esperé tanto tiempo. Además de que me habías asegurado que vendrías.

No le dije que pensé que se había burlado de mí de la manera que la actriz futura se burlaría del crítico actual. No podía hacerlo aunque hubiera querido: ninguno de los dos, Esperanza y Esperando, existían entonces.

—Ya sé—dijo ella—. Pero créeme, no pude venir. Hice todo lo posible pero fue imposible.

—Bueno, eso no tiene importancia ahora—le dije, cogiendo el sobre y echándolo en un bolsillo íntimo.

—Está todo ahí—dijo ella, y supuse que se refería sólo al dinero—. No quería conservar la carta tampoco.

—Lo comprendo y no te culpo. Fue atroz de mi parte.

—Eso indica que eres muy apasionado, como Alejandro —por un momento tuve que localizar al Alejandro apasionado. ¿El que tan pronto se llamaba Alejandro como Paris, al que Helena hizo mortal con un beso? ¿El conquistador griego? ¿Alejandro Dumas, padre o hijo? Finalmente recordé a su marido venezolano y sentí celos: así soy yo: padezco celos retrospectivos, introspectivos, prospectivos. Para salvarme de mi caída de celos llegó el camarero con los daiquirís en que ahogarlos. ¿Las penas de amor se ahogan como las penas? No había quien se bañara en esos elixires, mucho menos ahogarse: estaban innecesariamente helados, el hielo batido convertido en una tundra, en círculos árticos, añadiendo frío al aire acondicionado que era excesivo para dos.

Ella tomó su copa y acercándola a la mía dijo: "Chinchín", saludo de costumbre que rechinaba tanto los dientes como el hielo coloidal de los daiquirís. Era otra forma del despedidor "Ciao". Debía de ser escandalosa la cantidad de italianos que emigran a Venezuela, tanto que Bolívar pudo haber dicho: "He arado en el Tíber". Me sonreí y toqué suavemente su copa. Al menos creí que lo hacía con suavidad, pero al ver temblar su copa entre sus dedos y desbordarse un poco del iceberg desmenuzado, me di cuenta de que no había calculado bien la distancia entre ambas copas con los fragmentos del glaciar que caían en la mesa. Me disculpé y ella dijo: "No importa. Significa buena suerte". No recuerdo cuántos daiquirís más tomamos en aquella penumbra helada: sólo recuerdo el frío creciente en mis labios y el mareo que me asaltaba, como si fuera un navegante sin norte en la bahía de Hudson. Debíamos de haber pedido whiskey. Pero lo habrían servido con hielo. Scotch of the Antarctic. Para olvidarme del Ártico en el trópico hablamos. ¿De qué hablamos? Hablamos por supuesto de ella, de sus intentos como actriz de teatro en La Habana, condenados a la inercia—no de movimiento sino de estancamiento—, del Teatro Universitario. Después habló de la televisión, de los pocos papeles que consiguió en el Canal 2 habanero y de cómo decidió emigrar a Venezuela, donde le iba muy bien, y de su matrimonio, en el que le había ido mal. Momento que aproveché para iniciar una finta que con el tiempo se convertiría en toda una estocada y de ahí en maniobra, en técnica del duelo del amor—y si sueno como ese autor favorito de mi madre, M. Delly, es porque en el amor no queda más que repetir las palabras, como hacen Romeo y Julieta, o repetir frases hechas, ¿y quién mejor dictándolas que los autores de novelas baratas, denominación en la que no incluyo juicio literario sino mera mención de su precio? En una palabra: le dije que yo también estaba casado. En el futuro acostumbraría a pronunciar esa oración como una declaración de principios, que quiere decir que hay que tomarme como soy, en el estado civil en que estoy y que no pienso cambiarlo en el futuro inmediato—a menos que.

—Me lo temía—dijo ella.

—¿Es que se me nota?

—No sé. Algo me lo decía. Desde que te conocí.

Es evidente que hablábamos de distintas versiones de mi vida: cuando ella me había conocido, hacía rato que yo la conocía, y cuando yo la conocí a ella no estaba casado todavía.

—¿Te importa mucho?—le pregunté.

—No realmente. Nada impide que dos personas casadas entablen una amistad.

¿Estaba ella casada aún? La última vez me dijo que estaba divorciada. Extraño y, además, intrigante. Pero no quise comenzar una indagación. Por otra parte me temía que volviera a surgir el nombre de Alejandro, tan detestable para mí, no por pertenecer a este Alejandro fantasmal una noche en el recuerdo, sino por presente, materializado, porque había sido o era marido de esta belleza aterida aquí a mi lado. Traté de hablar de otra cosa, del teatro por ejemplo, pero era evidente que su conexión con el teatro era tan remota ahora como la mía. Desde los días en que iba de safari sexual por el Teatro Universitario habían pasado muchas cosas, entre ellas tan importantes como la verdadera pérdida de mi virginidad, la relación íntima con una o dos mujeres, la cárcel por las palabras, la cárcel de palabras y hasta mi matrimonio como consecuencia de la condena. El teatro era tan antiguo como la edad histórica de las obras que montaban en el Teatro Universitario. ¿Hablaríamos de cine? Pero eso era casi sacar a lucir mi profesión: bien podría hablarle de corrección de pruebas. Sin duda el símbolo del dele tanto como el último estreno eran igualmente parte de mi trabajo: el único cronista de cine que corregía sus pruebas. Ya sé: hablaríamos de televisión. Yo no era como los escritores de mi generación que se vanagloriaban de despreciar la televisión, sin darse cuenta de que era el mismo desprecio que había sufrido antes el cine. A mí me gustaba la televisión como espectador, incluso me interesaba como escritor y hasta una vez traté de escribir libretos para la televisión, hacer alguna adaptación para un programa de misterio que se llamaba "Tensión en el Canal 6" y que a pesar de su cómico nombre permitía ejecutar algunos ejercicios de suspenso. Hablé de televisión.

—Ah, la televisión—dijo ella, en un tono que no era declamatorio porque por debajo de sus expresiones siempre había un dejo popular, producto sin duda de San Lázaro y sus mulatas—. Es una lata, créeme. Lo único que se gana buen dinero. Al menos en Venezuela. Pero todas esas marcas en el piso—casi miré al suelo por la intensidad de su voz—, ese muchachito agachado frente a ti, como en posición de mirarte por debajo de la falda, si no fuera porque lleva esos auriculares—ella dijo, claramente, audiculares, lo que tiene una lógica impecable pero no es exacto: he escrito auriculares porque no quiero ser implacable con su recuerdo: además sonaba tan bien en su voz irreproducible—y un libreto en la mano, siempre pastoreándote.

Se refería sin duda al coordinador, oficiante que a pesar de su nombre tan técnico no es más que alguien que ejerce el oficio odiado de apuntador ambulante. Temía que ella se fuera a internar por ese camino de toda actriz de teatro quejosa de la intrusión de la tecnología en las tablas. Traté de inventar un obstáculo que la hiciera desistir de entrar en esa selva suave de las lamentaciones.

—Pero seguramente que te harán muchos close ups. Ojos como ésos no se ven todos los días y mucho menos en Caracas.

Puedo ser cursi pero también eficaz. Ella se sonrió y, de haber sabido inglés y conocido el refrán, me habría dicho: Flattery will get you knowhere, pero era evidente que lo sentía y como muchas de las mujeres (nunca se lo he oído decir a un hombre) que expresan dicho dicho, aun correctamente, al mismo tiempo disfrutaba la celebración. La adulación lleva al adulterio. Pero no hay que acuñar nuevas frases sino coñar frases hechas.

—Ah, los closops! Es lo más aterrador porque una se siente desnuda.

—¿Y qué tienes contra sentirte desnuda?

—Nada frente a un espectador—dijo con cierta sonrisa—. Tal vez muy poco frente a muchos espectadores, pero es terrible cuando estás desnuda frente a nada, solamente mirada por ese bicho mecánico con un ojo vacío al medio y un guiño rojo al lado.

Era una buena descripción de una cámara de televisión.

—Polifemo polimorfo.

—¿Cómo?

—Nada, nada. Sigue.

Pero no había que animarla: ella era una actriz en activo.

—Cuando me hacen un closop es cuando más desamparada me siento. Me da miedo de que se me vea todo.

—Pero todo lo que se te va a ver es bien visible.

Era doble verdad: además de su boca, sus labios bordeaban simétricos una dentadura inmaculada, de dientes parejos, blancos, entre encías perfectas. Ya he descrito además el resto de su cara, y si bien es verdad que algún día ella padecería una doble barba, ahora su barbilla completaba no un óvalo pero sí un dibujo sin mácula. Ella volvió a sonreírse antes de continuar:

—Quiero decir que las emociones se vean demasiado o no se vean o resulten falsas. Es una agonía. Por eso disfruto tanto este tiempo en La Habana.

—Entre los nativos.

—Entre mi gente.

Me alegré de que no dijera que había disfrutado el tiempo de su matrimonio, que sospeché pasado fuera de la televisión, a juzgar por la posesión tan total que demostraba su marido aquella noche habanera llena de columnas hace tanto tiempo—y tan poco en verdad. Todo el rato que hablamos habíamos estado tomando, tiritando entre esquimales esquivos, y me sentía además de congelado bastante animado, tal vez porque el ejercicio mental es un antídoto contra el frío glacial y ahora amenazaba con ser brillante pero también borracho, capaz de ser chambón. Además el tiempo pasaba y no pasaba nada. Decidí que era hora de atreverme a una salida en la noche boreal, calculando por la brújula que era toda norte, sopesando a Violeta del Valle, flor de invierno y no de invernadero, no tomándole el peso a ella sino teniendo en cuenta que era divorciada, que era además actriz, que se veía líbidamente liberada. ¿Pero cómo empezar? Debía ensayar una movida original, una apertura Ruy López dirigida directamente a la dama:

—¿Qué tal si estamos solos un tiempo?—quien ha enamorado a más de una mujer se ve condenado a repetirse: la primera vez como drama, la segunda como farsa.

Ella me miró, miró en derredor al bar tan solitario como Laponia en invierno, al que los dos camareros que eran de veras pingüinos hacían parecer más desolado.

—¿No te parece que estamos lo suficientemente solos?

Había que concederle un tanto pero yo no estaba allí para llevar la cuenta, aun en el ajedrez amoroso.

—Quiero decir solos los dos.

Ella se sonrió.

—¿Tú quieres decir sólo tú conmigo sola?

Era hora de poner las cartas sobre la mesa: el ajedrez devenía mero póker: decadencia del juego del amor.

—Eso es.

—¿En un cuarto?

Me 'detuve un momento antes de responder. ¿Tendría ella un as oculto?

—Sí.

Me temí que ella reaccionara si no violentamente en contra al menos negativamente.

—Está bien.

No lo quería creer. ¿Estaría ella blofeando?

—¿Sí?

—Sí.

—¿De veras?

—De veras.

Casi parecería que yo quería convencerla de lo contrario o de que se tratara de una virgen riesgosa. Era evidente que las cosas del amor habían cambiado mucho en La Habana (de Cuba no sé: yo vivía en una isla que era la ciudad) en sólo cinco años. En 1949 Julieta era una pionera que arriesgaba el calificativo de puta (sin admitir la vox populi que puta era sólo la que cobraba) por acostarse con el hombre que ella amaba—o que solamente le gustaba, para no alardear de que me amara alguna vez. El resto, todas las muchachas que conocía, eran vírgenes profesionales y algunas como Catia Bencomo consideraban el sexo si no el mero amor ("el mero amor"—si me oyera Ovidio!) como una provincia peligrosa, una suerte de contaminación contra la que había que vacunarse y si su adolescencia les prestaba unos encantos que eran su mayor atractivo no era culpa de ellas y había que eliminarlos. De aquí la resolución de Catia de usar espejuelos cuando su miopía no era aguda. Así Julieta quedaba como una vestal del amor, una virgen contraria a la que había que rendir tributo por su entrega al sexo, Santa Julieta—y muchos de mis amigos, aún hoy día, tienen un recuerdo grato para ella, considerándola una verdadera iniciadora: no sólo la que nos inició a casi todos en el sexo sino ella misma la iniciada en una liberación que culminaba ahora en la naturalidad, más que en la facilidad, con que Violeta del Valle accedía a mi proposición más torpe que irresistible. mi póker contra su canasta. Pedí la cuenta y pagué—con mi dinero, no con el de Violeta, el que ella me había devuelto, los billets doux. Emergimos a la calle y nos recibió el verano, el horno del estío, la atmósfera de tintorería que ahora agradecía después de mi estancia entre los lapones. Me sentía contento de estar vivo en La Habana, yendo detrás de ella, caminando lentamente, no sólo para admirar sus caderas francas, harrisianas, pero también porque había bebido demasiado y ya se sabe lo que dice el otro franco, rabelaisiano, de la divina botella, aunque no dice que sus formas son las de una mujer, esta mujer tiene la forma de su contenido. La luz violenta del verano se había vuelto un crepúsculo suave, más rosa que malva, mientras caminábamos rumbo a la posada urbana, yo llevándola del brazo, como cosa mía, haciéndola volverse a la derecha, bajando por la calle Industria apenas dos cuadras hasta Barcelona. Cuando la cogí del brazo al salir del bar ella me dijo:

—Si me dicen algo no hagas nada, por favor.

No entendí.

—¿Cómo?

—Que si alguien se mete conmigo no reacciones. No quiero escenas.

—Nadie se va a meter contigo—le dije, para asegurarla aunque yo no estaba muy seguro a mi vez. Violeta tenía unas tetas provocativas, que llamaban mucho la atención, y su cuerpo era muy de hembra y llevaba además su cara bella. Estaba lo que se decía en La Habana buenísima con intención unívoca. Por otra parte yo conservaba mi maldita figura adolescente, a.pesar de sacos y de hombreras, y juntos por la calle era evidente que ella era demasiada mujer para mí, como Silvano Suárez dictaminó de Beba Far para mi furia. Pero ella no tenía nada que temer. Yo no era violento, al menos no físicamente: podía ser un crítico cítrico, con humor ácido, pero era un ciudadano pacífico, obediente tanto de las leyes de la física como cívicas. Es más, desde mis días del bachillerato, cuando hubo pasado el primer año inexperto en la escuela primaria en La Habana, salvado de milagro de los abusadores del colegio, entré al bachillerato y al poner el primer pie en el Instituto (donde la violencia demostró su fuerza fatal ya antes de ingresar, viendo volar a un alumno audaz al estallarle la bomba que iba a poner tal vez en el *Diario de la Marina*, que estaba a una cuadra del Instituto y de mi casa, tal vez en el mismo plantel) evité estar entre las víctimas de los violentos a fuerza de ingenio, con una broma aquí, con un chiste allá, una parodia grotesca acullá, haciéndome el gracioso aunque formaba parte en un principio de los que eran ,considerados los débiles, los estudiosos, esos filomáticos odiados por los duros, los violentos, y así cuando se produjo mi gran cambio y en vez de estudiar libros de texto leía literatura, en vez de jugar pelota auxiliaba a organizar funciones teatrales, en vez de ir al cine en un grupo ruidoso ayudaba a crear un cine-club, dejé esa violencia detrás sin siquiera sentirme tocado por ella, como el pato que no sabe que es impermeable y le quedan unas cuantas gotas olvidadas que resbalan húmedas por su cuerpo seco. Asimismo evité la violencia de la calle y me tocó en suerte no tener que enfrentarla al pasear por ella con una mujer, si bien es verdad, los paseos siempre tuvieron lugar por avenidas oscuras, poco transitadas, a oscuras—y pocas de mis compañeras podían considerarse una belleza popular. Otra cosa sin embargo era ir ahora con esta mujer excesiva-mente hermosa, espectacular, por esta Habana céntrica de día. Afortunadamente no nos quedaba más que una cuadra que salvar a la media luz del crepúsculo.

Cuando entramos al cuarto, que ella inspeccionó casi con una expresión de yo no he estado aquí nunca, dejando la car-tera sobre la coqueta, me dijo:

—¿Quieres correr las cortinas? Detesto la luz.

Era una manía que unía a las mujeres. Afortunadamente al usar un verbo tan culto como detestar ella no empleó la in-flexión que le habría dado Julieta Estévez, por ejemplo, que resultaba si no falsa al menos insincera, un eliotismo, o el tono libresco viejo—inevitablemente selvosudamericano—que habría usado Dulce Espina, sino que lo dijo con un dulce des-doro, y al decirlo entró al baño. Siempre me preguntaba qué hacían las mujeres en el baño antes de meterse en la cama. (De haber ido al cine Niza y visto *Cómo se bañan las damas* habría sabido.) Después de correr las cortinas (las posadas, como casas continentales, hacían un uso generoso del cortinaje, con el propósito de promover la oscuridad más propicia al comercio entre ambos sexos, pero siempre daban una nota exótica—que enseguida desmentía el mobiliario, tan habanero que se llamaba mueblaje, ese que fue para mí a la llegada a La Habana un neologismo incomprensible: juego de cuarto) fui hasta la puerta del baño para verla no desvestirse sino reflejarse pálida en el espejo, la luz fría dando a su carne cálida una calidad distante al proceder ella a quitarse la pintura, antes escarlata, ahora morada, de los labios con papel higiénico. Como únicos clientes del club gélido, vigilados por los camareros obligados por su atención y tal vez por el frío, pendientes de la posible hipotermia, congelamiento y finalmente la muerte helados, no nos habíamos dado ni un beso y he aquí que sin siquiera besarnos (creo que le cogí una mano entumida con mis dedos ateridos una vez o dos) estábamos en el cuarto de baño de una posada, dispuestos a dejarlo para acostarnos en la cama favorable y hacer el amor—ese galicismo que aprendí de Julieta como la única forma decente de decir singar. Ah, que las palabras, no los actos, sean sentenciados por la moral.

Me hice a un lado cuando ella salió del baño y la seguí —y la perdí: al apagar la luz quedamos expuestos (mejor sería decir, sin revelar: devueltos a la calidad de negativos que tenemos antes de nacer) a la oscuridad total del cuarto, que era tan enemiga como el frío del club. Me quedé de pie junto a la puerta esperando a que ella se desnudara, oyendo cómo se quitaba la ropa con frufrús de raso o seda (¿o sería el enemigo nylon?) sin disfrutar de ese puro placer que es ver desvestirse a una dama. Ahora ella era una sombra que se desprendía de su cubierta de sombras, silueta que apenas podía discernir de los cuadrados—grandes y pequeños pero todos negros—de los muebles. La oí (es notable la cantidad de cosas que se oyen en la oscuridad) entrar entre las sábanas crujientes y luego su voz en dirección sur-suroeste (después de la noche nórdica del night-club todo era el sur para mí) decir:

—¿Vienes?

¡Cómo no iba a ir! Pero primero tenía que desvestirme. Por alguna razón oculta—¿o sería mejor decir oscura en las tinieblas del cuarto?—no me había quitado siquiera el sempiterno saco, esperando a que ella me ofreciera el espectáculo eterno y siempre nuevo por que había esperado tanto tiempo. Fue fácil despojarme de la chaqueta y de la camisa, que no había tenido tiempo de sudarse después de haber estado congelada inviernos en el Ciro's. Lo difícil fueron los pantalones: siempre mi dificultad está en quitarme los pantalones, que es errática: viene y va. Hoy venía. Mi equilibrio es tan precario (de hecho camino con una pierna en la posición correcta, pero la otra, al nivel del pie, hace un extraño, un giro de centrífuga que la lanza hacía afuera mientras la fuerza centrípeta de la otra pierna la trae a su centro: nunca me hubiera fijado en esta anomalía si mi mentor, temiendo por su gata, no me lo hubiera dicho una vez que avanzaba por el estrecho pasillo de su apartamento hacia la cocina, y hasta ha habido más de un amigo que me ha preguntado por qué camino tan extraño, con ese pasillo que no llega nunca al baile) y una de las piernas del pantalón se me traba siempre en el zapato, incluso en el pie desnudo, y casi me hace caer, por lo que tengo que llevar a cabo la operación de quitarme los pantalones o bien sentado o cerca de algún mueble propicio. Esta vez no había una silla cercana y no quise sentarme en la cama, lo que me parecía marital, que le quitaba el carácter clandestino a aquella reunión—y así di un tumbo tan estruendoso que ella preguntó desde la oscuridad de las almohadas:

—¿Qué pasó? ¿Te caíste?

—No, no—me apresuré a asegurarla—, solamente di un traspiés en la oscuridad.

—Perdona—dijo ella—que insista en que esté todo tan oscuro pero nunca he podido quedarme desnuda con luz.

Suerte la mía. ¿Querría decir que nunca vería ese cuerpo codiciado, contemplar esa carne que esperaba espléndida, que sabía suculenta por los retazos que ella mostraba: brazos, piernas, cuello? Sin responderme me acerqué a la cama a tientas y me acosté a su lado en silencio, imaginando su imagen.

—¿Estás bien?—me preguntó ella con su voz que perdía para mí su falsedad eufónica y solamente sonaba bien cuidada. Ella debía referirse todavía a mi caída.

—Sí, sí, muy bien. No me pasó nada.

—No, quiero decir si estás bien conmigo aquí.

¿Cómo podía preguntar eso? No me quedó más remedio que hacer que esa voz interior se exteriorizase.

—¿Cómo puedes preguntar eso?

—No sé. Es la primera vez. Supongo que debes sentirte extraño la primera vez. Yo me siento muy rara.

—¿Rara, cómo?

—No sé, aquí los dos, tan rápidamente, sin siquiera saber nuestros nombres propios. Tú me has dado tu seudónimo —por razones de seguridad sexual le había dado el nombre con que firmaba mis escritos, pero había además el problema de mi nombre, tan largo, con el que nunca había estado de acuerdo mi cuerpo, pero ¿y ella?—y yo te he dado mi nombre de actriz. ¿Tú sabes por qué pedí un margarita en el club?

—Supongo que porque te gusta.

—No, es que mi verdadero nombre es Margarita del Campo.

Bueno, llamarse Margarita del Campo es casi tan floral como llamarse Violeta del Valle. Peor sería que se llamara Lirio Laguna o Amapola del Camino o Rosa Jardines. Se lo dije.

—Pero es que mi apellido tampoco es del Campo. Es simplemente Pérez. Margarita Pérez.

Margarita Pérez: por alguna oscura razón me había dado ahora por repetir mentalmente lo oído y decir en alta voz lo que pensaba. Decidí que ya habíamos hablado bastante, tal vez demasiado, y cansado de Violetas y Margaritas y Lirios me viré para besarla—lo que no hice exactamente en su boca porque ella estaba todavía acostada bocarriba o decúbito supino, como diría un forense si ella fuera un cadáver—y para todos los efectos eróticos lo era y yo no soy necrofílico. Pero no duró mucho su condición supina y se volvió para devolverme el beso. Esta vez se besaron las dos bocas, los cuatro labios y las tres lenguas finalmente. Digo tres lenguas porque por un momento me pareció que ella tenía una lengua bífida —pero era una ilusión de su arte amatoria. Besar sabía, tanto como Julieta y mucho más por supuesto que Dulce, infinitamente más que mi mujer: un trío de comparaciones que a pesar de su dificultad (siempre es más fácil comparar dos cosas que tres: el triolismo es embarazoso para uno de los componentes) hice instantáneamente. Nos besamos, oliendo yo su verdadero olor por encima del aroma del alcohol, que aunque no es un hedor para mí (más bien al contrario: no me gusta realmente el sabor del alcohol, pero hay algo sumamente atractivo en su olor: supongo que si pudiera emborracharme aspirando y no bebiendo a estas alturas sería un dipsómano) interrumpe catar ese hálito íntimo de una mujer que es su aliento. Pegué mi cuerpo al suyo y sentí todo su esplendor táctil (el único posible en la oscuridad) de su cutis, de su piel extendiéndose a lo largo de mi cuerpo y llegué a la conclusión de que, si bien no había leído todos los libros, ay, sabía que la carne no es triste: al contrario, es alegre, grata, exhilarante, y una vez más me dije que el teólogo que la castigó por oposición a la virtud continente sabía lo que estaba haciendo: la carne condena, nos lleva a su contemplación, a su adoración, y es nuestra versión del paraíso: Paradise lust. Di gracias por tener entre mis manos, entre mis brazos, entre mis piernas toda aquella carne codiciada con la que había soñado cinco años, así que pasen, a la que había anhelado un lustro, a la que perseguí (despierto y en sueños, viéndola de lejos o teniéndola cerca pero remota, que me ignoraba mientras yo la exploraba poro a poro visible, como un Stanley de esta ignota afrocubana) por tanto tiempo y ahora estaba en mi espacio, verdadera pero increíble porque la poseía y pronto estaríamos en el momento sin tiempo, en esa eternidad a la medida humana que es el coito, la cogida, singar. Todavía sin entrar en ella, solamente penetrando su boca con la mía, convirtiendo un hueco en un instrumento de penetración al tiempo que el segmento penetrado ejecutaba su propia entrada en mi boca, dejé de besarla con estos besos certeros míos, implacables, un momento para buscar sus senos, encontrar con mi boca aquellas tetas que siempre fueron su busto por la ropa encubridora, y bajé la cabeza hasta dar con uno de sus pezones, que besé, mamé, casi perforé con mi lengua haciéndole el orificio que tendrían alguna vez por la maternidad, creando artificialmente lo que la naturaleza hacía con un propósito, con otra intención pero los dos a ciegas, yo por culpa de la oscuridad que ella originó: fiat tenebrae. Traté de buscar con la otra mano su otra teta.

—¡No!

Lo dijo ella con tal firmeza, tan fuera de tono, que me

sacó de situación, y antes de preguntarle qué pasaba, qué había hecho yo mal con lengua o mano, me dijo:

—No, por favor, no me toques ahí. Puedes seguir como estabas pero deja en paz mi otra parte.

Se refería a la teta derecha, la que traté de encontrar, la que nunca encontraría. Era para preocuparse pero estaba tan feliz de tenerla en cama, desnuda, entre mis miembros, abriendo ella ahora sus piernas, que me olvidé de su interdicción, mero capricho, y me subí sobre. Toda penetración es un conocimiento y llegaría el tiempo en que para tratar íntimamente a una mujer sería imprescindible acostarme con ella. Hasta ahora mi práctica del conocimiento era limitada porque para un cazador las únicas piezas que cuentan son las disecadas. Julieta era ya una mujer casada y había en ella una manía didáctica que la hacía indicarme por dónde entrar, cómo proceder, cuándo salir. Dulce solamente se preocupó la primera vez de disfrazar su desfloración—¿real, ficticia?—con adornos danzarios: todo era culpa del ballet, y así mi primera penetración estuvo enmascarada por su hipocresía, por la danza que jamás empezó, Isadora Nunca. Con mi mujer fue el encuentro no con una virgen sino casi con la Virgen de la Caridad. Su educación religiosa, su verdadera religiosidad, más una cierta predisposición a la histeria, convirtieron nuestra primera vez en la única vez por muchos días, una perforación más que una penetración, provocando hemorragias que me recordaban las hemoptisis de mi hermano y hasta la visión de la niñez, en el pueblo, de un muchacho que sangraba por la nariz sin causa conocida. (Esta primera desastrosa experiencia con una virgo intacta no impidió que pocos años después persiguiera la virginidad como una versión doméstica de Don Juan—Silvio Rigor, siempre aficionado a las metáforas musicales, habría dicho que era mi interpretación de la *Sinfonía*

Doméstica de Don Juan Strauss—y me convenció de que la única manera de lograr una cierta inmortalidad en la memoria de una mujer era acostándose con ella primero que nadie, que la desfloración creaba un lazo, en algunos casos de amor, otras de odio, pero nunca indicaba indiferencia, y sí la rotura de una mera membrana traía consecuencias inolvidables para la poseedora, que pasaba a ser la poseída y el primer penetrante resultaba un poseído—no en el sentido de excesivo orgullo, que no me interesaba, sino del alma que parecía residir detrás del himen y así liberada iba a alojarse en el amante. Curiosamente, con el acto viril de la desfloración, el hombre se hace un poco mujer.)

Pero ahora que Violeta se abría con la suavidad de sus carnes, que entraba yo en ese umbral del útero, me recibió como si llegara a mi casa, entré en sus casillas, el peón que se hace reina. En ese instante comenzó a moverse con una naturalidad que no pretendía enseñarme nada, que no me ocultaba nada, que lo ofrecía todo sin artificio y al mismo tiempo con un arte aprendido con la simpleza que demuestran, por ejemplo, ciertos pintores japoneses que parecerían haber nacido pintando y sin embargo su edad, el cúmulo de experiencia, la misma calidad intemporal de su obra indica un aprendizaje porque efectivamente un arte siempre se aprende. No sentí celos en aquel momento por los múltiples amantes o el solo amante repetido que la enseñó a moverse—y no sólo a moverse porque era más que un movimiento, más que la succión hábil de la vagina, más que el golpe aparentemente de émbolo pero creado para recibir un pistón: su cuerpo como en fuga, estirándose hacia un horizonte el cuerpo mientras dejaba detrás la vigorosa vulva, entregándome su pelvis cuando me hurtaba el torso, ella dividida en dos igual que si el coito la serruchara en un acto de vodevil vicioso: era como si huyera para entregarse, mitad y mitad, medio escape y medio enlace: era toda una actitud, indicando con la palabra no sólo la actividad sino la posición, eso que las ballerinas y los pilotos llaman attitude, mostrando que el sexo es un ejercicio mental que se ejecuta con el cuerpo—y ni siquiera me importó si fue ese alejado Alejandro ahora porque ella era efectivamente mía tanto como yo era de ella. Cuando alcanzó el orgasmo, cuando llegamos los dos juntos al clímax, no gritó con el estruendo vocal de Julieta, que parecía considerar el bello arte del coito como un asesinato y que revelaba como su verdadero yo esa expresión que ella odiaba tanto: la vulgaridad. ¿O sería mejor llamarla vulvaridad? Violeta (aunque para mí había empezado ya a ser Margarita) se quejó apagadamente pero con una intensidad que no estaba destinada para la galería (es un decir) sino para mí solo y fue un largo quejido que dio no sólo la medida de su orgasmo sino de un indudable, genuino sentimiento de gozo: ella gozaba conmigo pero, principalmente, gozaba para mí. No bien terminamos volvimos a empezar. Pero solamente lo hicimos dos veces, y tuve la impresión de que no había quedado yo bien. Esa sensación me asaltó la primera vez que estuve con Julieta, pero ella estaba enseguida dándome instrucciones (Cómo Conseguir un Coito en Cuatro Cuartetos) por lo que no me permitió hacerme consciente de mi ineficacia. También me pasó con Dulce, pero su premura en explicarme por qué no era virgen aunque lo era, la ridícula explicación y la comicidad de la situación, tampoco me hicieron advertir como es debido la falla en mi ejecución. Ahora era un hecho que yo por una inhibición que no podía explicarme (o que hubiera llevado mucho tiempo investigar y encontrar su causa) resultaba un pobre amante la primera vez. Esa primera vez con Margarita (o Violeta del Valle, como debe llamarse todavía para la televisión, ahora, ay, haciendo papeles de madre o tal vez de abuela: nunca le pregunté su edad pero siempre me pareció que era mayor que yo—¿o era una imagen proyectada por su experiencia, su cantidad de vida vivida?) no quedé satisfecho con mi performance ni mi hambre sexual. Esta última insatisfacción no se la declaré pero sí la primera, con una explicación que era la verdad pero también un cliché para salvar la cara:

—No suelo ser muy bueno la primera vez.

—No te preocupes—me dijo ella—. Has estado muy bien.

¿Hubo en su tono algo de la madre que no premia al hijo pero tampoco lo castiga? ¿O era no un maternalismo amable sino el aliento de un director de escena con el actor que no ha quedado conforme con su propia actuación? En todo caso mostró una de sus cualidades en la cama: participaba del acto sexual pero sabía separarse de su participación lo bastante como para juzgarlo. Una actriz amante del Verfremdungseffekt o V-Effekt, en el que V significara vagina, veterana, Venezuela. En el futuro vería algunas mujeres capaces de este desdoblamiento de actriz y espectadora, pero ninguna lo realizó tan cabalmente como ella. Al mismo tiempo me mostró más de una vez que podía ser una mujer muy apasionada—tal vez demasiado.

—¿Te importa si me visto?—dijo desdoblada.

—No, en absoluto.

Se bajó por su lado de la cama en la oscuridad que había aumentado con la noche afuera, y en esa tiniebla su figura invisible se movió descalza para recoger su ropa y entrar al baño a arreglarse per speculum in enigmata, donde cerró la puerta, ruido de cerradura, antes de encender la luz. Entonces yo fumaba cigarrillos—exóticos LM americanos—, habiendo abandonado la pipa de la guerra adolescente y sin haber adoptado todavía el tabaco, el habano, ese puro de marca. Hay en todo hábito una repetición y una síntesis, y un hombre que fuma es todos los hombres que fuman, y fumar después del coito es un hábito que no inventó Rodrigo de Xeres, descubridor del tabaco—es decir, del fumar esa yerba—a los europeos ni Sir Walter Raleigh que lo introdujo en Inglaterra, sino posiblemente su contemporáneo, el irreverente poeta Christopher Marlowe, que dijo que los que desdeñan al tabaco y el amor de los muchachos son idiotas, y me lo imagino inventando el hábito of smoking after fucking. Fumando la espero sentado en la cama, todavía dentro de las sábanas, desnudo bajo ellas, apoyado en las almohadas contra la cabecera, fumando la vi salir del baño: vestida tan elegante como cuando surgió por entre los cristales de la puerta—espejos con imágenes que multiplicaban su tránsito de la realidad exterior a la irrealidad del encuentro—en el Rex Duplex, convenientemente maquillada—la boca de labios gruesos ahora desbordados por el rojo pastoso—, peinada en ondas largas y lista para abandonarme. Pero no: vino a sentarse en la cama, se sentó y se acercó tanto a mí que pensé por un momento, a pesar de su boca, que quería un beso—o una fumada.

—¿No notaste nada?

¿Cuándo? ¿Al salir del baño? ¿Al sentarse a mi lado?

—¿Notar qué?

—Cuando lo estábamos haciendo.

No pertenecía a la escuela de Julieta, que hubiera dicho haciendo el amor, ni a la de Dulce, que hubiera evitado referirse al acto sexual como no fuera para relacionarlo con algún oscuro escritor peruano que tal vez ni siquiera lo soñó. Alegría de Ciro. Ella usó un verbo, pronombres y un gerundio. Gramaticalmente era una oración.

—No. ¿Qué pasó?

Supuse que se iba a referir ella a su evidente ausencia de himen, estrechez o dificultad en el itsmo. Por un momento pensé que tenía que ver conmigo, que era algo especial—un don, una cualidad, una característica anatómica específica y oculta: no la vagina dentada voraz sino esa vulva versa que succiona con contracciones que son prácticamente un parto invertido y el pene se hace un feto en viaje de regreso—que mi concentración, me había hecho pasar inadvertido.

—No pasó nada. Era algo que debía haber y que no existe.

No entendía nada. Me miró a los ojos.

—Eres muy inocente, ¿sabes? O muy dulce.

—Decídete por los dos—le dije en broma.

—No, en serio.

Estaba muy seria.

—Tengo que contarte algo. ¿Recuerdas cuando te dije, no: cuando te prohibí que me tocaras el seno derecho?

Sí, lo recordaba.

—Bueno, sucede que cuando yo era niña nosotros éramos muy pobres en Santiago. Mis padres están muertos y lo único que queda de mi familia es mi hermana. Yo era muy niña entonces y en casa no había electricidad, pero al lado de mi cama mi madre siempre ponía un quinqué. Una noche con mi movimiento o porque estaba muy al borde el quinqué cayó sobre mi cama y prendió mis ropas. Tuve una quemada muy grave en toda la parte derecha del cuerpo, pero no en la cara ni en el cuello ni en las piernas. Solamente en el pecho. Me llevaron al hospital y me vendaron y tardé mucho tiempo en sanar. Cuando por fin me quitaron los vendajes las heridas se habían cicatrizado pero el brazo se me había adherido al pecho. Eso no tenía entonces más importancia que la inmovilidad del brazo. Estuve un tiempo, no recuerdo cuánto, con el brazo inmóvil y finalmente me hicieron una operación, hecha, como te imaginarás, en un hospital de emergencia, chabacanamente por un carnicero, y perdí parte del seno derecho, que todavía no era un seno porque yo era una niña, pero que debió crecer como el otro seno, que para colmo es grande y redondo, mientras al otro lado están todas las viejas cicatrices y el seno que me falta. Me hice actriz para ganar dinero y hacerme una cirugía plástica, pero vine a ganar dinero donde no hay muy buenos cirujanos. Ésa es una de las razones por la que he regresado a La Habana ahora, para operarme, pero el cirujano plástico de aquí, el doctor Molnar, dice que he perdido mucho músculo y las glándulas no se formaron, por lo que la operación es más difícil de lo que creía. Si no inútil.

Había hablado sin parar, como si recitara o se tratara de otra persona: es evidente que no se tenía ninguna lástima. No había dejado de mirarme a los ojos, la luz del baño entrando por la puerta abierta a caer directamente en la cama.

—Bueno, ahora lo sabes todo de mí. ¿No tienes nada que decir?

Iba a decirle que no tenía importancia (que es mi reacción verbal usual cuando algo tiene mucha importancia) pero antes recordé como fueron sus senos más que sus ojos lo que me atrajo esa tarde en el sótano universitario y como los había visto resplandecer parejos por encima de sus ropas tantas veces—uno de esos senos era de utilería, postizo, mero relleno. Era como si me revelara que uno de sus grandes ojos verdes era de vidrio.

—No tiene importancia—le dije finalmente—. Me gustas igual.

—Pero eso significa que no me verás nunca desnuda, que hay una parte de mi cuerpo que no podrás tocar jamás, que estoy, como se dice, medio vedada para ti.

—Queda todo el resto—le dije—. Que es mucho.

Tal vez demasiado para mí—su cuerpo quiero decir, con esa cualidad que los cronistas carnales llamaban escultural y que en inglés se designa por una palabra no menos cómica y al mismo tiempo imponente: statuesque. Ella era una suerte de versión de Venus a la que faltaba un pedazo de mármol, copia de Cirene, África antigua, que siempre me produjo erecciones su monumento.

—Bueno—dijo—, ¿podemos irnos ahora?

Parecía como si le disgustara estar un momento más en aquel cuarto que era para desnudarse, para el esplendor de la carne, para el amor total.

—Nos vamos entonces—le dije, y al levantarse ella salí de la cama. Me vestí rápidamente. Siempre me visto con más maña que me desnudo—pero todavía los pantalones se me traban en los talones nudos.

Cogimos un taxi que se negó—es decir, no el vehículo sino su chofer—a entrar por su calle sin salida y nos bajamos en San Lázaro, que ya se sabe que no es mi calle habanera favorita. Pero después de todo tendría que acostumbrarme a ella: no siempre nos íbamos a encontrar en el lobby del Rex Cinema. Caminando las dos cuadras que nos separaban de su casa recordé de pronto por qué este trozo de calle me era familiar. No era por el cementerio de Espada, ya que debía de hacer cien años que no enterraban a nadie ahí, el cementerio clausurado, hasta olvidado. El recuerdo era de haber venido a visitar a dos hermanas con Roberto Branly. Una de las hermanas tenía cabeza de clavo y era gorda: una cretina sin cura que crecía hacia los lados mientras la cabeza se le iba achicando cada vez más, como si hubiera sido raptada por los indios jívaros y le hubieran reducido el cráneo estando viva: una tsantsa que camina—o al menos que se sienta, porque siempre estaba sentada en su mecedora y se movía atrás y alante todo el tiempo. La otra hermana, espejo lúcido, era una verdadera belleza: alta, con un cuerpo que era demasiado adulto para sus dieciséis años y el pelo rojo—pero también era medio zonza. En todo caso yo era el tonto completo porque acompañaba a Branly a estas excursiones amorosas (que eran por otra parte ejercicios a cuatro manos: las de Branly ocupadas, las mías inútiles) y no tenía papel que jugar, ya que Branly venía con su guitarra amarilla, barnizada, bruna por el tiempo, y cantaba sus boleros, mejor dicho sus canciones cáusticas, pues Branly era un adelantado y ya a finales de los años cuarenta componía canciones con armonías intrincadas, alejado de la obligada cadencia tónica-dominante que de veras dominaba al bolero cubano, y esta muchacha, que era todo el público que podía tener Branly (aparte de la chica cabeza de clavo que se mecía sonriendo como un metrónomo, moviendo su microcabeza como el péndulo de Maelzel—permiso para una digresión, ¿no hay una cierta siniestra simetría en que Maelzel, inmortalizado por Poe, luego de apropiarse el metrónomo, se apoderó y perfeccionó un autómata que es conocido todavía hoy como el Jugador de Ajedrez de Maelzel?, el alemán un genio de la apropiación de lo ajeno), la belleza pelirroja, llamada para colmo Bárbara, sonriente como su hermana—de hecho las dos sonrisas, una en la cabecita y la otra en la hermosa cara rodeada de pelo rojo, parecían ser la misma, confiriendo a la microcéfala una como belleza, mientras que su hermana perfecta participaba del carácter grotesco de la sonrisa deforme, señalando que venían de la misma familia, que eran sin duda hermanas y en ciertos momentos, ciertas noches, parecían gemelas idénticas. Barbara oía la música de Branly, que cantaba con voz apagada después de largas introducciones y rondas caprichosas con su escaso aire sus canciones avanzadas como centinelas perdidas, y decía ella de cuando en cuando: "Ay Robertico, pero qué linda melodía!", cuando los sonidos que producía Branly en su pobre guitarra—acordes sin solución, invertidos, disonantes—eran todo menos melodía. A veces llegué a pensar que Bárbara era realmente la cretina de la casa y que la silenciosa muchacha (era tan joven como Bárbara, aun su minúscula cabeza la hacía parecer a veces una niña injertada en una mujer gorda) que se movía metronómicamente en su mecedora, como marcándole el tiempo a los contracantos de Branly, era una crítica musical de una enorme sabiduría, que se reservaba su comentario—sin duda adverso—de las composiciones de Branly, esos solos de cuerda, esos conciertos de Branlyburgo, esas serenatas para enamorar a Bárbara, que su hermana censuraba silenciosa, posteridad presente.

Estos recuerdos me tomaron unos pocos metros, el espacio de abandonar el taxi renuente y el momento en que Margarita—ya no sería más Violeta del Valle para mí—me tomaba del brazo, me hacía su Armando, ella, la amante condenada, cambiada la tuberculosis finisecular por una mutilación, la imperfección invisible convertida en una enfermedad que era capaz de hacerse más visible que sus cicatrices: estaba convencido de que nunca la vería desnuda, ella que vestida era una belleza, eso que se llamaba en La Habana una real hembra—y fue en ese instante que regresé del recuerdo, que sentí su brazo suave sobre mi brazo (la suavidad no estaba en su piel, que no sentía por sobre mi camisa y mi chaqueta, sino en la levedad con que lo colocó) que supe que me había enamorado, tal vez por primera vez. Sé que tenía que revisar mi pasado y llegar a la conclusión de que en los amores anteriores solamente me creí enamorado, que nunca estuve enamorado de Julieta y mucho menos de Dulce, y que el amor breve, falla de mi carácter, que sentí por mi mujer lo había anulado enseguida al conocerla íntimamente. Con Margarita, sin embargo, era el amor y lo sentiría, gozaría, sufriría a pesar de su personalidad—o por ella misma.

Caminamos despacio. Margarita caminaba despacio. Con una suerte de firmeza demorada. Sus carnes se mantenían en su sitio más de un momento. Sin nada de flaccidez. Como mostrándose en un esplendor. Pensándolo bien, ninguna de las mujeres que habían significado algo en mi vida, desde la lejana Beba, discurriendo por los pasillos de Zulueta 408 como un bolero lento, hasta Margarita, ni una sola de ellas caminaba rápido. La única excepción era mi mujer, que se movía con una celeridad inestable. Pero Julieta, por ejemplo, era un espectáculo a cámara lenta verla bajando por la calle Inquisidor, moviendo sus caderas a un lado y otro, con un movimiento que invitaba los piropos invariables, mostrando su reducido gran cuerpo y a propósito demorando su paso por las calles estrechas de La Habana Vieja entre una pasarela de miradas masculinas, de voces y hasta de gestos amorosos que a veces se convertían en toqueteos—para conseguir de Julieta la sempiterna exclamación: "¡Qué vulgaridad!" Tal vez tuviera que ver con el desplazarse sin premura de estas habaneras (aun la habanera adoptada que era Margarita, ahora visitante de la noche, como la llamaría Germán Puig) el ámbito tropical, el calor, el dejarse acariciar por la brisa marina—pero ¿por qué rayos no se apresuraban de día, bajo el sol tórrido, en la calígene, con aire de horno?

Llegamos finalmente a la puerta de su edificio y nos detuvimos allí para despedirnos, yo deseoso de concertar una nueva cita amorosa, ella morosa: ya desde la salida de la posada la sentía eludir mis alusiones a un nuevo encuentro. ¿Sería Margarita flor de un día? Decidí preguntarle directamente:

—¿Cuándo nos vemos de nuevo?

Todavía se demoró en responder.

—No sé—dijo por fin.

—Mañana por la noche.

—No, mañana, no. Tengo que salir.

—¿Con quién?

Me miró como reprochándome que me mostrara tan inquisitivo, tal vez posesivo.

—Con una persona—dijo.

—Con una persona, por supuesto. No ibas a salir con un fantasma—dije aludiendo al cementerio al eludirme ella.

Se sonrió.

—¿Para qué lo quieres saber?

Teoría del conocimiento, le iba a decir. Es el problema de nuestro tiempo. This age of Kant. Pero le dije:

—Para saberlo.

—Es una persona que no significa nada para mí, mucho menos para ti. Un ajeno insignificante.

—Bueno, quiero saber quién es ese enano extraño.

No se rió, ni siquiera se sonrió, sino que volvió a demorarse, a tomarse su tiempo que era mi contratiempo.

—Es el dueño de una emisora. Es esa que está en el último piso del edificio Palace.

¡Mierda de Palace! Siempre surge en mi vida como un intruso de piedra.

—¿Qué tienes que ver con él?

—Tengo un compromiso ineludible.

—¿Tuviste que ver con él?

—¿Para qué lo quieres saber?

—Para saberlo.

Singaron seguro. This age of cunt!

—Si lo tuve fue en el pasado. Estamos en el presente.

—Mañana es el futuro. Será el presente para ustedes dos.

—No, no tuve nada que ver con él. Es una persona mayor. Es como si fuera mi padre.

—Pero no es tu padre. Además, hay relaciones incestuosas.

Se sonrió, aunque yo no tenía intención de hacer un chiste. El incesto es cosa grave.

—Eres cómico.

—Lo digo muy en serio.

—Pero resultas cómico.

Iba a agregar algo más agrio cuando vi en su cara, su cabeza recostada contra el marco de la puerta sin puerta, yo dándole la espalda a la calle, que ocurría algo detrás de mí.

—Ahí viene mi hermana.

Me di vuelta a tiempo para ver la mujer que llegaba. Si Margarita era linda esta aparición era bella, más bien hermosa. Aunque tenía la cara más delgada que Margarita, toda huesos de hecho, su boca no era tan generosa como la de Margarita, con los labios parejos, el de arriba una imagen en el espejo del de abajo, los pómulos más altos que Margarita, pero mejor construidos, con las mejillas hundidas y unos grandes ojos que parecían desplazar toda otra facción de su cara. No eran verdes como los de Margarita sino amarillos, de un amarillo claro y a la vez brillante, lo que hacía intensa su misma mirada. No llevaba ningún maquillaje y vestía sin mucha elegancia, más bien con simpleza. No tenía el cuerpo de Margarita—es decir el que Margarita mostraba por encima de sus ropas—ya que la poca cintura hacía aparecer anchas sus caderas y bastante basta su figura. Era más alta que Margarita.

—Mi hermana—dijo Margarita, abandonando su posición en la puerta.

Su hermana se sonrió por toda respuesta. Había como una profunda tristeza en toda ella: en sus ropas, en su cuerpo, en su cara y hasta en su sonrisa y en sus ojos, que me miraron por un momento.

—Mira—le dijo Margarita—, éste es el muchacho de que te hablé, el que me escribió la carta esa el otro día. Ésta es mi hermana Tania—me dijo a mí.

—Mucho gusto—le dije y estuve a punto de tomar su mano, gesto que ella vio como si fuera tan arcaico como un besamanos. Ni siquiera respondió a mi saludo sino que dijo:

—Oiga, usted hace cosas extrañas. —Creí que se refería a mi mano—. Esa carta.

Hubo un silencio intolerablemente embarazoso—del que me salvó Margarita:

—No tiene importancia, mi hermana. Ya él se disculpó.

Pero tuve que insistir:

—Le pido que me disculpe. Fue una cosa repentina.

—Pues tiene usted unos prontos—dijo ella sin siquiera quejarse: era una mera declaración.

—Tiene usted razón. Fue una estupidez mía.

Pero ella se adelantó hasta la puerta sin hacerme casi caso.

—Yo subo enseguida—dijo Margarita, que se había convertido en una versión popular de Catia Bencomo. Irécomo.

—Está bien, no te apures—dijo su hermana—. Por ahí viene Pepe.

Me dio la espalda en el momento en que yo tendía la mano para (no sé aún realmente) dársela, para despedirme con un movimiento amistoso o tal vez para ambas cosas. O era mi viejo reflejo social, todavía activo. Tenía la mano extendida cuando ella ya había desaparecido escaleras arriba. Pude ver que tenía tan buenas piernas como Margarita—al menos eso había podido ver en Margarita: sus piernas y sus brazos estaban bien modelados.

—Lo siento—le dije a ella.

—¿Qué cosa?

—Lo ocurrido, el efecto en tu hermana.

—No te preocupes. Siempre pasa así. Ni los años la han hecho olvidarse.

Me pareció una exageración. Era evidentemente hiperbólico hablar de años: no habían transcurrido más que días, una semana escasa.

—¿Los años?

—Sí—dijo Margarita—. Ya hace cinco años. Más.

¿Cinco años? ¿Más? ¿De qué hablaba?

—¿Como cinco años?—le pregunté y ya iba a agregar: "Serán siete días", cuando ella explicó:

—Mi hermana Atanasia—se detuvo—. Su verdadero nombre es Atanasia pero es un nombre tan de campo que yo se lo cambié desde chiquita, pero ella es todavía Atanasia en el Registro Civil y hasta insiste en darlo como su nombre cuando hace falta.

—Apostaría que tú tampoco te llamas Margarita.

Ella me miró, entre sorprendida y divertida, y ganó la diversión:

—¿Cómo lo sabes?

Le iba a decir que era intuición onomástica pero le dije:

—Adivino que soy.

—Pues bien. No me llamo Margarita pero no te voy a decir mi verdadero nombre. Es tan horrible que lo llevo oculto. Mis padres no tenían idea de lo que marca un nombre.

Hasta ahora era yo el que había hecho los cambios de nombres, y así Julia devino Julieta y Dulce se vino a llamar a veces Rosa, pero éste era mi primer encuentro con el enmascaramiento por los nombres: cubrir un estigma. Aunque yo mismo usaba a menudo un seudónimo (había llegado a usar en realidad cinco) pasarían unos años antes de encontrarme con gente que se cambiaba de nombre como de traje—sobre todo mujeres. Pero he hablado de estas metamorfosis en otra parte. Quiero ahora simplemente anotar mi primer encuentro con una persona que descartaba nombres como una serpiente la piel. Tal vez el próximo encuentro con ella significara un nuevo nombre. Call me Ismaela. (Aunque Julieta Estévez regaló por lo menos sendos nombres franceses a su marido y a su amante, eran meras traducciones, no bautizos.)

Pero más que su nombre tras su nombre me intrigaba saber el secreto detrás de la sonrisa triste de la hermana de Margarita.

—¿Qué le paso a tu hermana?

—Ah, pues ella estaba casada con un hombre al que quería mucho. Con locura. Quiero decirte que nosotras somos muy apasionadas. Que te sirva de advertencia. Era un muchacho muy lindo que la quería mucho. Esto ocurrió en Santiago. Un día ellos salieron a dar una vuelta y alguien nuevo en el barrio o un buscapleitos, no sé, cuando ellos pasaron le dijo un piropo a mi hermana, una verdadera grosería, sin respetar a su marido. Éste salió a defender su honor y el otro tipo le clavó un puñal en el corazón.

Aquí no hizo Margarita una pausa sino la hago yo ahora para reflexionar sobre su uso de la palabra puñal. Un poco más y dice una daga y hace de la narración una tragedia renacentista. ¿Por qué no había usado una palabra más usual como cuchillo, que fue posiblemente el arma que usó el agresor?

587

—Mi cuñado cayó muerto delante de mi hermana. Al otro hombre, al asesino, nunca lo cogieron. Pero eso no importa. Lo terrible es que la vida de mi hermana, que era tan feliz, se convirtió en una tragedia. Se volvió como loca, sin querer admitir que su marido estaba muerto y enterrado. Con pesadillas de noche y alucinaciones de día. Hablando con el difunto todo el tiempo. Fui yo finalmente quien la convencí de que viniera para La Habana, porque para colmo la familia de su marido la acusaba de ser causante de su muerte por ser una mujer tan provocativa. Pero dime tú, ¿qué culpa tenía mi hermana de ser bella?

Entonces me pareció una tragedia truculenta a veces, otras un drama didáctico—era un destino que se podía repetir. ¿Qué pasaría si alguien usara un piropo brutal con Margarita mientras iba conmigo? ¿Como debía reaccionar yo? ¿Estaría el bestial con el cuchillo todavía en acecho? Tal vez una premonición o el mero recuerdo la había hecho actuar con tantas precauciones en la calle cuando iba conmigo esa tarde. Quizás ella temía que había una daga destinada al corazón de su compañero, venida desde el fondo de la memoria para hacerse realidad en la herida. Pude conjeturar sobre ese destino más tarde, otras veces. Ahora me apenaba la suerte de su hermana, condenada por su belleza. Pero a veces, luego y sobre todo ahora, tiendo a pensar que todo fue una dramatización de Margarita y que nunca ocurrió ese drama simétrico de la belleza, la posesión de la belleza, la lujuria por la belleza, la muerte por la belleza, la condena por la belleza. En todo caso guardé un silencio que era prudente pero debió parecer respetuoso—que duró hasta que llegó Pepe, evidentemente el marido actual de Tania (decidí aceptar su nombre ruso junto con su tragedia española), que saludó a Margarita y a quien vi pasar y subir las escaleras como el prototipo del cubano (mejor dicho del habanero: en mi pueblo, tal vez por la pobreza, la gente tendía a ser magra, casi Quijotes y poco Panzas) con sus caderas tan anchas como los hombros, el pelo raleando desde la frente sin darle visos de inteligencia a la cara, caminando escalera arriba con su paso regular. Evidentemente, por su voz, por su aspecto, por su ropa una persona decente, tal vez el dueño de una bodega o de un café de esquina—en todo caso alguien que no se merecía aquella belleza triste con su sonrisa que no llegaba a ser sonrisa, que era como una mueca bella impresa sobre su cara perfecta. Al poco rato Margarita me dijo:

—Voy a subir. Me quiero acostar. No sé por qué estoy tan cansada.

No se lo iba a revelar yo, pero el sexo fatiga, sobre todo su clase de sexo. El conocimiento carnal cansa.

—¿Cuándo nos vemos?—era yo, implacable que soy.

—No sé. Yo te llamo.

—Está bien.

Como consolación por la fisiología me premió con un beso suave sobre los labios, sin llegar a mancharlos de pintura escarlata. Estábamos bajo la luz de la entrada del edificio y entonces no se veía mucha gente besándose en la calle en La Habana, donde era un delito contra la moral, violación del orden público y atentado contra las buenas costumbres. Otra cosa sería apenas tres años más tarde: muchas cosas cambiarían para entonces pero no las iba a cambiar Margarita ahora con un solo beso: ahí estaba todavía la luz, ahí estaba la moral al uso. Pero para Margarita un beso era una despedida apropiada.

—Vaya—me dijo. Pero no me moví del sitio—. ¿No te vas?

—No—le dije. Here I stand. As I cannot do udderwise—,

589

quiero verte subiendo las escaleras.

Se sonrió maliciosa.

—¿Crees que voy a salir de nuevo por casualidad?

Nada estaba más lejos de mi mente.

—Ni me pasó por la cabeza.

Ella nunca adivinaría mis motivos privados que tuve que hacer públicos.

—Solamente te quiero ver subiendo los escalones, uno a uno.

Se sorprendió un momento pero al ver mi cara, la expresión de absoluta seriedad del Charles Voyeur, mis ojos de Salvador Díaz Mirón, mis manos todas peeping thumbs, me dijo:

—Está bien—y entró y procedió a subir los peldaños, acto en que su cuerpo se hacía elástico, al empujarse hacia arriba perdiendo un momento el equilibrio, y volvía a estabilizarse al alcanzar el próximo estadio de ascenso, sus caderas cubiertas de calicó formando diseños de carne inestables y hermosas, desapareciendo los muslos largos por debajo de la falda: era una ascensión carnal—mujer vestida subiendo una escalera.

El domingo fue doméstico más que domesticado porque tenía siempre su fiera enjaulada dentro de mí. El lunes siguiente lo pasé soñando con ella: la tarde en el Ciro's que fue una educación, mi Ciropedia, el sexo a oscuras (¿qué color tiene el pubis en la oscuridad?), el temblor táctil de su carne en tinieblas, el Braïlle de su piel y su cuerpo con suavidad de esponja abisal, me hundieron en ella a veinte mil leguas de viaje subcutáneo. Pero estaban también mis torturas actuales esperando inútilmente su llamada, maldiciendo que no me llamaba, sabiendo que no me llamaría: las mujeres tienen una razón que el corazón no comprende—y deseando todo el tiempo, entre sueños y alucinaciones producidas por su falopio, verla, volver a verla siempre. Cuando terminé mi trabajo forzado, Ben Hur de las galeradas, liberado por el cine, yendo al cine ya que era mi noche de estreno pero apenas viendo la película (era una historia de amores imposibles, *Senso* o *Huracán de verano*, en que me curaba de mi obsesión por Alida Valli para caer en el mar de Margarita, sin tocar fondo) el deseo de verla a ella en cuatro dimensiones, las tres dimensiones de la vida y la cuarta dimensión del recuerdo, convertido ahora en necesidad como de droga dura, en una imperiosa gana que era absolutamente irracional porque bien podía esperar un día o dos a que ella me llamara. Fue impulsado por esta ansia totalmente insana que me encontré caminando del cine hacia su casa (después de todo no era tanta la distancia real: todos los cines de estreno ahora, con excepción del Payret, del Acapulco y del Rodi—lo mismo vale para el Trianón de enfrente—quedaban a poca distancia de su casa), bajando la irredimible San Lázaro, llena de llagas, doblando por Soledad y llegando hasta el final de su calle, la noche cálida habanera calentando mi cuerpo caminante después del excesivo aire acondicionado del cine que hacía mi chaqueta necesaria, innecesaria ahora, llevada en la mano, cogida por la punta de los dedos y colgando sobre un hombro como una capa quevediana, dejando que el tibio terral me secara la camisa sudada en la espalda por la caminata, que tocaba ahora a su fin, como la calle. Espada, caballeros.

Miré la hora. No era tan tarde para La Habana, que solía ser una ciudad nocturna, que dejaba detrás los hábitos de aldea andaluza cada día más y se acercaba ahora a esa calidad noctámbula de la vida en la noche de una capital. Mi ideal era vivir de noche, atender a mis asuntos y a mis amores, dormir de día y suicidarme ante un edicto adverso, abriéndome las venas bajo una ducha tibia. Petronio, servidor de mi César. De regreso de Roma no creía que Margarita se hubiera acostado todavía. Con esa certeza subí los escalones que me serían tan familiares en unas horas y toqué a la puerta. No abrió nadie. Pensé que después de todo tal vez ella ya estaría durmiendo. Estaba decidiendo si irme o volver a tocar, tirando al aire una moneda mental, cuando se entreabrió la puerta. Surgió un segmento de cara que no reconocí hasta que la puerta se abrió más y la cara era la de Margarita sin maquillaje y alterada por el sueño—pero no: era su hermana.

—Ah es usted—fue lo que dijo.

—Sí, perdóneme que venga a molestar a esta hora. ¿Margarita no está?

Fue bueno que ella me dijera que se llamaba más o menos Margarita porque habría sido ridículo preguntar por Violeta del Valle a esa hora. Pero enseguida me asaltó una duda: ¿y si en realidad su hermana nada más que la conocía por su verdadero nombre, oculto como un estigma, que yo ignoraba?

—No, no, todavía no ha vuelto.

Ella debió notar la consternación en mi cara porque abrió más la puerta y pude ver que estaba en refajo: fiel a la imagen de las mujeres de su tiempo, dormía en refajo. No tenía mal cuerpo, visible hasta los medio senos que salían por entre el satín: tenían una cierta perfección en su pareja piel oliva. Se parecían mucho Margarita y su hermana, aun en su leve, tenue, casi imperceptible mestizaje. Las hermanas —¿cómo rayos se llamarían?—como buenas santiagueras tenían entre sus componentes raciales ese elemento esencial etíope—por supuesto mi Etiopía era tan literaria como la del abuelo de Pushkin: aquí había que hablar de Dahomey, del Calabar, de los campos del Níger. ¿No era después de todo la heroína de ficción favorita de la isla desde el siglo XIX una mestiza llamada Cecilia Valdés, la mulata nacional? Ni Margarita ni su hermana eran mulatas pero se acercaban al arquetipo. Ella, por supuesto, ignoraba mis reflexiones, reflejando sólo soledad en mi cara, como contaminado por el nombre de la calle.

—Pero debe de estar al volver—me dijo, refiriéndose a la elusiva de su hermana—. ¿No quiere esperarla adentro?

La pobre, despertada violentamente por alguien que era casi un desconocido, un intruso, no reaccionaba con enfado sino que era hospitalaria y me invitaba a pasar a su casa.

—No, gracias. La veo otro día.

—¿Quiere dejarle algún recado?

¿Me provocaba a escribir otra carta, otros insultos inconexos?

—No, nada más que estuve aquí.

—Está bien—me dijo, y cerró la puerta gentilmente.

Bajé las escaleras como un derrotado porque pensaba no en Cecilia Valdés ni en la mulata ideal sino en dónde andaría Margarita y qué estaría haciendo con quién. Salí a la calle Soledad y eché a andar en busca de San Lázaro, pero al llegar a la esquina di media vuelta y regresé al edificio donde vivía Margarita. Decidí esperar a su regreso, ver con quien volvía y confrontarla con el hecho de estar hasta tan tarde en la calle—porque de pronto se había hecho medianoche. No habían pasado más que unos minutos desde que comprobé que no era tan tarde para visitar a Margarita, pero el tiempo es evidentemente relativo y mi estado de ánimo lo comprobaba con más precisión que los ejemplos más simples propuestos por Einstein. Envuelto en la física de los sentimientos me recosté al marco de la puerta dispuesto a esperar: después de todo ella no debía tardar mucho en regresar. Miré la escalera de cemento que ella había llenado con tanta carne vestida—pensé en su carne desnuda, en unas manos masculinas recorriendo ese temblor tibio que sentí en la oscuridad del túnel del amor. Para no desesperar por la espera y por mis recuerdos que eran imaginaciones eróticas decidí recorrer la historia de la calle como otra forma de pasar el tiempo mientras lo medía. Ahí detrás estaban los restos del cementerio de Espada, como quien dice el cadáver de un cementerio. El camposanto (eso es lo que era) se llamaba de Espada porque fue construido de acuerdo con los consejos del obispo Espada en el siglo XIX, después de las muchas protestas de las llamadas fuerzas vivas (supongo que hay aquí una ironía en el hecho de que las fuerzas vivas se pronuncien sobre las que se pueden llamar fuerzas muertas) de la ciudad, cada vez más creciente, contra la costumbre de enterrar cadáveres en las iglesias. Es evidente que ya entonces abundaban más los cadáveres que las iglesias, aun en una ciudad tan pía como La Habana del siglo XVIII. Así vino a construirse el cementerio de Espada en una zona de extramuros que ya se llamaba San Lázaro (y que entonces debía ser una calle tan fea como ahora) y fue fundado el flamante cementerio de Espada, donde se enterraba a los muertos en nichos, práctica que no tardó en hacerlo obsoleto—o al menos superpoblado. Hoy (es decir ayer) no quedaba nada del cementerio, o al menos no podía ver lo que quedara sentado en el escalón superior de los dos que accedían a la entrada del edificio. Pero detrás de esa zona oscura fue donde jugaron unos muchachos con una calavera y dos tibias sin darse cuenta de que era el símbolo de la muerte. Eran estudiantes de medicina, de ahí su familiaridad con esqueletos, pero también tuvieron la desgracia de ser entusiastas bajo una tiranía. Se pasearon en una carretilla que antes servía a funciones más fúnebres, mientras esperaban la lección de anatomía. Dejaron de jugar cuando apareció el barbudo profesor, pero su juego resultó mortal. Alguien advirtió poco después que el cristal del nicho de un prohombre español había sido rayado—es decir, execrado. Enseguida surgió la especie de la profanación de la tumba de un héroe hispano y la acusación contra los estudiantes cubanos fue automática. Pronto se inició un proceso que culminó cuando varios estudiantes de medicina fueron condenados a muerte—entre ellos algunos que no habían asistido a clases en el cementerio y otros que ni siquiera estaban en La Habana cuando se cometió el supuesto delito de lesa mortandad. Todos los condenados fueron elegidos por sorteo, la justicia convertida en arte aleatoria. Ocho fueron fusilados y en su asesinato—no puede tener otro nombre la ejecución—, al tiempo que mostraron, políticamente, que el gobierno colonial se convertía en poder totalitario, se hicieron inmortales y tienen una gran plaza como monumento en el sitio que fueron fusilados, el Parque de los Mártires. Nadie recuerda el cementerio y la tumba supuestamente ultrajada (y el muerto profanado) cayó en el olvido, pero todos los estudiantes cubanos recuerdan a los estudiantes de medicina fusilados y su inocencia ha vencido no sólo su condena sino a la muerte—¿será que la memoria es imperecedera, que no lo es la vida, que el recuerdo puede salvar de la muerte?

En parejas preguntas estaba cuando regresé de la memoria histórica a la calle desierta, a la ciudad actual y a la noche. Dos matrias tengo yo: La Habana y la noche, pero parecía tarde. Decidí saber una segunda opinión y consulté mi reloj: eran las doce y media. Debí demorarme demasiado entre mártires y tumbas para que el tiempo pasara tan abrupto. No se veían señales de Margarita, ahora margarita de la medianoche. Me levanté y recorrí la acera hasta la esquina. No había nadie, ni siquiera una pupila insomne. Una cuadra más allá, por San Lázaro noctámbulo, pasaban algunos ómnibus y autos. Comencé un largo proceso habitual que empezaba en la inquietud, se continuaba en el desespero y terminaba en la furia. Pero aún estaba en sus inicios. Todavía podía regresar a la puerta de su edificio, pero el propósito era oscuro porque era evidente que ella no iba a volver por ese extremo, ciego, heroína entre tumbas. No era una sombra del cementerio lo que yo esperaba sino su carne viva. Tal vez sentía que era más natural quedarme en la entrada de su casa que en la esquina. Pero ¿qué hay de natural en la espera? Esperar es un arte o una filosofía. Lo natural es la impaciencia. Además me temía que no regresara sola. Volví a sentarme en el duro escalón de la entrada, frío como una losa, sin crónica que contarme, sin espejo de martirio en que verme, sin reflexión que hacer, solamente mirando la escalera por la que subió vestida ella y acuciado por ese lúcido frenesí, que dan los celos, que proyecta imágenes oscuras, volví a ver a Margarita, esta reina Margot en una cama y desnuda (lo que era un prodigio de imaginación: mi linterna mágica), acostada con otra persona (lo que era más que una posibilidad) y la mera idea de que ella pudiera ya no dar sino sentir placer con alguien que no fuera yo resultaba intolerable: era yo Yago de mi Otelo. Ocelo. El tiempo pasó lentamente pero como los minutos eran idénticos, sin nada que los marcara excepto la comprobación que yo hacía al mirar la esfera del reloj (aunque si alguien me hubiera pedido en ese momento la hora habría tenido que fijar mi atención en las manillas para poder darla con exactitud), como los mismos cuartos de hora y las medias horas eran indiscernibles, el tiempo pasó rápido—excepto por mi humor que marcaba cambios que iban del desaliento a la ira para volver a una calma inútil porque inmediatamente pensaba en ella, Margarita marchita, la imaginaba en las posiciones sexuales (no podía decir que fueran amorosas) que resultaban de una lascivia y una obscenidad insoportables, aunque de haber estado ella conmigo habrían sido de una belleza inmortal y una fuente erótica inagotable. Pero como no la había visto desnuda, como no sabía de su anatomía más que lo que dejaba adivinar la ropa (más revelada cuando más lejos del sexo, como cuando subía la escalera toda vestida, Marguerite Duchamp), eran posiciones de su cuerpo durante el acto sexual totalmente imaginarias y aunque yo no lo sabía entonces esas imaginaciones me ayudaban a sofocar los celos: esa mujer en un sesenta y nueve grotesco no era ella, era una visión, un doble, tal vez hasta sacada de las novelitas leídas hace tanto tiempo o inventadas por mí no para placer sino para tormento: la rueda sexual, el potro de Margarita, las tenazas para pezones. Nunca había sentido celos semejantes. Sí, había una ocasión remota en que mi prima hermana, hermana casi de crianza—de nuevo los ojos verdes como amor y odio: el principio del dolor—se entretenía en inocentes juegos sexuales con Langue, el niño rubio de la casa del fondo en el pueblo, después de haberme besado ella el día anterior. Pero esa visión pertenecía a la más remota niñez, al tiempo que descubrí el amor y los celos producidos por la misma persona, un agente de doble inoculación, la vacuna actuando antes que el virus y los dos entremezclados en el tubo de ensayo de ese recuerdo infantil. Cuerpos y anticuerpos.

Miré el reloj y vi que era la hora española: eran las tres. Las tres de la mañana: yo que había hecho feliz muchos chistes con esa hora considerada como un título, el nombre del vals que tanto gustaba a mi madre, la hora cumbre de la madrugada, estaba de pronto presa de esa medida exacta. Había mirado el reloj y eran exactamente las tres de la mañana: no las tres menos cuarto o las tres y cuarto sino las tres precisas, antes preciosas, ahora precipitadas. Debí mirar el reloj otras

veces pero no registré la ocasión y de pronto era el momento
decisivo, lo que se llama la hora de la verdad: era yo, como el
patético Vicente Vega, como mi misma mujer, engañado. La
diferencia dolorosa estaba en que yo lo sabía. Había resultado cornudo por adelantado, coronado antes de haberme
sentado al trono, sentenciado antes del vero edicto. Además,
¡eran las tres de la mañana! No sólo estaba la escandalosa
fuga de Margarita sabe Dios con quién, sabe el diablo dónde,
sino el hecho de que nunca había estado hasta tan tarde fuera
de mi casa después de casado. ¿Qué excusa iba a dar? ¿Qué
iba a decir? ¿Cómo explicar que del estreno de una película,
de un deber, pasara a la ausencia inexcusable? Me puse en pie
para regresar a casa, al mismo tiempo que como un barrenillo
trataba de idear, gusano que no muere, una invención de Mo-
rella, de poeta con delirio, tremenda (un accidente aparatoso
a un amigo ausente: a Fausto le estalló una probeta—pero no,
Fausto está ineludiblemente unido a Margarita: se descubrirá
todo: habrá que inventar otro incidente improbable: mientras
más grande la mentira, mejor: gracias, Goebbels) cuando en
ese momento entró una máquina por la calle y siguió hasta la
esquina de Jovellar, donde se detuvo, iluminando mi figura
sombría alegremente. Pensé que alguien se había equivocado
y tomado la calle ciega por una abierta, pero cuando los faros
me dieron de lleno en la cara supe, sin música de cítara, que
me concernía. Me oculté tras el marco de la puerta pero seguí
atento al carro. Se bajaba de él una mujer, quien después de
descender se entretuvo en hablar con alguien, evidentemente
el chofer. Como en La Habana era imposible distinguir una
máquina particular de un taxi, pensé que ella estaría pagando
el viaje, la mujer escrupulosa en liquidar sus gastos o en contar su vuelto. Pero la mujer equis se tomó demasiado tiempo
junto al automóvil y aunque llegué hasta pensar que el chofer

tenía problemas con el cambio, conversión en vez de conversación, pronto supe—o mejor, adiviné—que no era una mujer anónima aquella sino que se llamaba Margarita o como se llamara ella realmente. Peor, no se trataba de un taxi sino de un carro particular que la devolvía a su casa, impedido el vehículo de llegar hasta donde yo estaba, su casa, porque era una maniobra difícil salir de aquel callejón sin salida y además era evidente que el chofer—no un autista sino su amante—iba a subir por Jovellar. Un golpe de faros nunca abolirá el pesar. La mujer—es decir, Margarita: ya no tenía dudas de su identidad—abandonó la máquina y caminó despacio (ni siquiera la noche hecha madrugada ni la calle desolada la hacían abandonar su paso de habanera adoptada) por la acera esta y, cuando estuvo casi en la puerta, la máquina dio media vuelta al fondo y se perdió tras la esquina alumbrada. Fue entonces que salí de mi escondite, envuelto en sombras, y avancé hacia ella. Ella se llevó el susto de su vida, tomándome por un asaltante, Jack the Rapist cuando era en realidad Jack the Wretch, y por un instante no me reconoció, pero cuando lo hizo, cuando vio que era sólo yo solo, el miedo se convirtió en cólera:

—Pero ¿qué cosas haces aquí a estas horas?

Las palabras, ahora, muertas, horizontales por el recuerdo, no pueden trasmitir el silbido de su voz que había perdido el tono acariciante por completo, Eva hecha una serpiente. Fue su voz venenosa lo que me detuvo de decirle que era yo quien debía hacer esa pregunta.

—Yo—fue todo lo que dije como afirmando quién era.

—¿Quién te crees que tú eres?

—Yo estaba—

—¿Pero tú te crees mi marido o qué para vigilarme así?

—Yo no te vigilaba, te esperaba.

—Es lo mismo.

—Quise esperarte.

—No tenías por qué esperarme.

—Pero son las tres de la mañana.

—Ya sé la hora que es.

Es evidente que debía haber sido más fuerte, imprimirle una mayor convicción a mis argumentos. Pero mi convicción era mi condena. ¿En realidad quién era yo para vigilar sus salidas y sus entradas? Estaba convicto aunque no confeso.

—No me gusta que me controlen. Yo soy mayor de edad y una mujer libre, ¿me oíste?

—Sí, te oí. Tienes razón. Eres mayor de edad y una mujer libre. Pero yo quería verte esta noche y vine después del cine, pero no habías regresado. Me puse a esperarte creyendo que regresarías en media hora y entre el obispo Espada y los estudiantes de medicina—

—¿Quiénes?

—Nadie, nada. Perdí la noción del tiempo simplemente.

—Pues bien podrías haber estado hasta las mil y quinientas esperándome porque por poco no regreso.

Eso quería decir que había pasado la noche con el hombre que manejaba la máquina. Quiero decir, encamados. Los celos fueron mi fuerza.

—¿Quién era ese tipo?

—¿Y a ti qué te importa? Déjame pasar, anda.

Yo estaba todavía en la puerta, ella en la acera, y le bloqueaba el paso, además de llevarle una buena ventaja en estatura. Aún hoy me pregunto cómo tuvieron tanta fuerza sus movimientos contra mi posición ganadora, una reina en jaque que daba jaque mate. Pero yo había perdido el juego desde el principio. Bajé los escalones, abandoné mi casilla y la dejé pasar. Ella subió la escalera sin siquiera mirar hacia atrás. Yo tampoco dije nada, ni siquiera adiós. No la miré en su ascenso. A esa hora comencé el regreso a casa, derrotado, a pie, una retirada subiendo como si bajara por Jovellar hasta llegar a la universidad, hundiéndome en la calle L y la calle 25 y de allí, por la acera de la escuela de medicina, entre rejas, finalmente gané—es un decir—la Avenida de los Presidentes y la calle 27. Cuando abrí la puerta del apartamento me encontré un comité de bienvenida—me habría sentido decepcionado de no haberlo—, compuesto no sólo por mi mujer y por mi madre, sino por mi padre y hasta mi abuela. Mi mujer, con su vientre que delataba su estado (nunca dejaba de asombrarme que con todas las mujeres con que me había acostado, ninguna hubiera quedado preñada, y mi mujer, a los tres meses de casados, ya estaba encinta: pero me felicitaba por su condición que me permitía una libertad, sexual y de toda índole, que no había tenido antes en mi matrimonio: era para tocar una fanfarria por las trompas de Falopio), no dijo una sola palabra y entró hacia los cuartos, hacia nuestro cuarto, con cara compungida. Fue mi madre, como siempre, quien me preguntó:

—¿Dónde has estado hasta ahora?

Es evidente que era mi mujer quien debiera haber hecho esa pregunta, pero mi madre se ponía de su parte, como había hecho desde nuestro noviazgo: pobrecita huérfana de convento. Anita la huerfanita encuentra su Mamá Diamantina.

—Por ahí.

Había tal desgano en mi tono que lo hizo definitivo, y era que efectivamente no tenía nada que decir: estaba absolutamente vacío. Mi madre no preguntó nada más esa noche. Fui hasta el baño, oriné, entre a mi cuarto, me quité la ropa y me acosté al lado de mi mujer que evidentemente estaba despierta y lloraba. Me sentí varias veces culpable pero ninguna

601

condenado.

Al otro día recibí una llamada en Carteles y pensé que era mi mujer, que no me había hablado en toda la mañana— pero enseguida reconocí la voz.

—¿Ya sabes quién te habla?

—No.

—¿No sabes?

—No tengo la menor idea.

—¿Tienes tantas admiradoras?

—Unas cuantas.

—Es Margarita.

—Ah, qué tal.

—Te llamaba para disculparme por lo de anoche.

—No tienes por qué disculparte. Yo no tenía ningún derecho.

—No se trata de derechos. Se trata de que me diste el susto de mi vida. Lo menos que yo esperaba era encontrarte allí escondido.

—No estaba escondido.

—Bueno, en las sombras—se reía—. Admite al menos que no eras muy visible.

—Nadie lo es en la oscuridad.

—¿Ves como estabas en lo oscuro?

No dije nada.

—Bueno—dijo ella finalmente, ante mi silencio culpable—, te llamaba no para hablar de anoche sino de esta noche. Quiero invitarte a casa.

¿Qué iba a sacar yo yendo a su casa? ¿Otra humillación? ¿Encontrarme con las huellas de su amante, cuya memoria ella quería borrar de mi mente? No me quedaba duda de que el hombre invisible en la máquina de celos era su amante y no había que ser muy ducho para saber qué habían estado haciendo juntos hasta tan tarde.

—No sé si pueda—le dije.

—Vamos a estar los dos solos—dijo insinuándose—. Mi hermana va a salir. Ven.

No dije nada de momento, pero hasta mi silencio indicaba que la idea de verla en su casa, sola, me tentaba.

—Por favor—insistió ella—. No te hagas de rogar.

—No me hago de rogar—dije y no dije más.

—Ven, anda, que tengo una sorpresa para ti.

Todavía me ilusionaban las sorpresas, sobre todo anunciadas por una voz de mujer, acariciante como era la de Margarita ahora, tan diferente a la de la sibilante sierpe de la noche anterior (y me acordé de nuevo de anoche y la ilusión casi se hizo trizas), invitándome a revelar su sorpresa en su compañía. El recuerdo presente era de desilusión, pero ella repitió tanto lo de la existencia de una sorpresa y yo era débil, soy débil, débil es la carne y la mía temblaba gelatinosa ante la memoria del contacto con la carne invisible de Margarita. Claro que fui. Puedo resistirlo todo menos lo irresistible. Llegué después de comida: mi comida, de la de ella no sabía nada, nunca lo supe. Era tan espeso misterio como lo que había hecho con el hombre invisible pero demasiado presente. No había llegado entonces a invitar a cenar a las mujeres que pretendía, como haría más tarde. Me limitaba a llevarlas a un paseo colonial o a un night-club de moda y al cine de estreno, lo que había hecho con otras menos marcadas en mi vida. Con Margarita había sido ir al club de día (o convertido en diurno por la hora) y sin mediar otro obstáculo hipócrita, con una franqueza que le agradecí, fuimos directamente a la cama. Ahora estaba en su casa, presumiendo que ella ya habría comido, sentado en la modesta sala del apartamento de su hermana, decorada con los inevitables muebles forrados en nylon verde chartreuse (al uso en las aspiraciones de una elegancia de clase media en La Habana mediados los cincuenta), con una lámpara de pie de pantalla amarillo limón y la reproducción de rigor de un cuadro con una escena zoológica (bien una pantera negra increíblemente estilizada sobre ramas rosa o un flamenco en una laguna florida de lirios) realizada en colores y líneas que eran irreales pero no tan improbables que se pudiera considerar vagamente surrealista, escuela que sería un grupo de asalto a la sensibilidad doméstica y tomado como un insulto privado. Era una suerte de irrealismo cursi que parecía complacer el ansia de fantasía exótica del ama de clase media habanera y sin duda copiado de un concepto de la decoración originado en Miami—si es que algo podía tener su origen en esa ciudad calcada. Ahora la atmósfera de la sala de la casa de la hermana de Margarita (hay demasiados des en esa oración pero así eran de sucesivas las posesiones) prefiguraba ese edificio miamense donde de seguro habría sillones como ésos, cuadros como aquéllos, sofá como este al que vino Margarita a sentarse a mi lado graciosamente con dos vasos llenos en la mano. Me pregunté cuál sería la frase de rigueur de Rigor ante este ambiente. Rigor mortal.

—Vaya—dijo ella entregándome uno de los vasos—, aquí tienes mi sorpresa.

Mi sorpresa fue grande pero no tan grande como cuando Julieta delegó el delgado, delicado volumen de poesía con poemas de Eliot, "Ash Wednesday" que yo convertí en "Hatched Wednesday", en mis manos y pronunció su toma léeme en Inquisidor. Margarita ahora me ordenaba un toma bebe en Soledad.

—¿A que no adivinas qué es?

No tenía la menor idea. Se lo dije.

—Pruébalo—me conminó.

Lo probé. Sabía a alcohol, fuerte, un poco amargo.

—¿No sabes todavía?

—Un trago.

—Sí, ¿pero qué trago?

—No tengo la menor idea.

—Sabía que no ibas a adivinar. ¡Tonto! Es un Margarita. Me tomé el trabajo de conseguir la tequila y los otros ingredientes. Todo para ti. Bebe un poco más.

Le hice caso. Sabía a bacilos búlgaros.

—¿Te gusta?

¿Qué le iba a decir? Le dije que sí. Un bacilón.

—Sabía que te iba a gustar. Es mi trago preferido y se llama como yo. ¿No te parece perfecto?

Era evidente que le gustaban las simetrías. Yo odiaría tomar una bebida que tuviera mi nombre, aunque por otra parte yo no escogí mi nombre, me fue impuesto y lo detesto.

—Bebe, que hay más.

Le hice caso. Me parecía ominoso que hubiera más porque era una bebida bastante cargada. Además tenía el poder de aumentar el calor de la salita a temperatura de fornalla. Por otra parte pude observar que ella no bebía tanto como debía—es decir, no tanto como me compelía a mí hacerlo. ¿Querría emborracharme? No le sería difícil porque realmente no era un bebedor aunque cumplía con las obligaciones sociales propias de mi sexo al ir con compañeros de Carteles a beber los sábados después del pago al bar de la esquina, "La Cuevita", que era una covacha, otras veces más lejos, a los bares de los muelles en la Alameda de Paula, casi siempre al bar "Trucutú" (en recuerdo del héroe cavernícola) y una que otra vez fuimos a parar a la calle Virtudes, al bar "La Gruta", en la frontera del barrio de Colón, del bar al bayú. Hubo otras ocasiones, casi todas después de conocer a Margarita—lo que me devuelve al extraño brebaje que tenía en la mano y me llevaba de vez en cuando a la boca, mientras ella me miraba, su vista del vaso a mi visaje, tratando de escrutar lo inescrutable: mi cara de chino, media luna pacífica, Charlie Changai. Nunca me gustó el sabor de la bebida pura, ron o whiskey, y siempre escogía cocktails como el Cubalibre o el daiquirí, donde la Coca-Cola o el gusto de limonada disfrazaban el alcohol. Pero no me gustaba nada el sabor del—¿o debo decir de la?—Margarita, que tenía un sobregusto amargo. Mas Margarita me conminaba a beber más Margarita.

—Bebe, bebe—me decía, y se recostaba a verme beber. En una ocasión se levantó del sofá y se sentó en uno de los sillones frente a mí, mirándome directamente, no con el medio perfil que era todo lo que permitía el sofá, cara a cara, observándome. Era una mirona y sacaba placer en verme beber hasta la borrachera. Escoptofílica de dipsómanos—los griegos tienen palabras para todos. Esta maga Rita en su antro, rodeada de panteras pintadas, observaba cómo yo me iba poniendo puerco por la poción. Sabía cada vez más a acíbar. Amargarita se sonrió con una extraña sonrisa (estoy seguro que su sonrisa era sana y mi mirada malsana) y al final me dijo:

—Tengo algo que declararte.

Creí que era una confesión sobre su salida y traté de impedirlo con convicción, pero sólo me salió una suerte de adiós manco. Lengua de manos. Un indio de otra tribu o un sordomudo. A excusas exclusas. Pero ella parecía estar preparando una declaración de dependencia. A pesar de mis gestos de un hombre que se ahoga en alcohol, me dijo:

—¿Qué dirías tú si te dijera que te he echado veneno en la bebida?

—Que eres una Margarita venenosa. Hay rosas ponzoñosas porque no había de haber una margarita—

—No, no es broma. Lo digo en serio. Te puse veneno en el trago.

Vi que lo decía con toda seriedad. Mortalmente seria. Dejé de sonreírme (es decir, fue en el momento que me di cuenta que me sonreía frente a su seriedad que también me puse serio) y la miré fijo en los ojos. Estaban tan serios como su cara. Todos estábamos serios en ese momento: yo, ella y sus ojos que se veían luminosamente verdes. Pensé en el color verde y el mar, en el verde y el mal, ¿me vería ella verde con sus ojos? ¿No estoy demasiado verde para morir?

—Te acabo de envenenar—sentenció ella—. No tienes más que minutos de vida.

No había pensado nunca en la duración del acto de envenenar, entre su comienzo, su ejecución y su final. ¿Se dura horas o segundos? ¿Cuándo empieza el envenenamiento? ¿Cuando se administra el veneno o cuando actúa? No era el momento de tales indagaciones porque me sentí de veras envenenado. ¿Qué efectos produce un veneno? ¿Dolor de estómago? ¿Convulsiones? ¿Asfixia, estertores y finalmente la muerte? ¿O un colapso violento?

—Cuando te caigas muerto—siguió ella—, te saco de la casa, te bajo por las escaleras, te arrastro hasta la calle y te dejo junto al muro—es decir, mis restos mortales en los restos del cementerio de Espada: un muerto moderno entre los muertos antiguos pero igualmente muerto. Estaría menos vivo que los estudiantes, que tenían un monumento en el Cementerio de Colón, un parque con su nombre colectivo y un día en el calendario histórico: 27 de Noviembre—Fusilamiento de los Estudiantes de Medicina. Efemérides luctuosa. Todos los recordaban en Cuba, nadie podía olvidarlos: no estaba permitido: no se debe olvidar a los mártires. Mientras que yo les costaría trabajo aun identificarme a las autoridades policíacas, como decían los periódicos, y tendría que esperar tumbado allí en el extremo ciego de la calle hasta que me levantara el forense—frase que siempre me había intrigado: ¿levantaba el forense personalmente los cadáveres dejados en la calle? Entonces más que forense sería forzudo. Fuerza forense. Aforado desaforado. En este delirio estaba (producto sin duda del veneno: alguna poción venezolana, con componentes de curare: verde que te odio verde, verde de muerte, todo verdor perecedero) cuando oí una carcajada enorme, una catarata, no una cascada, la caída del Ángel muy cerca de mis ojos cerrados, de mi agonía extrañamente apacible, de mi ven dulce muerte mientras yo agonizo, y con un esfuerzo extraordinario abrí los ojos. Vi a Margarita riéndose, acercándose a mí, quitándome el vaso de la mano y bebiendo el resto del veneno lento rápido—un pacto suicida sin duda. Pero para un pacto hace falta el acuerdo de por lo menos dos y yo no había dado consentimiento para que me mataran. Entonces habló ella, con una voz muy alegre, nada parecida a la del que va a morir, como sin duda le ocurriría después de haberse bebido la mitad de la pócima ponzoñosa. Estricta estricnina. Rictus, risa. Se reía. De mí. Era la escena de las burlas.

—¡Te lo creíste, te lo creíste!—dijo—. No digas que no, que te vi bien. Te lo vi en la cara. ¡Te lo creíste!

¿Qué me había creído?

—Júrame por tu madre que no te creíste envenenado. Hasta te estabas muriendo y todo.

Volvió a reírse, esta vez menos estruendosamente—o tal vez no tan cerca de mi oído. De mis tímpanos ahora témpanos.

—¿Soy o no soy una buena actriz?

Salí de mi sopor, de mi estupor, de mi estupro—sin duda

ella me había violentado emocional y casi físicamente—de un golpe. ¡De manera que era todo teatro! No me había echado cicuta en el trago, Sócrates sin simposio. No tengo vergüenza en contarlo ahora pero la tuve entonces al enfrentarla a ella: tal era mi ingenuidad en ese tiempo que me creí que ella me había envenenado de veras, solamente por la sugestión de su voz, de sus ojos verdes y la pésima pócima que había confeccionado como cocktail. Se acercó a mí y me dio un beso en la boca, húmedo de la bebida pero también de su saliva, savia, sabia: intenso y muelle con todos sus labios gruesos, ventosas, no bembas.

—Mi pobre envenenado.

Se echó hacia atrás de nuevo, como para mirarme mejor, verme bien. Marga mirando a Lázaro cerca de San Lázaro: creed y resucitaros.

—Si te creíste eso eres capaz de creértelo todo, querido.

Por fin reaccioné, ante su última palabra, a la Julieta.

—No me creí nada. Estaba haciendo cine como tú teatro. ¿Por qué me ibas a envenenar? ¿Para qué? ¿Por quién? El motivo crea el crimen.

—Ah—dijo ella triunfal—, yo tengo respuesta para todas tus preguntas. Me vengo—y aquí hizo una pausa para que yo cogiera su doble sentido—de los hombres todos. Lo hago para cobrarme una deuda con la sociedad que me ha hecho una amargada. Envenено a mis amantes por mi placer de verlos en su agonía, observarlos cómo mueren y mirarlos muertos. ¿No te parecen pocos motivos?

—Tú eres todo menos una amargada.

—¿Qué sabes tú? Nunca me has visto como soy—y sin ninguna transición añadió—: Ahora vámonos, que mi hermana está al regresar con su marido. Ya hemos jugado bastante.

Todavía tenía yo la ingenuidad de preguntarme a dónde íbamos a ir: era evidente que ella quería decir a un solo sitio, ese sitio donde se está solo en compañía, donde dos hacen uno. Aunque podía haber varios sitios para un mismo principio y diversos fines. Calculé las posibilidades a mi alcance y decidí que el mejor lugar era la posada de 11 y 24. En el taxi su belleza era acentuada, como en el cine las estrellas, por las luces y sombras de la calle San Lázaro, antes de ascender a la oscuridad de la Colina Universitaria (era una manía habanera latinizante llamarla así, pero una de las colinas—ni siquiera sé si llegaban a siete—insistía en llamarse, vulgarmente, la Loma del Burro en vez del Ascenso del Asno), sus ojos se hicieron más intensamente verdes en el rincón oscuro del auto, desde el cual se insinuó hacia mí diciendo:

—No era un veneno.

—¿Cómo?

No sabía de qué hablaba.

—Que no era un veneno lo que te di pero sí algo más terrible—hizo una pausa dramática, radial casi, ya que en ese tramo la calle estaba a oscuras y sólo oí su voz, sin poder ver su cara—. ¿Sabes lo qué fue?

—Ni idea—decidí oír su cuento verde.

—Debías tenerla pero te lo voy a revelar de todas maneras. Era un filtro de amor.

No podía negar que su oficio era dramatizar, falseando: debía ser en Venezuela también una actriz de radio: la estofa de que estaban hechos los sueños sonoros de Lolita.

—¡"Un filtro de amor"!—le reproché—. ¿De dónde sacas un nombre tan rebuscado? ¿Por qué no dices, como en Santiago, un bilongo? ¿O como en todas partes en Cuba, una brujería?

Me miró, su cara ahora de nuevo visible, al bajar el taxi

por la calle L, casi llegando a Radiocentro, y sonrió:

—Bueno, si tú lo quieres voy a ser chusma: te hice un amarre.

Había usado la palabra apropiada para los negros brujeros de La Habana. La ventanilla estaba baja y, a pesar de la velocidad del taxi y el aire que entraba a raudales desde el mar cercano, no pude evitar cierta náusea. Yo sabía lo que quería decir exactamente un amarre, de qué estaba invariablemente compuesta aquella versión habanera del filtro de amor: nada de mixturas malvadas homéricas ni de pociones medievales ni del "medicamento magistral" romántico. Un amarre de mujer siempre contiene gotas de sangre menstrual. La miré a ella y estuve a punto de preguntarle si era verdad lo del brebaje, pero su belleza, su boca entreabierta (no por celo sino porque estaba a punto de decirme algo) y sus ojos que me miraban fijamente en su transparencia verde no me dejaron hablar para saber la verdad: la beldad me enmudecía.

—¿Sabes por qué lo hice?

—Supongo que para amarrarme. ¿No es ése el objeto de un amarre?

—Quiero que me ames para siempre.

Ella era capaz, como Julieta, de decir estas cosas sin ruborizarse. ¿Qué responder a semejante declaración?

—Siempre es un tiempo algo largo.

—Para siempre jamás y eternamente. Aun cuando yo no esté ya. Yo sé que no voy a estar un día pero quiero que me sigas amando aun cuando me haya ido.

—Suena muy definitivo. ¿Para qué te vas a ir?

—No sé—dijo ella, y de pronto le dio un vuelco veraz a su voz—, supongo que tendré que regresar a Venezuela un día de éstos y tú no vas a venir conmigo.

No me explicaba su cambio. Había pasado de ser agresiva y distante anoche para ser hoy, esta noche, una amante devota, una esclava amorosa.

—¿Qué te ha hecho cambiar?

—¿Cambiar? ¿Cómo?

—Sí, de anoche acá.

—No he cambiado nada. Siempre he sido la misma, pero anoche, después que te fuiste—

—Después que me hiciste ir.

—Bueno, como quieras. Después, cuando me quedé sola, me puse a pensar por qué habías esperado por mí todo ese tiempo y me di cuenta de que yo significaba más para ti de lo que ni siquiera había soñado. Me lo hicieron saber tu extraña carta, la otra tarde, y tu espera de anoche. Pensé que tú significabas algo para mí. No tanto como Alejandro un día. Pero tú tienes además una pureza y una inocencia—

—No creas, que puedo ser muy maldito—la interrumpí usando ese habanerismo.

—Como quieras. Pero Alejandro no tuvo ni podrá tener tu virginidad.

—¿Virginidad?

—Bueno, inexperiencia, una cosa angelical.

Pensé en el ángel caído, en la mefistofelicidad del mal, pero no dije nada: de lo que no se puede hablar lo mejor es callar.

—Alejandro carecía. Aunque él significó mucho para mí, tengo que admitirlo.

Se calló y me alegré porque no soportaba que me hablara de ese Alejandro antiguo, casi mítico pero que yo sabía que existía no sólo porque ella hablaba de él sino porque lo había visto y es más, estaba con ella y recordaba el bienestar que ella exudaba, como un vaho en la noche habanera, vaporosa y visible bajo las luces del portal de la Manzana de Gómez, esa fruta prohibida del bien y el mal de la ciudad, presente siempre en el recuerdo ella: su cara, su andar, la manera alegre de agarrarse entre columnas al brazo de este hombre que viene a interrumpir con su presencia la felicidad del momento—o del recuerdo.

Cuando abrí la puerta del cuarto ella me advirtió rápida como un reflejo. Dos veces no vi el alma, dos.

—Recuerda no encender la luz.

—¿Y cómo vamos a entrar al cuarto, a tientas?

—No quiero decir ahora sino después.

Claro que lo sabía pero le quería tomar el pelo tanto como cogerle el cuerpo. Encendí la luz, entramos y cerré la puerta.

—Yo me cambio en el baño—me dijo—, pero por favor no te olvides de apagar la luz.

—Descuida que cuando salgas habrá un reflector alumbrándote.

Le iba a añadir: Seins et lumières, pero era cruel, crudo. Ella me miró, se sonrió, se rió y entró al cuarto de baño. Me desvestí con la luz prendida—no iba a añadir a mis dificultades naturales sacarme los pantalones al tacto de nuevo, acto artificial, contra natura—y apagué la luz y enseguida me metí en la cama y me acosté esperando. Vi cómo la luz del baño se apagaba en las rendijas y oí abrirse la puerta pero no oí nada más (su paso era felino: una pantera negra en la oscuridad, sus ojos verdes ardiendo con fulgor en el bosque de la noche) hasta que sentí cómo se metía en la cama, penetraba debajo de la sábana y venía hacia mí, sobre mí, sintiendo su seno solo sobre mi pecho, blando y duro a la vez, su cuerpo hecho carne táctil sobre mi cuerpo, su blandura convertida en una suavidad que había que celebrar porque era única: una mujer, toda mujer, mi primera mujer en mi vida. Era la primera mu-

613

jer que había tenido arriba y me sentía extraño, invertido los
papeles, pacientemente pasivo porque ella no estaba allí para
dejarse penetrar sino para otra actividad que resultó más memorable.

—¿Sabes lo que voy a hacer contigo esta noche?—me
dijo invisible, ahora toda radio. No tenía la menor idea.

—No tengo la menor idea.

—Te voy a marcar para que todo el mundo vea que me
perteneces.

Todavía no tenía idea de lo que quería decir con marcar
cuando comenzó a morderme el cuello, el pecho, los brazos,
pero no a morder exactamente sino a chupar, succionando la
carne como si quisiera sacarme el jugo nérveo. Estas succio-
nes eran más placenteras que dolorosas, como una ventosa
suave, y comprendí la reacción de placer que sufren, pasivas,
las innúmeras víctimas del vampiro en los diferentes avatares
del conde inmortal, del Divino. ¿Sería ella una de las versiones de Drácula? ¿Margarita del Transilvalle? ¿Violeta vúl-
gara? Pero pude jugar mi papel activo entre sus posesiones
marcadoras, ella arriba, abajo, de lado, siempre sintiendo su
seno como un unicornio blando. Cuando regresé a casa, ya
tarde en la noche pero no tan tarde como para encontrarme a
todo el mundo levantado (una de las paradojas paternas: regresas tarde y todos duermen, regresas más tarde y todo están en vela esperándote), me sentí satisfecho porque lo que
después vino a llamarse actuación (de la cama considerada
como escena: aunque el nuestro era un teatro táctil), la mía,
había sido mucho más eficaz que la primera subida escénica,
pero al mismo tiempo preocupado por las marcas de Margarita, sus devoraciones a flor de piel. Casi en puntillas me metí
en el baño, cerré la puerta con llave y encendí la luz para
abrirme la camisa. Allí, sobre el pecho, a un costado de los

614

hombros y casi en el cuello estaban las improntas delatoras, las huellas del delirio. Traté de frotarlas con el índice, con otros dedos, con toda la mano, pero eran las manchas de Macbeth, indelebles: estarían ahí hasta el día del juicio: huellas de un pecado mortal. Apagué la luz a tientas y salí del baño, no sin antes abrir la puerta. Entré al cuarto silencioso dirigiéndome al gavetero que quedaba a un costado de la cama, operación riesgosa que realicé en la oscuridad con pericia de comando—o mejor de fotógrafo en cuarto oscuro. Abrí una gaveta inferior y saqué una prenda de vestir. Regresé al baño, cerré la puerta y encendí la luz de nuevo: precauciones de Margarita, por Margarita. Esta vez me quité la camisa y viéndome todo el cuerpo, no sin regocijo—tatuado erótico, Queequeg de las Indias Occidentales, polígamo polinesio—me puse la camiseta T que había sacado del gavetero, ropa interior absurda en La Habana, que no usaba ni en pleno invierno y que ahora debería llevar todo el verano, porque Margarita me marcaría regularmente, una hechicera que vigilaba la propiedad de su único ganado. Justifiqué el uso de la camiseta encubridora ante las preguntas de mi mujer al día siguiente como una cura para un repunte de bronquitis, yo que ni siquiera tosía, los mejores pulmones de la familia. Solamente su inocencia—o su ignorancia conventual—me permitió salir del atolladero con tan pobre excusa. En una ocasión las marcas de amor de Margarita se extendieron muy alto por el cuello y así me vi buscando una bufanda por media Habana en verano y llevarla en alarde de elegancia, que provocaba no pocas burlas en Carteles y en el barrio, donde al principio me gritaban apodos. Rine me llamó el bufón de la bufanda y Silvio Rigor le fou du foulard. Sin embargo lo más incómodo era usar estos aditamentos, ya que el verano hosco convirtieron la camiseta y la bufanda en un sudario. Afortunadamente

615

no tenía que quedarme desnudo ante mi mujer porque ella era modosa y yo me hice casi casto. En cuanto a hacerle el amor, por ese tiempo la barriga enorme que cargaba ella (¿a qué bípedo grotesco comparar una mujer embarazada?) nos había vedado el sexo hacía rato y, como animales fuera de la época de celo, nuestros contactos eran meros reconocimientos táctiles, formas de asegurarle a ella que pertenecía todavía a la tribu.

Pero no todo era amor violento el de Margarita, ni siquiera sexo. Hubo muchas veces (ahora nos veíamos casi todas las noches, mi secretaría nocturna abandonada con el pretexto del cine, a mayor gloria de Carteles) que salíamos a recorrer su barrio, que evidentemente le gustaba. La complacía esta domesticidad urbana de clase media baja con aspiraciones que ascendían según San Lázaro remontaba la cuesta de la universidad y se internaba en la terra incógnita de El Vedado, donde devenía súbitamente calle L, la españolidad colonial (o postcolonial, pues San Lázaro había prosperado y hecha habitable con la República, y nacía en la estatua al poeta pacifista Zenea, para morir ante el busto bello de Mella, líder estudiantil comunista, monumentos a mártires y si existía un enclave exclusivo en su primera cuadra, el Unión Club, había en su última cuadra la meca del mal gusto de la clase media habanera, Lámparas Quesada, la pesadilla de Aladino, con cientos de candelabros, el cielorraso tejido de arañas de cristal, falsas lágrimas) americanizada de repente en el bautizo de una calle no con un nombre propio, una efemérides, un santo, un gobernador del tiempo de la colonia, un patriota mambí, un prohombre republicano o una nación más o menos amiga, sino con una letra justamente allí donde también las calles se llaman por números, La Habana imitando a Nueva York en los barrios menos neoyorquinos por residenciales y definitivamente marcados en su tropicalidad por la abundancia de jardines que no existían ni en La Habana Vieja de la colonia, ni en La Habana Nueva de principios de siglo, ni en esa medianía temporal y espacial que era la zona en que ella vivía, sin jardines ni mansiones ni grandes hoteles. Pero en ocasiones bajábamos en sentido contrario por Jovellar hasta el Parque Maceo y el Malecón y a veces la noche era insular y había allí jardines invisibles. Ya que el Parque Maceo ni siquiera tenía árboles y el parquecito de Colón (seguramente creado por Bobadilla para escarnio del Descubridor) enfrente era ese minúsculo parque de diversiones que fue mi primer zoológico y mucho más tarde el refugio de las parejas a veces dobles de mi mujer, entonces mi novia, y su hermana acompañada por Rine, que devendría su marido. Hablando del rey de Roma: una noche traje a Rine a conocer a Margarita en su doble aspecto de cronista oral de mis conquistas de Don Juanito (como decía Rine, Cazanova: invariablemente le contaba cuanta ocasión amorosa me encontraba, situaciones que él disfrutaba vicariamente, impedido de imitarme por sus sucesivos fracasos, fiascos sexuales que superó gracias al empleo liberal de la Yoinbina y su contraveneno, el Nupercainal: farmacopea que de haber conocido Fausto no habría tenido que vender su alma al diablo) y de crítico de teatro. "Ella es actriz", le aseguré. "Actuaba en el Teatro Universitario y ahora trabaja en la televisión en Caracas." Margarita, caminando conmigo rumbo al Parque Maceo, lugar de la cita culta, iba nerviosa sin saber por qué. Le aseguré que era un amigo, viejo amigo, amigo leal. Pero cuando nos encontramos con Rine frente al Torreón de San Lázaro y se lo presenté se sonrió con una sonrisa que yo no había visto antes en ella: era apocada, tímida, como si estuviera ante una prueba decisiva. Rine estuvo muy ingenioso esa noche, no

617

sólo haciendo chistes con la creación de Dumas hijo y la virginidad de Violeta ("Una margarita capaz de marchitar todas las camelias", le dijo a ella, y dirigiéndose a mí: "Has logrado desflorar la Margarita") que eran previsibles sino contando un cuento que me pareció en principio inapropiado pero que finalmente fue de regocijo mutuo porque le hizo gracia a Margarita. Ya yo lo conocía pero ella no. Se trata del maricón (y lo que propició la versión de Rine fue inevitablemente estar en el Malecón) que va al médico porque tiene una molestia en el ano. ("Anal, no mensual", aclaró Rine.) El especialista decide investigar y se calza un guante y luego introduce su mano envaselinada (Rine: "No hacía falta la vaselina, claro. Los muchachos de antes no usaban gomina") en el recto del paciente. Médico: "¿Le molesta?" Maricón: "En lo más mínimo. Siga, siga, doctor". El médico continúa tanteando (Rine: "Auscultando", pronunciándolo "ausculando") y no encuentra nada entre los pliegues del ano. Médico: "¿Alguna molestia?" Maricón: "Ninguna". El médico va a darse por vencido, cuando tropieza con un cuerpo extraño, lo toca, lo tantea, lo agarra, lo afirma y lo saca. Médico, asombrado: "¡Es una flor!" Maricón: "Para usted, doctor". Rine lo remató diciendo que claro que la flor no era una tímida violeta, sino una rosa encarnada. Rine siguió con una suite amarga que era el cuento verdoso que nos hizo Virgilio Piñera del adolescente que se perdió en el paraíso de un cine, Virgilio de guía por aquella historia de relajaciones de indias, el orificio de contar lo opuesto al culo florecido; el extravío de los sentidos una temporada en el interno. Este cuento encantó a Margarita, que luego me confesó que había encontrado a Rine sumamente simpático, diciéndolo con la implicación de que creía imposible que ninguno de mis amigos lo fuera. Debí traerle a Branly, que hacía chistes absolutamente inesperados, sus claves del alba bien templadas, como las cuerdas de su guitarra, acordes de movimiento verbales, disonancias contra la altisonancia y no cuentos conocidos, como el del enema de la rosa. Mi molestia no iba dirigida a Margarita sino contra el veredicto de Rine al día siguiente, que era como una resaca. Había encontrado hermosa a Margarita (me asombró que empleara precisamente ese adjetivo porque eso es realmente lo que ella era: una hembra hermosa) pero agregó que estaba convencido de que no era una actriz. "Si lo es debe ser muy mala", agregó Rine. No especificó su sentencia y yo, molesto, no le pregunté su delito. Pero insistió: "Si ella es actriz mi nombre es Lear", haciendo una demasiado evidente alusión a su apellido Leal, que el tiempo demostró que era el que mejor le convenía—aunque en ese momento yo pensé que hacía mejor el tonto. Es que el amor me convertía en desleal.

Otra de las pasiones de Margarita era el cine, pero tenía una especial debilidad por las películas mexicanas, y más de una vez en lugar de ir a un teatro de estreno a cumplir con mi deber de crítico me encontré camino del convenientemente cercano cine Florencia, donde el repertorio recurrente estaba compuesto por películas mexicanas, complaciendo a la clientela del barrio. Pero hasta allí me perseguían las obras maestras. Un día, cuando Margarita ya había desaparecido, vi *Más allá del olvido* en que Hugo del Carril ama apasionadamente a una mujer, ésta se muere y desconsolado se marcha a Europa, donde encuentra un perfecto facsímil de la mujer muerta, de la que se enamora apasionadamente—y su amor la mata finalmente. Aquí el amor, el tema del doble y la necrofilia estaban ligados en un sueño pasional. Allí (aunque me había hecho habitué de las salas de estreno) tuve que ver más de un bodrio borroso, algún Cantinflas las más veces y por lo menos una obra maestra surrealista que unía a su intensidad

619

emotiva una impensada comicidad. Ya la había visto antes pero verla junto a Margarita fue una experiencia extraña. La película se llama *Abismos de pasión* y está basada en *Cumbres borrascosas*, y ya desde el título se puede ver venir la perversidad de Luis Buñuel contra Emily Brontë, a la que no sólo viola sino tortura y confunde. Nada más alejado de *Wuthering Heights* que esta versión, perversión mexicana. Ya sea porque Buñuel es sordo o por imposiciones de la productora, el reparto no puede sonar más cómico con sólo abrir la boca. Heathcliff se convierte en Alejandro (¡maldito nombre!) y lo interpreta Jorge Mistral con fuerte acento español que quiere parecer mexicano y consigue ser andaluz. Catherine es Catalina pero habla por ella Irasema Dilian, con el más pesado acento polaco. Mistral era moreno, mientras que Irasema es rubia y así racialmente no forman tan pésima pareja—con los oídos tapados. Edgar es encarnado o descarnado por Ernesto Alonso, un actor epiceno mexicano que sesea su interpretación de un inglés débil como en la novela. Pero Isabella, esposa de Heathcliff, al convertirse en mujer de Alejandro se revela como la imposible versión refinada de una cabaretera de café del puerto: Lilia Prado, que más que mexicana parece una mulata cubana. (O tal vez sea una mulata mexicana.) Para colmo, el malvado Hindley es impersonado (en la única buena actuación de la película) por López Tarso, que siempre fue un eficaz villano mexicano y que aquí podía muy bien estar entre las tropas de Villa y no en la troupe de Buñuel, tal es su feroz individualidad. Particularizada en el momento en que, completamente borracho, le dice a la increíblemente pudorosa, temerosa Lilia Prado, que lo ve venir hacia su cama y se aterra: "No seas zonza. No tengas miedo. No te voy a violar"—y con su negación acentúa en el espectador la certeza de una violación inminente. Allí me reía yo en lo oscuro

620

como un avieso mientras al lado mío Margarita sollozaba, lloraba por los amores imposibles de Jorge Mistral y de Irasema Dilian. En un momento sin embargo casi nos reunimos los dos, ella riendo, yo llorando: cuando, al final, Catalina muerta y enterrada y Luis Buñuel más alejado que nunca del libro, hace bajar a Alejandro los escalones hasta la tumba de Catalina, que es un sótano, a violarla, a violentar su fosa en la cripta. Alejandro, perturbado por el dolor, alucinado, su sueño completado por la aparición de Catalina en su traje de novia en lo alto de la escalera, la reclama: "¡Catalina!" Como respuesta a su llamado recibe una descarga de escopeta, empuñada por López Tarso, la visión de Catalina desvanecida un momento antes, revelando al asesino alevoso. Queda en la cripta el cadáver de Alejandro (su nombre merecido) junto al de Catalina. López Tarso, triunfal, cierra la tumba y con la losa que cae termina la película con un acorde romántico: en todo este sorprendente final ha estado sonando "La muerte de amor" de *Tristán e Isolda*. Cuando encendieron las luces, entre lágrimas, yo tendiéndole un pañuelo que esperaba que no se manchara de escarlata delator, secándose los ojos siempre verdes, Margarita me dijo: "¿No es verdad que es muy linda película?"—y tuve que estar de acuerdo con ella sin decirle: es mal Brontë pero es buen Breton.

Aquella noche, en los bajos de su casa, tal vez influida por las imágenes, no cesó de besarme, creando una atmósfera húmeda de besos sin abrazos, los besos en el aire, entre mi boca y sus labios, los dos iluminados por el farol de la entrada, siendo un espectáculo privado en un sitio público—que nadie veía aunque era gratis porque era tarde para otros ojos que no fueran los míos, a los que los lentes despegaban del momento. Ántes de irme, de soltarme de sus besos, me cogió una mano y de pronto, sin denunciar la menor intención (sin duda influida por la pasión del abismo), me clavó las uñas de su mano derecha sobre el dorso de mi mano izquierda, no con violencia pero sí con intensidad. Margarita tenía unas uñas largas, curvas, y esa noche comprobé su dureza y su filo. Quité la mano brusco, y reaccionando al dolor levanté mi mano (tal vez para pegarle, tal vez para salvarla de sus garras), cuando me dijo: "Eso es para que no me olvides. Mientras dure la cicatriz durará el recuerdo". Las heridas eran profundas, sobre todo una hecha por uno de sus dedos armados, tal vez el índice, que corría sobre el dorso, de la masa opuesta al monte de Venus hasta la base del pulgar. Traté de restañarla con mi pañuelo pero seguía sangrando y ahora al retirarme de su lado sin decir nada, sin deseo de venganza ni el solo deseo, solamente con la intención de ponerme a salvo, reculando de esa guarida que ella guardaba, de pie allí todavía, vigilante, al empezar a caminar hacia Jovellar, antes de doblar por esta calle y subirla, oí que ella me llamaba: "¿Te veo mañana, mi amor?" No dije nada y volvió ella a repetir la pregunta, la repitió tres veces y sin volverme supe que me había seguido hasta la esquina. Pero yo no tenía intención de responderle, preocupado como estaba con la sangre de las estrías (¿qué otras marcas me haría esta mujer, posesiva como un ganadero entre cuatreros?) y con este peligroso arañazo de amor. Cuando llegué a casa, sin novedad, fui al baño y me lavé bien la sangre coagulada y vi que los arañazos no tenían importancia excepto uno: sólo el de la base del pulgar era una cortada. Estaba asombrado de que las uñas de Margarita pudieran ser un arma ofensiva—¿o eran en realidad una defensa? Me puse un esparadrapo en la estría que había vuelto a sangrar y me acosté tratando de imaginar qué explicación dar a mi mujer dormida cuando despertara. Pensé que podía decir que me había herido con mi máquina de escribir de Carteles, pero por muy obsoleta que fuera una máquina de escribir (y las de la revista podían pertenecer a un museo del escriba) ninguna llegaría a ser tan agresiva: las máquinas de escribir son más bien masoquistas: reciben aporreos y golpes directos y ninguna ataca al hombre, mansa. Tal vez dependiera de la marca. "Es una Underwood vieja, muy complicada." Bonita excusa. (Es más, no podía ser ni una explicación ni una excusa: era una coartada para un criminal ajeno, pero la pasión nos unía como un delito.) Además, mi mujer era mecanógrafa y sabía de Underwoods, de Remingtons, de Smith-Coronas, y estando en estado debía de saber hasta de Hermes Babys! ¿Qué alibí aliviaría mi cortada? A la mañana siguiente, antes de levantarme, dormido todavía, decidí que le diría que había habido una pelea confusa en Carteles (lo dejaría todo ambiguo: yo podía ser un contrincante o el mediador) y esa mano marcada era el resultado inmediato. El resultado mediato fue que decidí no ver más a Margarita. Tal vez lo había estado pensando desde antes, tal vez lo formulé solamente ahora, como formando parte de la mañana después. Lo cierto es que su violencia se vino a añadir a lo oneroso que resultaba aquel amor entre las sombras, la misma ilegalidad, pues si bien yo no dudaba antes en engañar a mi mujer con la primera viajera que se cruzara en mi ómnibus, eran amores pasajeros. Pero ésta era una relación más seria, complicada, un amor que se quería eterno. A menudo sacaba mis lecciones de la literatura, las más de las veces del cine y ahora un libro y una película se reunían para advertirme que los amores violentos terminan violentamente—y no tenía ya duda de la violencia de Margarita. Dejé de verla.

Hasta su próxima llamada a Carteles: no podía resistirme a su voz, a su tono que no era exactamente suplicante pero que me pedía vernos, al timbre mismo de su voz. Tal vez

Rine se equivocara y ella fuera una excelente actriz, pero en su voz había siempre un dejo sincero que me conmovía—además, ¿quién puede resistirse a una cara costumbre? Y volví a su casa, a casa de su hermana, a ese pozo de compañía al que se subía en vez de bajar. Fue un sábado por la tarde, que era el día en que más tiempo podíamos estar juntos. Su hermana, remota, misteriosa como siempre, viuda eterna, no estaba en su casa y al abrir la puerta ella cayó en mis brazos o más exactamente comenzó a besarme—ella que podía besar sin manos. Luego habló. Habló de lo que me necesitaba, habló de lo que me quería, pero ni una sola vez aludió a los arañazos que marcaban con un hierro: aunque ya no llevaba el esparadrapo, la herida mayor tenía una costra visible. Dando media vuelta, sin soltar mi cuello, me dijo:

—Vámonos por ahí.

Pensé que una tarde de verano en La Habana no era el mejor tiempo para enfrentar, casi afrontar, el doble insulto del sol vertical y el cemento horizontal del Parque Maceo o la extendida cinta de asfalto del Malecón, y se lo dije—claro que no con tales y tantas palabras.

—Yo quería decir a otra parte—dijo ella sonriéndose con la boca y con sus ojos verdes, y aunque no había vestigio alguno de una niña en ella recordé a mi prima en sus días de niña, con su inocencia depravada, prodigio amoroso, invitándome a la privacidad del excusado, cerrando la puerta alta de madera, quitándose la bata casi de muñeca, deshaciéndose de su pantaloncito minúsculo para mostrarme su cuerpecito sin senos y sin vellos que fue para mí la revelación de mi vida—y comprendí bien lo que quiso decirme Margarita con los mismos ojos verdes veinte años después. En la esquina de San Lázaro y Hospital, esquina doblemente odiada, encontramos un taxi envuelto en el doble vértigo de la velocidad y la luz.

Cuando una vez dentro le dije al chofer que nos llevara a 2 y 31 (éste asintió con un movimiento de cabeza ladeada que era casi un guiño cómplice), ya que yo quería cambiar de escenario sexual, recorrer con Margarita las posadas que conocía y tal vez luego, si duraba nuestro encuentro (y ésta era la justa palabra porque toda la relación estuvo siempre presidida por la precariedad y la duración de un momento que se quiere continuar), nos aventuraríamos a la calle 80 en Miramar, a un hotelito en la frontera erótica, a donde no había ido nunca. Pero casi encima de mi orden ella me dijo:

—No, ahí no. Hay demasiada luz de día.

Y antes de pedirle al chofer cambiar de dirección (nuevo asentimiento que sería un consentimiento) sufrí un ataque agudo de celos porque su corrección significaba claramente que ella había estado ahí antes y aunque por supuesto yo no podía reclamar su vida pasada, pensé que tal vez ese conocimiento exacto de la posada de día quería decir que ella había estado hace poco allí. Estuve tentado de decírselo pero me callé diciéndome que una aclaración sólo conduciría a una declaración y luego a una discusión y, por otra parte, ella no debía importarme como una totalidad, sino como el momento y lo que había pasado antes debía serme tan ajeno como el futuro. Además estaba la presencia del chofer, tan atento como si fuéramos sentados en el asiento delantero—Margarita del lado de la ventanilla. Una vez dentro de la posada se repitió la ceremonia del cierre de todas las cortinas contra el sol cegador de afuera y no encender la luz, otro sol para marchitar a Margarita. Pero camino del baño ella me dijo, en tono de confidencia, más bien un susurro:

—Tengo algo para ti.

Pero no dijo más. Como siempre me desnudé y me metí en la cama en el cuarto a oscuras, con la raya de luz del baño solamente visible por debajo de la puerta. Al cabo la oí llamarme y decirme desde detrás de la puerta cerrada:

—¿Tienes los espejuelos puestos?

Entonces yo solía llevar de día espejuelos oscuros que parecían gafas solares. Había vuelto a ellos desde los primeros espejuelos que me vi forzado a usar a los dieciocho años y escogí lentes negros para disimular que era miope, dejado llevar por el prejuicio que había en el Instituto contra los alumnos (sobre todo masculinos) que llevaban espejuelos, que era un signo de lo peor que podía ser un estudiante, es decir estudioso, y al mismo tiempo denunciaban la debilidad del usuario. Además las gafas ahumadas eran unas antiparras contra la timidez, haciendo inmune al usuario de esa enfermedad del espíritu. Ahora volví a usarlos de día. Pero una noche, en que fui con ella al cine y llevaba los otros espejuelos de lentes transparentes, Margarita me preguntó si los necesitaba en realidad (era casi como inquirir por la necesidad de unos zapatos ortopédicos), si no podía ver nada sin ellos y al afirmar mi dependencia de los lentes se rió y me dijo que nunca había pensado enamorarse de alguien que usara espejuelos. "Casada con un cuatrojos", dijo y se corrigió: "Bueno, casi casada" —pero no retiró el apelativo de cuatrojos.

—Sí—le dije desde el cuarto, casi le grité: no hay barrera contra el sonido como una puerta cerrada.

—Bueno—dijo ella—, quítatelos y cuando yo te diga cuándo te los vuelves a poner.

Hice lo que me pedía, casi me ordenaba, y por un momento vi la luz no cuadrada sino desbordada por la miopía de la puerta del baño que se abría. Pero ese chorro de claridad desapareció de nuevo y ella me dijo, ya en el cuarto:

—Póntelos ahora.

Hice lo que me ordenaba y presencié un espectáculo—porque era un espectáculo—inolvidable: ocurrió hace más de un cuarto de siglo y no he olvidado un mínimo momento, un solo sector de lo que vi. Ella estaba parada junto a la puerta semicerrada del baño y un rayo de luz que penetraba por la rendija, que antes habría sido intruso para ella, era ahora cómplice: la luz iluminaba su cuerpo: no todo su cuerpo sino la mitad, la parte izquierda, mientras la derecha permanecía en penumbras aunque no podía distinguir nada de esa zona de carne eclipsada: era la carne iluminada lo que veía. La mitad izquierda de su cuerpo mostraba un muslo (no podía ver la pierna por el borde de la cama pero no me importaba porque me sabía de memoria sus piernas) redondeado y largo con una forma en curva que llegaba hasta el comienzo de las caderas, de la cadera. Su cadera era alta y redonda: era la cadera de nada menos que toda una mujer y aunque no era gorda tenía la suficiente carne para mostrarse más ideal de Rubens que de Velázquez y al mismo tiempo era muy moderna: nada de siglo XVII para este ofidio del siglo XX que me tentaba con su sabiduría sexual. La doble curva del muslo y la cadera llegaban muy altas hasta su talle, que era corto (ya había podido adivinar que lo era a pesar de su ropa pero ahora lo confirmaba) y a la vez hacía juego con la parte inferior de su cuerpo, en una armonía de olas y de ondas. La parte superior estaba dominada por una teta grande, redonda y perfecta a la que el rayo de luz destacaba su pezón, el mismo botón de carne que había sentido en mi boca y entre mis dedos como un timbre mudo. Me extasié contemplando su teta única sin llegar a lamentar que no tuviera pareja, haciendo visible la música de las semiesferas, explorando ese hemisferio que había recorrido a ciegas. Ahora veía su cuello libre que no era largo pero tampoco corto y sobre el que estaba muy bien puesta su cabeza. El cuello desnudo y la cara iluminada com-

627

pletaban ese cuadro carnal que ella había diseñado para mí: pintado con luz como Alton. Había una sonrisa en sus labios gordos y una cierta mirada desafiante en sus ojos, como declarando que me atreviera a comparar en su perfección ese medio cuerpo que me mostraba con cualquiera otro cuerpo completo que yo hubiera visto antes, en la vida o en sueños. Pensé solamente que era una amazona antigua y casi lo dije en voz alta.

Vino hacia la cama sin apagar la luz del baño, con perfecto control de la fuente luminosa, alumna adelantada de Juan Mallet en luminotecnia, y pude ver su silueta toda cuando subió hasta mí y no me interesé por tratar de ver dónde faltaba un seno porque la llenura de su cuerpo colmaba cualquier ausencia: no era gorda, no se podía decir que tuviera grasa sobrante, sino que la carne era dominante en su estructura.

—¿Te gustó?—me preguntó mientras se inclinaba para darme un beso y por entre sus labios llenos pude decirle:

—Mucho.

—¿Te gusto entonces?

—Demasiado.

—No digas nunca demasiado en el amor.

Ella bordeaba el abismo de pasión cursi sin caer nunca en él. Mi temor con las habaneras—las otras eran todas exóticas—era que la cursilería las hiciera imposibles para vos y para nos, como le gustaba decir a Silvio Rigor, quien, contradicciones de la capital, en ese tiempo, solía rondar (cortejar sería mucho decir, aunque él le hiciera la corte en su casona de El Vedado: sata sede en la que era recibido como bufón) a Patricia Firth, a la que su madre cubana, maquinando desde su mansión de la Avenida de los Presidentes, preparaba para casarla no con un hombre pobre ni con un hombre rico sino con un Creso criollo, un magnate que era su magneto, esencial al motor que movía las acciones de la familia. Esta Patricia que coqueteaba con Silvio de manera mustia, bajando sus párpados de pestañas largas y negras sobre sus ojos azules que revelaban más que reflejaban a su abuelo escocés (ella se decía descendiente directa de Patricio Firth, el médico cubano nacido en Escocia que investigó los orígenes oscuros del lupo eritematoso exantemático, lo declaró con porfía próximo a la porfiria y descubrió la cura para esa mariposa mancillante —que consistía en protegerse del sol: remedio que en Cuba era una especie de ungüento invisible: ¿cómo huir del sol en el trópico?—para desdecirse luego y declarar al lupo incurable y fatal, fracaso de la práctica que no clausuró el éxito inicial de su teoría), herencia que era demasiada posesión: bella, rica y además con antepasados ilustres. La delgada, alta, linda Patricia Firth—a quien Silvio Rigor llamaba the Firth Lady—se dejó encandilar una noche como una mariposa malva por los faros de la máquina de Fausto, ya aprendiz de bufo, en la que éramos viajeros Rigor y yo, y moviendo ella en un giro coreografiado su ancha falda de tafetán o tul (nunca sé de las telas más que el nombre: es su sonido no su visión lo que las relaciona) declaró ufana: "¿No es verdad que luzco radiante?"—y este acto Silvio Rigor, en su amor ciego y sordo, se negaba a reconocerlo como cursilería. Fue sólo cuando ella anunció su compromiso contraído con un hacendado—prácticamente dueño de la Hacienda y no de una hacienda—que Silvio a la rigueur admitió: "Patricia es lo más cursi que he visto y oído. Ofende a la pupila y al tímpano. Además", me confesó, "padece del mal griego". "¿Cuál es el mal griego?", le pregunté pensando en el lupus familiar, en la manía lupina de su abuelo nacido en las Highlands y muerto en La Habana. Y me dijo él: "Halitosis", ofendido del hedor.

Pero Margarita tenía un aliento dulce, ahora perfumado por el ron del Cubalibre que bebió de un golpe, olvidando que no era un Margarita, besándome todavía con los labios húmedos del trago, ya mojados por mi saliva, por nuestras lenguas y su visión, ese cine (la televisión es demasiado plana con su iluminación cruda, el teatro tiene siempre una luz que permita ver las palabras: solamente el cine ofrece esos claroscuros, esa luminotecnia dramática, esa fusión de las luces con las sombras como forma narrativa, y lo que había concebido ella con la bombilla del baño, la rendija de la puerta y su cuerpo era casi un *shot* en blanco y negro, una escena sacada, sin ella saberlo, del repertorio visual de Von Sternberg) que me había regalado me excitaron tanto (nada es tan erótico como el sexo entrevisto: ella me había enseñado su medio cuerpo y dejó que mi imaginación se excitara con la imagen prohibida de su otra cara de la luna) que la volteé enseguida y la penetré velozmente, casi violentamente, deseando perforarla y mientras la besaba en la boca, después en el cuello, luego en su seno sano y ahora en su otro seno o en su cráter, sintiendo la piel estirada plana en diversas direcciones rugosas, haciendo cicatrices, la carne casi macerada pero seca, en contraste con la suavidad de su solo seno, llegué a amar esa parte en sombras de su cuerpo, sintiendo mi amor por Margarita transformarse en pasión supe que ella se estaba viniendo y apresuré mis movimientos, me hice el émbolo de su cuerpo y nos vinimos juntos—y casi enseguida volvimos a empezar. Solamente interrumpimos nuestra función, la fusión para beber, ya que a Margarita le gustaba la bebida y ordenar los tragos, recibirlos y tomarlos fueron nuestros únicos entreactos. Cuando terminamos todo lo que ella dijo fue "Amor" y repitió "Amor, amor", que casi era la letra de una canción que continuaba cómicamente: "nació de ti". Era evidente que Margarita concedía poca importancia a conseguir más de un orgasmo repetido. Era como si fuera mi misión, mejor: mi micción.

Ahora, acostada bocarriba, mirando casi ciega al cielorraso invisible, no había duda de que pensaba en otra cosa y como lo que más me interesa de una mujer, aparte de su cuerpo, es su mente, quise poseerla por completo y ya que había domado su cuerpo, controlar su mente. Pero ella hizo innecesaria mi pregunta de siempre: "¿Qué piensas?", porque antes de hacerla me dijo:

—Tengo que confesarte una cosa. ¿No te vas a poner bravo?

—Depende de lo que sea—le dije, con cierta tensión.

—Te he sido infiel.

Me sentí invadido por celos más súbitos que la tensión, por la sensación de que las mujeres en mi vida tendían a repetirse: Margarita había usado la misma frase culta y por tanto falsa que habría usado Julieta. ¿Por qué no dijo te engañé, que era más fácil y natural, si es que existen frases naturales? Pero por lo menos las mujeres son naturales en París. En La Habana están en estado salvaje—excepto dos o tres que yo me sé.

—Bueno, infiel no totalmente, pero sí un poquito.

—¿Con quién?

—Ahí está el problema. Es por eso que te digo que te he sido infiel a medias.

Visualicé enseguida el enorme Buick verde que la devolvió a su casa, al dueño de semejante carrocería, ya entrado en años y un coito interrupto. ¿Era esa forma de singar interrumpida lo que ella llamaba "infiel a medias"? ¿O quería decir una introducción hasta la mitad, medio bálano?

—¿Es el tipo de la emisora?

631

—No, no es ese tipo. No es con ningún tipo.

No entendía. ¿Era con un niño entonces, corrupción de menores, un pene minúsculo? ¿O un viejo acaso? ¿Gerontofilia?

—Es una amiga mía.

Salté por dentro pero también debí saltar en la cama. Los muelles de los colchones eran muy sensibles en las posadas.

—¿Una amiga?

—Sí, una vieja amiga.

¡Mierda! Tortilla con una vieja. Pero ella debía de estar leyendo mi pensamiento en la oscuridad: Braille mental. Era notable el número de cosas que ella podía hacer a oscuras. Después de todo había pasado gran parte de su vida entre las sombras.

—Ella es de mi edad pero hace tiempo que somos amigas. Siempre se me había estado insinuando, dejándome caer las cosas, haciéndome avances, hasta que las otras noches se me declaró en firme.

Nunca se me había ocurrido que las mujeres se podían declarar a otras mujeres como los hombres. ¿Cómo sería? ¿Formal o informal? ¿Que se dirían? "¿Me aceptas por esposa, querida?" Era ridículo, pero más ridícula fue mi pregunta:

—¿Y la aceptaste?

—No, no la acepté pero sucedieron cosas.

Era la primera vez que me encontraba con una mujer con la que había tenido que ver que sintiera "sensaciones sáficas", como decía Silvio Rigor, que opinaba que "el tribadismo está más propagado que el tribalismo en esta aldea", que él llamaba a veces por su nombre indio de Abanatán. "Peor está México", le contradecía yo. "Allí en cada esquina hay una tortillera." Como no encontraba un equivalente apropiado, le ayudaba yo diciendo: "Pero el Malecón es una gran dike"—y reíamos los dos de haber salvado a La Habana para las lesbianas. Como ven, podía hacer humor antes como puedo despegarme ahora de la situación y reconocer no sólo el drama que hay en el lesbianismo sino la comedia del frufrú de los frotes sin brote, pero durante, es decir entonces, cuando Margarita me confesó su acto contra el hombre, yo estaba primero sorprendido (pocas mujeres había conocido tan femeninas aunque debía haber recordado la revelación de una aristócrata habanera, que declaró que cuando una mujer es muy femenina y muy dada al amor diferencia poco si sus amantes son del sexo contrario o de su sexo: lo que había oído ya hacía unos años en una reunión literaria en casa de Pino Zitto, y al ver que la concurrencia distinguida reía ante lo que se consideraba una ocurrencia distinta, yo también reí antes de oír a la descendiente de la legendaria condesa de Merlin decir que hablaba perfectamente en serio y que ella que era baronesa a veces se consideraba varón) al saber que Margarita podía interesarse en las mujeres y después me sentí escandalizado y después me puse furioso.

—¿Quieres saber lo que pasó?

—No, no tengo el menor interés.

Margarita, era evidente, como la baronesa que se transformaba en barón con la luna del trópico, hablaba perfectamente en serio. No era una broma de mal gusto como el Margarita envenenado, era una Margarita venenosa, una mapanare de ojos verdes.

—Yo quiero contártelo. Quiero que sepas todo de mi vida.

—No quiero saberlo.

Pero ella siguió hablando y ¿qué podía hacer yo? No iba a taparme los oídos con la almohada o ahogarla a ella, Des-

633

démona graduada de Yago, yo Otelo que sabe que Emilia recogió el pañuelo.

—Esta muchacha—Margarita comenzaba, como toda mujer, por quitarse los años antes que la ropa: me hablaba de su contemporánea y la llamaba muchacha—es una vieja amiga de la familia. Ella es de Bayamo y vino a pasarse unos días con mi hermana. No hay más que dos cuartos en la casa y aunque el marido de mi hermana nunca duerme en casa—era evidente, desde que lo vi, que había una relación entre este hombre indistinguible y la hermana de Margarita que era idéntica a la nuestra: el marido de la hermana de Margarita era su amante a secas—ella tuvo que dormir conmigo en mi misma cama que no es muy ancha que digamos. Una noche, las otras noches, estábamos hablando a oscuras, con mi hermana ya durmiendo, y ella comenzó a recordarme los días de niña que yo había pasado en Bayamo. Hablaba de la casa, de las gallinas que tenían en el patio y cuánto me gustaban a mí los pollitos. Me recordaba también cómo jugábamos a las casitas debajo de la casa por un, por un, ¿cómo se dice?

—Desnivel—siempre me pierden las palabras: no debía haber respondido pero también había comenzado a interesarme su historia: nunca se sabe dónde un cuento se puede transformar en literatura.

—Sí, eso. Por un desnivel estaba montada sobre troncos y había como un sótano en el que nos metíamos a jugar. Me habló del tiempo en que jugábamos allí a los casados y de como ella, que es mayor que yo, siempre era el marido. Es verdad que jugábamos a los matrimonios y que ella era siempre mi marido. Al contarme todo esto, casi al acabar, me puso la mano sobre el seno y lo hizo tan de pronto, en la oscuridad, que di un salto. Me preguntó que si me había asustado y yo le dije que no realmente, y realmente no me había asustado. De veras que no había de qué asustarse, pero el salto fue un salto por el recuerdo. Todo el tiempo dejó su mano sobre mi seno, sin tocarlo pero tocándolo.

Deduje que sería su seno sano y que su amiga estaba acostada a su derecha. Esta deducción no me tomó mucho tiempo y ella tampoco me dejó detenerme en ella porque siguió contando.

—Luego retiró la mano y la oí moverse en la cama. Lo próximo que supe es que ella estaba desnuda a mi lado. Se había quitado el refajo y se había quedado completamente desnuda. Lo supe porque me cogió una mano y me la llevó sobre sus senos al aire. Ella me obligó con su mano al principio, pero cuando quitó su mano yo no retiré la mía: la dejé sobre sus senos, sobre los dos, tocando uno con los dedos y el otro con el brazo. Y no pasó nada más, te lo juro. Ella insistió en continuar, insistiendo en que me quitara toda la ropa de dormir pero no me convenció y como se dio cuenta de que mi hermana nos podía oír si seguía insistiendo, volvió a ponerse su refajo y vino a pegarse a mí. Pero yo me dormí.

Dejó de hablar pero yo no dije nada.

—¿Te molesta?

No dije nada. Debí decirle que no era más que un episodio, que no daba para un cuento. Además le faltaba el final.

—Dime si te molesta, por favor.

Ese por favor me movió a pagarle su cortesía con una respuesta:

—Claro que me molesta.

—¿Te molesta que haya pasado o que te lo contara?

—Las dos cosas.

—Pero si yo no te lo hubiera dicho nunca te hubiera enterado.

Era obvio que yo no iba a conceder la razón, que era suya.

—Siempre me habría enterado. Uno siempre se entera de todo.

—Esto ocurrió entre dos personas solas y la otra persona no la conoces.

—Me habría enterado. Siempre hay terceros intermediarios.

—Pero te juro que no pasó nada. No fueron más que recuerdos de juegos de niñas. Nada más.

—Fue bastante.

Ella se quedó callada por un rato y luego dijo:

—Te admito que ella ha seguido insistiendo, que está todavía en La Habana y cada vez que tiene oportunidad me hace avances. Pero yo no le he dado mucho pie. Le he hablado de ti, de mi amor por ti, de lo que me gustas.

Volvió a callarse.

—Dime una cosa—dijo de pronto—. ¿Te gustaría que ella se acostara con nosotros?

Silvio Rigor siempre decía que dentro de mí dormía un puritano con un puro—y tenía razón. Dos veces, aunque fumaba cigarrillos. Esta vez con Margarita se despertó el cuáquero cubano. Le hablé en tono duro, casi violento. ¿O era solamente temeroso?

—¡No me interesa! Para nada.

—Yo se lo insinué a ella y pareció gustarle la idea. Pero si a ti no te gusta.

—¡No me gusta nada!

—Bueno, bueno, está bien. No te pongas bravo. Era solamente para probar. Así únicamente accedo a acostarme con ella. Los tres. Tú y yo y ella.

—No me interesan esas combinaciones. ¿Cuántas veces te

lo voy a decir?

—No me lo tendrás que decir más. Tú eres mi amor. Mi único amor. Mi amor para mí.

—¿A cuánta gente le habrás dicho lo mismo?

—Si supieras que a muy poca. Además, ahora te lo estoy diciendo a ti solamente. No existe para mí nadie más que tú.

En ese momento tocaron a la puerta. No era alguien que venía a compartir mi amor sino a impedir el sexo en exceso. El toque indicaba que el tiempo se había terminado. Proustianos procaces. Huxleys en La Habana. Hay que encontrar el tiempo para perder. El tiempo de templar debe detenerse. Se nos había acabado, a ella y a mí, el rato para pasar—y me alegré. No tenía absolutamente nada más que hacer allí. Antes de separarnos le dije que no la vería al día siguiente, domingo, porque iba a ir a Guanabacoa a un toque de santos. A ella no le interesaban los toques, ni siquiera le gustaba la música cubana, las canciones, los boleros, ¿cómo le iba a interesar ese ruido ritual? Pero antes de separarnos me hizo prometerle que la vería después, al caer la tarde. Al principio me resistí a acceder pero pensando que tal vez entonces pasaría el tiempo con su amiga en leves lesbianismos—al no estar yo, ella sería su placebo. Le dije que sí, que vendría a verla.

Yo había oído música verdaderamente negra sólo de pasada, sobre todo en Nochebuena, por la inolvidable Radio Cadena Suaritos, ese dueño y único locutor con su fuerte acento español (algunos decían que falso) contrastaba en su presentación de la batería conga y el Coro Iyesá en su juego de estrofa y antistrofa, tan africano, con Merceditas Valdés entonando en alto falsete las frases yorubas repetidas ad infinitum pero nunca ad nauseam y siempre incomprensibles desde la invocación: "Kabio sile", que podía ser otro Kyrie eleison. Pero estas manifestaciones eran para mí tan ajenas, tan poco comunes, tan extrañas, en fin, como lo fuera una muñeira bailada en la Artística Gallega, o los sonidos del gaitero que siempre zumbaba sus chirimías y su roncón desde los portales del Hotel Luz a la Alameda de Paula, entre columnas coloniales. Todas ésas eran músicas exóticas ante las que el pasadoble, por ejemplo, resultaba baile de familia. Verdad que no había toques de tambor en mi pueblo, que la música que había oído en mi infancia eran los repetidos puntos guajiros, acompañados por una guitarra o un laúd o las orquestas de los balnearios, o de los bailes de las sociedades que siempre tocaban danzones o habaneras o guarachas: nunca descendían a la indecencia de una rumba—primero tocaban una marcha fúnebre. La música más oída, la retreta de la banda municipal, que tocaba los domingos por la noche en el Parque Calixto García, junto a la estatua de la libertad rompiendo las cadenas, eran arias de ópera—aunque a veces condescendían a aires antillanos y algunas melodías en boga, irreconocibles entre el trío de tuba, clarinete y figle. Por la radio vecina sonaban infinitos los boleros de moda, que todavía me sé: suenan eternos en la moda de la memoria. Así la verdadera música negra (el son, la guaracha y la conga eran música cubana, sono populi) la conocí en La Habana, ya tarde, con Silvano Suárez sirviéndome de maestro de iniciación en las ceremonias sonoras: "Ése es un toque a Babalu-ayé, que es San Lázaro"—así, rubio y ojiazul, Silvano pasaba revista a los mitos africanos.

Pero cuando regresó Titón de Italia, convertido en un cineasta diplomado, hablando de Roma y de ruinas (afortunadamente no mencionó una sola de las siete colinas) pude decirle, conocedor: "Est rerum facta pulcherrima Habana" y enseñarle a él, un nativo, mi Habana viva. Recorrimos el barrio de Cayo Hueso, tan mulato, en medio de las calles blancas de San Rafael y San Lázaro, y en San Miguel (en La Habana abundan las iglesias y las calles santas), no lejos del parque de Trillo, con su estatua del general decapitado, negro insurrecto de nombre legendario, Quintín Banderas, cuya crueldad corría parejas con su patriotismo, le enseñé a Titón un cartel de una adivina que se anunciaba con un ojo verde enorme—mal de ojo, el ojo ubicuo, el ojo del mundo: mauvais oeil, the evil eye, malocchio frases que no se acercan remotamente a la latina fascinatio: la fascinación del mal—sobre su puerta pintada de color vino, indicando con el ojo que ella lo veía todo: el pasado, el presente, el porvenir, y al mismo tiempo exorcizaba al enemigo malo que vigila siempre, vil vigilia, el ojo que no duerme. Era un pitonisa poderosa, Delfos en el centro de La Habana, en el meollo, el ombligo de mi mundo, que se anunciaba en lemas elementales como "Desconócete a ti mismo", "Nadie se pierde dos veces en la misma ciudad" y, muy a propósito, "Todo en exceso". No franqueamos la puerta cerrada porque temiéramos al conocimiento que encerraba, sino porque un letrerito escrito a mano con letra casi analfabeta decía que la vidente había ido al médico. Evidentemente ella era capaz de ver el mal·pero no los males. Dedujimos a dúo que tal vez estuviera en el oculista: padecía de vista corta. De allí transporté a Titón en la alfombra mecánica de una guagua al barrio de San Isidro, a la misma calle San Isidro (que debía serme familiar por razones que olvido), a mostrarle una casa de dos pisos donde había un letrero grande que anunciaba: "Academia de Rumba". Titón admitió ignorar hasta ese momento que la rumba se podía enseñar como una asignatura. Pero, le dije, ¿no se enseña el ballet, esa rumba con *pas* en vez de pasillos, tiesa, que sustituye la gracia por la gravedad? Además, agregué, hay varias asignaturas en el currículum: Rumba Columbia, de ritual para iniciados,

Rumba Abierta (para toda la compañía) y Rumba de Salón. Pero no pude por menos imaginar qué diría Platón de esta akademia de rhumba, helenizado el nombre para que lo comprendiera mejor la sombra del filósofo de anchas espaldas que tenía en común con muchos músicos negros habaneros el ser conocido por su apodo: Chori, Chano Pozo.

Seguimos a Jesús María, verdadero barrio negro, corazón africano de La Habana Vieja, donde anotamos el intrigante aviso: "Se tiemplan cueros", que parecía oscuramente obsceno y simplemente anunciaba que se afinaban tambores —posiblemente tumbadoras y bongós—, labor tan difícil como temperar el clave de Miari de Torre, ese piano al que el tiempo, revertido, había hecho regresar de la época romántica al período barroco, por desafinación. Esta muestra de La Habana invisible para Titón, exiliado en su casa con su piano y sus patentes, tocando viejas danzas habaneras y operando el troquel de su padre, luego desterrado en Roma, entre pinos y fuentes, esta tour de trouvailles la extendí a ir a conocer al reparto Diezmero al legendario compositor de sones Ignacio Piñeiro, de quien yo atesoraba sus viejos discos Columbia, descubiertos empolvados de los años veinte y treinta pero todavía sonoros como en su época de apogeo (la que culminó, como nos contó, con gracia irreproducible, el viejo Ignacio entre tantas memorias como música, de sus tiempos de abakuá secreto y habanero famoso, tuvo su cumbre cuando George Gershwin le había pedido prestado uno de sus sones como tema de la Cuban Overture: sólo que Gershwin se olvidó de pedir permiso a Piñeiro, creyendo que era un aire popular, el viejo Ignacio, entonces joven, elevado a la condición de folklore) y Titón lo creía muerto y estaba a los setenta años vivo como azogue oscuro. Por Ignacio Piñeiro, viejo santero, supimos de los toques de santo en Regla y Guanabacoa en las grandes fechas del santoral cubano: fiesta de la Virgen de la Caridad, festejos de la Virgen de Regla y la más importante celebración, fiesta movida más que movible, de Santa Bárbara. Los santos, como las calles, no eran todos vírgenes y mártires. El culto a Santa Bárbara era la adoración de Changó, el más hombre de los dioses africanos, quien, como un héroe griego en un momento de su vida aventurera, entre peleas contra otras deidades no menos poderosas, se había tenido que disfrazar de mujer pero fue descubierto por su espléndida espada (aquí los freudianos toman nota). Santa Bárbara era protectora de las tempestades, Changó dios del trueno y como Santa Bárbara, vestida de mujer, portaba en los cromos una espada masculina, vino a encarnar la imagen de Changó en su avatar católico y pagano, dios de la santería, macho magnífico. A la celebración de Changó había que ir el 4 de diciembre (Ignacio Piñeiro nos señaló las direcciones precisas de las casas de culto), pero ahora íbamos Branly, mi hermano y yo con Fausto, que aprendía mientras se deleitaba, al toque de santos de la Caridad del Cobre. Titón se vio impedido de viajar en la máquina al templo por esos compromisos comerciales de su padre, él siempre obediente, acatamiento del orden paterno que yo le reprochaba, diciéndole: "Titón, sé un titán y asalta al cielo protector", conminándolo a que se rebelara contra las tareas impropias de su seso. Así ahora íbamos los cuatro en el faetón de Fausto por la Avenida del Puerto, pasado el muelle de Caballería y el hotel Luz de altas columnas de Hércules habanero, frente a la Lonja y los muelles de la Machina, más allá del convento de San Francisco, tomando la Alameda de Paula para enfilar entre este paseo reconstruido y los bares, siguiendo hasta la iglesia de Paula, en la esquina donde Rine Leal le gritará una obscenidad minuciosa a Julieta Estévez una noche, una madrugada bebida, pasaremos al costado de la muralla (donde se puede gritar: "Habaneros, desde esas piedras cuatro siglos os contemplan"), siguiendo por la Avenida, de nuevo llamada del Puerto, hasta las faldas del Castillo de Atarés, para montar sobre el paso elevado, tan feo y superior como se veía, enfilando por la Vía Blanca, por donde debíamos haber continuado, pero cogimos la vieja carretera rumbo a Guanabacoa y el rito de verano tardío en que la muy cubana, respetable, respetada Virgen de la Caridad del Cobre, patrona de Cuba afectuosamente llamada Cachita, se transforma, en una metamorfosis que daría envidia a Ovidio, en la muy puta Ochún, carnal cubana.

Ya había estado en Guanabacoa antes, en varias ocasiones, y la más memorable fue una boda que se celebraba en una especie de galpón al que la luz del alumbrado público prestaba una iluminación irreal, dramática, como si el escenario perteneciera a alguna película que pasara en el Sur de los Estados Unidos y a la vez descrita antes por Faulkner (autor de quien era ávido lector por esa época, que no es la actual, que no es la actual), esperando ver surgir a Joe Christmas, mulato que pasaba por blanco, entre la luz y las sombras. Pero esa boda, de un pariente de Juan Blanco, ocurría en la parte blanca de Guanabacoa, aunque la ciudad misma, apéndice de La Habana, es predominantemente negra. Ahora, subiendo una cuesta que llevaba a la casa en que se celebraba el toque, a plena luz del día, Guanabacoa se revelaba muy cubana pero al mismo tiempo mantenía la sensación de irrealidad: era evidente que no estábamos en La Habana propia pero tampoco había regresado al pueblo: era una Cuba revelada por espejos. Colón descubrió a Cuba y nunca lo supo. Yo, más afortunado, sabía que estaba descubriendo La Habana. Desde unos años atrás hacía estos descubrimientos, que no por buscados resultaban menos sorprendentes, Indias inusitadas, y me deleitaba en su hallazgo. No tienen lugar (espacio) las revelaciones que hice antes ni las que haría en el futuro (tiempo), buscando siempre el sortilegio oculto entre lo cotidiano (sortilegios para mí, a quien se revelaban como extraordinarios, cotidianos para los que integraban esas partes que eran para ellos un todo, la unidad, habitantes familiares de un mundo desconocido detrás de la puerta) y encontrándolo, pájaro azul, en mi propio patio. Excepto por un pasajero deseo sin equipaje de ir a París (los fanáticos fundadores de la Cinemateca van a vivir a París: lo había hecho Ricardo Vigón y luego Germán Puig: después de todo en la Ville Lumière los hermanos Lumière inventaron le Cinematographe, pero yo no quería ver París antes de morir, ni siquiera visitar París realmente: el París con que yo soñaba era aquel en que Gene Kelly enamoraba bailando a la deliciosa Leslie Caron —era el París de *Un americano en París*, un París hecho en Hollywood, el París del cine, no del Sena), éstos fueron mis únicos viajes de entonces y de alguna manera eran la contraparte de la búsqueda minuciosa de mujeres y el encuentro con muchas muchachas que fueron inolvidables. Ese día del toque de santos, la intensidad del sentimiento divino y profano a la vez de los que bailaban hasta conseguir caer en trance, esa especie de epilepsia rítmica que se conoce como dar el santo, ser poseído por una divinidad, lo enclaustrado de la casa humilde y pequeña en que se celebraba la fiesta religiosa, honor y veneración y regocijo, pagano y católico a la vez: los santos están entre nosotros: la música compuesta solamente de tambores diversos y de cantos en idioma congo o bantú o yoruba (nunca he podido identificarlos ni desentrañar su misterio, a pesar de que tienen el atractivo del griego antiguo y su densa dificultad: son para mí esotéricos), la profusión de imágenes sagradas, cromos cristianos a los que se ofrecía, herejía, comida y bebida, fueron otra revelación y ya desde entonces dejaron de serme ajenos todos, todo, porque era indudable que a pesar de su sonido exótico, de su sentido arcano formaban parte de la vida de la isla. Es más, integraban la Gran Habana. Así cuando unos pocos años más tarde volví a encontrarme con estos misterios tropicales (originados en el África tropical, reconstruidos en Cuba) me eran tan familiares y tan exóticos y hablaría de ellos con el mismo conocimiento que hablaría de la muchacha que me acompañaba a un rito de ritos—aunque los unos y la otra me resultaban igualmente indescifrables y la escritura fue sólo un intento de hacer conocer la confusión en que me sumían unos y otra. ¿O debo decir otras? Después de todo las mujeres han sido para mí siempre un enigma.

De regreso de Guanabacoa dejé a Branly y a mi hermano veloces en el auto de Fausto, fauto y fautotum, y me bajé en Infanta y San Lázaro, para despistar a Fausto, siempre curioso, queriendo ser sabelotodo y bajé San Lázaro (a menudo recorro en sueños esa calle en una ruta 28 fantasmal y eterna como una versión con ruedas del Holandés Errante, viajo por esa calle detestada, siempre por la zona cercana a Infanta, la vía más que smarrita, aberrada, desfigurada, como una versión especular y es que regreso a los predios de Margarita), caminando lentamente hacia Soledad—y por la calle, sorpresa, venía ella hacia mí. En la memoria la calle tampoco se parece a San Lázaro y siempre pensé que el encuentro había ocurrido en otra calle paralela. Pero la lógica topográfica indica que sí nos encontramos en San Lázaro, porque yo caminaba de oeste a este mientras ella venía desde el este, como el globo terráqueo que encuentra el sol (aunque debiera decir la luna: no había luz propia en Margarita: toda su luz era reflejada, mientras otras muchachas que conocí eran radiantes, como Julieta, aunque cuando más gloriosamente rubia lució fue una noche, años después de haber sido amantes, que entró en el cine-club universitario del brazo sorprendido de Fausto, su amante ahora, y vino a sentarse justamente, dolorosamente, delante de mi mujer y de mí, ella, Julieta, con el pelo cortado y hecho esplendorosamente rubio por el mismo sol que la hacía dorada toda: una visión de felicidad además, porque se veía que estaba enamorada, aspecto que nunca tuvo con Vicente ni, debo confesarlo, conmigo: como ciertos estuches ineptos no sé sacar el color a las perlas), Margarita ahora. Mucha Margarita. Mucha mujer. Muchas mujeres. Miro hacia atrás con ir a cuando yo era y ella se me convierte en una estatua de sol. El demasiado polvo formando otras parejas con la luz. Pero ella era única en la tarde, una sola sombra sonora en mi contar de los contares. Habanidad de habanidades, todo es habanidad. La Habana es una fijación en mí mientras ella nunca fue mi movimiento perpetuo. Dos desmadres tengo yo, la ciudad y la noche. Recordar es abrir esa caja de Pundora de la que salen todos los dolores, todos los olores y esa música nocturna. Dos hembras tengo yo, ella y mi mano. ¿O es una soladós? Puntilloso debo atravesar con mi lengua bífida ese puns asinorum que va del ass de bastos al cunt-diamor, el haz de corazones. Punnilingus. The pun of no return. Ya se acerca. Todo escritor con más de una lengua deberá hablar con señales de humo verde. Ya me cerca. Viene a solas. Se viene sola. ¿O es una isola las dos? Dos despatrias tengo yo, the City of Words y das Kleine Nachtmusik. La petite morte et la musique. Aquí está, allá estaba. Demasiada mujer. Too much woman. Two-muck woman. To mock woman. Ah Silvano, si vano, he probado que ni siquiera una amazona queda grande al glande. Pero

Margarita ha crecido en el recuerdo, megalómama, abuelita actual. Abre ella la boca enorme. ¿Para mamarme mejor? Volviendo a ella, Margarita mirándome con agrado, aproximándose sonriente, tendiéndome sus manos para tomar las mías, sin importarle que estábamos en la vía pública, haciendo de La Habana un París de deux, sin tener en cuenta los peatones, los otros, invisibles porque habían desaparecido de la hasta entonces concurrida calle—y es esto lo que siempre me hizo pensar que el encuentro no tuvo lugar en San Lázaro sino en una calle lateral pero que, curiosamente, no era Jovellar: lo que no puede ser topográficamente pero a pesar de los esfuerzos nemotécnicos que he hecho para probar lo contrario, es evidente que, como en los sueños, hay otra lógica en el recuerdo. Margarita se apegó demasiado a mí para decirme:

—Me gustas mucho así.

—¿Así cómo?

—Como estás vestido hoy.

Para ir al bembé (palabra mágica que no había pronunciado antes para no enseñarla a Fausto: es una misa negra) había desechado la chaqueta que siempre usaba, aun en ese septiembre ardiente (las lluvias de la temporada de ciclones se habían retrasado y hacía más calor que en agosto), no por razones climáticas sino porque en un toque de santos mi vestuario formal habría desentonado, pero conservé la camisa de cuello duro, que llevaba abierta, y mostraba mi deformidad natural, que me acerca a un zángano o me asemeja a una mantis macho, que siempre trato de ocultar con trajes o chaquetas: las piernas demasiado largas para el torso corto, los hombros estrechos enmarcando un pecho ancho y los brazos flacos que cuelgan separados del cuerpo. La camisa de vestir disimulaba esta última debilidad anatómica y aunque tenía los puños recogidos a medio brazo y enseñaba las muñecas finas, no se destacaban tanto como si llevara una camisa deportiva de mangas cortas. No sé por qué le gustó tanto a Margarita mi aspecto. Años más tarde ni siquiera me habría asombrado, acostumbrado a que las mujeres me encontraran atractivo por mis partes más ocultas: mi voz, mi boca, mis manos o, Dios mío, ¡mis orejas! Pero a Margarita ese día, esa tarde, ese domingo en septiembre le gustaba mi atuendo.

—¿Qué tiene que tanto te gusta?

—No sé. Te ves tan hombre.

¡Varón Dandy! Verdad que yo siempre me veía muy joven para mis años, muy muchacho, pero eran precisamente los trajes, el cuello y la corbata, las chaquetas con las que yo creía disimular no sólo mis defectos físicos sino mi carácter juvenil, llegando hasta agregar años a los que ya tenía cuando me preguntaban mi edad. Pero ahora a Margarita le gustaba la ausencia de un saco encubridor de mi aspecto adolescente.

—¿Y te gusta eso?

—Tanto que te comería aquí en plena calle.

Me di cuenta de que no debiéramos estar allí, de pie, en la calle, vestidos. Pero no podríamos variar el plano vertical, no ese domingo pues ya había agotado mi excusa, con mi hermano llevado por Fausto, la salvación por la velocidad, de seguro de regreso en casa y mi mujer esperando por mí como por el marido perdido. Así nos limitamos a conversar un rato y al cabo me fui sin siquiera un beso. No recuerdo qué sucedió esa semana, pero no podré olvidar lo que pasó el sábado siguiente. Fui a buscar a Margarita más temprano que nunca, después de un breve almuerzo en mi casa en familia y un pretexto postrero para mi mujer: "Tengo que dar unas clases de alquimia a Fausto", o cosa parecida. Debía haber llegado a casa de Margarita poco después de la una porque a las dos ya estábamos en la posada, desnudos, en la cama. No me habló de su amiga (de hecho no volvió a mencionarla hasta mucho tiempo después) y se limitó a beber su Cubalibre ávidamente. Yo tenía otra avidez. Era un ansia de estar dentro de ella que se transformó en una furia por penetrarla enseguida, aún con la bebida en la mano, que yo oía por el tintinear del hielo y el vaso, que sentía porque me mojaba el pecho, esa impetuosidad hizo que mi pene, en el acto, llegara a donde no había llegado nunca antes en su interior, mi escroto convertido en otro instrumento de penetración, golpeando su vulva con frenesí, el mismo encogimiento de su piel haciéndolo un objeto romo pero contundente, que pegaba contra sus labios, la vagina baja formando una campana, la bolsa hecha badajo, carajo. Ella me recibió con su acostumbrada blandura, suave la piel, acolchados sus miembros por su carne amable, tibia por dentro, muelle en que atracar. El primer coito—lo que ella en su manera habanera llamaba palo primero—fue muy rápido y sin aflojarme seguí singándola con la misma ansiedad, que no era una premura sino un intento de posesión completa de mi primera mujer, ya que eso era lo que se había revelado Margarita para mí.

Pero pese a ser una mujer mullida había por debajo una firmeza que permitiría decir al proverbial habanero: "Está dura. Durísima"—que fue lo que oí decir al pasar una noche rumbo al Florencia y sus murales móviles mexicanos. Pero tal vez no se refirieran a ella porque Margarita me cogió del brazo firme y se apresuró a cruzar la calle, temerosa de que fuera un piropo, de mi reacción a ese atrevimiento procaz, provocador y pensando en mi reacción seria ofendida, imaginando una discusión, seguida de una riña y al final brillaría en la noche una daga desnuda buscando como yo ahora una herida inmortal. Margarita me recibía sin renuncia, con una bienvenida húmeda, pero al mismo tiempo correspondía con sus movimientos, con una torsión hábil de la pelvis que ni siquiera las caderas expertas por naturaleza de Julieta lograban la comparación con el recuerdo de los días riesgosos de la calle Lamparilla o de los interregnos más seguros de la posada de 2 y 31. No creo que hubiera habido nada semejante a Margarita en mi vida amatoria—no sólo en el sexo sino también en el amor. Cuando descansé después del tercer orgasmo seguido, cuando vine a probar mi Cubalibre, cuando por primera vez la contemplé, vi que ella me estaba mirando, observando, escrutando mientras en su cara se podía ver una sonrisa satisfecha. El sol fuerte de la tarde había logrado colarse por alguna rendija o hacer de puertas y ventanas un velo tenue porque había claridad en el cuarto, aunque no se me ocurrió entonces tratar de ver su seno ausente o por lo menos las marcas que había dejado su ausencia. Pero ella ya estaba acariciándome, instándome a que subiera encima de ella de nuevo, a que volviera a mi tarea de profundizar nuestro contacto, de hacer del amor un verdadero conocimiento (dejando a un lado todas las connotaciones bíblicas del verbo conocer sino de comunicación real), de convertir el amor en algo que dure no más allá de la muerte (como en *Tristán e Isolda*) sino mientras la memoria viva.

Supe que habían llegado a cinco los coitos de nuevo cuando tuve que descansar y pedir por teléfono otra vez más Cubalibres, siguiendo su sugerencia, esta Margarita bebedora venezolana. Los tragos llegaron prontamente y me fui a abrir la puerta, arrastrando los pantalones para buscar dinero y pagar y volvía la cama con pantalones y cócteles a rastras, en ristre. Por inadvertencia, descuido o fatiga (o tal vez por las tres cosas juntas) la puerta no cerró bien y se abrió cuando ya regresaba a la cama y entró en el cuarto un chorro de luz, orientada la habitación hacia el oeste como fue construida. La

649

cama reflejó la luz y vi a Margarita toda desnuda, con su cuerpo de varias curvas o de una curva que se repetía aumentando desde los tobillos en la curva de las piernas que se hundía en la rodilla para volver a dibujarse en los muslos largos que entraba al comienzo de las caderas que eran otras curvas indentadas más aún en la cintura y la última curva llegaba a los hombros que bajaban en una suave curva hacia los brazos tan bien formados como las piernas. Fue entonces que noté que ella no hacía nada para ocultar su seno (ya el otro, que había visto iluminado y dramático, se ladeaba un poco pero todavía conservaba su forma espléndida) y lo pude ver distintamente. Lo único que quedaba de su seno izquierdo era el pezón y el resto se aplastaba sobre su pecho no como un globo vacío sino como si estuviera hecho todo de músculo, como el pecho de un hombre musculoso que hubiera dejado de hacer ejercicios. Hacia los lados la piel (y presumo que la carne debajo) se estiraba en estrías, en costurones y canelones hasta la axila, donde había más cicatrices que bajaban por el brazo. Recordaba carne magra, tasajo. Antes de darme vuelta (esta visión duraría segundos) y apresurarme a cerrar la puerta, pude ver que ella se sonreía con sus labios llenos, como complacida de que yo la hubiera visto—o mejor, de que ella se hubiera dejado ver por mí, en una suerte de striptease total. Ahora yo la conocía del todo.

Volví a la cama en penumbras y sin entregarle su vaso, con una erección que no había advertido antes, monté sobre ella, iniciando de nuevo mi movimiento de penetración que se resolvía en una retirada inmediata porque ahora ya no era necesario hundirse del todo en ella. Ardor con ardor se pega. En el monte de Venus, sexo y bardo, tiene el leopardo su abrigo. Margarita, como para que yo profundizara más en ella, subió sus piernas sobre mis hombros, mientras se mantenía en su sitio y, a veces, apoyados sus talones en mi espalda, me traía más hacia adelante, más hacia ella, más dentro de ella. Seguí moviéndome, dándome cuenta de que me demoraba más, me tomaba más tiempo eyacular, y sentí el sudor correrme por la frente, por la cara, por el vientre y al acariciar su seno lo toqué resbaloso: tal vez el sudor era de mi mano, tal vez de su piel. En ese momento ella tomó mi otra mano y la puso sobre su otro seno y sentí su chatura primero y luego la rugosidad de las cicatrices, de la piel replegada sobre sí misma—y me vine enseguida con grandes contracciones. Al sentir sus espasmos supe que ella también se venía en silencio. Me tiré a su lado y busqué enseguida mi vaso, mientras ella también bebía del suyo, a grandes tragos, sorbos masculinos. La imité y me sentí mareado y pensé que debía ser por el esfuerzo sofocante. Pero no bien había acabado ella de beber me susurró: "Ven", y me atrajo hacia ella, todavía me movió más, cuerpo inerte, hasta colocarme encima como un cadáver querido—y volvimos a empezar: cada coito es una iniciación. Me moví todo lo que me permitió el cansancio pero estaba seguro de que no me volvería a venir. Fue entonces que sentí su mano recorrer mi escroto encogido y uno de sus dedos comenzó a frotarme el epidídimo, primero suavemente, luego con fuerza creciente. "Déjate hacer", me dijo, "déjame hacer." Siguió con su frote fornicante. "¿Nunca te habían hecho una caperuza?" "No", tuve que admitir. La única caperuza que conocía era roja y la llevaba en la cabeza una niña, no un hombre tan cerca del ano. Pero ¿quién le tiene miedo al lobo líbido? "Es muy buena", me aseguró ella, "ayuda a venirse al hombre." Parecía una comadrona que auxiliaba al parto masculino. Pero sentí mi pene crecer, la erección endurecer, hacerse mayor el grosor. También aumentó el tamaño del placer, imagino que mutuo. Me incliné sobre ella y al-

651

cancé su cara pálida para meter mi lengua como una flecha en su boca. Ella me estaba esperando, herida abierta, con labios ávidos (todos sus labios, grandes y pequeños, horizontales y verticales, acogían ahora mis órganos) pero su lengua también se abrió paso por entre la mía que era suya para entrar en mi boca, en un juego de penetraciones. Mientras tanto, hordas de Semen del Sur van buscando el oasis verde de su Arabia en el Cuerpo. Cuatro jinetes de la poca lid cabalgan paredes arriba. Un caballero cubierto pierde prenda al exclamar: "¡Chapeau!" Suenan los besos en la tarde última. La daga dura se hace un íntimo cuchillo. Se había librado la batalla del junípero. Ocurrió un hecho histérico: pasmos, espasmos. Vastas deferencias en mis vas deferens y fue la venida final pero se probó la más rica en ruidos, hechos eco en mis gritos de dependencia que nunca había dado antes, dentro de su boca, respondiéndome Margarita con su orgasmo, silencioso como siempre, reservado, un acto privado hecho para el público de uno pero frenético en sus contracciones: movimientos tetánicos, doblándose ella como una cuchilla blanda, en exquisita estricnina, sus talones sobre mis riñones produciendo un dulce lumbago. Siguió en su tetanía hasta que resbalaron sus piernas lentamente espalda abajo, cesaron sus actos motores y se quedó rígida. Ahora sí de veras me derrumbé de cansancio, sobre ella, que me recibió con sus brazos abiertos para cerrarlos enseguida a mi alrededor, buena boa, y besarme con una energía que no sé de dónde sacaba, al tiempo que me decía declamatoria: "¿Te das cuenta de lo que hemos hecho?" Pensé en alguna culpa condenatoria más atroz que el adulterio. No me dejó preguntarle cuál era ese pecado nuevo al decirme exclamatoria: "¡La cantidad de palos que hemos echado!" Le iba a decir que no tenía mucho que alardear si me comparaba con el legendario señor de la guerra chino apodado el General 56, descubierto por Silvio Rigor en una de sus lecturas lúdicas. El General 56 fue famoso en la paz por su hazaña de haber conseguido cincuenta y seis orgasmos consecutivos al norte de Nanking. No quise hablarle de este chino semental, sentimental que soy, para no extenderme en un elogio de esa raza que lo ha hecho todo primero y a la que un día debí pertenecer. Además, ¿para qué disminuir en ella, mi presa, mi proeza?

Me bajé de ella como de un Everest que sin embargo sigue estando ahí y me acosté a su lado. Ella se cubrió con la sábana hasta la barbilla: no era frío de montaña sino recato. Viéndola en su sudario non sancto comencé a quedarme dormido mientras ella me miraba y se sonreía con sus labios desplegados, sus ojos plegados. Todo verdor pernoctará. Nos estábamos durmiendo los dos a la vez como en un orgasmo de sueño. Pronto soñaríamos al mismo tiempo. El onirismo en los dos sexos. La cópula llena de somnífero. Dormirse en el pueblo significaba singar. Entonces ya habíamos dormido al unísono. Pero estábamos en La Habana donde dormir es una imagen de la muerte, como en la frase parece que está dormido. Margarita en su mortaja parecía que estaba muerta. Caída en la batalla. Decidí reunirme con ella, amor que dura más allá de la pequeña muerte. Ahora, a las cinco en punto de la tarde, nos dormíamos los dos a dúo. En ese duermevela, en ese velorio con un solo cirio estaba cuando oí su voz de vela decir:

—Mi amor.

—¿Qué?

—Mi amo.

—¿Cómo?

—Mía.

Me desperté del todo para maravillarme de que fuera su

voz y no la del cancarcelero de turno tocando a la puerta para decirnos "Se acabó el tiempo", como si ese cuerpo aquí a mi lado fuera un reloj de arena de carne de deseo vacío. Miré mi estilo, gnomón o minutero.

—Tenemos que irnos—le dije a Margarita, sacudiéndola por un hombro velado, carne del Corán.

—¿Cómo?

—Time's up.

—¿Qué cosa?—la moza árabe solo dominaba lenguas orientales.

—Es hora de irse, no de venirse.

No entendió: como toda mujer no cogía las alusiones, sólo las ilusiones.

—Tenemos que irnos—me repetí.

—¿Ya?—preguntó remota, desde una Arabia feliz.

—Sí, ya es hora. Al partir. Para arrancarme del nativo suelo.

Pero si no entendía de alusiones mucho menos iba a saber de citas y parodias. Sonámbula caminó hasta el baño, prendiendo la lámpara con la puerta abierta, dejando que la implacable luz bañara su cuerpo como una ducha seca, revelando su anatomía que me sabía ahora de memoria de los sentidos, como un vesálico, conocedor de las partes no pudendas pero sí prohibidas. Cerró la puerta y oí el ruido de rocío rudo de la ducha verdadera no metafórica. Empecé a vestirme, ya que había decidido no bañarme ese día y conservar los olores de su cuerpo sobre mi piel como otra marca. Pero tuve cuidado de ponerme primero la camiseta que ocultaba los muchos morados visibles sobre mi torso. Cuando me puse en pie para introducirme torpe en los pantalones, caí sobre la cama, no por la vieja torpeza sino por un cansancio nuevo: estaba realmente agotado, las piernas me temblaban, hasta los brazos los sentía convulsos de reflejos musculares. Finalmente conseguí vestirme cuando ella ya salía del baño, desnuda, dejando la puerta abierta, su cuerpo de carnes coritas (hasta aparecer Margarita en mi vida no entendí exactamente lo que querían decir las innumerables novelas eróticas con una palabra repetida: mórbido: ella era una mujer mórbida) visibles a contraluz, ahora sin temor a que yo la viese desnuda, que la conociese tan íntimamente como podía conocer un hombre a una mujer. Más íntimo conocimiento todavía, ya que sabía de su seno y su seno. Se vistió pero no se maquilló y se veía muy pálida, sus labios exangües del mismo color de su cara, ahora casi color de marfil, su cuello una versión de la turris ebúrnea. Antes de irnos, de apagar la luz, de recorrer con la vista toda el área de amor para ver si habíamos olvidado algo (el ectoplasma del sexo: esperma y esmegma), volví a mirar mi reloj y vi que eran las nueve de la noche—habíamos estado en la posada casi siete horas. No era un récord pero para mí sería como la marca de la marea: esa altura del amor era producida sólo por la sexualidad de Margarita y era un esplendor que no se volvería a repetir. Para completar esa noche, añadir el riesgo al goce, nos fuimos a un bar americano que era más bien un restaurant en la barra, que estaba en la calle 25 y calle K, a sólo tres cuadras de casa, a medio camino entre la Escuela de Medicina y el Palace, donde devoré un baby filete, carne rodeada de bacon, que era uno de mis platos favoritos entonces. Margarita no tocó el suyo, conforme con mirarme minuciosamente, mi voracidad su saciedad. Al regresar a casa, tercera provocación, decidí que era hora de dormir sin la calurosa pero encubridora camiseta T—nunca supe si mi mujer llegó a ver las marcas de Margarita que me hacían un leopardo, un animal con manchas naturales, un felino feliz. Desde entonces dejó de importarme que me viera desnudo.

Al día siguiente, domingo do ut des, en un arranque bu-
cólico Margarita insistió en salir de La Habana. Yo que
odiaba el campo tanto como amaba la ciudad, lo más lejano
que pude encontrar monte adentro resultó un compromiso:
nos fuimos hasta al laguito del Country Club, dejando detrás
la playa de Marianao y sus cabarets a oscuras por el sol, pero
sin internarnos en lo que era para mí la tierra de nadie del reparto Biltmore o el mismo interior residencial del Country
Club, con todas sus mansiones millonarias. El laguito, como
la lejana laguna del campo de mi pueblo, era un falso paisaje,
una naturaleza muerta y por eso me atraía y lo visitaba a menudo, pero también había un interés mórbido. Aquí habían
aparecido una mañana, "acribillados a balazos", decía la
prensa, Gustavo Massó y Juancito Regueira. Massó era
mayor que yo, pero Juancito era menor, casi un muchachito,
los dos versiones distintas de Billy the Kid. Massó era rubio,
delgado y frágil y conducido a la violencia por la política.
Juancito era trabado, fuerte y un asesino nato. Ninguno de
los dos era amigo mío, pero los dos eran compañeros del bachillerato. Aunque habían matado a sangre fría, fueron muertos con una calculada frialdad, y su muerte me impresionó entonces. Ahora pensaba que casi diez años después no quedaba
nada de ellos, excepto en el recuerdo de unos pocos—y yo
mismo venía al lugar de la matanza no a recordarlos ni a pensar en la muerte sino a vivir mi vida, a continuar mi educación erótica, a aprender a amar sobre la misma tierra violenta,
bajo el mismo cielo implacable. Pero cultivando a Margarita
propiciaba su fantasía silvestre: las inmediaciones del laguito
tenían la suficiente vegetación, con sus árboles gigantes, ficus
frondosos, y hasta brotes de bambú ilusoriamente salvajes.
Nos sentamos en la yerba (una concesión más: detesto sentarme sobre la yerba) y de pronto noté que ella estaba ca-

llada, que no era usual, y vi que no estaba vuelta hacia mí sino mirando un punto invisible entre el laguito y el horizonte que los árboles ocultaban tenaces.

—¿Qué miras?—le pregunté, aunque bien podía estar mirando los ficus frutecidos.

No se sobresaltó pero regresó de su punto de vista a mi compañía.

—Estaba tratando de recobrar el pasado.

—Eso es hacer literatura.

—¿Cómo dices?

—No, nada.

No me sorprendió que ella usara una frase tan literaria sino la intensidad con que lo dijo. Mi reacción automática fue la facecia inmediata, que manejo como Wild Bill Hickok las pistolas. He matado más de una ocasión memorable con mis balas facéticas, proyectiles certeros. Aunque siempre mi conciencia culpable ante el crimen provocaba el castigo.

—¿En qué pensabas?—le pregunté, tratando de reformarme.

—Más bien estaba comparando el pasado y el presente. Es decir, pensaba en Alejandro.

Hacía tiempo que no mencionaba este nombre que ahora sólo me recordó la parodia de Buñuel de *Cumbres borrascosas*. Pero al seguir ella reapareció el otro Alejandro, fantasma de La Habana Vieja entre columnas cuadradas.

—También pensaba en ti. En realidad te estaba comparando con él.

Me sentí molesto compartiendo medidas con aquella semivisión bien parecida, alta, fuerte—todo lo que yo no era. Ella continuó la comparación:

—Casada con él, de luna de miel, pensé que era imposible que alguien fuera mejor amante. Ahora, contigo, no sólo has demostrado ser tan bueno sino que has sido mejor.

Con una sola oración había cambiado ño sólo mi estado de ánimo sino el paisaje: todos esos árboles eran al óleo, el cielo un telón pintado y nosotros dos sobre el césped cortado éramos *Le Dejeuner sur l'herbe*. Para completar la fantasía sexual no faltaba más que me igualara al Superman habanero con su pene poderoso, presente pornográfico en las proezas procaces pese a su pederastia. Pero ella me sorprendió cuando habló de nuevo. No lo que dijo sino como lo dijo:

—¿Tú te das cuenta las veces seguidas que hicimos el amor?

Podía haber sido Julieta Estévez la que hablaba, evitando minas obscenas en el terreno del amor, donde siempre se libran batallas vulgares. Pero no acentué el parecido diciéndole por qué no llamaba a la tarde de ayer con todos sus palos y singuetas, sino que insistí en mi modestia:

—Siempre podemos mejorar ese record—le dije, sonriendo. Me miró.

—No, no te rías. Estoy hablando en serio.

—Yo también.

Era verdad que hablaba en serio: ese día me sentía capaz de emular al General 56. Pero ella no siguió navegando por el río romántico de la conversación. No habló por largo rato, mirando la superficie quieta del laguito—esa piscina enorme, lago artificial formado aprovechando el terreno y el hecho natural de que alguna agua se acumulaba allí en épocas de lluvia, las que el Observatorio Nacional, para evitar que nos confundieran con hindúes, llamaba temporada ciclónica, evitando la palabra monzón como la peste punjabi. Ahora Margarita miraba la vegetación ordenada pero aparentemente salvaje de los alrededores con sus ojos verdes: verde sobre verde: todo verdor padecerá. Yo no hablé sino que observé su perfil, que no era su mejor aspecto. Por primera vez pude compararla con mi mujer, para ventaja de ésta pues ella tenía bastante buen perfil. Empecé a reflexionar como una cara de perfil es siempre diferente a una cara de frente, como la cara contradice al perfil que ella es, como el Dr. Jekyll puede llevar a Mr. Hyde oculto en su perfil—y teorizando estaba de que tal vez de estas diferencias se podía sacar una conclusión fisiognómica, cuando ella hizo desaparecer su perfil al volverse hacia mí para hablar:

—Tengo algo que decirte.

Estaba seria, demasiado seria, mucho más seria que antes.

—¿Sí?

—Ya tengo que ir pensando en regresar a Venezuela.

—¿Por qué tan pronto?

—Tengo allá un contrato esperándome.

—Pero, ¿tienes que cumplirlo enseguida?

—No, no enseguida. Pero tengo que empezar a regresar.

Nunca supe si dijo empezar o pensar. No quise hablarle de su propósito al regresar a La Habana—que no era yo, naturalmente, sino la cirugía plástica, la reconstrucción de su seno mutilado. Parecía haberlo olvidado por completo.

—¿Por qué no te quedas en La Habana?

—La verdad es que he tratado de conseguir trabajo en televisión aquí. Hasta en el canal 2. Pero no conseguí nada. Solamente en Caracas tengo trabajo seguro y se me ha ocurrido una cosa.

Hizo una pausa. No tenía idea de qué se le había ocurrido.

—¿Por qué no vienes conmigo a Venezuela?

Me cogió totalmente de sorpresa, que ocultaron mis espejuelos oscuros. Pero no pude velar la voz.

—¿Cómo?

—Que vengas conmigo a Caracas. No tienes que trabajar si no quieres. Yo te mantengo. Con el sueldo que gano allá podemos vivir los dos.

Bueno, era casi la situación ideal para un escritor según William Faulkner. El caballero sureño dijo que el hábitat perfecto para un escritor era el prostíbulo, mantenido por las pupilas, con un techo seguro encima, con todo el sexo que quisiera o pudiera, y pasando el día escribiendo y las noches charlando con mujeres hermosas. La fascinación fatal faulkneriana, casi. Ella no me invitaba a un prostíbulo caraqueño, sino a su casa de Caracas. Pero era una certeza que me proponía ser un chulo: un mantenido. Tendría un techo encubridor, escribiría por el día y conversaría con una mujer bella por las noches. Ella además me ofrecía todo el sexo que quisiera o pudiera y algo más—el amor. Era una oferta tan tentadora como ella.

—Yo nunca me iría de aquí.

—¿Por qué no?

—Porque mi vida esta aquí en La Habana.

—Pero en Venezuela vivirías muy bien. Además de que tendríamos un apartamento en Caracas, podríamos irnos de temporada—nunca olvidaré que usó ese término oriental y no las vacaciones habaneras—al interior. O mejor, a la isla Margarita, que es maravillosa. Me gusta mucho.

¿Le gustaría la isla porque llevaba su nombre? Margarita era la perla alrededor de la que crecía una ostra de palabras. ¿O estaría la isla Margarita cerca de Trinidad? Entonces lo que me proponía era el apocalipso. Pero su regalo eran Margaritas a los sordos.

—No, no puedo. Además, no quiero.

—Si te gusta podríamos vivir en la isla, quedarnos allí

todo el tiempo que quisieras. Yo tengo dinero ahorrado en Caracas. Puedo hacer mucho más ahora, cuando regrese, en poco tiempo.

¿Habría leído ella, como yo años atrás, a D. H. Lawrence? Me sentí prisionero de esa isla, Île du Diable, y comprendí a Julieta en su negativa rotunda a seguirme a mi isla mítica y literaria, isla imposible.

—Detesto las islas—le dije para disuadirla de una vez.

—Pero Cuba es una isla—protestó ella.

—Yo no vivo en Cuba, yo vivo en La Habana.

—Entonces podrías vivir también en Caracas. Es una ciudad moderna, con largas avenidas y edificios altos y además—

La interrumpí en su catálogo de Caracas.

—No, mira, Margarita, déjame decírtelo de una vez. Yo no voy a dejar La Habana. No voy a ir contigo a Venezuela, sea a una isla o a tierra firme. No pienso dejar La Habana nunca.

Pareció profundamente decepcionada.

—Otra cosa sería si tú te quedaras a vivir aquí.

—¿Y ser siempre plato de segunda mesa? No, gracias.

—Tú nunca serías segunda de nadie. Tú eres primera en todo. Es más, eres lo más extraordinario que me ha pasado en mi vida—lo cual era verdad, hasta entonces—. Te estuve buscando durante años, cuando tú ni siquiera sabías que yo existía ya yo te buscaba. Ahora que te he encontrado, no quiero perderte.

Iba a decirle que La Habana no sólo era mi fin y mi principio sino mi medio, pero temí que no supiera de María Estuardo ni entendiera de lemas ni de juegos mortales de amor y restauración. De Civitate Dea.

—Pero tampoco quiero perderme yo. Quiero conservarte,

conservarnos.

—¿Ah sí? ¿Así? ¿Y seguir como estamos, viéndonos los fines de semana, tú de prestado?

—Podemos vernos más a menudo, siempre que cumpla con mi trabajo.

—Y con tu familia.

Ella tenía razón. La razón tiene sus razones que el corazón desconoce. Pero no había otra cosa que decir—y no la dije. Ahí terminó nuestra tarde en el campo—un campo urbanizado, entre jardines privados, césped cortado y un falso lago público, abierto a todas las ejecuciones. Fue no sólo la última tarde en el campo que tuvimos sino la única.

Creía que todo había terminado cuando ella me llamó el viernes para que la viera el sábado por la tarde temprano. Llegué a su casa a eso de las dos y tanto ella como su hermana—a quien me asombró encontrar en la casa: ella era la mujer invisible: nunca la veía—se estaban preparando para salir.

—Tú vienes con nosotras—dijo Margarita y era más una orden que una invitación.

—¿A dónde?

—Vamos al médico—y al decirlo miró hacia dentro, a los cuartos, y en un susurro que era un aparte teatral, rezago del teatro clásico universitario, añadió—: Mi hermana va a hacerse un aborto.

No sé si las acompañé por curiosidad o por inercia, la costumbre de pasar el sábado con Margarita. Así me vi caminando con las dos hermanas, no entre ellas, sino yo al lado de Margarita, Tania, como se llame, cogiendo la parte interior de la acera, mirando al suelo, sin hablar, sombría. Margarita me miraba de vez en cuando pero sin decir nada, sin siquiera sonreír, marchando los tres Jovellar arriba hasta llegar a la calle L y bajar a 25, a dos cuadras de la Escuela de Medicina, donde estaba el establecimiento del abortólogo, esculapio sin escrúpulos, una serpiente con pellejo blanco. Nunca había visto un miembro de su oficio de sigilo en activo, para mí entonces una especie de asesino de blanco, negando el juramento hipocrático, hipócrita, quitando la vida en vez de darla, la peor clase de depredador. Para mi moral recibida yo estaba entrando en un recinto malvado, y efectivamente la consulta del médico mercenario quedaba en un sótano, tan raros en La Habana, hasta el que se hundían unas escaleras empinadas, negras, peligrosas de descender, fúnebres, fetales. Pero una vez dentro me sorprendió la blancura del local, las paredes pintadas higiénicas, con una recepcionista decorosa y la decoración animal de innúmeras peceras, llenas de agua verde y de pececitos de colores nadando incesantes. ¿Serían adultos? Broma de Branly para ajustarme a la presencia de las pacientes esperando, todas mujeres. Era evidente que el cirujano criminal (estos epítetos escandalizados de veras cruzaban entonces mi mente turbia con la recurrencia de los peces en su estanque) trabajaba al por mayor y hacía abortos en serie. En medio de estas mujeres, entre Margarita y su hermana, me senté yo, conspicuo, cómplice, el único hombre visible, porque el médico, en su tarea torva, era invisible. Era también inaudible y nadie hablaba, las esperantes mudas como la hermana de Margarita, como Margarita. Había un silencio tal que se podía oír caer la caspa. De pronto oí un silbido y por un momento pensé que era la serpiente de Esculapio, sibilina. Era Margarita que me susurraba al oído, pero no era un aparte teatral sino su voz en off, copiada del cine por la televisión.

—¿Por qué no das una vuelta y vuelves dentro de una hora?

Le iba a decir que para qué me había invitado a venir entonces: yo quería ver todo el proceso: ya que no había ido a la guerra, Mambrú mancado, sustituía esta carnicería fetal por la otra histórica. Después de todo la masacre de los inocentes bien pudo terminar así: Herodes histérico. También le iba a decir que qué iba a hacer yo durante esa hora: ¿pasearme por el Malecón hasta derretirme, feto de Febo? ¿Mirar las muchachas de El Vedado, vedadas ahora que no era mero mirón sino miembro activo? ¿Ir de visita a casa? No era ésta tan mala idea y aunque parezca una acción paralela, en el sentido moral, a la que ejecutaría el médico contra la concepción, me fui a casa, a tomar la merienda con mi mujer y mi madre, ahora ambas esperantes. No recuerdo qué excusa di por haber llegado a destiempo: versión inesperada de Ulises, me encontré a mi Penélope tejiendo unas boticas de bebé y mi madre, Euriclea amnésica, no me reconocía: ¿tú aquí y a esta hora? No sé qué palabras se me escaparon del cerco de los dientes divinos, pero tuve que inventar otra excusa para salir de nuevo en una hora: "Fausto quiere oír a Wagner escuchando el disco de su vida". No era muy buena excusa pero sí gran música.

Cuando volví a la consulta o necrocomio la operación había terminado: un aborto feliz. Como la hermana de Margarita se empeñaba en regresar a pie a su casa, tuve que insistir para que volviéramos los tres en taxi. No había sido un parto, de manera que su comportamiento no podía compararse con esas madres campesinas, heroínas puerperales, que yo había oído elogiar en mi niñez, que daban a luz de pie en el campo, recogían la criatura de la tierra, de entre la cosecha, la llevaban para la casa y regresaban enseguida al sembrado a trabajar, contra la ciencia sin duda pero tal vez no contrarias a la Madre Natura. Pero ese día, en plena ciudad, en La Habana, la obstinación de Tania revelaba una naturaleza elemental, y efectivamente había en su cara y en su cuerpo cierta aura primitiva que después de todo bien podría llamarse una cualidad. Cuando las dejé en su casa, subiendo las escaleras acompañada de Margarita, ésta me dijo, casi en un susurro:

—Te veo mañana.

Era evidente que ella daba por sentado que yo estaría el otro día, como todos los domingos, a su disposición—que era también la mía. Después de todo ambos compartíamos la misma cama camera de fin de semana y sus placeres, aunque era raro que nos viéramos los domingos para otra cosa que no fuera conversar mientras paseábamos por el barrio que ella parecía apreciar tanto y que yo detestaba—solamente la coincidencia topográfica de que la barriada se extendiera hasta el Torreón de San Lázaro y el Malecón milagroso, maravilla del mar y el muro, lo hacían soportable bajo el cielo ubicuo. Pero ese domingo desmintió el aire suave de septiembre que aspira a ser octubre y llegar a los días de lira, cuando no hay huracanes, en que el cielo se hace combo, alto y de un azul intenso, sin nubes, y apenas hay calor, La Habana ardiente de septiembre suavizada por la Corriente del Golfo y con un aura distinta, ya no más la zona tórrida del verano, ciudad de octubre que aprendí a conocer el primer otoño habanero en que exploraba el Malecón por ambos lados, recorriendo su verso urbano, examinando su anverso marino. Ese domingo dulce lo que salió de los labios de Margarita fueron recriminaciones, después que insistió una vez más (siempre castigado a los cepos del idioma: ¿es posible insistir una vez menos?) en que debía acompañarla en su viaje de regreso a Caracas, yo Humboldt-Humboldt heterosexual, con los mismos cebos y las mismas recompensas. Pero ahora llegó a la amenaza: argumento de autoridad: o yo accedía a abandonar a mi familia, a mi país, a mi ciudad—lo que era más serio: La Habana o la vida—por ella o todo terminaría. No había mucha lógica en sus razonamientos, ya que si ella se iba de veras a Venezuela era evidente que nuestra relación se acababa. No se lo señalé, por supuesto, para no contribuir a su desespero, que era angustioso. En una ocasión me dio la medida de su desesperación diciendo: "¡Debía haberte echado veneno de verdad en la bebida aquella noche!", y por un momento tuve que hacer un esfuerzo nemotécnico para recordar su noche de Valpurgis venezolana: venenos verdes: filtro de amor ayer, ahora antídoto de odio. También era doloroso para mí: después de todo yo amaba a Margarita. Ella no sólo era el sexo, era el amor. Pero no lo entendió así y al completar nuestro paseo, que era como un ciclo, una órbita, otro anillo, en la puerta de su casa me anunció que todo había terminado. "De veras", dijo, y se llevó el pulgar y el índice cruzados y los besó. "Por la Virgen santísima." Subió las escaleras rápida pero pude advertir que usaba sandalias esa tarde: sus pies eran perfectos.

Una noche estaba escribiendo mi crónica de cine, después de haber fusilado la película con la escopeta de Marey para darle ahora el tiro de gracia, cuando sonó el teléfono. Me extrañó que alguien llamara a esa hora: nadie sabía que había empezado a escribir de noche en Carteles. Tomé el negro y pesado auricular, lo levanté hasta mi oreja y en el oído una voz baja musitó musical y memorable: "Hola, qué tal". Era Margarita por supuesto: no había otra, no hubo otra igual, pero me sorprendió tanto que me hubiera encontrado en la revista a esa hora inusitada que tuve que cerciorarme.

—¿Quién es?

—Soy Margarita pero en realidad soy una maga.

—Entonces eres la maga Rita, mamargarita, mi gargarita.

Hubiera seguido festejando su contacto, auditivo pero táctil: el sonido de su voz era alegre y su tono festivo: sonaba propicia, dispuesta al palo, asequible a la singancia esencial, como diría Silvio Rigor, discípulo de Ortega, Ortega y Munilla, pródigo habanero.

—¿Cómo sabías que estaría aquí a esta hora?

—Barruntos, querido. Estaba sola, tuve ganas de hablar contigo y supe enseguida dónde encontrarte. Simple, ¿no?

Sentimientos más que presentimientos.

—¿Cuándo nos vemos?—quise saber. Tal vez esta noche. El aire está como para venirse esta noche. Pero hizo un silencio y luego habló con voz graciosamente grave.

—Bueno, querido, en realidad no nos veremos más. Eso es lo que quería decirte. Me voy mañana para Bayamo. Me voy con mi amiga. Tú sabes cuál. Aquella del cuento—

—Sí, ya sé cuál es.

—Bueno, pues nos vamos las dos, querido. Voy a pasar unos días en su casa y después me vuelvo a Caracas. Puedes llamarlo un viaje de despedida. Un adiós a la provincia.

—O una luna de miel—dije mortificado pero queriendo mortificar.

—O una luna de miel—dijo ella sin repetir mis palabras—. ¿Por qué no? Después de todo si le pidiera a ella que se fuera conmigo para Venezuela no lo dudaría un instante. Y no sería del todo una mala idea pedírselo, sabes.

No dije nada.

—¿No vas a decirme algo? Después de todo ésta es posiblemente la última vez que vamos a hablar.

Volví a quedarme callado. Falta de aliento más que de palabras.

—Querido, dime algo. Dime que me vaya bien, que me arrolle un tren.

Esa vulgaridad fue como una caperuza verbal:

—Que te vaya bien, dondequiera que vayas, con quienquiera que estés, santificado sea tu nombre, cualquiera que éste sea.

Sabía la importancia que ella le daba a sus nombres.

—Gracias—dijo, y colgó. Nuestro amor era un cordón umbilical y ella acababa de cortarlo con un clic. No pude seguir trabajando esa noche y la crónica crítica se convirtió en una colección de fotos de starlets, más o menos vestidas, cortesía de la Fox (El Zorro entre los Pollos, era el título), con pies de grabados más o menos desnudos, todo bien crudo. Lo que había empezado como literatura había terminado como publicidad. Una vez más el amor, con su vulgaridad, había venido a perturbar la posibilidad de un párrafo perfecto —¡pero cuánta literatura habría dado por asumir esa expresión vulgar!

Volví a saber de Margarita de una manera inesperada. Como a la semana llegó a Carteles un telegrama. Me asombró su llegada porque, aunque recibía cartas de los lectores (la mayor parte airados), no los creía tan presurosos de comunicarse conmigo como para hacerlo por telégrafo. Además, venía a mi nombre propio, no dirigido a mi seudónimo del cine. Lo abrí y su mensaje por poco me derriba. Decía:

> EL TIEMPO Y LA DISTANCIA ME
> HACEN COMPRENDER QUE TE HE
> PERDIDO
>
> VIOLETA DEL VALLE

Las palabras debían ser sentidas pero su efecto era de una risibilidad irresistible. Escribir ese poema abierto y firmarlo con ese nombre y dárselo al telegrafista de la estación de correos de Bayamo era de veras un acto de coraje y un paso de comedia. Durante años conservé aquel tierno telegrama con su texto sentido. En otra parte he hecho bromas sobre su texto pero en el contexto resultó conmovedor. Evidentemente era el final de Margarita, ahora perdida en el seudónombre risible. Yo sabía que nuestras relaciones iban a terminar un día u otro, pero no quería que acabaran de manera tan literaria, tan poética, tan relativista. ¿Estaría ella leyendo a Eliot en el excusado? Sin embargo me resigné a esa pérdida, sabiendo además que tal vez no encontraría otra mujer como ella, que la cumbre sexual que había alcanzado a su lado, arriba, era una suerte de clímax y después todo sería decadencia, cambio de parejas, posiciones. Nada une tanto como una separación. Así me dediqué no a cultivar mi jardín pero sí a cuidar a mi mujer. Esos cuidados por poco me conducen a la viudez. Una noche la llevé de visita a casa de los Almendros, pues Néstor se iba a Nueva York a estudiar cine. Caminamos todo El Vedado porque había leído que era bueno que las mujeres encinta caminaran y mi mujer había estado condenada todo este tiempo que pasé con Margarita a quedarse en la casa, sentada o acostada, con su barriga de barril creciendo cada día y también cada noche, la muchacha extremadamente delgada con que me había casado convertida en una mujer obesa, su cuello esbelto perdido entre la grasa, su espalda antes curvada graciosamente ahora jibosa—solamente sus manos conservaban su antigua esbeltez, modesta ella aunque sus manos eran más perfectas que la de la fatua Morgana, memorable solamente por el anuncio de Marie Brizard que había perdurado más en la radio que ella en mi memoria. Conversamos con los padres de Néstor, tan ejemplarmente monógamos, la única pareja que conocía unidos por la fidelidad (mi padre, sigiloso, seguía en sus aventuras ocultas), hablando ellos de la maternidad, implicando de paso la paternidad, y hasta Néstor, que era soltero pero no solitario, participaba solidario de la conversación que me hacía sentir un Don Juan canalla y mi mujer mansa sonreía ante el ejemplo de amor de los Almendros, que yo parecía decidido a emular ahora, mirándome reflejado en ese espejo doméstico, radiante en mi imagen de libertino sin progreso. Regresamos caminando hasta la casa, cogiendo la calle Línea, pero ella apenas era capaz de subir la cuesta de la avenida, para llegar a la cima casi boqueando y al cuarto piso sin aire, ahogada. Pero al poco rato, con la solicitud de mi madre que con sus cuatro partos sabía de embarazos y parturientas, cogió aire.

Dormido, me vi despertado violentamente a medianoche (o tal vez fuera ya de mañana: siempre es medianoche para el despertar del dormilón), con mi mujer sentada en la cama y quejándose, moviendo el cuerpo como si hiciera arcadas: eran dolores de parto: ya los había visto en el cine. Además mi madre lo confirmó con un diagnóstico inmediato. A esa hora tuve que levantarme, vestirme y salir a buscar un taxi mientras mi madre preparaba la pequeña maleta de maternidad. Afortunadamente el dios que vela por los buscadores de taxis en la madrugada, Mercurio dulce, me fue propicio y encontré uno. Llegamos a la clínica de nombre impresionante a tiempo—o tal vez demasiado a tiempo. Había un médico de turno que me explicó que eran los primeros espasmos y mientras no tuvieran una regularidad de no recuerdo cuántos dolores por minuto (científica manera de medir) no había chance de expulsión (así dijo: científica manera de hablar) y si yo quería me podía regresar a la casa ya que allí, una vez ingresada mi mujer, no tenía nada que hacer sino estorbar (científicas malas maneras) y volví a casa. Después me fui a Carteles, no a trabajar pues al explicar a Ortega la contingencia me aconsejó que me cogiera el día o el tiempo que fuera necesario. Liberado de las galeras diarias (al dúo: "¡Ah, cuánto odio estudiar periodismo!", que entonábamos Rine Leal y yo de alumnos, sucedió el aria: "¡Oh, cuánto detesto corregir esas pruebas!", canto llano del que no saldría hasta dejar la corrección para siempre, casi tres años después y volverme, como Errol Flynn, un corsario del cine) y regresé a casa a tiempo para almorzar: la fiesta movible hecha ahora efemérides. Luego enfilé con calma avenida abajo hasta la calle 23, para llegarme caminando hasta la costosa Maternidad Privada de El Vedado, clínica científica.

Por el camino encontré el cielo nublado, siempre estoy en las nubes, con grandes nubarrones oscuros (los que Silvio Rigor no fallaba nunca en llamar "negros bugarrones") concentrados sobre el mar, que había perdido su azul perenne mechado con el costurón morado de la Corriente del Golfo. Pero no presté más atención a estas señales de humo que a una noche de luna. Paisajes para Debussy, sonidos en el balcón de Julieta, visiones en el muro de agua Dulce, a la que ya no llamaba Rosa, hastiado de las mujeres como flores. Llegué a la clínica y oí un grito prolongado que no tardé en reconocer como propio de mi mujer—aunque nunca la había oído gritar antes. Era como una versión desesperada de Julieta haciendo el amor a la francesa. Busqué la recepción (que no estaba a la entrada sino a un costado) y me informaron que el doctor Fumagalli, director, se estaba encargando él mismo del parto. Deferente. Al poco rato apareció el doctor Fumagalli. Había algo raro en él, pero no sabía bien en qué consistía hasta que me di cuenta de que era su cabeza. Tenía una cabeza no deforme sino malformada, elongada, con cráneo de zepelín, que él trataba de compensar con unos espejuelos de aro de carey negros y un bigote poblado, también negro, lo que le daba un aspecto científico por un lado (los espejuelos) y cierto aire siniestro (el bigote) por otro, mientras el resto de la cabeza dirigible estaba impedida de tomar vuelo por la doble ancla del bigote y los aros de carey. Diferente. El doctor director me dijo que no me preocupara en absoluto, que era un parto fácil, que tomara asiento. Donaferentis. El sitio más adecuado y alejado de los gritos era el amplio portal con columnas de orden desordenado (la clínica estaba instalada no en un edificio moderno sino, contrariando la pretensión de su nombre, en un vieja casona de El Vedado—aunque de ahí debía venir su adjetivo de privada) donde me instalé en un enorme sillón de cañas y nylon—a ver llover, porque llovía (y en La Habana este adjetivo tiene sentido) torrencialmente. Era el fin del verano. Al decirme esta frase yo estaba repitiendo el disfraz elaborado por la prensa y aprobado por la ciencia (desde el Observatorio Nacional, domo laico al otro lado de la bahía, avalado por el capitán de corbeta Carlos Millas, director) y santificado por la iglesia (desde el observatorio del Colegio de Belén, plantel plutócrata, bendecido por el padre Governa, de la Compañía de Jesús) de que en esta isla tropical, en la zona tórrida, había estaciones, cuando en realidad no había más que dos temporadas climáticas, la de lluvia y la de seca. Ahora llegaron las lluvias. Viendo llover en La Habana (que es un gran espectáculo: García Lorca detuvo un banquete en su honor en el hotel Inglaterra para ver llover desde sus columnas y dicen que dijo: "¡La lluvia, qué teatro!"), por poco me quedo dormido, a la somnolencia de la madrugada añadido el ruido rítmico en redondo—pero me despertaron los gritos disonantes de mi mujer, cada vez más frecuentes, cada vez más alto, cada vez más cerca. Una enfermera me vino a decir que ya se habían roto las fuentes y por un momento pensé que se refería a la lluvia, una imagen meteorológica de su creación. Pero era una metáfora médica: mi mujer daba a luz y me preguntaban, modernos que eran, si quería presenciar el alumbramiento, un espectáculo novedoso. ("¡El parto, qué vida!") La seguí hasta un salón que en otro tiempo sería la sala de estar de la casa y era ahora quirófano. Allí, sobre una mesa quirúrgica central, mi mujer se debatía entre gritos, su único medio de comunicación: gritaba y le ponían una máscara de goma sobre la cara y dejaba de gritar. Debía de ser una forma de anestesia pero me pareció más bien que no gritaba, en sus silencios, porque la máscara ahogaba sus gritos, mera mordaza. El doctor Fumagalli ni siquiera miró en mi dirección, ocupado en el parto como en una obra de arte difícil—pero me debía una explicación a su mala parte, mal arte, mal parto. Después de todo yo había pagado para que mi mujer diera a luz sin dolor y he aquí que no solo tenía dolor sino mucho dolor y lo expresaba gritando. Incapaz de soportar aquella atmósfera de acto improvisado (había una confusión en el recinto que era todo menos científica y ordenada: más bien parecía esa metáfora a que recurriría en el futuro: el caos que debió de reinar en el *Titanic* cuando anunciaron que no alcanzaban los botes), regresé al portal donde con la misma inevitabilidad del orden natural, había dejado de llover. Ahora ocurría un crepúsculo por ausencia, sin los grandes fuegos rojos que siempre tienden a ser copias de la imagen del infierno, sino con un predominio verdoso, la tarde filtrándose por entre nubes secas, una atmósfera apacible, húmeda, toda bañada en luz verde, como si estuviéramos dentro de una pecera.

No era de noche todavía cuando me vinieron a avisar que era el feliz padre de una niña: justa justicia: rodeado siempre de mujeres me continuaba en una hembra. Entré al cuarto (ahora era una habitación callada y no el desordenado quirófano que algún día fue salón de recibo y de fiestas) y vi primero a mi mujer todavía gorda pero evidentemente desinflada—y lo primero que se me ocurrió fue que la hinchazón se le había ido en gritos. De tras bastidores introdujeron un bebé, de utilería naturalmente—pero era mi hija. La enfermera estaba asombrada de que tuviera dientes pero a mí me espantaba más la mueca con que se reía. El mayor asombro lo produjo sin embargo comprobar que tenía los ojos abiertos y eran verdes. Ni mi mujer ni mucho menos yo teníamos ojos verdes y definitivamente había que descartar la posibilidad de que ella me fuera infiel con un lechero de ojos verdes. Esos ojos verdes eran efecto de otra forma de adulterio: eran los ojos de Margarita, de Violeta del Valle, de como se llamara esa mujer que había estado tan cerca—ella había estado dentro de mí, no yo dentro de ella—y ahora estaba tan lejos. Después que devolvieron a la niña al lugar designado para ella (clínica moderna que era aquélla, contenida en una casa caduca, los bebés nunca compartían la habitación de la madre después de nacer), y dando una excusa coja más a mi mujer, abandoné su cuarto, dejé la casona y caminé calle 23 abajo buscando, cosa curiosa, un lugar donde emborracharme—y no precisamente para celebrar por mi hija ni por mi mujer sino por el recuerdo. Ya finalizando la calle, bajando esa rampa llamada con exceso de imaginación La Rampa, encontré el lugar que en otra parte de La Habana, en otro libro tiene un sitio destacado: el Johnny's Dream, cuyo nombre podía significar el sueño de Don Juanito, con sus pretensiones de night-club de moda y su barra olvidada, convertida después en el lobby de un hotel o tal vez en la cafetería que está al lado. Allí, precariamente sentado en una banqueta que era demasiado alta, acodado al mostrador lustroso ordené el único cocktail que podía pedir:

—Una Margarita, por favor—le dije al barman, quien me

miró con aire confundido. Pensé que tal vez fuera por el por favor, pero me dijo:

—¿Qué cosa?

—Un margarita.

Ahora sabía el origen de su confusión.

—Lo siento, hermano—me aclaró—, pero ¿con qué se come eso?

Debía ser hermano no mío sino del camarero del Ciro's. Decidí democratizarme y tutear al dependiente:

—Déjalo. Dame un Cubalibre, viejo.

No era ocasión de tomar un daiquirí, que es un trago tan festivo, empezando por su aspecto contrario al trópico (el borde de la copa nevado de azucar, la superficie glacial de la bebida, el mismo recipiente propicio al champán, recordado por el brindis de *La Traviata* en *Días sin huella*, ya que en La Habana se bebía sidra en las ocasiones que debían ser achampanadas) y la alegría que da verlo, aun a mí que no era bebedor—y por no ser dado al trago era curioso que estuviera haciendo lo que sólo hacen los borrachos: bebiendo a solas: no había nadie en la barra, pero las parejas tempranas que ocupaban las mesas hacían mayor mi soledad: rara avis bebe. Debía de estar celebrando el hecho de ser padre, ya que entonces consideraba la paternidad un privilegio, no una condena, y había pregonado el embarazo de mi mujer, para festejo de mis amigos, contento máximo de mi madre y una sola voz que desentonaba en ese coro cálido, la de Antonio Ortega, director, que había repetido con sacasmo mi declaración de que iba a ser padre: "Así que va a tener usted un hijo". Ortega, que nunca se dignó a tutearme, dijo su frase como si acabara de contraer yo una enfermedad incurable, no sólo larga sino dolorosa. Pero no celebraba el nacimiento de mi hija sino que lloraba o más bien lamentaba la ausencia de Margarita, todavía más dolorosa ya que era una fuga a dos: ella se había ido con su amiga y tal vez ya estaban en la cama (en Bayamo se acuestan temprano) en su trabajo de amor, o mejor, en su trajín sexual, Margarita debajo (siempre la imaginaba en su postura pasiva tan activa) mientras sobre ella hacía movimientos natatorios su amiga anónima, frotándose obscenamente a la vez que trataba de buscar en el frote el pene que le había negado la naturaleza, intentando inútilmente de crear el instrumento que yo poseía de nacimiento, remedando en aquel coito de caderas la penetración que yo logré tantas veces sin esfuerzo—y Margarita no sólo se dejaba hacer, sino que respondía con urgencia, turgencia: correspondía. Es una noción común en todas partes (pero sobre todo en La Habana por ese tiempo) que no hay peor tarrudo, cornudo, hombre engañado, que el que lo es no por una mujer sino por dos: tal vez sea esta doble mujer lo que lo hace un escarnio desmedido. Así, como un personaje literario traicionado con el que me había encontrado traduciendo apenas años atrás, yo repetía el papel del amante burlado por una mujer y una mujer. El nombre del bar, Johnny's Dream, que nunca había visitado, se convirtió para mí en imagen aborrecida: fuente de fantasmas.

Todo volvió a la normalidad. Estaba claro por la mañana, se nublaba al mediodía y llovía por la tarde. Las noches eran húmedas y de estrenos. Mi mujer regresó de la clínica a la casa con los consejos de cuidado del doctor Fumagalli, todo bigotes y espejuelos y cabeza azepelinada, quien ante mis preguntas dijo que mi mujer había tenido un parto difícil pero natural, nada anormal para una primeriza y una vástaga (así dijo) sana. Nada de que preocuparse. Son ciento cincuenta pesos. Una estafa, sin duda, pero legal y lo que es más científica. Mi madre se encantó con tener por fin una niña a su cuidado. Mi padre hizo unos cuantos comentarios de que él nunca se enteraba de nada, que no supe qué significaban, pero como siempre los hacía sobre no importaba qué tema, no les di importancia. Después de todo ahora tendría más tiempo para su hobby de otear, con mi madre más atareada que nunca. Yo seguí mi rutina de corrector de pruebas por el día y algunas noches escribía mi crónica en la revista, no lejos del mundanal ruido pero sí cerca de los linotipistas, cada vez más ávidos. Ahora había comenzado además a diseñar mis páginas, aprovechando la desidia del director artístico, que consideraba a Carteles como la Siberia de Bohemia, a la que había sido deportado, aunque en realidad, como ciertos generales zaristas, había sido ascendido de su puesto subalterno de ilustrador. En esas actividades propias de mi exceso estaba cuando sonó el teléfono y la llamada era para mí, lo que no era extraño. "Es una mujer", dijo Rine intermediario. Ni por un momento sospeché que pudiera ser mi mujer porque usó mi seudónimo. ¿Que admiradora sería? Era, claro, Margarita, que había desaparecido de mi vida pero no de mi recuerdo. Su voz acariciaba con la misma eficacia de antes y yo respondí con idéntica reacción. Débil es el alma. Me quería beber (y el error ahora es apropiado, no sólo por lo que había bebido por ella y con ella sino porque ciertamente en el pasado ella había tratado siempre de beberme, me había bebido en ocasiones), ver, cuándo me podría ver, dónde podríamos vernos—y así pasó de la petición a la acción directa. Teníamos que vernos. No en su casa (ya me explicaría) sino en la esquina, ese mismo día, esa tarde—y la vi. Débil es la carne pero poderosa su visión.

Estaba más linda que nunca y supongo que desmintiendo a las viejas lesbianas conocidas, figuras de la vida cultural habanera, verdaderas matronas invertidas, a ella el viaje con su

677

amiga, la cama que habían compartido, las caricias que se
ofrecieron mutuas, mudas la habían realmente embellecido
—tal vez fuera la postura pasiva. Se lo dije. Quiero decir, no
desprecié su vida sexual sino que aprecié su belleza. Se sonrió
tristemente y dijo:

—Supongo que el conocimiento y el dolor, si sobrevives,
son una forma de belleza.

Debía ser un diálogo de uno de sus libretos, su literatura
cursi activa la había informado, como la radio había formado
más que deformado el carácter de la criadita que inventó el
amor radial.

—¿Recibiste mi telegrama?

—Sí, lo recibí.

—¿Qué te pareció?

¿Qué quería? ¿Una crítica literaria? ¿O una evaluación
sentimental?

—Muy tuyo—fue lo que le dije, esquivando con esa frase
cualquier opinión.

—Quería verte—me dijo, y aquí hizo una gran pausa,
como si se hubiera olvidado para qué quería verme. Pero no
se había olvidado—. Por última vez. Me voy mañana.

—Ah sí—le dije, que es una expresión que repito a menudo, falta de ruido y de furor que significa todo.

—Sí, salgo rumbo a Caracas. Pero antes quería decirte
una cosa. ¿Recuerdas aquel día que nos acompañaste al
médico?

—¿Al abortólogo?

—Bueno, sí, si tú lo llamas así. Es en realidad un médico
muy bueno, muy dedicado a su profesión, muy comprensivo.

No dije nada. Ante ese elogio de un experto en curetajes
como si fuera el Dr. Schweitzer entre sus nativos no tenía
nada que decir. Pero no pude evitar imaginar al abortólogo

tocando el órgano por las noches. Pequeñas aborturas.

—Lo que yo quería decirte es difícil de decir y yo no quería decírtelo, pero creo que en definitiva debes saberlo.

Hizo otra pausa.

—No fue mi hermana quien se hizo un aborto ese día sino yo.

Hizo otra pausa que debiera llamar preñada pero no quiero ser brutal. Ella estaba sin duda esperando mi reacción—que fue por supuesto de última sorpresa.

—¿Tú?

—Sí, era un hijo tuyo. Era también la primera vez en mi vida que me hacía un aborto. Es la primera vez que he quedado en estado de alguien. Ese coágulo de sangre pudo haber sido tu hijo mío.

No pude evitar recordar una canción que dice: "Pensar que ese hijo tuyo / pudo haber sido mío", a pesar de la seriedad de la situación. Ella había hecho otra pausa, esta vez no dramática como las anteriores sino trágica, visible el sentimiento bajo su maquillaje. ¿Qué podía decirle? En realidad me parecía terrible pero también me resistía a creerlo.

—Creí mi deber decírtelo—me dijo. Estaba a punto de llorar. Afortunadamente sólo agregó:

—Eso es todo. Adiós y que te vaya bien.

Nada separa tanto como un pasado común. Dio media vuelta y caminó rumbo a su casa, mientras yo me quedaba parado en la esquina, viéndola irse. Esta vez no pude separar ninguna de las partes de su cuerpo para componer un recuerdo: ella era un todo que se iba—aparentemente. Ésa fue la última vez que la vi pero no la última vez que la oí, porque ella, como en una versión radiofónica de sí misma, se despidió con su voz. Volví a casa más triste pero más libre, pensando en el camino que la revelación de Margarita hacía mi vida demasiado simétrica—ausencia de amor que produce una hija con ojos verdes, amor de ojos verdes que culmina en un aborto—y que tenía que haber una nota asimétrica, la disonancia que resolviera tan cabal armonía—y llegué a la conclusión de que Margarita mentía. No sería la primera vez que me mintió y hasta su relato sáfico acabó por parecer pura invención. Pero no estaba seguro del todo. Quería tener una segunda opinión. Consulté a mis amigos como si fueran oráculos—pero resultaron esfinges. Pero ¿para qué son los amigos sino para traducir nuestras vidas paraleerlas traicionándolas? Margarita para los cuerdos. Le conté a Rine la historia de su supuesto aborto y lo encontró una falsa preñez. "Es una actriz", fue su dictamen. "Ahora no me cabe duda de que hace teatro." Lo iba a corregir diciéndole que más bien ella hacía televisión, pero preferí su veredicto de dos. Sin embargo le conté a Silvio Rigor su cuento de su encuentro con su amiga, la cama compartida, el viaje de ambas a Bayamo. "No es una invención. Es la versión de una inversión", me dijo Silvio, y luego con Rigor mortis: "Ritmo de habaneras: las que no son livianas son lesbianas". Margarita para los cerdos.

Una noche—no recuerdo si una semana o dos días después—estaba en mi casa, sentado en la sala con mi madre y mi mujer. Ya habíamos comido y mi hermano se había ido al cine y mi padre había desaparecido en el balcón oscuro. Como no teníamos televisión todavía, habíamos perdido el hábito de oír radio, y el tocadiscos, como todos los objetos eléctricos de la casa, estaba descompuesto, nos refugiamos en la conversación, que más que arte era entre nosotros artesanía primitiva. A mi madre le gustaba conversar, mi mujer, residuo conventual, recitaba a veces letanías y yo (que conversaba mucho con mis amigos, practicando una suerte de jai-alai verbal, más bien un juego de tenis oral, y solía hablar con las muchachas charlatanas, con las mujeres conversadoras, con ancianas anotadoras) perdida la costumbre de la reunión familiar desde que empecé a tener reuniones intelectuales, oí como mi madre y mi mujer entablaban un largo diálogo sobre las virtudes de cierta clase de pañales y el roce con la piel tierna de un bebé y la virtud del talco Mennen para las quemazones—cuando sonó el teléfono. Me levanté a contestarlo bruscamente y antes de oír la voz del otro lado supe que era ella. Hubo un breve silencio y en ese momento me pregunté cómo había sabido ella mi número de teléfono, que era privado, que no estaba en ninguna guía, que yo nunca le había dado: de eso estaba seguro: tal vez ella supiera mi dirección pero no mi teléfono y la compañía que había sido tan reservada que se negó inclusive a dar mi dirección a la policía dos años antes no iba a darle a ella mi número ahora. Pero era ella, no me cabía duda: el mismo silencio que siguió a mi "Hola" habitual la delataba. Por fin habló:

—Quiero verte—hizo una pausa y por un momento pensé que estaba borracha: en realidad había estado llorando, lloraba todavía—. Tengo que verte. Déjame verte. Necesito hablarte.

Ella bordeaba una vez más las letras de distintos boleros pero no caía exactamente en ninguna y había cierta dignidad no sólo en su tono sino en su repetición: —Tenemos que vernos, que hablar, esta misma noche.

Después de mi respuesta-saludo no había dicho nada más y observé, bajo la luz intensa, tensa de la sala, a mi madre sentada en el sofá verde oscuro y a mi mujer en un sillón, justo al lado del que yo había abandonado para contestar el teléfono. Se veían absurdamente irreales, como de cera vieja. El Museo de Madame Twosome. Pero ambas me miraban con curiosidad ante la antinatural forma de comportarme al teléfono: yo no había dicho más que "Hola" y despúes respondía a mi interlocutor con el silencio. Ella siguió:

—Quiero, necesito verte esta noche.

Era evidente que acumulando verbos no lograría más que con su enunciación individual al principio. Por fin le dije:

—No puedo.

—Por favor. Te lo suplico.

—Me es absolutamente imposible.

—Quiero decirte que mi amiga está conmigo y si no fuera por ella habría cometido una barbaridad.

No me explicó en qué consistiría su acto bárbaro pero pensé en el suicidio vagamente y luego con horror preciso —lo recuerdo claramente—, en aparecerse en casa.

—Lo siento pero no puedo esta noche.

—Me voy mañana. No nos veremos más, tú lo sabes, pero quiero verte por última vez. Nunca le he rogado a un hombre.

Se me ocurrió que la respuesta apropiada para ella era: "¿Y a una mujer?" Cantar estrofas sáficas. Estofa de Safo. Pero volví a insistir.

—No puedo. Hasta luego.

Ella, ya sin rastro de llanto, dijo una última palabra:

—Adiós.

Creo que colgamos los dos al mismo tiempo. Ésa fue la última vez que la oí, pero lo que mejor recuerdo de esa noche es que mi mujer no me preguntó nunca quién llamó.

Semanas después, tal vez un mes más tarde, solo, sentado a la barra de un bar olvidado, sin nombre memorable, me emborraché pensando en Margarita, en su esplendor sexual, en sus ojos verdes ardientes y también en la falla en su belleza, en la mácula mamaria, en el seno que le faltaba y que hacía del otro seno una rara perfección única: el cuerno precioso del unicornio. Recordé la primera visión deslumbrante en el sótano teatral y la larga persecución por los años y por las calles de La Habana, y el encuentro, el desencuentro y mi torpe ardid que fue sin embargo eficaz. Pensé cómo la había ganado y perdido y cómo su posesión había sido una suerte de educación, un aprendizaje—aunque no supe exactamente para qué. Todo esto lo pensaba en el bar o en la calle, caminando ya de noche, y me encontré en la odiada San Lázaro, que nunca aprendí a apreciar, y luego estaba en la amada y ahora sombría Soledad, enfilando hacia el callejón sin salida, ciego por la tapia del cementerio de metáforas muertas, y llegué a su puerta, a la puerta de entrada sin puerta, y subí los escalones que había subido antes, que ella había subido conmigo, los que le vi subir sola, yo espectador de su cuerpo de espaldas, hasta las piernas, las pantorrillas, los pies que nunca le alabé, hablándole solamente de sus otras perfecciones: los ojos verdes, la boca escarlata, deteniéndome antes de seguir, temeroso de insultarla con el elogio del seno que no podía más que ser singular. Toqué a la puerta. Enseguida, antes de tener tiempo de darme cuenta de lo que hacía ebrio y de arrepentirme sobrio, se abrió la hoja y ahí estaba Margarita. No se había ido como había sospechado. Me lo había imaginado. Margarita, más alta ahora pero más ancha, con los pómulos bien arriba y los ojos más rasgados. Me reconoció y me dijo:

—Hola, qué tal. Pasa.

Pero ésa no era su voz educada, baja, acariciante: era la voz de su hermana: era su hermana—Tatiana, Sebastiana, como rayos se llamara con tantos nombres falsos. No era Margarita pero entré al ser invitado. Me hizo sentar en uno de los sillones forrados en nylon verde chartreuse, entre panteras y flamencos, y antes de saber qué hacía yo en ese zoológico fantástico me encontré llorando. Ella, como se llame,

683

me cogió por una mano, ya sentada en el otro sillón forrado en nylon verde chartreuse y yo me dejé arrastrar hasta el piso, donde me tumbé llorando, con mi cabeza a la altura de sus rodillas. Ella me acarició el pelo y me dijo:

—Estás llorando por ella. Ya sé.

Dejé de llorar en cuanto ella mencionó el llanto por Margarita, pero no quité la cabeza de entre aquellas piernas pulcras. Lo que hice después fue de una audacia absurda: le acaricié una pierna, suave al tacto, pero ella no retiró mi mano ni su pierna. Su piel era pálida.

—Sabes—me dijo—, tienes un pelo muy fino. Como de bebé.

No respondí, no dije nada, sólo seguí acariciando su pierna, a lo largo, del tobillo a la rodilla. Estaba más borracho de lo que creía porque ahora subía mi mano por entre sus rodillas y acariciaba sus muslos. Ella me cogió una mano pero no la que la acariciaba, la otra, creo que era la izquierda, y pasó sus dedos por ella, como yo la otra mano por sus piernas.

—¿Y esa cicatriz?—me preguntó. Por un momento no supe de qué hablaba. Yo no tenía cicatrices, nunca había sido herido. Pero la vi señalando mi mano y miré y en ella, visible blanco en mi piel oscura, más arriba del pulgar, entre este dedo y el índice, estaba el arañazo profundo de Margarita convertido en una marca indeleble. Curioso: lo había olvidado. Ahora recordé el momento en que lo hizo, por qué me marcó, pero no pude recordar sus palabras. Las cicatrices duran más que las palabras.

—No es nada—le dije—. Un accidente de manicura.

Mentiría si dijera que no recordaba a Margarita. La recordaba, sí, pero ella estaba ausente, ida, era el pasado. El presente era su hermana, con su extraña belleza, que recordaba a Margarita y al mismo tiempo la hacía olvidar. Ella era como una versión morena de Gene Tierney, mi más cara máscara, más irreal que la Gene Tierney de sombras del cine, versión de la vida. Laura, que el cielo me juzgue con el filo de la navaja barbera. Me levanté y levanté a la hermana para acostarnos. Todo el tiempo no pensé en Margarita, en esta traición trapera, sino que estaba en la cama con una de las versiones de la aversión sexual para mí: una viuda—y me veía acuchillado como su marido muerto por Pepe por poseer aquella mujer no más preciosa que su hermana desaparecida pero sí más peligrosa. Cuando terminamos (esta vez no hubo maratón sexual ni conteo amoroso, ni siquiera recuerdo cómo era ella desnuda: nunca supe cuál era su defecto que era su mayor virtud) y me fui de su cuarto y de la sala zoológica y de la casa verde chartreuse y dando tumbos, todavía borracho, llegué a la esquina de Espada (estas calles de La Habana, todas símbolos en sus nombres) y me miré la mano en un movimiento reflejo: a la luz del farol inequívoco pude ver, pálida, la cicatriz entre mi piel y pensé que yo había sido acuchillado retroactivo en aras de su hermana: fue la propia Margarita, bella y alevosa, armada amada, mi amazona, quien me clavó el puñal.

EPÍLOGO

FUNCIÓN CONTINUA

La vi, la volví a ver años después, cuando era aparentemente demasiado tarde porque ella estaba ya dentro del lobby. No había entrado todavía, creo—nada hay tan ilusorio como la luz malva del crepúsculo en La Habana. Pero aunque ella tenía intención de entrar sin duda al cine estaba aún comprando su boleto: una mano desmembrada y epicena le ofrecía la entrada al paraíso mientras ella tanteaba monedas de plata en su cartera. No, me parece que ella estaba buscando el dinero dentro de la quincalla que era su bolso, dando de lado de momento al ticket tentador. Pero, pensándolo bien, bien podía ya haber pagado y ahora estaba solamente devolviendo el vuelto a su monedero, el tique (así lo llamaría ella, habanera popular que debía ser) tomado, ticketeniente. Ésos eran meros detalles. Lo trascendente es que antes me dio la espalda pero ahora me había mirado de teojo, de medio lado, al sesgo: al estilo de las vampiresas del cine silente, pero la única manera en que una mujer puede mirar a un hombre desconocido en esa Arabia apodada Feliz donde debía vivir, sus sábanas su tienda. Me miró oblicuamente mientras exhibía su perfil (antes sólo me mostró su espalda), luego el cálido creciente de su cara canela se levantó ligeramente por sobre el horizonte oscuro del habitáculo o cubículo de la taquilla haciendo lucir su calmada barbilla altanera, rasgando sus ojos como vírgulas y contrastando la mancha amarilla de su pelo (rizado creo, melena me parece, oxigenado estoy seguro) que enmarcaba sus perfectas facciones bañadas en tintura de yodo, de la misma manera minuciosa que la negra caja cuadrada resaltaba su largo, lánguido cuello: un medallón de bronce exhibido en terciopelo, tantalizante.

Me miró de nuevo por un instante (apenas veinticuatro veces en un segundo) y luego bajó los párpados púdicos y sonrió en secreto, invitante y sin embargo sin dirigirse a nadie. Por supuesto que era una franca invitación al vals de la vida, tal vez al cine y es posible que fuera hecha para mí. Aunque podría estar dirigida a otra persona. No sabría decir: las hembras de La Habana habían pasado de la voz pasiva a la activa al conjugar el verbo amar en pocos tiempos. No me quedó otro remedio que volverme a mi alumno Fausto y darle en pleno Prado una duradera lección de arte angélico:

—Te dejo Fausto por el fausto—queriendo decir el Fausto porque ella se movía más allá de las puertas vaivén y dentro de la sala a oscuras, también llamada Fausto, Teatro Fausto, el cine Fausto para ella. Él, mi afín, al fin dijo entre dientes: —¡Mierda!—dijo Fausto: —¡Es una mierda!—y añadió todavía: —¡Vete a la mierda!—usando esa palabra que tanto gusta a los habaneros que han llegado a crear un cenador de caca, el comemierda. En ese momento resultaba yo un mal Mefistófeles para un falso Fausto y abandonando su auto, tan usado por mí, el blanco convertible raudo, le dije, respondiendo a sus frases frustradas con mi felicidad: —Me voy a la miel—dando a entender que perseguía, que seguía aquella dulzura, bombón o caramelo que entró en ese recinto encantado que es un cine. Y, con la condenación de Fausto, me bajé de su carro del todo que ya cruzaba ignorante los costurones que quedaban de las líneas del tranvía en la calle Colón, vestigios de una civilización desaparecida que nunca conoció, y casi corría Paseo del Prado arriba para dar de lado al poeta fusilado con su musa mórbida, eternizados en su momento, su monumento, bronce que penetra al mármol y dejar detrás al parque de los mártires del amor, perdiéndose en el Malecón del mar y del recuerdo. Cortado está el vástago que podría tirar derecho.

Debí comprar la entrada y meterme en el cine a la velocidad de la luz por la puerta vaivén bajo el letrero que advertía "Infantes no admitidos", porque cuando la oscuridad de dentro, siempre en contraste con la claridad de afuera, fuera natural o artificial, me golpeó como una pared gaseosa pude ver, entre un destello de la pantalla (que abrió en ese momento una grieta en el muro negro) y el vacío de la oscuridad, vi su vestido blanco que se alzaba espectral para sentarse ella sin estrujar la falda, ni hacer un acordeón de las crinolinas que llevaba bajo del vestido, sayuelas sucesivas, esclava ella de la moda. No tuve que correr para alcanzar su imagen y tranquilamente me senté detrás de ella primero, luego, sin pretexto visible (sólo había sombras en el cine, inmóviles en la platea, móviles en la pantalla), me levanté para sentarme en su fila, después cambié de asiento una vez más y vine a posarme a su lado, técnica que era experiencia adquirida en días y noches en el cine buscando el amor a oscuras como un iluminado. Si el sexo santificara hacía rato que habría sido santo. Pero ella no miró nunca para mí y llegué a pensar que me había equivocado no de asiento sino de mujer, que la mirada de afuera era sólo una mirada más al final del día, vacía de ojos y frenesí que significaba nada. No le dije una palabra. Ninguna introducción, presentación de credenciales o mero saludo. Ni siquiera el rudo ritual que se quería fino y fácil:
—¿Está ocupado este asiento?—antes de sentarme, que además salía sobrando a esa hora en ese cine. No le dirigí la palabra, solamente miradas. La miré al principio como si me asom-

brara de que ella estuviera a mi lado, con tantas lunetas vacías alrededor. Después la volví a mirar como si la reconociera, preguntándome dónde había visto antes esa cara color de yodo entre ondas oxigenadas. Me puse a mirarla durante más tiempo, de reojo, luego fijamente de frente, aprendiéndome su perfil perfecto de memoria, su perfilm eterno, su perfil y concluí que veía un camafeo más que una medalla. Al mismo tiempo, mientras miraba, pensé en todas las connotaciones del camafeo, desde el perdurable perfil hasta su división en sílabas gratas o ingratas: cama para ella, feo para mí. Pero dejé de mirar su cara para mirar su rodilla que se veía fosforescente en la media penumbra de sus piernas (es asombrosa la cantidad de cosas que se pueden ver a la intermitente medialuz del cine, una vez acostumbrados los ojos al parpadeo luminoso de las imágenes), cabalgando una pierna sobre la otra, moviéndose alternas pero dejando siempre una rodilla a flote de la oscuridad, como la décima parte de un cálido iceberg de carne que navegaba inmóvil en la sombra promisoria. Miré tanto su rodilla que empecé a pensar en la palabra rodilla, en sus siete letras mágicas, en que lo mismo podía llamarse redondilla, en por qué se llamaría rodilla y no peñón o domo de yodo o balón sólido, pensé en la rodilla platónica y en las veces que había encarnado en muchedumbre de mujeres muertas, en multitud de muchachas vivas, en la rodilla metafísica y finalmente regresé feliz a la rodilla física, a aquella rodilla, a su dueña, en ella y en mi mano y su rodilla, mi mano en la rodilla, y de pronto pasé de la teoría a la práctica y le puse una mano en la rodilla, mi mano en su rodilla—y ella no dijo nada. Había seguido el viejo, olvidado por sabido consejo de Ovidio: sólo que en vez de una romana en el circo ella era una habanera en el cine. Ella por toda reacción me miró solamente y aunque ahora no distinguí bien sus facciones porque en la película debía ocurrir, una de esas noches blancas del cine en que la luna de mediodía produce sombras a medianoche y aunque mis ojos estaban fijos en la visión de su rodilla, ahora eclipsada por mi mano, supe que ella me miraba, como me miró afuera en la tarde vernal. Quité la mano de la rodilla porque mano y rodilla estaban húmedas, resbaladizas con el sudor de mi ansiedad y de mis palmas tropicales, y antes de pensar qué hacer con mi mano mojada me vi colocarla (mi mano se había hecho autónoma, independiente de su autor) sobre uno de sus senos—o sobre la tela sobre su teta. Ella se rió, no se sonrió, se rió a carcajadas que la sacudían, incluyendo a mi mano en su temblor de teta. Pero no se reía de mi acto sino de una acción que ocurría frente a ella allá en la pantalla. (Era un cartón de Pluto más allá de un abismo, en el aire, ingrávido.) Se rió más, se rió un rato y cuando terminó de reírse, como en una extensión del fin de la carcajada, me quitó la mano de sobre su seno y la devolvió a donde estaba primero, que era mi rodilla, flaca y vestida. Vi mi mano reflejando la luz de la pantalla salir de entre sus senos y posarse sobre mi pantalón, escoltada en parte del viaje por su mano. Luego pude presenciar cómo su mano volaba hasta mi mano, la atrapaba de nuevo entre sus dedos desnudos y volvió a colocarla donde estuvo después, que era su rodilla, blanda, verdaderamente muelle. Eso fue lo que hizo. Cuando quitó mi mano de sobre su seno creí que iba a protestar, a decirme algo, que su mano viajaría veloz de mi rodilla a mi cara, que me clavaría las uñas, alfileres, dagas, que armaría un escándalo, que hasta llamaría al acomodador ausente, al portero formidable, aun al taquillero sin sexo. Pero no hizo más que lo que hizo—o tal vez un poco más. Me palmeó mi mano dos veces, ambas manos sobre su rodilla, mi mano como una lasca de jamón húmeda en el sandwich de su carne amable.

Lo extraño no fue mi miedo seguido de mi júbilo sino la posición de los dos en el espacio mientras discurríamos en el tiempo acelerado de la película y el tiempo demorado del cine. Estoy seguro de que al entrar me senté a su izquierda pero la mano que ahora ella ponía sobre su rodilla era mi mano izquierda, maniobra que no pudo realizar tan fácilmente si yo hubiera estado sentado a su izquierda. De manera que debía estar sentado a su derecha en este momento, aunque puedo jurar que unos pocos minutos antes ella estaba sentada a mi derecha. Nunca pude explicarme este cambio sino como una transfiguración. Pero para cualquier propósito práctico se debe considerar que yo estaba sentado a su derecha y tenía mi mano (colocada por su mano) izquierda húmeda sobre su tensa rodilla derecha, su pierna visible y palpable montada sobre su pierna en la sombra, impalpada, las dos piernas situadas en las zonas llamadas umbra y penumbra por los selenélogos. Al depositar mi mano sobre su rodilla (cualquiera que ésta fuese) ella se rió de nuevo, sin mirarme, por lo que de nuevo debió reírse de algo que ocurría no en tres sino en dos dimensiones y allá arriba—o tenía cosquillas. Casi enseguida después de esta risa o risita desmontó la pierna y mi mano bajó con su rodilla, convertidos brazo (mío) y pierna (suya) en un solo miembro móvil. Mi mano se desplazó con su rodilla hasta que mis dedos tocaron con la yema la piel estirada de su otra rodilla, ahora a idéntico nivel que su rodilla primera (izquierda o derecha) y mi mano (también indiferenciable por la confusión de posiciones). Entonces ella comenzó a juntar sus rodillas, como hacen las niñas bien y muchas mujeres malas que no quieren mostrar las entrepiernas, de manera que no sólo las yemas sino también las uñas y los nudillos y sùs articulaciones y la piel sobre ellos (que constituían mi mano, con falanges, falanginas, falange-

tas, etc., según la lección de anatomía de la doctora Miranda)
tocaban su rodilla otra, se clavaban en su carne, se aplastaban
contra sus huesos (que sentí por primera vez: antes todo había sido suavidad y blandura) y ella juntó todavía más las rodillas y apretó la mano entre ellas y siguió haciendo presión
hasta que mi mano estuvo en contacto con ella como la nuez
con el cascanueces y me hizo daño y me dolió de veras, tanto
que casi grito, alarido que hubieran ahogado las risas del cine.
Con mucho esfuerzo pude escurrir la mano de entre sus rótulas casi rota. Es decir, retiré los dedos pero no saqué la palma
sudada ni quité la mano tullida. Ella se rió a carcajadas y debió de ser de Pluto una vez más, sus hazañas invisibles para
mí porque yo ahora estaba mirando sus senos que subían y
bajaban demasiadas veces seguidas para ser efecto de su respi-
ración—y tampoco era su risa. Fue entonces que abrió las
piernas. Sé que abrió las piernas porque no las abrió una vez
sino varias veces y sus muslos hicieron fuelle y el aire que se
escapó de entre sus piernas sopló sobre mi mano como un
vaho benigno, un monzón milagroso. No moví la mano. Estaba bien allí adherida por capilaridad a su rodilla y balan-
ceada y fresca en su verano carnal ahora. Al menos eso creí
yo—pero no era lo que pensaba mi mano, Frankenstein femenino.

Vi que ella (mi mano) se movió sola por sobre las ligas
(curioso que no notara hasta ahora, hasta el cambio de piel de
la rodilla al muslo, que ella llevaba medias de nylón, tan toscas al tacto, que solamente sintiera esta viscosidad seca al pasar sobre el camellón de sus ligas antiguas baratas apretadas
enrolladas casi sobre la choquezuela, fea palabra) y sentí sus
muslos fríos, no realmente fríos sino frescos, pulidos, tersos,
suaves, blandos, que comenzaron, mientras mi mano reptaba
autómata por ellos, sin escapárseme como peces sorprendidos

ya que eran carne avisada y comenzaron a hacerse tibios cálidos calientes ardiente quemante calcinante mientras mi mano (debía haber dicho siempre *la* mano) empezó a luchar por separarlos sin darse cuenta ella (la mano) de que allí eran ya inseparables, que era su cuerpo lo que debía abrir si quería encontrar la meta: fue entonces que descubrí, debajo de tanto tul y ningún nylon, su desnudez íntima. Ahora ella se convirtió en una cajita peluda de música de olores—¿o fue en la caja mágica?

No habíamos hablado, yo no había tratado de hablar con ella antes (donde sobran los gestos, no nacen la palabras) pero en ese momento yo traté de hablarle yo le hablaba, le hablo todavía, pero ella no respondió. Nada más que se reía, mueca de Mona Lisa demente. Traté de hablarle otra vez y no me dejó: no me tapó la boca ni me puso un dedo sobre los labios ni me chistó. No hizo nada para que yo no le hablara, pero era tan evidente que no quería más que mirar a la pantalla que, nada más de abrir la boca, hice una O o una A—y la cerré de nuevo. Pero *tenía* que hablarle, no quedaba otro remedio, era importante, imperioso, imprescindible. Yo no podía regresar a casa *sin* mi anillo.

—Mi anillo de compromiso...

Era mi voz al fin—o al principio. Pero no me hizo caso.

—Mi alianza. (Es galicismo.)

Hablé más alto pero todavía no hizo caso. Hablé tan alto ahora que estaba gritando cuando me mandaron a callar, que alguien silbó chis, sonido inusitado viniendo del público. Saqué mi mano del todo por entre ojo, labios, pelos, viniendo de la otra cara. Me senté correctamente. Me pasé, higiénico, la mano mancillada por la pierna derecha de mis pantalones. Miré a la pantalla—y no vi nada.

—¿Qué pasa?

Era ella, que hablaba por primera vez, pero no me miraba. Casi creí que hablaba con Pluto. Tan cerca estábamos —no el uno del otro ahora sino siempre los dos de la pantalla.

—¿Qué pasó?

Ni me miraba de reojo, su mirada fascinante en el crepúsculo (palabra obscena) de La Habana.

—¿Qué te detuvo?

La miré bien pero ella seguía de perfil, atenta a la acción, al movimiento, al tránsito de Pluto.

—Mi anillo.

—¿Qué cosa?

—Se me perdió mi anillo...

Ella se rió ahora. Se rió más y después miró para mí por primera vez desde que entramos al cine.

—... de bodas. Se me cayó.

Ella se rió aún más y más que nunca se rió con los motivos de Pluto.

—Dentro—dije bajo.

—Ya lo sé, bobo.

Se rió, se reía, se reirá para siempre, como una muñeca de carnaval.

—¿Qué hago ahora?—dije en un lamento que expresaba la lástima de volver a casa sin mi anillo de bodas y enfrentar a mi mujer con mi afrenta. Además estaba mi madre, juez severo.

—Búscalo.

Me quedé pasmado, sin saber qué hacer ni qué decir. Pero ella me llevó de la mano—es decir, transportó mi mano por entre medias de nylon, ligas anticuadas, sayuelas a la moda y sus muslos macizos, de mármol miel.

—Anda, búscalo.

Al hacerlo, al obedecerla, o un momento antes, la miré y

vi que estaba otra vez dentro de la pantalla, concentrada en la contemplación y la fiesta. Me di a mi tarea grata. Busqué bien por los costados, los dedos resbalando por entre bordes húmedos. Al tacto sentí el cambio de ambiente, de piel, de cuerpo. Metí una mano exploradora y los bordes me apretaron la muñeca, tanto como las rodillas me habían atrapado la mano antes. Probé y podía mover los dedos. Busqué hacia el fondo y di con un obstáculo o un tope. Pero el anillo no aparecía por ninguna parte. Volví a buscar por todas partes. Nada. Busqué más. Ni rastro de mi anillo y era el que me unía en sagrado matrimonio. Molesto saqué la mano bruscamente y la muñeca se enganchó en un saliente.

—¡Maldita sea!

—¿Qué pasó ahora?

Ella había dejado de mirar la pantalla del todo. Aun al claroscuro del cine se veía que estaba molesta.

—Se me zafó el reloj.

—Bueno, ¿y qué?

—¿Cómo que y qué? Se me desprendió de la muñeca con manilla y todo y no quiero perderlo. Es un regalo de mi padre.

Mentía para que sonara no como un reloj sino como un objeto de valor sentimental. Se dará una recompensa a quien lo devuelva.

—Agáchate y recógelo.

—¿*Recogerlo*? Pero si se me cayó donde mismo perdí el anillo.

—Ve y búscalo.

Tal vez no oí bien.

—¿Ir...?

Pero ella regresó a la pantalla, no sin antes hacer un gesto de fastidio.

698

—Eso si tú quieres. A mí me da igual.

Maldije (en voz baja) mi suerte. Ahora no sólo tenía que buscar mi anillo de bodas sino el reloj de mi padre. ¡Qué lata, los objetos de familia! Mientras tanto en la pantalla ella se reía espasmódica. Parece fácil encontrar un reloj donde antes se ha perdido un anillo, pero no lo es, en absoluto. Empecé a buscar, tanteando y reconociendo al tacto los sitios por donde había buscado anteriormente. No había nada. Nada nada. Pero nada. Además ya me dolía la columna vertebral por la posición y el brazo de su luneta que se me clavaba en una costilla. Decidí bajar hasta el suelo. Me metí como pude entre el espaldar de la fila de delante y mi asiento y, evitando sus rótulas distantes pero peligrosas, me agaché despacio para no molestarla. Estaba incómodo realmente en cuclillas y me arrodillé. Al hacerlo planté mi rodilla—sobre uno de sus pies.

—¡Ay! Pero chico, ¿qué es lo que pasa ahora?

Levanté la cabeza y empecé a tratar de explicarle en susurros, pero desde abajo se veía todavía más furiosa, imponente, su pelo amarillo casi llameante. La mía no era una buena posición para ser convincente, de hinojos, farfullando, atrapado entre sus piernas y la fila delantera de lunetas.

—Se trata de—

—¿Quieres dejarme ver la película, quieres?

Estuve a punto de corregirla, de explicarle que no era una película pero era mejor aclarar mi posición:

—Es que es mi reloj. Primero mi anillo y ahora mi reloj...

—¡Ay hijo, pero qué posesivo que eres! *Mi* reloj, *mi* anillo. ¿Quién te manda?

¿Qué responder a la retórica del dialecto? Decidí que lo mejor era concentrarme en la búsqueda evitando su cuerpo. (Si no hay lógica en mi narración es porque había locura en mi método.) Metí bien la mano pero no encontraba nada.

Nada-nada. ¿Dónde habrían ido a parar mi reloj y mi anillo? Ella debía saber. Le toqué un brazo para llamar su atención pero no atendía. Lo único que le interesaba era el maldito espectáculo—y así me encontré blasfemando al maldecir el cine en un cine. Me quedé paralizado por el terror religioso. Pero al cabo del rato, y viendo que desde la pantalla no caía un rayo de luz que me cegaba, reuní suficiente ánimo para moverme y la toqué de nuevo. Pero ella no atendía nada que no fuera Pluto, por lo que estiré el brazo a todo lo que daba para que lo viera, traté de colocarlo entre ella y la pantalla, interrumpiendo su línea de visión. Pero el brazo no me alcanzó para llegar a sus ojos y aunque moví los dedos era evidente que no me veía. Cansado, empecé a bajar el brazo cuando mi mano tropezó accidentalmente con uno de sus senos. Saltó como si fuera una afrenta.

—¿Qué carajo es ahora?

Detesto a las mujeres que dicen malas palabras pero no estaba en una posición para mostrarle mi aversión. Además, no la habría visto.

—¿Ppuedo... puedo...?

Lo que me salió fue pena, que es una combinación cubana de dolor y de vergüenza.

—¿Qué es lo que es?

—¿Puedo... con la otra... mano?

—Claro que puedes, siempre que no me toques.

—Pero para buscar tengo que tocar.

—No digo ahí abajo, digo en otras partes.

Me parecía absurdo pero no confuso. Ahora, a mi propósito.

—¿Puedo con las *dos* manos?

—¡Acaba ya de hacerlo!

Era una orden y la acaté. Busqué con las dos manos ansiosamente, extensamente, minuciosamente también y sólo encontré mi pasmo. Me asombró que costara tan poco trabajo esta operación exploratoria. Metódico que era primero busqué el lado izquierdo con la mano derecha y el lado derecho con la mano izquierda, palmo a palmo—o centímetro a centímetro, empleando el sistema decimal. No encontré nada. Nadanada. Decidí cruzar las manos y hacer que la izquierda buscara a la izquierda y viceversa, siguiendo a la antipatía de los contrarios, la simpatía de los semejantes. ¡Nada! Rastreé toda la zona, rastrillé el terreno, escarbé—y nada que estás en la nada fue lo que encontré. Saqué mis manos espeleólogas y suspiré—aspiré con fuerza pero expiré con mayor fuerza aún porque el olor se hizo dolor: reacción ante el esmegma, estigma fétido.

—¿Te quieres callar?—era ella arriba como una diosa tronante.

—Pero si no dije nada—dije humilde.

—De hacer todos esos ruidos. Van a creer otra cosa y nos van a sacar de aquí. ¡O todavía peor!

Ella no dejaba de tener razón pero yo había dejado de tener anillo y reloj, de un golpe de Dédalo que no abolirá el bazar.

—¿Y yo qué hago ahora?—la consulté.

—No sé, pero hazlo en silencio.

—Ni anillo ni reloj.

En desespero dramático me llevé las manos a la cabeza, usando su secreción secreta como vaselina y vi—las mangas de mi camisa, *sueltas*, al pairo más allá del borde marino de mi chaqueta.

—¡Mis ·yugos!!!

Mandaban a callar de todas partes del cine, en un comportamiento extraordinario, como si estuviéramos en una

701

iglesia y todos los congregados fueran feligreses feroces—¡yo era el pagano en el templo!

—¡Está bueno ya!

Era ella, no el cine, enojada conmigo, contra mí, furiosa, hecha una furia ahora. Mejor, era una hidra con todas estas cabezas vociferantes—megera, harpía, erinnia, Gorgona, Salomé, Mesalina, Agripina, bruja de Macbeth, Catalina de Médicis, Catalina Grandísima, Eva Perón, Ilse Koch y, finalmente, adelantada a su tiempo, Madame Mao—de mujeres múltiples inclinadas hacia mí terribles. Pero por su color de yodo, aumentado en contraste con su pelo oxigenado, era Kali manoteante, en una de sus cuatro manos una espada fulgurante. Silbaba como una olla de presión:

—¡Ssssssiteinteressssssassssenesssssasssscosasss entra a buscarlassss de una sssssantíssssimavesss!

—¿Cómo?

Pero no respondió. No abrió su boca sino su cartera y la espulgaba.

—¡Toma!

Me tendía algo metálico. ¿Su espada? ¿El cáliz de Kali? ¿Una cuchara?

—¿Qué cosa es esto?—pregunté antes de tomar aquel objeto ofrenda.

—¡Mi linterna que va a ser!

Me la dejó en la mano golpeando con ella la palma, duro, y al mismo tiempo abrió las piernas todo lo que pudo, colocando cada corva en los brazos opuestos de su asiento. Sentí que la cabeza se me alargaba hacia atrás, que mis espejuelos tenían aro de carey, que me crecía un bigote siniestro. ¡Ah, las cosas que se podían hacer en los cines de La Habana! Vi que ella me había dejado de prestar atención para concentrarse una vez más en lo que ocurría en la tela blanca poluta. Encendí la linterna que abrió un hoyo de luz blanca donde anteriormente era todo tacto. Antes de asomarme tuve un ataque de presciencia y desatando el cordón de uno de los zapatos amarré bien las patas de mis quevedos por detrás de mi cabeza y entre las orejas. Avancé decidido. A mi espalda rugió un león—o tal vez fueron tres leopardos al unísono.

En el momento que metí la cabeza toda sensación cesó —ruidos, texturas, olores, sabor amargo. Todo menos la visión que proyectaba mi, su, linterna, que alumbraba bastante aunque no era mucho más grande que la Pelikan en mi bolsillo—¿en mi bolsillo?—sí, en mi bolsillo de la chaqueta sempiterna firmemente prendida estaba. (Esta construcción gramatical era una influencia alemana de mi pluma, evidentemente.) Hice bien en meter la linterna primero pero hice mal en llevar los brazos por delante. Al levantar la cabeza entraron también (involuntariamente) mis hombros estrechos y al tratar de sacarlos por temor a quedarme trabado hice un movimiento de palanca—para conseguir exactamente lo contrario al efecto deseado. (Doppler.) Caí resbalando hacia adentro. Pero no perdí la linterna.

Me levanté para saber que cojeaba de mi pie que siempre se mostraba independiente, con vida propia. Pero lo sentí mojado, pegajoso. ¿Me habría herido? Alumbré mis pies y vi que me faltaba un zapato, el izquierdo, el otro estaba bien atado. Antes de empezar a buscar mi zapato me entretuve mirando lo bien que se veía la media gris haciendo contraste con el suelo rojo y rociado. Olvidando mi esteticismo súbito dirigí la linterna hacia las paredes primero, que brillaron rosadas, coralinas o reflejando puntos de color escarlata. Hacia el fondo la luz se perdió en una curva morada. Alumbré la entrada pero el zapato no se veía por ningún lado. ¿Sería posible que lo hubiera perdido *fuera*? Gateé como pude por la rampa mucosa hasta el orificio por el que había caído y traté de mirar hacia el exterior. Solamente vi un vestíbulo a oscuras con una campana malva arriba y unas colgaduras moradas a los lados. Iba a trasponer el umbral cuando de pronto hubo como un temblor—¿de tierra?—y resbalé hacia dentro, casi hasta el fondo del salón. Pero no perdí la linterna.

Me puse en pie de nuevo y traté de encontrar la rampa de entrada, a la que ya no podía llamar La Rampa, invisible ahora. Era evidente que había resbalado hasta otro ámbito. Eché a andar en la dirección que me pareció más exacta hacia la salida y enseguida me di cuenta de que en vez de salir iba hacia adentro. Alumbré paredes, techo y rincones por igual, minucioso, y tomé nota mental de lo que parecía una morada morada. Aunque el color variaba a veces del púrpura oscuro al rosa pálido y el suelo se hizo primero granuloso y luego estriado, siempre estuve en una cueva blanda. Ni el anillo ni el reloj ni los yugos aparecieron. Pero al recorrer el salón paso a paso y trazar su topografía supe que estaba en una pieza en forma de pera. Mi éxito será mi salida.

Llegué a una bifurcación y siguiendo el consejo campesino que recomienda no dejar trocha por aprocha decidí coger el camino de la derecha, que se veía más amplio. Caminé unos diez pasos—aunque no puedo decir cuántos pasos había desde la entrada era evidente que estaba en el recinto del espacio perdido—y me di de manos a boca, lugar común, con una pared lisa toda rojo cardenal. ¿Sería ésta una capilla? Pero una inspección detenida mostró que por las paredes bajaban largas rayas rojas, irregulares y finas. No había nada allí, ni rastros de los objetos a encontrar. Di la vuelta mirando siempre al suelo húmedo, la vista fija en la roleta de luz que eran mi adelantado. Al regresar a la horqueta, a la izquierda, vi como una mota blanca que desapareció en la

704

curva. Parecía—me da horror decirlo—una pata de conejo animada—o tal vez su rabo raudo. Corrí hasta la esquina pero no vi rastro ni rabo. ¿Sería una alucinación? Nadie respondió a mi pregunta y descubrí que estaba solo. O casi solo: tenía a mi linterna por compañía: cuando uno está solo hasta la luz de una linterna es alma amiga. Torcí la esquina para encontrarme con otra bifurcación. Me hallaba en un laberinto, sin duda, y siguiendo una regla que establecí en ese momento, desdeñé el camino ancho por el estrecho. A los pocos pasos de andar por esta vereda me encontré con un cul-de-sac. (También llamado blind alley y callejón sin salida en el exterior.) ¿Estaría perdido? ¡Imposible! El que se ha encontrado nunca se pierde. La salida está ahí a la derecha. ¿A la derecha? ¿Es a la derecha o a la izquierda que está la salida a la realidad del cine? Iba a buscar una moneda para tomarla como brújula y decidir mi rumbo a cara o cruz, cuando de nuevo tembló la tierra, toda la caverna se sacudió y me vi empujado por movimientos cada vez más sísmicos—hacia el fondo—¿o hacia el frente? Esta ocasión logré mantener un equilibrio precario y tampoco solté mi linterna acompañante. Patiné a regular velocidad hasta un saloncito color vino agrio y justo en medio cesaron los temblores como habían comenzado, de golpe. ¿Dónde estaría ahora? El cul-de-sac, blind alley o callejón sin salida había pasado por mi lado empujado por muros color violeta y mucosas columnas enfermas y modulores blandos. Decidí reflexionar sobre mi situación y mi derrotero—más que nada porque tenía miedo a moverme de allí. Derrotero suena más a derrota que a ruta y derrotado hice lo que hacen todos los vencidos que no creen en el cielo: miré al suelo. Allí, tan inesperada aparición como la desaparición de mis objetos y mi pérdida, había un libro, más bien un librito. Lo tomé como un signo: siempre había creído en la salvación por los libros. Me incliné a recogerlo y a la luz de la linterna, que me pareció de pronto mágica, pude ver que estaba encuadernado en piel y era un tomo antiguo. En su portada había una inscripción en latín, que es para mí griego, que decía: *Ovarium, corpus luteus, labium majus, tubae Falloppi, matrix*—no entendía una palabra o tal vez entendía una, la última, que sin duda se refería a la imprenta. ¡Era un libro sobre libros! Pero debajo de esta inscripción había dos iniciales: AS, aparentemente las siglas del autor, desconocido o demasiado conocido para poner su nombre. Compuse una breve lista de autores posibles al preguntarme quien podía ser. ¿Adolphe Sax? No me parecía un tomo de instrumentos musicales, a pesar de la tuba latina. Tenía la impresión de que la solución era simple. ¿Askenazis y Sefardíes? ¿Sophonisba Angusciola invertida? ¿Ánima Sola? ¡Ah que enigma entrambaspiernas! Desesperaba pero esperaba. ¿Esas iniciales no serían acaso...? ¡Claro! ¡Eso era! ¡Ábrete Sésamo! La A y la S eran una indicación de Arriba la Salida. Abrí el librito para comprobar la certeza de mi acierto o aserto—y lo que encontré fueron fragmentos escogidos de un diario o cuaderno de bitácora, que nunca se sabe con las notas de abordo.

Domingo, 16 de agosto. Nada nuevo. Mismo tiempo. Vientos ligeramente frescos. Cuando desperté, mi primer pensamiento fue para observar la intensidad de la luz. Vivo en el temor de que la luz se atenúe y desaparezca del todo.

Mis piernas temblaban. Al principio pensé que eran mis nervios pero luego caí en cuenta de que temblaba el suelo bajo mis pies. Tuve que regresar a la lectura de las notas del pobre narrador con luz escasa.

Mi tío echó sondas varias veces, atando uno de los picos más pesados al final de una cuerda que dejó caer a doscientas brazas. *No hay fondo*. Tuvimos dificultad en subir la sonda. Cuando el pico estuvo de nuevo a bordo, Hans me mostró unas huellas profundas en su superficie. Era como si la pieza de hierro hubiera sido comprimida entre dos cuerpos duros.

Miré al guía.

"Tander", dijo.

No entendí y me volví hacia mi tío, sumido en sus cálculos. Decidí no molestarlo y regresé al islandés, quien abriendo y cerrando su boca varias veces me hizo comprender. "¡Dientes!", dije atónito, mirando detenidamente a la barra de hierro.

Sí, eran definitivamente marcas de dientes, impresas en el metal. Las quijadas que los contienen deben ser increíblemente poderosas. ¿Serían los dientes de un monstruo de una especie prehistórica que vive allá abajo, un monstruo mucho más voraz que el tiburón, más formidable que la ballena?

Trataba de alumbrar el papel y leer al mismo tiempo pero (los que han intentado esta forma de lectura lo saben muy bien) era prácticamente imposible, con el suelo tan resbaladizo, irregular y sometido de cuando en cuando a ligeros temblores. Además las pilas debían de estar cediendo porque la luz era más débil ahora. Decidí, para mejor ver, sostener la linterna entre mis dientes y acercar el diario de a bordo a la boca.

Miércoles, 19 de agosto. Afortunadamente, los vientos que soplan fuerte nos permitieron alejarnos del escenario de la batalla.

Jueves, 20 de agosto. Vientos variables Nor-Nordeste. Temperatura elevada. Velocidad, 9 nudos.

Hacia el mediodía oímos ruidos distantes, un rugido continuo que no pudimos identificar...

Transcurrieron tres horas. El rugir parecía el de una cascada distante. Se lo dije a mi tío, que movió su cabeza negativamente, pero yo estaba seguro de tener razón y me pregunté si no estaríamos navegando hacia alguna catarata que nos hundiría en el abismo. No dudaba que este método de descenso le gustaría a mi tío, porque sería vertical, pero por mi parte...

De todas maneras, definitivamente había un fenómeno sonoro a unas millas mar afuera, porque el sonido rugiente se hizo claramente audible...

Miré hacia arriba, hacia los vapores suspendidos en la atmósfera y traté de penetrar su interior...

Luego examiné el horizonte, que aparecía ininterrumpido y libre de niebla. Su apariencia no había cambiado en absoluto. Pero si el ruido venía de una caída de agua, de una catarata, si toda el agua caía en una fosa interior, si ese ruido era producido por el sonido del agua al caer, entonces debía haber corrientes, y su creciente velocidad me daría la medida del peligro que nos amenazaba. Consulté la corriente: ninguna. Eché un botella vacía al agua: no se movió...

"Ha visto algo", dijo mi tío.

"Sí, creo que sí."

Hans bajó del mástil y tendió su brazo hacia el horizonte.

"Der nere."

"¿Hacia allá?", repitió mi tío.

Tomando su telescopio oteó el horizonte detenidamente por un minuto que me pareció una eternidad.

"¡Sí, sí!", gritó.

"¿Qué se ve?"

"Un gran chorro de agua que se levanta sobre las on-das."

"¿Otro monstruo marino?"

"Tal vez."

"Entonces debemos poner proa más al Oeste, ¡porque ya sabemos lo peligrosos que pueden ser estos monstruos prehistóricos!"

"No, sigamos adelante", dijo mi tío.

Me volví a Hans, pero él sostenía el timón con inflexible determinación. Pero si a la distancia que nos separaba del animal—que estime por lo menos en 30 millas náuticas—podíamos ver la columna de agua que expelía, entonces debía ser de dimensiones sobrenaturales. La más ordinaria prudencia habría aconsejado la huida, pero no habíamos venido tan adentro a ser prudentes.

Nos apresuramos, por tanto. Mientras más nos acercábamos al chorro, más grande parecía. ¿Qué monstruo, nos preguntamos, podía coger tal cantidad de agua y soltarla a chorros sin un momento de interrupción?

A las ocho de la noche estábamos a menos de cinco millas. Su enorme, oscuro, escarpado cuerpo surgía del mar como una isla. Ilusión óptica o miedo, pero me daba la impresión de que tenía más de una milla de largo. ¿Qué podría ser este cetáceo que ni Cuvier ni Brumenbach sabían de él? Estaba inmóvil y aparentemente dormido: el mar parecía incapaz de moverlo y las olas eran las que rompían contra sus costados. La columna de agua, lanzada hasta una altura de unos 500 pies, caía en forma de lluvia como un rugido ensordecedor. Y aquí estábamos nosotros, apresurándonos como lunáticos hacia este poderoso monstruo que ni cien ballenas al día serían suficientes para dejarlo satisfecho!

Domingo, 23 de agosto. ¿Dónde estamos? Hemos sido arrastrados con increíble rapidez.

¿Adónde vamos?

Hace cada vez más calor. Miré el termómetro, regis-

709

traba (*el número es ilegible*).

Lunes, 24 de agosto. ¿No terminará esto nunca? ¿Esta densa atmósfera, ahora que ha cambiado, va a mantenerse en esta condición?

Durante tres días no hemos podido cruzar palabra. Abríamos la boca y movíamos los labios pero no salía sonido alguno. No podíamos hacernos oír ni gritando en los oídos... Mi tío se acercó y pronunció unas cuantas palabras. Creo que dijo, "Estamos perdidos", pero no estoy seguro... Apenas habíamos levantado su cabeza cuando una bola de fuego apareció...

El miedo nos paralizó. La bola de fuego, mitad blanca, mitad azul y del tamaño de una concha de diez pulgadas, se movía lentamente...

Un hedor de gas nitroso llenó el aire entrando en las gargantas y colmando los pulmones hasta sofocarnos... De pronto hubo un fogonazo. La bola había estallado y estábamos cubiertos por innumerables lenguas de fuego. Todo se hizo oscuro. Apenas tuve tiempo de ver a mi tío tumbado sobre la balsa y a Hans al timón pero "escupiendo fuego" bajo la influencia de la electricidad que lo saturaba.

¿Adónde vamos? ¿Adónde vamos?

Martes, 25 de agosto. He salido de un largo sopor... Puedo oír un nuevo rugido. ¡Seguramente es el agua rompiendo contra las rocas! Pero entonces...

Aquí no pude seguir leyendo los fragmentos fantásticos no porque fuera interrumpido por los elementos sino porque el librito se acabó, *editio brevis*. Nunca me enteré de la naturaleza del monstruo: ¿animal, vegetal o mineral? ¿Quiénes eran estos viajeros en esa balsa sobre la laguna, lago o laguito? ¿De dónde venía ese aire azufrado? Misterios del texto. Tampoco pude descifrar las iniciales en la tapa. La A bien pudo significar Ariadna y tal vez me ayudara a salir de esta trampa teatral el tomo. Pero, ¿y la S qué significaba? ¿Sodoma, sonda, solo? ¡Ah, qué enigma fétido! Fue en este soliloquio que hubo otra sacudida sísmica, mayor que las anteriores. ¿Sería una ola de Love? ¿Cuánto mediría el péndulo de La Coste ahora? ¿Vendría la discontinuidad del punto moho? ¿Habríamos llegado al grado 9 de la Escala (modificada) de Mercalli? ¿Cuántos richters de magnitud alcanzaría el seísmo? Ninguna de estas preguntas pudo ser contestada porque una sacudida como de 10 puntos Fumagalli me hizo perder el equilibrio y caer al suelo, sísmico pero siempre suave. Otro temblor todavía mayor me acostó sobre una alfombra acogedora. Luego hubo otro espasmo en la caverna y otro y otro más, cada vez más fuertes. ¡Era un cataclismo! Mi cuerpo (y yo con él) comenzó a moverse, a desplazarse sobre el suelo, primero a la derecha, luego a la izquierda, después volvimos a su centro para resbalar enseguida hacia adelante y finalmente salir despedidos con fuerza de despegue—¡hacia atrás! ¡Santos cielos!, ¿adónde iremos a parar? ¿Adónde? Viajaba ahora a mayor velocidad sobre el suelo encharcado, a veces deslizándome como un trineo, otras navegaba sobre un colchón de aire como un hovercraft anacrónico, otras volaba en una alfombra mágica. Ahora rodaba, pegaba contra las paredes pálidas, dando nuevos tumbos contra columnas cálidas, contra muros muelles, para luego torcer una esquina redonda y volver a deslizarme, a correr, a volar a velocidad vertiginosa. Nunca había soltado la linterna, que era la luz, pero fue precisamente en este momento en que perdí el libro. Empecé a girar en un torbellino sin centro. Stop! Luego hubo como un choque en una falla, un estertor en la espelunca y caí libremente en un abismo horizontal.

Aquí llegamos.

Londres, 1975-1978.

ÍNDICE